KB026735

고래

문 학 동 네
한국문학전집

0 1 9

천명관
장편소설

고래

문학동네

차례

1부
·
부두

공장

훗날, 대극장을 설계한 건축가에 의해 처음 그 존재가 알려져 세상에 흔히 '붉은 벽돌의 여왕'으로 소개된 그 여자 벽돌공의 이름은 춘희春姬이다. 전쟁이 끝나가던 해 겨울, 그녀는 한 거지 여자에 의해 마구간에서 태어났다. 세상에 나왔을 때 이미 칠 킬로그램에 달했던 그녀의 몸무게는 열네 살이 되기 전에 백 킬로그램을 넘어섰다. 벙어리였던 그녀는 자신만의 세계 안에 고립되어 외롭게 자랐으며 의붓아버지인 文으로부터 벽돌 굽는 모든 방법을 배웠다. 팔백여 명의 목숨을 앗아간 대화재 이후, 그녀는 방화범으로 체포되어 교도소에 수감되었다. 영어囹圄의 시간은 참혹했으며 그녀는 오랜 교도소 생활 끝에 벽돌공장으로 돌아왔다. 당시 그녀의 나이, 스물일곱이었다.

지구에 한껏 가까워진 태양이 무쇠라도 녹여버릴 것처럼 뜨겁
게 세상을 달궈대고 있는 여름 한낮, 푸른 죄수복을 입은 춘희는
벽돌공장 한복판에 서 있었다. 마당 한가운데 있는 펌프는 오래전
에 말라붙어 쇠파이프를 타고 흘러내린 붉은 녹물만이 바닥에 선
명하게 남아 있었다. 가마 주위엔 거친 사내들의 발자국에 의해 다
져진 딱딱한 마당을 뚫고 쇠비름과 엉겅퀴, 한 길이 넘는 뺑대쑥
등 온갖 잡초들이 무성하게 자라나 서로 뒤엉켜 있었다. 그중에서
도 특히 개망초는 성곽을 포위한 병사들처럼 늘 공장 둘레를 빽빽
하게 에워싸고 있다가, 주인이 자리를 비우자 슬그머니 안으로 침
입해들어와 어느샌가 공장 전체를 점령해버리고 말았다. 공장 건
물이라고 해봐야 가로로 길게 늘어선 벽돌가마 몇 개와 나무판자
와 슬레이트를 섞어 얼기설기 지어놓은 살림집이 전부였지만 춘
희가 공장을 떠나 있는 동안 건물은 성한 데 없이 철저하게 무너지
고 부서져 있었다. 부서져내린 벽돌가마 틈이나 살림집 마루판자,
검은 이끼가 낀 물결무늬의 슬레이트 지붕 위에도 개망초는 어김
없이 피어 있었다. 그것은 자연의 법칙이었다.

춘희는 오래전 자신이 뛰어놀던 마당을 맨발로 딛고 서 있었다.
펌프 옆엔 한때 무성한 잎을 달고 있던 미루나무가 밑동이 부러진
채 썩은 고주박이 되어 나뭇잎 대신 살진 느타리버섯을 주렁주렁

달고 있었다. 공장에 미만하던 인부들의 땀냄새와 왁자한 소란은 모두 사라지고 드넓은 공장 마당엔 춘희 혼자만이 돌아와 서 있었다. 그녀는 공장으로 돌아오는 내내 가슴이 먹먹해질 만큼 그리웠던 풍경들을 허겁지겁 눈으로 좇으며 사람의 흔적을 찾으려 애를 썼지만 그것은 이미 오랜 세월 비바람에 씻기고 지워져 공장 어디에도 남아 있지 않았다.

인생을 살아간다는 건 끊임없이 쌓이는 먼지를 닦아내는 일이야.

그것은 춘희와 같은 감방 안에 있던 한 여죄수의 말이었다. 얼굴이 온통 주근깨로 뒤덮여 있던 그녀는 청산가리가 든 음식을 먹여 자신의 두 딸과 남편을 독살한 죄로 사형을 선고받았다. 이 때문에 감방 동료들은 그녀를 청산가리라고 불렀는데, 그녀는 사형을 당하기 전까지 쉬지 않고 감방 안의 먼지를 쓸고 닦았다. 같은 방에 있던 다른 죄수들이 살날도 얼마 안 남은 사형수가 청소는 해서 뭐하냐고 비아냥거렸을 때, 청산가리는 걸레로 마룻바닥을 훔치며 그렇게 대답했다. 덧붙여, '죽음이란 건 별게 아니라 그저 먼지가 쌓이는 것과 같은 일일 뿐'이라고 말하기도 했다. 춘희는 그 말의 의미를 정확히 이해할 수 없었지만 어찌된 일인지 그날 폐허가 된 살림집을 향해 걸어가며 불현듯 청산가리의 그 수수께끼 같은 말이 떠올랐다.

한여름의 뙤약볕이 머리 위로 따갑게 내리쬐었다. 그녀는 현기증이 나 잠시 걸음을 멈추었다. 멀리 기찻길 아래, 굴다리를 지나 벽돌공장으로 통하는 좁은 진입로는 잡초로 뒤덮여 이미 흔적이 사라진 지 오래였다. 방금 전 진입로를 뒤덮은 풀숲을 헤치고 오느라 그녀의 바지에는 진흙이 묻고 짙은 풀물이 들어 있었다. 걸음을 내디딜 때마다 발톱이 깨져나간 엄지발가락에선 쉬지 않고 피가 흘러내려 푸석한 황토흙을 적셨다. 공장에 남아 있던 벽돌들은 이미 오래전 동네 개구쟁이들에 의해 토막이 난 채 바닥에 나뒹굴고, 며칠 전 내린 비로 군데군데 만들어진 작은 물웅덩이에선 미처 부화하지 못한 장구벌레들이 뜨거운 태양 아래 꾸물거리고 있었다.

춘희는 황토색 먼지로 더께가 진 마루로 올라섰다. 부서진 마루 틈새로 강아지풀이 삐죽 고개를 내밀고 있었다. 경첩이 떨어져나간 방문을 열어젖히자 어둑한 방안에선 퀴퀴한 곰팡내가 밀려나왔다. 들짐승의 배설물 냄새와 단백질이 썩는 듯한 역한 냄새도 섞여 있었다. 곧 어둠에 눈이 익숙해지고 방안의 풍경이 눈에 들어왔다. 부서진 옷장 옆으로 흙먼지를 뒤집어쓴 옷가지들과 함께 말라붙은 쥐의 시체가 나뒹굴고 있었다. 벽 이곳저곳에는 검은 곰팡이가 피고 방 한가운데엔 천장에서 찢어져내린 벽지가 귀살스럽게 매달려 있었다. 잠시 방안을 둘러보던 춘희는 부서진 덧문을 지나 부엌으로 들어갔다. 천장과 벽이 온통 시커멓게 그을려 있는 부엌의 풍경은 더욱 처참했다. 시렁과 부뚜막은 무너져내리고 바닥에는 썩은 물이 고여 있었다. 부뚜막 위에 걸려 있던 가마솥도 어디론가 사라지고 보이지 않았다. 아궁이가 있던 자리 위엔 찌그러진 양은냄비가 타다 만 장작과 함께 섞여 있었다. 어디선가 매캐한 연기 냄새와 구수한 밥냄새가 나는 듯한 착각에 그녀는 잠시 코를 벌름거렸다. 하지만 곧 싸늘한 곰팡내만이 그녀의 코끝을 맴돌 뿐, 부엌 어디에서도 온기는 느껴지지 않았다.

마당으로 통하는 부엌문을 열고 밖으로 나왔을 때 마침 멀리 기차가 경적을 울리며 지나가고 있었다. 그녀는 벽돌가마를 향해 걸어갔다. 그녀가 경찰에 체포되어 공장을 떠난 뒤에도 간혹 인근마을에서 사람들이 리어카를 끌고 공장을 찾아와 주인 없는 벽돌을 실어갔다. 봉당이나 부뚜막 따위를 손보기 위해서였다. 그뒤엔 몇개 안 남은 벽돌을 가지고 놀기 위해 동네 개구쟁이들이 몰려들기도 했다. 하지만 쓸 만한 벽돌들이 모두 사라지고 나자 더이상 공장을 찾는 이가 없었다. 밤마다 여우나 오소리 같은 들짐승들만이 음식 찌꺼기를 찾아 주위를 배회하다 돌아갔을 뿐, 인적이 끊어진 공장엔 잡초가 돋아나고 서쪽에서 날아온 흙먼지가 덧쌓여 사람의 흔적을 하나둘씩 지워갔다.

가마 안으로 들어서자 서늘한 기운이 밀려왔다. 바깥 풍경과는 달리 가마 안은 크게 변한 게 없어 보였다. 무너진 가마 틈 사이로 햇빛이 비쳐들긴 했지만 동굴 속처럼 어둑한 가마 안에선 쉴없이 찬공기를 밀어내고 있었다. 춘희는 바닥에 앉아 가마에 등을 기댔다. 땀에 젖은 등이 서늘한 벽에 닿자 자신도 모르게 스르르 눈이 감겼다. 혹독한 더위에 풀벌레조차 숨을 죽인 듯 사방은 고요했다.

붉은 벽돌로 가득 들어찬 공장 마당의 풍경이 꿈인 듯 생시인 듯 눈앞에 펼쳐졌다. 벽돌 사이를 지그재그로 뛰어다니며 장난하던 어린 시절의 모습도 떠올랐다. 인부들을 닦달하던 양아버지의 고함소리도 들리는 듯했고 짙은 화장을 한 엄마의 눈웃음치는 얼굴이 떠오르기도 했다. 언젠가 엄마를 따라 들어간 극장에서 보았던 영화의 한 장면이 어른거리기도 했다. 총소리와 말발굽 소리, 금발의 여자들이 내지르는 호들갑스런 비명소리가 어지럽게 뒤엉켜 귓가를 맴돌았다. 교도소에 있을 때 자신을 따라다니며 집요하게 괴롭히던 한 교도관의, '바크셔'라고 속삭이는 듯한 소리도 들렸다. 그것은 영국에 있는 한 지방의 이름이며 그곳에 기원을 둔 돼지의 품종을 가리키는 말이었지만 춘희는 끝내 그 말이 무슨 뜻인지 알지 못했다. 후에 그 교도관은 춘희에게 얼굴을 물어뜯겨 볼의 살이 뭉텅 잘려나간 채 죽을 때까지 알루미늄으로 만든 가면을 쓰고 살아야 했다. 그로 인해 여자로서 춘희가 겪은 고초는 차마 입에 담기 힘들 만큼 끔찍한 것들이었으나 그것은 모두 과거의 일이 되었다. 고통은 희미해지고 그녀는 이제 교도소를 나와 쇠락한 벽돌공장으로 돌아와 있는 것이다.

환청인 듯 귓가에서 다시 기차 지나가는 소리가 희미하게 들렸다. 그녀는 흰나비를 쫓아 망초 사이를 뛰어다녔다. 풀잎이 맨종아리를 스쳐 쓰라렸지만 그것 역시 꿈인지 생시인지 분간할 수 없었다. 나비는 어느새 하늘로 날아올라 가물가물 멀어지고 있었다.

이글이글 시뻘건 불길이 타오르고 있었다. 화염이 넘실대는 가마 앞에서 석탄을 밀어넣는 사내들의, 힘줄이 툭툭 불거진 굵은 팔뚝엔 송골송골 땀방울이 솟아오르고 땀에 젖어 번질거리는 얼굴은 가마에서 뿜어져나오는 열기와 불빛으로 벌겋게 달아올라 있었다. 석탄을 한 삽씩 떠넣을 때마다 가마 안에선 검붉은 불똥이 꽃잎처럼 날아올랐다. 춘희는 가마 앞에 앉아 불꽃을 바라보고 있었다. 붉은색과 푸른색이 뒤섞여 넘실대는 화염 너머로 빨갛게 벽돌이 익어가고 있었다. 뜨거운 불길에 얼굴이 달아오르고 숨이 가빠왔다. 하지만 춘희는 몸을 움직일 수가 없었다. 불길은 점점 거세져 곧 그녀를 집어삼키기라도 할 것처럼 가마 밖으로 시뻘건 혀를 내밀었다. 그대로 앉아 있으면 가마 안으로 빨려들어가 금세 녹아버릴 것만 같았다. 일어나서 빨리 도망가야지, 라고 생각했지만 이상하게도 무거운 바위로 눌러놓은 것처럼 꼼짝할 수 없었다. 가마 근처에서 일하는 사내들은 아무도 춘희에게 눈길을 돌리지 않았다. 춘희는 그들을 향해 소리를 질렀다. 하지만 바싹 말라버린 목에선 작고 이상한 신음소리만 흘러나올 뿐이었다. 불길은 바로 춘희의 코앞까지 다가와 일렁거렸다. 마침내 커다란 불길이 춘희의 얼굴을 향해 덮쳐왔다. 그녀는 온 힘을 다해 벌떡 일어섰다.

잠에서 깨어났을 때, 춘희가 입고 있는 푸른 수의囚衣는 온통 땀으로 젖어 소죽을 쑤는 듯한 열기가 배어나왔다. 그녀가 잠들어 있는 동안 무너진 가마 틈 사이로 들어오던 햇살이 어느새 자리를 옮겨 얼굴을 향해 정면으로 쏟아지고 있었다. 목은 바싹 말라붙었고 검게 그을린 얼굴은 불이라도 붙은 것처럼 뜨겁게 달아올랐다. 자리에서 일어서려고 했지만 온몸에 기운이 하나도 없었다. 팔로 바닥을 짚고 햇볕이 닿지 않는 곳으로 겨우 몸을 움직였다. 그녀는 신발도 신지 않은 채 달랑 수의만 하나 걸치고 있었다. 원래 입고 있었던 옷은 오랜 수감기간 동안 어디론가 사라져 교도소 안에서 입던 수의를 입은 채 출감해야 했다. 그녀는 눈을 감고 가쁜 숨을 몰아쉬며 잠시 가마에 기대 있었다.

아흐레 전, 교도소 정문을 통과한 이후 그녀는 자신의 목적지가 어디인지도 알지 못한 채 본능적으로 남쪽을 향해 걸음을 옮겼다. 교도소가 있던 도시를 빠져나와 기찻길을 만났을 때 그녀는 비로소 자신의 발길이 벽돌공장으로 향하고 있다는 것을 깨달았다. 이후, 그녀는 줄곧 기찻길을 따라 걸었다. 밤이 되면 철길 근처 묘지에 기대 눈을 붙이고 배가 고프면 계곡 아래 샘물을 찾아 배가 부를 때까지 물을 마셨다. 가끔은 차가운 물속에 잠겨 있는 도롱뇽 알을 건져 먹기도 하고 기찻길 근처 뽕밭에서 오디를 따먹기도 했다. 발에 곧 물집이 잡혀 터지자 새빨간 속살이 드러났다. 그녀는 아예 신발을 벗어던지고 맨발로 걸었다. 한여름의 뙤약볕 아래에서 기찻길을 따라 걷는 것이 쉬운 일은 아니었지만 사람과 마주치고 싶지 않았기 때문에 가능한 한 기찻길을 벗어나지 않았다. 번잡한 도시의 기차역이 가까워지면 철길을 벗어나 멀리 도시를 우회해서 걸었다.

사흘째 되는 날, 굄목에 채어 엄지발톱이 떨어져나갔다. 검붉은 피가 멈추지 않고 흘러내렸다. 그녀는 뜨겁게 달궈진 철로에 발을 갖다댔다. 발끝에서부터 온몸으로 퍼져나가는 아릿한 고통이 차라리 상쾌하게 느껴졌다. 한낮의 소나기를 만나면 그나마 햇볕에 달아오른 몸을 식힐 수 있었지만 젖은 수의가 처덕처덕 몸에 감겨 걷기가 더욱 힘들었다.

그녀의 거대한 육체는 천천히, 그러나 쉬지 않고 꾸준히 남쪽을 향해 움직였다. 출발한 지 아흐레째 되는 날 아침, 그녀는 비로소 기찻길 너머 성냥갑처럼 가로로 길게 늘어선 벽돌가마를 발견했다. 멀리 벽돌공장이 눈에 들어온 순간, 텅 빈 뱃속에서 무언가 울컥 치밀어오르며 목이 메어왔다. 그녀는 선로 옆에 주저앉아 막막하게 벽돌공장을 내려다보았다. 그동안 그녀는 그저 공장으로 돌아가야 한다는 본능에 따라 움직였을 뿐, 정작 자신이 돌아가서 무엇을 할 것인지는 생각해본 적이 없었다.

기찻길 반대편으로 고개를 돌리자 멀리 산자락 아래 평대가 눈에 들어왔다. 한때 융성했으나 몰락하고 만 고대도시처럼 평대는 아침안개에 휩싸여 희미하게 형체를 드러냈다. 멀리서도 유난히 눈에 띄는 것은 건물들 사이로 우뚝 솟은 극장이었다. 그것은 마치 커다란 고래가 깊은 바닷속에서 숨을 쉬기 위해 막 솟아오른 것처럼 보였다. 고래 모양을 본떠 지은 그 극장은 춘희의 엄마인 금복이 직접 설계한 것이었다. 춘희의 머릿속엔 요란한 극장 간판과 극장에 들어가기 위해 그 앞에서 북적거리던 사람들, 군것질거리를 파는 행상들의 모습이 떠올랐다. 그러나 그 흥성한 풍경은 오래전 극장에 불이 났을 때 모두 사라져버리고 없었다. 극장 전체가 불길에 휩싸여 거대한 화염이 무서운 기세로 하늘을 향해 치솟았다. 도시에 있는 소방차란 소방차는 모두 동원이 됐지만 한껏 기세를 올리고 있는 불길을 잡을 수 없었다. 사람들은 모두 멀찌감치 물러서서 온전히 여자 혼자의 힘으로 이룩한 거대한 영화榮華가 불길 속에 스러지는 것을 지켜봐야만 했다. 불길은 이웃 시장으로까지 옮겨붙었고 그날의 참사는 평대를 폐허로 만들어버렸다. 춘희가 교도소에 가 있는 동안 사람들은 희망이 사라진 저주의 땅을 떠났고 다시는 돌아오지 않았다. 기차역은 폐쇄되었으며 사람들이 떠난 평대는 자연의 순환 속에 묻혀 차츰 지워져가고 있던 참이었다.

춘희는 가마에서 나와 펌프가 있는 쪽으로 걸어갔다. 무엇보다도 우선 물을 마셔야 했다. 붉은 녹이 뒤덮고 있는 펌프는 바짝 말라붙어 도저히 물이 나올 것처럼 보이지 않았다. 고무패킹도 갈라져 제대로 기능을 할지 알 수 없었다. 그녀는 부엌으로 들어가 시커멓게 그을린 냄비를 들고 근처에서 물을 찾아다녔다. 곧 기찻길 쪽으로 난 진입로 옆에서 작은 도랑을 발견했는데, 그악스럽게 우거진 여뀌 밑으로 미지근한 물이 고여 있었다. 그녀는 조심스럽게 손으로 냄비에 물을 퍼담았다. 공장이 있는 터는 원래 늪지대였다. 그곳을 메우기 위해 그녀의 엄마는 엄청난 양의 자갈과 흙을 쏟아부어야 했다. 참으로 무모한 짓이었지만 벽돌공장은 훗날, 그 모든 노력에 대해 수십 배 이상 보상해주었다.

　물이 가득차자 춘희는 냄비를 들고 와 펌프 안에 붓고 재빨리 펌프질을 했다. 하지만 물은 곧 펌프 안으로 사라져버리고 바람 새는 소리만이 시끄러웠다. 좀더 큰 물통이 필요했다. 그녀는 적당한 용기를 찾아 공장 주변을 돌아다니다 뜻밖에 근처 풀숲에서 무쇠로 만든 가마솥을 발견했다. 부엌에서 사라졌던 그 가마솥이었다. 녹이 슬고 한쪽 귀가 떨어져나가기는 했지만 구멍이 뚫린 데도 없었고 녹만 제거하면 그런대로 쓸 만해 보였다.

　오래전, 춘희의 엄마는 그 솥에다 공장에서 일하는 사내들을 위해 국수를 삶아내기도 하고, 여름이면 미루나무에 매놓고 키우던

쌀개를 잡아 개장국을 끓여내기도 했다. 개장국을 끓이는 날은 아침부터 공장 전체가 술렁거렸다. 마당 한쪽에 벽돌을 쌓아 솥단지를 걸고 물부터 끓이면 인부들은 일을 하면서도 연신 솥이 걸려 있는 쪽을 힐끔거리며 하루종일 걸근거렸다. 드디어 개장국 냄새가 공장 전체에 퍼져나가고 해가 떨어지면 사내들은 얼굴 가득 수줍은 미소를 띤 채, 솥단지 주변으로 몰려들었다. 춘희의 엄마는 사내들에게 야한 농지거리를 던져가며 국을 한 사발씩 퍼주었고, 그들은 땀을 뻘뻘 흘리면서도 후루룩 소리를 내며 뜨거운 국을 잘도 먹었다. 늘 먹을 게 넘치고 풍요롭던 시절이었다.

춘희는 가마솥을 도랑으로 가져갔다. 바닥에 고여 있는 물을 냄비로 조금씩 퍼담아 수십 번 옮긴 끝에야 겨우 솥 안에 물을 가득 채울 수 있었다. 물을 퍼담는 동안, 춘희는 풀숲 사이에서 무언가 비릿한 기운을 감지했다. 아니나 다를까, 우거진 잡풀을 들치자 굵은 누룩뱀 한 마리가 풀숲에서 나와 도랑 옆으로 기어가고 있었다. 춘희는 재빨리 뱀의 꼬리를 잡아 땅바닥에 힘껏 태질을 했다. 누룩뱀은 가벼운 경련을 일으키며 바닥에 길게 뻗어버렸다. 춘희는 뱀을 그대로 놔둔 채 양팔로 가마솥을 껴안고 힘껏 들어올렸다. 다리가 휘청하며 비틀거렸다. 도랑에서 펌프가 있는 곳까지 그리 멀진 않았지만 아흐레나 굶은데다 지칠 대로 지쳐 있어 무쇠솥을 들어옮기는 건 쉬운 일이 아니었다. 백 근이 넘는 무쇠솥에 물이 가득 담겨 있었으니 웬만한 장정 둘이 붙어도 만만치 않은 일일 터였다.

춘희는 무려 네 번이나 내려놓고 쉰 다음에야 솥을 펌프까지 옮길 수 있었다. 그녀는 펌프 안에 물을 가득 퍼담은 다음 다시 펌프질을 시작했다. 하지만 물은 곧 펌프 안으로 속절없이 사라지고 낡은 패킹 사이로 바람 빠지는 소리만 들렸다. 솥 안의 물을 거의 다 잡아먹고 지쳐 포기하고 싶을 때쯤, 드디어 기별이 왔다. 펌프질을 하는 손끝에 뭔가 묵직하게 걸리는 느낌이 왔고 시뻘건 녹물이 한 차례 지나간 뒤 곧 차가운 지하수가 쏟아지기 시작했다. 춘희는 우선 펌프 꼭지에 입을 대고 오랫동안 물을 마셨다. 차가운 물이 식도를 타고 위장으로 흘러들어가며 찌르르 울리는 느낌이 몸 전체에 퍼져나갔다. 한동안, 숨을 몰아쉬며 앉아 있던 춘희는 자리에서 일어나 한 겹뿐인 수의를 벗기 시작했다.

한여름 햇살 아래, 물소처럼 거대한 알몸이 드러났다. 며칠 동안 아무것도 먹지 못했지만 교도관들이 '바크셔'라고 부르던 그녀의 몸은 여전히 백이십 킬로그램을 유지하고 있었다. 하지만 그녀가 여느 뚱뚱한 여자들처럼 그저 뱃살이나 엉덩이가 늘어진 채 단지 뚱뚱하기만 한 것은 아니었다. 오랜 노동으로 단련된 굵은 팔뚝과 넓은 어깨는 남자 운동선수를 연상케 했고 검게 그을린 피부는 그녀를 더욱 단단해 보이게 만들었다. 거기다 백팔십 센티미터에 가까운 키에 참나무 둥치처럼 두껍고 탄탄한 두 다리가 그녀의 거대한 몸을 떠받치고 있었다. 실로 장관이었다. 서른이 가까운 나이였지만 아이를 낳기는커녕 임신조차 해본 적이 없는 그녀의 젖가슴은 여전히 팽팽했고 손바닥만큼이나 넓은 젖꽃판 위엔 단단한 젖꼭지가 오뚝, 매달려 있었다.

춘희는 가마솥에 물을 받아놓고, 냄비로 물을 퍼서 뜨거워진 몸에 끼얹었다. 차가운 지하수가 닿자 더위에 지쳐 늘어진 몸이 화들짝 놀라 깨어나며 자신도 모르게 신음소리가 흘러나왔다. 그녀는 펌프 옆에서 몸을 씻기 시작했다.

살들, 누구에게도 사랑받지 못했던 비극적 운명의 주인공이자 영원히 벗어던질 수 없는 천형天刑의 유니폼처럼 그녀를 안에 가둬놓고 평생 이끌고 다니며 멀고 먼 길을 돌아 마침내 다시 이곳 벽돌공장까지 데리고 온 그 살들을 춘희는 문지르고 또 문질렀다. 햇볕에 그을리고 군데군데 상처를 입었지만 그녀의 피부는 아직도 탄력을 유지하고 있었다. 춘희는 자위행위를 하듯 부드럽고 은밀하게, 그리고 집요하게 온몸을 구석구석 닦아냈다. 목욕을 하는 동안 文의 얼굴이 떠올랐다. 오래전, 의붓아버지인 文은 이미 몸무게가 백 킬로그램에 가까워지는 그녀를 펌프 옆에 세워놓고 몸을 씻기며 말하곤 했다.

춘희야, 너의 이 굵은 다리로는 누구보다도 단단하게 진흙을 이길 수 있고 이 두꺼운 팔로는 누구보다도 벽돌을 많이 들어옮길 수 있으니 그게 다 너의 복이란다.

그녀에게 벽돌 굽는 방법을 가르쳐준 文은 아무도 눈치채지 못하는 가운데 서서히 눈이 멀어갔으며 깊은 고독 속에서 홀로 쓸쓸한 죽음을 맞았다. 춘희는 문득 가슴이 먹먹해져 몸을 닦는 손을 잠시 멈추었다. 하지만 그녀는 울지 않았다. 그렇게 오랜 시간을 들여 목욕을 끝내고 그녀는 옆에 벗어둔 수의를 짓이기듯 꼼꼼하게 빨아 풀 위에 널었다.

멀리 계곡 쪽에서 찬 기운을 머금은 바람이 불어왔다. 그녀는 눈을 감은 채 거대한 알몸을 핥고 지나가는 바람을 음미했다. 실로 오랜만에 느껴보는 산뜻한 기분이었다. 이제 그녀의 예민한 감각은 목욕을 통해 새롭게 되살아나 바람 속에 섞여 있는 계곡의 음습한 기운과, 그 계곡 아래 바위틈에 숨어 잠들어 있는 너구리의 누린내와, 벌판을 지나오는 동안 묻혀온 온갖 풀들의 향기를 감지할 수 있었다. 비로소 자신이 의당 돌아올 곳으로 돌아왔다는 안도감에 그녀는 오랜 긴장에서 서서히 풀려나고 있었다.

잠시 후, 숨을 몰아쉬며 펌프 옆에 앉아 있던 그녀에게 잊고 있던 허기가 몰려왔다. 그녀는 물을 퍼왔던 도랑으로 가 방금 전 잡아놓은 누룩뱀을 가지고 돌아왔다. 뱀은 아직 죽지 않고 그녀의 팔을 휘감으며 꿈틀댔다. 두툼한 몸뚱이에 길이가 세 자도 넘는 제법 큰 놈이었다. 뱀의 목을 이빨로 물어뜯어 가죽을 벗겨내자 하얗고 통통한 몸체가 드러났다. 위장 안엔 채 소화되지 않은 참개구리와 날벌레가 들어 있었다. 물에 헹궈 핏물을 씻어낸 후, 춘희는 뱀의 몸통을 한 손에 말아쥐고 머리끝부터 우적우적 날로 씹어먹기 시 작했다. 이빨로 한 토막씩 끊어 오래 씹자 기름기를 머금은 고소한 맛이 입안 가득 퍼져나갔다. 육즙이 다 빠져나가고 남은 뼈 찌꺼기 는 뱉어냈다. 그렇게 그녀는 앉은자리에서 뱀 한 마리를 천천히 다 먹어치웠다. 뱀의 위에서 나온 개구리도 물에 헹궈 마저 입에 넣 었다.

오랫동안 비어 있던 뱃속에 육기가 들어가자 곧 내장이 뒤틀리 며 구역질이 치밀었다. 교도소 입구에서 어느 노파에게 두부 한 모 를 얻어먹은 이후, 실로 아흐레 만에 처음으로 음식물이 들어갔으 니 당연히 그럴 법도 했다. 그녀는 목구멍을 타고 올라오는 음식물 을 억지로 눌러삼켰다. 겨우 속이 가라앉자 찬물로 입을 헹구고 자 리에서 일어나 채 마르지 않은 수의를 꿰입었다. 찢어져 너덜거리 는 바짓단은 손으로 마저 잘라냈다. 축축한 수의를 입고 그녀는 잠 시 망연한 표정으로 공장을 둘러보았다. 그리고 마침내 그녀는 살 림집을 향해 천천히 걸음을 옮겨놓기 시작했다. 가마 근처를 어슬 렁거리던 족제비가 그녀를 보고 놀라 풀숲으로 달아났다. 망초 위 에서 놀던 된장잠자리도 빠른 날갯짓을 하며 길을 비켜주었다.

이제 공장에 주인이 돌아온 것이다.

귀물鬼物

이 긴 이야기의 시작은 평대에서 국밥집을 하던 한 노파로부터 비롯된다. 그녀는 춘희가 태어나기도 전에 죽었으며 두 사람은 멀리 떨어져 있어 서로의 존재에 대해 알지 못했다. 하지만 어찌 알랴, 이 모든 이야기가 한 편의 복수극일 수도 있음을. 과연 노파는 자신의 뜻대로 복수에 성공한 걸까? 거기에 대해 답해줄 사람은 아무도 없다. 그녀의 저주를 기억하는 사람들은 이미 이 세상 사람이 아니며 그녀의 이야기는 까마득한 옛날, 평대에 처음 기차가 들어왔던 시절의 이야기이다.

기차역 근처, 후미진 곳에 있던 국밥집은 외지에서 떠들어온 뜨내기나 막노동꾼을 상대로 국밥과 함께 탁배기를 팔던 곳으로, 천하에 보기 드문 박색의 노파 혼자서 근근이 꾸려가고 있었다. 그녀가 생긴 건 비록 가량맞아 보여도 평생 남의 집 부엌살이로만 떠돌다보니 그런대로 상차림이 제법 조촐했던지 손님이 심심찮게 드나들었다. 어느 해 겨울, 노파는 장을 보러 나가다 그만 문 앞에 얼어있는 개숫물 위에 미끄러져 엉덩방아를 찧고 말았다. 노파는 자신이 만들어놓은 얼음판에 대고 '도대체 어느 얼어죽을 놈의 여편네가 남의 집 문 앞에다 개숫물을 버렸느냐'며 투덜대고 일어났다.

이야기는 이렇게 시작된다. 그 옛날 평대의 골짜기를 스쳐가던 바람처럼, 가볍게.

그날 밤 노파는 허리와 엉덩이가 못 견디게 쑤셔댔지만 뜨거운 데서 좀 지지고 일어나면 낫겠거니 하고 아궁이에 아끼던 장작을 몇 개 던져넣은 후 더러운 이불 속으로 기어들었다. 그러나 다음날 아침이 되어도 허리는 낫지 않았다. 아니, 오히려 더 쑤시고 아파 꼼짝도 할 수가 없었다. 몇 해 전, 돈을 뺏으러 온 이웃마을의 건달들에게 밤새도록 두들겨맞았을 때도 노파는 이틀 만에 일어나 일을 나갔으나 이번엔 예감이 좋지 않았다.

밥도 못 끓여먹고 하루종일 누워서 끙끙대던 노파는 해 질 무렵이나 되어 겨우 몸을 일으켰다. 아무리 감기가 심하게 들어도 약한 첩 지어 먹어본 적이 없는 노파는 역 앞에 있는 약포에 기다시피 걸어가 약을 사먹고 다시 자리에 누웠다. 그걸로 끝이었다. 노파는 다시는 자리에서 일어나지 못했다. 기실은 오래전부터 이미 구멍이 숭숭 뚫려 유리처럼 약해진 고관절이 빙판에 넘어지는 통에 수십 조각으로 부서져버린 거였으나 시골에서 이질약이나 팔아먹던 약포 주인이나 무지한 노파가 이를 알 리 없었다.

기차역 앞에 방을 얻어놓고 산판에 나가 품을 팔던 인부들이 하루종일 산속에서 얼어붙은 몸을 녹일 요량으로 국밥집을 찾았다가 노파를 발견한 건 그로부터 이레가 지난 뒤였다. 다른 손님들은 거개가 불이 꺼진 국밥집 안을 잠깐 들여다보고 투덜대며 그냥 돌아섰지만 그들은 뜨뜻한 국물이 몹시도 그리웠는지 노파를 부르며 기어이 방문까지 열어젖혔던 것이다. 방안에 미동도 없이 누워 있는 노파를 발견하고 처음엔 그녀가 죽은 줄로만 알았다. 하지만 노파는 어두컴컴한 방안에서 그동안 꽁꽁 언 찬밥 덩어리를 어석어석 깨물어먹으며 질긴 목숨을 부지하고 있었다. 그 덕에 몇 개 남지도 않은 이가 두 개나 더 부러지기는 했지만.

그뒤, 옆집에 사는 과부가 가끔씩 찬밥을 넣어주기도 하고 요강을 비워주기도 했지만 굴신도 못하고 자리보전을 하던 노파는 곧 등과 사타구니에 욕창이 생기고 오물 냄새와 함께 살 썩는 냄새가 방안에 진동했다. 성정이 원체 모진데다 인정머리라곤 쥐새끼 눈곱만큼도 없는 과부는 며칠에 한 번씩 얼굴을 들이밀 때마다, '으이그, 뭔 늙은이가 똥을 이렇게 많이 싸질러댄댜' '먹는 것도 션찮은데 이 똥은 다 어디서 나오는 거여?' 어쩌고 하며 입으로 연신 툴을 주더니 그나마도 차츰 발길이 뜸해져 요강은 곧 오물로 넘쳐나고 노파는 며칠씩 굶는 경우가 허다했다. 노파의 말라비틀어진 육체는 점점 더 썩어들어갔다. 그것은 세상의 법칙이었다.

이 무렵, 한겨울에 때아닌 꿀벌이 날아들어 평대의 하늘을 새카맣게 뒤덮었다. 사람들은 뭔가 큰 변괴가 생긴 거라며 두려움에 떨었는데, 뒤이어 한 여자가 마을 어귀에 나타났다. 그런데 그녀는 섬뜩하게도 한쪽 눈이 빠져 달아난 애꾸였다. 한 손에 지팡이를 짚고 있는 여자의 얼굴은 잔주름 하나 없이 백옥처럼 깨끗했지만 어찌된 일인지 머리가 하얗게 세어 있었다. 그것은 여자가 어릴 때부터 꿀을 너무 많이 먹었기 때문이었는데, 이 때문에 사람들은 그녀의 나이를 도무지 가늠할 수 없었다.

여자는 벌들을 몰고 노파가 누워 있는 국밥집을 향해 천천히 걸음을 옮겼다. 뒤따라온 마을 사람들에게 그녀는 자신이 노파의 딸이라고 했다. 사람들은 애꾸 여자의 괴이한 풍모가 두렵기도 했지만 무엇보다도 그녀의 머리 주변을 빙빙 도는 벌에게 쏘일까봐 목을 잔뜩 움츠린 채, 빨리 의원을 데려와야 한다느니, 욕창에는 말린 잇꽃이 좋다느니 어쩌고 하며 조심스럽게 한마디씩 보탰다. 그러나 애꾸는 '내 엄마는 내가 알아서 한다'며 사람들을 모두 집밖으로 쫓아냈다. 사람들이 돌아가고 나자 그녀는 이미 사신의 그림자가 짙게 드리워진 노파의 얼굴을 하나뿐인 눈으로 노려보았다. 훗날, 여자는 사람들에게 자신을 애꾸로 만든 장본인이 바로 노파라고 했는데, 그 말은 어느 정도 사실이었다. 당시 그들 모녀는 헤어진 지 이십여 년이 지나 있었다.

이야기는 거슬러올라간다. 오래전 노파는 얼굴이 워낙 박색인 탓에 시집간 지 만 하루 만에 신랑 품에 한번 안겨보지도 못하

28

고 소박을 맞고 쫓겨나 일색소박은 있어도 박색소박은 없다는 말을 무색게 하더니, 이후에도 제짝을 못 만나고 서른이 넘도록 남의 집 드난살이로만 떠돌다 한 대갓집에 부엌살이로 들어가게 되었는데, 그곳이 그저 눈이 있는 자리라는 것만을 겨우 알려줄 뿐인 옴폭 들어간 쥐눈에, 눈을 씻고 봐도 귀염성이라곤 찾아볼 수 없는 강팍한 얼굴과 그 한복판에 자리잡은 뭉툭한 주먹코, 짧은 다리에 체수마저 작은데다 웃을 때마다 썩은 이가 까맣게 드러나는 그녀에게 집안의 늙은 머슴들조차 눈길 한번 주지 않는 것은 물론이요, 한여름이면 지게문에 장지문, 속속곳에 밑구멍까지 다 열어놓고 잠을 자도 누구 하나 문지방을 넘어서는 사내가 없었으니 그녀의 박색 앞에선 짚신도 짝이 있다는 말이 다 무색할 지경이었다.

그녀가 드난을 살게 된 대갓집엔 외아들이 하나 있었는데, 그가 하필이면 반편이었다. 갓난아이 적에 마루에서 떨어지며 댓돌에 머리를 찧어서 그렇게 되었다는 둥 어릴 때 용#을 너무 많이 먹어서 그렇다는 둥 또는 거두절미하고 그냥 날 때부터 배냇병신이었다는 둥, 여느 반편이들처럼 그의 태생에 대해서도 이런저런 설들이 많았는데, 태생이야 어찌됐든 그 반편이는 열 살이 넘도록 제남도 구별 못하고 자리도 구별 못해 아무데서나 드러눕고 아무데서나 똥을 싸는 진짜 반편이임에 틀림없었던 모양이다. 따라서 누군가 밥 수발에 옷 수발은 물론, 목간 수발에 뒷간 수발까지 도맡아야 했으니 그게 바로 시집도 못 간 가엾은 노처녀였다. 당시만 해도 남녀와 반상의 법도가 지엄하던 때였다지만 어디까지나 반편이는 반편이, 어느 사내 하나 거들떠보지 않는 박색의 노처녀가 바라지를 한다고 해서 누구 하나 이상하게 여기는 사람이 없었다.

그러던 반편이가 열댓 살이 넘어가면서 문제가 하나 생겼다. 그것은 다름아닌 그의 엄청난 양물 때문이었다. 지능지수가 서너 살 먹은 어린애 수준에서 멈춰버린 게 억울했는지 어쨌는지 그의 연장은 오뉴월 수세미처럼 쉬지 않고 자라 열댓 살이 되어서는 그 길이가 물경 한 자에 이르렀으니, 혹 옆에 자가 있다면 독자 여러분께서도 그 크기를 한번 가늠해보시라. 참고로 한 자는 30.3센티미터에 해당한다.

물론 크다고 흠이 되는 것이 아니요, 언 년인진 몰라도 틀림없이 입이 찢어지게 신나는 일이 될 것인즉 그것도 의당 축복이라면 축복일 터이지만 하필이면 그 귀한 물건이 쌔고 쌘 사내들 중에 운우지정은커녕 아직 음양지조화도 모르는 반편이에게 돌아간 것은 아무리 좋게 생각해도 조물주의 짓궂은 장난이라고밖에 어찌 달리 설명할 수 있겠는가.

한편, 서른이 넘도록 사내 품에 한번 안겨본 적도 없는 순진한 노처녀의 입장에서 처음 그 엄청난 위용을 마주한 심정은 어떠했을까? 한 자가 넘는 그런 기물을 현실에서 한 번도 본 적이 없는 우리로서는 그 충격을 헤아리기가 쉽지 않다. 다만 그 장대한 스펙

터클 앞에서 그저 입을 딱 벌리지 않았을까 하는 짐작만 해볼 뿐.

그랬다. 실제로 목간통에 들어앉아 때를 불리던 반편이가 자리에서 일어서자 노처녀는 입을 딱 벌리고 말았다. 전에도 반편이의 물건이 유별나다 싶었지만 겨우내 목간 한번 시키지 않아 그간의 엄청난 성장을 눈치채지 못하고 있었던데다 그날따라 무엇 때문에 흥분을 했는지 힘줄이 툭툭 불거진 반편이의 연장이 바로 코앞에서 꺼떡대며 한 치 에누리 없는 한 자의 위용을 드러냈으니 시집도 못 간 그 가엾은 노처녀의 충격이 어떠했을까. 그녀는 갑자기 눈앞이 아득해지며 벌린 입을 채 다물지도 못하고 앉은자리에서 그만 오줌을 죽, 싸고 말았다. 그것은 무조건반사의 법칙이었다.

무릇, 생명 가진 모든 존재의 소이연이 생육과 번식일진대, 아무리 세상에 드문 박색이라곤 하지만 그녀도 엄연히 X자 두개를 갖고 태어난 암컷임에는 틀림없었으니 그 특별한 수컷의 기물을 마주하고 어찌 기함을 하지 않을 수 있었겠는가. 때문에 그녀가 온몸이 떨리고 온갖 야릇한 생각에 아랫도리가 뜨거워지며 잊고 있던 한숨을 크게 내쉰 것까지는 능히 이해할 만한 일이었으며 자못 측은한 구석까지 있었다. 그러나 뒤이은 그녀의 행동은 매우 외설적이며 상식적으로는 도저히 납득하지 못할 대담하고도 엉뚱한 것이었는데, 그것은 바로 자신의 코앞에서 꺼떡대는 반편이의 양경을 두 손으로 잡아 벌리고 있던 입으로 그만 덥석 물고 만 것이었다. 물론 자신도 모르게 한 느닷없는 행동이었다. 이때 반편이는 뭐가 그리 즐거웠는지 신나게 물탕을 튀기며 히죽거리다 가엾은 노처녀를 내려다보며 한마디했다.

─히히, 그건 먹는 게 아녀, 빙신아.

훗날, 춘희의 엄마인 금복이 반편이의 얘기를 전해듣고 이에 대해 언급한 적이 있다. 그 이야기가 사이즈에 대한 세상의 온갖 견해들을 갈음하는 바 있어 여기에 옮겨적자면 다음과 같다.

─글쎄, 크다고 뭐 딱히 좋을 건 없지만, 그래도 이왕지사, 굳이 하나를 선택하라면……

그녀는 잠시 뜸을 들인 후, 배시시 웃으며 말했다.

─큰 게 좋겠지.

노파와 반편이 사이에서 벌어진 이후의 이야기는 암컷과 수컷 사이에서 일어난 수많은 이야기, 그 허망한 단순성에도 불구하고 쉴새없이 만들어지고 부풀려지며 사람들의 입과 귀를 통해 끝없이 퍼져나가 마침내 온 세상을 가득 채우게 된, 여느 합궁合宮에 대한 이야기들과 별반 다를 바 없다. 다만 한 가지, 가엾은 노처녀가 세상에 드문 반편이의 기물을 받아들이느라 절로 새나오는 신음소리가 문지방을 넘지 않도록 머리맡에 있던 걸레로 자신의 입을 틀어막았다는 게 특이하면 특이하달 뿐.

초저녁잠이 많아 해 지기가 무섭게 곯아떨어지고, 한번 잠들었다 하면 새벽닭이 울 때까지 누가 업어가도 모르던 노처녀가 갑자기 요강을 부신다는 둥 자리끼를 갈아준다는 둥 이런저런 핑계로 밤늦게까지 반편이의 방을 무시로 드나드는 것을 처음 눈치챈 사람은 그녀와 한방을 쓰던 어린 부엌데기였다. 그날 낮에 메주를 만들며 부엌어멈의 눈을 피해 몰래 삶은 콩을 입에 마구 쓸어담았던 그녀는 끝내 탈이 나 새벽까지 뒷간을 드나들었는데, 반편이의 방문 앞을 지나다 어디선가 고양이 앓는 소리를 들었다. 그리고 곧 같은 방을 쓰는 노처녀가 근래에 왜 그렇게 부산을 떨었는지 이해하게 되었다.

며칠 뒤, 그녀는 근처에서 부엌살이를 하던 동향 친구를 만나 조심스럽게 귓속말을 주고받았고, 일단 컨베이어벨트에 올려진 귓속말은 곧 자동공정을 통해 매우 그럴듯하고 선정적인 이야기로 부풀려져 온 동리를 거쳐 인근마을에까지 퍼져나갔다. 귓속말이 돌고 돌아 마침내 주인마님의 귀에까지 들어간 것은 노처녀가 반편이와 목간통에서 처음으로 배를 맞춘 지 네 달이 지난 뒤였다. 그것은 소문의 법칙이었다.

그날도 노처녀는 반편이의 방에 숨어들었다. 그동안 거대한 연장에 어느 정도 적응이 된 노처녀는 열락의 장단에 몸을 맡기고 엉덩이까지 제법 추썩거리며 요분질을 해대느라 장지문 밖에 사람의 그림자가 어른거리는 것을 미처 눈치채지 못했다. 뒤이어 문짝

이 부서지듯 열리고 젊은 머슴들이 들이닥쳐 머리채를 잡힌 채 밖
으로 끌려나가 마당에 내동댕이쳐져서야 노처녀는 비로소 모든
게 끝장났다는 것을 깨달았다. 곧 마당에 횃불이 밝혀지고 노기로
파랗게 질린 대갓집 마님이 나타났다. 미처 속곳조차 걸치지 못한
불쌍한 노처녀는 마당 한복판에 알몸으로 웅크리고 앉아 처분을
기다리고 있었다. 갑작스런 소동에 놀란 아랫것들이 어느새 밖으
로 몰려나와 그녀의 주위에 빙 둘러섰다. 주인마님은 얼굴을 부들
부들 떨며 수세미처럼 구겨져 바닥에 웅크리고 있는 박색의 노처
녀를 노려보았다. 비록 자식이 반편이기는 하지만 그것은 반상의
법도가 지엄한 세상에서 상상하기조차 싫은 치욕이었다. 주인마
님은 머슴이 들고 있던 홍두깨를 빼앗아 하늘 높이 쳐들었다. 천한
계집의 머리통을 단매에 바수어놓을 참이었다. 나이가 오십이 가
까워오는 여자의 몸이었지만 찌를 듯한 분노는 능히 머리를 바수
고도 남음이 있었다.

그런데 이때, 뜻밖의 일이 벌어졌다. 방에 있던 반편이가 울면
서 밖으로 뛰쳐나온 것이다. 그는 노처녀가 끌려나간 영문도 모르
는 채 그녀의 이름을 부르며 마당으로 뛰어나왔다. 그도 노처녀처
럼 실오라기 하나 걸치지 않은 알몸이었음은 물론이었다. 그의 엄
마인 주인마님을 위시해 집안의 하인들이 모두 반편이의 사타구
니에서 덜렁거리는 거대한 고기방망이를 목격한 것은 바로 이때
였다. 노처녀가 처음 그 기물을 목도했을 때처럼 모두들 일제히 입

을 딱 벌렸다. 순간, 마님은 노여움을 잊었고 부엌살이들은 부끄러움을 잊었으며 사내들은 자신들이 해야 할 바를 잊었다. 그만큼 충격적인 사이즈였다.

잠시 후, 누구보다도 먼저 정신을 차린 마님이 '이, 이 무슨 해괴망측한 꼴인고!' 버럭 소리를 지르자 뒤늦게 자신들이 해야 할 바를 깨달은 늙은 머슴 몇몇이 반편이를 끌고 방으로 들어갔고 부끄러움을 되찾은 부엌살이들은 호들갑스런 비명과 함께 두 손으로 얼굴을 가리고 일제히 부엌으로 내달았다. 뒤이어 마님의 지엄한 분부가 떨어졌다.

—저 죽일 년을 당장에 요절을 내서 이 집에서 내쫓아라!

그녀는 노여움과 민망함에 연신 혀를 차며 안채로 사라졌다. 뒤이어 사내들의 무작스런 몽둥이가 노처녀의 알몸 위에 떨어졌다. 비명소리와 함께 살이 터지고 피가 튀었다. 날 때부터 그저 목구멍에 풀칠하는 것을 오로지하여 살아온 그들이었으니 따로 인정이나 동정심 따위가 있을 리 없었다. 가엾은 노처녀가 비명과 함께 이리저리 알몸을 뒤치자, 비록 박색이라고는 하나 속살을 다 드러낸 처녀가 연출하는 적나라한 포즈에 사내들은 자신도 모르게 흥분이 되어 눈은 이상한 광기로 번질거리고 몽둥이를 쥔 손에는 더욱 힘이 들어갔다. 게다가 '요절을 내라'는 마님의 지시가 도대체어디까지인지를 가늠할 수가 없다보니 어디선가 그만두라는 지시가 떨어지기 전엔 아무도 매질을 멈출 생각조차 하지 못했다. 그것은 관성의 법칙이었다.

부엌문 틈으로 밖을 내다보며 매가 떨어질 때마다 마치 자신이 매를 맞는 것처럼 몸을 움찔거리며 혀를 차던 부엌살이들이 일제히 몰려나와 사내들을 말리지 않았던들 아마도 모진 매질은 밤새 계속되었을 것이다. 벌겋게 얼굴이 달아오른 사내들이 겨우 매질을 멈추고 민망한 듯 큼큼거리며 서로 딴전을 피우는 동안 누군가 옷을 가져다 이미 피곤죽이 되어 질척해진 고깃덩어리에 대충 꿰어주자 사내들은 그 고깃덩어리를 들고 가 대문 밖에 내다버렸다. 그리고 그날 밤의 끔찍한 광경을 잊고 싶은 듯 다들 고개를 절레절레 흔들며 각자의 방으로 기어들었다. 비 맞은 짚가리처럼 힘없이 고개를 떨어뜨린 채 대문에 기대 있는 노처녀는 이미 절명한 듯싶었다. 숨조차 쉬지 않았고 코와 입에선 쉬지 않고 피가 흘러내려 바닥을 적셨다.

다음날 아침 청지기가 문을 열었을 때 가엾은 노처녀는 어디론가 사라지고 보이지 않았다. 모두들 그녀가 다행히 죽지 않고 몸을 추슬러 어디론가 제 갈 길로 갔다고 생각하며 각자의 소임으로 돌아갔다. 그것은 아랫것들의 법칙이었다. 이야기는 그렇게 끝나는가 싶었다.

그런데 며칠 뒤, 자정도 넘은 야심한 시각에 누군가 조용히 반편이의 방으로 숨어들었다. 바로 며칠 전 피곤죽이 되도록 사매질을 당한 노처녀였다. 그녀는 세상 모르게 곯아떨어진 반편이를 조용히 흔들어 깨웠다. 반편이가 눈을 뜨자 노처녀는 그의 귀에 대고 속삭였다.

—아가야, 나랑 같이 목간하러 가지 않으련?

—나, 목간하기 싫다.

반편이가 다시 졸린 눈을 감으려 하자 그녀는 반편이의 바지춤에 손을 넣고 양물을 살살 주물렀다.

—이래도 싫어?

그러자 반편이가 입을 헤 벌리며 대답했다.

—히히, 그럼 나, 목간하고 싶다.

그녀는 반편이를 데리고 조용히 대문을 나섰다. 반편이는 목간을 부엌에서 안 하고 어디를 가느냐고 투덜댔지만 살살 어르고 달래어 집밖으로 끌고 나왔다. 잠시 후, 그녀가 반편이를 데리고 간 곳은 바로 마을 앞을 흐르는 큰 개울가였다. 반편이는 두려움을 불러일으키는 음산한 물소리와 그녀의 심상치 않은 눈빛에 겁을 먹고 뒤로 물러섰다.

—춥다. 나 집에 가고 싶다.

그러자 노처녀는 재빨리 반편이의 옷을 모두 벗겼다. 그리고 그를 개울가 풀숲에 눕히고 그 위에 올라탔다.

—가만히 있어, 아가야. 그래야 착하지.

노처녀는 반편이의 양물을 잡아 자신의 음문에 끼워맞추고 허리를 들썩이기 시작했다. 반편이도 늘 해오던 대로 입을 벌린 채 헤죽거리며 엉덩이로 장단을 맞췄다. 사방은 불빛 하나 없이 캄캄했으며 거친 물소리와 두 사람의 살 부딪치는 소리만이 요란했다. 노처녀의 입에선 신음소리가 흘러나왔다. 이번엔 걸레로 틀어막을 필요가 없었다. 마침내 노처녀가 길게 소리를 지르며 절정에 다다랐다. 잠시 후, 그녀는 씨근거리며 누워 있던 반편이의 손을 잡아 일으켰다.

 —자, 이제 목간해야지.

 —춥다. 나 목간하기 싫다.

 —안 돼! 그래도 해야 돼.

그녀는 무섭게 눈을 부라렸다. 반편이는 마지못해 그녀의 손에 이끌려 물속으로 걸어들어갔다. 며칠 전 내린 비로 개울물은 한껏 불어나 있었다. 차갑고 거센 물살이 허리에 감기자 반편이는 무서운 생각에 노처녀의 손을 힘껏 붙잡았다. 노처녀는 반편이를 점점 더 깊은 여울 속으로 끌고 들어갔다. 그녀의 뒤에선 검은 소용돌이가 일고 있었다.

한밤중에 사라진 반편이가 다음날 아침이 되어도 돌아오지 않자 온 집안이 발칵 뒤집혔다. 집안의 권속들이 반편이를 찾으러 사방으로 흩어졌다. 시오리 떨어진 아랫마을에서 빨래를 하던 한 처자가 물위로 떠오른 반편이의 시체를 발견한 것은 그가 사라진 지 이틀이 지난 뒤였다. 반편이의 시체를 발견한 그 처자도 입을 딱 벌렸음은 물론이었다.

애꾸

몇 년 뒤, 수십 리 떨어진 어느 산골마을에 어린 딸을 데리고 이 집 저 집 떠돌며 허드렛일을 봐주고 겨우 대궁밥이나 얻어먹고 다니는 한 뜨내기 여자가 있었다. 인물이 워낙 박색인데다 체수마저 작아 누구 하나 거들떠보는 사내가 없는 그녀는 바로 반편이와 배를 맞췄던 그 가련한 부엌데기였다. 딸도 물론 반편이의 씨였다. 반편이가 아랫마을에서 퉁퉁 불은 시체로 떠올랐던 그해 겨울, 노파는 남의 집 아궁이 옆에서 혼자 딸을 출산했다. 다행히 반편이의 딸은 반편이가 아니었다. 얼핏 보면 반편이하고 닮은 데라고는 한 군데도 없어 보였다. 그러나 쌍꺼풀 진 커다란 눈, 순진한 듯 허무하고 미련한 듯 무심해 보이는 그 눈만큼은 반편이의 것을 빼박은 듯 닮아 있었다. 그것은 유전의 법칙이었다.

노파는 반편이를 생각나게 하는 딸의 눈과 마주칠 때마다 괴로웠다. 그래서 때렸다. 그나마 제대로 얻어먹지 못해 젓가락처럼 가느다란 소녀의 몸에 멍이 가실 날이 없었다. 딸은 노파에게 두들겨 맞을 때마다 구석에 웅크리고 앉아 슬피 울며 노파를 올려다보았다. 그럴 때면 그녀의 가련한 눈은 더욱더 반편이를 떠올리게 했다. 겁에 질린 눈으로 자신을 향해 손을 내저으며 어두운 물속으로 사라지던 순간에 외치던 반편이의 목소리도 들리는 듯했다.

싫어, 나 목간하기 싫단 말야.

어째서 노처녀는 불쌍한 반편이를 캄캄한 물속으로 밀어넣었을까? 자신에게 끔찍한 사매질을 가했던 주인집에 복수를 하고 싶어서였을까, 아니면 비록 짧은 시간이었지만 그녀의 생에 있어서 가장 행복했던 순간을 영원히 기억하고자 함이었을까. 여기서도 우리는 대답을 들을 수가 없다. 모든 것은 물속으로 가라앉았다. 그리고 다시, 이야기는 전진한다.

딸이 일곱 살 되던 해 겨울, 노파는 인삼밭을 하던 한 부농의 집에서 엿을 고고 있었다. 그동안 딸은 주인의 눈치가 보여 집안에 들어가지도 못하고 하루종일 외양간 옆 두엄더미 옆에서 추위에 떨고 있다가, 살갗을 도려내는 칼바람에 순식간에 흩어지기는 했으나, 그나마 그녀가 세상천지에 얻을 수 있는 온기라고는 두엄에서 모락모락 올라오는 김밖에 없었으니, 종국에는 머리만 내놓고 작은 몸을 몽땅 두엄더미 속에 파묻어 그녀가 두엄인지 두엄이 그녀인지 분간할 수 없게 되었다.

얼마나 지났을까, 두엄 속에서 깜박 잠이 들었던 딸은 코를 간질이는 달차근한 냄새에 이끌려 자신도 모르게 두엄더미에서 나와 그녀의 엄마가 일하는 부엌으로 기어들었다. 질척한 소똥에 버무려진 깃으로 옷을 해입고 나타난 딸을 본 노파는 그만 기겁을 하고 놀라 주인이 보면 쫓겨난다며 부지깽이를 휘둘렀다. 가엾은 소녀의 커다란 눈에 그렁그렁 눈물이 맺혔다. 노파는 딸의 눈을 보자 다시 반편이의 얼굴이 떠올랐다. 순간 딸이 가엾다는 생각이 들었다. 그녀는 딸을 아궁이 앞에 앉히고 뜨거운 조청을 한 주발 퍼주었다. 딸은 입천장이 다 익는 줄도 모르고 허발을 하며 주발을 밑바닥까지 깨끗하게 핥았다. 그리고 아궁이 앞에 앉아 불을 쬐다보니 얼었던 몸이 녹으며 두엄 냄새가 모락모락 피어올랐다. 노파는 옆 아궁이에 불을 지피고 가마솥에 물을 끓였다. 물이 끓는 동안 딸은 아궁이 앞에 쭈그리고 앉아 잠이 들었다. 잠든 딸의 모습을 내려다보던 노파는 콧날이 시큰해지며 그동안 자신이 딸에게 못되게 군 것에 대해 후회했다.

잠시 후, 물이 끓기 시작하자 노파는 커다란 목간통에 물을 퍼담고 딸을 깨워 소똥으로 버무려진 옷을 모두 벗겼다. 부지깽이처럼 비쩍 마른 몸 여기저기에 회초리 자국과 멍자국이 남아 있다. 노파는 자신이 그동안 딸에 대해 얼마나 비정했는지를 깨닫고 다시 한번 죄책감에 가슴이 미어졌다. 그런데 어찌된 일인지 막상 목욕을 시키려고 하자 딸은 갑자기 목간통에 안 들어가겠다며 막무가내로 버텼다. 좀처럼 없던 일이라 노파는 속이 상했다. 모처럼 어미 노릇을 하겠다는데 말을 안 들으니 화가 나기도 했다. 그녀는 부지깽이를 높이 쳐들고 빨리 안 들어가면 당장 두들겨맞을 줄 알라며 눈을 부라렸다. 그러자 막무가내로 버티던 딸이 갑자기 눈을 동그랗게 뜨고 그녀를 노려보며 외쳤다.

—싫어! 나 목간하기 싫단 말야.

순간, 노파는 자신도 모르게 그만 빨갛게 불씨가 남아 있는 부지깽이 끝으로 딸의 왼쪽 눈을 푹 찌르고 말았다. 그것으로 잠시 살아났던 딸에 대한 모든 애정은 사라지고 노파는 다시 이전의 비정한 어미로 돌아갔다. 피를 줄줄 흘리며 눈을 감싸쥐고 울부짖는 딸에게 노파는 엿을 저으며 한마디했다.

—그러게 이년아, 밖에 나가 있으라고 그랬지 누가 기어들어오래? 빨리 안 나가면 아궁이 속에다 확 던져버릴 거여.

아궁이에선 소나무 장작불이 시뻘겋게 타오르고 있었다.

애꾸가 된 딸이 열세 살이 되자, 마을에 철도공사가 시작되었다. 짚신도 짝이 있다는 속담이 그제야 제구실을 하려고 그랬는지 아니면 뒤늦게나마 조물주가 슬그머니 미안한 생각이 들었는지, 목도질을 다니던 한 사내가 밤마다 사람들의 눈을 피해 노파의 방을 드나들기 시작했다. 목도꾼은 얼굴이 심하게 얽은 곰보여서 시커먼 얼굴에는 현무암처럼 커다란 구멍이 숭숭 뚫려 있었다. '벌써 궁둥이 돌아가는 것만 봐도 안다'고 곧 동네에 소문이 자자했지만 노파는 개의치 않았다. 나무껍질처럼 거칠던 피부는 갓 낳은 계란처럼 윤기가 돌고 가뜩이나 찢어진 눈은 더욱 가늘어졌다. 그것은 사랑의 법칙이었다.

노파는 일을 끝내기 무섭게 집으로 돌아가 딸을 윽박질러 재우고 치마를 벗고 이불 속에 들어가 곰보 사내를 기다렸다. 아마도 이때가 노파의 일생에 있어서 가장 행복한 시절이었을 터인데, 그나마 그녀의 더러운 팔자는 행복을 오래 놔두지 않았다.

어느 날, 일이 늦게 끝나 밤늦게 집으로 돌아온 노파는 방에서 나는 이상한 소리를 들었다. 문틈으로 들여다보니 곰보 사내가 자신의 딸과 알몸으로 한이불 속에 엉겨붙어 있었다. 노파는 부엌에 들어가 소리죽여 울며 자신의 기박한 팔자를 저주했다. 하지만 그녀는 오래 울지 않았다. 노파는 곧 부엌칼을 집어들고 조용히 방문을 열었다. 곰보 사내는 여전히 노파가 온 것을 알지 못하고 가느다란 딸의 알몸 위에서 헐떡대고 있었다. 사내 밑에 깔려 있던 딸은 노파를 발견하고 놀라 하나뿐인 눈이 둥그레졌다. 노파는 조용히 하라는 뜻으로 손을 입에 갖다댔다. 그리고 곰보 사내의 등뒤로 다가가 넓은 등 한복판을 겨냥하고 칼로 힘껏 찔렀다. 칼은 단숨에 허파를 관통해, 곰보의 목에서는 바람 새는 소리가 났다. 노파는 반쯤 들어간 칼을 두 손으로 잡고 손잡이가 다 들어갈 때까지 깊숙이 쑤셔넣었다. 곰보는 비명 한번 제대로 못 지르고 부르르 떨더니 그대로 딸의 몸 위에 엎어지고 말았다. 곰보의 입에서 뿜어져나온 피를 온통 얼굴에 뒤집어쓴 딸은 자리에 누운 채, 소리도 못 지르고 바들바들 떨고 있었다. 노파는 들고 있던 부엌칼을 내던지며 말했다.

─뭘 보고만 있어, 이년아. 이거 안 치우고 그냥 잘 거여?

그날 밤, 모녀는 곰보의 시체를 거적에 말아 기찻길 옆에 묻었다.

딸은 노파가 자신도 곧 죽일 거라고 생각했다. 그녀는 겁에 질려 몰래 도망칠 궁리를 하고 있었는데, 구태여 그럴 필요가 없었다. 곰보가 죽은 다음날, 노파는 마을 뒷산 으늑한 골짜기 안에서 벌을 치고 있는 한 중늙은이의 움막을 찾아갔다. 이른 봄, 남쪽 끝에서 출발해 늦은 가을 북쪽 끝까지 밀원蜜源을 찾아 이동하며 전국을 떠도는 그는 해마다 오월이 되면 펑대로 들어와 싸리꽃과 밤꽃이 흐드러지게 핀 골짜기 안에 움막을 짓고 보름쯤 머물다 떠나곤 했다.

그 자리에서 노파는 벌치기에게 제안을 하나 했는데 그것은 꿀 다섯 통과 자신의 딸을 맞바꾸자는 것이었다. 대신, 내일 당장 딸을 데리고 떠나줄 것과 죽을 때까지 다시는 마을 근처에 얼씬도 말라는 것이 조건이었다. 벌치기는 애매한 표정으로 노파를 쳐다보다 말했다.

─그애가 뭘 할 수 있죠?

─밥도 시키고 빨래도 시키고, 당신이 원하는 건 뭐든지 시킬 수 있지.

노파가 중늙은이의 부실한 아랫도리를 쳐다보며 은근한 목소리로 말했다.

　─글쎄, 난 눈도 하나밖에 없는 어린 계집애를 데려다 뭐에 써야 할지 모르겠는데……

　벌치기가 여전히 망설이며 대답했다.

　─눈은 하나밖에 없지만 개는 멀리 덤불 속에 숨어 있는 까투리도 볼 수 있다우. 그리고 지금은 어려 보이지만 여자애들은 금방 여물게 돼 있지. 그러고 나면 아주 달라 보일 게유.

　노파는 얼굴 근처에서 날아다니는 벌을 쫓으려 계속 손사래를 치며 말했다.

　─그렇다고 해도 개가 꿀 다섯 통의 값어치가 있을지…… 꿀은 아주 귀하거든요.

　벌치기는 계속 망설였다. 결국, 노파는 그 자리에서 벌에게 여덟 방이나 쏘인 끝에 꿀 두 통과 자신의 딸을 맞바꾸기로 결정하고 움막을 내려왔다. 다음날, 벌치기는 열세 살 소녀의 손을 잡고 마을을 떠났다. 그것이 마지막이었다. 그날 이후, 이십여 년이 흐르는 동안 두 사람은 얼굴 한번 마주치지 못했다.

　이야기는 이제 노파가 허리를 다쳐 누워 있는 국밥집으로 돌아온다. 노파는 한참을 쳐다보고 나서야 애꾸가 비로소 자신의 딸임을 알아보았다. 노파는 자리에서 벌떡 일어나 네년이 감히 무슨 낯짝으로 여기 나타났냐고, 어서 썩 나가라고 소리를 질렀다. 애꾸는 눈 하나 깜짝하지 않고 자신은 빚을 받으러 왔다고 말했다. 자신의 눈을 멀게 한 것도 노파고 자신을 꿀 두 통에 팔아먹은 것도 노파니까 이제 그 대가를 받아가야겠다는 거였다. 노파는 한쪽 눈이 먼 것은 자신의 책임이 아니며 그녀를 벌치기에게 팔아먹은 것도 다 그녀를 위해서라고 둘러댔다. 그동안 굶지 않고 살았으니 그게 다 자기 덕분이 아니냐고도 했으며 또한 자기처럼 혼자 사는 가난한 늙은이에게 돈이 있을 턱이 있냐고도 했다. 애꾸는 이미 노파에게 돈이 많다는 소문을 들었다고 했다. 애꾸의 말대로 마을 사람들 사이에선 노파가 큰돈을 숨기고 있다는 소문이 오래전부터 끈질기게 나돌고 있었다.

곰보 사내가 죽고 난 뒤, 노파는 두 번 다시 사내에게 눈길을 주지 않았다. 대신, 그녀는 돈을 모으기 시작했다. 삯바느질이나 허드렛일은 물론 논일 밭일 가리지 않았고, 일이 없을 때는 산에 들어가 약초나 나물을 캤다. 웬만한 추위에는 군불도 때지 않았고 옷은 주워입거나 얻어입었다. 세상에 존재하는 온갖 더럽고 궂은일은 모두 그녀의 차지였다. 그녀는 언제나 벌레처럼 땅바닥을 기어다녔다. 간혹 그녀에게 눈길을 주는 늙고 눈 어두운 홀아비들에게는 돈을 받고 몸을 팔기도 했다. 이십 년이 넘게 그녀는 한결같이 돈을 모으는 데 자신의 모든 공력을 바쳤다. 사람들은 노파를 이해할 수 없었다. 자식이 있는 것도 아니고 서방이 있는 것도 아닌데 그 많은 돈을 모아서 뭐에 쓰려는지 알 수가 없다는 거였다. 거기에 대해 노파는 단지, '세상에 복수를 하기 위해서'라고만 대답했다. 그녀는 그 이상 입을 열지 않았고, 사람들은 노파가 너무 고생을 해서 정신이 조금 이상해졌다고 여겼다.

몇 년 전, 인근마을의 건달 몇이 소문을 듣고 노파의 돈을 뺏으러 온 적이 있었다. 그들은 교대로 번갈아가며 밤새도록 노파를 자근자근 밟아댔다. 하지만 끝내 노파는 돈이 어디에 있는지 입을 열지 않았다. 그녀는 입에 물린 재갈 사이로 단말마의 신음소리를 토해내면서도 훗날 딸에게 말한 것과 똑같이 '나처럼 혼자 사는 가난한 늙은이에게 무슨 돈이 있겠느냐'는 말만 되풀이했다. 그들은 애초에 돈을 빼앗고 노파를 죽일 작정이었다. 그것은 그들의 법칙이었다. 그러나 노파가 몸에 뚫려 있는 온갖 구멍에서 갖가지 오물을 쏟아내면서도 끝내 입을 열지 않자, 그들은 노파의 말을 믿지 않을 수가 없었다. 자신의 목숨까지 내던지며 지킬 만한 것이 세상에는 없다고 생각했던 것이다. 결국 노파는 끝까지 입을 열지 않은 덕분에 목숨을 건졌다. 그러나 그 일로 인해 몸이 심하게 상했고, 국밥집을 열게 된 것도 그 때문이었다.

노파의 딸은 노파를 쳐다보며 픽 웃더니 건달들이 그랬던 것처럼 돈이 있을 만한 곳을 찾아 온 집안을 뒤지기 시작했다. 노파가 머리맡에 있는 요강을 집어던져 머리에 온통 오물을 뒤집어썼지만 그녀는 눈 하나 깜짝하지 않았다. 하루종일 뒤져도 돈을 찾지 못하자 이번엔 노파의 머리맡에서 혼자 밥을 해먹으며 돈을 내놓지 않으면 굶겨 죽일 거라고 협박을 했다. 노파도 지지 않고 입에 담기 힘든 상욕을 해대며 딸에게 저주를 퍼부었다. 애꾸 여자는 다음날도, 그 다음날도 천장까지 뜯어가며 집요하게 집안 구석구석을 뒤졌지만 끝내 돈은 나오지 않았다.

결국 뒤질 만한 곳을 다 뒤지고도 돈을 찾지 못하자 애꾸는 방 모서리에 기대앉아 노파를 노려보았다. 노파는 그런 딸을 외면한 채 누워 있었다. 문득 애꾸는 자신이 한 번도 뒤지지 않은 곳이 있다는 것을 깨달았다. 바로 노파가 깔고 있는 두꺼운 보료였다. 그녀는 노파를 밀어내고 피고름이 엉겨붙어 있는 더러운 보료를 들쳐보려고 했다. 노파는 몸에다 보료를 둘둘 감고 놓아주지 않았다. 두 사람 사이에 실랑이가 벌어졌다. 며칠씩 굶은데다 허리마저 성치 않은 노파가 당해낼 리 없었다. 힘이 부치자 노파는 몇 개 남지 않은 이로 딸의 팔을 물어뜯었다. 노파의 이빨이 팔뚝에 박히며 피가 솟구쳤다. 노파의 딸은 비명을 지르며 팔에 들러붙어 있는 노파를 힘껏 밀어냈다. 팔에 박혀 있던 썩은 이가 힘없이 부러지며 노파의 머리가 벽에 부딪쳤다. 순간, 쩍, 하며 두개골 갈라지는 소리가 났다.

애꾸가 노파를 내려다보았을 때 그녀는 이미 눈을 부릅뜬 채 숨이 끊어져 있었다. 노파는 결국 척추골절도 욕창도 아닌 뇌진탕으로 이 세상을 하직하고 만 것이다. 노파의 딸은 싸늘하게 식어가는 노파의 시체를 내려다보다 곧 칼을 가지고 와 보료를 찢어냈다. 역시 보료 안에는 돈이 들어 있었다. 그러나 그 액수는 애꾸나 마을 사람들이 생각한 것보다 훨씬 적은 것이었다. 노파의 시체를 그대로 놔둔 채 이틀이나 더 집을 뒤졌지만 돈은 더이상 발견되지 않았다. 그동안 노파에게 물린 팔은 점점 부어올랐다. 잔뜩 실망한 애꾸는 결국 옆집 과부에게 노파의 죽음을 알렸다. 그녀는 보료에서 나온 돈의 일부를 과부에게 쥐여주며 노파의 장례를 치러줄 것과 노파가 운영하던 국밥집을 팔아줄 것을 부탁했다. 그리고 다시 벌들을 몰아 백발을 휘날리며 남쪽으로 떠났다.

오래전, 애꾸 소녀의 손을 잡고 떠났던 벌치기에 대해 세상에 떠도는 후일담이 있다. 그는 저녁마다 깨끗한 계곡물에 소녀를 말갛게 씻기고 움막 안에 데리고 와 가느다란 알몸을 품에 안고 잤다. 그러나 그가 성적으로 불구였는지 어쨌는지 그 이상 다른 짓은 하지 않았다. 소녀는 벌치기가 엄마처럼 때리지도 않고, 가끔 꿀도 훔쳐먹을 수 있어서 그와 지내는 게 나쁘지 않았다. 그러나 벌치기는 평생 한군데 정착하지 못하고 산속을 떠돌다보니 늘 몸에 한기寒氣가 들어 골골댔다.

애꾸 소녀가 열일곱 살 되던 해 가을, 며칠 동안 큰비가 내린 끝에 벌치기는 감기에 된통 걸려 온종일 거적을 뒤집어쓰고 움막 안에서 이를 딱딱 부딪쳐댔다. 밤새도록 이 부딪치는 소리에 도무지 잠을 잘 수가 없었던 소녀는 풀을 뜯어 귀를 막아버렸는데 그날 밤 벌치기는 그만 이 세상을 하직하고 말았다.

한 가지 특이한 것은, 벌치기가 죽었을 때 꿀벌들이 그의 몸에 새카맣게 달라붙어 큰 덩어리를 이루었다는 것이다. 몸에 달라붙은 벌들로 인해 벌치기의 시체는 마치 커다란 바위가 누워 있는 것처럼 보였는데, 꿀벌들은 말벌과 싸울 때처럼 그의 몸에 달라붙어 빠르게 날갯짓을 해댔다. 나중에 노파의 딸이 시체에서 벌들을 떼어내려고 하자 그 속이 어찌나 뜨거웠던지 그녀는 불에 덴 것처럼 깜짝 놀라 뒤로 물러섰다. 훗날 사람들은 그 이유가 벌들이 벌치기에게 온기를 불어넣어주기 위해서, 라고도 했고 또는 자신을 돌봐주던 주인을 잃은 슬픔 때문이라고도 했고, 또 혹자는 벌치기를 죽인 것이 바로 벌들이라고도 했다.

소녀

춘희의 엄마, 금복의 세계라.

평대에 들어오기 전, 금복은 쌍둥이자매가 운영하던 술집에서 허드렛일을 하며 어디론가 떠날 구실을 찾고 있었다. 당시 그녀는 스물다섯의 한창 나이였지만 이미 사내라면 신물이 날 만큼 충분히 겪은 후였다. 그녀는 유난히 딱 벌어진 엉덩이를 제외하면 그다지 눈에 띄는 미인은 아니었으나 길 가던 사내라면 누구나 한번쯤 돌아보게 만들었는데, 그 이유는 그녀의 몸에서 풍기는 어떤 냄새 때문이었다. 냄새이긴 냄새이되 구체적인 형태가 없는 냄새였기 때문에 길을 가다 금복을 한번쯤 돌아본 사내들이, 자신이 맡은 그 냄새가 잘 익은 복숭아 냄새였는지 시금털털한 탁배기 냄새였는지 또는 나무를 하다 뒤가 마려워 슬그머니 숨어들어간 숲속에서 맡은 더덕 냄새였는지, 구체적으로 설명을 할 수 없었기 때문에 별수 없이 그저 막연하게 냄새라고 생각할 수밖에 없었던, 사내들을 들뜨게 만들고 술에 취해 이리저리 몰려다니게 만들며 어딘가 근질거리게 만들고 무모한 용기를 솟게 만들고 서로 피투성이가 될 때까지 싸우게 만들며 그들의 피가 맹렬히 아랫도리로 몰려가게 하는, 그 냄새를 두고 누군가는 배란기에 이른 암컷에게서 나는 암내라고도 하고, 또 누군가는 유식하게 페로몬의 일종이라고도 했는데, 이름이야 어찌됐든 이 때문에 금복은 자신의 인생이 복잡하게 꼬이게 되었다고 생각해서, 사타구니에 거웃이 비칠 때부터 풍기기 시작한 그 냄새를 지우기 위해 틈만 나면 찬물 더운물 가리지 않고 열심히 온몸을 구석구석 씻어대곤 했지만, 애초에 있지도 않은 냄새가 사라질 리 없었다.

금복의 첫 남자는 오래전 그녀가 사는 산동네에 잊을 만하면 한 번씩 찾아오는 생선장수였다. 그는 멀리 바닷가 도시에서 조기나 고등어 같은 생선을 떼다 삼륜차에 싣고 바다에서 멀리 떨어진 내륙 깊숙한 곳까지 드나들며 팔았는데 그가 마지막으로 도착하는 동네가 바로 금복이 사는 산골마을이었다.

생선장수가 금복의 동네에 도착할 때쯤이면 소금에 잔뜩 전 생선은 이미 물이 가도 한참 간 뒤라 퀴퀴한 냄새가 코를 싸쥐게 만들고, 이미 산패된 살점은 흐물흐물 녹아내려 궤짝 밑으로 젓국이 흐르고, 대가리는 어디론가 달아나 보이지도 않아 모양이 성한 것을 찾기가 어려웠지만, 그나마도 동네가 워낙 깊숙한 데 처박혀 있는 산골인데다 가호 수도 몇 안 돼 생선장수는 어지간하면 금복이 사는 동네까지 가지 않고 중간에 그냥 돌아가기 일쑤여서, 그저 비린 거라면 환장을 하는 늙은이들은 소금을 하도 많이 먹어 그 자체로 이미 소금덩어리나 진배없는 고등어 토막이라도 구워놓으면 입맛을 쩟쩟, 다시면서도 애써 점잔을 피우느라 입으로는, '에잉, 먹잘 것도 없는 게 냄새만 피우네' '그래봤자 얕은 맛이지, 뭐 별맛이 있나' 어쩌고 하면서도, 그 알량한 생선장수를 기다리느라 목이 빠져 죽을 지경이었다.

그날, 생선장수가 생선값 대신 되는대로 받은 콩이나 조, 수수 같은 곡식과 고사리나 산도라지 같은 나물 보따리를 삼륜차 뒤에 싣고 동네를 막 떠나려고 할 때였다. 어디선가 생선 냄새와는 다른 이상한 향기가 바람에 실려왔다. 뒤이어, 남치마에 흰 저고리를 입은 한 어린 계집애가 손에 작은 보따리를 들고 쭈뼛거리며 다가왔는데, 삼륜차 불빛에 자세히 보면 엉덩이도 제법 통통한데다 이제 막 소녀티를 벗어나려는 중이어서 생선장수의 눈엔 그저 마냥 어린 계집애로만 보이지는 않았다.

─아저씬 어디로 가는 길예요?

금복은 어린 계집답지 않게 눈을 가늘게 뜨고 생선장수를 쳐다보며 물었다. 금복과 눈이 마주친 생선장수는 눈길을 돌리며 퉁명스럽게 대답했다.

─어디로 가긴 어디로 가. 이제 다 팔았으니까 다시 물건을 떼러 가야지.

생선장수는 굵은 밧줄로 짐을 묶으며 대답했다.

─거기는 어딘데요?

─어디긴 어디야. 남쪽 바닷가지.

그는 방금 전부터 나기 시작한, 자신의 머리를 어지럽게 만드는 독특한 향기가 바로 앞에 서 있는 어린 계집애 때문이라는 사실을 깨닫고는 의아한 생각이 들었다.

─여기서 먼가요?

─멀다마다. 산을 몇 개나 넘어야 되지.

─거기는 큰 동네인가요?

─크다마다. 이 동네를 몇백 개 합쳐놓은 것만큼 크지.

―그럼, 나를 그곳까지 데려다줄 수 있어요? 여기선 밖으로 나가는 차가 없거든요.

―너를 태워주는 건 어렵지 않지만, 네 엄마한테 허락은 받은 거니?

―엄마는 없어요. 아버지하고 둘이 살았는데 아버지도 얼마 전에 돌아가셨거든요.

―어쩌다 돌아가셨니?

―술을 먹고 저수지에 빠져 죽었어요.

금복이 짐짓 눈물을 글썽거리자 가엾다는 생각이 든 생선장수가 다시 물었다.

―거기 가면 뭐 하려고?

―돈을 벌려고요. 그리고 남자도 만나구요. 여기는 남자라고는 늙은이들밖에 없거든요.

금복이 당돌한 표정으로 생선장수를 올려다보며 대답했다.

―하긴, 내가 봐도 그런 것 같구나.

그날 밤, 생선장수는 삼륜차 옆자리에 금복을 태우고 마을을 떠났다. 하늘에는 휘영청 둥근 보름달이 떠 있었다. 그녀는 태어나서 한 번도 벗어나본 적이 없는 마을을 떠나는 게 두려웠지만 답답한 산골에서 벗어날 수 있다는 생각에 가슴이 설렜다.

그 시각, 금복의 아버지는 봉당에 쭈그리고 앉아 졸면서 술을 받으러 나간 금복이 돌아오길 기다리고 있었다. 오래전 금복의 엄마가 아이를 낳다 죽은 이후, 그는 밤마다 욕정과 홀로 싸워야 하는 외로운 수컷이었다. 그는 세상에 하나밖에 없는 피붙이를 끔찍이도 사랑했지만 금복이 조금씩 여자의 태를 갖춰가기 시작하자 홀아비의 음욕은 자신도 모르게 딸에게로 향하기 시작했다. 그는 욕망을 잊기 위해 술을 마셨고 술에 취하면 그 불온한 욕망은 더욱 걷잡을 수 없어졌다. 그럴 때마다 그는 저수지로 뛰어가 머리를 쥐어뜯으며 자신의 더러운 욕정과 앞서 떠난 금복의 엄마에게 저주를 퍼부었다. 그는 자신도 모르게 딸을 겁간하게 될까 두려워 금복이 잠든 사이 새벽 일찍 일어나 밭으로 나갔고 금복이 잠든 뒤에야 술에 취해 집으로 돌아오곤 했다. 아무도 눈치채지 못하는 가운데 그의 영혼은 점점 병들어가고 있었다.

어느 날, 금복의 아버지가 평소보다 일찍 집에 돌아와보니 금복이 이웃에 사는 한 소년과 함께 방안에 앉아 시시덕대고 있었다. 문틈으로 들여다보니 금복이 저고리를 벗고 복숭아만한 가슴을 드러낸 채였다. 이때 이들이 보여준 행동은 뭔가를 제대로 알고 한 짓이었다기보다는 그저 산골 아이들 특유의 호기심과 무지, 그리고 얼마 전부터 분비되기 시작한 강력한 호르몬으로 인해 그들 또래에서 흔히 일어날 법한 일이었다. 기실 그들이 살던 산골은 너무나 적막해 그들 나이에 아무 짓도 안 하고 하루를 견딘다는 건 너무 힘든 일이기도 했다. 게다가 말솜씨가 좋아 약장수란 별명이 붙은 소년이 온갖 감언이설로 어린 금복을 꼬드겼으니 순진한 그녀의 입장에선 저고리를 벗지 않을 도리가 없었을 것이다. 소년은 호르몬으로 인해 어린 소녀에게 갑작스레 일어난 신체의 변화를 조심스럽게 탐색하는 중이었다. 두 사람은 훗날 우연히 길에서 다시 만나 복잡한 인연의 끈을 이어가게 되는데, 이때만 해도 그들은 자신들이 맞이하게 될 미래의 운명은 짐작조차 못하고 있었다.

금복의 아버지가 시렁에서 잘 벼린 낫을 찾아들고 장지문을 벌컥 열어젖혔을 때, 소년은 복숭아만하게 솟아난 금복의 가슴을 호기심 어린 눈으로 들여다보다 겨우 용기를 내어 떨리는 손을 막 갖다대려던 참이었다. 두 아이는 깜짝 놀라 눈을 크게 뜨고 쳐다보았다. 낫을 든 아버지의 눈엔 질투의 불길이 이글이글 타오르고 있었다. 금복은 겁에 질려 이불로 급히 몸을 가리고 구석으로 숨었고, 몸이 잰 소년은 순식간에 뒷문을 박차고 달아났다. 금복의 아버지는 낫을 든 채 뒷산으로 소년의 뒤를 쫓아갔다. 낫으로 소년의 목을 댕강 잘라버릴 작정이었다. 하지만 술에 찌든 몸으로 몸 가벼운 소년을 따라잡기는 어려웠다. 결국 그가 소년을 놓치고 씨근거리며 다시 집으로 돌아왔을 때 금복은 여전히 이불을 뒤집어쓴 채 바들바들 떨고 있었다. 그는 이불을 걷어내고 싸리비에서 회초리를 하나 빼들어 사정없이 매질을 하기 시작했다. 금복의 여린 몸뚱이 위에 회초리가 감길 때마다 비명과 함께 벌건 자국이 하나씩 생겨났다. 그는 점점 더 세게 매질을 했다. 살이 터지고 피가 튀었다. 그의 매질은 곧 자신에게로 향한 것이기도 했다.

─네가 어쩌자고, 이년아. 죽어라, 죽어. 이 화냥년아!

비명소리에 놀란 삼이웃이 무슨 사달이 났나 싶어 금복의 집으로 달려왔다. 그러나 금복의 아버지는 방문을 걸어 잠그고 싸리비 하나가 다 없어질 때까지 매질을 계속했다. 그러다 마침내 마지막 회초리까지 부러지자 그는 이미 혼절해 있는 딸 옆에 엎어져 소처럼 크게 울었다.

그뒤, 마을에는 금복의 아버지가 귀신에 들렸다는 괴이한 소문이 나돌았다. 소문에 의하면 귀신의 정체는 바로 죽은 금복의 엄마인데, 그녀는 부녀간의 정이 너무 도타운 것을 질투해 그렇게 심하게 매질을 하게 했다는 것이었다. 사람들은 과연 여자의 질투는 무서운 것이라고, 질투 앞에서는 딸이고 뭐고 소용이 없다며 오히려 불쌍한 홀아비를 동정했다.

금복의 몸에 난 상처가 아물고 새살이 돋아나면서 금복의 아버지는 금복이 자신의 곁을 떠날까봐 두려운 한편, 그녀가 눈앞에서 사라져 더이상 고통스런 육욕에 시달리지 않기를 바랐다. 그날, 밭일을 마치고 돌아온 그에게 댓돌 위에 얌전히 놓여 있는 금복의 신발이 눈에 들어왔다. 그는 딸이 아직 집을 나가지 않았다는 안도감에 한숨을 내쉬며 딸아이의 신발을 집어들었다. 버선코처럼 끝이 뾰족한 검정 고무신이었다. 고무신을 만지작거리는 동안 딸에 대한 사랑과 죄책감에 눈물이 흘러내렸다. 이때, 금복이 기척을 듣고 안에서 나왔다. 그는 슬그머니 신발을 내려놓으며 신발이 낡아 구멍이 나지나 않았는지 살펴보았노라고 어색하게 큼큼, 헛기침을 해댔다. 금복이 저녁을 차리겠다고 하자, 그는 저녁 생각은 없으니 술이나 받아오라며 딸에게 돈을 쥐여주었다.

주전자를 들고 집을 나선 금복이 마을 어귀에 미리 숨겨놓은 옷보따리를 찾아들고 생선장수를 따라 마을을 벗어나는 동안, 그는 잠깐 잠이 들었다가 어지러운 꿈에 놀라 퍼뜩 눈을 떴다. 달빛이 내리비치는 휑뎅그렁한 마당 한복판엔 풀벌레 소리만이 가득했다. 순간, 그는 금복이 영원히 자신을 떠나갔음을 깨달았다. 배 한가운데에 커다란 구멍이 뚫린 것 같은 헛헛함에 잠시 망연하게 서 있던 그는 마을로 내려가 술을 잔뜩 퍼마셨다. 그리고 방죽을 따라 집으로 돌아오는 길에 잠시 멈춰 서서 저수지에 대고 오줌을 누었다. 산 자들의 죽음을 기다리는 검은 물속엔 휘영청 보름달이 떠 있었다. 풀잎을 스쳐가는 밤바람이 그의 등을 부드럽게 떠밀었다. 그는 물을 향해 휘적휘적 걸어들어갔다. 물이 가슴팍까지 차오르자 물밑에서 흐느적거리던 수초가 기다렸다는 듯이 그의 발목을 비끄러맸다. 그는 달을 향해 허허롭게 웃으며 한 많은 몸뚱이가 더러운 육욕에서 놓여나 서서히 물속에 잠겨가는 것을 지켜보았다. 결국 금복이 생선장수에게 한 거짓말은 그대로 예언이 된 셈이었다.

다음날, 그의 시체가 물위로 떠올랐을 때 사람들은 말했다. 질투에 눈이 먼 금복의 엄마가 끝내 그를 데려갔다고.

부두

욕정의 덫에 걸린 불쌍한 홀아비가 어두운 물속으로 가라앉던 그 시각, 금복은 삼륜차 옆자리에 새색시처럼 얌전하게 앉아 구불구불 산길을 돌아가며 하염없이 이어지는 자동차의 불빛을 바라보고 있었다. 무엇이 그녀로 하여금 고향을 떠나 낯선 도시로 향하게 했을까. 아버지의 성적 학대 때문에? 아니면 새로운 세상에 대한 호기심? 또는 그녀가 떠난 뒤 동네사람들의 입길에 오르내리던 그 주체할 수 없는 화냥기? 혹은 엄마의 죽음으로 인해 오래전부터 어린 소녀의 가슴을 가득 메워버린 죽음의 공포로부터 도망치기 위해서? 이 또한 알 수 없는 노릇이나 그녀의 등을 떠밀어 세상으로 향하게 한 것은 혹, 한줄기 바람이 아니었을까. 먼 바닷가에서 시작되어 산을 넘고 계곡을 돌아 그녀의 마을에 도착한 바람, 오래전 그녀는 저수지 방죽에 앉아 나물을 뜯으며 바람에 실려오는 노래를 들었다.

산 너머 남촌에는 누가 살길래

해마다 봄바람이 남으로 오네

그때부터 그녀를 충동질하고 아무때고 어디론가 훌쩍 떠나게 만드는 그 수상한 바람은, 크고 넓은 것에 무턱으로 매료되는 습관과 더불어 평생 그녀의 뒤를 따라다니게 되었다. 그녀가 생선장수의 차에 실려 떠나던 그날 밤도 남쪽에서 그렇게 바람이 불었다. 그리고 그 바람은 터덜터덜 산길을 넘던 생선장수의 삼륜차를 스쳐 금복의 아버지가 홀로 달빛과 마주하고 서 있던 저수지를 향해 달려갔던 것이다.

생선장수는 눈을 감고 조는 듯하면서도 한 번도 길을 어긋나지 않고 밤새 길을 달려 무사히 바닷가에 도착했다. 희부옇게 동이 터오는 새벽, 갯내가 물씬 풍기는 시장 한구석에서 생선장수는 금복에게 생선뼈를 고아 만든 국밥을 사주었다. 밥을 먹고 난 후, 그는 금복에게 돈을 몇 푼 쥐여주며 자신이 묵고 있는 여관의 위치를 알려주었다.

—혹시, 일자리를 못 구하고 갈 데가 없으면 다시 찾아오거라.

금복은 자신이 도착한 도시가 생각보다 작다는 데 실망했지만 그래도 그녀가 살던 작은 산골마을에 비하면 사람들도 많았고 볼거리도 많았다. 제일 먼저 그녀의 발길을 붙잡은 곳은 당연히 어시장이었다. 평생 산골마을을 떠나본 적이 없어 기껏해야 조기나 북어, 고등어나 오징어 따위를 해산물의 전부로 알고 있던 그녀로서는 난생처음 보는 온갖 종류의 생선들이 마냥 신기해 다리가 아픈 줄도 모르고 비린내가 진동하는 시장을 구석구석 헤매고 다녔다. 구경거리는 생선뿐만이 아니었다. 생선을 사러 나온 아낙들과 손님을 부르느라 목이 쉰 상인들, 생선궤짝을 나르는 지게꾼 등 시장통을 가득 메운 사람들도 그 자체로 큰 볼거리였다. 금복은 자신도 모르게 시장의 활기에 휩싸여 공연히 심장이 벌렁거리고 발걸음이 바빠져 점심때가 한참 지난 줄도 모르고 사람들 틈을 비집고 다니다 오후 늦게야 시장을 빠져나왔다.

그리고 바다를 보았다. 갑자기 세상이 모두 끝나고 눈앞엔 아득한 고요가 펼쳐져 있었다. 곧 울음이 쏟아질 것처럼 가슴이 울렁거렸다. 그녀는 옆에 있는 바위 위에 털썩 주저앉았다. 연해의 섬들이 마치 물위에 떠 있는 것처럼 멀리서 아른거렸고 그녀가 앉아 있는 바위엔 끊임없이 파도가 부딪쳐 포말이 일었다. 무심하게 고깃배 위를 오가며 끼룩대던 갈매기들이 어느샌가 쏜살같이 해수면으로 날아들어 물고기를 낚아올리기도 했다.

콩닥거리던 가슴이 어느 정도 잦아들 무렵 그녀는 갑자기 눈을 크게 뜨고 자리에서 벌떡 일어섰다. 도저히 믿을 수 없는 광경이 눈앞에 펼쳐진 것이다. 그것은 자신이 살던 집보다 족히 서너 배는 됨직한 거대한 물고기였다. 물고기는 바다 한복판에서 불쑥 솟아올라 등에서 힘차게 물을 뿜어올렸다. 주변에 있던 어부들도 물고기를 보고 놀라 탄성을 질렀다. 금복은 믿을 수 없는 거대한 생명체의 출현에 압도되어 그저 입을 딱 벌린 채 온몸을 부들부들 떨었다. 물고기는 거대한 꼬리로 철썩 바닷물을 한번 내리치고는 곧 물속으로 사라졌다. 실로 눈 깜짝할 사이에 벌어진 일이었다. 물고기가 사라진 뒤에도 금복은 한동안 벌린 입을 다물 줄 몰랐다. 그녀는 방금 전 자신의 눈앞에서 벌어진 일이 꿈인지 생시인지 분간할수가 없었다. 넋을 잃고 있던 금복이 옆에서 구경하던 한 어부에게그 거대한 물고기의 이름을 묻자, 그는 이상하다는 듯 금복을 쳐다보며 말했다.

　—넌 고래가 뭔지도 모르는 걸 보니까 이곳에 사는 계집이 아닌가보구나. 아까 그건 고래 중에서도 제일 큰 대왕고래란다.

　금복은 바위 위에 주저앉아 다시 그 큰 물고기가 나타나기를 기다렸지만 끝내 물고기는 나타나지 않고, 바다는 언제 그런 일이 있었냐는 듯 끝없이 잔잔하기만 했다. 그녀는 언젠가 다시 고향에 돌아간다면 사람들에게 자신의 눈으로 직접 목격한, 믿을 수 없을 만큼 큰 물고기와 마을의 저수지보다 수십 배 더 넓고 거대한 바다에 대해 얘기를 들려줘야겠다고 생각했다. 하지만 예나 지금이나 소망을 이루기란 어려운 법, 그녀의 인생에서 그런 날은 영영 오지 않았다.

　한동안 바위 위에 앉아 있던 금복은 다시 기운을 차리고 고깃배들이 정박해 있는 선창을 향해 다가갔다. 어린 소녀의 호기심이 아직 다 채워지지 않은 것이다. 배들은 한결같이 거센 파도를 견딜 만큼 컸고 넓은 바다를 빠르게 달려갈 수 있도록 날렵한 모양을 하고 있었다. 온갖 바다생물들이 살아 숨쉬는 개펄과 어시장이 여자들의 일터라면 부두는 거친 사내들의 생존터였다. 거대한 화물선에서 물건을 부리는 하역부들과 고기잡이를 막 끝내고 돌아온 어부들로 뒤엉킨 부두는 활기가 넘쳐났다. 부둣가 뒤편에는 멀리 아열대지방에서 올라온 아름드리 원목들이 바다 위에 무늬를 만들며 드넓게 펼쳐져 있었다.

그녀는 부두 끝으로 걸어가 수염을 텁수룩하게 기른 뱃사람 하나가 웃통을 벗은 채 일을 하고 있는 한 거룻배 앞에서 걸음을 멈췄다. 배는 곧 고기잡이를 나가려는 듯 낚싯줄이 가지런히 정돈되어 있었고 통 안엔 미끼로 쓸 정어리가 가득 담겨 있었다. 배 위에서 그물코를 벼리에 꿰고 있던 사내는 방금 부둣가 도시에 도착한 어린 계집애를 힐끗 건너다보았다. 소녀는 밤새 좁은 삼륜차 안에서 시달렸지만 초롱초롱한 눈에는 생기가 넘치고 머리카락에선 짙은 풀냄새가 났다.

―꼬맹아, 넌 어디서 왔니?

사내가 금복에게 물었다.

―남이야 어디서 왔건 그건 왜 물어요?

꼬맹이란 말에 기분이 나빠진 금복이 톡 쏘아붙였다. 사내는

'하, 요 계집애 봐라' 하는 표정으로 소녀를 내려다보았다. 금복의 몸에서 풀냄새를 맡은 사내는 벌써부터 아랫도리가 불뚝거렸다. 오랫동안 거친 바다에서만 살아온 그로서는 참으로 그리운 냄새였다.

─너, 배 태워주랴?

사내가 묻자 금복은 잠시 망설이다 새침한 표정으로 고개를 끄덕였다. 그는 웃으며 손을 내밀었다. 금복이 사내의 손을 잡자 그는 새처럼 가볍게 소녀를 배 위로 끌어올렸다. 갈색으로 반짝이는 그의 굵은 팔뚝엔 갈매기 문신이 새겨져 있었다.

─넌 피부가 깨끗한 걸 보니 이곳에 사는 계집은 아닌 것 같구나.

그는 소녀가 배 안을 왔다갔다하며 구경하는 것을 지켜보며 아직 어려 보이긴 하지만 통통한 엉덩이가 제법 쓸 만하다고 생각했다.

─고래 잡아봤어요?

금복이 배의 이물 쪽으로 다가가 밑을 내려다보며 물었다.

─잡아봤지.

─정말요?

금복이 눈을 동그랗게 뜨고 물었다.

─그럼, 내가 너한테 뭘 바라고 거짓말을 하겠니?

사내가 의기양양한 표정으로 대답했다. 그러나 그의 말은 거짓이었다. 그는 그날그날 가까운 바다에 나가 낚시로 도미나 방어 따위를 낚아올리는 평범한 어부에 불과했다. 그가 먼바다로 나가지 않는 이유는 거친 파도가 두려웠기 때문이었다. 또한 평생을 할아버지 때부터 물려받은 낡은 거룻배 한 척에 만족하고 산 그였으니 고래를 잡아봤을 리도 없었다. 그러나 그날 금복의 앞에서만큼은 그도 용기 있는 사내였다. 금복이 뱃전에 엎드려 흘수선 아래까지 손을 넣고 바닷물을 헤저으며 장난을 치는 사이, 그는 슬그머니 뒤로 다가와 냉큼 치마를 들치고 통통한 엉덩이를 와락 움켜쥐었다.

　―점잖은 양반이 이게 뭐하는 짓이오?

　금복이 제법 당차게 꾸짖으며 손을 뿌리쳤지만 어부의 팔뚝은 더욱 억세게 그녀를 끌어안았다. 어부는 금복을 바닥에 넘어뜨리고 저고리를 풀어헤쳤다. 겨우 복숭아만한 젖가슴이 드러났다. 그는 금복의 가슴에 얼굴을 묻었다.

　―왜 이래요? 저리 비켜요.

　금복이 어부의 커다란 머리통을 밀쳤지만 그는 더욱 거칠게 소녀의 가슴에 얼굴을 비벼댔다.

　―이애야, 잠깐만 이러고 있자, 응?

　어부는 숨을 헐떡이며 금복의 치마 속을 함부로 헤집었다.

　―조금만 참으면 너도 좋은 거니까 가만히 좀 있어라.

　금복이 앙탈을 부려봤자 아무도 없는 배 안에서 건장한 사내가 어린 계집 하나를 어찌하는 것쯤은 식은 죽 먹기였을 것이다. 그러나 그 작은 몸뚱이 안엔 어지간한 사내들은 흉내조차 내지 못할 침착함과 배짱이 들어 있었다. 이를테면 그녀는 이미 호랑이에게 물려가면서도 도망칠 궁리를 할 수 있는 몇 안 되는 여장부였던 것이다.

─얼굴 좀 치워봐요. 수염 때문에 따가워 죽겠어요.

금복의 불평에 어부는 잠시 몸을 비켜주었다. 금복은 이 틈을 놓치지 않았다. 그녀는 반쯤 벗은 그의 잠방이 사이에서 덜렁거리는 시커먼 양물을 발로 힘껏 내질렀다. 순간적인 기습에 그는 뒤로 나뒹굴며 아구구구, 비명을 질러댔다. 그 틈에 금복은 배에서 폴짝 뛰어내려 배 옆에 놓아둔 보따리를 집어들고 모래밭을 달음질쳐 달아났다. 그러나 어린 계집애가 뛰어봤자 얼마나 빠르겠는가. 그녀는 곧 뒤쫓아온 어부에게 잡혀 모래밭에 나뒹굴었다. 그는 금복의 배 위에 올라타고 뺨을 호되게 올려붙였다. 그리고 다음과 같이 이죽거렸다.

─아가야, 여기는 아무도 찾아오지 않는 데란다. 그러니 요 가느다란 목을 수수깡처럼 댕강 부러뜨려서 모래밭에 가만히 묻어놔도 아무도 알 수가 없지. 이제 뭐가 뭔지 알겠니? 요 앙큼한 것아.

금복은 눈을 감았다. 어부는 그제야 느긋한 자세로 자신의 허리춤을 풀었다. 그리고 금복의 치마를 벗겨내려는 순간, 갑자기 주위가 어두워지는 느낌에 그는 고개를 들었다.

거대한 장골壯骨의 사내가 참나무처럼 우뚝 서서 그들을 내려다보고 있었다. 금복도 눈을 살짝 치켜뜨고 올려다보았다. 팔 척이

넘는 장골의 사내는 두 사람을 모두 덮을 만큼 긴 그림자를 만들어
내며 성큼성큼 걸어왔다. 구릿빛으로 검게 그을린 팔뚝은 웬만한
사내의 허벅지보다도 굵어 보였고 아무렇게나 풀어헤친 적삼 아
래 어린애가 뛰어놀아도 좋을 만큼 넓은 뱃구레가 숨을 쉴 때마다
크게 오르내렸다. 금복은 자리에 누운 채로 사내를 올려다보았지
만 뱃구레에 가려 얼굴은 보이지도 않았다. 사내는 성큼성큼 걸어
와 대뜸 금복을 깔고 앉아 있던 어부의 멱살을 잡아 번쩍 치켜들었
다. 두 발이 모두 땅에서 떨어져 버둥대는 어부의 사타구니에서 불
알이 덜렁거렸다. 그것은 중력의 법칙이었다. 어부도 만만치 않은
장골이었으나 팔 척 사내는 그를 마치 검불 다루듯 했다. 그가 멱
살 쥔 손을 가볍게 한번 흔들자 어부는 저만치 날아가 개구리 밟는
소리를 내며 모래밭에 코를 박고 말았다. 하지만 먹이를 앞에 둔
맹수처럼 어부도 쉽사리 물러서지 않았다. 그는 팔 척의 사내를 향
해 용을 쓰며 달려들었다. 그 순간, 사내는 슬쩍 옆으로 피하며 어
부의 사타구니를 힘껏 내질렀다. 어부는 가벼운 공처럼 멀리 날아
가 다시 모래밭에 처박혔다. 급소를 제대로 맞았는지 그는 사타구
니를 움켜쥔 채 비명을 지르며 바닥을 나뒹굴다, 걸음아 날 살려
라, 줄행랑을 쳤다.

　장골의 사내는 쫓아갈 생각도 없이 도망가는 어부를 지켜보다
금복을 향해 몸을 돌렸다. 모래밭에 누워 있던 금복은 그제야 사
내의 얼굴을 제대로 볼 수 있었다. 그리고 그가 채 스무 살도 안 된

소년이라는 사실에 다시 한번 놀랐다. 입가에는 제법 수염이 꺼뭇하게 자라고 있었으나 채 틀이 잡히지 않은 얼굴에는 아직 앳된 기가 남아 있었다. 하지만 그의 거대한 덩치가 주는 위압감과 방금 전 보여준 놀라운 괴력에 금복은 몸을 움츠린 채 바들바들 떨었다. 그녀는 급히 허벅지까지 말려올라간 치마를 추스르고 자리에서 일어섰다. 그동안 소년은 금복의 얼굴을 똑바로 쳐다보고 있었다. 금복은 빨리 도망가야겠다고 생각했지만 마치 모래밭에 발이 파묻힌 것처럼 꼼짝할 수가 없었다. 잠시 금복을 쳐다보던 그는 그녀를 지나쳐 부두를 향해 걸어갔다. 순간, 금복은 검게 그을린 얼굴 뒤에 숨어 있는 그의 눈을 보았다. 덩치에 어울리지 않게 이상하리만치 순하고 고요한 눈이었다.

장골의 소년이 저만치 사라지고 나자 그제야 정신을 차린 금복은 그에게 이름도 물어보지 못했고 또 고맙다는 인사도 한마디 못했다는 것을 깨달았지만, 이것저것 따질 경황이 아니었다. 계절이 네 번 바뀌어봐야 기억에 담을 만한 사건 한번 일어나지 않는 적막한 산골에서 살아온 소녀는 그날 하루 동안 너무 많은 일을 겪었던 것이다. 금복은 갑자기 다리에 힘이 풀리며 다시 그 자리에 풀썩 주저앉았다. 밤새 털털거리는 삼륜차 안에서 시달리고 하루종일 다리품을 파느라 어지간히 피곤하기도 했을 것이다. 금복은 보따리를 끼고 앉아 햇빛에 반짝이는 해수면을 바라보다 자신도 모르게 설핏 잠이 들었다.

얼마나 잤을까. 잠결에 바람의 방향이 바뀌는 것을 깨닫고 금복은 퍼뜩 눈을 떴다. 어느새 바다 저편으로 해가 떨어지고 있었다. 바야흐로 세상만물이 모두 자신의 은신처로 돌아갈 시간이었다. 장엄한 바다의 낙조를 바라보는 그녀에겐 어느덧 고향을 떠나올 때의 설렘도 어시장을 구경할 때의 신기함도 바다를 처음 보았을 때의 놀람도 모두 사라지고 없었다. 마음은 고요한 바다처럼 무겁게 가라앉았다. 그녀에겐 이제 돌아갈 집도 없고 같이 놀 친구도 없었다. 배에서 꼬르륵 소리가 나며 시장기가 느껴졌다. 그러고 보니 그날 새벽 생선장수가 사준 국밥 말고는 아무것도 먹은 게 없었다. 갑자기 서러운 생각에 소녀는 눈물이 났다. 그녀는 이제 자신이 어디론가 다른 세계로 건너왔으며, 따라서 앞으로 펼쳐질 인생도 이전과는 다를 거라는 것을 깨달았다. 그렁그렁 맺힌 눈물 너머로 붉은 노을이 지고 있었다. 그러나 오래 울진 않았다. 그녀는 뭐든지 복잡하게 생각하는 타입은 아니었다. 고향을 떠나올 때도 그랬고 생선장수의 삼륜차에 냉큼 올라탈 때도 그랬다. 훗날, 금복은 이때를 회상하며 쌍둥이자매에게 다음과 같이 말했다.

—난 그때 겨우 열네 살이었어요. 그러니 내가 뭘 어쩌겠어요? 아는 사람 하나 없고 주머니에 가진 돈이라곤 막걸리 한 되 값이 전부였는걸.

그날 자정이 가까워 금복은 생선장수가 묵고 있는 여관을 찾아갔다. 자다 말고 일어난 생선장수는 말 안 해도 다 알겠다는 듯 빙그레 미소를 띠고 금복을 쳐다보며 말했다.

—네가 일자리를 구할 때까지 여기 있고 싶으면 네 마음대로 하려무나.

그날 밤, 생선장수는 어둠 속에서 조심스럽게 금복의 옷을 벗겨냈다. 금복은 생선장수의 몸에 배어 있는 독한 비린내 때문에 마주 숨을 쉬기가 괴로웠지만, 그것이 생선장수가 자신에게 베푼 호의의 대가이려니 여기며 가만히 눈을 감고 있었다. 그것은 그녀가 이제 막 건너온 세상의 법칙이었다. 일을 마친 생선장수가 옆에서 곯아떨어진 뒤에도 금복은 쉽게 잠을 이루지 못했다. 문득문득 고향 마을의 풍경이 꿈인 듯 생시인 듯 눈앞에 떠올랐다. 친구들의 얼굴도 생각났고 그녀와 한방에서 옷을 벗고 노닥거리던, 약장수란 별명을 가진 소년의 얼굴도 생각났다. 그리고 그날 낮에 마주쳤던 팔척 소년의 이상하리만치 고요했던 눈빛도 떠올랐다. 밤새 문밖에선 파도가 모래를 쓸어가는 소리로 시끄러웠다.

다음날부터 금복은 생선장수를 따라다녔다. 생선장수는 아스팔트로 포장된 도로가 있고 전깃불이 번쩍이는 대처에서부터 금복이 살던 마을보다 더 외진 두메산골까지 가리지 않고 두루 돌아다녔다. 금복과 생선장수는 낮엔 착한 딸과 너그러운 아버지처럼, 밤엔 금슬 좋은 부부처럼 지냈다. 그렇게 생선장수를 따라다니며 세상 구경을 하는 동안 그녀는 가슴도 제법 뭉실하게 부풀고 조금씩 여자의 태를 갖춰갔다.

─그런데 왜 생선을 파는 거예요?

어느 날, 돈을 세고 있는 생선장수 옆에 엎드려 말린 가자미를 뜯어먹던 금복이 물었다.

─그럼, 생선장수가 생선을 안 팔고 무얼 판단 말이냐?

생선장수는 건성으로 대답했다.

─생선은 빨리 상하잖아요.

─그래도 할 수 없지, 소금이나 잔뜩 먹이는 수밖에. 아니면 무슨 뾰족한 수라도 있단 말이냐?

생선장수는 그날 번 돈을 꼬깃꼬깃 접어 전대에 넣었다.

─그냥 생선 말고 말린 생선을 팔면 되잖아요. 그러면 빨리 상하지도 않고 한 번에 많이 떼다가 팔 수도 있으니까 물건 하러 왔다갔다하는 시간도 줄일 수 있고요.

─그건 네가 모르고 하는 소리다. 건어물은 비싼데다가 물건도 얼마 안 나온단다.

─그럼 우리가 생선을 사서 말리면 되잖아요.

─팔러 다니는 것만도 이렇게 힘든데 언제 말린단 말이냐? 생선을 말리는 건 시간이 보통 많이 걸리는 게 아니다. 그리고 땅도 없는데 생선을 도대체 어디다 말린단 말이냐?

생선장수가 침을 발라 담배를 말며 대답했다.

—말리는 건 내가 말리면 되잖아요. 당신은 팔러 다니면 되고요. 그리고 노는 땅이 지천인데 무에 걱정예요?

—아무리 노는 땅이더라도 다 임자가 있게 마련이란다.

—그럼, 빌리면 되죠, 뭐.

금복은 막힘이 없었다. 생선장수는 철없는 계집의 말인지라 뭔 소린들 못할까 싶어 그저 허허대며 담배만 뻐끔거렸다.

다음날 아침에 눈을 떠보니 금복이 보이지 않았다. 생선장수는 금복을 찾느라 하루종일 어시장과 부둣가를 헤매고 다녔다. 그러다 저녁 무렵 여관으로 돌아와보니 금복이 환한 표정으로 그를 맞았다.

—넌 하루종일 어딜 갔다 온 게냐?

—땅을 빌렸어요.

금복이 의기양양하게 대답했다. 금복은 그날 하루종일 부두 근처를 헤매고 다닌 끝에 조기 열 두름도 안 되는 헐값에 땅을 빌렸다고 했다. 생선장수는 어이가 없다는 듯 허허 웃었다. 하지만 당장 그 다음날부터 금복은 다른 덕장을 돌아다니며 생선 말리는 것을 배우는 한편, 덕을 만들 소나무를 사모았다. 생선장수는 금복의 배포에 놀라며 과연 그녀의 말대로 건어물을 만들어 파는 일이 가능할까 의심했지만 금복이 요구할 때마다 돈을 내줄 수밖에 없었다. 어린 나이답지 않게 금복에겐 사람을 설득하는 힘이 있었다. 그것은 그녀가 가진 특별한 능력 가운데 하나였다.

마침내 바람이 잘 통하는 바닷가 한쪽에 작은 덕장이 완성되자 금복은 대구와 명태, 꽁치와 정어리 등 건어물을 만들 생선을 사들였다. 생선장수는 눈을 질끈 감고 그동안 모아놓은 돈을 모두 투자할 수밖에 없었다. 생선장수가 덕장 한쪽에 생선을 부려놓고 다시 삼륜차를 몰아 생선을 팔러 떠나 있는 동안, 금복은 혼자 바닷가에 앉아 생선을 손질했다. 내장은 젓갈을 담그기 위해 따로 빼내고 비늘을 벗겨냈다. 작업을 하는 동안 온몸에 비늘이 달라붙어 반짝거리고 비린내가 진동을 했다. 손질한 생선을 모두 지푸라기로 엮어 덕에 걸기까지 꼬박 이틀이 걸렸다. 그뒤, 금복은 아침이슬이 걷히기를 기다려 생선을 덕장에 내다걸고 해가 지기 무섭게 거둬들이기를 수도 없이 반복했다. 그러는 동안 비가 올까 늘 하늘을 살폈고 이슬을 맞힐까 노심초사하며 생선을 훔쳐먹기 위해 근처를 어슬렁거리는 도둑고양이와 갈매기를 쫓았다. 적당한 바람과 햇볕이 생선에 배어 있는 물기를 거둬가는 동안 그녀는 덕장 옆에 임시로 지어놓은 움막을 떠나지 않았다. 멀리 내륙을 돌아 며칠간의 장사를 마치고 생선장수가 돌아왔을 때, 덕장에선 생선들이 구수한 냄새를 풍기며 적갈색으로 보기 좋게 말라가고 있었다.

그렇게 시작한 건어물 장사는 생각보다 훨씬 많은 이익을 남겼다. 평생 길 위를 떠돌며 살아온 생선장수는 곧 어시장 안에 조그만 생선가게라도 하나 얻어 정착할 꿈에 부풀어 내내 벌어진 입을 다물 줄 몰랐다. 하지만 금복은 거기서 만족하지 않았다. 그녀는 남은 이익금을 몽땅 투자해 더 많은 생선을 사들이고 덕장을 늘렸다. 곧 생선장수 혼자 감당할 수 없을 만큼 많은 건어물이 생산되자, 남은 물건을 어시장 안에 있는 다른 건어물가게에 넘겼다. 금복이 말린 건어물은 품질이 뛰어나 좋은 값을 받을 수 있었다. 얼마 안 있어 생선장수도 아예 장사를 때려치우고 덕장에 합류했다. 그래도 일손이 달릴 때면 인부들을 몇 명 더 고용했다. 덕장에선 곧 대구나 명태뿐만 아니라 오징어와 쥐치, 도미, 조기, 청어 등 갖가지 생선과 미역, 김, 다시마 같은 해조류와 멸치, 해삼, 전복, 새우 등 취급하지 않는 해산물이 없을 정도가 되었다. 금복은 건어물을 만드는 갖가지 요령을 터득해 생선의 종류에 따라 말리는 방법을 달리했는데, 어떤 생선은 굽거나 데쳐서 말리고 또 어떤 생선은 소금에 절이거나 간장을 발라 말리기도 했다. 따라서 여러 기구와 장비도 늘어났고 건어물을 보관할 창고와 그들이 지낼 살림집도 따로 지어야 했다. 건어물을 찾는 장사꾼들이 많아지면서 덕장은 점점 더 늘어났다. 급기야 한쪽에선 사내들이 소나무를 잘라 끊임없이 덕을 만들어 세우고 다른 한쪽에선 생선을 손질하는 여자들이 수십 명에 이르러 넓은 해안이 온통 말린 생선들로 가득 채워지는 장관이 연출되었다.

이때 금복은 이미 원재료를 사서 약간의 손질을 거친 후 더 가치가 높은 상품으로 만들어 파는 가공업의 요령을 터득하고 있었다. 뿐만 아니라 그들이 말린 건어물이 시장에서 절대적인 경쟁력을 갖게 되자 금복은 출하시기를 적당히 조절해 더 많은 이익을 남기기도 했다. 예컨대, 차례에 쓸 북어를 명절 전까지 창고에 쌓아두고 있다가 가격이 한껏 올랐을 때 일제히 출하하는 식이었다. 다른 덕장을 운영하는 경쟁자들도 금복의 방법을 따라 하려 했지만 도저히 상대가 되지 않았다. 생선을 사들일 때부터 금복은 방법이 남달랐기 때문이었다. 그녀는 선주들을 찾아가 출어를 하기 전에 미리 돈을 줘서 물 좋은 생선들을 싼 가격에 확보했다. 현대적인 개념으로 말하자면 일종의 선물거래였던 셈이었다. 어린 금복에게 그런 놀라운 수완이 있다는 사실을 알고 있는 사람은 생선장수 한 사람뿐이었다. 그 덕에 그는 머지않아 생전 본 적도 없는 큰돈을 만지게 되었다.

그러나 물화物貨의 덧없음이여! 생선장수가 그 모든 것이 한낱 허상임을 깨닫는 데는 그리 오랜 시간이 걸리지 않았다. 시간은 모든 것을 바꾸어놓게 마련이다.

하역부

오랫동안 잠들어 있던 관능과 열정이 서서히 깨어나고 있었다.

이제 금복의 가슴은 성난 복어처럼 팽팽하게 부풀어오르고 통통하던 엉덩이는 안반짝만하게 벌어져, 비록 더러운 옷을 입고 일하는 여자들 틈에 묻혀 있어도 누구나 그녀의 존재를 의식하지 않을 수 없게 되었다. 특히나 젊은 사내들은 진한 생선 비린내 속에서도 지워지지 않는 그녀만의 미묘한 냄새에 자신도 모르게 아랫도리가 불뚝거리곤 했는데, 금복의 변화를 누구보다 먼저 눈치챈 사람은 바로 생선장수였다. 그는 오래지 않아 금복이 자신을 떠날 거라는 예감에 늘 불안했다. 금복의 젊고 싱싱한 자궁은 이제 더 강한 사내의 유전자를 갈망하고 있었다. 그것은 생식生殖의 법칙이었다.

어느 날, 금복은 생선을 사기 위해 선창으로 나갔다. 포마드를 발라 머리를 뒤로 빗어넘긴 선주들은 이미 멀리서부터 금복의 냄새를 맡고 가까이 다가와 수작을 걸었다. 그들은 금복처럼 젊고 매력적인 여자가 생선장수처럼 늙고 보잘것없는 사내와 같이 산다는 게 뭔가 잘못된 거라고 생각했다. 더구나 흥정을 할 땐 눈웃음을 치며 마냥 헤픈 여자처럼 굴던 금복이 막상 수작이라도 걸어볼라치면 얼음장보다도 더 차갑게 돌아서곤 해 그들은 더욱 애간장을 태웠다. 늙은 선주들이 그러거나 말거나 금복은 신경도 쓰지 않고 커다란 엉덩이를 날렵하게 흔들어대며 선창을 오르내렸다.

그날 금복이 한 선주와 흥정을 하고 있을 때였다. 막 들어온 화물선에서 짐을 나르던 사내들 가운데 유난히 키꼴이 껑충한 사내

하나가 눈에 띄었다. 다른 사내들보다 머리통이 두 개쯤 더 있는 것처럼 기골이 장대한 그는 물이 뚝뚝 흐르는 무거운 궤짝을 어깨에 짊어지고 성큼성큼 선창을 걸어올라와 마른 짚단 다루듯 궤짝을 가볍게 내려놓고 다시 밑으로 내려갔다. 반쯤 풀어헤친 적삼 아래 드러난 우람한 팔뚝은 햇빛에 검게 그을고 걷어붙인 잠방이 아래에선 걸음을 옮길 때마다 오랜 노동으로 단련된 정강이의 근육이 뱀장어처럼 힘차게 꿈틀거렸다. 다른 사내들이 한 개씩 옮기는 궤짝을 그는 황소 같은 어깨로 한 번에 서너 개씩 짊어졌지만 버거운 기색이라곤 전혀 없어 보였다.

그가 짐짝을 메고 금복의 앞을 지날 때 그녀는 비로소 그가 몇 년 전 모래밭에서 봉변을 당할 뻔한 자신을 구해주었던 바로 그 소년이라는 것을 알아챘다. 짙은 눈썹에 반듯한 이마, 비록 덥수룩하게 자란 수염이 얼굴을 뒤덮고 있었지만 그 뒤에 숨은 눈은 여전히 바닷속처럼 고요하고 순박해 보였다. 이때, 금복과 흥정을 하고 있던 선주가 장골의 사내가 일하는 모습을 지켜보다 옆에서 한마디 했다.

─그놈 참, 일 한번 시원하게 한다.

금복이 선주에게 넌지시 그가 누구냐고 물었다. 이때 선주가 일러준 바에 의하면 그는 걱정이라고 불리는 부둣가 하역부였다. 그가 걱정이란 이름을 얻은 데에는 두 가지 설이 있었다. 어릴 때 먹성이 하도 좋아 그의 부모가 '앞으로 입에 풀칠할 일이 걱정'이라고 해서 걱정이 되었다는 설이 그 하나였고 괴걸한 용모가 양주의 도적인 임꺽정을 연상케 했기 때문에 걱정이 되었다는 설이 다른 하나였다. 그의 아버지는 멀리 북쪽에 있는 큰 산에서 호랑이를 사냥하던 포수였는데 호랑이를 지나치게 많이 잡아들여 씨가 마르자 다른 포수들과 함께 일거리를 찾아 남쪽으로 내려왔다. 그들 부자가 산악을 타고 이동하다 부둣가 도시로 흘러들어온 것이 몇 년 전이었으니 아마 금복보다 한 해나 두 해쯤 먼저였던 듯싶다. 그의 아버지도 호랑이를 맨손으로 때려잡았다는 소문이 있을 만큼 대단한 장골이었으나 어릴 때부터 통뼈라고 알려진 걱정은 채 스물이 되기 전에 이미 아버지의 힘을 넘어섰다.

부둣가에 온 지 이태 뒤, 통나무를 나르던 아버지가 발을 헛디뎌 배 밑으로 쓸려들어가 스크루에 감겨 죽은 후에도 그는 고향으로 돌아가지 않고 홀로 남아 하역일을 계속했다. 한때 그는 배를 타기도 했지만 비좁은 배 안에서 일을 하는 게 갑갑해 결국 하역장으로 돌아오고 말았다. 선주는 그가 다른 하역부들보다 대개 한 배 반의 품삯을 받고 있지만 실제로 하는 일은 보통 장정들의 서너 배 몫이라는 얘기도 덧붙였다. 금복은 한동안 넋을 잃고 사내가 일하는 양을 지켜보았다. 사내가 한번쯤 자신이 있는 쪽으로 눈길을 줬으면 하고 바랐지만 그는 소처럼 묵묵히 땅만 보고 짐을 날랐다.

짐을 선창에 모두 부린 사내들은 그날 품삯을 받아쥐고 뿔뿔이 흩어졌다. 금복도 재빨리 셈을 치르고 걱정의 뒤를 쫓았다. 그는 한쪽 어깨에 수건을 걸쳐놓고 유람을 하듯 천천히 복잡한 어시장 골목을 빠져나갔다. 시장은 장사꾼들로 붐볐지만 걱정의 키가 워낙 커서 쉽게 눈에 띄었다. 금복은 어떻게 해야겠다는 생각도 없이 저도 모르게 먼발치에서 그의 뒤를 밟았다.

잠시 후 걱정은 시장 끝에 있는 한 선술집으로 들어갔다. 금복은 열린 문틈으로 그가 밥을 먹는 모습을 지켜보았는데 그 양이 실로 어마어마했다. 그는 커다란 주발에 고봉으로 담은 밥을 다섯 주발이나 먹어치운 다음 숨도 쉬지 않고 곧바로 삶은 돼지고기 두 근에 막걸리 한 말을 거뜬히 비운 후에야 자리에서 일어섰다. 금복은 걱정이 셈을 치르고 나오기를 기다려 다시 그의 뒤를 밟았다.

복잡한 시장통을 지나 마침내 그가 도착한 곳은 뜨내기 뱃사람들이나 하역부들이 집단으로 숙식을 하는 어느 허름한 집이었다. 걱정이 안으로 들어간 뒤 금복은 문가에 서서 그대로 돌아갈까 잠시 망설였지만, 곧 누군가 등을 떠밀기라도 한 것처럼 자신도 모르게 슬그머니 마당으로 들어서고 말았다. 잠시 이 방 저 방 둘러보던 금복은 곧 웃통을 벗어젖힌 채 구석마루에 대자로 누워 곯아떨어진 걱정을 발견했다. 금복은 마루 한끝에 살그머니 엉덩이를 걸치고 앉아 걱정이 잠든 모습을 지켜보았다. 드르렁, 푸, 하며 일정한 리듬으로 코를 골 때마다 커다란 뱃구레가 오르락내리락하며 시큼한 막걸리 냄새가 뿜어져나왔다.

금복은 자신이 어쩌자고 여기까지 따라왔는지 스스로도 이해할수 없었지만, 더욱 이해할 수 없는 일은 그다음에 벌어졌다. 숨을쉴 때마다 크게 오르내리는 그의 배에 그만 덜컥 손을 얹어놓고 만것이다. 그녀는 떨리는 손으로 그의 배를 가만히 만져보며 거대한생명체의 울림을 손끝으로 느끼고 있었다. 그리고 자신도 모르게눈을 감았다. 손끝을 통해 느껴지는 진동에 온몸이 떨리고 아랫도리가 뜨거워지는 듯했다. 그런데 어느 순간, 숨소리가 작아지는가싶더니 걱정이 눈을 떴다. 그리고 자신의 눈앞에 벌어진 믿기지 않는 광경을 보았다. 일면식도 없는 젊은 여자 하나가 눈을 감은 채그린 듯이 옆에 앉아 있는 게 아닌가. 더구나 그녀는 태연하게도자신의 배에 손을 얹어놓기까지 하였으니!

잠이 덜 깬 걱정은 꿈인지 생시인지 모르겠다는 듯 어리둥절한표정으로 금복을 쳐다보았다. 그러고 보니 어디선가 본 듯한 얼굴인 것도 같았다. 이때 금복도 자신을 바라보는 시선에 눈을 뜨고걱정을 쳐다보았다. 두 사람의 눈길이 마주친 것은 이때였다. 그제야 걱정은 그녀가 몇 년 전 바닷가에서 마주친 그 풀냄새 나던 소녀라는 것을 알아보았다. 금복은 화들짝 놀라 걱정의 배에서 손을떼고 일어나 마당을 가로질러 대문 밖으로 달아났다. 그 통에 문턱을 넘다 신발이 하나 벗겨졌으나 그녀는 뒤도 안 돌아보고 한달음에 덕장까지 뛰어갔다. 생선장수가 그녀의 하얗게 질린 얼굴을 보고 놀라 무슨 일이냐고 물었지만 금복은 대답도 없이 가쁜 숨을 몰아쉬며 냉수를 연거푸 세 사발이나 들이켰다.

그날 밤, 금복의 머릿속엔 낮에 본 걱정의 얼굴이 내내 떠나지
않아 잠을 이룰 수 없었다. 옆에선 고단한 생선장수의 코고는 소리
가 들려왔다. 조금 전 그는 금복의 배 위에 올라와 여느때처럼 몇
번 몸을 꾸물거리다 슬그머니 내려와 혼자 곯아떨어진 것이다. 그
녀는 문을 열고 밖으로 나섰다. 해안엔 희미한 달빛 아래 파도가
부서지고 있었다. 그녀는 모래밭에 쭈그리고 앉아 해수면 위에 은
가루를 뿌려놓은 듯 하얗게 빛나는 바다를 바라보다 눈을 크게 뜨
고 말았다. 바다 한복판에서 갑자기 집채만한 물고기가 솟아오른
것이었다. 부두에 처음 도착한 날 목격했던 바로 그 대왕고래였
다. 몸길이만도 이십여 장丈에 가까운 고래는 등에 붙어 있는 숨구
멍으로 힘차게 물을 뿜어냈다. 분수처럼 뿜어올려진 물은 달빛 속
에서 은빛으로 눈부시게 흩어졌다. 그녀의 배 한복판에서 뭔가 뜨
거운 것이 치밀어올랐다. 그것은 죽음을 이겨낸 거대한 생명체가
주는 원초적 감동이었다.

금복은 저고리와 치마를 벗어 빈 덕에 걸어놓고 알몸으로 물속
을 향해 걸어갔다. 밤새 뜨겁게 달아오른 몸을 차가운 파도가 휘감
았다. 그녀는 파랗게 빛나는 고래를 향해 헤엄치기 시작했다. 고래
는 거대한 유선형의 몸체를 우아하게 움직이며 그녀를 향해 꼬리
를 철썩거리다 이따금씩 힘찬 분기噴氣를 보여주었다. 그런데 어

찌된 일인지 아무리 헤엄을 쳐도 고래에게 가까이 다가갈 수가 없었다. 바로 앞에서 꼬리를 흔들고 있었고, 매끄러운 거죽이 손에 잡힐 듯 코앞에서 번들거렸지만 고래는 늘 그만큼의 거리를 유지하고 있었다. 그러다 어느 순간, 고래는 다시 한번 크게 물을 뿜어낸 후 유유히 꼬리를 흔들며 깊은 물속으로 사라졌다. 허탈해진 그녀는 지칠 때까지 물속에서 나오지 않고 다시 고래가 솟아오르길 기다렸지만 끝내 고래는 나타나지 않았다. 완전히 기진해서 그녀가 다시 물 밖으로 나왔을 땐 바다 저편에서 바람이 불어오고 있었다. 언젠가 그녀의 등을 떠밀어 고향을 떠나게 했던 바로 그 바람이었다. 그리고 그 바람은 이제 그녀를 다시 어디론가 데려갈 참이었다. 아니, 어쩌면 그녀가 바람을 불렀을지도……

생선장수는 불안했다. 금복에게 뭔가 일이 생긴 걸 감지했지만 차마 입을 열어 물어볼 수 없었다. 그녀는 일을 하다 말고 자주 바다를 향해 멍하게 서 있기 일쑤였고 총명하게 반짝이던 눈동자는 빛을 잃었다. 일하는 여자들 틈에 묻혀 재잘거리던 수다도, 혼자 흥에 겨워 부르던 노래도 더이상 들을 수가 없었다. 잠을 자다 깨어보면 자주 금복이 보이지 않았다. 문을 열고 나가보면 금복은 바닷가에 혼자 멍하게 앉아 있었다. 그런 금복을 지켜보는 생선장수는 그녀에게 필요한 게 뭔지 잘 알고 있었지만 그것은 자신의 힘으로 어쩔 수 없는 일이기도 했다. 금복의 허기를 달랠 수 있는 것이 자신에겐 없다는 것을 그는 잘 알고 있었다. 그래서 슬펐다.

그러거나 말거나 덕장은 여전히 바빴다. 새로 생선을 들여오고 건어물을 실어나르는 짐차들이 언제나 입구에 길게 늘어서 있었고 그들이 만든 건어물은 장사꾼들을 통해 멀리 다른 도시로까지 팔려 나갔다. 생선장수는 덕장 일에 흥미를 잃어버린 금복 대신에 들고 나는 물건들을 정산하느라 늘 정신이 없었다. 평생 삼륜차 한 대 분량의 셈만 해오던 그로서는 벅찬 일이었지만 그저 하루바삐 금복이 사념을 버리고 다시 생기를 되찾기만 기다리는 수밖에 없었다.

며칠 후, 키가 팔 척이 넘는 장골의 사내가 덕장 입구에 들어섰다. 바다 저편으로 붉게 노을이 지고 있는 저녁 무렵이었다. 사람들은 그의 껑충한 키꼴에 놀라 모두 일손을 멈추고 쳐다보았다. 그는 일을 하는 여자들 틈에서 금복을 찾아냈다. 그리고 성큼성큼 그녀를 향해 곧장 걸어왔다. 일을 하던 여자들이 옆으로 비켜 길을 내주었다. 그의 손엔 금복이 그의 집에 떨어뜨리고 간 고무신 한 짝과 남색 보따리가 들려 있었다. 걱정을 본 금복은 깜짝 놀라 엮고 있던 생선두름을 떨어뜨렸다. 걱정은 금복에게 고무신 한 짝과 보따리를 내밀었다. 금복은 잠시 어리둥절한 표정으로 걱정과 보따리를 번갈아 쳐다보았다. 이윽고 걱정이 입을 열었다.

─네가 새로 갈아입을 옷이다. 이제부터 나랑 같이 가서 살자.

순간, 사람들이 놀라 웅성거렸다. 하지만 걱정은 미동도 없이 보따리를 내밀고 서서 금복을 쳐다보았다. 금복 또한 그 자리에 붙박인 듯 멈춰 서 있었다. 잠시 침묵이 흘렀다. 이때, 생선장수가 사람들을 밀치고 앞으로 나섰다.

—네가 도대체 누군데 이애를 데려간단 말이냐?

생선장수는 걱정의 범상치 않은 기골에 이미 기가 질려 목소리가 떨려나왔다. 걱정은 생선장수는 거들떠보지도 않고 금복을 재촉하듯 보따리를 든 손을 내리지 않고 있었다. 화가 난 생선장수는 용기를 내어 와락 보따리를 낚아채 바닥에 내동댕이쳤다.

—이애는 죽을 때까지 여기서 생선을 말리며 나랑 같이 살 거다. 그러니 당장 꺼지란 말이야!

그리고 걱정을 뒤로 밀쳤다. 당연히 그는 꿈쩍도 하지 않았다. 대신 덥수룩하게 수염이 덮인 얼굴이 꿈틀, 움직였다. 그는 대뜸 생선장수의 멱살을 잡아 공중으로 들어올렸다. 생선장수의 두 발이 허공에 떠서 버둥거렸다. 걱정은 생선장수를 힘껏 바닥에 메다꽂을 참이었다. 이때 금복이 앞을 막아섰다.

—안 돼요! 만일 이 사람을 다치게 한다면 영원히 나를 못 보게 될 거예요.

금복이 걱정을 향해 결연히 외쳤다. 잠시 멈칫했던 걱정이 생선장수를 그 자리에 내려놓자 그것만으로도 생선장수는 '아구구구' 비명을 지르며 모래밭에 나뒹굴었다. 금복의 말 한마디로 모든 상황은 정리가 되었다. 걱정은 보따리를 금복의 앞에 던져놓고 저만치 걸어가서 금복을 기다렸다. 금복은 허리를 붙잡고 엄살을 떨고 있는 생선장수를 향해 다가가 작별을 고했다.

—미안해요. 당신은 나를 여기로 데려왔지만 나는 이제 새 주인을 만났어요. 그러니 그만 떠나야 해요.

금복은 자신의 첫 남자로서 몇 년간 살을 붙이고 살아온 정에 눈물이 솟아나려는 걸 애써 참았다.

—그리고 한 가지, 돌아오는 시월엔 절대로 생선을 내다말리면 안 돼요. 내 말 꼭 명심하세요. 알았죠?

생선장수는 금복의 말이 무슨 뜻인지도 모른 채 넋이 나간 표정으로 모래밭에 주저앉아 고개를 끄덕였다. 금복은 그렇게 붉은 낙조를 뒤로하고 걱정을 따라 덕장을 떠났다. 금복이 생선장수를 따라 부둣가 도시에 온 지 삼 년 뒤의 일이었다.

로라

마침내 둑이 무너졌다. 걷잡을 수 없이 봇물이 쏟아져내렸다. 금복은 비로소 차가운 바닷물에 담가야만 잠들 수 있었던 식지 않는 열기와 자신의 등을 떠밀어 고향을 떠나게 했던 멈추지 않는 바람의 정체가 무엇인지 깨달았다. 탐욕스런 혀가 온몸을 핥아댔다. 혀가 지나는 곳마다 소름이 돋아났다. 솜털이 곤두섰다. 부끄러움과 미숙함은 이미 멀리 달아나버렸다. 그녀는 몸을 활짝 열어젖혔다. 한 치의 틈도 허용하지 않으려는 듯 두 다리로 걱정의 꿈틀거리는 허벅지를 휘감아 힘껏 끌어안았다.

—네가 내 몸속을 파고들어오는 것 같아.

난생처음 맛보는 엄청난 쾌락에 온몸을 부르르 떠는 걱정의 입에서 자신도 모르게 신음소리가 흘러나왔다. 떨림은 금복에게도 그대로 전해져 그녀 또한 온몸을 뒤흔드는 진동을 견디느라 이를 악물었다. 뜨거운 덩어리가 목울대를 치밀고 올라왔다. 몸속의 내장이 죄다 밖으로 튕겨나갈 것 같은 두려움과 흥분에 그녀는 울고 싶은 충동을 느끼며 걱정의 단단한 엉덩이를 두 손으로 움켜쥐었다. 일백조 개의 세포가 낱낱이 흩어져 허공에 뿌려졌다가 곧 무서운 흡입력으로 다시 한데 모아지며 마침내 폭발이 일어났다. 모든 것을 빨아들이려는 듯 몸속 깊숙한 곳에서 격렬한 수축이 일어났다. 그리고 평화가 찾아왔다. 춥지도 덥지도 않은, 고요한 기쁨 가운데 두 사람은 서로를 끌어안았다.

금복과 걱정은 로미오와 줄리엣처럼, 변강쇠와 옹녀처럼, 아사달과 아사녀처럼 운명적으로 서로를 사랑했다. 그들은 부족함도 더함도 없이 연리지連理枝처럼 서로 단단하게 결합되었고 암나사와 수나사처럼 빈틈없이 꼭 들어맞았다. 두 사람은 밤마다 열락의 폭풍 속에 내동댕이쳐졌다 곧이어 한없이 낮은 곳으로 추락하곤 했다.

걱정이 사는 집으로 옮겨온 금복은 시장을 돌아다니며 이불과 그릇 등 세간을 사들였다. 단출한 살림이었지만 그녀는 행복에 들떠 콧노래를 불렀다. 오래전, 생선장수의 삼륜차를 타고 고향을 떠날 때부터 자신이 찾고 있던 것을 마침내 발견한 듯싶었다.

며칠 후, 금복은 집으로 돌아온 걱정에게 쌀을 살 돈을 달라고 했다. 건어물 장사를 하며 생선장수 모르게 모아놓은 돈은 살림을 사모으느라 다 쓴 뒤였다. 그러자 걱정은 난처한 표정으로 돈이 한푼도 없다고 했다. 알고 보니 그동안 번 돈은 몽땅 먹는 데 써버렸던 것이다. 다른 사람 품삯의 한 배 반을 받는다고 해도 워낙 먹성이 크다보니 그는 언제나 품삯을 받자마자 선술집으로 달려가 그날 받은 돈을 한푼의 여축도 없이 몽땅 주모에게 쥐여주고, 얼마가 됐든 건네준 액수만큼 밥과 고기, 술을 먹어치웠다. 그렇게 하루 벌어 하루 먹는 식이다보니 한푼도 모을 수가 없었을뿐더러, 정작 그는 그걸 조금도 이상하게 여기지 않았다. 금복은 그의 손을 잡아 자리에 앉혀놓고 차분하게 말했다.

―좋아요. 지금까진 당신 혼자니까 상관없었지만 이제부턴 그렇게 하면 안 돼요. 여자랑 같이 산다는 건 자기가 먹을 것뿐만 아니라 여자가 먹을 것까지도 책임져야 된다는 의미예요. 무슨 얘긴지 알겠어요?

―나도 당신이 먹을 것까지 책임지고 싶지만 그날그날 받은 돈으론 나 혼자 먹고사는 것도 언제나 부족한걸.

걱정은 난처한 표정으로 말했다. 금복은 그의 우둔함과 무지에 어이가 없었지만 워낙 먹성이 큰 그의 사정을 이해 못할 바도 아니었다. 그녀는 잠시 생각을 하다 말했다.

—좋아요. 그럼 이렇게 해요. 당신이 다른 사람들보다 서너 배 몫의 일을 한다는 얘기를 들었어요. 하지만 당신이 받는 품삯은 한 배 반밖에 안 돼요. 그러니 내일 주인에게 가서 이렇게 말해요. 당신이 남들보다 서너 배를 일하니까 품삯도 세 배를 달라고. 안 그러면 앞으론 일을 안 하겠다고. 무슨 얘긴지 알겠어요?

걱정은 미심쩍은 표정으로 고개를 주억거렸다.

다음날 아침, 일을 나가는 걱정에게 금복은 솜을 한줌 쥐여주었다.

—주인을 만나기 전에 이걸로 귀를 틀어막으세요. 그리고 품삯을 세 배로 올려달라고 말하고 주인이 뭐라고 대답을 하건 잠깐 서 있다 곧바로 집으로 돌아오세요.

무슨 말인지 이해가 안 간다는 듯 고개를 갸우뚱하며 솜으로 귀를 막고 나갔던 걱정이 한식경도 지나지 않아 집으로 돌아왔다. 금복이 시키는 대로 하고 곧바로 돌아왔다는 거였다. 그는 여전히 께름칙한 표정이었지만 금복은 태연했다.

—조금만 기다려봐요. 곧 소식이 올 테니까.

과연 점심때도 지나지 않아 한 사내가 걱정을 데리러 왔다. 금복이 이번엔 빨아놓은 개짐을 쥐여주었다.

　—주인을 만날 때 이걸 입에 물고 있어요. 그리고 주인이 무슨 말을 하건 한마디도 하지 말고 듣고 있다가 다시 집으로 돌아오세요.

　역시 걱정은 이번에도 곧바로 돌아왔고, 뒤이어 방금 전 그 사내가 다시 그를 데리러 왔다. 금복은 빙그레 웃으며 그때까지도 걱정이 입에 물고 있던 개짐을 빼주었다.

　—자, 이제 가보세요. 그리고 돈을 받으면 쌀을 사가지고 오세요.

　그날 저녁 걱정은 어깨에 쌀을 한 말 짊어지고 돌아왔다. 주인을 만나러 갔더니 뜻밖에도 그는 선선히 앞으로 세 배의 임금을 주기로 했다는 거였다. 그것은 고용의 법칙이었다. 그는 일이 쉽게 풀린 것을 신기해하는 한편, 어떻게 그런 생각을 다 했냐며 마냥 금복을 대견해했다. 금복은 그의 순박함에 웃음이 나왔지만 당장 구복口腹을 해결하게 된 걸 다행으로 생각했다.

　걱정은 그다지 현명한 사람이 아니었다. 그는 소처럼 우직하게 일하며 하루 벌어 하루 먹고살던 사람이었다. 배가 고프면 부두에 나가 일을 하고 품삯을 받아 그걸로 배를 채우면 그뿐이었다. 그가 가진 재산이라고는 그저 남들보다 큰 몸집과 남다른 힘뿐이었지만 그의 힘을 필요로 하는 자리는 어디에나 있었고 금복을 만나기 전까지는 그런 생계의 방편에 아무런 문제가 없었다. '입에 풀칠할 일이 걱정'이라던 그의 부모의 우려는 결국 기우에 지나지 않았으나 입에 풀칠할 걱정이 없다는 게 오히려 걱정이었다. 걱정은 뭐든지 쉽게 생각했으며 바로 다음날 닥쳐올 일조차 걱정하지 않았다. 불행히도 그의 뛰어난 육체적 능력은 그를 매우 단순한 사람으로 만들어버리고 말았던 것이다.

금복은 세상이 그렇게 간단치가 않다는 걸 이미 잘 알고 있었다. 그래서 그녀는 늘 불안했지만 그의 순박함을 사랑했으며 거대한 고래에 매료된 것처럼 단숨에 걱정의 육체에 사로잡히고 말았다. 말하자면 그녀는 아무리 사내랍시고 으쓱거려도 걱정만큼 굵은 팔뚝과 큰 뱃구레를 가지고 있지 않으면 진정한 사내로 여기질 않았다. 그녀는 무엇보다도 그의 품에 안겨 있는 순간을 좋아했다. 부드러운 젖가슴을 짓누르는 위압적인 존재감, 거칠게 몰아쉬는 숨소리, 꿈틀대는 근육, 온몸이 떨릴 만큼 선명한 분출의 순간······ 그녀가 진정 사랑한 것은 아이러니하게도 바로 그녀를 불안하게 만드는 그 단순한 세계였다. 그녀는 그의 육체를 신뢰했으며 그 거대한 존재 안에서 깊은 안도감을 느꼈다. 그래서 행복했다.

한편, 금복이 떠난 뒤 생선장수는 한동안 마음을 잡지 못하고 술에 취해 지내는 날이 많았다. 세상의 힘센 수컷들이 모두 침을 흘리는 젊은 여자가 영원히 자신의 차지가 될 거라고 생각할 만큼 물정을 모르는 그는 아니었으나, 집에서 기르던 개가 나가도 찾아보는 게 인지상정일 터인즉, 몇 년간 살 붙이고 살며 고명딸 기르

듯 애면글면 보살피고 애지중지 보듬어주던 금복이 하루아침에 자신의 곁을 떠나버렸으니 밥을 먹어도 먹은 것 같지가 않고 잠을 자도 잔 것 같지 않은 건 당연한 이치, 생선장수는 도무지 일이 손에 잡히지가 않았다.

그러나 또다른 한편, 그 도시엔 금복 말고도 계집은 흔했다. 돈만 있으면 얼마든지 다른 여자를 취할 수가 있었다. 그래서 그렇게 했다. 그네들이 금복처럼 특별한 매력이 있는 건 아니었지만 이미 머리가 희끗해져가는 그에게는 모두 과분한 여자들이었다. 평생 세상의 즐거움과는 담을 쌓고 살아온 그로서는 처음 맛보는 달콤함이었다. 그는 자신의 무릎에서 교태를 부리는 작부의 엉덩이를 주무르며 말했다.

—세상에는 이런 인생도 있는데 나는 왜 평생 뼈빠지게 일만 하고 살았지?

물론 돈이 들었다. 그것은 화류계의 법칙이었다. 그는 덕장 일은 모두 잊은 채 대낮부터 여자를 끼고 술을 퍼마시거나 화투판에서 시간을 보냈다. 이따금씩 그에게 미리 돈을 쥐놓은 장사꾼들이 찾아와 빨리 물건을 대라고 성화를 부렸지만 그는 그까짓 돈 몇 푼, 돌려주면 될 게 아니냐고 오히려 큰소리를 쳤다. 또 돈이 들었다.

그가 색주가를 드나들며 노닥거리는 동안 덕장의 생선들은 퀴퀴한 냄새를 피우며 썩어갔다. 파리가 쉬를 슬고 구더기가 기어다녔다. 그나마 성한 것은 도둑고양이의 먹이가 되었다.

어느 날, 생선장수는 색주가 뒷방에서 작부를 끼고 술을 마시고 있었다. 내심 조만간 집에 들어앉혀 같이 살림이라도 차릴까 생각하고 있던 여자였다. 나이는 이미 서른이 넘은 지 한참 되었지만 쪽 찢어진 눈에 주근깨가 제법 마음을 간질이는 데가 있었다. 그런데 술을 쳐주던 작부가 갑자기 땅이 꺼져라 한숨을 내쉬었다. 작부의 젖가슴을 주무르던 생선장수는 무슨 일이 있기에 한숨을 쉬냐고 물었다.

여자는 기다렸다는 듯 눈물을 흘리며 속사정을 털어놓았는데, 자신이 얼마 전 이차저차한 사정으로 아무개에게 돈을 빌렸는데 어찌어찌하다보니 약조한 날짜가 한참 지나도록 못 갚고 있던 차에 또 이러구러하다보니 종국에는 자신이 먼 섬에 있는 술집으로 팔려가게 됐다며 눈물 콧물을 손수건으로 연신 찍어대다 덧붙이길, 섬에 팔려가면 자신의 인생은 완전히 종을 친 거나 진배없으며 꼬부랑 할망구가 되기 전에는 절대로 그 섬에서 빠져나올 방법이 없을 터인즉, 그것까지는 뭐 그저 가난이 죄고 돈이 원수이다보니 어쩔 수 없는 일이라 치더라도, 한 가지 원통하고 절통한 건 자신이 실은 내심 생선장수를 연모하고 있었으며 그가 받아주기만 한다면 같이 살림이라도 차리려고 마음을 먹은 터라 요즘은 다른 손님들도 모두 물리고 오직 그만을 받아들이고 있던 차에, 이제 그모든 희망이 물거품이 되어버려 간밤엔 구차한 인생 바닷물에 던져 그나마 몸이라도 깨끗하게 보전하려고 부두에도 나가보았지만 질긴 게 인연이고 더 질긴 게 목숨이라 차마 그마저도 못하고 이제 꼼짝없이 생이별을 하게 되었으니, 자신은 이제 가더라도 좋은 여자 만나 아들딸 낳고 오래오래 잘사시라고, 부디 행복하시라고, 다만 한 가지 부탁이 있다면 먼 훗날, 바닷가를 지나다 홀로 외롭게 나는 갈매기를 보거들랑 그것이 생선장수를 연모하다 절해고도 먼 섬에서 혼자 외롭게 살다 쓸쓸하게 죽은 불쌍한 여인네의 가련한 넋이거니 하며 보아달라고, 그때 잊지 말고 자신의 이름이라도 한번 불러달라고, 그러면 자신은 죽어서라도 여한이 없겠노라며, 신파조로 사설을 길게 읊어대다, 급기야는 생선장수의 무릎에 엎디어 통곡을 해댔다. 원체 정이 많고 귀가 얇은 그인지라 이야기를 듣는 동안 이미 가슴이 미어져 애써 울음을 삼키느라 목을 껑껑대던 생선장수는 작부의 어깨를 잡아흔들며 말했다.

—울지만 말고 말을 좀 해봐라, 이애야. 도대체 빌린 돈이 몇 푼이나 되기에 이 난리를 치른단 말이냐, 응?

이번엔 제법 많은 돈이 들었다.

사흘이 지난 뒤에야 작부가 빚을 갚으라고 건넨 돈과 옷가지를 몽땅 챙겨 달아났다는 사실이 밝혀졌다. 물론 그녀가 한 말은 모두 거짓이었다. 생선장수는 그제야 퍼뜩 정신이 들었다. 살림을 차릴 생각에 한껏 부풀어 있던 그는 뒤통수를 맞은 듯 눈앞이 아득했다. 반나절을 멍하게 누워 천장만 바라보던 그는 주색에 찌든 몸을 겨우 가누어 덕장으로 돌아왔다. 넓은 바닷가에 미만하던 육기는 바람과 햇볕과 곰팡이와 구더기와 파리와 개미와 갈매기와 고양이가 몽땅 거둬가고 말라비틀어진 생선뼈만 앙상하게 덕에 매달려 바람에 흔들리고 있었다. 그는 소금기에 삭아가고 있는 삼륜차 옆에 풀썩 주저앉았다.

그래도 다행히 얼마간의 돈이 남아 있었다. 그는 마음을 다잡고 덕장을 재정비했다. 바람에 쓰러진 덕들을 다시 일으켜세우고 인부들을 불러모았다. 그리고 남은 돈을 몽땅 털어 생선을 사들였다. 때마침 풍어를 맞아 가격도 괜찮았다. 다시 덕장에 활기가 살아났다. 그는 덕장에 가득 널린 생선을 바라보며 이번에는 마음을 독하게 먹고 제대로 돈을 모아 시장 안에 가게라도 하나 내리라 마음먹었다. 겨울로 막 접어드는 시월 초입이었다.

그는 담배를 피워물다 말고 문득 몇 달 전 금복이 한 말이 떠올랐다. 그애는 덕장을 떠나면서, 시월에는 절대로 생선을 내다말리지 말라고 했것다. 시월이면 장마도 홍수도 다 지난 철인데 그애는 도대체 왜 그런 소리를 했을까. 그땐 자신이 모래밭에 코를 박고 있느라 물어볼 경황이 아니었다. 설사 무슨 사연이 있다 하더라도 이제 와 생선을 거둘 수는 없는 노릇, 배는 이미 떠난 뒤였다. 일말의 불안감은 있었지만 그는 고개를 흔들어 금복의 말을 애써 머릿속에서 털어냈다. 이번에도, 철없는 어린 계집이 뭔 소린들 못할까 싶었다. 그는 거적에 누워 담배연기를 뿜어냈다. 파란 하늘에 물고기 비늘처럼 얇은 구름들이 몰려갔다. 햇볕이 좋고 바람이 차가워 생선을 말리기에 더없이 좋은 날씨였다. 그는 돈을 벌면 이번에는 심지가 제대로 박힌 참한 여자를 만나야겠다고 생각했다.

금복은 집을 나와 시장으로 걸어가고 있었다. 저녁 찬거리도 살 겸 시장 구경도 할 겸해서 모처럼 나온 길이었다. 얼마 전까지만 해도 드넓은 덕장이 좁다 하고 뛰어다니던 그녀였으니 하루종일 집에만 틀어박혀 있는 게 꽤나 갑갑하기도 했을 것이다. 그녀는 빈 함지를 옆에 끼고 천천히 구경을 하며 느긋하게 거리를 지나고 있었다.

이때, 금복에게 눈길을 주는 한 사내가 있었다. 며칠 전 그는 어시장에서 금복을 처음 발견했다. 그간 바닷바람을 맞으며 하루종일 뙤약볕에서 일하느라 얼굴은 검게 그을고 몸엔 비린내가 배어 있었지만 사내는 그녀가 여느 여자들과는 다른 특별한 게 있다는 것을 단박에 알아챘다. 그녀의 몸에서 풍겨나오는 냄새 아닌 냄새는, 그 옛날 그를 키워주었던 창녀들의 젖냄새와 분냄새를 떠올리게 했으며, 그가 풍랑을 만나 바닷가에 표류되었을 때 입안에 스며들던 찝찔한 바닷물의 냄새를 생각나게 했고, 상대에게 칼을 꽂아넣었을 때 언제나 맡곤 하던 피비린내와 죽음의 냄새를 연상케 하는 한편, 다른 무엇보다도 그가 한때 미칠 듯 사랑했던 어느 게이샤의 살냄새를 떠올리게 했다.

그는 눈처럼 하얀 양복을 입고 극장 입구에 서 있었다. 그곳은 부둣가 도시에 처음 지어진 극장이었다. 극장 앞을 지나가는 금복의 갈색으로 그을린 얼굴에는 생기가 넘치고 사뿐하게 걸음을 옮길 때마다 탱탱한 엉덩이가 좌우로 흔들렸다. 금복이 앞으로 다가오자 사내는 그녀의 앞을 막아섰다.

─너, 극장 구경 시켜줄까?

금복이 고개를 들어 사내를 쳐다보았다. 하얗고 갸름한 사내의 얼굴 한쪽엔 기다란 칼자국이 나 있었다. 그는 하얀 은제 라이터를 꺼내 찰칵 소리를 내며 멋진 동작으로 담배에 불을 붙였다. 그런데 섬뜩하게도 담배를 붙이는 손엔 엄지와 검지, 단 두 개만 남아 있었다.

─극장이 뭔데요?

금복은 눈을 가늘게 뜨고 칼자국의 사내를 똑바로 올려다보았다. 사내의 목울대가 꿈틀, 움직였다.

─극장은 영화를 틀어주는 데지.

사내는 얼마 전 그 도시에서 처음 문을 연 극장을 가리켰다. 극장 간판에는 금발의 여자와 카우보이 모자를 쓴 남자가 얼굴을 가깝게 들이대고 마주보고 있었다.

─영화가 뭔데요?

금복은 그 도시에 사는 대부분의 사람들처럼 아직 영화가 뭔지 몰랐다.

―영화는 사람들이 나오는 거지.

　―사람들은 밖에도 많은데 뭣 하러 극장까지 가서 구경을 해요?

　금복은 짐짓 새침한 표정으로 물었다.

　―영화에 나오는 사람들은 밖에 있는 사람들하곤 달라. 아주 특별하지. 너처럼.

　사내는 마지막 단어를 힘주어 말했다. 부둣가 사람들은 그의 이름만 들어도 공포에 떨고 눈만 마주쳐도 오줌을 지렸지만, 그때만 해도 금복은 그가 어떤 자인지도 몰랐고 두렵지도 않았다. 아니, 오히려 그의 하얀 얼굴에 마음이 끌려 자신도 모르게 그를 향해 한 걸음 더 가까이 다가섰다. 두 사람은 극장 간판에 그려져 있는 두 배우만큼이나 얼굴을 가깝게 마주대고 섰다. 금복은 자신도 모르게 사내의 얼굴에 나 있는 칼자국을 손으로 만졌다. 그가 라이벌과의 삼일 밤 삼일 낮에 걸친 긴 싸움 끝에 얻은 그 상처에 손을 댄 사람은 금복이 처음이었다.

　―이 칼자국은 진짜인가요?

　―진짜가 아니면, 내가 일부러 만들어가지고 다니기라도 한단 말이냐?

　―아팠어요?

　―아팠지.

　사내는 웃으며 어깨를 으쓱했다.

　―누가 그랬어요?

—나를 죽도록 미워하던 놈이.

　—그 사람은 어떻게 됐는데요?

　—나를 죽도록 미워하다 결국 죽었지. 돌을 매달아 바다에 던져넣었으니까 돌고래처럼 헤엄을 잘 친다 하더라도 살아 돌아오긴 힘들 거야.

　두 사람의 얼굴은 이제 서로 부딪칠 것처럼 가깝게 붙어 있었다. 금복은 사내를 향해 배시시 웃어 보였다. 사내도 금복을 보며 웃자, 일자로 나 있는 칼자국이 둥글게 휘어졌다.

　그날, 금복은 태어나서 처음으로 영화 구경을 했다. 커다란 스크린에선 사람들이 전혀 알아들을 수 없는 말을 주고받았다. 그들은 제멋대로 커지기도 하고 작아지기도 하면서 말을 타고 사막을 달리며 총을 쏘기도 하고 마차 뒤에서 남녀가 서로 입을 맞추기도 했다. 그 영화는 아름다운 나라라는 뜻을 가진, 미국美國이란 먼 나라에서 건너온 것이었다. 금복은 눈앞에 펼쳐지는 놀라운 광경과 사방에서 폭포처럼 쏟아지는 웅장한 소리가 너무 생생하고 두려운 나머지 화면에서 눈을 뗄 수가 없었다. 사내는 손가락 두 개만 남은 손으로 옆자리에 앉아 떨고 있는 금복의 손을 꼭 잡아주었는데, 금복은 영화에 너무 몰입해 있어 자신이 잡고 있는 것이 사내의 손가락인지 발가락인지조차 모를 지경이었다.

　영화가 끝나고 불이 켜지자, 갑자기 그 놀라운 세계가 눈앞에서 감쪽같이 사라졌다. 금복은 뭔가 속은 것처럼 억울한 기분이 들었다. 오르가슴을 향해 솟아오르다 추락한 것 같은 허망함과 아쉬움에 그녀는 자리에서 일어서질 못했다. 그 순간 그녀는 방금 눈앞에서 펼쳐졌던 그 신기한 세계가 멈추지 않고 영원히 계속되길 간절히 원했다. 그리고 만일 누군가 그렇게 해줄 수만 있다면 자신의 모든 것과 맞바꾸어도 아깝지 않다는 생각이 들었다.

잠시 후 칼자국의 사내에게 이끌려 밖으로 나왔을 때, 금복은 머리도 어지럽고 속이 메슥거려 결국 먹은 것을 죄다 토해내고 말았다. 그녀는 칼자국이 자신에게 뭔가 이상한 속임수를 쓴 거라고 생각했다. 그래서 기분이 나빠졌다. 하지만 사내는 빙그레 웃으며, '그것은 속임수가 아니라 바로 영화'라고 말했다. 그리고 세상에는 수천수만 가지의 영화가 있는데, 앞으로 자신과 알고 지내면 온갖 종류의 영화를 볼 수 있을 거라고 했다. 그는 금복에게 윙크를 하며 말했다.

—영화를 보고 싶으면 언제든 나를 찾아오라고. 난 항상 이 자리에 있을 테니까.

금복은 순간 그의 느글느글한 웃음이 불쾌하게 느껴졌다. 그의 얼굴에 난 칼자국에서 뭔가 불길한 예감을 받았다. 금복은 빨리 집에 가봐야 한다며 입구에 세워둔 함지를 들고 극장을 뛰쳐나왔다. 사내는 빙그레 웃으며 금복의 뒷모습을 지켜보았다.

그녀가 극장 밖으로 나왔을 때, 거리엔 바람이 불고 있었다. 상점의 간판이 흔들리고 생선을 담는 데 썼던 지푸라기와 나무궤짝이 이리저리 굴러다녔다. 그녀는 무심코 하늘을 올려다보았다. 남쪽 하늘에 먹장구름이 짙게 드리워져 있었다. 불길한 운명을 감지해내는 데 남다른 능력을 가진 그녀의 심장은 더욱 빠르게 뛰었다. 칼자국의 사내를 따라 극장에 들어간 것에 대해 갑작스런 후회가 밀려왔다. 극장에 들어가 한 짓이라곤 겨우 영화 한 편 본 것뿐이었지만 그녀는 자신이 뭔가 절대로 해서는 안 될 일을 저지르고 말았다는 죄책감이 들었다. 하지만 이때만 해도 그녀는 그날의 사건이 자신의 운명을 어떻게 바꾸어놓을지 짐작하지 못했다. 그녀는 애써 불안감을 억누르며 서둘러 집으로 돌아왔다.

그날, 밤늦도록 걱정은 돌아오지 않았다. 이전엔 한 번도 없던 일이었다. 기다리다 지쳐 혼자 밥을 해먹고 자리에 누운 금복은 마음이 심란해서 좀처럼 잠을 이루지 못했다. 바람은 점점 더 거칠게 문짝을 뒤흔들었다. 금복은 이불을 머리끝까지 뒤집어쓰고 애써 잠을 청했다.

생선장수는 뭔가 우당탕거리는 소리에 놀라 잠이 깼다. 그날 저녁, 그는 정어리를 한 마리 구워 소주를 마시고 잠이 들었다. 작부가 돈을 가지고 달아난 뒤, 술을 그만 마셔야겠다고 마음먹었지만 오랜만에 살림집에 돌아와보니 도저히 허전해서 잠을 잘 수가 없었던 것이다. 눈을 떴을 때 그는 자신의 눈을 의심했다. 방의 지붕이 통째로 날아가 하늘이 보이고 방안의 가재도구들이 이리저리 바람에 쓸려다니고 있었다. 문짝이 나뭇잎처럼 흔들려 곧 떨어져 나갈 것처럼 위태로웠다. 빗방울도 떨어지기 시작했다. 머릿속에 퍼뜩 덕장이 떠올랐다. 그는 곧장 밖으로 뛰어나갔다. 어둠 속에 집채만한 파도가 거인처럼 우뚝 서 있었다. 태풍이었다.

덕들은 바람에 날려 이미 반 넘게 넘어지고 생선은 모래밭에 나뒹굴고 있었다. 그는 허겁지겁 뛰어가 생선을 궤짝에 주워담았다. 사방에서 뿌려대는 물보라에 옷이 젖고 거센 바람에 몸이 비틀거렸다. 파도는 점점 더 사나워져 덕이 있는 곳까지 밀려들었다. 덕들이 모두 쓰러지고 그가 애써 쌓아놓은 생선궤짝도 바람에 날려갔다. 그는 필사적으로 생선들을 주워모아 한군데 쌓아놓았다. 우지끈하는 소리에 돌아보니 살림집 벽이 바람에 날아가고 있었다. 사방에서 악귀들이 날뛰는 것처럼 시끄러워 고막이 떨어져나가는 것 같았다. 그는 실성한 사람처럼 생선들을 쫓아다녔지만 생선은 쌓아놓기 무섭게 바람에 흩어져 날짐승처럼 가볍게 하늘을 날아다녔다. 바람에 모래가 날려 바늘처럼 그의 얼굴에 와 박혔다. 살갗이 터지고 피가 흘렀다. 더이상 아무런 가망이 없었다. 그는 갑자기 실성한 사람처럼 웃으며 바람이 불어오는 바다를 향해 생선과 소나무, 모래 등 손에 잡히는 대로 마구 집어던지기 시작했다.

─하하하! 그래, 이까짓 물고기가 뭐가 대수냐. 이왕 날리는 거

다 날려보내라, 다! 집도, 나도, 이 세상도 다 날려보내란 말이다, 다!

광인처럼 울부짖는 생선장수 앞에 거대한 해일이 밀려오고 있었다. 그리고 모든 것을 덮쳐버렸다.

누군가 희미하게 자신을 부르는 소리에 금복은 퍼뜩 눈을 떴다. 옆자리를 보니 걱정은 아직도 돌아오지 않고 있었다. 사방은 캄캄했고 바람은 거세게 창문을 흔들고 있었다. 이때, 다시 문밖에서 누군가를 부르는 소리가 희미하게 들렸다. 금복은 반가움에 벌컥 문을 열었다. 문밖엔 비에 흠뻑 젖은 건장한 사내들이 예닐곱 서 있었다. 그들은 거적을 나무에 꿰어 만든 들것을 문 앞에 내려놓았다. 금복은 비명을 지르며 달려나갔다. 들것 안엔 걱정이 누워 있었다. 걱정이 입고 있는 옷은 온통 피로 물들어 있었다. 빗물과 함께 붉은 피가 흘러내렸다. 금복이 울부짖으며 그의 머리를 들어올리자 얼굴은 창백했고 눈은 이미 감겨 있었다. 어디가 어떻게 상했는지 수건으로 싸맨 머리에선 끊임없이 피가 배어나왔다.

칼자국

태풍이 모두 지나간 뒤, 늙은 어부들은 말했다. 그처럼 크고 무서운 태풍은 평생 처음 보았노라고. 집들이 날아가고 산사태가 나고 길이 끊겼다. 부두에 매어둔 배들은 해일에 밀려올라가 지붕 위에 걸쳐져 바람에 흔들렸고, 원래 그 자리에 있던 지붕은 뜯겨나가 바다 위에 뗏목처럼 떠 있었다. 그리고 수많은 사람들이 물에 빠져 죽거나 실종되었다. 죽었으나 시체를 찾지 못한 자들도 부지기수였다.

로라.

그것은 다음날 기상청이 발표한 그 살인적인 태풍의 이름이었다. 그 예쁜 이름은 어느 서양 여자의 이름을 딴 것이었다.

금복은 어떻게 태풍이 올 걸 미리 알았을까. 그녀의 몸속 어딘가에 메뚜기와 같은 초감각기관이라도 숨어 있었던 걸까, 아니면 범인凡人들이 갖지 못한 특수한 예지능력이라도 갖고 있었을까. 세상에 떠도는 얘기들을 모두 신뢰할 수는 없다. 이야기란 본시, 전하는 자의 입장에 따라, 듣는 사람의 편의에 따라, 이야기꾼의 솜씨에 따라 가감과 변형이 있게 마련이다. 일점일획 어긋남이 없다는 성서조차 의심을 받는 판국에 세상에 떠도는 얘기를 믿기란 쉽지 않다. 하지만 뚜렷한 반증도 없이 무턱대고 의심만 할 수도 없는 노릇, 그래도 맑은 하늘에 태평양만한 구멍이 나 있다는 이야기보다는 훨씬 그럴듯하지 않은가! 대저, 믿는 자에게 평화가 있나니.

생선장수는 죽지 않았다. 다음날, 그는 실성한 사람처럼 모래밭에 주저앉아 잔해만 남은 덕장을 바라보았다. 간밤의 일이 모두 꿈인 듯 잔잔한 바다 위에는 햇빛이 눈부셨다. 바람은 그치고 물결은 잦아들어 바다는 더없이 고요했다. 한때 장관을 이루었던 덕장은 흔적도 없이 사라졌다. 덕장 옆에 있던 살림집도 어디론가 떠내려갔고 덕들은 부서졌으며 생선은 모래알처럼 천지사방에 흩어졌다. 모래밭에 여기저기 나뒹구는 생선이 산패되어가며 풍기는 퀴퀴한 냄새가 바람에 실려왔다. 바다에 널린 생선을 먹으러 내려온 갈매기들만이 무심하게 끼룩거렸다. 반나절을 멍하게 앉아 있던 생선장수는 점심때쯤 되어 붉게 녹이 슨 삼륜차를 타고 덕장을 떠났다. 이후, 부둣가 도시에서 그의 모습을 본 사람은 아무도 없었다.

걱정도 죽지 않았다. 그날 밤 자다 말고 느닷없이 금복에게 납치되다시피 끌려온 의원은 걱정의 상태를 보고 고개를 가로저었다. 며칠을 넘기기가 어려울 거라고 했다. 따로 처방도 없으며 그가 취할 수 있는 조치도 없다고 했다. 금복이 울며 바지를 잡고 매달리는 통에 하는 수 없이 처방을 써주긴 했지만 그는 별 소용이 없을 거라는 얘기를 덧붙였다. 하지만 금복은 포기하지 않았다. 사람들에게 물어 용한 의원이란 의원은 다 찾아다니고 좋다는 약은 모조리 사들였다. 물론 가진 돈이 한푼도 없었기 때문에 그 과정은 더욱 처절했다. 걱정이 자리에 누워 생과 사의 경계를 오락가락하는 동안 금복은 자신의 생명줄이 거기에 매달리기라도 한 것처럼 걱정을 구완하는 일에 필사적으로 매달렸다.

그날 걱정은 멀리 아열대지방에서 올라온 원목을 나르고 있었다. 그 아름드리나무들은 어찌나 큰지 길이만 해도 대여섯 장丈에 이르고 굵기가 세 아름도 넘어 무게는 채 가늠할 수도 없을 정도였다. 인근의 하역부들이 모두 동원된 큰 역사役事였다. 거대한 원목을 동아줄로 묶은 후 두 줄로 늘어선 하역부들이 일제히 어깨에 줄을 걸어 선창 위로 끌어올리는 식이었다. 부두는 하역부들의 거친 숨소리와 이영차 소리로 가득차고 부둣가엔 구경꾼들까지 몰려들어 그야말로 북새통을 이루었다. 앞에선 소리꾼이 일꾼들을 독려하는 북을 울리며 선소리를 메기고 있었다. 허리까지 잠긴 바닷물에 잠방이가 처덕처덕 감기고 어깨를 짓이기는 굵은 동아줄에 하역부들은 절로 비명이 나올 지경이었지만, 메김소리를 악으로 받아내며 그야말로 젖 먹던 힘까지 쥐어짜내 후들거리는 다리를 힘겹게 옮기고 있었다.

이날, 걱정은 세 배 품삯의 진가를 제대로 보여주었다. 그는 선두에 서서 동아줄을 허리에 감고 대열을 이끌었다. 그가 힘을 쓰면 앞으로 나아갔고 그가 숨을 고를 때면 대열이 모두 멈춰 섰다. 구경꾼들은 걱정의 괴력에 탄성을 질렀고 화주는 선창 위에 서서 흡족한 표정으로 고개를 끄덕였다.

이때였다. 우당탕, 하는 소리와 함께 구경꾼들이 소리를 질렀다. 갑자기 위에 쌓아놓은 통나무 한 개가 밑으로 굴러떨어진 것이다. 선두에 있던 걱정이 위를 올려다보았을 땐 이미 통나무가 십여 장 위에서 쏜살같이 굴러내려오고 있었다. 물론 그로서는 마음만 먹으면 피할 수 있는 거리였다. 하지만 뒤에 있던 하역부들까지 모두 무사할 수는 없어 보였다. 틀림없이 예닐곱은 머리통이 깨져 죽거나 허리가 부러져 병신이 될 게 뻔했다. 위에 있던 구경꾼들이 빨리 피하라며 고함을 질렀지만 걱정은 무슨 생각을 했는지 다리에 불끈 힘을 주고 그 자리에 버티고 섰다. 통나무가 무서운 소리를 내며 걱정의 코앞에 다가왔을 때 구경꾼들은 끔찍한 참상을 떠올리며 모두 비명을 질렀다. 여자들은 고개를 돌리고 얼굴을 가렸다. 통나무가 그의 가슴에 부딪치는 순간, 걱정은 눈을 부릅뜨며 크게 기합을 넣었다. 그리고 믿을 수 없는 광경이 연출되었다. 쿵, 하는 둔중한 울림과 함께 통나무가 그 자리에 멈춰 선 것이다. 비록 서너 발짝 뒤로 물러서기는 했지만 걱정은 다친 데 하나 없이 멀쩡했다. 머릿속으로 끔찍한 광경을 떠올렸던 사람들은 그의 놀라운 힘에 일제히 환호성을 올리며 박수를 쳤다. 하역부들은 걱정이 통나무를 막고 있는 동안 모두 옆으로 비켜나 놀란 가슴을 쓸어내렸다. 걱정은 통나무를 가볍게 들어 바다에 던졌다. 요란한 소리와 함께 통나무가 바다에 굴러떨어졌다.

이때 등뒤에서 다시 구경꾼들의 고함소리가 들렸다. 걱정은 그들이 자신을 향해 환호를 보내는 거라고 생각하고 웃으며 뒤를 돌아보았다. 그런데 그게 아니었다. 통나무더미의 밑을 받쳐놓은 버팀목이 부러지며 쌓아놓은 원목들이 한꺼번에 무너져내리고 있었던 것이다. 곧 요란한 소리와 함께 거대한 원목 수십 개가 일제히 밑으로 굴러떨어졌다. 하역부들은 다시 놀라 멀찌감치 달아나거나 바닷물로 뛰어들었다. 그렇다면 방금 전 경이적인 힘을 보여줬던 걱정은? 그는 이번에도 황소처럼 버티고 서서 몸으로 통나무를 막아냈다. 그렇다면 결과는? 이번에는 달랐다. 거대한 원목은 점점 더 무서운 속도로 언덕을 굴러내려오다, 걱정을 사정없이 깔아뭉개며 순식간에 바다를 향해 요란한 소리를 내며 굴러떨어졌다. 그것은 가속도의 법칙이었다.

그날 걱정은 짧은 한 순간에 영웅적인 용기와 어리석은 만용을 순서대로 모두 보여주었다. 다만 여느 하역부 같았으면 이미 그 자리에서 납작하게 즉사하고 말았을 것을 죽지 않고 살아 있음으로 해서 자신의 남다른 능력을 확인시켜주었을 뿐이었다. 그 대가는 참혹했다. 그는 빗장뼈와 환도뼈가 부러졌으며 장골腸骨이 바스러지고 두개골에 심한 타박상을 입었다. 걱정이었기에 그 정도였지 다른 사람 같았으면 이미 이 세상 사람이 아니었을 거라는 사람들의 말은 금복에게 아무런 위안이 되지 않았다. 그가 겨우 눈을 떴을 때, 사람들로부터 이미 모든 상황을 전해들은 금복이 그를 원망하며 도대체 왜 피하지 않고 서 있었냐고 물었다. 그러자 걱정이 띄엄띄엄, 힘겹게 입을 열었다.

—나는, 이번에도, 내가, 그걸, 다시, 막아낼 수 있을 줄, 알았어.

그것은 무지의 법칙이었다. 금복은 비로소 충만한 기쁨 안에 도사리고 있던 두려움의 정체를 깨달았다. 그것은 육체의 그림자에 가려져 있던 단순함의 비극적 측면이었다. 그의 육체는 단 한 번 불꽃처럼 타올랐다 덧없이 스러지고 말았으며 그녀는 자신이 사랑했던 육체가 어이없이 무너져내리는 것을 옆에서 지켜봐야 했다. 하지만 그녀는 포기하지 않았다. 아니 포기할 수 없었다. 그녀는 걱정을 끔찍이 사랑했으며 그 사랑에 이미 자신의 모든 것을 내던진 후였다. 금복은 통나무처럼 누워 있는 걱정을 구완하는 일에 극진한 정성을 쏟았다. 심하게 땀을 흘리는 그를 위해 몇 시간마다 한 번씩 깨끗한 옷으로 갈아입혔고 수시로 상처를 소독해주었으며 죽은 신경을 되살리기 위해 팔다리를 주물렀다. 그녀는 문 앞에 앉아 약을 달이면서 난생처음 자신도 모르는 어떤 신에게 기도를 했다.

이름을 알지 못하는 그대, 스스로 완전한 존재여. 나의 모든 것, 내 모든 비밀과 기쁨, 내가 걸어온 모든 발걸음, 내 모든 피와 살을 들어 바라건대 부디 이이를 구해주소서. 그 대가가 무엇이든 기쁘게 받겠나이다.

걱정이 자리에 눕고 난 이후, 제일 먼저 닥쳐온 문제는 무엇보다도 먹고사는 문제였다. 없는 돈에 의원을 불러오고 약을 해대느라 아무리 눌러짜도 똥밖에 안 나오는 상황에 이르렀으니 뭔가 수를 내는 수밖에 없었지만, 그 도시에서 여자가 할 수 있는 거라곤 부두에 나가 허드렛일을 하는 것 말고는 별다른 도리가 없었다. 그래서 금복은 그렇게 했다. 그녀는 치마를 벗어던지고 부두에서 일하는 여느 여자들처럼 몸뻬바지를 입고 부두로 나갔다. 물고기의 배를 따고 찢어진 그물을 기우고 정어리를 잘라 낚싯줄에 꿰었다. 얼마 전까지만 해도 선주들을 상대로 거금이 오가는 흥정을 벌였던 여장부는 하루아침에 바닥까지 기어내려가고 말았다. 그것은 세상의 법칙이었다. 그녀는 온종일 부두를 오르내리며 뼛골이 빠지도록 일을 했지만 허드렛일을 해서 받는 돈으론 약값은커녕 하루 두 끼 풀칠하기가 어려웠다. 잠시 건어물 장사를 다시 시작해볼까도 생각했지만 곧 포기하고 말았다. 그 또한 아무 밑천 없이 시작할 수 있는 일이 아니기도 했지만 다른 무엇보다 생선장수에게 피해를 주고 싶지 않았기 때문이었다. 비록 그를 떠나오기는 했으나 금복은 그것이 그녀 나름대로 의리를 지키는 방식이라고 생각했던 것이다. 당시만 해도 그녀는 아직 생선장수에게 밀어닥친 비극을 모르고 있었다.

그녀의 지극한 간구 덕분이었는지 걱정은 겨우 자리에서 일어났다. 하지만 상황은 여전히 심각했다. 다리로 이어지는 신경이 끊어져 목발을 짚어야 걸어다닐 수 있었고 넘어지면서 나뭇조각에 찔린 옆구리와 근육이 손상된 목이 쑤셔 밤마다 통증에 신음했다. 부서진 뼛조각이 그의 살과 신경을 후벼댔다. 잠이 들더라도 언제나 끔찍한 꿈에 시달렸고 죽은 자들이 꿈속에 나타나 그를 쫓아다녔다. 그는 한밤중에 긴 비명을 지르며 깨어나곤 했다. 금복은 귀를 틀어막지 않았다. 대신, 저고리를 풀어 걱정에게 젖을 물려주었다. 그리고 그의 귀에 속삭였다.

—이제 아무도 당신을 해치지 못할 거예요. 그러니 아무 걱정 말고 편안히 잠들어요, 내 사랑.

걱정은 금복의 품안에서 고통에 뒤척이다 겨우 잠이 들곤 했다. 무쇠처럼 단단하던 그의 육체와 정신은 점점 더 잔약해져갔다. 금복의 노력은 이미 쏟아진 물을 주워담으려는 것처럼 덧없어 보였다.

걱정은 먹고 자고 씻는 모든 일을 금복에게 의지하고 있어, 언제가부터 잠시라도 그녀가 눈에 보이지 않으면 신경질을 내곤 했다. 그는 자주 울었으며 누군가 자신을 해칠 거라는 두려움에 떨었다. 그리고 무슨 이유에선지 금복이 언젠가 자신을 떠날 거라는 생각에 사로잡혀 늘 불안해했다. 자신은 절대로 떠나지 않을 거라고, 금복은 수도 없이 걱정을 안심시켰다. 그러나 그의 이상한 믿음은 점점 더 확고해졌다. 급기야 그는 금복이 다른 남자와 놀아나고 있다고까지 의심하게 되었고, 그녀에게 손찌검을 하기 시작했다. 그것은 의처증의 법칙이었다. 그는 환자답지 않게 무서운 힘으로 세간을 마구 때려부수다 그래도 분이 풀리지 않으면 금복의 옷을 모두 찢어 발가벗긴 채 머리채를 잡고 길거리로 끌고 나갔다. 그는 금복을 개처럼 길바닥에 질질 끌고 다니며 구경 나온 사람들을 향해 기광을 부렸다.

—이년이랑 붙어먹은 놈이 누구야? 당장 나와! 다 나오란 말이야, 이 개자식들아!

사람들은 모두 혀를 차며 금복을 불쌍하게 여겼지만 걱정의 무서운 힘을 아는지라 아무도 나서서 말리지 못했다. 금복이 부끄러움도 잊은 채 제발 정신을 차리라고, 자신이 사랑하는 사람은 오로지 걱정뿐이라고, 울며 애원을 해봤자 소용이 없었다. 영원히 멈추지 않는 질투의 신이 그를 지배하고 있는 것처럼 보였다. 그러다 마침내 기운이 다 떨어져 제정신으로 돌아오면 그는 곧 자신이 한 짓에 대해 후회했다.

—사랑해서 그런 거야. 당신을 너무 사랑해서 그런 거라고. 그러니까 날 용서해줘야 돼.

그는 울면서 금복에게 용서를 빌었다. 걱정은 이미 예전의 걱정이 아니었다. 그녀는 점점 지쳐갔다. 숨이 막혀 죽을 지경이었다. 얼굴엔 핏기가 가셔 광채를 잃었고 뭇 사내들을 설레게 했던 냄새도 사라져 사람들은 길거리에서 마주쳐도 그녀를 알아보지 못했다.

어느 날, 금복이 여느때처럼 시장에 나가 물고기의 배를 따고 있을 때였다. 시장 사람들이 웅성거리며 한꺼번에 부두로 몰려가고 있었다. 금복도 호기심에 사람들을 따라가보니 구경꾼들로 잔뜩 둘러싸인 부두 한가운데에서 뭔가 작업이 진행중이었다. 구경꾼을 헤치고 안을 들여다보던 금복은 자신의 눈을 의심했다. 그 안에선 사내들이 칼을 들고 어마어마하게 큰 물고기를 잡고 있었다. 그 물고기는 언젠가 그녀가 바닷가에서 보았던 바로 그 대왕고래였다. 사내들이 작두만한 칼로 거침없이 고래의 배를 썩썩 가르자 피와 내장이 폭포수처럼 쏟아져내렸다. 거기에 휩쓸리지 않기 위해 구경꾼들은 이리저리 몸을 피해야 했다. 뒤이어 볏가마니보다 더 큰 밥통 안에서 닻과 돛, 낡은 그물과 뒤엉킨 낚싯줄 같은 어구들과 배에서 떨어져나온 것이 분명한 나뭇조각, 여러 종류의 해초들과 작은 물고기들이 쏟아져나왔다. 사람들은 물건이 하나씩 나올 때마다 탄성을 질러댔지만 금복은 왠지 자신의 살을 베어내는 것처럼 마음이 쓰라렸다. 영원히 죽지 않을 것 같던 거대한 생명체가 그렇게 덧없이 고깃덩어리로 변해가는 것을 지켜보며 사람들이 무섭게 느껴지기도 했다. 또한 내장을 다 드러낸 채 해체되어가는 고래의 처지가 마치 걱정과 자신의 처지처럼 여겨져 저도 모르게 설움이 북받쳐올랐다. 그녀는 애써 울음을 삼키느라 손으로 입을 틀어막고 구경꾼들 틈을 빠져나왔다. 그리고 아무도 없는 바닷가에 주저앉아 눈이 퉁퉁 붓도록 울었다.

그날, 집으로 돌아오는 길이었다. 고된 노동으로 몸은 지칠 대로 지치고 마음은 그 어느 때보다 무거웠다. 금복은 극장 앞을 지나가고 있었다. 극장에선 새로 들어온 서부영화가 상영중이었다. 그녀는 무심코 극장 간판을 올려다보았다. 그날, 그녀는 무엇 때문에 다시 그 불길한 극장 안으로 발걸음을 옮겼을까. 낮에 목격한 고래의 죽음으로 인해 갑자기 심경의 변화라도 일으킨 걸까. 아니면, 그저 자신의 끔찍한 삶을 잠시라도 잊고 싶었던 걸까. 혹은 뭔가 새로운 인생의 갈림길이라도 찾기 위해서였을까.

마치 자석에 이끌리기라도 하듯 그녀의 발길은 자신도 모르게 극장으로 향했다. 그리고 얼마 전 그녀에게 영화를 보여주었던 칼자국의 사내를 찾았다. 잠시 후, 칼자국이 안에서 나왔다. 그는 여전히 눈처럼 하얀 양복을 입고 입에는 담배를 물고 있었다. 그는 말할 수 없이 초췌해진 금복의 행색을 보고 놀란 표정을 지었다. 금복은 곧 칼자국을 찾아온 것을 후회했지만, 그래서 부끄러움에 얼굴이 빨갛게 달아올랐지만, 그래서 당장 뒤돌아서서 달아나고 싶었지만, 그렇게 하지 않았다. 대신 겨우 입을 떼어 기어들어가는 목소리로 영화를 보고 싶어 왔노라고 말했다. 칼자국은 빙그레 웃으며 금복의 손을 잡아 안으로 안내했다.

그날, 금복은 태어나서 두번째로 영화 구경을 했다. 그녀는 다시 놀라운 화면에서 내내 눈을 뗄 수 없었으며, 사방에서 쏟아지는 웅장한 소리에 거대한 엑스터시를 맛보았으며, 마침내 영화가 끝났을 땐 또 한번 뭔가에 속은 것처럼 억울한 기분이 들었으며, 허망함과 아쉬움에 자리에서 일어서질 못했다. 이번에도 칼자국은 옆자리에 앉아 손가락이 두 개만 남은 손으로 금복의 손을 꼭 잡아주었다.

영화가 끝나고 밖으로 나왔을 때 금복의 손은 땀으로 흠뻑 젖어 있었다. 하지만 지난번처럼 토하지는 않았다. 칼자국은 이번에도 언제든 영화가 보고 싶으면 아무때고 오라며 빙그레 웃어 보였다. 금복은 또 한번 부끄러운 생각에 얼굴이 달아올라 급히 극장을 뛰쳐나왔지만 다음날도 또 그 다음날도 다시 극장으로 향하는 발길을 멈출 수가 없었다. 중독된 아편쟁이처럼 하루라도 영화를 안 보면 견딜 수가 없었던 것이다. 그것은 그녀 자신도 어쩔 수 없는 일이었다.

그날 금복에게 영화를 보여준 칼자국의 사내는 부둣가 건달이었다. 희대의 사기꾼이자 악명 높은 밀수꾼에 그 도시에서 상대가 없는 칼잡이인 동시에 호가 난 난봉꾼이며 모든 부둣가 창녀들의 기둥서방에 염량 빠른 거간꾼인 그는, 부둣가 도시에서 벌어지는 모든 더러운 일에 빠짐없이 연루되어 있었다. 그는 온갖 술수에 능했으며 복잡한 일을 해결하는 방법을 알고 있었다. 그가 살아가는 방편은 대부분 법적인 테두리 바깥에서 행해지는 일이었으나 누군가는 반드시 그런 사람을 필요로 하게 마련이었다. 그는 부두에서 일할 튼튼한 하역부나 오랫동안 배를 탈 진득한 선원을 선주들에게 소개해주는가 하면 술집에서 일할 반반한 여자들을 다른 도시에서 데려오기도 했다. 뿐만 아니라 밀수꾼들에겐 밀수에 사용할 적당한 배를 물색해주기도 하고 부둣가 건달들을 동원해 누군가를 손봐주기도 했다. 그 도시에서 그를 모르는 사람은 아무도 없었다. 사람들은 한결같이 그를 두려워했지만 누군가에게 그는 말하자면 솜씨 있고 믿을 만한 사람이었다.

한편, 뱀처럼 차가운 심장을 가진 그가 보잘것없는 한 시골뜨기 금복에게 관심을 가진 데에는 사랑하던 연인 앞에 손가락 여섯 개를 차례로 잘라 바쳤던 한 야쿠자의 비극적인 사랑이야기가 숨어 있었다.

칼자국이 한때 목숨을 걸고 사랑했던 영혼의 연인, 나오꼬를 처음 만난 것은 그의 나이 열여섯. 당시 그는 야쿠자들 밑에서 잔심부름을 하며 상대에게 어떻게 칼을 꽂아넣어야 단숨에 숨통을 끊어놓을 수 있는지를 배우고 있는 중이었다. 장소는 일본의 한 부둣가 도시. 소년이 고향을 떠나 일본으로 건너간 지 이태째 되던 해였다. 어느 날, 그는 선배 야쿠자들을 따라간 한 유곽에서 붉은색 기모노를 입은 게이샤를 보고 단숨에 영혼을 빼앗기고 말았다. 그

때부터 그에겐 심장이 타는 듯한 상사의 고통이 시작되었다. 오랜 시간 혼자 가슴앓이를 하던 그는 결국 어느 날 밤늦게 혼자서 유곽을 찾았다.

소년의 가슴에 불을 지른 게이샤의 이름은 나오꼬. 얼굴엔 언제나 백지장처럼 하얗게 분칠을 하고 있어 나이를 짐작기가 어려웠다. 소년은 옆에서 노래를 부르는 게이샤에게서 훗날 금복의 몸에서 맡은 것과 같은 냄새 아닌 냄새를 맡고 심장이 벌렁거렸으며 자신도 모르게 온몸이 후줄근해지는 기분이었다. 그 자리에서 그는 떨리는 목소리로 수줍게 사랑을 고백하며 동침을 요구했다. 하지만 산전수전 다 겪은 그녀로서는 어린 소년의 위험한 불장난에 동참하고 싶은 생각이 추호도 없었다. 그녀는 소년에게 차갑게 말했다.

—내가 원하는 건 진정한 사내예요. 당신은 정식 조직원도 아닐뿐더러 사랑을 하기에는 아직 어려요. 그러니 좀더 나이가 든 다음에 오세요.

이때, 야쿠자 조직에서 잔심부름을 하던 소년은 품속에서 비수를 꺼내들었다. 그리고 놀라 비명을 지르려던 게이샤 앞에서 거침없이 자신의 새끼손가락을 잘랐다.

—난 반드시 몇 년 안에 당신을 만나러 오겠소. 그때는 당신이 원하는 대로 진정한 사내가 되어 있을 거요. 그리고 이건 그 맹세의 표식이오.

소년은 손가락을 무명에 싸서 게이샤에게 주고 유곽을 떠났다.

몇 년 뒤, 소년은 어엿한 사내가 되어 있었다. 그동안 눈빛은 깊어지고 근육이 잡혀가며 덩치도 더욱 커졌다. 어느 날, 그는 선배들에게 배운 대로 라이벌 조직의 한 일원에게 칼을 꽂아넣었다. 그리고 오야붕은 본토 사람이 아님에도 불구하고 그를 정식 조직원으로 받아들였다. 입단식을 치르는 자리에서 그는 충성을 다하고 명예를 지키며 절대로 배신을 하지 않겠다는 맹세로 손가락을 하나 잘라 바쳤다. 왼쪽 새끼손가락은 이미 게이샤에게 바친 뒤라, 그 대신에 다른쪽 새끼손가락을 잘라야 했다.

　그날 밤, 사내는 다시 게이샤를 찾았다. 처음 나오꼬를 만나고 난 뒤로 몇 년이 흐른 뒤였다. 나오꼬는 여전히 얼굴에 하얗게 분칠을 하고 있었다. 사내는 게이샤에게 말했다.

　―난 이제 당신이 원하는 대로 진정한 사내가 되었소. 오늘 정식으로 조직원이 됐단 말이오.

　하지만 그녀는 오래전 자신에게 사랑을 고백했던 소년의 얼굴을 기억하지 못했다. 그러다 사내가 잘린 손가락을 보여주자 겨우 생각이 난다는 듯 빙그레 웃으며 말했다.

　―이제 보니 그때의 그 총각이군요. 하지만 이 도시엔 흔해빠진 게 당신 같은 사내들이에요. 그리고 난 사랑 따위는 믿지 않아요. 사랑은 변하기도 쉽고 지키기도 어려우니까요.

　―그럼 당신은 뭘 믿죠?

자신의 얼굴도 알아보지 못하는 나오꼬에게 잔뜩 실망한 사내
가 물었다.

—사내란 모름지기 자신의 여자를 지켜낼 만큼 힘이 있어야 해
요. 그렇지 않다면 아무리 덩치가 크고 칼을 잘 쓴다 하더라도 진
정한 사내라고 할 수 없죠.

그러자 사내는 품에서 비수를 꺼내 자신의 손가락을 하나 더 잘
랐다. 그리고 말했다.

—난 반드시 힘을 가진 사내가 되어서 돌아오겠소. 그러니 그때
까지만 기다려주시오. 그리고 이건 그 맹세의 표식이오.

이후, 사내의 눈빛은 완전히 달라졌다. 조직 간에 싸움이 있을
때면 늘 앞장서서 칼을 휘둘렀으며 그 누구보다 용감하게 적진을
향해 뛰어들었다. 그는 칼을 휘두를 때마다 게이샤 나오꼬를 생각
했다. 그녀의 몸에서 나는 냄새 아닌 냄새를 떠올리며 반드시 그녀
를 손에 넣겠다고 결심했다. 몸을 사리지 않은 덕분에 죽을 고비도
여러 번 넘겼지만 그는 곧 모든 사람들이 두려워하는 야쿠자가 되
었다. 그리고 어느덧 조직 내에서 이인자가 되어 있었다.

그는 다시 게이샤를 찾아갔다. 그가 진정한 사내가 되어 다시
찾아오겠다고 약속하고 다시 몇 년이 흐른 뒤였다. 그는 나오꼬에
게 동침을 요구했다. 그녀는 자신을 위해 이미 손가락을 두 개나
잘라 바친 사내를 겨우 기억해냈다.

—당신은 이제 진정한 사내가 된 것 같군요.

―그렇소. 이제 난 당신을 지켜줄 힘을 갖고 있소.

그러자 나오꼬는 피식 웃으며 대답했다.

―당신하고 하룻밤 자는 건 문제가 아니에요. 하지만 그게 영원하지 못할 바에야 무슨 의미가 있겠어요.

―그게 무슨 소리요?

사내는 안타까운 마음에 목이 메었다.

―사자들은 무리에 아무리 많은 수컷이 있어도 암컷을 차지하는 건 단 한 마리뿐예요. 모든 암컷을 차지하는 바로 그 단 한 마리의 사자. 그게 바로 내가 원하는 거예요. 무슨 말인지 알겠어요?

―그럼, 나보고 오야붕이 되라는 거요?

나오꼬는 대답 대신 미소를 지어 보였다. 그녀는 만족을 모르는 여자였다. 하지만 사랑에 미친 사내는 이번에도 비수를 꺼내 손가락을 하나 잘랐다. 그리고 말했다.

―난 몇 년 안에 반드시 오야붕이 되어 당신을 만나러 오겠소. 그리고 이건 그 맹세의 표식이오.

사내는 이번에도 무명에 손가락을 싸서 그녀에게 주고 유곽을 나섰다. 하지만 오야붕이 된다는 건 쉬운 일이 아니었다. 그가 아무리 큰 공을 세운다 해도 오야붕이 은퇴를 하거나 죽기 전에는 도저히 가망이 없었다. 그러는 동안 세월이 흐르고 그는 점점 더 초조해졌다. 마침내, 그는 중대한 결심을 하지 않을 수 없었다. 그는 은밀히 라이벌 조직의 표식이 있는 칼을 하나 구해 밤늦게 오야붕이 잠든 침소에 몰래 들어가 그의 가슴에 칼을 꽂아넣었다. 그동안 자신을 거둬주고 키워준 은인을 배신한다는 건 괴로운 일이었지만 나오꼬의 마음을 얻기 위해선 어쩔 수 없는 일이었다. 그는 그 자리에서 자신의 은인에 대한 사죄의 의미로 손가락을 하나 더 잘랐다.

이후, 두 조직 간에 치열한 전쟁이 벌어졌다. 일 년이 넘게 지속된 전쟁에 양쪽의 조직원들이 수없이 죽거나 다쳤고 결국 중앙조직에서 중재에 나섰다. 전쟁이 모두 끝나고 나자 그는 마침내 자신이 원하는 대로 오야붕이 되었다. 그리고 다시 나오꼬를 찾아갔다. 이번에는 나오꼬도 그를 잊지 않고 반갑게 맞아주었다. 그녀는 눈웃음을 치며 말했다.

─당신은 이제 오야붕이 되었군요. 이 미천한 계집을 잊지 않고 찾아주셨으니 소녀, 몸 둘 바를 모르겠나이다.

나오꼬의 달라진 태도에 사내는 마침내 자신이 원하는 것을 얻었다는 감동과 희열에 온몸이 떨릴 지경이었다. 이윽고 밤이 깊어지자 그녀는 몸을 씻고 오겠다며 밖으로 나갔다. 사내는 옷을 벗고 이불 속에 들어가 손가락 다섯 개를 바쳐 얻은 연인을 기다렸다. 잠시 후, 목욕을 마친 나오꼬가 방으로 들어왔다. 어둠 속에서 그녀는 붉은 기모노를 벗고 알몸이 되었다. 얼굴의 하얀 분칠도 이미 깨끗이 지운 상태였다. 사내는 나오꼬의 손을 잡아 이불 속으로 끌어들였다. 그녀는 수줍은 듯 몸을 떨었고, 사내는 울음이 터질 것 같은 희열에 게이샤의 몸을 힘껏 끌어안았다. 그것은 그의 오랜 집념에 대한 대가였으며 그 맛은 황홀하리만치 달콤했다. 그날 밤, 그는 몇 번이고 거듭해 쾌락의 절정에 도달했다. 그리고 나오꼬의 몸을 끌어안은 채 잠이 들었다.

다음날 아침, 그는 눈을 떴다. 간밤의 지독한 쾌락의 여운이 아직도 살갗 위에 남아 스멀스멀 기어다니는 느낌이었다. 나오꼬는 그의 품에서 잠들어 있었다. 그는 사랑하는 연인의 얼굴을 바라보기 위해 옆으로 고개를 돌렸다. 그 순간, 그는 깜짝 놀라 뒤로 벌렁 넘어지고 말았다. 그의 옆에 누워 있는 게이샤는 얼굴에 주름이 가득 잡히고 젖가슴이 축 늘어진 노파였던 것이다. 처음에 그는 나오꼬가 뭔가 수작을 부린 거라고 생각했다. 즉, 자신이 아닌 다른 게이샤를 침실에 들여보낸 거라고 생각했던 것이다. 하지만 그는 곧 옆에 누워 있는 늙은 여자가 그동안 하얀 분칠과 붉은 기모노 속에 감춰졌던 나오꼬의 실체라는 것을 깨닫고는 가슴이 무너져내렸다. 그가 나오꼬를 처음 만났을 때도 이미 적지 않은 나이였던데다 그녀를 얻기 위해 오랜 세월을 흘려보낸 뒤였으니 그럴 법도 했다. 그는 옆에 누워 있는 쭈글쭈글한 노파가 자신이 그토록 사랑했으며 목숨을 내걸고 갈망했던 바로 그 게이샤란 사실에 망연자실했다. 아직도 희미하게 남아 있는 간밤의 쾌락이 순식간에 역겨움으로 바뀌며 허탈감과 배신감, 그리고 미칠 듯한 분노에 몸을 떨었다. 그리고 그는, 자신이 보잘것없는 허상을 좇는 동안 나오꼬만 늙은 것이 아니라 그 자신의 청춘도 이미 모두 흘러가버렸다는 것을 깨달았다. 그는 잔인한 운명을 저주하며 자신의 인생을 희롱한 신에 대해 이를 갈며 복수를 다짐했다. 그가 택한 복수의 방법은 죽을 때까지 다시는 여자를 사랑하지 않기로 결심한 거였다. 그리고 그 맹세로 그는 손가락을 하나 더 잘랐다.

그는 잠들어 있는 늙은 게이샤의 알몸을 이불로 덮어주고 유곽을 떠났다. 그리고 다시는 나오꼬를 찾지 않았다. 그로부터 얼마 뒤, 조직 내에서 그가 오야붕을 살해했다는 소문이 떠돌았고 마침내 중앙조직에서도 은밀히 조사에 착수했다. 그는 자신에게 상처와 회한만을 안겨준 도시를 떠나기로 결심했다. 미련이 남아 있을 리 없었다. 그리고 어느 날 새벽, 아무도 모르게 고향으로 돌아오는 화물선에 몸을 실었다. 이때, 그에겐 열 개의 손가락 가운데 단지 네 개만이 남아 있었다. 부둣가 도시로 돌아온 후 그는 욕정을 해소하기 위해 가끔 창녀들을 찾았으나 그 누구에게도 마음을 주지 않았다. 그것이 바로 그가 손가락 여섯 개를 차례로 잃게 된 사연이었다.

희대의 사기꾼이자 악명 높은 밀수꾼에 그 도시에서 상대가 없는 칼잡이인 동시에 호가 난 난봉꾼이며 모든 부둣가 창녀들의 기둥서방에 염량 빠른 거간꾼인 칼자국은, 영화를 볼 때마다 옆에 앉아 금복의 손을 꼭 잡아주었다. 금복은 조만간 칼자국의 손이 자신의 저고리를 파고들거나 치마 밑을 들칠 거라고 각오하고 있었지만 어찌된 일인지 그는 손을 잡는 것 말고는 다른 행동은 하지 않았다. 그가 하는 짓이라곤 금복이 궁금한 것을 물어볼 때마다 귓속말로 한두 마디 설명해주는 게 고작이었다. 그 도시에서 최고의 실력자인 그가 힘없는 계집 하나를 어찌 하는 것쯤은 손바닥 뒤집는 것처럼 쉬운 일이었겠지만 금복을 대할 때면 그는 언제나 신중하고 조심스러웠다. 그는 금복을 위해 영화를 보기에 가장 좋은 위치에 그녀만의 자리를 따로 마련해주었다. 갈수록 극장은 성황을 이뤄 언제나 관객이 넘쳤지만, 그리고 그녀의 자리엔 아무런 표시도 없었지만, 그 자리에 앉는 사람은 아무도 없었다. 그것은 거리의 법칙이었다.

한편, 칼자국의 말대로 세상에는 수천수만 가지의 영화가 있었지만 그 가운데 금복이 가장 좋아한 것은 카우보이가 등장하는 서부영화였다. 도저히 이 세상에 존재할 거라고는 믿어지지 않는 드넓은 사막과 그 위를 사납게 질주하는 역마차, 주먹만한 크기의 총에서 뿜어져나오는 단호한 결말, 그리고 말처럼 거친 사내들과 그들을 부드러운 식빵처럼 다룰 줄 아는 금발의 여자들……

금복은 특히 보안관으로 자주 등장하는 남자를 좋아했는데 커다란 덩치에 바위처럼 단단한 어깨와 두툼한 손을 가진 그는 특히나 말을 탄 뒷모습이 그럴싸해 보였다.

존 웨인.

그것이 칼자국이 가르쳐준 그 보안관의 이름이었다.

극장을 드나드는 동안 금복은 영화 속에 숨겨진 비밀을 차츰 이해하게 되었다. 그것은, 눈앞에서 펼쳐지는 화면이 모두 현실이 아니라는 것과, 그 속엔 어릴 때 어른들에게 들었던 옛날얘기처럼 무언가 재미있는 이야깃거리가 담겨 있으며, 화면 구석에 숨어 있는 자막을 읽어보면 이야기의 내용을 보다 잘 이해할 수 있다는 것 등이었다. 그럼에도 불구하고 그녀가 받아들일 수 없는 게 하나 있었는데, 그것은 바로 '연기'라는 것이었다. 칼자국의 말에 의하면, 영화 속에 등장하는 인물들은 모두 '진심'이 아니라는 것인데, 예컨대 그들이 우는 것은 진정으로 슬퍼서가 아니며 그들이 입을 맞추는 것은 진심으로 사랑해서가 아니라 단지 '짐짓 그런 척하는 것'일 뿐이라는 거였다. 칼자국은 그렇게 '짐짓 그런 척하는 것'을 '연기演技'라고 했다. 하지만 금복은 처음에 그들이 왜 그런 연기를 해야 하는지 도무지 이해할 수가 없었다. 어떻게 서로 미워하지도 않는데 화를 내며 싸우고, 사랑하지도 않는데 왜 눈물이 나오는지 그녀는 의아했다. 오래 지나지 않아 그녀는 '진심'과 '연기'의 차이를 이해하게 되었지만 그들은 여전히 매력적인 존재였고 영화는 그녀를 고통에서 해방시켜 또다른 열락의 세계로 인도하는 안내자였다.

124

여담이지만, 칼자국이 입고 다니는 하얀 양복에 대해 믿기 어려운 뒷이야기가 있다. 칼자국도 한때는 다른 건달들처럼 검은 양복을 입고 다닌 적이 있었다. 하지만 하얀 양복을 한번 입어본 그는 단숨에 흰색에 매료되고 말았다. 하얀 양복이 자신의 칼에 묻은 더러운 피를 씻어주고 죄악에 물든 과거를 깨끗하게 정화해주리라는 엉뚱한 믿음에 사로잡힌 것이다. 그때부터 칼자국은 하얀 양복만을 고집해 입게 되었는데, 문제는 이전부터 하얀 양복을 입고 다니던 사람들이었다. 그들은 왠지 자신들은 칼자국과 같은 색을 입으면 안 될 것 같다는 생각이 들었다. 왜 그런 생각이 들었냐고? 그건 그냥 그랬다. 하얀 양복을 입지 말라고 누구도 지시한 적이 없었지만 그들은 자진해서 하얀 양복을 옷장 깊숙이 걸어두고 다른 양복을 꺼내 입었다. 결국, 칼자국이 흰색 양복을 입고 다닌 지 얼마 지나지 않아 흰색 양복은 거리에서 완전히 자취를 감추고 말았다.

정 흰색이 그리운 자들은 회색이나 미색 양복을 입었다. 회색 양복을 입은 자들은 좀 덜했으나 미색 양복을 입은 자들은 옷을 입고 거리를 나설 때마다 왠지 모르게 목덜미가 후줄근해지며 진땀을 흘리곤 했다. 미색 양복도 곧 거리에서 자취를 감췄다. 결국 부둣가 도시에선 하얀 양복을 입은 사람이 칼자국 한 사람만 남아 그는 어디에 가나 눈에 쉽게 띄었다는 것이다. 어쨌거나.

존 웨인

걱정의 몸은 점점 쇠약해져갔다. 금복의 극진한 구완에도 불구
하고 얼굴은 눈에 띄게 홀쭉해졌고 몸은 점점 더 강팔라졌으며 단
단하던 근육은 늘어지고 하루종일 자리에 누워 있어 살이 짓물렀
다. 밥도 잘 먹지 않았으며 초점 없는 눈동자로 멍하게 누워 천장
만 응시하고 있을 때가 많았다. 그러다 문득 생각이 난 듯 자리에
서 벌떡 일어나 갑자기 포달을 부리기도 했지만 힘도 이전 같지 않
았다. 마치 썩어가고 있는 감자 포대처럼 그는 점점 더 밑으로 가
라앉고 있었다. 금복은 무너져내리는 그의 육체를 지켜보며 가슴
이 미어지는 한편, 그 고통으로부터 달아나고 싶은 욕망이 슬그머
니 고개를 들었다. 그것 또한 그녀로선 어쩔 수 없는 일이었다.

어느 날, 금복이 밤늦게 집으로 돌아와보니 집 앞에 쌀가마니가
놓여 있었다. 의아해하며 문을 열어보니 걱정이 삶은 돼지 뒷다리
를 게걸스럽게 뜯고 있었다. 모처럼 고기맛을 봐서 그런지 그는 희
색이 도는 얼굴로 금복을 맞았다. 어떻게 된 거냐고 묻자 그는 낮
에 한 사내가 지게로 지고 와 놓고 간 거라며 금복이 보낸 게 아니
냐고 오히려 반문을 했다. 그는 또한 사내가 두고 갔다며 약봉지를
보여주었는데, 꽤나 값나가는 약들이 봉지 가득 들어 있었다.

그날 밤, 금복은 칼자국의 집을 찾았다. 의외인 듯 놀라 쳐다보

는 칼자국 앞에 그녀는 약봉지를 던졌다. 그리고 말했다.

—난 갈보가 아니에요.

—난 당신을 갈보라고 하지 않았어.

칼자국이 부드러운 미소를 지으며 대답했다.

—그럼, 당신이 원하는 게 뭐죠?

—난 앞으로도 당신이 매일 극장에 와주길 바래. 그것 말고 아무것도 원하는 건 없어.

—당신에게 어떤 셈본이 있는지 모르지만 이건 내 셈본이 아니에요. 이걸 받을 수는 없어요.

—난 그냥 당신을 도와주고 싶어.

칼자국도 금복의 눈을 똑바로 쳐다보며 말했다. 두 사람은 마치 신경전을 펼치듯 서로의 눈을 노려보았다. 마침내 금복이 눈을 아래로 떨어뜨렸다. 그리고 옷을 벗기 시작했다. 칼자국은 놀라 눈을 크게 떴다. 금복은 옷을 다 벗고 난 후 칼자국을 향해 말했다.

—누군가 돈을 준다면 반드시 대가가 있어야 해요. 당신이 원하는 게 어떤 건진 모르겠지만 나는 내 방식으로 대가를 치르겠어요.

그것은 금복의 법칙이었다.

다음날부터 금복은 일을 나가지 않았다. 대신 아침부터 극장에 나가 영화를 봤다. 걱정의 약이 떨어질 때쯤 되면 칼자국의 방으로 찾아가 스스로 옷을 벗었고 일이 끝나고 나면 칼자국에게 돈을 받아 집으로 돌아갔다. 칼자국과 일을 치르는 동안 그녀는 자신의 무력함에 대해 한없이 원망하며 수치심에 혀를 깨물고 싶었지만 그런 감정은 시간이 지날수록 무디어졌다. 걱정을 위해 약을 구할 수만 있다면 무슨 짓이든 하겠다고 마음먹는 것으로 스스로 위안을 삼았을 뿐이었다.

어느 날, 금복이 일을 마치고 자리에서 일어나 옷을 입으려 할 때였다. 칼자국은 잠깐만 있어보라며 금복이 옷을 입는 것을 제지했다. 그리고 옷장 안 깊숙이 숨겨두었던 옷을 한 벌 꺼냈는데, 그것은 한때 그가 목숨을 바쳐 사랑했던 게이샤, 나오꼬가 입었던 바로 그 붉은색 기모노였다. 그는 의아한 표정으로 쳐다보는 금복에게 기모노를 입혀주었다. 그리고 붉은 기모노를 입고 있는 금복을 홀린 듯이 쳐다보았다.

—앞으로 나를 만날 때는 이 옷을 입어주었으면 해. 어때, 나를 위해 그렇게 해줄 수 있겠지, 나오꼬?

언젠가부터 칼자국은 금복을 나오꼬라고 부르기 시작했다. 금복의 입장에선 기모노를 입은 채 자신의 이름이 아닌 다른 이름으로 불리는 게 수치스럽기도 했지만 그녀가 얻는 대가에 비하면 그것은 능히 감당할 만한 것이었다. 칼자국은 금복이 집으로 돌아갈 때마다 먹을 것과 걱정의 약을 살 돈을 넉넉하게 쥐여주었던 것이다. 금복은 시간이 지나면서 차츰 나오꼬란 이름과 기모노에 익숙해졌으며 나중엔 자신의 이름이 처음부터 나오꼬였던 것처럼 아무런 거부감도 들지 않았다.

한편, 희대의 사기꾼이자 악명 높은 밀수꾼에 부둣가 도시에서 상대가 없는 칼잡이인 동시에 호가 난 난봉꾼이며 모든 부둣가 창녀들의 기둥서방에 염량 빠른 거간꾼인 칼자국은 매우 과묵한 사내였지만 금복에게만큼은 자신에 대한 이야기를 모두 들려주었다. 어떻게 그가 아버지도 모른 채 부둣가의 늙은 창녀에 의해 세상에 태어나게 되었는지, 그를 낳다 죽은 엄마 대신 어떻게 다른 창녀들의 손에 키워졌는지, 그러다 어떻게 그의 친아버지라는 사람이 그의 앞에 나타나게 되었는지, 밀수를 하는 그를 따라 어떻게 일본으로 밀항하게 되었는지, 밀항하는 배를 타고 가다 어떻게 태풍을 만나게 되었는지, 엄청나게 거센 바람에 어떻게 배가 뒤집혔는지, 거친 풍랑 속에서 수영도 못하는 그의 아버지가 어떻게 허우적거렸는지, 허우적거리다 어떻게 가라앉았는지, 다행히 수영을 할 줄 아는 그가 어떻게 혼자 바닷가로 떠밀려갔는지, 해변에 기절해 있던 그를 어떻게 야쿠자들이 발견하게 되었는지, 그래서 어떻게 그들과 함께 지내게 되었는지, 함께 지내는 동안 어떻게 그들에게 칼 쓰는 법을 배우게 되었는지, 칼 쓰는 법을 배워 어떻게 처음 사람을 죽이게 되었는지, 그리고 그가 태어나서 처음으로 사랑했던 게이샤와 어떻게 만나게 됐는지, 그러다 그녀와 어떻게 헤어지게 되었는지, 그러다 어떻게 다시 고향으로 돌아오게 되었는지, 그리고 그가 부둣가 도시에서 어떻게 패권을 잡게 되었는지, 그가 들려주는 이야기들은 살인과 납치, 음모와 배신 등 한결같이 무섭고 잔혹한 이야기들이었지만 그녀에겐 그 모두가 영화 속 이야기처럼 신기하기만 했다. 그녀는 그렇게 차츰 칼자국의 세계로 빠져들고 있었다.

어느 날, 칼자국은 금복을 영화관 옆에 있는 다방에 데리고 갔다. 그러곤 일하는 여종업원에게 차를 가져오게 했다. 칡처럼 검은색을 띤 차였는데 한 모금을 마셔보고 금복은 맛이 너무 써서 곧 뱉어내고 말았다.

—엣퉤퉤퉤, 뭐가 이렇게 써요?

—그건 커피라는 거야. 너무 쓰면 설탕을 넣어 마시면 돼, 나처럼.

칼자국이 웃으며 말했다. 과연 설탕을 넣어 마시니 그런대로 마실 만했다. 그냥 마실 만한 정도가 아니라, 몇 모금 마시지 않아 금복은 곧 커피 맛에 완전히 반해버렸다. 혀끝에 퍼지며 깔끔한 여운을 남기고 사라지는 쌉싸래한 맛, 고아한 비밀을 간직한 듯한 새금한 향기는 오래전 그녀가 고향 언덕에 앉아 있을 때, 남쪽에서 불어오던 바람의 냄새를 생각나게 했다.

이후, 그녀는 커피를 마시기 위해 자주 다방에 들렀다. 대체 커피의 원료가 어떻게 생겼기에 그토록 신비한 맛을 내는지 궁금했는데, 의문은 곧 풀렸다. 그것은 생기기는 보리쌀 같으나 크기는 완두콩만한 열매였다. 칼자국은 그것이 나무에서 나는 열매인데,

지구를 반바퀴나 돌아야 도착할 수 있는 먼 나라에서 가져온 것이라고 설명해주었다. 열매를 냄비에 넣고 적당히 볶다가 주전자에 넣고 끓이면 곧 고동빛을 띤 물이 우러나며 다방 가득 향기가 퍼져나갔다. 그 온화한 향기를 좇아 다방에는 온갖 부류의 사람들이 모여들었다. 영화를 보러 온 수줍은 연인들과 아직 오갈 데를 찾지 못한 어리둥절한 뜨내기들, 지칠 대로 지친 하역 노동자, 파도와 싸우다 방금 바다에서 돌아온 선원들, 그리고 칼자국을 찾아온 낯선 사내들……

칼자국은 언제나 다방의 구석자리에서 사람들을 만났다. 입구엔 그의 부하들이 서 있어서, 칼자국을 만나러 온 사람들은 반드시 그들의 허락을 받아야만 했다. 이야기는 주로 상대방이 했고 칼자국은 조용히 듣기만 했다. 그는 이따금씩 고개를 끄덕이거나 마음에 안 든다는 듯 미간을 가볍게 찌푸리거나 할 뿐이었는데도, 그의 표정에 따라 상대방은 희색이 되어 또는 사색이 되어 다방을 떠났다. 그들이 다방 문을 나서면, 칼자국은 손짓으로 부하를 불러 뭔가 한두 마디 가볍게 지시를 내렸다. 그 한두 마디에 의해 권고와 협박, 납치와 고문, 테러와 살인이 이루어졌음은 물론이었다.

도시 어느 구석이든 돈이 오가는 자리엔 반드시 칼자국의 몫이 따로 있었다. 예컨대, 한 소매치기가 어리둥절한 촌놈의 봇짐을 털었다면 그 가운데 일부는 칼자국의 몫이었다. 어느 창녀가 외로운 홀아비에게 화대를 받았다? 역시 그 가운데 일부도 칼자국의 몫이

었다. 술장수가 술을 팔아도 밥장사가 밥을 팔아도 심지어는 물장
수가 물을 팔아도 칼자국의 몫은 따로 떼어놓아야 했고, 어디선가
시비가 일어 누군가에게 배상이 이루어져도 그 가운데 일부는 반
드시 칼자국의 것이었다. 사람들은 그것을 세금이라고 불렀다.

왜 칼자국에게 세금을 내냐고? 그건 그냥 그랬다. 처음부터. 거
기에 이의를 제기하는 자는 아무도 없었다. 다만 몇 해 전, 외지에
서 떠들어와 술집을 차린 한 사내가 처음으로 의문을 제기한 적이
있었다.

도대체, 왜?

대답은 그날 밤 즉각 이루어졌다. 술집 주인의 허리에 커다란
돌을 매달아 깊은 바닷속에 던져넣는 것으로. 그것은 칼자국의 법
칙이었다. 그 질문에 대한 대답은 몇 년 뒤, 부둣가 도시에서 처음
으로 선교활동을 하던 한 전도사에 의해 명쾌하게 정리가 되었는
데, 그것은 다음과 같은 것이었다.

하느님의 것은 하느님에게, 칼자국의 것은 칼자국에게.

까마득한 옛날, 칼자국의 영지를 넘보는 이웃도시의 한 패거리
들이 그의 목숨을 노린 적이 있었다. 그들은 자객을 고용했고, 자
객은 대낮에 혼자 걸어가는 칼자국의 뒤에서 그의 왼쪽 옆구리에
칼날을 박아넣었다. 칼자국은 병원에 누워 오랫동안 죽음과 싸워

야 했다. 그리고 마침내 불사조처럼 자리를 털고 일어났다. 그는 즉각 보복을 감행했다. 이웃 패거리들은 대부분 허리에 돌을 매단 채 바닷물에 던져졌다. 당시의 사건으로 칼자국은 세 걸음을 뗀 뒤 반드시 한 번은 뒤를 돌아보는 버릇이 생겼는데, 그 불편한 습관은 몇 년 뒤, 그가 어느 폭풍우 치던 밤에 작살에 찔려 배를 꿰뚫린 채 죽음을 맞을 때까지 계속되었다.

한번은 금복이 유난히 늦게 집에 들어간 적이 있었다. 그날은 새로 들어온 서부영화가 처음 개봉한 날이었다. 그녀가 좋아하는 존 웨인도 나왔다. 머리에 깃털 장식을 뒤집어쓴 인디언들도 나왔다. 존 웨인은 여전히 과묵했으며 침착하게 인디언들을 하나씩 죽여나갔다. 존 웨인의 총을 맞고 인디언들은 노루처럼 쓰러졌다. 그것은 서부극의 법칙이었다. 금복은 영화에 깊이 빠져 세 번이나 연달아 본 후에야 겨우 자리에서 일어설 수 있었다. 시간이 너무 늦어 은근히 걱정이 걱정되었다.

아니나 다를까, 걱정은 머리끝까지 화가 나 금복을 보자마자 머리채를 잡아 벽에 마구 짓찧었다. 그는 이 시간까지 어떤 놈을 만나고 왔냐고, 바른대로 말하라며 마구 욕설을 퍼부었다. 또한 금복의 몸에서 다른 남자의 냄새가 난다고 트집을 잡으며 닥치는 대로 세간을 내던졌다. 도저히 참다못한 금복이 벌떡 일어서서 그를 왈칵 떠밀었다. 이미 기운이 모두 빠진 걱정이 힘없이 바닥에 넘어져 어린애처럼 훌쩍거리며 울기 시작했다. 그리고 금복을 원망스런 눈길로 쳐다보았다.

—나도 다 알고 있어.

금복은 가슴이 덜컥 내려앉았다.

—뭐를 다 안다는 거예요?

—나도 밖에서 들은 얘기가 있어.

금복은 길게 한숨을 내쉬며 그를 내려다보았다. 그동안 그녀가 걱정과 칼자국 사이를 오가느라 조섭에 소홀해 더러운 옷을 그대로 입고 있는 걱정은 몸이 너무 강팔라서 커다란 가죽부대처럼 보였다. 금복은 걱정이 한없이 측은하게 느껴졌다. 무뎌졌던 죄책감도 다시 살아났다. 그녀는 걱정을 달래주기 위해 그에게 다가가 어깨를 감싸안았다.

—당신이 어디서 무슨 얘길 들었건 절대로 믿지 마세요. 그건 다 말하기 좋아하는 사람들이 꾸며낸 얘기예요.

—아냐, 당신은 변했어. 당신에게 다른 남자가 있는 게 틀림없어.

걱정이 고개를 저으며 울음을 그치지 않았다.

—나한테 무슨 남자가 있다고 그러는 거죠? 말을 해봐요. 내가 당신 말고 도대체 누굴 좋아한다는 거예요?

걱정이 훌쩍이며 대답했다.

—존 웨인. 당신은 나보다도 존 웨인을 더 좋아하잖아.

괴물

　살다보면 누구나 부지불식간에 엉뚱한 미망이나 부조리한 집착에 사로잡힐 때가 있게 마련이다. 예컨대 사랑 같은 것이 그러한 것일 텐데, 칼자국처럼 냉정한 사내도 그런 점에선 어쩔 수 없이 한 어리석은 인간에 지나지 않았던 모양이다. 오래전, 다시는 여자를 사랑하지 않겠다고 결심하고 그 맹세의 표식으로 손가락까지 잘랐던 그도 어느덧 나오꼬, 금복에게 마음을 빼앗기고 말았다. 처음에 그는 금복의 몸에서 오래전 게이샤의 몸에서 맡았던 것과 같은 냄새 아닌 냄새를 맡고 호기심 반 장난 반으로 그녀에게 접근했지만, 붉은 기모노를 입은 그녀의 모습은 한 게이샤가 열여섯 소년의 가슴에 불을 지폈던 것처럼 그의 차가운 심장에도 어느새 불을 붙이고 말았던 것이다. 그는 자신의 맹세를 지키기 위해 무진 애를 쓰며 금복을 사랑하지 않으려고 노력했지만 이미 그의 마음을 가득히 메워버린 나오꼬, 금복을 거부한다는 건 불가능했다.

　물론, 희대의 사기꾼이자 악명 높은 밀수꾼에 부둣가 도시에서 상대가 없는 칼잡이인 동시에 호가 난 난봉꾼이며 모든 부둣가 창녀들의 기둥서방에 염량 빠른 거간꾼인 칼자국으로서는 자신이 마음먹은 대로 얼마든지 다른 여자를 취할 수 있었지만 그에게 의미가 있는 것은 오로지 걱정의 여자, 나오꼬뿐이었다. 그녀는 아무 때고 선선히 그를 위해 기모노를 벗어주었지만 그가 원하는 건 그녀의 몸이 아니었다. 그가 원하는 건 나오꼬의 몸이 아니라 그녀의 속삭임이었다. 그가 원하는 것은 그녀의 투정이었고 그녀의 눈웃음이었으며 그녀의 포옹과 눈물, 그녀의 숨소리, 그녀의 사랑만이 그가 진정 바라는 모든 것이었다. 그가 얻고자 하는 것의 궁극은 나오꼬, 금복의 모든 것이었으며 그것을 영원히 소유하는 것이었다. 그것은 사랑의 법칙이었다.

어느 날, 그는 넌지시 금복의 마음을 떠본 적이 있었다. 즉, 금복처럼 젊고 매력적인 여자가 왜 걱정처럼 미련하고 몸도 성하지 않은 사내와 사는지 이해할 수 없다는 거였다. 그러자 금복이 길게 한숨을 내쉬며 말했다.

—그이는 이미 나의 주인이에요. 그리고 그 사람은 이제 나 없이는 살 수 없는 사람이에요. 그러니 나는 그쪽에서 먼저 나를 내치기 전에는 절대로 그 사람을 떠날 수 없어요.

칼자국은 금복의 무모하고 맹목적인 사랑에 어이가 없었지만 그녀의 믿음은 바위처럼 단단했다. 자신이 원하는 것을 어떻게 해야 손에 넣을 수 있는지 잘 알고 있는 칼자국으로서도 금복의 마음만큼은 어쩔 수 없었다. 그는 금복이 기모노를 벗어던지고 집으로 돌아가는 뒷모습을 볼 때마다 마음이 무너져내리곤 했다. 그는 금복에게 생전 처음 보는 진기한 선물들을 가져다주기도 했다. 예컨대, 멀리 바다를 건너온 값비싼 시계와 가까운 일본에서 가져온 예

뻔 호신용 칼, 아라비아에서 들여온 크리스털 주전자, 중국에서 건
너온 금비녀 등이 그것이었다. 그것은 구애의 법칙이었다. 하지만
금복은 시큰둥한 표정으로 물건을 바라보다 그가 몇 번이고 권하
고 나서야 마지못해 집어들곤 했다.

　계절이 한 번 바뀔 때쯤 되어 그는 금복의 마음이 어느 정도 돌
아섰는지 보려고 조심스럽게 다시 한번 그녀를 떠본 적이 있었다.
여느때처럼 금복이 집으로 돌아가기 위해 기모노를 벗고 주섬주
섬 옷을 꿰어입고 있을 때였다.

　—그자는 당신을 이용하고 있어. 만일 당신이 원하기만 한다면
나는 그자를 당신으로부터 영원히 분리해놓을 수도 있어.

　—그게 무슨 뜻예요?

　금복이 고개를 휙 돌리며 칼자국을 노려보았다. 그녀의 눈에 파
란 불길이 이는 듯했다. 그녀는 칼자국에게 다가와 그의 눈을 똑바
로 쳐다보며 말했다.

　—당신이 무슨 생각을 하고 있는지 모르지만 행여 그런 생각은
꿈에라도 담지 마세요. 난 그이에게 어떤 일이 생기더라도 모든 게
당신이 시킨 짓이라고 믿겠어요. 그리고 만일 그이가 털끝 하나라
도 다친다면 난 당신 앞에서 혀를 물고 죽을 테니 그리 알아요.

　금복은 찬바람이 돌 만큼 차가운 얼굴로 문을 열고 나갔다.

　그 순간, 칼자국은 단 한 번만이라도 금복의 그런 사랑을 받을

수 있다면 그 자리에서 죽어도 여한이 없겠다고 생각했다. 또한 혼자 가슴 태우며 상사想思의 고통을 겪느니 걱정처럼 장골이 바스러져 평생 병신이 되더라도 금복의 따뜻한 보살핌을 받을 수 있다면 차라리 그편이 더 낫겠다는 생각도 들었다. 다시는 사랑을 하지 않겠다던 맹세는 진즉에 깨어지고 어느덧 그는 나오꼬, 금복의 마음을 얻기 위해 애태우는 자신을 발견해야 했다.

얼마 뒤, 칼자국은 금복에게 한 가지 제안을 했다. 금복과 걱정 두 사람을 위해 방을 하나 내줄 터이니 아예 걱정과 함께 자신의 집으로 옮겨와 살라는 것이었다. 금복은 물론 그의 제안을 단호하게 거절했다. 자신이 뭔가 부정한 관계에 있는 남자와 걱정이 한집에 기거한다는 것도 내키지 않았지만 또다른 한편으론 칼자국에게 뭔가 야로가 있지 않을까 의심했기 때문이었다. 하지만 칼자국은 자신으로선 금복과 좀더 많은 시간을 보낼 수 있으니 좋고, 또한 걱정으로선 보다 넓고 깨끗한 집에서 몸을 돌보는 게 낫지 않겠냐며 금복을 설득했다. 칼자국이 의원을 아예 집에 들여놓고 걱정을 돌보겠다고까지 약조하자 금복도 무턱으로 버틸 수만은 없어 결국 칼자국의 집으로 옮겨와 세 사람이 모두 한 집에 기거하게 되었다.

처음에 금복은 칼자국의 집에서 지내는 게 그저 불편하기만 했지만 시간이 지날수록 차츰 세 사람의 기묘한 동거에 익숙해졌다.

부엌살이가 따로 있어 손끝에 물 튈 일도 없었고 집안에 바라지를 하는 사람들이 많아 걱정도 이전처럼 금복을 유난스럽게 바치지 않는데다 그녀 자신으로서는 팔자에도 없는 금의옥식錦衣玉食을 누리게 됐으니 달리 불만이 있을 까닭이 없었다. 그녀의 얼굴엔 다시 생기가 돌기 시작했다.

한편, 걱정은 어떤 연유로 집을 옮겨왔는지는 알지 못하고 그저 막연하게 금복이 뭔가 수단을 부려 큰돈을 벌었기 때문이라고 믿었다. 이유야 어찌됐든 늘 먹을 게 풍족했으니 그 역시 불만이 있을 리 없었다. 그는 칼자국과 가끔 얼굴을 마주쳤으나 그가 금복과 어떤 관계인지도 몰랐고 관심도 없었다. 한때 그를 괴롭혔던 존 웨인과 금복의 부정한 관계에 대한 의심은 이미 그의 머릿속에서 사라진 지 오래였다. 대신, 하루종일 집에서 누워만 지내는 데에 대한 갑갑함과 무료함 때문이었을까, 그는 점점 더 먹을 것을 탐하게 되었다. 한때 부둣가에서 힘을 겨룰 상대가 없는 장골로 이름났던 고요한 눈빛의 사내는 이즈음에 이르러 그저 먹을 것만 밝히는 미련한 밥벌레로 전락해버리고 말았던 것이다. 식탐에 빠져든 덕택인진 몰라도 그는 더이상 쓸데없이 행짜를 부리는 일도 없었고 조금씩 건강을 회복해가며 강팔랐던 몸에도 살이 붙기 시작해 금복을 기쁘게 해주었다. 그들의 동거는 말하자면 모두가 평화롭고 만족스런 나날이었다.

하지만 희대의 사기꾼이자 악명 높은 밀수꾼에 부둣가 도시에서 상대가 없는 칼잡이인 동시에 호가 난 난봉꾼이며 모든 부둣가 창녀들의 기둥서방에 염량 빠른 거간꾼인 칼자국은 그러지 못했다. 그는 여전히 상사의 괴로운 나날을 보내고 있었다. 그는 이미 여러 번 칼을 품고 걱정의 방으로 숨어들었다. 하지만 그는 걱정에게 무슨 일이 생기면 금복이 능히 자기 앞에서 혀를 깨물고 죽을 수 있는 여자라는 걸 알고 있기에 차마 찌르지 못하고 되돌아나오곤 했다. 다만 그는 자주 칼을 빼들고 잠자는 걱정의 몸 여기저기에 대보며 어디를 어떻게 찔러야 단숨에 명줄을 끊을 수 있을지를 가늠해보곤 했다. 칼자국은 그런 행동을 통해 걱정이 얼마나 보잘 것없는 인간인지를, 그리고 자신이 언제고 마음먹기에 따라 얼마나 쉽게 그를 저세상으로 보낼 수 있는지를 확인하며 잠시 살의를 누그러뜨리곤 했다. 걱정은 자신의 코앞에 칼날이 왔다갔다하는 줄도 모르고 언제나 돼지처럼 음식 부스러기를 입가나 턱에 잔뜩 묻힌 채 잠에 빠져 있었다. 칼자국의 그런 고통을 아는지 모르는지 어느 날 그의 품에 안겨 있던 금복이 말했다.

—이제 나는 당신이 원하는 대로 여기 와서 살게 됐어요. 그런데도 당신 마음이 편치 않아 보이니 어쩐된 일이죠?

그러자 칼자국은 단지 피곤해서 그런 거라며 어물거렸다. 금복이 자리에서 일어나 그의 얼굴을 똑바로 쳐다보며 말했다.

—이것 보세요, 당신은 원하는 걸 모두 얻었어요. 모든 건 이 집의 주인인 당신이 마음먹기에 달린 거예요. 그걸 아직도 모르겠어요?

금복의 말에 칼자국은 모든 해답이 풀리는 것 같았다. 그는 걱정을 금복에게 딸려온 일종의 혹 같은 것으로 여기고 더이상 마음에 두지 않기로 했다. 그러고 나니 마음이 더없이 편해졌다. 그동안 왜 그런 어리석은 질투심에 빠져 있었는지 후회도 되었다. 그렇게 칼자국의 집에는 다시 평화가 찾아왔다.

한 해가 흘렀다. 그동안 걱정의 몸무게 말고는 아무것도 변한 게 없었다. 이즈음 걱정의 몸무게는 거의 오백 킬로그램에 육박했는데, 어찌나 살이 쪘던지 허리의 둘레는 그가 나르던 통나무만큼이나 굵어져 어디가 목이고 어디가 허리인지 구분조차 할 수 없었으며 성기는 완전히 살 속에 파묻혀 오줌을 눌 때에야 가까스로 공기를 쐴 수 있었다. 그것은 비만의 법칙이었다. 그러다보니 누군가 옆에서 거들지 않으면 혼자 자리에서 일어서지도 못했을 뿐 아니라, 뒷간에도 갈 수가 없어 결국 큰 요강을 따로 주문해 방에 들여놓아야 했다. 그가 하루에 먹어치우는 양은 실로 대단했다. 부엌데기는 그가 먹을 쌀을 씻느라 지문이 닳아 없어질 지경이었고, 싸전의 일꾼은 문지방이 닳도록 쌀가마니를 져나르느라 허리가 휠 지경이었다. 걱정은 하루종일 방에 들어앉아 먹는 것 말고는 아무 하는 일이 없는 한편, 먹고 소화하고 배설하는 것만으로도 힘에 겨웠는지 살이 찌는 것과 반비례해 지능은 어린애처럼 점점 더 단순해지고 있었다.

걱정의 밥벌레로의 전락은 금복에게 뜻밖의 평온함을 가져다주었다. 그녀는 여전히 극장에서 살다시피 했고 커피를 마시러 하루에 한 번씩 다방에 들렀다. 그녀는 밤늦게 돌아와 걱정의 방에 들러 그가 무사한지만 잠깐 확인한 후 곧바로 칼자국의 방으로 건너가곤 했다.

여담이지만 이즈음 마을 아이들 사이에 나돌았던 괴이한 소문이 하나 있다. 그것은 바로 희대의 사기꾼이자 악명 높은 밀수꾼에 부둣가 도시에서 상대가 없는 칼잡이인 동시에 호가 난 난봉꾼이며 모든 부둣가 창녀들의 기둥서방에 염량 빠른 거간꾼인 칼자국이 집에다 종류를 알 수 없는 거대한 괴물을 한 마리 키우고 있다는 소문이었다. 그 괴물은 원래 깊은 바닷속에 살고 있었는데, 태풍이 지나가고 난 후 뭍으로 잘못 밀려온 것을 칼자국이 발견하고 집으로 데려왔다는 거였다. 그 괴물은 크기가 어마어마하고 먹어치우는 양도 대단하여 먹이를 대는 것도 쉽지 않았지만 칼자국이 그 많은 먹이를 감당하면서까지 괴물을 키우는 이유는 그 생김새가 마치 사람과 흡사하고 사람의 말을 제법 알아들을 뿐만 아니라 몇 마디쯤은 할 수도 있어 칼자국이 이를 신통하게 여겨 차마 죽일 수가 없기 때문이라는 것이었다.

　또한 일부에선 칼자국이 그 괴물을 위해 길거리에서 밤늦도록 놀고 있는 아이들을 잡아다 먹이로 던져준다는 얘기도 나돌았는데, 그러면 그 괴물은 아이를 삽시간에 뼈도 안 남기고 통째로 먹어치운다는 거였다. 그 괴이한 소문은 괴물이 배가 고플 때면 바다를 두드리며 다음과 같이 운다는 것으로 마무리가 되었다.

　ㅡ배고파요, 애기 하나 더 주세요.

폭풍우

　올 것은 결국 오고야 만다. 아무런 전조가 없이도. 그것은 운명의 법칙이었다. 그날도 어부들은 배를 몰아 바다로 나갔고 아낙들은 망태를 메고 개펄에 나가 조개를 캤다. 금복도 평소와 다름없이 엉덩이를 흔들며 극장으로, 다방으로, 시장으로 실컷 돌아다니다 저녁 늦게 집으로 돌아왔다. 돌아오는 길에 하늘 가득 먹장구름이 짙게 드리워져 있었지만 금복은 그저 비가 좀 오려나보다, 생각했다. 집으로 돌아온 그녀는 여느때처럼 걱정의 방부터 둘러보았다. 이즈음해서 그의 몸은 어디가 손이고 어디가 발인지조차 구별할 수 없는 지경에 이르러 급기야 몸무게가 일 톤을 넘어서고 있었다. 그는 그야말로 거대하고 순수한 한 마리의 밥벌레였다. 지능은 더욱 떨어져 몇 마디 말밖에 할 줄 아는 게 없었고 때로는 금복조차 알아보지 못했다.

그날, 금복이 문을 열고 들어갔을 때 그는 저녁을 먹고 있었다. 금복을 힐끗 쳐다보는 그의 눈은 아무런 욕망도 아무런 증오도 담고 있지 않은 순수한 무無, 그 자체였다. 그는 팔다리가 생기기 이전의 물고기와 점점 더 닮아가고 있었다. 넓은 방을 반 넘어 차지하고 있는 거대한 살덩어리에선 어떤 기이한 아름다움까지 느껴졌다. 또한 그의 눈빛에선 맑고 투명한 기운이 느껴져 그를 바라보는 사람으로 하여금 깊고도 무한한 죄책감에 빠져들게 하곤 했다. 때문에 죄 많은 칼자국은 언젠가부터 그의 방에 얼씬도 하지 않았고 금복도 최대한 그의 눈길을 피하기 위해 애를 써야 했다.

걱정의 방을 나와 마루를 지날 때, 바람이 제법 거세져 돌쩌귀가 삐걱거리는 소리에 금복은 자신도 모르게 몸을 움츠렸다. 금복이 기모노를 입고 칼자국이 있는 방으로 들어가자, 칼자국은 여느때와 다름없이 얼굴의 칼자국이 둥글게 휘어질 만큼 미소를 띠고 그녀를 맞아주었다. 금복이 자리에 앉자 그는 주머니에서 목걸이를 하나 꺼내어 그녀의 목에 걸어주었다. 화려한 금으로 장식된 그 목걸이는 천년 전쯤에 어느 여왕이 사용했던 귀한 보물로, 당시에도 미처 값으로 환산할 수 없을 만큼 어마어마한 귀물이었지만 칼자국은 금복이 기뻐하는 모습을 보기 위해 기꺼이 그녀의 목에 걸어주었던 것이다. 그런데 금복은 그 목걸이에서 뭔가 불길한 기운이라도 감지한 걸까? 그날따라 그다지 기뻐하는 기색이 아니었다.

—이걸 목에 걸고 있으니까 내가 초라해 보이는군요.

그녀는 목걸이를 걸고 있는 자신의 모습을 거울에 비춰보며 우울한 듯 말했다. 그러자 칼자국이 펄쩍 뛰었다.

—무슨 소리야, 나오꼬. 당신은 전생에 여왕이었던 게 틀림없어. 봐, 얼마나 잘 어울리는지.

칼자국이 없는 말솜씨로 애써 나오꼬, 금복의 기분을 달래주자 그녀는 그제야 기분을 돌리고 웃으며 그의 목을 끌어안았다. 이즈음 또하나의 변화가 하나 있었다면 바로 칼자국을 대하는 금복의 태도였다. 이전과 달리 금복은 자주 칼자국에게 칭얼거리며 투정도 부리고 싱거운 소리로 그를 웃게 만들었으며 적극적인 요분질로 칼자국을 몸살나게 만들기도 했다. 칼자국은 다른 무엇보다도 금복의 그런 변화에 기뻐해 마지않았으며, 그 옛날 게이샤를 사랑했던 그 순간부터 쌓여 있던 모든 상사의 고통과 서러움이 일시에 눈 녹듯 사라지는 감격에 남몰래 눈물짓기까지 했다. 나오꼬, 금복은 그렇게 칼자국처럼 차가운 심장을 가진 남자조차 울 수 있게 만드는 여자였던 것이다.

그날 밤, 두 사람은 옷을 모두 벗어던진 채 모처럼의 운우지정을 나누느라 밤이 깊어가는 줄도, 바람이 거세지는지도, 그 바람에 비가 한두 방울 섞여 떨어지는지도 몰랐다. 또한 그렇게 시시각각 운명의 시간이 다가오는 줄도.

뭔가 선뜩한 기운에 눈을 떴다. 짙은 어둠 속에 걱정이 우뚝 서 있었다. 어찌된 일인지 온몸이 흥건히 젖어 있어 옷소매에선 물이 뚝뚝 떨어져내렸다. 금복이 놀라 자리에서 일어서려는데 온몸이 결박이라도 당한 것처럼 꼼짝할 수가 없었다. 걱정에게 어찌된 일이냐고 물었지만 목소리도 나오지 않았다. 그는 원망스런 눈길로 금복을 쳐다보았다. 사람의 형상이 아닌 듯 낯빛이 괴이쩍어 금복은 두려운 생각이 들었다. 그러다 문득 걱정이 금복을 향해 입을 열었다.

당신은 나보다도 존 웨인을 더 좋아하잖아.

마치 깊은 우물 속에서 울려나오는 것처럼 무겁게 가라앉은 목소리였다. 금복은 안타까움에 목이 메었다. 그녀가 손을 내저으며 다가가려는데 그는 마치 발에 바퀴가 달린 것처럼 천천히 뒤로 물러나 어둠 속으로 사라졌다.

순간, 금복은 잠에서 깨어 벌떡 일어나 앉았다. 문밖에선 온갖 잡귀가 울어대는 것처럼 바람소리가 시끄러웠고 집안으로 비가 들이쳐 창호지가 흠뻑 젖어 있었다. 금복은 방금 전 눈앞에서 사라진 걱정의 모습이 너무나 생생하게 느껴져 몸서리가 쳐졌다. 옆을 돌아보니 칼자국의 모습이 보이지 않았다. 뭔가 불길한 예감이 그녀의 머리를 강렬하게 스쳐갔다. 그녀는 자리에서 일어나 급히 기모노를 꿰입고 한달음에 걱정의 방으로 달려갔다. 방문이 활짝 열

려 있었다. 걱정의 모습도 보이지 않았다. 순간 그녀의 귀에 오래
전 칼자국이 한 말이 들려오는 듯했다.

만일 당신이 원하기만 한다면 나는 그자를 당신으로부터 영원
히 분리해놓을 수도 있어.

그리고 또다른 말도 들려왔다.

돌을 매달아 바다에 던져넣었으니까 돌고래처럼 헤엄을 잘 친
다 하더라도 살아 돌아오긴 힘들 거야.

그것은 무의식의 법칙이었다.

그녀는 맨발로 허겁지겁 마당을 가로질러 대문을 열고 밖으로
달려 나갔다. 거리엔 걱정이 다쳐 돌아온 그날처럼 폭풍우가 휘몰
아치고 있었다. 비도 거세게 흩뿌렸다. 순식간에 기모노가 젖어들
고 옷고름이 풀어져 가슴이 허옇게 드러났지만 그녀는 개의치 않
았다. 숨이 턱까지 차올라 심장이 터질 듯했다. 그녀가 한달음에
달려가 도착한 곳은 부둣가였다. 집채만한 파도가 방파제를 향해
미친 듯이 돌진해와 포말을 쏟아놓았다.

그 끝에 칼자국이 등을 지고 서 있었다. 그는 거대한 파도 앞에
묵묵히 서서 바다를 바라보고 있었다. 금복은 갑자기 어지러워지
는 듯한 느낌에 그 자리에 우뚝 멈춰 섰다. 머릿속엔 칼자국이 걱
정의 허리에 돌을 매달아 바닷속으로 빠뜨리는 장면이 떠올랐다.
순간, 증오의 불길이 그녀의 심장을 꿰뚫고 지나갔다. 때마침, 그
녀의 눈에 커다란 작살이 눈에 들어왔다. 거센 폭풍에 배에서 떨어

져나온 듯했다. 대나무 끝에 달린 쇠꼬챙이가 어둠 속에서 섬뜩하게 빛났다. 그녀는 작살을 집어들었다.

칼자국이 뒤를 돌아보자, 어둠 속엔 붉은 기모노를 입은 나오꼬가 작살을 들고 서 있었다. 그녀의 얼굴은 분노로 부들부들 떨렸다. 칼자국이 의아한 표정으로 그녀에게 뭐라고 말을 하려는 순간, 작살이 그의 몸을 꿰뚫었다. 칼자국은 자신의 배에 꽂힌 작살을 내려다보았다. 옷에서 피가 조금씩 배어나오고 있었다. 칼자국은 어이가 없다는 표정으로 금복을 바라보았다. 입에선 피가 흘러나왔으며 이미 입술이 굳어 말을 하는 게 쉽지 않았다. 그가 겨우 힘겹게 입을 열어 한 말은 다음과 같았다.

—도대체 왜……?

그것은 일찍이, 부둣가 도시에서 술집을 연 한 장사치가 세금을 걷으러 간 칼자국 자신에게 던진 질문이었다. 칼자국은 곧 모든 상황을 이해했다는 듯 고개를 끄덕였다. 무릎이 꺾여 그는 그 자리에 털썩 주저앉았다. 그리고 마지막으로 힘겹게 고개를 들어 입을 열었다.

—걱정이는, 내가, 죽이지, 않았어. 그는 제 스스로, 목숨을, 끊은 거야……

그리고 희대의 사기꾼이자 악명 높은 밀수꾼에 부둣가 도시에서 상대가 없는 칼잡이인 동시에 호가 난 난봉꾼이며 모든 부둣가 창녀들의 기둥서방에 염량 빠른 거간꾼인 칼자국은 죽었다.

출항

과연 객관적 진실이란 게 존재할 수 있는 것일까? 사람들의 입을 통해 세상에 떠도는 이야기란 얼마나 신빙성이 있는 것일까? 칼자국이 죽어가면서 금복에게 한 말은 과연 진실일까? 사랑하는 사람 앞에서 죽음을 맞이할 때조차도 인간의 교활함은 여전히 그 능력을 발휘할 수 있는 것일까? 여기서도 마찬가지, 우리는 아무런 해답을 찾을 수가 없다. 이야기란 본시 전하는 자의 입장에 따라, 듣는 사람의 편의에 따라, 이야기꾼의 솜씨에 따라 가감과 변형이 있게 마련이다. 독자 여러분은 그저 믿고 싶은 것을 믿으면 된다. 그뿐이다.

그날 밤, 걱정은 뭔가 선뜩한 기운에 잠에서 깨어났다. 문밖에선 바람소리가 시끄러웠고 굵은 빗방울이 들이쳐 창호지를 연신 두드려댔다. 그런데 그날따라 이상하게도 머릿속이 환해진 느낌이었다. 마치 오랜 잠에서 깨어난 것처럼 정신이 또렷했다. 그는 비가 얼마나 오는지 보기 위해 자리에서 일어나 밖으로 나가려 했다. 그런데 마치 온몸이 결박당한 것처럼 꼼짝을 할 수가 없었다. 문득 자신의 하체를 내려다본 걱정은 깜짝 놀라고 말았다. 어디가 다리이고 어디가 팔인지조차 구분할 수 없을 만큼 거대하게 부푼 자신의 몸을 본 그는 엄청난 충격에 휩싸였다. 그 많은 살들이 어떻게 자신의 몸에 붙어 있게 된 건지 도무지 이해할 수 없었다.

괴물이 되어버린 자신의 모습에 한동안 우두망찰 앉아 있던 그는 어찌됐든 몸을 움직여보려고 용을 썼다. 비록 거대한 비곗덩어리에 둘러싸여 있긴 했지만 한때 부둣가 최고의 역사力士로 이름을 떨쳤던 그였다. 몸안에 남아 있던 근육이 꿈틀대며 마침내 온몸을 휘감고 있는 거대한 살덩어리를 들어올렸다. 그는 문을 열고 천천히 걸음을 옮겨 마루로 나갔다. 낯선 집이었다. 도대체 자신이 왜 그곳에 와 있는지 의아했다. 그는 비밀의 열쇠를 찾으려는 듯 마루를 가로질러가며 방문을 하나씩 열어보았다. 축 늘어진 뱃가죽이 바닥에 끌렸다.

그가 어느 방문을 열었을 때 어둠 속에서 익숙한 냄새가 코를 찔렀다. 이때, 번개가 치며 방안을 환하게 비추었다. 순간, 금복이 알몸으로 낯선 사내를 끌어안은 채 깊이 잠들어 있는 모습이 눈에 들어왔다. 그는 격한 고통에 비명을 지르고 싶었다. 하지만 조용히 문을 닫고 자신의 방으로 돌아왔다. 다시 번개가 치며 자신의 거대한 살덩어리를 적나라하게 비추었다. 그의 머릿속에 조금씩 지난 시간들이 희미하게 떠오르기 시작했다. 금복을 처음 만났던 해변, 덕장의 생선들, 노을이 지던 바닷가, 그리고 금복과의 행복한 한때, 그를 향해 쏟아지던 거대한 통나무들, 금복의 머리채를 잡아끌고 다니며 기광을 부리던 일……

엄청나게 부푼 자신의 몸을 내려다보던 그는 자신이 사랑하던 여자가 바로 옆방에서 다른 남자와 함께 누워 있다는 생각에 말할 수 없는 고통이 밀려왔다. 눈물이 흘러내렸다. 그는 한동안 어깨를 떨며 울었다. 자리에 앉아 소리없이 우는 동안 그의 마음속엔 하나의 생각이 천천히 굳어가고 있었다. 자신을 위해 애면글면 조섭에 온 힘을 기울이던 금복의 연약한 모습이 떠올랐다. 잠시 후, 그는 천천히 자리에서 몸을 일으켜 밖으로 나갔다. 그리고 조용히 금복이 자고 있는 방문을 열었다. 마지막으로 잠자는 연인의 얼굴을 한 번 더 보고 싶었던 것이다. 마침내 번개가 치자 그녀의 얼굴이 드러났다. 그동안 통통하게 살이 오른 그녀의 얼굴은 행복해 보였다.

걱정은 거대한 몸뚱이를 끌고 부두를 향해 힘겹게 걸어가고 있었다. 거리엔 비바람이 몰아쳐 걷기가 더욱 힘들었다. 뱃가죽이 바닥에 끌려 생채기가 났지만 그는 온 힘을 다해 육중한 몸뚱이를 질질 끌며 부두를 향해 걸어갔다. 마치 커다란 보따리를 끌고 가듯, 그는 등뒤로 길게 늘어진 육중한 살덩어리를 끌며 힘겹게 앞으로 나아갔다. 입에선 자신도 모르게 노랫소리가 흘러나왔다. 오래전 하역부로 일을 할 때 부르던 노동요勞動謠였다. 그것은 습관의 법칙이었다.

어허이 넘세 어이 넘세
이 고개를 넘어가세

걸고 메고 넘어가세
어허이 넘세 어이 넘세
어허이 어이 어이 어이

앞소리와 뒷소리를 혼자 번갈아 주고받으며 그는 천천히 부두를 향해 나아갔다. 평생을 하역부로 일한 그가 이승에서 마지막으로 나르게 된 짐은 바로 그 어떤 짐보다도 무거운 제 자신의 몸뚱이였다. 마침내 비대해진 육체를 끌고 부두의 끝에 다다랐을 때 그는 기진해 쓰러질 것 같았다. 파도가 밀려와 그의 몸뚱이를 향해 포말을 쏟아부었다. 그는 그 자리에 서서 밀려오는 파도를 바라보았다. 천지사방에선 온갖 귀신들이 울부짖으며 날뛰고 검은 바다에선 물에 빠져 죽은 귀신들이 그를 향해 어서 오라 손짓을 해댔다. 거대한 파도가 방파제를 향해 밀어닥치는 순간, 그는 몸을 날렸다. 어디선가 희미하게 금복의 몸냄새가 나는 듯했다. 그리고 곧 냄새가 사라지는가 싶더니 둔중한 살덩어리가 첨벙, 하는 소리와 함께 바다에 떨어졌다. 엄청난 물보라가 일었다. 그것은 작용과 반작용의 법칙이었다.

칼자국 역시 선뜩한 기운에 눈을 떴다. 여전히 문밖에선 바람소리가 시끄러웠고, 문 앞엔 거대한 괴물이 우뚝 서 있었다. 그의 손은 어느새 머리맡에 놓아둔 칼을 단단하게 움켜쥐고 있었다. 하지만 그는 곧 거대한 괴물이 걱정이라는 것을 알아보았다. 번개가 번쩍 치는 순간, 그는 걱정의 눈에 어린 물기를 보았다. 잠시 후, 걱정이 문을 닫고 나가자 칼자국은 조용히 자리에서 일어나 걱정의 뒤를 밟았다. 걱정은 무거운 살덩어리를 질질 끌며 힘겹게 걸음을 옮기고 있었다. 거리엔 폭풍우가 몰아쳐 옷이 모두 젖어들었다. 칼자국은 일정한 거리를 유지한 채 그의 뒤를 따랐다.

잠시 후, 걱정이 부두의 끝에 도착하고 나서야 칼자국은 그가 무슨 생각을 하고 있는지 깨달았다. 그가 걱정의 자살을 막아야 할지 말아야 할지 고민하는 사이, 미처 마음을 결정할 새도 없이 걱정의 거대한 몸뚱이는 검은 바다를 향해 뛰어들었다. 그리고 뒤이어 파도가 그 위를 덮어버렸다. 칼자국은 망연자실하게 서서 걱정이 완전히 물속에 잠겨 사라지는 것을 지켜보았다. 그러다 문득 오래된 습관처럼 뒤를 돌아보았을 때, 그는 작살을 들고 자신을 노려보는 나오꼬를 발견했다.

거센 폭풍우 속에서 칼자국은 자신의 몸이 작살에 꿰뚫리는 순간을 또렷하게 느낄 수 있었다. 배에 와 닿는 금속성의 낯설고 차가운 느낌, 뱃가죽이 찢어지는 순간의 엄청난 혼돈과 날카로운 고통, 내장기관들을 관통하며 지나가는 작살의 부드러운 직선 이동과 이물감, 등뼈를 스치며 마침내 쇠꼬챙이가 등을 꿰뚫고 나갈 때의 공포와 결국은 끝났구나 하는 어이없는 안도감, 그리고 뒤이어 밀려오는 엄청난 공복감…… 그는 오래전 왼쪽 옆구리가 칼에 찔릴 때처럼 그 모든 순간을 생생하게 느낄 수 있었다. 하지만 도저히 믿을 수 없는 것은 상대가 바로 자신이 손가락을 여섯 개나 잘라 바친 영혼의 연인, 나오꼬라는 사실이었다.

칼자국이 죽은 이후, 금복은 말할 수 없는 혼란과 고통에 휩싸였다. 그날의 비극은 오래전 그녀의 엄마가 아이를 낳다 죽은 이후 언제나 그녀가 마주치기를 두려워했던 죽음에 대한 공포를 되살아나게 했다. 그녀는 자신의 저고리를 찢으며 오열을 터뜨렸다. 거세게 몰아친 비바람이 그녀를 그 자리에 주저앉혔다. 눈앞엔 작살로 배를 관통당한 채 칼자국이 죽어 있었다. 그녀는 칼자국에게 기어가 작살을 빼내려고 했지만 삼지창 모양으로 되어 있는 날끝이 오히려 상처를 더욱 넓게 벌려놓았다. 그것은 작살의 법칙이었다. 찢어진 거죽 사이로 창자가 비질비질 새어나왔다. 창자를 안으로 밀어넣으려고 애를 썼지만 그럴수록 상처가 더욱 크게 벌어져 내장이 주르르 바닥에 쏟아지고 말았다. 그 순간, 그녀는 혼절하고 말았다.

금복이 눈을 떴을 때 희끄무레 동이 터오고 있었다. 바람이 잦아들고 비가 그쳐 파도도 어느 정도 기세가 꺾인 뒤였다. 문득 칼자국이 쓰러져 있던 자리를 보니 언제 파도에 쓸려갔는지 그의 모습이 보이지 않았다. 이제 남은 것은 아무것도 없었다. 그녀는 자신의 손으로 빚어낸 엄청난 비극을 홀로 짊어진 채 이 세상을 살아갈 자신이 없었다. 그녀는 천천히 자리에서 일어나 방파제 위로 걸어올라갔다. 그리고 거침없이 바다 위로 몸을 던졌다.

그런데 공교롭게도 간밤의 폭풍에 배가 상했는지 어떤지를 살피러 나온 한 어부가 그녀를 발견했다. 그 어부는 버둥대는 금복의 머리채를 잡아 뭍으로 끌고 나왔다. 어부는 바닥에 주저앉아 울고 있는 금복의 얼굴을 가만히 들여다보다 혼자 고개를 끄덕이며 말했다.

—가만있자, 누군가 했더니 바로 그때 그 계집이었구먼. 이제 보니 그 동안 많이도 컸네. 가슴도 제법 여물고.

그러고 보니 금복은 어느 와중엔가 기모노가 벗겨져나가 젖가슴을 허옇게 드러낸 채였다. 울고 있던 금복은 두 손으로 가슴을 가리며 그를 쳐다보았다. 어디선가 본 듯한 얼굴이었다. 그러다 문득 그의 팔뚝에 그려진 갈매기 문신을 보고 나서야 그가 누군지 생각이 났다. 금복이 처음 부두에 도착하던 날 그녀를 겁간하려던 바로 그 어부였다. 어부는 물에 젖어 온통 굴곡이 드러난 반라의 몸을 아래위로 훑어보며 말했다.

—이렇게 값없이 내던질 육신이라면 진즉에 나한테 보시라도 할걸 그랬지.

금복이 몸을 도사리며 노려보자 그는 껄껄 웃으며 말했다.

—걱정할 거 없다. 그때 그 괴물 같은 놈한테 채어서 불알이 터져버렸는지 어쨌는지 그뒤로는 영영 그짓을 하고 싶어도 할 수가

없으니까 말이야.

그러고는 폭풍우에 뒤엉킨 어구들을 배에서 끌어내리며 혼잣말처럼 중얼거렸다.

─개똥밭에 굴러도 이승이 낫다는데 무엇하러 목숨을 끊으려는 건지 알 수가 없구먼. 그렇게 서두르지 않아도 다 때가 되면 저승에서 기별이 오는 법이야.

이미 세상사에 어느 정도 체념한 듯한 어부의 말투에선 이전의 탐욕스럽고 거친 풍모는 찾아보기 어려웠다. 이때쯤엔 그도 그저 힘없는 중늙은이에 불과할 따름이었다. 그의 그런 변화조차도 금복은 슬프게 느껴져 그가 어구를 손질하는 동안 꼼짝 않고 앉아 그가 일하는 모습을 지켜보았다. 바닷가의 아침 풍경은 너무나 평화로워 금복은 간밤의 일이 모두 꿈인 듯 아련했다. 그녀는 그 자리에 누워 깜박 잠이 들었다. 그리고 잠시 후, 누군가 그녀를 흔들어 깨워 눈을 떠보니 방금 전의 그 어부였다.

─보아하니 어디 갈 데도 마땅찮은 것 같은데, 우리집으로 가서 뜨뜻한 국물에 요기라도 하자꾸나. 그러고 나면 혹시 뭔가 다른 방도가 떠오를지 아나.

금복이 멍하게 그를 바라보자 어부는 자신이 입고 있던 저고리를 벗어 던져주었다.

─다 큰 계집이 그렇게 젖을 내놓고 다닐 수는 없는 노릇일 테니 홀아비 냄새 난다고 탓하지 말고 이거라도 걸치려무나.

그날 아침 금복은 어부를 따라 그의 집으로 갔다. 아무도 남아 있지 않은 집으로 혼자 돌아갈 용기가 없었기 때문이었다. 그녀는 그것만 아니라면 그 어떤 것도 상관없다는 심정이었다. 어부는 재료가 뭔지 짐작할 수 없는, 기름이 허옇게 뜬 국물에 보리밥을 말아왔는데, 바로 전날 밤 끔찍한 사건을 겪은 당사자로서는 참으로 어이없게도 찬도 없는 거친 밥이 그렇게 입에 달 수 없었다. 금복은 게눈 감추듯 허겁지겁 한 그릇을 뚝딱 비우고 그대로 구석에 쓰러져 잠이 들었다. 그뒤 며칠 동안 그녀는 어둑하고 퀴퀴한 냄새가 나는 골방에서, 중간에 깨어 뒷간에 가는 일과 하루종일 고기잡이를 나갔던 어부가 저녁에 들어와 들이미는 밥을 먹는 일 말고는, 내리 잠만 잤다. 아무 생각도 떠오르지 않았고 꿈도 꾸지 않았다.

　며칠 후, 금복은 겨우 정신을 차린 듯 봉당에 나와 쭈그리고 앉았다. 때마침 어부의 집 마당 한쪽엔 벚꽃이 한 무더기 흐드러지게 피어 있었다. 금복은 하루종일 멍한 눈으로 벚꽃을 하염없이 들여다보았다.

　그날, 어부가 고기잡이를 마치고 집으로 돌아왔을 때 금복은 사라지고 없었다. 대신 그가 아침에 들이밀고 간 소반 위엔 목걸이가 하나 놓여 있었다. 밥은 한 숟갈도 뜨지 않았는지 주발에 고스란히 남아 있고 그 위엔 파리들이 새카맣게 달라붙어 있었다. 금복이 어부를 따라 집으로 들어온 지 닷새가 지난 저녁 무렵이었다. 훗날 그 어부는 금복이 두고 간 목걸이를 어촌을 떠돌던 한 방물장수에게 팔아넘겼다. 세상에 다시없는 귀물을 방물장수에게 넘기고 그가 받은 금액은 겨우 북어 한 쾌 값에 불과했지만 그래도 그 계집이 밥값은 톡톡히 내고 갔다며 입이 찢어졌다.

유랑

그 계집아이의 남다른 오감은 처음으로 세상의 사물들과 마주쳤던 그 순간을 뇌리 속에 깊게 새겨넣어 평생 잊지 못하도록 만들었다. 축축하고 미끈거리는 느낌, 피비린내, 어둠과 부패의 온기, 찝찔함, 거무튀튀하고 굵은 몇 개의 기둥들, 그리고 똑같이 생긴 두 개의 작고 하얀 원형, 그 원형 한가운데에서 울려나오던 호들갑스런 목소리……

　―어머나, 세상에! 어떻게 이렇게 큰 애가 요 작은 구멍으로 나온 거지?

　시간은 어디론가 훌쩍 건너뛰어 유난히 덩치가 큰 계집아이가 한 거지 여자에게서 태어나던 순간으로 이동한다. 장소는 얼굴이 똑같이 생긴 쌍둥이자매가 운영하는 술집 마구간. 한껏 놀란 표정으로 눈을 동그랗게 뜬 두 자매는 무성한 털로 뒤덮인 채 빠끔히 입을 벌리고 있는 거지 여자의 피범벅이 된 음문과 그곳에서 방금 빠져나온 게 분명한 어린 계집아이를 번갈아 들여다보고 있다. 피와 양수를 뒤집어쓴 태아의 몸에선 김이 모락모락 피어오르고 있다. 이미 눈을 뜬 계집아이는 울지도 않고 뭔가 이해할 수 없다는 표정으로 쌍둥이자매의 얼굴을 빤히 쳐다보고 있다.

계집아이가 세상에 나와 처음 본 두 개의 작고 하얀 원형은 말할 것도 없이 그 술집의 주인인 쌍둥이자매의 얼굴이었다. 그렇다면 거무튀튀하고 길쭉한 몇 개의 기둥은? 그것은 바로 코끼리였다. 그날 아침, 쌍둥이자매 중 동생이 코끼리에게 삶은 콩을 주러 들어갔다가 뭔가 비릿한 냄새를 맡은 건 겨우내 기승을 부리던 동장군이 슬슬 떠날 채비를 하던 어느 해 늦겨울 아침이었다. 동생은 어둑한 마구간 구석에서 뭔가 부스럭거리는 소리를 들었고, 곧이어 피로 뒤범벅된 짐승이 꿈틀대는 것을 보고 놀라 비명을 지르며 부엌에서 불을 때고 있는 언니에게로 달려갔다. 보다 배짱이 있고 담대한 언니를 앞세워 다시 마구간의 거적을 들친 것은 잠시 후의 일이었다.

그들은 한 거지 여자가 바닥에 깔아놓은 푹신한 부초敷草 위에서 아이를 낳아놓은 광경을 목격했다. 여자는 아이를 낳다 이미 혼절한 듯 피범벅이 된 가랑이를 벌린 채 누워 있었고 탯줄도 끊어지지 않은 계집아이는 피와 양수를 온몸에 뒤집어쓴 채 눈을 동그랗게 뜨고 그들을 쳐다보고 있었다. 그런데 계집아이가 좀더 관심을 가진 것은 얼굴이 똑같이 생긴 쌍둥이자매가 아니라 바로 그 뒤에 있던 거무튀튀하고 굵은 몇 개의 기둥들, 즉 코끼리였다. 코끼리는 방금 전 동생이 놀라 이남박을 집어던지는 통에 바닥에 쏟아진 콩을 주워먹고 있었다. 계집아이는 코끼리를 향해 기어가다 탯줄 때문에 더이상 앞으로 나아가지 않자 다리에 힘을 주며 용을 썼다. 그러자 믿기지 않게도 산모의 자궁 안에 남아 있던 태반이 쑥 빠져나왔다. 아이는 앞으로 기어가 코끼리가 먹고 있는 콩을 주워먹으려는 듯 손을 내밀었다. 놀란 언니가 달려가 아이를 안아올렸는데, 어찌나 무거웠던지 오래전 코끼리에게 밟혀 가뜩이나 허리가 부실한 언니는 곧 비명을 지르며 아이를 동생에게 넘겨주었다. 그들은 계집아이와 여자를 집으로 데려와 씻기고 깨끗한 옷으로 갈아입혔다.

한식경쯤 지나 산모는 겨우 정신이 들었다. 그녀는 옆에서 잠든 아이는 거들떠보지도 않은 채 쌍둥이언니가 끓여온 미역국을 허겁지겁 먹어치웠다. 그들 자매가 밥 먹는 태를 가만히 지켜보니 비록 동상에 여기저기 짓무르기는 했으나 얼굴도 제법 해사한데다 거지답지 않은 당당함이 느껴졌다. 또한 비록 방금 몸을 푼 산모의 몸이었지만, 쌍둥이자매가 평생 노류장화로 떠돌다보니 자신들도 모르게 터득하게 된 감으로 눈치채건대, 음전해 보이는 몸가짐 어딘가에는 아직 사내들을 안달나게 할 만한 자태가 희미하게 남아 있었다. 산모가 밥을 다 먹기를 기다려 조심스럽게 마구간에서 아이를 낳게 된 연유를 물었지만 그녀는 묵묵부답으로 일관했다. 그러다 이틀이 지나 거지 여자는 겨우 입을 열어 자신의 이름을 내놓았는데, 그것은 금복이라는 흔하디흔한 이름이었다.

금복이 춘희를 낳은 것은 그녀가 부둣가 도시에서 사라진 지 사년째 되던 해 겨울이었다. 그 사 년간, 금복의 행적에 대해서는 알려진 바가 없다. 다만 바람에 휘날리는 낙엽처럼 잠시도 한곳에 머물지 않고 방방곡곡을 떠돌았을 거라는 짐작만 있을 뿐. 몸의 한쪽이 떨어져나간 것 같은 망실감과 몸뚱이와 넋이 분리된 것 같은 허허로움이 그녀를 어디론가 끊임없이 내몰았을 것이다. 그녀는 거친 음식을 먹고 아무데서나 잠들었으며 몸도 제대로 씻지 않았고 옷도 빨아입지 않았다.

밤마다 꿈속으로 칼자국이 찾아왔다. 그는 여느때처럼 흰 양복을 입고 있었는데, 마치 물속에서 막 걸어나온 듯 온몸이 흠뻑 젖어 있었다. 얼굴은 창백했고 소매와 바짓단에선 끊임없이 물이 떨어져 그가 서 있는 자리엔 흥건하게 물이 고였다. 그의 생명을 앗아갔던 작살도 보이지 않았고 피도 한 방울 나지 않았지만 작살에 꿰뚫린 배의 상처는 뚜렷하게 남아 있었다. 그는 상처 밖으로 삐져나오는 창자를 배안으로 밀어넣으려고 애를 쓰곤 했는데, 그럴수록 상처는 점점 더 넓게 벌어졌다. 칼자국은 자신의 창자를 움켜쥔 채 도와달라는 듯 금복을 안타깝게 쳐다보았다. 그를 도와주고 싶었지만 금복은 언제나 손가락 하나 꼼짝할 수 없었다. 그가 어둠 속으로 슬며시 사라지고 나면 금복은 형용할 수 없는 슬픔에 잠겨 온몸이 축축해진 채로 잠에서 깨어나곤 했다. 그녀는 눈 깜짝할 새에 늙어버렸다. 총기로 빛나던 눈은 빛을 잃었으며 피부는 거칠어지고 뭇 사내들을 설레게 했던 향기도 사라져 아무도 그녀를 거들 떠보지 않았다.

망아의 상태에서 허랑한 시간들이 흘러갔다. 어느 해 가을엔 도축장에서 기름을 떼어내는 일을 하기도 하고, 어느 기생집에선 군불을 때며 겨울을 나기도 했으며, 과수원에서 복숭아를 따는 동안 여름이 지나가기도 했다. 또 어느 해 봄엔 포목전을 하는 한 돈 많은 늙은이와 살림을 차려 잠시 살을 붙이고 살다 장마가 끝나기 전에 무명 몇 필을 훔쳐 다른 도시로 훌쩍 떠나기도 했다. 그녀는 겁 없이, 되는대로 사내들에게 몸을 내던지기도 했지만, 언제부턴가 자신과 만난 사내들은 모두 불행해진다는 생각을 품게 되어 결코 그들 곁에 오래 머물지 않았다.

시간이 앞으로 흘러가는 한, 그녀에게 두려운 건 아무것도 없었다. 그녀가 두려운 건 과거였다. 칼자국이 작살에 배가 꿰뚫린 채 물속으로 잠겨들던 시간이었으며 폭풍우 몰아치던 밤이었다. 그녀가 진정으로 두려운 건 가슴을 풀어헤친 채 미친년처럼 바닷가를 허우적거리던 순간이었으며, 시간이 거꾸로 흘러 그 순간이 영원히 반복되는 거였다. 그래서 그녀는 잠드는 것이 두려웠다. 잠이 들면 꿈을 꾸고 꿈을 꾸면 어김없이 칼자국이 나타났기 때문이었다.

당신은 왜 자꾸 나타나서 나를 괴롭히는 거예요? 날보고 어쩌라고요?

어느 날, 그녀는 칼자국을 향해 말했다. 그의 얼굴은 여전히 창백했으며 흠뻑 젖은 옷에선 물이 뚝뚝 떨어졌다. 그는 아무 대답 없이 우수에 잠긴 눈으로 금복을 바라보기만 했다.

이제 다 끝난 거라고요. 그러니 제발 당신도 그만 돌아가요. 여기는 당신이 있을 곳이 아니에요.

그러자 칼자국은 원망스런 눈길로 금복을 잠시 바라보다 어깨를 축 늘어뜨린 채 돌아서서 어둠 속으로 사라졌다. 그의 쓸쓸한 뒷모습에 금복은 가슴이 미어졌지만 다음날도 또 그 다음날도 칼자국은 어김없이 나타났다. 가끔은 걱정이 나타날 때도 있었다. 봉두난발을 한 그도 역시 온몸이 물에 젖은 채였고 꿈속에서도 여전히 존 웨인을 질투하고 있었다.

말을 탄 수색대가 쫓아오기라도 하는 듯 그녀는 점점 더 빠른 속도로 이동을 해 한장소에 머무르는 시간이 사흘이 넘지 않았다. 그러다보니 옷차림은 점점 더 누추해지고 몰골은 더욱 사나워졌다. 급기야 그녀가 비렁뱅이 신세로 전락해 이 집 저 집 대문 앞을 기웃대며 밥을 빌어먹게 된 건 그녀가 부둣가 도시를 떠난 지 채 이태도 되기 전이었다. 거지꼴이 된 그녀는 더이상 과거의 금복이 아니었다. 음문은 있으되 여자의 형상이 아니었고 이름이 있으되 사람의 꼴이 아니었다. 성깔 사나운 여편네들에게 툭하면 머리채를 휘어잡히기 일쑤였고 거친 사내들에게 아랫도리를 내주기가 다반사였으며 다른 거지 패거리들에게 두들겨맞아 시궁창에 처박히기가 예삿일이었다. 그것은 세상의 법칙이었다.

금복이 세상을 떠돈 지 이태가 되던 해 여름, 나라엔 큰 전쟁이 있었다. 남쪽과 북쪽으로 나뉘어 싸우게 된 그 전쟁은 이후 삼 년이나 지속되었다. 당시만 해도 산 것이나 죽은 것이나 별반 다를 게 없었으며 죽음은 너무나 흔해서 귀하게 취급받지 못했다. 남쪽 사람들과 북쪽 사람들은 미칠 듯한 증오에 휩싸여 서로 수백, 수천 명씩 한꺼번에 학살했다. 그들은 상대를 한군데 몰아넣고 죽창으로 찌르거나 구덩이에 산 채로 매장했다. 건물에 가둬놓고 불을 지르기도 했다. 그렇게 죽임을 당한 자들 가운데는 여자와 어린아이도 부지기수였다. 그들은 자신의 생각을 감춘 채 아무나 붙잡고 상대방의 생각이 무엇인지를 물었다. 대답할 수 있는 것은 둘 중의 하나뿐이었기 때문에 살아날 수 있는 확률은 언제나 반반이었다. 그것은 이념의 법칙이었다.

금복이 북쪽을 향해 이동하는 동안 사람들은 거꾸로 남쪽을 향해 피난을 내려오고 있었다. 시체는 길거리에 방치된 채 썩어가고 사람들은 그 옆에서 밥을 해먹었다. 사람들은 단지 살아 있다는 이유로 죽임을 당했다. 그들에 비하면 칼자국이나 걱정의 죽음은 비교적 이유가 있는 죽음이었다. 하지만 그들은 여전히 꿈속에 나타나 금복을 괴롭혔다.

이후 금복은 삼 년간이나 전쟁통을 떠돌며 기적처럼 목숨을 이어가지만, 당시에 있었던 전쟁에 대한 이야기는 이쯤에서 접고 훗날 다른 자리를 기약하기로 하자. 독자여, 부디 이해해주시길! 그것은 이 책의 범위를 넘어서는 일이며 더 많은 지면과 오랜 시간, 그리고 고통을 감당할 용기와 눈물이 필요한 일이므로.

전쟁이 거의 끝나가던 해 봄, 그녀는 다리 밑 움막에서 몇 명의 거지들과 함께 기거하고 있었다. 그들 가운데에는 전쟁으로 고아가 된 아이들도 여럿 끼어 있었다. 금복은 전쟁의 와중에서도 용케 살아남았다. 여러 번의 죽을 고비와 어이없는 행운, 아슬아슬한 위기와 믿을 수 없는 기적, 그리고 몇 번의 질문이 있었다. 그 질문에 대한 대답은 언제나 완장을 두른 자들의 총부리 앞에서 이루어졌다. 그때마다 그녀는 생각나는 대로 아무렇게나 대답을 했는데, 용케도 그 대답은 언제나 삶 쪽의 손을 들어주었다. 그것은 홀짝 게임에서 매번 이겨야 하는 것처럼 아슬아슬한 일이었지만 죽음은 언제나 그녀를 피해갔다.

어느 날 저녁, 그녀는 거지들과 함께 얻어온 밥과 나물을 되는대로 바가지에 넣어 비벼먹다 갑자기 심하게 헛구역질을 했다. 애가 들어선 거였다. 그러자 다른 거지들이 재수없다며 구박을 해 며칠 뒤 그녀는 무리를 떠나야 했다. 그것은 거지의 법칙이었다.

금복도 한때는 아이를 간절히 원한 적이 있었지만, 생선장수와 걱정, 칼자국을 모두 거치는 동안에도 한 번도 애가 서지 않아 자신이 애를 못 낳는 돌계집이라고 믿고 있던 그녀에겐 날벼락 같은 소식이었다. 빌어먹는 처지에 아이까지 생겼으니 참으로 기박한 팔자가 아닐 수 없었다. 움막에서 지내는 동안, 다른 거지들과 뒤엉켜 자다보면 그 꼬락서니에도 누군가 사내랍시고 치마 밑을 들치는 일이 더러 있었는데 필시 그 거지들 가운데 하나가 아이의 아비일 터였다.

이후, 금복은 애를 떨어뜨리기 위해 시정에서 귀동냥으로 주워들은 온갖 방법으로 자신의 몸을 학대했다. 그럼에도 불구하고 배는 점점 불러와 마침내 만삭이 되고 동장군이 슬슬 물러갈 채비를 하던 어느 겨울밤, 산기가 느껴졌다. 그녀는 되는대로 아무데나 기어들었는데, 그곳이 바로 쌍둥이자매의 술집 마구간이었다. 한 가지 다행스러운 건 그녀가 태기를 느끼기 시작한 그날부터 칼자국과 걱정이 더이상 그녀의 꿈에 나타나지 않았다는 것이다. 나중에 그 얘기를 들은 쌍둥이자매는 그 이유를 태아의 기氣가 걱정과 칼자국의 기를 눌렀기 때문이라고 나름대로 해석했는데, 금복은 피식 웃으며 한 귀로 흘려버렸다.

쌍둥이

마구간에서 몸을 푼 지 사흘이 지나자, 방에 들어앉아 해주는 밥만 얻어먹기가 미안했는지 금복은 부엌에 나와 설거지를 하는 등 일을 거들기 시작했다. 쌍둥이자매의 입장에선 때마침 일손이 달리던 터에 손이 하나 늘어 반가웠고, 무엇보다도 더이상 아이를 낳을 수 없는 나이가 되어 적적하던 터에 아이까지 하나 딸려왔으니 달리 불만이 있을 까닭이 없었다. 그들은 업이 들어왔다고 여기고 두 모녀를 지성껏 보살폈으며 금복이 낳은 계집아이에겐, 비록 겨울에 낳기는 했으나 곧 봄이 올 거라는 기대를 담아 봄 춘春자, 계집 희姬자, 춘희라는 흔하디흔한 이름을 붙여주었다. 춘희는 워낙 먹성이 좋아 금복의 젖만으로는 부족해 밥으로 죽을 쑤어 먹이거나 따로 젖어멈을 대야 했다. 대신 춘희는 먹은 만큼 놀라운 속도로 쑥쑥 커나갔다.

그러던 어느 날, 춘희를 안고 젖을 먹이던 금복은 소스라치게 놀라 자신도 모르게 아이를 바닥에 떨어뜨리고 말았다. 젖을 먹는 춘희의 얼굴에서 이미 오래전에 죽은 걱정의 모습을 보았던 것이다. 짙은 눈썹과 반듯한 이마, 그리고 선이 뚜렷한 얼굴의 형태와 계집아이답지 않은 단단한 기골이 영락없는 걱정이었다. 막연하게 움막에서 함께 생활하던 거지 패거리들 가운데 한 사내의 씨일 거라고 짐작했던 금복은 도저히 이해가 되지 않았다. 그녀는 울고 있는 춘희의 얼굴을 꼼꼼히 살펴봤지만 뜯어보면 뜯어볼수록 걱정을 빼박은 듯 닮아 온몸에 소름이 끼쳤다. 걱정이 통나무에 깔려 쓰러진 이후, 금복은 한 번도 그와 잠자리를 가진 적이 없었다. 설사 자신이 곤히 잠든 사이에 걱정이 어찌했다 하더라도 그가 죽은 지 이미 사 년이 흐른 뒤였다. 처녀가 애를 밴다는 말은 들어봤어도 죽은 사람의 씨를 밴다는 건 그녀로서도 들어본 적이 없는 기이한 일이라 그녀는 그 사실을 아무에게도 발설하지 않고 혼자 가슴에만 묻어두었다. 그리고 그날 이후, 춘희에게 다시는 젖을 물리지 않았다.

춘희는 여섯 달이 되기 전에 걸었으며 돌도 지나기 전에 몸무게가 삼십 킬로그램을 넘어섰다. 한 가지 안타까운 점은, 춘희에겐 보통의 새끼들이 생명체의 긴 역사를 통과하는 동안 수많은 인위 선택을 거쳐 유전적 형질로 발전시켜온 생존의 전략, 말하자면 모성을 자극하고 보살핌을 유도하는 특징들, 또 말하자면 순진무구하고 커다란 눈동자와 투명한 피부, 다시 말하자면 작고 앙증맞은 코와 그 어미들이 언제나 부비고 싶어하는 부드럽고 동그란 뺨, 결론적으로 말하자면 디즈니의 만화 주인공들이 가진 특징들, 예쁜 것을 이기는 단 하나의 무기…… 즉, 귀염성이 없다는 거였다. 짙은 눈썹과 계집아이답지 않은 단단한 기골이야 걱정의 강한 남성적 특질을 물려받아서 그렇다 치더라도, 어린아이답지 않은 우울

168

한 눈빛은 그녀를 안아주려 다가서던 어른들을 멈칫거리게 만들었으며 검은 피부와 뭉툭한 코는 그녀를 쓰다듬어주려 다가가던 이웃들을 망설이게 만들었다. 그런 그녀의 외모는 어딘가 불행의 예감을 갖게 만들었지만 쌍둥이자매는 개의치 않았다. 그들은 그저 웃으며, 춘희가 사내애였으면 틀림없이 장군감이었을 거라는 말로 안타까움을 표시했을 뿐이었다.

또 한 가지 춘희에게 있어서 안타까운 점은 말을 하지 못한다는 것이었다. 두 자매가 아무리 어르고 옹알이를 시켜보아도 춘희는 그저 멀뚱하게 처다보기만 할 뿐 도통 입을 열 생각을 하지 않았다. 그들은 춘희가 애초에 귀머거리가 아닐까, 귀에 대고 손뼉을 처가며 여러모로 실험을 해보았지만 결과는 정반대였다. 귀머거리는커녕 오히려 이불 위에 바늘 떨어지는 소리에도 귀를 쫑긋거릴 만큼 청력이 뛰어나 어른들을 놀라게 했던 것이다. 또한 춘희는 뭐든지 사물을 골똘히 응시하며 조심스럽게 만져보고 냄새를 맡아보는 태가 아이답지 않게 신중해 모두 이를 범상치 않게 여겼다. 쌍둥이자매는 춘희가 말을 못한다는 사실에 대해, '그래도 귀머거리보단 벙어리가 낫지. 계집이 입을 놀려봤자 사달날 일밖에 더 있겠나'라며 금복을 위로했다.

금복보다 나이가 몇 살 위인 쌍둥이자매는 그녀를 친동생처럼 여기며 대하는 품이 여간 다정스럽지 않아 술집에서 일하는 동안 금복도 차츰 마음의 안정을 찾아가고 있었다. 그들 자매는 그다지 미모가 뛰어난 것도 아니고 꽃다운 나이도 이미 오래전에 지나가버렸지만 생김새가 호두알을 둘로 쪼개놓은 것처럼 똑같아 이를 신기하게 여겨 찾는 손님이 제법 많았다. 그들 자매가 쌍둥이라는 사실은 남자들의 요상한 상상력을 자극해 술상머리에서 그들은 한결같이, '내가 얼굴을 보면 구분을 못하지만 밑을 보면 틀림없이 누가 위고 누가 아랜지 알아맞힐 수 있을 터이니 어여 치마를 걷어보거라' 하는 따위의 농지거리를 예사로 해가며 수작을 부렸는데, 실제로 둘이 한방에서 손님을 치르는 일이 있었는지 어쨌는지는 알 수 없다.

술집 옆에는 금복이 춘희를 낳은 마구간이 있었고 그 안에는 늙은 코끼리가 한 마리 있었다. 하루에 콩을 세 말씩이나 먹어치우는 그 거대한 포유동물을 쌍둥이자매는 하루도 빠지지 않고 먹이고 씻기며 보살폈다. 그 코끼리는 그들이 어렸을 때 서커스단에서 함께 공연을 하던 코끼리였는데, 그들이 코끼리를 기르게 된 연유는 다음과 같다.

찢어지게 가난했던 쌍둥이의 아버지는 딸만 줄줄이 일곱을 낳은 끝에 사내도 아니고 계집이, 그것도 하나가 아니고 둘이 한꺼번에 태어나자 그 자리에서 그만 기절을 하고 말았다. 당시엔 쌍둥이가 드물기도 한데다 둘의 생김새가 구분할 수 없을 정도로 똑같아

보는 사람마다 모두 신기하게 여겼지만, 잔뜩 화가 난 아버지는 쌍둥이에게 이름조차 지어주지 않았다. 따라서 사람들은 두 자매를 따로 부를 것도 없이 그저 한꺼번에 싸잡아 쌍둥이라 불렀다.

쌍둥이자매가 여섯 살 되던 해 봄, 두 사람은 결국 인근마을에 들어온 서커스단의 눈에 띄어 쌀 한 가마니에 팔려가고 말았다. 처음에 쌍둥이자매는 요란하게 분장을 한 광대들과 온갖 악기에서 쏟아져나오는 음악 때문에 정신을 잃을 지경이었지만 차츰 서커스단의 분위기에 익숙해졌다. 쌍둥이자매가 함께 공연을 하게 되자 그들은 곧 관객들로부터 열광적인 인기를 얻어 단원들의 귀여움을 독차지하게 되었다.

그들의 공연 가운데서도 특히나 사람들이 좋아한 것은 '점보'라는 이름의 코끼리와 함께 하는 공연이었다. 삼 미터가 넘는 키에 몸무게가 이 톤이 넘는 거대한 코끼리는 두 자매를 한꺼번에 코로 들어올리기도 하고 등에 태우고 무대를 빙빙 돌기도 했다. 불을 피워 뜨겁게 달군 쇠판 위에 올라가 겅중겅중 뛰는 코끼리 춤도 볼 만했지만, 공연의 하이라이트는 매우 위험한 것으로 관중들로 하여금 숨을 멈추고 두려움에 떨게 하다 마침내 열광의 환호성을 지르게 만들었다. 그것은 쌍둥이자매가 나란히 누워 있는 무대 위를 걸어 지나가는 것으로, 영악한 코끼리가 훈련받은 대로 폴카 음악에 맞춰 천천히, 그리고 아슬아슬하게 쇼맨십을 발휘하며 소반만한 발바닥을 들어 쌍둥이자매의 작은 머리통 위에서 잠시 머물다

한 걸음씩 내디딜 때마다 관중들은 숨을 멈추고 지켜보았다. 물론 점보는 한 번도 실수하는 법이 없었다. 두 자매도 점보를 매우 아껴 공연이 없을 때도 늘 등에 타고 놀았으며 아침저녁으로 씻기고 보살피는 데 게으름을 피우지 않았다.

그러던 어느 날 사고가 터졌다. 관중석 앞쪽에 앉아 있던 한 짓 궂은 사내아이가 꿩 사냥을 할 때 쓰는 우레를 크게 불었던 것이다. 때마침 코끼리의 커다란 발이 쌍둥이자매의 엉덩이 위를 막 지나고 있을 때였다. 코끼리는 난생처음 듣는 장끼 소리에 놀라 그만 발을 덜컥 내려놓고 말았다. 연약한 소녀의 골반이 단숨에 바스러지며 비명이 터져나왔다. 코끼리는 발에 와 닿는 물컹한 감촉과 비명소리에 놀라 갑자기 무대 아래로 뛰어내려갔다. 삽시간에 관중석이 아수라장이 되며 사람들이 뿔뿔이 흩어져 도망갔다. 코끼리는 휘장을 찢고 공연장 밖으로 달아났다. 그 밖은 시장이 서는 자리였다. 코끼리는 닥치는 대로 좌판을 둘러엎고 사람들을 넘어뜨렸다.

결국, 시장이 온통 난장판이 되고 사람이 여럿 다친 끝에 온 동리 사람들이 동원되어 코끼리를 포획했지만 두 자매는 더이상 공연을 계속할 수가 없게 되었다. 동생은 무사했지만 골반이 부서진 언니는 굴신조차 힘들었을 뿐 아니라 더이상 여자 구실을 할 수가 없게 된 것이다. 언니 없이 동생 혼자서만은 서커스단에서 별 의미

172

가 없었다. 그뒤, 두 사람은 공연장의 허드렛일을 하며 서커스단을 따라다녔다. 신데렐라가 하루아침에 하녀로 몰락한 꼴이었다. 그것은 흥행업의 법칙이었다.

　그러는 동안 쌍둥이자매도 나이가 들어 제재소를 크게 하는 한 사내의 첩실로 들어가게 되었다. 목재상은 동생에게 마음이 있었지만 동생은 한사코 언니를 떼놓고는 못 가겠다며 고집을 피웠다. 난감해하는 목재상에게 동생이 말했다.

　―언니는 덤이에요.

　결국, 두 자매는 나란히 목재상의 첩으로 들어가 살게 되었다. 두 사람이 잘 때도 서로 떨어지지 않으려고 해서 할 수 없이 목재상이 두 사람 사이에 끼어 셋이 나란히 잔다는 소문이 돌았지만 사실을 확인할 길은 없었다.

　몇 해가 흘러 그들은 우연히 마을 앞을 지나가는 서커스단의 무리를 만나게 되었다. 그런데 그 틈에 문제의 코끼리 점보가 섞여 있었다. 점보는 이미 늙고 병들어 비루먹은 자리에선 끊임없이 진물이 흘러내리고 눈물이 고인 자리엔 쇠파리가 잔뜩 붙어 있었다. 느릿느릿 지친 발걸음을 옮기는 점보의 뒤에선 한 남자 단원이 상처 입은 자리에 끊임없이 채찍질을 해댔다. 쌍둥이자매는 점보의 처참한 몰골에 눈물을 흘렸다. 그들이 점보에게 다가가자 점보도 두 자매를 알아보고 쇠파리가 잔뜩 붙어 있는 커다란 눈을 슬픈 듯 끔벅거렸다.

쌍둥이자매는 그 길로 목재상에게 달려가 코끼리를 사달라고 애원을 했다. 목재상은 코끼리를 어떻게 키울 거냐며 난색을 표했지만 쌍둥이자매는 코끼리를 사주지 않으면 당장에 보따리를 싸가지고 나가겠다고 엄포를 놓았다. 비단이나 패물을 사달라는 것도 아니고 웬 난데없는 코끼리냐며 어처구니없어하던 목재상도 울면서 매달리는 두 자매의 부탁을 거절할 만큼 매몰찬 사내는 아니었던지, 결국 거금을 주고 점보를 사들이고 제재소 옆에 움막도 지어주었다.

그뒤, 쌍둥이자매는 정성껏 점보를 보살펴주었다. 더러워진 몸을 깨끗이 씻기고 영양가 높은 먹이를 먹이고 상처를 치료해주는 동안 점보는 예전 모습을 되찾았다. 두 자매가 코끼리를 키우고 있다는 것을 알게 된 본처는 기겁을 하고 놀라 코끼리를 먹이느라 살림이 거덜나겠다며 당장 팔아치우라고 난리를 피웠지만 자매는 자기들이 굶을지언정 점보를 굶길 수는 없다며 단호하게 맞섰다. 결국 처첩 간에 크게 싸움이 나 중간에서 목재상만 죽을 맛이었다. 그러던 그가 이듬해 괴질에 걸려 세상을 떠나자 본부인은 기다렸다는 듯 점보와 함께 쌍둥이자매를 쫓아내고 말았다.

이후, 두 사람은 점보를 데리고 이곳저곳 떠돌았는데 언제나 점보의 구복이 문제였다. 무슨 짓을 하든 두 사람 입에 풀칠이야 했겠지만 점보는 아무리 적게 잡아도 하루에 콩 두 말은 먹여야 했으니 버는 돈은 모조리 코끼리 입으로 들어갈 수밖에 없었다. 주변 사람들이 더이상 고생하지 말고 코끼리를 서커스단에 팔아버리든, 들에다 내다버리든 빨리 처리를 하라고 충고를 했지만 자매는 점보를 포기하지 않았다. 그들은 음식 찌꺼기라도 점보에게 거둬먹이기 위해 주로 음식점이나 술집에서 일을 했고, 종국에는 몸까지 팔게 되었다. 그 또한 점보를 먹여살리기 위해서였음은 물론이었다. 다행히 쌍둥이자매를 찾는 손님이 제법 늘어 몇 해 전엔 그동안 모은 돈을 가지고 근처에 따로 술집을 내게 되었다. 그것이 쌍둥이자매와 점보의 특별한 인연이 얽힌 사연이었다. 그러한 사정을 아는지 모르는지, 금복이 먹이를 주러 들어가면 점보는 그저 우두커니 서서 커다란 눈을 끔벅이기나 할 뿐이었다.

어느 날, 춘희는 혼자 마구간 앞을 아장아장 걸어가고 있었다. 이때, 어디선가 목소리가 들려왔다.

꼬마 아가씨, 안녕.

춘희는 누가 자기를 부르나 싶어 주위를 둘러보았다. 그러나 근처엔 아무도 없고 코끼리 점보만 마구간 안에 우두커니 서 있을 뿐이었다.

나를 부른 게 너니?

춘희가 의아한 표정으로 점보를 향해 물었다.

그래, 맞아. 너를 부른 건 바로 나야.

그렇구나. 그런데 넌 왜 언제나 이 안에만 있지?

여기가 내 집이니까. 하지만 서커스 공연을 할 땐 나도 이곳저곳 여행을 많이 했단다.

서커스?

그래, 넌 한 번도 본 적이 없겠지만 그건 정말 멋진 거야. 사람들이 높은 줄에서 그네도 타고 마술도 보여주지. 펑하고 비둘기가 나오는 거 말이야. 사람들은 우리가 공연하는 걸 보려고 아주 멀리에서까지 모여들었지.

그런데 지금은 왜 안 하지?

응, 그, 그건…… 그럴 만한 이유가 있어.

점보가 잠깐 얼버무리더니 짐짓 밝은 목소리로 말했다.

참, 난 세상 안 다녀본 곳이 없단다. 그리고 많은 것을 보았어. 그거 알아? 난 네가 태어나는 것도 지켜보았어.

그래, 나도 알아. 난 여기서 태어났지. 그런데 넌 어디서 태어났지?

내가 태어난 곳은 아프리카라는 곳이야.

아프리카는 어디야?

아주 먼 곳이야. 거기엔 끝도 없이 넓은 사막도 있고 사자나 하이에나 같은 무서운 짐승들도 있어.

그렇군. 그런데 그건 맛이 어때?

춘희는 구유에 가득 담겨 있는 삶은 콩을 쳐다보며 물었다.

뭐, 그저 그래. 이건 아프리카에 있는 가시나무 잎사귀에 비하면 음식도 아냐. 가시나무 잎사귀는 정말 맛있거든.

난 그것도 맛있어 보이는데……

춘희가 먹고 싶다는 듯 누렇게 삶은 콩을 쳐다보았다.

너, 먹고 싶니?

아니, 꼭 그렇다기보다 그냥 맛이 어떨까 싶어서……

좋아, 꼬마 아가씨. 한번 먹어보라고. 하지만 이건 너에게만 특별히 허락하는 거야. 너희 엄마나 다른 사람들은 안 돼. 비록 맛이 별로긴 하지만 이건 쌍둥이가 나를 위해 힘들게 마련한 먹이니까.

어느 날, 금복은 집에서 없어진 춘희를 찾으러 다니다 마구간 안에서 놀고 있는 춘희를 보고 기겁을 해서 달려갔다. 코끼리에게 밟히지나 않을까 염려해서였다. 그러나 그녀가 달려갔을 때 춘희는 구유 안에 들어가 점보와 함께 사이좋게 콩을 주워먹고 있었다. 금복은 황급히 춘희를 마구간에서 데리고 나왔지만 이후에도 틈만 나면 춘희는 마구간을 찾아가 점보와 놀곤 했다. 금복도 곧 춘희가 점보와 노는 게 별 위험이 없다는 것을 깨닫고는 차츰 신경을 쓰지 않게 되었다.

한편, 금복과 두 자매는 옴살로 서로 의지하며 술집을 잘 꾸려갔다. 금복도 그들과 정이 들어 가능하면 오랫동안 그곳에 머물리라 마음먹고 있던 터였는데 일 년이 지난 어느 날, 길에서 우연히 고향 사람을 만나게 되었다. 오래전 그녀와 한방에서 옷을 벗고 장난을 치던, 약장수라는 별명을 가진 바로 그 소년이었다. 그는 신기하게도 어릴 때 별명처럼 진짜 약장수가 되어 장터를 떠돌아다니고 있었다. 금복은 너무나 반가운 나머지 그를 부둥켜안고 울었다.

금복이 약장수의 손을 잡고 술집으로 데려와 사연을 말하자 쌍둥이자매도 자신의 일처럼 반가워하며 금복의 고향 친구를 위해 술과 음식을 잔뜩 차려 내왔다. 두 사람은 십여 년이 흐른 후에도 서로 잊지 않고 얼굴을 알아본 것에 대해 신기해하며 모처럼 즐거운 이야기꽃을 피웠다. 주로 금복이 묻는 쪽이었고 대답하는 쪽은 약장수였다. 그는 어릴 때부터 일찌감치 장터를 떠돌다 여자를 만나 결혼도 했지만 결혼한 지 얼마 지나지 않아 여자가 호떡장수와 눈이 맞아 달아나는 바람에 혼자 살고 있다고 했다. 어릴 때부터도 말솜씨가 좋았지만 이즈음해서는 그 솜씨가 더욱 늘어 어찌나 조리 있고 구변이 좋던지 이야기 자락마다 한숨이요, 눈물이요, 박장대소였다. 고향 사람들의 이야기가 나올 즈음에는 청산유수로 쏟아내는 그의 말솜씨에 세 여자가 모두 넋을 잃어 국이 졸아붙는지 밥이 타는지도 모를 지경이었다. 그것은 구라의 법칙이었다.

그러다 드디어 금복이 조심스럽게 아버지의 안부를 물었다. 그러자 그는 한동안 주저대다 그녀의 아버지가 이미 오래전 명부로 떠났음을 알려주었다. 더욱 기가 막힌 것은 아버지가 죽은 날이 바로 금복이 고향을 떠나던 그날 밤이었으며 죽은 장소도 다름아닌 저수지라는 거였다. 자신의 아버지가 죽은 지 십여 년이 지난 뒤에야 금복은 비로소 오래전 자신이 고향을 떠나올 때 생선장수에게 한 거짓말이 그대로 현실이 되었다는 것을 깨닫게 되었다. 약장수가 돌아가고 난 뒤 금복은 결국 자신이 아버지를 죽였다는 죄책감에 혼자 방안에 앉아 오열을 터뜨리고 말았다.

이번에는 칼자국 대신 죽은 아버지가 꿈속에 나타났다. 그 역시 온몸이 물에 젖어 있었고 발에는 수초가 칭칭 감겨 있었다. 금복은 다시 어디론가 떠날 때가 됐다는 것을 깨달았다. 때마침 잊을 만하면 한 번씩 들르던 소금장수로부터 멀리 평대에서 국밥집을 맡아볼 사람을 구한다는 소식을 들었다. 그곳이 어디가 됐든 아무데고 또 떠날 곳이 있기만 하면 됐기 때문에 금복은 흔쾌히 자신이 맡겠다고 나섰다. 쌍둥이자매는 펄쩍 뛰며 여자 혼자 몸으로 젖먹이를 데리고 어디를 가냐며 극구 만류했지만, 잠도 못 자고 하루가 다르게 바짝바짝 야위어가는 금복을 보고는 더이상 말릴 수만도 없었다. 그들은 끝없이 어디론가 떠나야만 하는 금복의 팔자를 불쌍히 여기며 급한 일이 있을 때 쓰라며 제법 큰돈을 쥐여주었다.

걱정하지 마, 꼬마 아가씨. 우린 언젠가 다시 만날 거야.

자신이 떠나게 되었다는 사실을 안 춘희가 점보와 헤어지는 것을 슬퍼하자 점보가 말했다.

정말 그럴까?

춘희가 헤어지기 싫다는 듯 점보의 굵은 다리를 껴안자, 이를 위로하듯 점보는 긴 코로 춘희를 쓰다듬었다.

당연하지. 보고 싶은 것들은 언젠간 다시 만나게 되어 있어.

다음날, 금복은 어린 춘희의 손을 잡고 두 자매와 눈물을 흘리며 이별을 고했다. 그러고는 마침내 자신의 열정을 모두 불사르고 끝내는 연기처럼 덧없이 스러져갈 이승의 마지막 종착지, 평대를 향해 떠났다.

2부
·
평대

개망초

그 옛날, 벙거지를 눌러쓰고 세상을 떠돌던 한 불운한 시인이 있어 평대坪垈를 지나며 시 한 수를 남겼다.

이름은 평평하나坪 너른 벌 하나 없고
이름은 집터로되垈 사람 살 집 아니로다
……야, 이 개새끼들아! 그만 좀 짖어!

인근마을을 지나던, 인근마을이라고 해야 사방 삼십여 리는 족히 되는 거리에 있기는 하나, 그는 아마도 평대라는 이름을 듣고 너른 들을 떠올렸을 게다. 너른 들과 함께 주렁주렁 무거운 낟알을 매달고 있는 넉넉한 마을 풍경을 떠올렸을 게다. 더불어 고래등같은 기와집을 떠올렸을 게다. 마을에 도착하는 즉시 주린 배를 채우는 것은 물론 대갓집 사랑채에 앉아 주인과 더불어 술 한잔 나누는 것도 기대했을 게다. 술 한 잔에 시 한 수, 주인의 감탄한 얼굴과 존경의 눈빛도 떠올렸을 게다. 잘만 하면 못 이기는 척, 주인 아들의 독선생으로 들어앉아 겨울을 나는 것도 어렵지 않을 거라고 생각했을 게다. 그래서 또 배짱만 맞으면 아예 평대에 눌러앉아 훈장질이라도 하며 적당한 과부 하나 만나 노후를 보낼 기대까지도 없지는 않았을 터, 본시 떠도는 자들의 희망이란 이처럼 소박하게 마련이다.

그러나 그가 고개턱을 넘어 마을을 굽어보았을 때, 그의 꿈은 여지없이 부서져버렸을 게다. 삼십 리를 멀다 않고 허겁지겁 달려온 그의 눈앞에 펼쳐진 것은 산자락 아래 여기저기 흩어져 보기에도 민망한 너새집 몇 채뿐, 눈을 씻고 봐도 제대로 된 밭뙈기 하나 없었으니 원체 부실한 다리에 힘이 쫙 빠지며 그 자리에 주저앉고 싶었을 게다. 그래도 어쩌랴, 목구멍이 포도청이요 구복이 원수라, 지친 몸을 이끌고 연기 나는 집을 찾아 이리저리 걸근대며 가가문전 사립문 앞에서 '이리 오너라'를 외쳤을 게다. 그러나 끝내 삶은 감자 한 개 못 얻어먹고 쫓겨나듯 허리를 끌고 마을을 떠났을 게다. 그래서 부아가 치밀었을 게다. 어디 분풀이할 데는 없고 결국은 되도 않은 마을 이름을 붙잡고 시비라도 하고 싶었을 게다.

그래서 여느때처럼 통쾌한 시 한 수로 앙갚음을 하려던 차에 마지막 구절이 막혀 애를 먹고 있던 그의 뒤에서 때마침 개 짖는 소리 요란했을 게다. 무릇 위대한 문학작품의 탄생이란 이처럼 엉뚱한 장소에서, 뜻밖의 상황에서, 사소한 연유로 말미암는 경우가 태반이기 마련이다.

철도가 들어오기 전까지 평대 사람들의 호구책은 수평적이라기보다는 수직적일 수밖에 없었다. 마을을 통틀어 마지기로 가늠할 만한 전답 하나 없는데다 그저 믿을 데라곤 그들의 삶을 사방에서 캄캄하게 가로막고 있는 산밖에 없었으니 그저 부지런히 골짜기와 능성이를 따라 수직으로 오르내리며 버섯이나 고사리, 두릅 따위의 나물과 당귀, 복령 같은 약초를 캐거나 골짜기에 올무를 놓아 산토끼나 노루 같은 산짐승을 잡는 것으로 호구책을 삼는, 그야말로 수렵과 채집에 의존하는 원시적 삶의 형태를 벗어날 수 없었던 것이다. 그러다보니 큰 눈보다는 작은 눈이, 평평한 발보다는 뾰족한 발이 유리해 눈은 점점 작아지고 평평한 발은 우제류偶蹄類의 그것처럼 뾰족해졌으며 질긴 가죽을 씹어 무두질을 하느라 이빨이 한층 더 커지는 한편, 다른 곳보다 일찍 찾아오는 추위를 견디느라 코는 길어지고 얼굴은 더욱 납작해졌다. 그것은 진화의 법칙이었다.

평대 사람들의 수직적 삶에 커다란 변화가 닥친 것은 마을에 철도가 들어서면서부터였다. 철도는 수평의 세계였으며 좌우로 뻗어나가는 직선의 세계였다. 철모를, 안전모였으나 평대 사람들은 그렇게 생각했다, 뒤집어쓴 군인들, 측량기사였으나 평대 사람들은 그렇게 생각했다, 몇 명이 기관단총을, 측량기구였으나 평대 사람들은 그렇게 생각했다, 들고 이 산에서 저 산으로 왔다갔다하며 하루종일 토끼를 몰다, 어쨌든 평대 사람들은 그렇게 생각했다, 결국 토끼 한 마리 못 잡고 돌아가고 난 뒤 얼마 지나지 않아 갑자기 마을 뒷산에 탱크가, 불도저였으나 평대 사람들은 또 그렇게 생각했다, 나타나 사정없이 산을 까뭉개기 시작했다.

세상으로부터 완전히 고립된 덕에 얼마 전에 있었던 끔찍한 전쟁으로부터 무사히 비켜갈 수 있었을뿐더러 심지어는 전쟁이 있었다는 사실조차 몰랐던 평대 사람들은 그들의 무작스런 행태에 치를 떨었다. 그대로 놔둔다면 삶의 터전인 산을 모조리 까뭉갤 판이었으니 가만히 앉아서 구경만 할 수도 없는 노릇이었다. 그들은 마을의 한 연장자 집에 모여들었다. 회의는 밤새도록 계속되었고 수많은 의견이 교환되었다. 다음날 아침, 그들은 내키지 않는 결론을 내릴 수밖에 없었다. 그것은 토끼를 못 잡아 화가 난 군인들이 탱크를 가지고 산을 모두 까뭉개 산짐승의 씨를 말리기 전에 미리 마을 사람들이 잡은 것을 주어 달래보자는 것이었다. 아침 일찍 산에 올라 올무를 돌아보고 곳간에 감춰놓은 포획물을 모두 거둬보니 멧돼지와 노루가 각각 두 마리에 고라니가 네 마리, 오소리가 일곱 마리, 산토끼가 삼십여 마리에 달했다. 마을 사람들은 포획물을 지게에 지고 가서 탱크로 산을 까뭉개고 있는 현장 근처에 내려놓고는 곧장 뒤돌아서서 허둥지둥 마을로 내려갔다. 이후, 며칠 동안 철도공사를 하던 인부들이 영문도 모르고 그들 터수에 가당치도 않은 호화로운 만찬을 즐겼음은 물론이었다.

어쨌거나 철도공사는 그렇게 시작되었고 외지에서 일거리를 찾아 뜨내기들이 하나둘, 평대로 모여들었다. 목도꾼을 위시한 철도 인부들과 현장소장을 위시한 건설회사 직원들이 먼저 들어오고 그들을 상대로 한 술집과 음식점이 들어서자 뒤따라 몸 파는 여자들이 들어오고, 또 그네들을 상대로 한 도붓장수와 등짐장수, 방물장수가 들어오고, 마침내 일 년 뒤 기차가 마을 앞을 지나다니게 되자 일을 하다 다친 인부들을 치료해줄 의원과 영혼을 치료해줄 목사와 전도사, 신부와 중이 기차를 타고 한꺼번에 들어오고, 예배당과 성당과 절이 한꺼번에 세워지고, 다시 예배당과 성당과 절을 지을 인부들이 한꺼번에 들어오고, 다시 그들을 상대로 몸을 팔 여자들이 한꺼번에 들어오고, 이런 식으로 일거리를 찾아, 볼거리를 찾아, 기회를 찾아, 건수를 찾아, 신도를 찾아, 짝을 찾아 먼 도시 또는 인근마을에서 사람들이 모여들었는데, 훗날 평대의 향토사학자들은 이때의 갑작스런 인구팽창을 가리켜 '평대의 일차 빅뱅'이라 일컬었다.

두 모녀가 평대에 들어온 것은 수천 년간 잠들어 있던 산골마을
이 막 기지개를 켜던 시기로, 그들이 쌍둥이자매와 헤어진 지 이레
만이었다. 쌍둥이자매의 술집을 떠난 지 사흘째 되는 날 그들은 인
근에 있는 한 소도시에서 겨우 기차를 얻어탈 수 있었고 그뒤 기차
안에서만 꼬박 나흘이 걸렸다. 금복은 창가에 기대앉아 끝도 없이
스쳐가는 산과 강을 바라보았다. 기차는 마치 땅을 파고 기어가는
지렁이처럼 느릿느릿 골짜기 사이를 비집으며 앞으로 나아갔고,
산을 타고 넘어가다 중턱에서 반나절 넘게 멈춰 서 있기도 했다.

기차 안에서 금복은 쌍둥이자매가 싸준 주먹밥을 먹었다. 이제
겨우 두 돌이 지난 춘희는 먹는 것에는 관심도 없이 얌전히 창가에
붙어앉아 기차 밖으로 펼쳐지는 풍경을 바라보았다. 그녀는 난생
처음 보는 광활한 하늘과 시시각각 변하는 구름의 모양, 햇살에 반
짝이는 나뭇잎의 무늬, 황토색 밭고랑의 불규칙한 결, 기찻길 옆에
피어 있는 갖가지 이름 모를 풀들의 빛깔 등을 하나라도 놓칠세라
속속들이 자신의 눈 안에 담아두고 있었다. 다른 사람이 흉내낼 수
없는 그녀의 특별한 재능은 바로 그런 한없이 평범하고 무의미한
것들, 끊임없이 변화하며 덧없이 스러져버리는 세상의 온갖 사물
과 현상을 자신의 오감을 통해 감지해내는 것이었다. 그 감각이 어
찌나 예민했던지 그녀는 금복이 건네주는 주먹밥에서도 촉촉하고
끈적한 질감과 군데군데 박힌 참깨의 고소한 냄새뿐만 아니라 그
것을 만든 쌍둥이자매의 손길까지 느낄 수 있었으며, 심지어는 어

떤 것을 언니가 만들고 어떤 것을 동생이 만들었는지까지도 알 수 있을 정도였다.

언제부턴가 선로를 따라 이름 모를 하얀 꽃이 무성하게 피어나기 시작했다. 기차를 타고 낯선 여행을 떠나는 사람들은 대부분 기찻길 옆에 무슨 꽃이 피든 아무 관심이 없었지만 눈썰미가 있는 사람들 몇몇은, 도대체 저게 무슨 꽃일까, 궁금하게 여겼다. 그것은 바다 건너 멀리 외국에서 들여온 철도 침목에 씨앗을 숨기고 있다 삼분지 일쯤 지구를 돌아 그들이 붙어온 꾐목이 자리를 잡자마자 바람을 따라, 철로를 따라, 자연의 법칙을 따라 들로 산으로 퍼져나간 식물이었다.

개망초.

그것은 춘희가 금복의 손을 잡고 평대에 처음 도착했을 때 역 주변에 무성하게 피어 있던, 슬픈 듯 날렵하고, 처연한 듯 소박한 꽃의 이름이었다. 이후, 그 꽃은 가는 곳마다 그녀의 뒤를 따라다녀 훗날 그녀가 머물 벽돌공장의 마당 한쪽에도, 자신의 인생에서 가장 혹독한 시간을 보낼 교도소 담장 밑에도, 그녀가 공장으로 돌아오는 기찻길 옆에도 어김없이 피어 있을 참이었다.

역에는 금복과 마찬가지로 새로운 희망을 찾아 떠들어온 뜨내기들과 자신이 찾던 것을 끝내 얻지 못하고 평대를 떠나는 자들이 서로 엇갈리고 있었다. 철도가 들어선 덕분에 산판이 활발하게 벌어져 역 앞에는 아름드리 소나무들이 무질서하게 쌓여 있었고, 나무를 실어나르는 트럭과 목도꾼과 지게꾼들이 부지런히 역광장을 드나들었다. 뙤약볕이 내리쬐는 역 앞엔 이미 영악하고 발 빠른 장사치들이 진을 치고 있었으나 금복에게 눈길을 주는 사람은 아무도 없었다. 그녀가 머지않은 장래에 평대를 발칵 뒤집어놓을 장본인이라는 걸 조금이라도 눈치챈 사람들이라면 미리 안면이라도 트려고 줄을 섰겠지만, 당시의 그녀는 감당할 수 없는 고통으로부터 겨우 도망쳐온 가녀린 처자에 불과했다. 오랜 기차여행에 지친 그녀의 얼굴엔 아직도 어두운 그늘이 무겁게 내려앉아 있었고 오뉴월의 무더위로 저고리는 땟국에 잔뜩 절어 있었다.

여담이지만, 그날 역 앞의 나무그늘에 앉아 장기를 두던 한 노인이 초라한 금복의 행색을 보고, '어허, 참 괴이한 일이로다' 하며 끌끌 혀를 찬 후 돌아앉아 마馬를 사士 옆에 있는 포包와 바꿔치며, '저 계집 때문에 앞으로 평대가 더 시끄러워지겠군' 어쩌고 했다는데, 이 얘기는 아무래도 꾸며낸 얘기가 아닐까 싶다. 역 앞에는 그 밑에 앉아서 장기를 둘 만한 나무 한 그루 없는데다 마를 포와 바꿔쳤다는 식의 자세한 상황묘사는 오히려 허구라는 혐의를 더 짙게 만들기 때문이다. 아무튼, 예나 지금이나 이미 초래된 결과에 대해 이러쿵저러쿵 한마디라도 더 이야기를 보태려는 사람들의 속성은 변하지 않는가보다.

커피

국밥집 노파가, 그녀가 누군지 벌써 잊은 건 아니시겠지? 곰보 사내의 등에 칼을 꽂아 기찻길 옆에 묻었던 때로부터 오랜 시간이 흘렀다. 바야흐로 세상은 군인들의 것이었다. 남쪽의 장군과 북쪽의 장군은 상대를 죽이기 위해 끊임없이 자객을 보냈다. 성공한 자는 아무도 없었다. 큰 전쟁을 치른 지 얼마 지나지 않은 터라 서로에 대한 증오는 극에 달해 있었다. 그들은 각기 다른 법을 만들었으며 각자의 땅에서 세금을 거두어들였다. 살인과 강간은 범죄가되었고 도둑질과 방화, 싸움질이나 남의 물건을 사사로이 빼앗는 것 또한 금지되었다. 그러다보니 사람들은 별로 할 일이 없어져버렸다. 삶은 단순해졌고 세상은 이전처럼 자연스럽지 않았다.

소위, 근대문명이라고 하는 거대한 물결은 도시를 타고 넘어 바야흐로 평대에까지 밀려들고 있었다. 다리가 짧고 발이 뾰족한 평대 사람들은 외지에서 떠들어온 온갖 부류의 사람들과 뒤섞여 따로 찾아보기가 힘들었고 그들만의 고유한 에토스도 점차 사라져갔다. 평대 사람들은 더이상 나물을 캐지 않았고 올무도 놓지 않았다. 그들은 지상에서 완전히 자취를 감춘 네안데르탈인처럼 곧 사라질 운명에 처하게 되었다.

사람들 틈에 끼어들어와 한쪽 구석에서 조용히 국밥집을 운영하던 금복의 나이도 어느덧 삼십이 가까워오고 있었다. 그녀의 삶에서 젊음은 모두 지나가버렸으며 가장 뜨거웠던 시간으로부터도 점차 멀어지고 있었다. 그것은 우울한 일이었으나 한편으론 무모한 열정과 슬픔에서 벗어나 상처가 아물기를 기다리는 휴식의 시간이기도 했다. 그사이 칼자국과 걱정에 대한 기억도 점차 멀어져 이젠 얼굴조차 희미한 상태였다. 그녀는 실로 오랜만에 고즈넉한 평화를 맛보았다. 그렇게 그녀는 세상 속에 묻혀 조용히 사라지는 것처럼 보였다. 하지만 그 작은 몸뚱이 안에 숨어 있는 거대한 열정은 아직 그 모습조차 드러내지 않고 있었다.

　춘희는 어느덧 금복의 몸무게를 넘어섰다. 그녀는 여전히 말을 못했지만 사물과 현상에 대한 이해는 점점 더 깊어져 그녀의 몸속엔 오감을 통해 얻은 정보가 차곡차곡 저장되어가고 있었다. 춘희로서는 그런 것들을 받아들이는 것만으로도 버거워 오히려 세상살이에 필요한 정보와 사람들 사이에서 벌어지는 이해에 대해서는 지나치게 둔감한 편이었다. 그 가운데서도 가장 부족한 건 언어에 대한 이해였다. 춘희에겐 사람들이 지껄이는 말이 너무 복잡하고 난해해 그 의미를 파악하는 것조차 어려웠을뿐더러 그것을 자신의 입으로 흉내낸다는 것은 더더구나 불가능한 일이었다. 불행하게도 그녀는 언어에 대한 생득적 능력이 없어 죽을 때까지 벙어리로 살았으며 주변에서 끝도 없이 쏟아지는 말들로 인해 많은 혼란을 겪어야 했다. 말할 것도 없이 그것은 세상으로부터의 고립과 단절을 의미했다. 그나마 그녀가 제법 말귀를 알아들을 수 있게 된 건 그 의미를 깨달아서가 아니라 말을 하는 사람의 표정과 몸짓, 목소리의 톤과 크기를 예민하게 감지할 수 있었기에 가능한 일이었지만, 앞으로 펼쳐질 그녀의 인생이 예사롭지 않게 신산스러울 거라는 전조는 이미 곳곳에서 나타나고 있었다.

금복은 손님이 없는 조용한 시간이면 혼자 커피를 끓여 마셨다. 당시엔 커피가 귀해 금복은 큰 도시로 볼일을 보러 나갈 때마다 잊지 않고 커피를 사오곤 했다. 새금한 커피 향은 부둣가 도시의 떠들썩한 다방과 극장 풍경을 떠오르게 했다. 커피를 마시면서 금복은, 고향 사람들과 부두에서 만난 사람들, 그리고 쌍둥이자매를 그리워했다.

그런데 엉뚱하게도 금복은 자신이 즐겨 마시는 커피로 인해 곧 국밥집을 그만두는 상황을 맞게 되는데, 그것은 그녀로서도 전혀 예상치 못한 일이었다. 사람들은 문지방을 넘어 거리로 퍼져나간 커피 향에 하나둘씩 코를 벌름거리며 국밥집으로 모여들었다. 그들은 난생처음 맡아본 향기의 정체가 무엇인지 못 견디게 궁금했으며 급기야는 금복에게 맛을 보여달라고 청하기에 이르렀다. 금복의 뛰어난 사업적 감각이 이를 놓칠 리 없었다. 그녀는 곧 기민하게 대응해 손님들을 상대로 국밥과 함께 커피를 팔게 되었다. 고아한 커피 향과 더불어 여린 듯 매혹적이고 슬픈 듯 관능적인 금복의 해사한 자태는 곧 인근 사내들의 발길을 국밥집으로 끌어들였다. 커피를 마시기 위해 모여드는 손님들이 점점 더 늘어나자 곧 커피만 끓여 팔아도 일손이 바쁠 만큼 문 앞은 성시를 이루었다. 당시에는 다방이나 찻집이라는 말이 아직 생기기 전이라 사람들은 더이상 국밥을 팔지 않게 된 국밥집을 가리켜 그냥 편한 대로 춘희네라고 불렀다. 따라서 춘희네는 금복이 운영하는 찻집을 가리키는 것임과 동시에 바로 금복 자신을 지칭하는 말이 되었다. 훗날 춘희네는 '坪岱茶房평대다방'이란 간판을 내걸었는데, 그것은 평대에서 최초로 생긴 다방이었다.

다방 앞이 성시를 이루는 동안 춘희에게 관심을 갖는 사람은 아무도 없었다. 춘희는 어둡고 구석진 곳을 좋아했으며 쥐구멍 앞에 쭈그리고 앉아 하루종일 생쥐가 드나드는 것을 관찰하거나 다방 앞에 피어 있는 봉선화가 자라는 모습을 며칠이고 싫증내지 않고 지켜보기도 했다. 사람들은 보통의 아이들보다 훨씬 덩치가 큰 낯선 계집애에게 신경을 쓸 만큼 여유가 없었다. 그 점은 계집의 어미도 마찬가지였다.

금복은 생각이 깊은 여자가 아니었다. 그녀는 감정에 충실했으며 자신의 직관을 어리석을 만큼 턱없이 신뢰했다. 그녀는 고래의 이미지에 사로잡혔고 커피에 탐닉했으며 스크린 속에 거침없이 빠져들었고 사랑에 모든 것을 바쳤다. 그녀에게 '적당히'란 단어는 어울리지 않았다. 사랑은 불길처럼 타올라야 사랑이었고 증오는 얼음장보다 더 차가워야 비로소 증오였다. 그녀는 걱정의 배 위에 두려움 없이 얹어놓았던 그 손으로 칼자국의 배에는 거침없이 작살을 꽂아넣었다. 그렇다면 자식에 대한 어미로서의 사랑은? 그것은 그저 그랬다. 아니 그보다 더 못했다고 해야 옳을 것이다. 춘희는 처음부터 금복의 관심을 끌지 못했다. 그녀는 오히려 자신의 삶 안에 들어와 있는 생명체의 존재에게서 낯선 이물감을 느꼈으며 그것을 더없이 불편하게 여겼다. 더구나 춘희가 걱정의 씨라는 것을 안 이후로는 아이를 더욱 멀리했다. 걱정은 한때 자신이 온몸을 바쳐 사랑한 남자였지만 그것은 무지와 혼돈, 식탐과 어리석은 만용, 비극과 불행의 또다른 이름이었기 때문이었다.

춘희는 갑자기 몰려드는 사람들과 넘쳐나는 말들로 거의 정신을 잃을 지경이었다. 그래서 그녀는 다방 안팎에 있는 사물들에 대한 관찰을 마치자 조용히 다방을 빠져나와 시장통을 돌아다니기 시작했다. 시장에는 흥미를 끄는 낯선 물건들이 넘쳐났다. 주인이 그녀를 발견하고 쫓아내기 전까지 춘희는 이런저런 물건들을 만져보고 냄새를 맡고 살펴보느라 시간 가는 줄 몰랐다. 그중에서도 가장 강렬하게 눈길을 사로잡은 곳은 바로 대장간이었다. 그곳에는 차갑고 단단한 쇠와 그 단단한 쇠를 녹이는 거센 불길, 그리고 펄펄 끓는 쇳물과 이글거리는 열기가 있었다. 망치 소리로 가득찬 대장간은 춘희의 오감을 단숨에 사로잡았다. 단단한 쇠가 풀무질과 담금질, 망치질을 거쳐 번쩍번쩍 빛이 나는 갖가지 생활도구나 농기구로 거듭나는 과정은 춘희에게 매우 경이로운 모습이었다.

어느 날, 대장간에서 망치질하는 모습을 지켜보던 춘희는 일꾼들이 점심을 먹으러 자리를 비운 사이, 쇠를 두드릴 때 받침으로 쓰던 커다란 모루를 집으로 가져왔다. 그녀가 어떤 마음에서 모루를 훔칠 생각을 했는지, 또한 그 무거운 모루를 어떻게 집까지 끌고 갔는지는 알 수 없으나, 설사 누군가 춘희가 훔쳐간 것을 알았다 하더라도 그 무거운 쇳덩어리를 어린 계집애 혼자 들고 갔다고 믿을 사람은 아무도 없었을 것이다. 그녀는 심심할 때마다 모루를 가지고 놀았는데, 계집아이가 가지고 노는 장난감으로 치면 참으로 특이하고도 무거운 장난감이 아닐 수 없었다. 사실 그녀가 한동안 모루에 집착했던 이유는 칼이나 망치 같은 신기한 물건이 바로 그 모루에서 나온다고 여겼기 때문이었다. 그러나 춘희는 곧 모루가 신기한 물건을 만들어내지도 못할뿐더러 아무 재주도 없고 그저 무겁기만 한 쇳덩어리에 불과하다는 사실을 깨닫고, 모루를 뒷마당에 팽개쳐두었다. 그런 식으로 춘희는 미처 세상과 가까워지기도 전에 점차 혼자만의 세계로 고립되어가고 있었다.

다방은 날로 번창했다. 사람들은 으레 다방에서 약속을 했고 다방에서 맞선을 봤으며 다방에서 바람을 맞았다. 평대다방은 그들의 고단한 삶의 휴식처였으며 은밀한 거래가 오가는 접선장소이자 하릴없는 건달들의 아지트였다. 다방은 세상으로부터 고립되어 있던 평대 사람들에게 많은 새로운 경험을 제공해주었다. 그것은 마약만큼이나 강렬한 것이었으며 오랫동안 그들의 정서에 지대한 영향을 미쳤다.

예컨대, 그들이 평생 맛보지 못한 우아한 정취와 로맨틱한 감정, '바람을 맞다'라는 새로운 표현, 미스 김, 혹은 미스 박, 또는 유 마담, 펄 시스터즈가 부른 〈커피 한잔〉의 전국적인 히트, 껌, 축구경기, 아메리칸 스타일, 혹은 블랙이란 이름의 만용과 쓰디쓴 후회, 죽돌이 또는 죽순이란 신조어, 쌍화차, 미팅, 담배 소비의 증가, 성냥을 쌓거나 부러뜨리는 나쁜 습관, 퀴즈의 발달, 참새 시리즈, 구석자리에서의 키스, 벽돌 깨기, 킹 크림슨의 〈Epitaph〉와 신청곡을 적을 수 있는 작은 메모지, 디제이라는 새로운 직업의 등장, 오늘은 왠지, 라는 느끼한 발음, 배달과 티켓, 그리고 '여기 리필 좀 더 주세요'라는 잘못된 영어의 남용 등등……

금복은 역시 무언가 자신의 열정을 쏟아부을 수 있는 대상이 있어야 피어나는 여자였다. 그녀의 얼굴엔 조금씩 생기가 돌고 부둣가 사내들을 안달나게 했던 그 향기도, 이전처럼 강력하지는 않았으나, 다시 풍겨나기 시작했다. 사내들이 그냥 놔둘 리 없었다. 그들은 하루종일 다방에 죽치고 앉아 끊임없이 금복을 귀찮게 했다. 그들이 한결같이 원하는 건 당연히 금복의 커다란 엉덩이 사이에 있는 은비한 영역이었다. 하지만 그녀는 여전히 자신을 만난 사내들은 모두 불행해진다는 생각에 사로잡혀 그들의 접근을 모두 매몰차게 물리쳤다. 대신 사내들의 눈길을 돌리기 위해 젊은 여자들을 고용해 커피를 나르게 했는데, 사람들은 그녀들을 '레지'라고 불렀다. 그러자 레지들을 보기 위해 또 사내들이 몰려들었다. 그들은 레지에게 잘 보이기 위해 커피 대신 쌍화차나 인삼차 같은 비싼 차를 주문하곤 했다. 당연히 매상은 더욱 올라갔다.

다방을 드나드는 사내들 가운데 文이라고 불리는 한 뜨내기 일꾼이 있었다. 전쟁통에 가족들과 헤어졌다는 그는 그날 벌어 그날 먹고사는 막일꾼임에도 불구하고 어딘가 가벼이 대할 수 없는 진중함이 있었다. 그는 여느 남자들처럼 커피를 나르는 여자들에게 지분거리지도 않았고 금복의 엉덩이를 함부로 훑어보지도 않았다. 그는 구석자리에 혼자 앉아 커피를 마시며 한없이 가라앉은 눈으로 먼산을 바라보곤 했는데, 그럴 때 그가 고향에 두고 온 아내와 아이들을 그리워했는지 어땠는지는 알 수 없다. 여하간, 그의 남다른 기품이 금복의 눈길을 끌었다. 그녀는 커피를 끓이면서도 구석자리에 앉아 있는 文을 자신도 모르게 힐끔거리곤 했다. 이미 귀밑머리가 희끗해질 만큼 나이도 들었고 달리 풍채가 잘생기지도 않은 文이 금복의 관심을 끈 것은 단지 그의 점잖은 기품 때문만은 아닐 것이다. 전쟁이 일어나기 전, 중국에 건너가 벽돌공장에서 일을 했다고 알려진 그는 훗날 금복이 죽을 때까지 그녀의 가장 충직한 참모로서, 가장 신실한 동업자로서, 또한 그녀의 가장 가까운 남자로서 평생 곁에 머물게 된다. 하지만 정작 그 자신은 금복의 주체할 수 없는 바람기와 무모한 열정으로 인해 많은 고통을 받게 되는데, 그 모든 이야기는 차츰 하기로 하자. 곧 흥미로운 사건이 기다리고 있다.

벼락

그해 유월, 때는 바야흐로 장마철이었다. 여느 해보다도 많은 비가 내렸고 홍수가 나 길이 끊기고 불어난 개울물에 가재도구와 가축이 떠내려갔다. 낡은 금복의 집에도 여기저기 비가 샜다. 손님도 뚝 끊겨 다방은 모처럼 한가했다. 그날 밤, 금복은 일찍 잠자리에 들었다. 천장에서도 비가 새 바닥에 대접을 받쳐놓아야 했다. 춘희는 윗방에서 잠들어 있었다. 금복은 자리에 누워 돈을 좀더 모아 조만간 집을 새로 지어야겠다고 생각했다.

그날 밤, 낯선 사내들이 금복을 찾아왔다. 그녀가 세상 모르고 곯아떨어진 한밤중이었다. 여전히 억수같은 비가 내리고 있어 세상이 온통 질펀하게 젖어 있었다. 빗속을 뚫고 은밀하게 금복의 집을 방문한 사내들은 이웃마을에 사는 건달들이었다. 그들은 부둣가에서 살다 온 한 과부가 요상한 향기가 나는 차를 팔아 큰돈을 벌었다는 소문을 들었다. 그날 밤, 금복을 찾아온 사내들은 바로 오래전 국밥집 노파의 돈을 뺏으러 찾아왔던 그 건달들의 아들들이었다. 그들은 아버지들로부터 모든 것을 배웠으며 아버지들보다 더 잔인하고 더 치밀했다. 그들이 비 오는 밤을 택한 것도 치밀한 계획에 따른 것이었다.

사내들은 금복의 목에 칼을 들이대고 돈을 모두 내놓으라고 윽박질렀다. 그들이 번갈아가며 밤새도록 여리디여린 몸뚱이를 자근자근 밟기 전에, 그래서 몸에 뚫려 있는 온갖 구멍이란 구멍에서 갖가지 오물을 쏟아내기 전에 금복은 가진 돈을 모두 내놓았다. 이미 수많은 죽음을 목격한 그녀로선 세상에 목숨보다 귀한 건 없다고 생각했기 때문이었다. 하지만 그들은 금복으로부터 돈을 빼앗고 그녀를 죽일 계획이었으며 죽이기 전에 번갈아가며 겁간할 계획이었다. 그것은 아버지들로부터 이어진 그들의 법칙이었다. 노파는 끝내 입을 열지 않은 덕분에 목숨을 건졌지만 금복은 선선히 돈을 내주었기 때문에 오히려 곧 겁간을 당하고 비참하게 죽임을 당할 참이었다.

그들은 거침없이 금복이 걸치고 있던 속옷을 찢어냈다. 이미 한창 때의 젊음이 지나갔다고는 하나 여전히 그녀의 속살은 눈이 부셨고 사내들을 흥분시키는 냄새도 여전했다. 기대 이상의 포획물을 눈앞에 둔 맹수들의 눈빛은 탐욕스럽게 번질거렸다. 다른 사내들이 밖에 나가 기다리는 동안 그들 가운데 제일 연장자가 금복을 덮쳤다. 금복은 이미 체념한 듯 달리 반항도 하지 않았다.

윗방에서 잠들어 있던 춘희는 심상치 않은 소리에 잠에서 깨어 장지문을 열었다. 그리고 곧 알몸으로 누워 있는 엄마 위에서 역시 알몸인 채 숨을 헐떡이고 있는 낯선 사내를 발견했다. 춘희는 자신이 한 번도 본 적이 없는 생경한 풍경에 적잖이 놀라는 한편, 곧 자신의 엄마가 뭔가 위험에 처해 있으며 그 위에서 헐떡이는 사내가 적이라는 것을 감지했다. 그녀는 본능적으로 사내를 향해 달려들었다. 아무리 춘희가 덩치가 크다고는 하나 겨우 다섯 살 먹은 어린 계집이 어찌할 수 있는 상황이 아니었다. 등에 달라붙어 머리를 잡아당기는 춘희를 사내가 거칠게 밀쳐내자 그녀는 뒤로 나뒹굴며 뒷문을 부수고 밖으로 떨어졌다. 금복이 춘희의 이름을 부르며 큰 소리로 울부짖었다. 그녀의 비명소리는 거센 빗소리에 묻혀 울밖을 넘지 못했다. 금복이 사내의 가슴팍을 밀쳐내려 버둥거렸지만 사내는 꿈쩍도 하지 않았다. 그는 과부를 거칠게 다뤘다. 어차피 곧 죽을 계집이었다. 그는 난생처음 맛보는 엄청난 희열에 숨이 넘어갈 듯 헐떡거렸다. 막 절정을 향해 치닫는 순간, 그는 어느새 방안에 들어와 눈앞에 서 있는 어린 계집아이를 발견했다. 그리고 계집아이가 높이 치켜들고 있는 커다란 모루도 함께. 뒤이어 '퍽' 하는 소리와 함께 눈앞이 아득해졌다. 그날 밤, 불행하게도 사내는 끝내 절정을 맛보지 못했다.

비명소리에 놀란 사내들이 문을 박차고 들어왔을 때 그들은 믿을 수 없는 광경을 목격했다. 머리가 깨진 채 알몸으로 죽어 있는 동료와 방바닥에 나뒹굴고 있는 피 묻은 모루, 그리고 사내 옆에 서 있는 어린 계집아이……

사내들은 모두 두려움을 느꼈다. 도통 나이를 가늠할 수 없는 낯선 계집아이의 출현도 그랬지만 동료의 두개골을 부숴놓은 게 틀림없는 모루도 그들을 혼란스럽게 만들었다. 그들은 동료를 죽인 당사자가 춘희라고는 상상도 못하고 각자의 머릿속에 뭔가 귀신 같은 초자연적인 존재를 떠올렸다. 갑자기 모골이 송연해지며 마음속에서 오래전에 지워버린 공포와 죄의식이 강렬하게 되살아났다. 때마침, 번개가 치며 천둥소리가 천지를 갈가리 찢어놓았다. 다들 주춤거리며 뒤로 물러나다 누군가 문지방에 걸려 뒤로 나자빠졌다. 그가 놀라 비명을 지르는 것을 신호로 그들은 일제히 걸음아 날 살려라 도망치기 시작했다. 그 와중에도 금복에게 빼앗은 돈과 죽은 동료의 시체를 떠메고 간 것은 그래도 그들이 제대로 훈련된 조직이었기에 가능한 일이었다.

사내들이 떠난 뒤, 금복은 그간 모은 돈을 모두 빼앗기고 겁탈

까지 당한 데에 대한 설움과 또다시 죽음을 목격함으로써 되살아
난 끔찍한 기억들로 마음이 더없이 심란했다. 그녀는 자신이 무슨
짓을 저질렀는지도 모르는 채 멀뚱하게 서 있는 어린 딸을 끌어안
고 울었다. 춘희는 금복의 그런 복잡한 심경을 알지 못했다. 다만
갓난아기 때 이후 처음으로 안긴 엄마의 품에서 모처럼 안온한 행
복감을 느꼈을 뿐이었다. 그리고 그녀가 행복한 기분에 잠길 때면
언제나 그렇듯이, 자신이 태어난 마구간의 축축한 온기와 부초가
발효되는 냄새, 코끼리 점보와 늘 웃는 낯으로 대하던 쌍둥이자매
의 얼굴이 떠올랐다. 그러는 사이, 그녀는 빗소리를 들으며 다시
까무룩 잠이 들었다.

  그날 밤을 우리가 기억하는 것은 단지 금복이 겁간을 당하고 돈
을 빼앗겼기 때문만은 아닐 것이다. 가뜩이나 파란 많은 그녀의 운
명을 다시 한번 거센 소용돌이 속으로 몰고 간 그날 밤의 기적 같은
사건은 며칠 전부터 쉬지 않고 내린 장맛비로 인해 가능한 일이었
다. 도대체 무슨 얘기냐고? 성급한 독자여, 조금만 더 들어보시라.

  금복도 겨우 정신을 차리고 춘희 옆에 누웠다. 천장에서 떨어지
는 물소리와 창밖에서 내리는 억수같은 비로 인해 마치 물속에 누
워 있는 것처럼 심신이 축축하게 젖어들었다. 그녀는 방금 전 겪은
일들로 마음이 심란해 좀처럼 잠을 이루지 못했다. 그간 모은 돈을

모두 빼앗겨 앞으로 살아갈 일이 걱정되었고 낡은 집을 새로 지으려던 계획도 모두 물거품이 되어 허탈한 심정이었다. 갑자기 모든 의욕이 사라지며 다방을 그만두고 다시 쌍둥이자매가 있는 선술집으로 돌아가고 싶은 마음도 들었다.

자리에 누워 바라보는 어둑한 천장은 물에 젖어 색깔이 더욱 짙어져 있었다. 그녀는 슬며시 이러다 천장이 무너지는 게 아닌가 걱정이 들었다. 그런데 아닌 게 아니라 실제로 천장이 조금씩 찢어지고 있었다. 그리고 그녀가 놀라 자리에서 일어나려는 순간, 한꺼번에 천장이 좌우로 길게 갈라지며 그 위에 고여 있던 빗물이 한꺼번에 쏟아져내렸다. 난데없이 물벼락을 맞은 금복은 비명을 지르며 바닥에 넘어지고 말았다. 잠자던 춘희도 차가운 빗물을 얼굴에 뒤집어쓰고 놀라 잠에서 깨어났다. 그런데 금복이 바닥에 넘어져 가만히 위를 올려다보니 사정없이 쏟아지는 빗물 속에 하얀 물체가 섞여 있었다. 종잇조각이었다. 비에 젖은 종잇조각은 끝도 없이 계속 떨어져 금복과 춘희, 그리고 이불을 모두 덮어버렸다. 잠시 후, 종이의 낙하운동이 겨우 멈추자 바닥에 엎드려 있던 금복은 정신을 차리고 주위를 더듬어 등잔불을 켰다. 그리고 방 한가운데에 가득 쌓여 있는 종이를 한 장 집어들고는 조심스럽게 살펴보았다. 금복은 자신의 눈을 의심했다. 그녀는 다른 종이를 하나 더 집어들고 등잔불에 비춰보았다. 눈이 화등잔만해진 그녀는 허겁지겁 손에 집히는 대로 아무 종이나 집어들어 등잔불에 비춰보다 그만 그 자리에 철퍼덕 주저앉고 말았다. 그날 천장에서 떨어진 종이들은 모두 지전이었던 것이다.

남발안

돈벼락을 맞는다는 말이 있지만 실제로 돈벼락을 맞은 사람은 아마도 그때의 금복이 처음이자 마지막이 아닌가 싶다. 그날 금복은 글자 그대로 돈벼락을 맞고 정신이 하나도 없었다. 한동안 돈더미에 파묻혀 멍하게 앉아 있던 그녀는, 누구라도 그렇겠지만, 일단 그 돈이 얼마나 되는지 궁금해졌다. 그날 밤, 금복이 호롱불 아래에서 동이 터올 때까지 밤새워 센 돈의 액수는, 한마디 과장 없이, 좋은 기와집을 서른 채 이상 사고도 남을 만큼 어마어마한 액수였다.

다음날 아침, 금복은 다방 문을 열지 않았다. 아침에 출근한 레지들도 모두 돌려보냈다. 밤새도록 한숨도 못 잔 그녀는 머리가 깨질 듯 아파 자리에 누웠지만 잠이 올 리 없었다. 비몽사몽간에 하루를 보내고 저녁 무렵이 되었다. 금복은 이불로 대충 덮어두었던 돈을 모두 꺼내어 다시 세어보았다. 한 장씩 돈을 세다보니 그 안엔 돈만 있는 게 아니라 땅문서도 몇 장 섞여 있었다. 금복은 그 많은 돈과 땅문서가 어떻게 해서 자신의 집 천장에 있었는지 생각해보았지만 도무지 짐작조차 되지 않았다.

금복이 발견한 돈은 물론 국밥집 노파가 평생 벌레처럼 땅바닥을 기어다니며 모은 돈이었다. 보잘것없는 추녀의 몸으로 그만한 액수를 모은다는 게 거의 기적에 가까운 일이지만 어떤 사람들의 집념은 때론 우리의 상상을 훨씬 뛰어넘는 놀라운 성취를 보여주기도 한다. 노파의 경우가 바로 그랬다. 그녀는 돈을 보관하는 데에도 남다른 집중력을 보였다. 천장에 돈을 숨기는 게 특별한 일도 아니고 온 집안을 이잡듯 뒤진 노파의 딸이나 이웃마을의 거친 사내들이 천장 속을 뜯어보지 않은 것도 아니었다. 그런데도 왜 그들은 돈을 발견하지 못했을까?

　노파가 국밥집을 인수한 다음 제일 먼저 한 일은 천장을 모두 뜯어내고 새로 바른 것이었다. 그 과정에서 노파는 아무도 모르게 서까래와 반자 사이에 천장을 한 층 더 만들었다. 즉 이중의 천장을 만들었던 셈인데, 노파의 치밀성은 거기에서 그치지 않았다. 그녀는 오랜 시간 공을 들여 그 비밀의 천장에 서까래의 무늬를 실제와 구별할 수 없을 만큼 정교하게 그려넣었다. 누군가 천장을 뜯더라도 그 위에 또다른 천장이 있다는 것을 눈치채지 못하도록 하기 위함이었다. 노파의 딸과 이웃마을의 사내들이 돈을 발견하지 못한 연유가 바로 거기에 있었던 것이다.

　그날 기상관측 이래 최대의 강수량을 기록할 만큼 엄청난 비가 내리지 않았다면, 그래서 낡은 지붕을 뚫고 스며든 빗물이 지전을 모두 적시지 않았다면, 또 그래서 나무를 덧대어 만든 튼튼한 비밀의 천장이 물에 젖은 지전의 무게를 견딜 수 없는 지경에까지 이르지 않았다면, 그 돈은 훨씬 더 나중에야 발견되었을 것이다. 그리고 이후의 이야기는 좀더 싱거워졌을 것이다. 하지만 운명의 구슬은 금복의 앞에서 멈춰 섰고 그녀는 다시 이야기의 히로인이 되었다.

한 가지 안타깝고도 아이러니한 사실은, 그 엄청난 돈을 모은 노파 자신은 정작 그 돈을 한푼도 써보지 못하고 죽었다는 것이다. 이웃마을 사내들에게 밤새도록 짓밟혀가면서도 끝내 돈이 있는 곳을 불지 않았던 노파는 과연 그 돈을 어디에 쓰려고 했던 것일까? 그것은 그녀의 불행한 죽음으로 끝내 밝힐 수 없는 비밀이되었다. 다만, 언젠가 사람들이 그 많은 돈을 모아서 뭐에 쓸 거냐고 물었을 때 단지 '세상에 복수하기 위해서'라고 한 말이 노파의 진심이었다면, 그 돈의 엄청난 액수로 미루어 그녀의 고독과 세상에 대한 원한이 얼마나 깊었는지를 짐작할 수 있게 되었다. 그렇다면 혹, 노파의 복수는 아직 끝나지 않은 게 아닐까? 그래서 어쩌면 이제야 비로소 그녀의 저주가 시작된 건 아닐까? 예사롭지 않게 많은 파란을 겪었던 금복에게 그런 행운이 찾아온 것은 단지 우연일까? 거기에 혹 다른 비의가 숨어 있는 건 아닐까? 이야기는 계속된다. 그 모든 불길한 질문들을 뒤로한 채.

금복은 그 돈이 어떻게 해서 자신의 집 천장에 있게 되었는지, 그 돈을 감춘 사람이 누구인지 더이상 생각하지 않기로 했다. 아무리 앉아서 골머리를 썩혀봤자 어차피 알 수 없는 일은 알 수 없는 일, 쓸데없는 일로 시간 낭비할 필요가 없다고 여겼던 것이다. 그녀는 그런 여자였다. 그 돈의 임자가 누가 됐든 이제 모든 행운은 자신에게 돌아왔고, 그녀에겐 그것만이 중요한 일이었다. 금복은 돈의 일부와 땅문서만 남기고 나머지는 모두 항아리에 담아 뒤란에 구덩이를 파고 묻어버렸다.

다음날 다시 다방 문을 열자, 때마침 장마도 끝나고 선선한 날씨가 잠시 이어져 그동안 커피 향과 레지들의 분냄새가 몹시도 그리웠던 사내들이 다시 모여들었다. 다방엔 활기가 되살아났고 모든 건 이전으로 돌아갔다.

금복은 평소와 다름없이 장사를 계속하는 한편, 은밀히 두 가지 일을 진행하고 있었다. 하나는 사람을 시켜 쌍둥이자매를 불러오게 한 거였고 다른 하나는 땅문서에 나와 있는 땅들이 어디에 있는지, 또한 그 가치가 얼마나 되는지 알아보는 일이었다. 수소문을 해본 결과 대부분은 평수도 채 얼마 안 되는 마을 근처의 자투리 땅이었지만 한 군데만은 예외였다. 그곳은 비록 마을에서 멀리 떨어져 있기는 하나 평수가 수천 평에 달해 금복은 기대에 잔뜩 부풀었다. 땅이 있는 장소는 기찻길 건너 멀리 산자락 아래 '남발안'이라고 불리는 곳이었다. 그 의미는 '남쪽에 있는 벌판의 안쪽'이란 뜻이었다.

며칠 뒤, 금복은 직접 땅을 보러 가기 위해 아침 일찍 길을 나섰다. 이때 그녀는 하루 품삯을 주고 길잡이를 한 명 고용했는데, 바로 얼마 전 다방에서 눈여겨봐두었던 文이라는 사내였다. 그는 원래 평대 출신이 아니었지만 몸뚱이 하나만 믿고 되는대로 이곳 저곳 공사판을 따라다니느라 평대 인근의 지리를 훤하게 꿰고 있었다.

그들은 번잡한 마을을 벗어나 기찻길로 접어들었다. 文은 말 한 마디 건네는 법 없이 묵묵히 앞만 보고 걸었다. 그는 걸음이 느리고 자갈길에 서툰 금복이 뒤에 처지면 말없이 서서 기다리다 그녀가 겨우 따라붙을 만하면 다시 돌아서서 성큼성큼 앞으로 걸어가곤 했다. 그러기를 얼마, 천천히 좀 가자며 뒤에서 연신 엄살을 부리던 금복이 급기야 더이상은 못 가겠다며 철로 옆에 철퍼덕 주저앉고 말았다. 文은 난처한 표정으로 멀뚱하게 서서 금복을 내려다보았다. 산골에서 태어나 맨발로 삼천리 위아래를 다 밟다시피 한 금복이 그 정도 거리에 벌써 지칠 리도 없건만 특별히 엄살을 부린 데에는 뭔가 달리 품은 마음이 있었을 법도 하다.

―뭔 사내가 그리 매정하오? 여자가 다리가 아파 못 걷겠다면 무슨 수라도 내든가 해야지……

금복이 토라진 듯 입을 샐쭉거리며 文에게 면박을 주었다.

―지게라도 있으면 지고라도 가겠지만 지게도 없는 마당에 나보고 어쩌란 말이오?

文이 난처한 듯 어물거리자 금복이 곧바로 말을 받았다.

―흥, 여자 하나 없는데 지게는 무슨 지게? 젊은 사람도 아닌데 자발없이 굴기는, 쯧쯧쯧……

금복이 혀를 차자 文이 볼멘소리로 응대했다.

―사람들 눈도 있는데 나보고 어찌 벌건 대낮에 아낙을 업으란 말이오?

―여기 보는 눈이 어디 있다고 핑계가 그리 많으시오? 그만두어요. 다리가 부러지는 한이 있더라도 내 발로 끝까지 따라갈 테니……

금복이 짐짓 토라진 듯 일어서려다 발목이 접질린 듯 '아!' 하고 약한 비명을 지르며 다시 자리에 주저앉았다. 어쩔 수 없이 文이 다가가 등을 내밀자 금복은 기다렸다는 듯이 냉큼 그의 등에 업혔다. 文은 등에 찰싹 달라붙은 금복의 물컹한 젖가슴의 감촉과 아찔한 살냄새에 머리가 어지러워지며, 귀를 간질이는 뜨거운 숨결에 뒷목이 후끈 달아올랐지만 묵묵히 기찻길을 따라 걷기만 했다.

때는 바야흐로 장마철도 모두 지나 본격적인 무더위가 시작되는 유월 초입이었다. 두 사람은 그렇게 뜨겁고 아슬아슬하게, 끈적하고 늘큰하게, 두근두근 숨가쁘게, 달아오른 한여름의 대기 속에 들큼한 날숨을 뒤섞으며 거의 반나절이 족히 걸려 남발안이 내려다보이는 지점에 도착했다. 마을에서 멀리 떨어진 외진 곳이라 근처엔 인가 한 채 보이지 않았다.

산자락 아래 큰 골짜기 끄트머리에 자리잡고 있는 남발안은 나름대로 개활지라 불러도 좋을 만큼 제법 넓고 평평한 지대로, 큰 나무 한 그루 없는 버덩이었다. 금복은 내친김에 남발안까지 직접 걸어가보기로 했다. 기찻길에서 남발안까지는 아예 길이 나 있질 않아 두 사람은 한 길이 넘게 우거진 풀숲을 헤치며 나아가야만 했다. 풀잎에 베인 종아리에서 피가 나기도 하고 진흙구덩이에 발이 빠지기도 했지만 금복이 자신의 땅을 기어이 밟고 싶어해 文도 어쩔 수 없이 금복을 업고 끌며 풀숲을 헤치고 나아갔다.

마침내 그들이 도착한 버덩엔 개망초가 무수히 피어 하얀 꽃밭을 이루고 있었다. 근처엔 수크령이나 바랭이 같은 온갖 잡초들이 무성했지만 그곳만은 누군가 일부러 심어놓은 것처럼 오로지 개망초만이 군락을 이루고 있어 어떤 기이하고 신성한 느낌까지 들었다. 비록 마을에서 멀리 떨어진 곳이긴 해도 평생 땅 한 뙈기 가져보지 못한 여인네가 처음으로 소유하게 된 자기 땅에 대해 갖는 느낌이 어떠했을까? 금복은 수천 평에 달하는 자신의 땅을 눈대중으로 가늠해보며 흐뭇한 미소를 지었다. 그리고 文을 올려다보며 말했다.

─좋아요, 이 정도면 그런대로 좁진 않군요. 그런데 여기에다 뭘 심으면 될까요?

　그러자 바닥의 흙을 손으로 만져보던 文이 애매한 표정으로 대답했다.

　─글쎄요, 계곡이 있어 개울이 가깝긴 하지만 물이 너무 찬데다 주변의 산 때문에 볕이 제대로 들지 않아 벼농사를 지을 수는 없을 테고, 감자나 고구마를 심자니 이렇게 먼 데까지 와서 농사를 지을 사람이 없을 테고……

　─그럼, 이 넓은 땅을 그냥 놀려야 된다는 말인가요?

　금복이 잔뜩 실망한 표정으로 물었다.

　─글쎄요, 안된 얘기지만 이 땅은 별로 쓸모가 없을 것 같군요.

　文은 냉정하게 말하고는 곧 미안했던지 금복을 위로하듯 혼잣말처럼 한마디 덧붙였다.

　─그래도 흙은 쓸 만하네요. 기왓장을 구워내도 좋고 하다못해 벽돌을 만들어도 괜찮을 것 같고……

　순간, 금복은 머릿속에 뭔가 퍼뜩 지나가는 느낌이 들었다. 하지만 그것이 정확히 무엇인지는 잡히지 않았다. 막 떠오르려다 만 생각을 애써 떠올리느라 잠시 눈을 가늘게 뜨고 있던 금복이 곧 생각을 접고 짐짓 밝은 얼굴로 말했다.

　─어쨌거나 넓어서 좋군요. 이 정도면 집을 지어도 수백 채는 지을 수 있을 테니 나중에라도 땅이 없어서 걱정할 일은 없겠네

212

요. 내 눈으로 직접 확인했으니 됐어요. 이제 그만 돌아가요.

그날 오후, 두 사람은 다시 풀숲을 헤치고 나와 기찻길을 따라 평대를 향해 걸었다. 날이 더워 두 사람 모두 옷이 땀으로 흠씬 젖었다. 가는 길까지는 도저히 업어달라고 하기에 염치가 없었는지 금복은 한사코 업히라는 文의 권(勸)을 끝내 물리치고 타박타박 그의 뒤를 따라 걸었다.

한참을 걸어가던 도중 그들은 기찻길 밑으로 흐르는 개울을 하나 발견했다. 남발안에서 발원한 물줄기인 듯했다. 주변엔 버드나무도 몇 그루 우거져 제법 시원한 느낌을 주었다. 금복은 물을 보자 반가운 듯 쪼르르 개울가로 달려내려갔다. 그러고는 대뜸 저고리를 벗어부치고 팔과 어깨에 물을 끼얹었다. 뒤따라온 文이 머춤해서 고개를 돌리고 서 있자, 금복이 웃으며 말했다.

—아무도 보는 사람이 없는데 내외할 게 뭐 있어요? 어서 와서 발이라도 담가보세요. 물이 아주 차가워요.

文이 저만치 떨어져서 겨우 얼굴을 씻고 있자 금복이 말했다.

—색시처럼 얌전떨지 말고 윗도리를 벗고 활활 씻으세요. 더워서 죽을 판인데 체면치레할 게 뭐 있어요?

文이 에라, 모르겠다는 심정으로 웃통을 벗고 물을 끼얹는데 금복이 다가와 한술 더 떴다.

—그러지 말고 제가 목물을 해줄 테니 여기 손을 짚고 엎드려보

세요.

文이 몇 번이고 괜찮다고 사양을 했지만 금복은 연신 등을 주며 엎드리라고 닦달을 해댔다. 하는 수 없이 바닥에 손을 짚고 엎드리자 금복이 하얀 고무신에 물을 담아 그의 등에 끼얹었다. 차가운 물이 등에 닿는 순간, 文의 입에선 자신도 모르게 신음소리가 흘러나왔다. 금복이 키득대며 그의 등과 어깨를 넘어 가슴과 배를 고운 손으로 문질렀다. 文은 숨이 가빠왔다. 주위의 후텁지근한 공기와 더불어 정신이 몽롱해지듯 어지러웠다. 文은 목물을 해주는 금복을 힐끗 돌아보았다. 젖은 천에 찰싹 달라붙은 하얀 젖가슴 한가운데 오디 같은 젖꼭지가 수줍게 어른거렸고 팔을 움직일 때마다 짙게 우거진 겨드랑이 털이 불경스럽게 드러났다. 그 아랜 금복의 풍성한 엉덩이가 젖은 치마 속에서 은밀한 굴곡을 드러낸 채 文의 눈앞에서 흔들거렸다. 드디어 文의 참을성이 한계에 달했다. 그는 대뜸 금복의 허리를 끌어안고 그대로 개울물에 엎어졌다. 그러자 금복이 물위로 넘어지며 비명을 질렀다.

—어머, 이 양반이 미쳤나봐. 보기엔 얌전하기만 하더니 이제 보니 아주 숭악한 사람이네.

입으로는 그렇게 내숭을 떨면서도 금복의 한 손은 이미 뜨겁고 축축한 文의 고간 속으로 기어들고 있었다.

그날, 두 사람이 개울가 버드나무 아래에서 벌인 정사는 일단의 관객들이 동참하는, 매우 이례적인 이벤트가 되고 말았는데, 그것은 그들이 방사를 벌인 장소가 기찻길 옆이다보니 어쩔 수 없는 일이기도 했다. 기차를 타고 지나가던 승객들은 벌건 대낮에 개울가 버드나무 밑에서 남녀가 알몸으로 뒤엉킨 놀라운 광경을 목격하고 일제히 입을 딱 벌렸다. 나이든 축들은 혀를 차며 시대를 개탄했고 젊은 축들은 자신들도 모르게 아랫도리가 후끈거렸으며 총각들은 차창에 코를 박고 휘파람을 불었고 처녀들은 비명을 지르며 손으로 눈을 가렸다. 아이들을 데리고 탄 부모들은 성과 폭력에 무방비로 노출된 열악한 교육환경에 대해 분통을 터뜨리며 자기 눈을 가리는 대신 아이들의 눈을 가렸다.

누군가 차창을 열고 야유를 보내며 휘파람을 불었지만 금복은 아랑곳하지 않고 文의 허리를 더욱 바싹 끌어안으며 기차를 향해 손을 흔들었다. 당시엔 지나가는 기차를 향해 손을 흔드는 게 유행이었기 때문이었다. 기차가 멀어지며 길게 경적이 울리는 순간, 금복은 절정을 향해 달아올랐다. 그리고 곧 머리가 하얗게 비워졌으며 그 비워진 머릿속엔 남발안에서 떠오르려다 만 어떤 생각이 불꽃처럼 선연하게 솟아올랐다.

잠시 후, 금복이 옷을 주섬주섬 꿰고 있는 文에게 물었다.

—아까, 저한테 벽돌이라고 했었나요?

文이 갑자기 무슨 얘기냐는 듯 쳐다보았다. 그러자 금복이 미소를 띠며 말했다.

―좋아요, 당신에게 일거리를 하나 주겠어요. 내일부터 당신이 책임지고 남밭안에다 벽돌공장을 지으세요. 필요한 사람이 있으면 고용을 하고 필요한 장비가 있으면 사들이고, 필요한 돈이 있으면 나에게 말하세요.

금복의 거침없는 선언에 文이 잠시 어안이 벙벙한 듯 쳐다보다 물었다.

―벽돌을 만들 수는 있지만 그걸 어디다 팔 생각이죠? 그리고 그 외진 데에서 어떻게 벽돌을 나를 건지는 생각해봤나요? 벽돌은 아주 무거운데……

그러자 금복이 웃으며 멀리 지나가는 기차를 손으로 가리켰다.

―당신 눈엔 저게 안 보이나요? 기관차는 사람도 실어나르지만 벽돌도 나를 수 있어요. 그리고 이 기찻길은 벽돌이 필요한 곳 어디에나 뻗어 있고요. 아직도 무슨 말인지 모르겠어요?

그러고는 휙 돌아서서 그때까지도 어안이 벙벙하게 쳐다보는 文을 남겨둔 채, 커다란 엉덩이를 흔들며 사뿐사뿐, 기찻길을 향해 걸어올라갔다.

코끼리

금복은 왜 하고많은 사내 중에 하필이면 나이도 많고 풍채도 보잘것없는 뜨내기 일꾼을 선택한 것일까. 그것은 단지 그가 진중하고 기품 있는 사내라서만은 아닐 것이다. 그가 죽을 때까지 변치 않고 자신을 보호해줄 거라는 믿음을 文에게서 보았기 때문일까? 아니면 그저 오랜 공방살이에 지친 과부의 갑작스런 충동이었을까? 어쩌면 그녀는 그때 이미 자신을 보호해줄 남자가 아니라 옆에서 성실하게 자신의 일을 도와줄 남자가 필요하다고 생각했는지도 모른다. 어쨌거나 그녀는 뜻밖에 찾아온 행운을 계기로 이제 자신을 만난 사내들이 모두 불행해진다는 생각에서 벗어나게 되었다. 그것은 당사자인 금복은 물론, 외로운 객지생활에 지친 文으로서도 매우 다행스런 일이었다.

한편, 쌍둥이자매를 데리러 간 사내는 얼마 지나지 않아 빈손으로 돌아왔다. 그의 전갈에 따르면 그들 자매는 물론 금복과 함께 살고 싶지만 이미 오랫동안 살던 곳을 떠나 낯선 곳에 적응해 살아갈 자신이 없고 무엇보다도 코끼리 점보를 데리고 가야 할 터인데 그 먼길을 걸어서 갈 수도 없고 차를 타고 갈 수도 없어 어쩔 수 없이 점보가 죽을 때까지 그곳을 떠날 수가 없다는 거였다.

그러자, 금복이 다시 장문의 편지를 보냈다. 그녀는 그간 자신에게 벌어진 일들과 그 엄청난 행운, 그리고 그동안 생각해둔 온갖 사업 구상들과 자신이 두 자매의 도움을 얼마나 필요로 하고 있는가를 구구절절이 편지에 써서 보내는 한편, 코끼리 점보를 수송하기 위한 여러 경로를 알아보았다. 철도 말고 달리 방법이 있을 리 없었다. 그러나 철도를 관리하는 관청에 알아본 결과 그곳 관리들은 기차로 동물을 한 번도 수송해본 적이 없다는 이유로 난색을 표했다. 금복이 관청에 다시 편지를 보냈다. 코끼리는 여느 짐승들과 달리 영험한 능력을 가지고 있어 서쪽에 있는 한 나라에서는 신으로까지 숭앙을 받고 있는 터에 코끼리가 단지 동물이라는 이유로 수송을 거절한다면 그것은 전 세계적으로 웃음거리가 될 뿐만 아니라 코끼리를 신으로 모시는 그 나라와 심각한 외교분쟁을 빚을 수도 있을 터인데, 만일 그런 불미스런 사태가 발생한다면 그 책임은 순전히 철도를 관리하는 관청에서 져야 할 거라는 매우 강경한 어조였다.

과연 그 편지가 효험이 있었는지 어쨌든지 그들은 제일 가까운 기차역까지 점보를 데려오면 그곳에서부터 평대까지 수송을 해주겠다는 답장을 보내왔다. 물론, 비용은 전적으로 코끼리의 주인이 부담해야 하고 수송 도중에 어떤 불상사가 생기더라도 그것은 전적으로 코끼리 주인의 책임이며 철도공사에는 여하한 책임도 묻지 않을 거라는 각서에 서명을 해야 한다고 했다. 그것은 관청의 법칙이었다. 금복은 곧 흔쾌히 서명한 각서를 보내주었다. 그리고 철도공사와의 그 모든 협상과정과 결과를 세세히 편지에 적어 다시 쌍둥이자매에게 보냈다. 그러자 드디어 두 자매도 마음이 움직여 술집을 정리하고 점보와 함께 평대를 향해 떠났다는 기별이 도착했다. 그들을 평대로 데려오기 위해 금복은 거의 집 한 채 값에 해당하는 돈을 썼지만 곧 두 자매와 함께 살 수 있다는 기쁨에 들떠 그들과 함께 살 집을 따로 한 채 장만하는 한편, 낡은 다방을 헐고 이층으로 새 건물을 짓기 시작했다.

기차가 처음 평대에 들어온 이래, 사람들은 난생처음 보는 광경을 많이 목격했지만 그 가운데서도 가장 놀랍고 신기한 것은 아마도 코끼리였을 것이다. 쌍둥이자매가 평대에 도착하던 날, 사람들은 땅 위에 존재하는 동물들 가운데 가장 큰 동물을 구경한다는 기대와 흥분에 들떠 아침 일찍부터 기차역을 향해 모여들었다. 평대에서 멀리 떨어진 두메산골에서도 어떻게 소문을 들었는지 새벽부터 도시락을 싸들고 삼삼오오 짝을 지어 길을 떠났고 엿장수와 솜사탕장수, 아이스케이크 장수와 풍선장수 등 발 빠른 장사치들도 아침부터 광장 주변에 진을 쳐 정오가 가까워지기도 전에 역 광장은 이미 구경꾼들로 하얗게 메워졌다. 이날은 평대역이 개통한 이래 가장 많은 사람들이 모였다고 전해지는데, 주최측 추산으로 천 명이요, 경찰측 추산으로는 삼백 명이었다. 아무튼, 공짜 구경 좋아하는 건 예나 지금이나 똑같았던 모양이다.

기다림에 지쳐 구경꾼들의 목이 한 자나 늘어졌을 무렵, 멀리 기적이 울리고 하얀 연기가 눈에 들어오자 구경꾼들은 웅성대며 일제히 자리에서 일어섰다. 기차가 멈춰 서고 잠시 후, 고운 남색의 한복을 똑같이 맞춰입은 쌍둥이자매가 역사 안에서 먼저 모습을 드러냈다. 탄성이 흘러나왔다. 사람들은 아무리 쌍둥이라지만 어떻게 그렇게 똑같이 생길 수가 있냐며 웅성거렸는데 이때, 구경꾼들에게 춘희네라고 알려진 금복이 군중 가운데 나타났다. 쌍둥이 자매와 금복은 서로 부둥켜안고 울며 몇 년 만의 재회를 기뻐했다.

그리고 드디어, 아침부터 목을 빼고 기다리던 거대한 코끼리가 모습을 드러내자 구경꾼들은 일제히 환호성을 울리며 박수를 쳤다. 이때 점보는 붉은 천을 등에 두르고 나타났는데 거기엔 노란 금박으로 '평대다방'이란 글씨가 크게 박혀 있었으며, 그 밑엔 작은 글씨로 다음과 같이 씌어 있었다.

커피와 인삼차 외 각종 차 일체. 최신 레코드판 다량 입하. 배달 가능. 미희 주야 대기. 팁 없음. 외상 사절.

그것은 물론 군중이 모인 기회를 이용해 다방을 홍보하려는 금복의 발 빠른 장사수완이 빚어낸 우스꽝스런 촌극이었다. 다소 품위가 결여된 광고였다는 세간의 평에도 불구하고 이날의 홍보는 매우 성공적이어서 평대다방의 이름은 평대뿐만 아니라 평대에서 멀리 떨어진 두메산골까지도 널리 알려지게 되었다. 또한 그날 이후, 점보는 그 우스꽝스런 휘장을 몸에 두른 채 아침저녁으로 마을을 두 바퀴씩 도는 새로운 일과를 추가하게 된다.

어쨌거나 뒤에 있던 구경꾼들은 코끼리의 모습을 조금이라도 더 가까이서 보기 위해 앞으로 몰려들었고 나무 위에 올라가 있던 구경꾼들 가운데 몇몇은 난생처음 보는 동물의 기이한 모습에 놀라 나무에서 떨어지기도 했다. 비록 늙기는 했으나 여전히 이 톤이 넘는 거대한 위용을 간직한 점보는 집채만한 덩치와 장정의 몸통보다 더 굵은 다리, 토란잎처럼 넓게 퍼진 귀와 솥뚜껑만한 발바닥, 양옆으로 길게 뻗은 우아하고도 위협적인 모양의 상아, 그리고 사람들이 가장 궁금해하던 바로 그 길고 유연한 코를 남김없이 드러냈다. 게다가 앞에 미리 마련해놓은 물통에 코를 박아 물을 빨아들인 후 더위에 지친 관중을 향해 분수처럼 뿜어내는 이벤트까지 선보여 역광장을 하얗게 메운 구경꾼들의 기대를 저버리지 않았다.

그런데 오랜만에 군중 앞에 선 흥분 때문일까, 이날 점보는 꼭 선보이지 않아도 될 자신의 부끄러운 비밀 하나를 만천하에 드러내고 말았는데, 그것은 바로 장정의 다리보다도 더 굵고 긴 생식기였다. 어찌된 일인지 점보는 그날 생식능력이 이미 고갈된 그의 거대한 생식기를 바닥에 축 늘어뜨린 채 민망한 듯 두 눈을 끔벅거리며 군중을 쳐다보았다. 당연히 구경꾼들 사이에서 탄성과 웃음이 터져나왔다. 물론, 거기까지는 능히 있을 수 있는 일이며 생각하기에 따라서는 나름대로 군중의 알권리를 모두 충족시킨 훌륭한 마무리였을 수도 있다.

그런데 이때, 언제나 막대기를 들고 다니며 개들이 교미하는 것을 볼 때마다 쫓아가 그들의 안쓰럽고도 엄숙한 짝짓기행위를 방해하던 한 짓궂은 아이가 손에 들고 있던 막대기로 그만 점보의 거대한 성기를 힘껏 때리고 말았다. 순간, 점보의 머릿속엔 오래전 서커스 공연을 하던 도중 한 아이가 우레를 불었던 때의 놀란 기억이 생생하게 떠올랐다. 점보가 두 다리를 앞으로 추켜올리며 크게 울음을 터뜨렸다. 그리고 곧이어 하얗게 모여든 군중을 향해 돌진하기 시작했다. 군중 사이에서 비명과 고함이 터져나오자, 쌍둥이 자매가 뒤늦게 점보를 불렀지만 이미 점보는 수많은 구경꾼들을 깔아뭉개고 시장을 향해 달려나간 후였다. 이날 점보에 의해 부서진 점포가 수십여 개에 다친 사람이 백여 명에 이르러, 금복은 이에 대한 손해배상으로 집 한 채 값을 내놓아야 했는데 결국 공짜 홍보의 대가를 톡톡히 치른 셈이 되었다.

한편, 그날 점보를 놀라게 한 아이의 잘못된 습관은 훗날 대낮에 방에서 몰래 방사를 벌이던 그의 부모를 보고 쫓아들어가 막대기로 아버지의 그곳을 때렸다가 엄마와 아버지 모두에게 번갈아가며 뒈지게 얻어맞은 이후에야 고쳐졌다는 후일담이 있는데, 이 역시 확인할 길이 없다. 어쨌거나 그렇게 떠들썩하고도 유난스럽게, 점보와 금복은 세상에 그 모습을 드러냈다.

삼륜차

코끼리 점보로 인해 평대가 일대 아수라장이 되었던 그날, 춘희는 어디에 있었을까? 금복이 쌍둥이자매를 영접하느라 정신이 없어 미처 춘희를 챙기지도 못한 채 혼자 기차역으로 나가는 바람에 춘희는 혼자 시장통으로 나가 자신이 좋아하는 물건들을 살펴보고 있었다. 이때, 멀리서부터 사람들의 고함소리가 들려왔다. 춘희가 뒤를 돌아보았을 때, 그녀는 믿을 수 없는 광경을 목격했다. 바로 점보가 자신을 향해 달려오고 있는 것이었다. 사람들은 어서 피하라고 고함을 질렀지만 춘희는 어서 오라는 듯 점보를 향해 양팔을 벌렸다. 미친듯이 질주하던 점보는 춘희를 보고 급브레이크를 밟듯 바로 코앞에서 멈춰 섰다.

코끼리, 안녕.

그래, 반가워, 꼬마 아가씨.

점보가 숨을 헐떡이며 대답했다.

넌 어떻게 여기까지 온 거지?

내가 전에 말했잖아. 보고 싶은 것들은 언젠가 다시 만나게 된다고.

근데 넌 왜 이렇게 몸을 떨고 있지? 화가 난 거야?

아니, 화가 난 게 아니고 사람들이 무서워서 그래.

그러자 춘희는 점보를 위로하듯 그의 굵은 다리를 껴안았다.

걱정하지 마. 여기에 널 해칠 사람은 아무도 없어.

춘희는 점보의 다리를 끌어안고 자신이 처음 세상에 나와 맡았던 냄새를 기억해냈다. 점보도 긴 코로 춘희의 몸을 부비며 반가운 듯 힘차게 콧김을 뿜어내 주위에 있던 사람들이 모두 이를 신기하게 여겼다. 점보와 춘희는 그렇게 재회의 기쁨을 나누었으며, 훗날 점보가 불행한 사고로 죽음을 맞을 때까지 둘은 언제나 한몸처럼 붙어다니며 서로 떨어지지 않았다.

금복이 그 많은 비용을 지불하면서까지 쌍둥이자매와 점보를 평대로 데려온 데에는 물론, 자신을 돌봐준 두 자매에게 신세를 갚고자 하는 보은의 마음과 함께 여자 혼자의 몸으로 타지에서 겪는 외로움을 나누고자 하는 마음이 크게 작용했을 것이다. 하지만 타고난 사업가로서 금복이 단지 그것만을 생각한 것은 아니었다. 이미 점보의 몸에 두른 그 우스꽝스런 휘장에서 짐작할 수 있듯 그녀는 쌍둥이자매에게 다방의 운영을 맡기고 자신은 뭔가 좀더 크고 그럴듯한 사업을 벌이고 싶어했던 것이다.

마침내 건물이 다 지어져 다방은 화려한 간판을 내걸고 다시 영업을 개시했다. 그동안 다방 문이 열리기를 목이 빠지게 기다리던 사내들이 안으로 들어서자 곱게 화장을 하고 눈처럼 하얀 한복을 차려입은 금복이 한껏 눈웃음을 치며 이들을 반갑게 맞았고 뒤이어 고운 남색의 한복을 차려입은 쌍둥이자매와 젊은 레지들이 나란히 고개를 숙여 인사를 했는데 레지들은 소위 미니스커트라고 불리는, 속옷이 보일 듯 말 듯 아슬아슬한 짧은 치마를 입고 있어 사내들은 눈길을 어디로 둘지 몰라 너도 나도 번갈아 헛기침을 해대느라 다방 안이 온통 시끄러웠다. 이때, 누군가 다방 한가운데에 걸려 있는 커다란 액자를 발견하고 고개를 끄덕이며, '거, 참 좋은 글귀로다'라고 한마디했는데 거기엔 다음과 같이 씌어 있었다.

　　손님은 왕이다. 주인 백.

　다음날부터 왕이 된 촌놈들은 생전 구경도 못한 푹신한 소파와 고급스런 전축에서 흘러나오는 달콤한 음악, 마음을 설레게 하는 은은한 조명, 그리고 허연 허벅지를 드러낸 채 눈앞을 왔다갔다하는 젊은 레지들로 한껏 어리둥절해져서 그사이에 커피 값이 두 배나 오른 것도 까맣게 모르고 있었다. 이들에게 큰 마담, 작은 마담으로 불리게 된 쌍둥이자매는 다방을 운영하는 것이 처음이었지만 이미 젊어서부터 대처의 술집을 전전하며 산전수전 다 겪다보니 산골의 순진한 촌놈들을 다루는 건 그다지 어려운 일이 아니었다.

　한편, 그동안 文은 외진 벌판에 벽돌공장을 세우느라 눈코 뜰 새 없이 바빴다. 그는 터를 닦기 위해 일꾼들과 함께 잡목을 쳐내고 곡괭이질과 삽질로 하루를 보냈다. 그런데 일이 생각보다 만만치 않은 게, 잡목과 풀을 걷어내자 바닥이 온통 바위와 돌로 덮여 있어 그것을 치우는 데만도 많은 인력이 필요했다. 인근의 뜨내기 일꾼들이 모두 달려들었고 금복도 곧 쌍둥이자매에게 다방을 맡겨놓고 文과 함께 직접 공장을 짓는 일에 뛰어들었다. 그녀는 우선 입구에 나무로 푯말을 만들어 세우고 '坪垈甓瓦 평대벽와'란 글씨를 써넣었다. 비록 허허벌판에 건물 한 채 지어지지 않았지만 그곳이 바로 공장의 입구라는 의미였다. 그리고 여자들과 함께 밥을 해서 나르고 일일이 현장을 돌아다니며 일꾼들을 독려했다.

공장 터를 다 닦고 나자 다음엔 기찻길까지 벽돌을 실어나를 진입로가 필요했다. 그것은 공장 터를 닦는 것보다 몇 배나 더 큰 일이었다. 더 많은 인력과 더 많은 돈이 투입되었다. 이때쯤, 평대에 철도가 놓인 이래 가장 큰 역사役事라는 소리가 일꾼들 사이에서 흘러나왔다. 공장을 세우기도 전에 이미 기와집 여러 채 값이 흔적도 없이 사라졌으며 혹독한 무더위 속에서 작업은 한없이 더디게 진행되었다.

한쪽에서 진입로를 닦는 동안, 중국에 있을 때 이미 벽돌공장에 다녀본 적이 있는 文이 가마를 맡아 짓기로 했다. 기실 벽돌공장이란 게 벽돌을 구워낼 가마와 벽돌을 쌓아놓을 넓은 터만 있으면 됐지 달리 특별한 설비가 필요한 건 아니었다. 하지만 가마를 짓는 일은 매우 복잡하고 까다로운 조건이 요구되는 일이었다. 한꺼번에 많은 벽돌을 구워낼 만큼 크기도 커야 하고 구석구석 열기가 미치도록 설계가 꼼꼼해야 하며 소성燒成과정에서 천 도 이상의 높은 온도가 일정하게 유지되도록 빈틈이 없어야 했기 때문이었다.

그는 벽돌공장에서 일해본 적이 있는 경험자를 물색하는 한편, 자신이 직접 대처에 있는 벽돌공장을 찾아다니며 가마 짓는 방법을 연구했다.

생각해보면 무모하기 짝이 없는 일이었다. 애초에 공사의 규모도 생각지 않고 덜컥 일을 저지른 금복도 금복이었지만 아무 기술이나 경험도 없이 벽돌공장을 맡아 짓겠다고 나선 文도 달리 계산이 없기는 마찬가지였다. 하지만 그는 매우 훌륭한 장인적 기질과 강한 책임감을 가진 사람이었다. 그는 돈이 필요할 때마다 금복에게 타서 썼으며 돈에 대한 용처와 일의 진행과정을 하나도 빠짐없이 정직하게 금복에게 보고했다. 여느 사내들 같았으면 이미 살을 섞은 여자라 해서 상대를 가벼이 보고 기망하려 든다든가 뭔가 행짜라도 부리려 들었을 테지만 그는 그러지 않았다. 오히려 보잘것없는 뜨내기였던 자신을 믿고 고용해준 데 대한 고마움을 한시도 잊지 않았으며 금복과는 고용인과 피고용인이라는 관계를 제 스스로 엄격하게 유지하려고 했다. 그의 그런 태도는 이후 죽을 때까지 변함이 없었다.

이즈음, 마을 사람들은 동네 어귀에 녹슨 삼륜차 한 대가 들어서는 것을 보았다. 바퀴가 세 개뿐인 차는 어찌나 낡고 오래되었는지, 외관이 모두 검붉게 녹이 슬어 원래 칠해져 있던 페인트는 아예 흔적조차 남아 있지 않았을뿐더러 온통 부식되어 여기저기 구멍이 숭숭 뚫려 앙상하게 남은 차체 사이로는 엔진이 훤하게 들여다보이는데다 지나는 자리엔 검은 기름마저 뚝뚝 떨어져, 차마 그것을 자동차라 불러야 할지 어째야 할지 모를 형국이라 사람들은 그런 몰골을 하고도 굴러다닌다는 것이 그저 신기할 뿐이었다. 붉은 녹으로 뒤덮인 삼륜차는 차마 듣기에도 안쓰러운 요상한 엔진 소리를 내며 마치 힘이 다 빠지고 관절이 모두 상한 늙은이가 걸어가듯 느릿느릿, 그리고 불규칙하게 덜커덕 쿨렁대며 금복이 운영하는 다방을 향해 굴러갔다. 만약 차에도 유령이 있다면 꼭 그런 모습일 것 같은 괴이한 장면이었다.

때마침 그날은 금복이 다방에서 쌍둥이자매의 일을 돕고 있었다. 다방 문이 열리고 수염이 덥수룩한데다 머리가 허옇게 센 늙은이 하나가 안으로 들어서자, 어서 오시라며 인사를 하던 쌍둥이자매와 레지들은 늙은이에게서 풍겨나오는 독한 비린내에 자신도 모르게 코를 싸쥐고 인상을 찡그렸는데, 금복에겐 그 냄새가 오히려 옛날의 기억을 떠올리게 하는 한없이 그리운 냄새여서 자신도 모르게 무심코 고개를 돌려 늙은이를 바라보다 깜짝 놀라 손에 들고 있던 찻잔을 바닥에 떨어뜨리고 말았다.

독자 여러분, 그를 영영 잊은 건 아니시겠지? 다름아닌 바로 그 불운한 생선장수 말이다. 까마득한 옛날, 자신의 첫 남자였던 생선장수를 한눈에 알아본 금복이 한달음에 달려가 부둥켜안고 울음을 터뜨리자 생선장수도 금복을 껴안고 어깨를 떨며 흐느꼈다. 쌍둥이자매와 레지들, 그리고 다방 손님들이 모두 어리둥절한 표정으로 쳐다보았지만 두 사람은 그리움과 회한, 반가움과 서러움의 감정이 일시에 솟아올라 한번 흐르기 시작한 눈물이 멈추질 않았다. 금복은 이미 늙은이가 된 그의 앙상한 뺨을 어루만지며 세월의 무상함을 원망했다. 생선장수는 금복과 함께 살 때도 이미 젊은 나이가 아니었지만, 그가 평대를 찾아왔을 때에는 수염도 제대로 깎지 못한 얼굴에 주름이 가득하고 살이 모두 말라붙어 광대뼈가 튀어나온데다 누더기나 다름없는 옷을 걸치고 있어 몰골이 여느 거지와 다를 바 없었다.

금복은 생선장수를 집으로 데리고 와 더운 음식과 맑은 술을 내왔다. 그 자리에서 생선장수는 태풍에 모든 것을 잃고 난 이후 홀로 삼륜차를 끌고 부둣가 도시를 떠난 데부터 시작해서, 이틀 전 평대 근처를 지나다 한 과부가 평대에서 커피를 팔아 어마어마한 돈을 벌어 벽돌공장을 짓고 있다는 소문을 듣고는 사람들이 설명하는 그녀의 용모가 어딘가 자신이 알고 있던 여자와 비슷하다고 생각하던 터에 그녀가 부둣가에서 살다 온 이력이 있다는 얘기를 듣자 더이상 망설일 것 없이 곧바로 평대를 찾아온 데까지, 그동안 겪은 얘기를 모두 들려주었다. 하지만 여기서 그 긴 얘기들을 모두 늘어놓을 수는 없다. 그저 산전수전 다 겪었다는 말로 그의 파란 많은 지난날을 정리해둘밖에. 다만 한 가지 신기한 것은, 부두

를 떠난 이후로 그는 생선을 팔기는커녕 밥상에 올라온 꽁치토막
조차 손에 대지 않을 만큼 생선을 멀리하고 살았지만 여전히 그에
게선 독한 비린내가 가시지 않았다는 것이다.

한편, 생선장수는 다방에서 얼핏 본 춘희가 그 옛날 자신을 모
래밭에 메다꽂았던 걱정의 씨임을 한눈에 알아보고 넌지시 춘희
의 성을 물었다. 그러나 금복은 이를 부정했다.

─성 같은 건 없어요. 그냥 춘희예요.

뒤이어 금복도 자신이 겪은 일들을 모두 털어놓았다. 걱정에게
닥쳐온 불행한 사고와 칼자국과의 만남, 그리고 폭풍우 치던 밤의
끔찍한 사건, 전쟁통에서의 유랑과 뜻하지 않은 출산, 쌍둥이자매
와의 만남과 평대로의 이주 등, 오랜만에 옛날 이야기들을 듣다
보니 그녀는 자신도 모르게 당시의 감정이 되살아나 이야기를 하
는 내내 눈물과 콧물이 범벅이 되어 밤이 깊어가는 줄도 몰랐다.
결국, 창밖이 희붐하게 밝아올 즈음해서야 금복은 생선장수에게
자리를 펴주고 자신의 방으로 건너왔다.

금복은 의지할 피붙이 하나 없이 혼자 늙어가는 생선장수를 가
엾게 여겨 자신의 집에서 함께 살 것을 권했다. 이는 오래전, 부둣
가 도시에서 오갈 데 없는 자신을 거두어준 데에 대해 신세를 갚
고자 했기 때문이었다. 그러지 않아도 의지가지없는 외로운 생선
장수로서는 참으로 반가운 제안이었다. 그는 금복의 고마운 마음

씨에 감동해 눈물까지 글썽거렸는데 어찌된 일인지 쌍둥이자매는 금복에게 생선장수를 내보내라며 성화를 부렸다. 인정 많기로 치면 금복 못지않은 쌍둥이자매가 보인 반응으로는 매우 뜻밖이었다. 명목상으로는 생선장수의 몸에서 풍기는 독한 비린내 때문이라고 했지만 그네들이 생선장수를 내쫓자는 데에는 뭔가 다른 연유가 있었을 법도 한데, 기실은 본인들도 그 이유가 뭔지 정확히 알지 못했다. 왜냐하면 그것은 몇 년 뒤, 시장 어귀에서 일어날 한 불행한 사건에 대한 어렴풋한 예감이었기 때문이었다.

그러나 아무리 비린내가 심하다고 해도 사람을 내쫓는 건 도리가 아니라며 금복이 끈질기게 설득하자 그네들도 더이상 반대할 수만은 없게 되었다. 한편, 文의 입장에선 생선장수가 오래전 금복과 살을 붙이고 살던 남자라는 사실을 알았지만 그를 집으로 들이는 것에 대해 이러쿵저러쿵하는 것은 자신의 권리가 아니라는 듯 별다른 의견이 없었다. 또한 자신은 공장을 짓는 일에 너무 바빠 집에도 잘 들어오지 못하는 판에 누굴 들이든 별 관심이 없다는 투였다.

그런데 불길한 예감을 감지한 것은 쌍둥이자매뿐만이 아니었다. 생선장수를 처음 본 점보는 갑자기 두 다리를 높이 치켜올리고 큰 소리로 울며 위협적인 행동을 취해, 생선장수는 기함을 하고 뒤로 물러섰다. 이 또한 점잖은 점보로서는 좀처럼 보이지 않던 행동이라 쌍둥이자매는 생선장수를 더욱 께름칙하게 여기게 되었지만 결국, 금복 모녀를 포함해 생선장수와 文, 그리고 쌍둥이자매와 점보가 모두 한집에서 기거하게 되어 금복의 집은 갑자기 대가족을 이루게 되었다. 그렇게 금복의 과거는 하나둘씩 평대로 모여들고 있었다.

생선장수와 함께 살기 시작한 지 얼마 지나지 않아 금복은 쌍둥이자매에게 어디 좀 다녀올 데가 있다며 그와 함께 그 유령 같은 삼륜차를 타고 집을 나섰다. 그러고는 며칠이 지나도록 돌아오지 않았다. 文도 그렇고 쌍둥이자매도 그렇고 금복이 새삼스럽게 냄새나는 늙은이와 정분이 났을 리도 없는데 무슨 일일까 싶어 궁금해하던 차에 드디어 금복이 집으로 돌아왔다. 그런데 이번에 타고 온 차는 이전의 유령 같은 그 삼륜차가 아니었다. 아니, 그 삼륜차는 삼륜차이되 더이상 괴물 같은 고물차가 아니었으며 이번엔 바퀴까지 하나 더 달아 아예 사륜차가 되어 있었다. 어떻게 손을 봤는지 노랗게 칠한 차체는 뚫어진 구멍 하나 없이 반짝반짝 빛이 났고 기름도 새지 않았으며 엔진 소리도 이전의 안쓰러운 소리가 아니라 젊은 범의 울음소리처럼 우렁차 동네 사람들이 놀라 밖으로 몰려나올 정도였다. 아이들은 난생처음 보는 노란 사륜차가 신기해 떼를 지어 그 뒤를 줄줄이 따라다녔고 다방 앞으로 몰려나온 쌍둥이자매와 레지들도 어떻게 그렇게 감쪽같이 새 차를 만들었냐며 신기해했지만 금복은 말없이 빙그레 웃기만 했다.

그들이 차의 뒤쪽을 보았을 때 거기엔 '坪岱運輸 평대운수'라는 글씨가 선명하게 씌어져 있었다. 그리고 차의 상단, 이마에 해당하는 곳엔 'No.1'이라는 숫자를 써넣었는데, 그것은 평대운수의 첫번째 차, 즉 1호차라는 의미였다. 훗날 삼륜차는 'No.10'까지 모두 열 대로 늘어나게 되지만 당시만 해도 사람들은 금복의 숨은 뜻을 전혀 이해하지 못했다.

금복은 생선장수가 나타난 것을 계기로 새로운 사업을 한 가지더 구상하게 되었는데, 그것은 바로 까마득한 옛날, 자신을 두메산골에서 부듯이 도시로 데려다준 그의 낡은 삼륜차에서 착안한 것이었다. 당시 평대는 기차가 들어오면서 교통형편이 좀 나아졌지만 인근의 작은 산골마을에 사는 사람들은 여전히 수십 리 길을 걸어다녀야 했다. 형편이 좀 났다고 하는 평대 역시 기차역 간의 거리가 너무 먼데다 하루에 겨우 두 번 지나가는 기차만 가지고는 폭발적으로 늘어나는 교통수요를 모두 감당할 수 없었다. 때문에 장이라도 보러 나갈라치면 여전히 발품을 파는 수밖에 없어 여간 불편한 게 아니었다.

이에 착안을 해 금복은 평대 인근의 작은 산골마을들을 연결하는 교통편을 생각하게 된 것이다. 낡은 삼륜차를 손보는 데에는 다시 기와집 한 채 값이 고스란히 들어갔는데, 당시엔 워낙 차가 귀한데다 원래 있던 삼륜차엔 쓸 만한 부품이 거의 없어 엔진을 모두

들어내고 차체도 완전히 새것으로 교체해야 했기 때문이었다. 금복은 자신이 그 모든 비용을 대는 대신 생선장수에게 수익을 반씩 나눌 것을 제안하였다. 처음에 생선장수는 자신은 먹여주고 재워주는 것만으로도 충분하다며 극구 사양을 했지만 금복이 그건 공정치 못한 거래라며 강력히 주장을 하는 통에 할 수 없이 그녀의 제안에 따르게 되었다. 그만큼 그녀는 운수업에 충분한 수익성이 있다고 판단했고 얼마 지나지 않아 곧 그 판단이 옳았음이 증명되었다. 답답한 산골마을 사람들은 새로 생긴 교통수단을 입이 마르게 찬양하며 몇 푼의 차비를 아까워하지 않았다. 그들은 생선장수가 운전하는 노란 사륜차의 짐칸에 실려 평대로 모여들었고 덕분에 평대는 점점 더 활기를 띠게 되었다. 그녀의 다방이 더욱 성황을 이룬 것 또한 물론이었다.

드디어 평대의 이차 빅뱅이 시작된 것이다.

늪

코끼리 점보는 자기만의 시간대에서 살아갔다. 그는 일 분에 겨우 스물다섯 번밖에 뛰지 않는 심장을 가지고 느릿느릿 움직였으며 춘희 또한, 그의 속도에 맞춰 천천히 움직였다. 그들의 세계는 세상으로부터 고립되어 있었지만 대신에 길 한쪽에 비켜서서 질주하는 자동차를 지켜보는 것처럼 점점 더 빨라지는 세상의 변화를 지켜볼 수 있었다. 그것은 마치 사람이 하루살이의 인생 전체를 바라볼 수 있는 것과 같은 이치였다.

점보는 다방을 홍보하는 휘장을 몸에 두른 채 춘희를 등에 태우고 오전과 오후로 나누어 하루에 두 바퀴씩 마을을 돌았다. 당시 춘희는 겨우 여섯 살밖에 안 됐지만 점보와 매우 가까워, 좀처럼 사람들을 보고 웃는 법이 없는 그녀도 점보의 코를 잡고 장난을 치며 까르르 웃기 일쑤여서 그 일을 자연스레 춘희가 맡게 되었다. 일을 맡았다고는 하지만 기실은 점보가 춘희를 돌봐줬다고 하는 게 더 타당할 것이다. 점보는 긴 코로 춘희의 허리를 감아 조심스럽게 자신의 등에 앉혔고, 춘희로선 그저 점보의 넓은 등에 앉아 있기만 하면 영리한 점보가 알아서 사람들이 많은 시장통을 지나 기차역까지 갔다가 돌아오곤 했다. 그들 옆으론 자전거를 탄 사람들과 짐을 실은 우마차, 그리고 이따금씩 목재를 실은 트럭이 빠르게 달려갔지만 그들은 서두르는 법 없이 언제나 똑같은 속도로 천천히 마을길을 돌았다. 그런데 그 시간이 어찌나 정확한지 사람들이 지나가는 점보를 보고 시계를 맞출 정도였다고 한다.

한쪽 구석에서 조용히 국밥이나 팔던 금복이 갑자기 이런저런 사업에 손을 대고 또 손을 대는 일마다 큰 성공을 거두자, 사람들은 다들 그녀가 대운이 트였다고 부러워하는 한편, 그녀의 재력에 대해 뒷말이 무성했다. 대처에 그녀의 뒤를 봐주는 재력가가 있다는 설에서부터, 실은 쌍둥이자매가 그 모든 사업체의 실제 주인이라는 설을 비롯해, 文이 북쪽에 있을 때 금광을 개발해 엄청난 돈을 모았다는 설을 돌아, 기실은 금복이 나랏일을 맡아 보는 여자인데 그녀가 하는 일이 모두 비밀리에 추진돼야 하는 일이다보니 어쩔 수 없이 민간의 아낙으로 위장했다는 설을 거쳐, 그냥 자다가 돈벼락을 맞았다는 믿을 수 없는 설까지 온갖 소문이 나돌았지만 여자답지 않게 거침없이 일을 추진하는 금복의 배포에는 다 같이 혀를 모아 내두를 수밖에 없었다.

하지만 사람들이 생각하는 것만큼 금복이 하는 일이 모두 성공적인 것만은 아니었다. 다방은 여전히 성업중이었고 새로 시작한 운수업도 제법 수입이 쏠쏠했지만 문제는 바로 벽돌공장이었다. 악전고투를 거쳐 겨우 공장 터를 닦고 진입로를 내자 이번엔 바닥에 물이 고이기 시작했다. 그럴 수밖에 없는 것이, 그곳은 한때 남발안의 계곡에서 발원한 물줄기가 지나는 자리였는데 금복의 땅이 있는 버덩을 중심으로 물줄기가 산 아래쪽으로 돌아앉으며 내가 끊기는 통에 자연스럽게 형성된 늪지대였기 때문이었다. 말하자면 금복의 땅은 사방이 늪으로 둘러싸인, 일종의 섬처럼 고립된 땅이었던 것이다. 처음에 文과 함께 남발안을 찾았을 때 그곳에만 개망초가 피어 있었던 것도 바로 그런 이유에서였다. 그런 사실도 모르고 늪지대 한가운데 공장을 짓겠다고 했으니 참으로 무모한 일이 아닐 수 없었다.

하지만 금복이 누구인가? 공장을 지으려는 장소가 늪지대라는 것이 밝혀졌지만 고민은 단 하루 만에 정리가 되었다. 그리고 바로 다음날부터 객토가 시작되었다. 인근의 우마차가 모두 동원되고 늪지대에 흙과 자갈이 부려지기 시작했다. 늪을 메워야 가마를 짓든 말든 할 판이었으니 다른 일은 모두 중단될 수밖에 없었다. 文은 아예 공사장 옆에 움막을 지어놓고 그곳에서 기거하며 공사를 지휘했다. 인근의 흙과 자갈이 모두 남발안에 부려짐에 따라 아무리 써도 그대로일 것 같던 돈도 점차 줄어들었다. 더구나 그 무렵 일꾼 하나가 독사에 물려 죽는 일이 일어나자 일꾼들 사이에선 공장터에 지실이 들었다는 흉흉한 소문까지 나돌았다. 금복도 초조해지기 시작했지만 내색은 전혀 하지 않았다. 객토를 한정없이 쏟아부어도 다음날 아침이면 어김없이 바닥에 고여 있는 물을 보고, 이제라도 그만 벽돌공장을 포기해야 하는 게 아니냐며 근심스럽게 쳐다보는 文에게, 금복은 픽 웃으며 말했다.

—누가 이기나 한번 해보죠. 아무리 우물이 깊어도 반드시 바닥은 있게 마련이에요.

여름이 지나는 동안, 기와집이 한 채 두 채 소리도 없이 늪지대에 잠겨 사라졌다. 하지만 찬바람이 불 때까지도 금복은 고집을 꺾지 않았고, 우물이 바닥을 보이는 대신 그녀가 가진 돈이 먼저 바닥을 보이기 시작했다. 그들은 글자 그대로 수렁에 빠진 셈이 되고 말았다. 금복은 두 눈을 멀쩡하게 뜬 채, 자신에게 찾아온 엄청난 행운이 모두 늪지대에 잠겨 사라지는 것을 지켜보아야 했다.

여기서 한 가지 납득할 수 없는 것은, 금복이 왜 그렇게 필사적으로 벽돌공장에 매달렸느냐 하는 점이다. 벽돌공장을 세우는 게 필생의 소원도 아니었고, 벽돌을 찍어내기만 하면 곧 큰돈을 번다는 보장도 없었는데 말이다. 무심코 던진 文의 한마디에서 비롯되어 버드나무 아래에서 정사를 나누다 즉흥적으로 떠오른 생각에 왜 자신의 모든 것을 던지려 했는지도 언뜻 이해하기 힘들뿐더러, 공장부지가 늪지대라는 사실을 알고 바로 일을 중단하기만 했더라도 기와집 서너 채 값만 날리고 말았을 일을 왜 전 재산을 날릴 때까지 무한정 흙과 자갈을 퍼부어댔는지도 여전히 설명이 안 되는 부분이다. 이에 대해 우리는 이야기에 관한 어느 책에서 그 단서를 발견할 수 있다. 거기엔 다음과 같은 구절이 있다.

우리는 우리가 하는 행동에 의해 우리가 된다.

이것은 인간의 부조리한 행동에 관한 귀납적인 설명이다. 즉, 한 인물의 성격이 미리 정해져 있어 그 성격에 따라 행동하는 것이 아니라 그가 하는 행동을 보고 나서야 비로소 그의 성격을 알 수 있다는 의미이다. 그것은 '과연 금복이 주인공이기 때문에 기적 같은 행운이 찾아온 것일까? 아니면, 그런 행운이 찾아왔기 때문에 그녀가 주인공이 된 것일까?'와 마찬가지로 이야기 바깥에 존재하는 불경스런 질문이며 '알이 먼저냐, 닭이 먼저냐' 하는 것처럼 까다로운 질문이다. 하지만 이를 통해 우리는 적어도 금복의 행동을 설명할 수는 있게 되었다. 그것을 정리하면 다음과 같다.

금복은 늪지대에 벽돌공장을 지음으로써 무모하고 어리석은 여자가 되었다.

우물이 아무리 깊어도 바닥은 있게 마련이다. 이는 그 깊이를 알수 없는 늪지대보다 금복 자신에게 먼저 해당하는 말이 되었다. 그간 살림집을 새로 사들이고 다방건물을 이층으로 올리고 삼륜차를 새로 수리하는 데만도 이미 적잖은 돈이 든데다 남발안에 한정없이 자갈과 흙을 퍼부었으니, 아무리 큰 부자였다 하더라도 그 씀씀이를 감당하기가 쉽지 않았을 것이다. 금복은 자신의 운을 시험이라도 하듯 오기를 부렸고 운명은 참으로 절묘하게도 그녀가 가진 돈을 마지막까지 다 탕진하고 나서야 겨우 바닥을 드러냈다.

안개가 자욱하던 어느 가을날 아침, 공사장 옆에 움막을 지어놓고 기거하던 文은 뽀송뽀송하게 말라 있는 공장 터를 보고 한달음에 금복에게 달려갔다. 드디어 늪이 모두 메워진 것이다. 그간 가진 돈을 다 털어먹고 거기에 다방이나 운수업을 통해 나오는 돈까지 버는 족족 몽땅 남발안에 쏟아부어 더이상 희망이 없던 금복으로서는 참으로 기쁜 소식이 아닐 수 없었다. 그녀가 文과 함께 남발안으로 달려갔을 때에는 과연 늪이 모두 단단하게 메워져 있었다. 금복과 文은 서로 부둥켜안고 기뻐했지만 문제는 다시 돈이었다. 이번엔 벽돌을 구워낼 가마를 지어야 했는데, 그 또한 돈이 녹록잖게 들어가는 일이었다. 금복은 수중에 남아 있는 돈이 한푼도 없어, 집을 팔든 다방을 팔든 아니면 생선장수의 차를 팔든 뭔가 방도를 내야 할 처지였는데, 뜻밖의 응원군이 나타났다. 바로 쌍둥이자매였다. 그네들은 평대로 떠나올 때 술집을 처분한 돈이라며 그간 깊숙이 숨겨두었던 돈을 모두 내놓았는데, 그 액수가 가마를 짓고도 남을 만큼 충분했다. 금복은 두 사람이 그간 어떻게 고생을 해서 모은 돈인데 받을 수 있겠냐며 극구 사양했지만 쌍둥이자매는 금복 덕에 더이상 고생하지 않고 살게 됐으니 마땅히 받을 자격이 있다며 금복을 설득했다. 결국 금복은 자신의 고집에 따라 돈을 갚지 못하면 다방을 넘겨준다는 차용증을 써주고 나서야 쌍둥이자매의 돈을 받았다. 그런 우여곡절을 거쳐 마침내 가마를 짓는 일이 시작되었다.

文은 본시 침착하고 과묵하며 참을성이 많은 사람이었다. 그는 또한 사물에 대한 꼼꼼한 관찰력을 바탕으로 온갖 물리적 반응과 화학적 변화에 대해 남다른 이해를 가지고 있었다. 말하자면 그는 매우 뛰어난 장인적 기질을 가지고 있어 금복이 그에게 벽돌공장을 맡긴 것은 꽤나 적절했다고 할 수 있겠다. 하지만 바로 그 때문에 그는 금복과 종종 갈등을 일으켰다.

언젠가 금복이 남발안을 찾았을 때, 그는 인부들 서넛과 함께 여전히 마음에 드는 벽돌을 만들기 위해 이런저런 실험을 거듭하고 있었다. 가마 앞엔 실험에 실패한 벽돌이 수천 장 쌓여 있었다. 금복은 그 가운데 멀쩡해 보이는 벽돌을 하나 집어들고는 말했다.

—이건 쓸 만해 보이는데 왜 버렸는지 모르겠군요.

—그건 색깔이 고르지 못해요.

—색깔은 아무 상관 없어요. 썩은 조기든 금간 벽돌이든 팔 수 있기만 하면 돼요.

그 말엔 금복이 평소에 가지고 있던 장사꾼으로서의 모든 입장이 담겨 있었다. 그러자 文은 평소의 그답지 않게 버럭 화를 내며 금복이 들고 있던 벽돌을 빼앗아 바닥에 내던졌다.

—둥글다고 해서 다 시루가 아니고 네모나다고 해서 다 벽돌이 아니오. 그런 소리 하려거든 당장 돌아가시오.

그러자 금복도 토라져서 벽돌을 만들든 시루떡을 만들든 어디 한번 마음대로 해보라며 평대로 돌아가버렸다. 쌍둥이자매의 도움으로 가마를 지은 지 네 달이 지난 후였다.

그후에도 文은 이런저런 방법으로 벽돌을 굽느라 겨우내 남발안에 틀어박혀 나오지 않았다. 사람들은 그깟 벽돌 한 장 만드는 데 무슨 기술이 필요하고 무슨 공력이 필요할까 싶었지만 文은 그렇게 생각하지 않았다. 그는 어떤 종류의 나무를 때야 높은 온도를 내며, 어떻게 벽돌을 쌓아야 열기가 골고루 미치는지, 또 어느 정도 불을 때야 적당한 색깔이 나오는지, 수도 없이 실험을 되풀이하며 겨울을 맞았다. 금복도 아예 마음을 접고 다방 일에만 전념하며 가끔 인편에 양식만 보내주었다. 더 초조한 것은 쌍둥이자매였다. 도대체 가마를 지은 지 몇 달인데 벽돌이 생산이 안 되냐며 그들은 안달을 했지만 금복은 그 많은 재산을 다 쏟아붓고도 태연하기만 했다.

─그냥 놔둬보세요. 혹시 알아요, 저러다 금덩어리라도 만들어올지.

그동안 文은 여러 번 대처에 나가 다른 벽돌공장을 견학하기도 하고 때로는 기술자라는 사람들을 데려오기도 했지만 그들마저도 대부분 엉터리인지라 벽돌은 갈라지기 일쑤였고, 모양이 제대로 나오더라도 경도가 낮아 쉽게 부서지는 등 끊임없는 시행착오를 겪어야 했다.

이듬해 봄, 때늦은 폭설이 내렸다. 금복은 남발안에 혼자 남아 있는 文이 은근히 걱정이 되었는데, 그날 밤 눈을 하얗게 뒤집어쓴 文이 금복이 자고 있는 방문을 슬그머니 밀고 들어섰다. 남발안에 들어간 지 수개월 만이었다. 수염은 텁수룩하게 자라 있었고 가마에 불을 때느라 그을음이 새까맣게 묻어 있는 얼굴엔 벌겋게 충혈된 눈동자만 승냥이의 그것처럼 외롭게 번뜩거렸다. 놀라 일어난 금복이 어떻게 이 시간에 여기까지 왔느냐며 그의 꽁꽁 언 손을 잡아 아랫목에 넣어주고 급히 음식과 술을 데워왔다. 얼굴이 잔뜩 여윈 文은 지친 얼굴로 묵묵히 금복이 내온 음식을 먹었다. 겨우내 혼자 계곡에 틀어박혀 있느라 얼굴엔 외로움이 절절이 묻어 있었다. 그날 밤, 모처럼 이불 속에서 文과 운우의 정을 나누던 금복이 문득 한숨을 내쉬며 말했다.

—벽돌이고 뭐고 포기하고 이제 그만 돌아와서 같이 지내요. 아무래도 벽돌은 우리하고 인연이 없나봐요.

그러나 다음날 오후, 文은 하루 만의 달콤한 휴식을 마치고 다시 눈길을 헤쳐 남발안으로 돌아갔다.

한편, 그날 내린 눈 때문에 생선장수도 더이상 차를 운행할 수가 없게 되었다. 그는 언제나 조는 듯 눈을 감고 운전을 하면서도 가파른 산길을 한 번도 어긋난 적이 없었지만 눈이 잔뜩 쌓인 길을 다니는 건 더이상 무리였다. 덕분에 며칠간의 휴식을 취하던 생선장수는 어느 날 아침 문 앞에 세워둔 차가 감쪽같이 사라진 걸 발견했다. 깜짝 놀라 살펴보니 눈 위에 바퀴 자국이 나 있었다. 그는 급히 바퀴 자국을 따라가기 시작했다. 바퀴 자국은 마을을 벗어나 멀리까지 뻗어 있었다. 그런데 가만히 보니 눈 위엔 바퀴 자국뿐만이 아니라 코끼리의 것이 분명한, 세숫대야만한 커다란 발자국과 사람의 발자국이 눈밭 위에 함께 어지럽게 뒤엉켜 있었다.

아니나 다를까, 잠시 후 그는 하얗게 눈 덮인 벌판에서 차를 동아줄에 묶어 어디론가 끌고 가는 춘희와 점보를 발견했다. 결국 생선장수가 쫓아가 차를 다시 집으로 끌고 오긴 했지만, 춘희가 점보와 함께 차를 어디로 끌고 가려 했는지는 끝내 알 수 없었다. 다만, 그들이 가려는 그 벌판의 끝에 낭떠러지가 있어 생선장수는 혹 춘희가 차를 낭떠러지 밑으로 떨어뜨리려 했던 게 아닌가 하는 의심이 들었다. 나중에 생선장수로부터 얘기를 전해들은 금복이 회초리를 들고 춘희를 호되게 야단치자 생전 우는 법이라고는 없던 춘희도 이때만큼은 눈물을 글썽이며 원망스런 눈으로 생선장수의 차를 쳐다보았다. 춘희를 달래던 쌍둥이자매도 그렇게 왜 그런 고물차를 집에 들였냐며 오히려 금복을 나무라, 죄 없는 생선장수만 민망한 꼴이 되어 옆에서 애꿎은 담배만 뻐끔거릴 뿐이었다.

文이 다시 돌아온 것은 초록의 그늘이 점차 짙어져가던 사월 어느 날이었다. 그의 손엔 붉은 벽돌이 한 장 들려 있었다. 금복은 드디어 벽돌이 나왔냐며 맨발로 반갑게 뛰어나갔지만 그는 기뻐하는 기색도 없이 들고 있던 벽돌을 불쑥 내밀었다. 금복이 벽돌을 받아 살펴보니 과연 그동안 文이 얼마나 공을 들였는지 짐작할 수 있을 만큼 품질이 뛰어났다. 모양은 매끄럽고 색깔에는 품격이 있었으며 손끝에 와 닿는 느낌만으로도 벽돌이 얼마나 단단한지 짐작할 수 있었다. 文은 오랜 고생 끝에 얻어낸 벽돌을 보고 오달진 마음에 미소라도 한번 지을 법할 텐데도 쑥스럽다는 표정으로 겨우 입을 열어 다음과 같이 말했다.

—이 정도면 집을 지어도 무너지지는 않을 거요.

그러자 금복이 웃으며 물었다.

—그럼 이런 벽돌을 하루에 몇 장이나 찍어낼 수 있죠?

—가마 두 기를 번갈아 땐다면 하루에 천 장은 구워낼 수 있을 거요.

—좋아요. 그럼 처음 만드는 벽돌로는 우리가 같이 살 집을 지어요. 공장 옆에 말예요.

文이 놀란 표정으로 쳐다보자 금복이 말을 이었다.

—벽돌공장은 내 전 재산을 쏟아부은 곳이에요. 여기 한가롭게 앉아서 결과만 기다릴 수는 없는 노릇예요. 그리고 이제부턴 일꾼들도 많이 필요할 테고 밥을 해댈 사람도 있어야 할 거 아녜요.

—그래도 거긴 생활하기가 불편할 텐데……

文이 금복을 걱정하자 그녀는 정색을 하며 말했다.

—비록 예는 올리지 않았지만 우리는 엄연한 부부지간예요. 그러니 언제까지 떨어져 지낼 수만은 없어요.

그러자 文은 금복이 비로소 자신을 지아비로 인정해준 데에 대해 말할 수 없이 감격하며 눈시울이 붉어졌다. 그는 목이 메어 한마디도 못하고 그저 발끝으로 땅바닥만 긁어댔다. 금복은 그런 그에게 다가가 손을 굳게 잡았다. 그리고 말했다.

　—그러니 이제부턴 당신이 나를 지켜주어야 해요.

벽돌

　평대가 이름에 걸맞지 않게 너른 들 하나 없고 집 지을 만한 터
하나 없다는 옛 시인의 비난이 전혀 터무니없는 과장은 아니지만,
그래도 인근마을에 비하면 부쳐먹을 만한 묵정밭이 산자락 이곳
저곳에 흩어져 있고 기차가 들어오면서 산판도 심심찮게 벌어져
그런대로 먹고살 만한 동네라 할 수 있었다. 더구나 생각지도 못했
던 벽돌공장이 들어서면서 잠시 주춤했던 뜨내기들이 다시 평대
로 발길을 돌리는 통에 평대는 그 어느 때보다도 많은 사람들로 북
적거려, 향토사학자들은 이때를 기차가 처음 들어왔을 때의 갑작
스런 인구유입과 구분해 '평대의 이차 빅뱅'이라 일컬었다.

　벽돌공장으로 몰려드는 뜨내기들 가운데에는 더이상 부쳐먹을
땅이 없어 고향을 떠난 화전민에서부터 남의집살이에 진력이 난
상머슴과 투전판에서 평생을 보낸 늙은 노름꾼에다 대처에서 살
인을 저지르고 쫓기는 흉악한 범죄자까지 온갖 부류들이 뒤섞여
있어, 공장은 그야말로 북새통을 이루었다.

　예나 지금이나 사람을 가려뽑는 일만큼 중요하고 어려운 일은

없을 것이다. 文은 이들 가운데 정직하고 바지런한 사람들을 골라내기 위해 골머리를 앓았는데, 얼마 전까지만 해도 그 자신 뜨내기 일꾼이었던 文이 이들의 속내를 짐작한다는 것은 쉬운 일이 아니었다. 하지만 금복은 자신만만했다.

─그 일은 나한테 맡겨두세요. 난 척 보기만 해도 그자들이 '진심'인지 '연기'인지 구분할 수 있으니까.

文은 금복이 얘기하는 '진심'과 '연기'가 무슨 뜻인지 몰라 어리둥절했지만, 그것은 금복이 부둣가 도시에 있을 때 이미 수많은 영화를 보며 익힌 그녀만의 독특한 구분법이었다. 그녀는 상대가 진심으로 행동하는지 아니면 짐짓 그런 척하는지, 즉 연기를 하는지 단숨에 구분할 수 있다고 믿었다. 文이 그걸 어떻게 아느냐고 묻자 금복은 어깨를 으쓱하며 대답했다.

─그걸 어떻게 아느냐고요? 난 그냥 보면 알아요.

과연 금복의 확신대로 그녀가 가려뽑은 일꾼들은 모두 신실하고 부지런해 속을 썩이는 일이 없었다. 하지만 몇 년 뒤, 그녀는 단한 번의 착오로 인해 자신에게 치명적인 상처를 입힐 인물을 한 명받아들이게 된다. 그것은 자신에 대한 지나친 믿음의 대가였다.

금복이 평대를 떠나면서 춘희의 양육은 자연스럽게 쌍둥이자매가 맡게 되었다. 춘희가 점보와 떨어지지 않으려고 한데다 쌍둥이자매도 적극적으로 춘희를 맡겠다고 나서 구태여 금복이 반대할 이유가 없었다. 금복은 남발안으로 들어가며 쌍둥이자매에게 생선장수가 오갈 데 없는 불쌍한 늙은이니 자신이 없는 동안에도 잘 보살펴달라고 부탁해 그전부터 생선장수를 탐탁지 않게 여기던 쌍둥이자매도 고개를 끄덕일 수밖에 없었다.

춘희는 금복과 떨어져 살면서도 달리 쌍둥이자매의 속을 썩이는 일이 없었다. 그녀는 언제나 점보와 한몸처럼 붙어다니며 그들만의 세계 안에서 나름대로 평화로운 나날을 보내고 있었다. 그녀의 육체는 이미 어른의 몸만큼 단단해지고 팔뚝의 힘은 장정의 그것과 맞먹을 만했지만, 정신적 성장은 너무나 더디고 미약해 언제나 제자리에 멈춰 서 있는 것처럼 보였다. 하지만 그녀는 점보와 대화를 주고받으며 무언가를 조금씩 배워가고 있는 중이었다.

심심한데 우리 나가서 한 바퀴 돌까?
꼬마 아가씨, 조금만 더 참으라고. 아직 시간이 안 됐어.
코끼리가 대답했다.
왜 꼭 시간을 지켜야 하는 거지?
쌍둥이가 그렇게 하길 원하니까.
왜 쌍둥이가 원하는 대로만 해야 하는 거지?
쌍둥이는 나를 구해준 좋은 사람들이야. 게다가 난 쌍둥이언니의 허리를 부러뜨리기까지 했거든.
점보는 현명했고 춘희의 호기심은 끝이 없었다.

그런데 너는 왜 우울한 거지?

왜 내가 우울하다고 생각하지? 난 지금 행복해. 먹을 것도 넉넉하고 때리는 사람도 없잖아.

너를 때리는 사람도 있었어?

꼬마 아가씨, 그건 아주 오래전 일이야.

점보는 더이상 그때의 기억을 떠올리고 싶지 않은 듯 입을 다물었다. 하지만 춘희는 여전히 이상하다는 표정으로 점보를 쳐다보았고, 점보가 할 수 없다는 듯 입을 열었다.

좋아, 그럼 대답하지. 그건 내가 늙어가고 있기 때문이야.

늙는다는 게 뭐지?

늙는다는 건 죽을 때가 얼마 남지 않았다는 뜻이야. 사실 서커스를 그만둔 이유도 내가 너무 늙었기 때문이거든.

넌 얼마나 오래 살았는데?

난 네 엄마가 태어나기도 전부터 살았어. 아냐, 그보다도 훨씬 더 오래됐을 거야. 실은 나도 잘 기억이 안 나. 그만큼 오래 살았지.

그럼, 나도 죽을까?

꼬마 아가씨, 사람들은 코끼리와 마찬가지로 다 죽게 돼 있어. 하지만 넌 아직 그런 생각을 할 필요가 없어. 그건 아득히 먼 미래의 일이니까.

그럼, 죽으면 어떻게 되는 거지?

죽으면 사라지는 거야. 그리고 헤어지는 거지. 영원히.

文은 금복의 바람대로 처음 만든 벽돌로 공장 옆에 살림집을 지었다. 그리고 다른 한쪽엔 함석과 나무판자를 이용해 일꾼들이 머물 숙소를 지었다. 금복은 이미 거친 사내들을 다루는 데 이골이 나 있어, 일꾼들은 금복에게서 풍겨나오는 묘한 냄새에 자신도 모르게 아랫도리가 불끈거렸지만 감히 그녀를 어찌해볼 생각은 하지 못했다. 그렇게 남발안의 골짜기 안엔 수십 명의 사내들이 모여 사는 작은 사회가 형성되었고, 금복과 文은 별탈 없이 무리들을 잘 이끌었다. 이때부터 금복은 다시 치마를 벗어던지고 부두에서 일할 때 입었던 몸뻬바지를 꺼내입었다. 사람들은 여자가 바지를 입었다고 망측하게 여겨 뒤에서 수군거렸지만 몸뻬는 이후 금복의 트레이드마크가 되었다. 그리고 이때쯤 가마 안에선 벽돌이 구워져나오기 시작했다.

처음에 금복은 벽돌이 만들어지기만 하면 곧 불티나게 팔려나갈 거라는 믿음을 가지고 있었다. 하지만 일은 생각대로 풀리지가 않았다. 갑자기 인구가 모여들고 이곳저곳에서 공사가 벌어졌지만 평대에선 구태여 비싼 자재를 들여 지을 만한 건물이 없다는 게 문제였다. 당시엔 벽돌이 매우 귀해 아무데나 쓸 수 있는 자재가 아니었던 것이다. 벽돌은 구워져나오는 대로 공장 마당에 가득 쌓여갔지만 아무도 그것을 팔아치울 방법을 찾지 못했다. 그러자 금복이 홍보의 귀재답게 기상천외한 아이디어를 하나 냈다. 그녀는

文과 일꾼들을 한자리에 모아놓고 말했다.

—이런 촌구석에서 귀한 벽돌이 팔릴 리가 없죠. 이런 물건은 모름지기 대처로 나가야 찾는 사람도 있고 대접도 제대로 받는 법이에요. 그런데 우리가 이런 산골짜기에 처박혀 있으니 누군가 벽돌이 필요하다 한들 어디에 있는지 알 턱이 있나요? 그러니 우리에게 좋은 벽돌이 있다는 것을 세상에 알려야 해요.

—그걸 무슨 수로 알린단 말이오.

사설이 길어지자 누군가 조급증을 참지 못하고 물었다.

—답답한 양반, 그러니까 지금 그 얘기를 하고 있잖아요.

금복이 일꾼에게 퉁을 한마디 주고 말을 이었다.

—다들 지금부터 내가 하는 얘기를 잘 들으세요. 내일 당장 여기 있는 벽돌을 모두 기차에 싣는 거예요. 그리고 기차가 지나는 길에 마을이 나타나면 벽돌을 하나씩 밖으로 던져놓으세요. 사람이 적게 사는 곳은 적게, 사람이 많이 사는 곳은 많이. 그래서 만일 누군가 벽돌이 필요하다면 그걸 보고 우리를 찾아올 수 있게 말예요.

달리 선전매체나 홍보수단이 없는 당시로선 나름대로 아이디어라면 아이디어라고 할 수 있었지만 그 황당함과 무모함은 역시 금복다웠다.

—그러면, 여기 있는 벽돌을 다 길거리에 내다버리잔 말이오?

文이 그동안 애써 만들어놓은 벽돌을 가리키며 다시 볼멘소리로 물었다.

—속 좁은 양반, 그럼 당신은 아무런 투자 없이 대가를 바란단 말예요?

금복이 눈도 깜짝 않고 대답하자, 다시 한 인부의 질문이 뒤를 이었다.

—설사 누군가 벽돌을 발견하더라도 어떻게 여기를 알고 찾아 온단 말이오?

그러자 금복이 벽돌을 한 장 집어들고 대답했다.

—한심한 양반, 당신은 여기에 써 있는 글씨가 안 보이나요?

금복이 들어 보인 벽돌 한 귀퉁이에는 오목새김으로 선명하게 '坪垈甓瓦'란 글씨가 박혀 있었다. 그것은 벽돌을 굽기 전에 미리 찍어둔 인장으로, 벽돌공장의 이름을 가리키는 것과 동시에 바로 그 벽돌의 상품명이었던 것이다. 말하자면, 벽돌로서는 최초의 브랜드였던 셈인데, 금복의 장사꾼으로서의 면모를 보여주는 또하나의 증거였다.

일꾼들은 금복의 말에 반신반의했지만 달리 방법이 없는 터라 결국 그녀의 말에 따를 수밖에 없었다. 그들은 몇 달째 품삯을 못 받고 있어 무슨 수를 쓰든 그저 벽돌이 팔리기만을 기다리고 있는 형편이었다. 벽돌을 싣기 전에 철도를 관리하는 관청과 수차례 편지가 오고가는 번잡스런 절차가 다시 한번 반복되었고, 마침내 일꾼들은 벽돌을 가득 실은 화물칸에 몸을 실었다. 그리고 마을을 지날 때마다 벽돌을 한두 장씩 길옆에 던져놓았다. 文이 일꾼들을 위해 소주와 생선포를 준비해 그들은 난생처음 관광버스에 몸을 실은 시골 아낙들처럼 모두들 들뜨고 신이 났다. 오랜 가역에 지친 일꾼들은 모처럼 한가로이 벽돌에 몸을 기대고 느긋하게 술잔을 기울였다. 기찻길 옆으로는 여전히 개망초가 처연하게 피어 있었고 벽돌을 실은 기차는 따뜻한 봄햇살을 받으며 천천히 북쪽으로 흘러갔다. 기차가 지나는 길옆으로 남김없이 벽돌이 뿌려진 것은 물론이었다.

길옆에 벽돌을 던져놓는 동안 날이 어두워지고 멀리 도회지의 불빛이 꿈결처럼 아스라이 스쳐가자, 사내들은 모두 떠나온 고향과 가족을 생각하며 마음이 무겁게 가라앉았다. 술김에 노래를 부르는 자도 있었고 그 구성진 노랫가락에 몰래 눈물을 훔치는 자도 있었다. 그들이 바라는 건 한결같이 벽돌이 잘 팔려나가 더이상 일거리를 찾아 낯선 땅을 헤매지 않아도 되는 것이었다. 떠도는 자들의 소망이란 본시 소박하기 짝이 없어, 그저 입에 풀칠할 걱정 하지 않고 두 다리를 뻗을 데만 있으면 그들에겐 그곳이 바로 꿈에 본 내 고향이요, 복숭아꽃 흐드러진 정원이었던 것이다.

文이 일꾼들과 함께 기차를 타고 공장을 떠나 있는 동안 금복도 모처럼 평대의 집으로 돌아와 휴식을 취했다. 춘희는 오랜만에 만난 엄마가 반가워 한달음에 달려나갔지만 금복은 춘희를 본체

만체하며 쌍둥이자매하고만 반갑게 인사를 나눴다. 춘희는 언젠가 금복이 자신을 안아주었을 때처럼 엄마의 따뜻한 품에 안기기를 바랐다. 또한 금복의 젖냄새와 분냄새를 실컷 맡고 싶기도 했다. 하지만 그녀는 언제나 춘희로부터 멀리 달아나고 싶어하는 것처럼 보였다. 춘희에게 금복은 영원히 가 닿을 수 없는 신기루와도 같았으며, 춘희의 바람은 끝내 채워질 수 없는 허기와도 같았다. 그래서 그것은 결국 그녀를 평생 따라다닐 아득한 그리움이 되고 말았다.

금복이 도착한 그날 밤, 춘희는 아무도 없는 금복의 방에 들어가 그녀의 옷가지에 코를 대고 옷에 배어 있는 금복의 냄새를 맡았다. 그러다 문득 경대 위에 놓여 있는 분을 집어들었다. 거기에는 진한 금복의 냄새가 배어 있었다. 춘희는 분 뚜껑을 열고 허겁지겁 얼굴과 몸에 되는대로 분가루를 바르기 시작했다. 그러자 행복한 기분에 잠길 때면 언제나 그렇듯이 세상에 나와 처음으로 본 마구간의 어둡고 안온하던 풍경이 떠올랐다.

쌍둥이자매와 실컷 수다를 떨다 방으로 건너온 금복이 온몸에 하얗게 분가루를 뒤집어쓴 춘희를 발견하고 놀라 비명을 지른 것은 한밤중의 일이었다. 금복은 어둠 속에 앉아 있는 허연 귀신이 곧 춘희라는 것을 알아채고는 소리를 지르며 달려가 춘희의 머리채를 휘어잡고 미친듯이 때리기 시작했다. 춘희는 창졸간에 뭇매를 맞게 되었지만 이미 단단하고 육중해진 춘희의 덩치에 비해 가녀리기 짝이 없는 금복의 매맛이 그다지 독할 리 없었다. 그녀는 울지도 않고 다만 금복이 왜 그렇게 화가 났는지 이해할 수 없다는 표정으로 쳐다보았을 뿐이었다. 결국 금복이 악을 쓰는 소리에 놀라 달려온 쌍둥이자매에 의해 한밤중의 사달은 끝이 났지만, 금복은 분가루를 하얗게 뒤집어쓴 춘희의 불길한 모습을 좀처럼 머릿속에서 지워낼 수가 없었다. 그날의 사건은 금복으로 하여금 춘희를 한 걸음 더 밀쳐내는 결과를 초래하고 말았다. 이는 춘희의 입장에선 더없이 슬픈 일이 아닐 수 없었다.

기차를 타고 도회지를 지나며 길옆에 벽돌을 던져놓은 지 한 달이 지났다. 그동안 공장을 찾아온 사람은 아무도 없었다. 결국 그 기상천외한 홍보방법은 실패로 끝난 게 분명해 보였다. 그러는 동안에도 벽돌은 끝도 없이 구워져나와 공장 마당엔 더이상 쌓아놓을 자리도 없었다. 일꾼들은 손을 놓고 하릴없이 평상에 누워 낮잠을 자거나 한쪽 구석에 모여앉아 금복을 주인공으로 한 갖가지 음담으로 시간을 때우고 있었다. 대낮부터 술냄새를 풍기며 돌아다니는 자들도 있었고 아예 드러내놓고 노름판을 벌이는 자들도 있었다. 시간이 지날수록 공장의 질서는 엉망이 되어갔고 임금을 못받은 일꾼들의 불만은 점점 더 높아갔다.

쌍둥이자매로부터 빌린 돈은 이미 바닥이 난 지 오래였다. 그동안 차를 굴려서 나오는 돈과 다방에서 나오는 돈으로 겨우겨우 위기를 넘기고 있을 뿐이었다. 금복은 초조해지기 시작했다. 그녀는 나무판때기로 만들어 세운 간판 옆에 쭈그리고 앉아 공장으로 들어오는 진입로를 하루종일 지키고 있었다. 누군가 벽돌을 사러 오지 않을까 하는 기대 때문이었다. 하지만 여름이 다 가도록 아무도 찾아오는 이가 없었다. 이따금씩 지나가는 기차의 경적소리만 적막을 깰 뿐이었다.

일꾼들의 불만은 점점 더 극점을 향해 치닫고 있었다. 기실 일꾼들을 제대로 가려뽑았다고는 하지만, 당시로서는 어디까지나 일자리를 찾고 싶어 안달이 난 힘없는 뜨내기들을 상대로 했을 때의 얘기일 뿐이었다. 본시 뜨내기들이란 들어올 때 다르고 나갈 때 다른데다 염량빠르기로 치면 장사꾼 못지않았고 거칠기로 치면 건달 못지않았으며 음험하기로 치면 거간꾼 못지않았다. 또한 그들 가운데에는 뭔가 틈이 있으면 그 틈을 더욱 넓게 벌려 그 속에서 이득을 챙기려는 자들이 있게 마련이었다. 벽돌공장에서 일하는 자들 가운데에도 그런 자들이 있었다. 그들은 사람들을 이간질하고 충동질하며 말을 옮기는 데 능했으며 없는 사실을 만들어내고 작은 의심을 부풀리는 데 이골이 난 자들이었다. 그 결과, 일꾼들은 文과 금복이 자신들을 속이고 있다고 믿게 되었다. 얘기인즉슨, 그들은 이미 벽돌공장을 다른 누군가에게 큰돈을 받고 넘겼는데 그 작자가 정식으로 인수할 때까지 공장이 아무 이상 없이 돌아가고 있다는 것을 보여주기 위해 자신들을 붙잡아두고 있다는 거였다. 물론, 공장을 인수한 작자가 나타나면 잔금을 받는 즉시 밀린 품삯은 한푼도 주지 않고 곧 평대에서 사라질 거라는 얘기였다. 그것은 사실보다도 더 흥미롭고 실제보다도 더 믿을 만하게 각색되어 전염병처럼 빠르게 일꾼들 사이에 퍼져나갔다. 그것은 유언비어의 법칙이었다.

여름이 막바지를 향해 치달으며 마지막 무더위가 기승을 부리던 어느 날이었다. 가만히 앉아 있어도 땀이 비 오듯 흘러내리고 어디선가 조그만 시비라도 일면 곧 살인이 날 것처럼 불쾌지수가 극한에 다다랐던 여름 한낮, 풀벌레들조차 숨을 죽여 기이한 적막이 공장 전체를 감싸고 있었다. 금복은 그날도 아침부터 공장 입구에 나가 진입로를 지키고 있었다. 그녀는 이번 여름이 마지막이라고 생각했다. 더이상 버틸 재간도 없는데다 그녀 자신도 지칠 대로 지쳐 벽돌공장을 두 번 다시 돌아보고 싶지 않을 만큼 정나미가 떨어졌던 것이었다. 그런데 그날 오후, 어찌된 일인지 일꾼들이 하나둘씩 금복을 향해 모여들었다. 아무렇게나 풀어헤친 사내들의 가슴팍 위론 찐득한 땀이 줄줄 흘러내렸고 어디선가 이미 낮술을 한잔씩 걸쳤는지 모두들 얼굴이 불콰하게 달아올라 씨근대며 뿜어내는 그들의 거친 날숨에선 불경스런 폭력성이 감지되었다. 금복은 뭔가 심상치 않은 기운을 느끼고 재빨리 눈으로 文을 찾았으나 그는 때마침 읍내에 일을 보러 자리를 비운 참이었다. 일꾼들 가운데 연장자 한 사람이 앞으로 나섰다. 그는 일단 점잖게 입을 뗐다.

—오늘은 우리가 밀린 품삯을 받아야겠소. 그러니 지금 당장 돈을 내놓으시오.

금복은 짐짓 태연하게 대답했다.

—당신들 눈엔 저기 쌓여 있는 벽돌이 안 보이나요? 벽돌을 팔아야 품삯을 주든 말든 할 게 아니오.

금복의 당당한 태도에 다들 멈칫하는 분위기였다. 하지만 곧 뒤에서 질문이 터져나왔다.

—공장을 다른 작자한테 넘겼다고 하던데 그게 정말이오?

—큰돈을 받아 챙겼다는데, 그 돈은 다 어디 있소?

—주인이 바뀌면 우린 누구한테 돈을 받는단 말이오?

여기저기서 볼멘소리가 터져나오며 곧이어 일꾼들은 장마철의 개구리처럼 일제히 웅성거렸다. 아직은 한껏 감정을 억누르고 있었지만 목소리엔 다들 노기를 띠고 있었다. 금복은 큰 소리로 그들의 입을 막았다.

—그건, 다 누군가 지어낸 말이에요. 돈을 받았으면 우리가 미쳤다고 이 산골짜기에서 죽치고 있겠어요? 당신들 돈을 떼먹을 생각이었다면 벌써 야반도주라도 했을 거요. 그러니 조금만 더 기다려보면……

금복이 말을 채 끝내기도 전에 누군가 뒤에서 소리를 질렀다.

―거짓말이야!

―맞아, 거짓말이야!

―거짓말!

―거짓말!

―거짓말!

이곳저곳에서 간헐적으로 튀어나오던 목소리가 하나로 합쳐지며 일제히 입을 모아 합창이 시작되었다. 몇몇이 발을 굴러 박자를 맞추자 성난 분위기는 더욱 고조되어갔다. 그들은 금복을 둘러싸고 점점 더 좁혀들었다. 당장이라도 그녀에게 달려들어 요절을 낼 것 같은 급박한 분위기였다. 이때, 금복이 그들을 향해 번쩍 손을 치켜들었다.

―잠깐!

일꾼들이 잠깐 주춤하자, 금복은 그 자리에서 느닷없이 옷고름을 풀어 저고리를 양옆으로 활짝 열어젖혔다. 백주대낮에 여인네의 하얀 속살이 드러났다. 그들이 언제나 갖고 싶어하던 바로 그 몸뚱이였다. 다들 놀라 눈을 둥그렇게 뜨고 쳐다보자 금복이 양팔을 벌리고 그들을 향해 외쳤다.

―정 그렇다면 내 몸을 다 뒤져봐요. 만일 내 몸에서 한푼이라도 나온다면 이 자리에서 나를 당장에 쳐죽여도 당신들은 아무런 죄가 없어요.

금복의 기습적인 행동에 사내들은 멈춰 섰고 금복과 일꾼들 사이에선 활시위처럼 팽팽한 긴장감이 감돌았다. 간혹 꿀꺽하며 침 넘기는 소리만이 간간이 들려올 뿐이었다. 이때, 긴장을 깨뜨린 것은 다시 뒤에서 터져나온 목소리였다.

—이보시오들! 저 요사스런 년의 주둥이에 더이상 놀아나지 말고 이 자리에서 당장에 때려죽입시다!

그러자 기다렸다는 듯이 곧바로 재청이 뒤를 이었다.

—그럽시다! 때려죽입시다!

—때려죽이지 말고 찢어 죽입시다!

—찢어 죽이지 말고 벽돌로 쳐 죽입시다!

—쳐 죽이지 말고 산 채로 묻어 죽입시다!

—묻어 죽이지 말고 가마에 넣어 태워 죽입시다!

—태워 죽이지 말고 미루나무에 목매달아 죽입시다!

여기저기서 거침없이 죽이자는 목소리가 터져나왔다. 물론, 일꾼들을 부추기고 충동질해서 그곳까지 끌고 온 자들의 목소리였다. 그들의 말엔 아무런 근거도 없었지만 그걸로 충분했다. 그것은 그 어떤 백 마디 말보다도 힘이 있었고 그 어떤 논리보다도 설득력이 있었으며 그 어떤 선전문구보다도 자극적이었다. 그것은 구호의 법칙이었다. 재청에 뒤이어 봇물이 터지듯 여기저기서 온갖 종류의 구호들이 쏟아져나왔다.

이날 쏟아진 구호들 가운데, '벽돌을 못 쓰게 죄다 깨뜨려버립시다!'나, '가마를 부숴버립시다!' 혹은 '공장에 불을 질러버립시다!'와 같은 주장은 잔뜩 화가 난 일꾼들 사이에서 일견 나올 법한 얘기였지만 어디선가 튀어나온 '파쇼에게 죽음을! 노동자에게 생존권을!'이나 '재벌독재 타도하여 노동자 천국 이룩하자!'와 같은 구호는 산골짜기에 있는 벽돌공장에서 써먹기엔 다소 유난스런 감이 없지 않았으며, '조선민주주의 인민공화국 만세!'나 '수령님의 영도 따라 미제를 박살내자!'와 같은 구호는 다소 수상한 감이 없지 않은데다, '아름다운 금수강산에 벽돌공장 웬 말이냐!'나 '생태계를 파괴하는 개발독재 물러가라!'와 같은 구호는 다소 때 이른 감이 없지 않았는데, 또 어디선가 느닷없이 튀어나온, '영숙아, 사랑해!'나, '씹할, 그때 홍싸리를 먹는건데'와 같은 소리는 그야말로 구호도 아니고 뭣도 아닌, 분위기도 제대로 파악하지 못한 자들이 내지른 잡소리에 불과했다 아니할 수 없다.

어쨌거나 그 요란스런 갖가지 의견에도 불구하고 구호의 요지는 금복을 당장에 죽이자는 거였고, 죽이긴 죽이되 그냥 죽이지 말고 사지를 찢어 죽이거나 가마에 넣어 태워 죽이는 식으로 가능한 한 치욕스럽고 고통스럽게 죽이자는 거였고, 죽인 다음에는? 물론 아무런 대책이 없었다. 그러나 잔뜩 흥분한 사내들은 당장에 살인이라도 저지를 것 같은 태세여서 대책이 있든 없든 상관할 바 아니라는 식이었다.

일꾼들 가운데에는 몽둥이를 든 자도 여럿 있었고 낫이나 곡괭이 같은 위험한 연장을 든 자들도 있었다. 그들은 살인적인 무더위와, 적당한 알코올, 그리고 백주대낮에 드러난 여인네의 하얀 속살로 잔뜩 광기에 휩싸인 상태였다. 그들은 금복을 향해 한 걸음씩 옥죄어왔다. 그 순간, 그들을 저지할 수 있는 건 아무것도 없었다. 금복은 자신에게 돌아온 엄청난 행운이 곧 자신의 목숨을 위협하게 된 운명의 아이러니에 기가 막힐 따름이었다. 누군가 뒤에서 금복의 저고리를 잡아채 찢어내는 것을 신호로 함성과 함께 사내들은 일제히 금복을 향해 달려들었다. 참혹한 전쟁의 소용돌이 속에서도 살아남은 금복의 목숨이 바야흐로 경각에 달리게 되었다. 그런데 이때, 누군가 뒤에서 소리를 질렀다.

—다들 멈추시오!

누군가의 외침에 사내들은 행동을 멈추고 고개를 돌려 소리난 쪽을 바라보았다. 그러나 무질서하게 뒤엉킨 일꾼들 틈에서 소리를 지른 자는 찾을 수가 없었고, 대신 그들이 본 것은 군중들 사이에서 삐죽 올라온 집게손가락이었다. 손가락은 진입로 쪽을 가리키고 있었다. 일꾼들이 다시 손가락을 따라 일제히 시선을 돌렸을 때, 그들은 진입로 끝에서 뽀얗게 이는 먼지를 발견했다. 금복도 찢어진 저고리를 겨우 추스르고 바닥에서 일어섰다. 먼지는 점차 공장을 향해 가까이 다가오다 수풀로 뒤덮인 모퉁이를 돌자 비로소 그 정체가 드러났다. 그것은 검은 지프차였다. 누군가 '동작 그만'이란 명령이라도 내린 것처럼 금복과 일꾼들은 모두 그 자리에 붙박인 듯 멈춰 서서 공장으로 들어오는 지프차를 바라보았다.

잠시 후, 뽀얗게 먼지를 뒤집어쓴 지프차가 공장 입구에 멈춰섰다. 뒤이어 차문이 열리며 중절모를 눌러쓴 뚱뚱한 사내가 차에서 내렸다. 그의 손엔 벽돌이 한 장 들려 있었고, 벽돌 한 귀퉁이엔 '坪垈甓瓦'란 글씨가 선명했다. 오랜 길을 달려온 듯 그의 표정엔 지친 기색이 역력했다. 그는 앞을 막고 선 사내들을 둘러보다 문득 벽돌을 높이 치켜들고 큰 소리로 물었다.

—이 벽돌이 여기서 만든 거요?

중절모의 느닷없는 물음에 일꾼들은 모두 쭈뼛대며 서로의 얼굴만 쳐다보았다. 방금 전의 살의는 모두 사라지고 그들은 어느새 평소의 주눅들고 눈치뿐인 뜨내기 일꾼으로 돌아와 있었다. 그러자 금복이 앞으로 냉큼 나서며 대답했다.

—당신은 눈도 없나요? 이 간판에 씌어 있는 글자를 보면 여기서 만들었는지 아닌지 알 거 아녜요.

금복이 공장 입구에 세워둔 간판을 가리키자, 중절모는 나무간판과 벽돌에 씌어 있는 글자를 번갈아 쳐다보다 겨우 찾았다는 듯 길게 한숨을 내쉬며 이마에 흐르는 땀을 닦아냈다. 그리고 갑자기 화가 난다는 듯 벽돌을 바닥에 팽개치며 말했다.

—젠장, 전화번호라도 적어놨어야지, 달랑 상호만 적어놓으면 평대가 산속에 가 박혔는지 염라국에 가 박혔는지 알 게 뭐요? 여기를 찾는 데 꼬박 이레나 걸렸단 말이오.

그가 볼멘소리로 말하자 금복이 빙그레 웃었다. 그녀는 어느새 방금 전의 죽음 앞에 내몰린 공포를 잊고 본래의 의연한 모습을 되찾고 있었다.

—여기는 전기도 들어오지 않는 곳이에요. 그러니 전화 같은 게 있을 턱이 없지요. 그래도 길을 잃지 않고 예까지 찾아왔으니 다행이군요.

중절모는 벽돌공장과 주변을 둘러보다 말했다.

—젠장, 이 외진 산골짜기에서 벽돌을 만들 줄 누가 알았겠소? 저 굴뚝만 없었더라도 모르고 그냥 지나쳤을 거요. 그건 그렇고 목이 타 죽을 지경이니 우선 물이나 한잔 주시오.

그러나 금복은 여전히 그 자리에 버티고 서서 말했다.

—먼저 무슨 용건으로 왔는지 알아야 물을 드리든 술을 드리든 합지요.

—젠장, 벽돌을 사러 온 게 아니라면 누가 미쳤다고 이런 시골구석까지 찾아온단 말이오? 당신이 여기 주인이오?

중절모는 꼬박꼬박 말대꾸를 하는 금복이 아니꼽다는 듯 물었다.

—내가 주인이 아니라면 뭐하러 이 땡볕에서 목 아프게 당신하고 이야기를 하고 있겠어요?

그제야 중절모는 졌다는 듯 양손을 위로 들어 보이며 말했다.

—좋소, 어차피 이 염병할 벽돌 때문에 여기까지 왔으니 그냥 빈손으로 돌아갈 수도 없고, 내가 필요한 벽돌은 여기 쌓아놓은 것만 가지고는 어림 반푼어치도 없으니 당신들은 앞으로 비가 오기

만 바라야 할 거요. 내일부턴 당장 죽어라 쉬지 않고 벽돌만 구워 내야 할 테니까. 그러니 흥정은 차츰 하기로 하고 우선 목을 축이 게 물이나 한잔 주시오. 물 대신 술이면 더욱 좋고.

　중절모와의 거래는 그렇게 시작되었다. 그는 곽郭사장이라고 불리는 건축업자였다. 기찻길 옆에 떨어져 있는 벽돌을 처음 발견 했을 때, 평생을 공사판에서 살아온 덕에 그는 벽돌의 뛰어난 품질 을 한눈에 알아볼 수 있었다. 그가 건물을 짓고 있는 곳은 평대에 서 기차를 타고 꼬박 사흘이나 걸릴 만큼 멀리 떨어져 있었지만 그 는 좋은 벽돌을 구하기 위해 그 먼 거리도 마다않고 달려왔던 것이 다. 훗날 그는 최초로 아파트를 지어 분양하고 나라에서 두번째로 큰 건설회사를 세우지만 정작 그 자신은 영화를 채 누리지도 못하 고 쉰두 살이 되던 한창 나이에 세상을 뜨고 말았다. 친구들과 강 가에서 술을 마시다 자신이 아직도 헤엄을 쳐서 강을 건널 수 있을 만큼 건장하다는 걸 증명하기 위해 물속에 뛰어들었다가 그만 심 장이 멈춰버리고 만 것이다. 그것은 만용의 법칙이었다.
　그는 건축업자답게 배짱도 두둑하고 성질도 제법 화끈해서 금 복과는 배포가 잘 맞았다. 실제로 그는 나중에 금복과 배포뿐만 아 니라 배까지도 직접 맞추게 되는데, 나중에 이를 알게 된 文에게 금복은 당시의 일을 회상하며 다음과 같이 슬쩍 핑계한 바 있다.
　—만일 그때 곽사장이 나타나지 않았더라면 나는 아마 꼼짝없

이 가마에 던져져서 장작불이 되고 말았을 거예요. 그러니 그는 나에게 둘도 없는 생명의 은인인 셈이지요. 어차피 죽어지면 썩어질 몸, 은인의 청을 한번 들어주었기로서니 뭐 그리 크게 잘못된 일인가요?

물론, 이는 평계에 불과하다. 훗날 금복은 주체할 수 없는 화냥기로 은인은커녕 일면식도 없는 뜨내기 일꾼들까지도 이불 속으로 끌어들여 文에게 깊은 상처를 안겨주지만 어찌됐든 곽사장으로 인해 당시의 위기를 넘겼던 것만큼은 틀림없는 듯하다.

그날 일꾼들 앞에서 던진 곽사장의 장담은 단지 큰소리가 아니었다. 다음날부터 일꾼들은 벽돌을 구워내느라 하루종일 진땀을 흘려야 했는데 밀린 임금도 받을 수 있고 더이상 일거리를 찾아 헤매지 않아도 된다는 생각에 진흙을 이기는 발에 힘이 붙었다. 공장을 찾아온 사람은 곽사장만이 아니었다. 박사장, 유사장, 안사장, 공사장, 민사장, 천사장 등 온갖 업자들이 평대벽와의 인장이 찍힌 벽돌을 들고 차례로 공장을 찾았다. 그들은 곽사장처럼 직접 건물을 짓는 건축업자거나 벽돌 쌓는 일만 전문으로 하는 벽와공, 또는 자재업자, 건축설계사 등이었다. 그동안 춘희네로만 알려진 금복도 이때부터 강사장이란 직함을 얻게 되는데, 그것은 그녀의 성을 따른 것이 아니라 깡이 좋다고 해서 얻은 별호였다. 그만큼 그녀는 거친 사내들 틈에서도 주눅들지 않고 거침없이 자신의 사업적 능력을 펼쳐 보인 것이다.

평대벽돌은 건축업계에 일대 돌풍을 일으켰다. 건축업자들은 평대벽와의 인장이 찍힌 벽돌을 얻기 위해 공장 입구에 줄을 섰고 벽돌은 가마에서 구워져나오는 즉시 기차에 실려 도회지로 팔려나갔다. 얼마 지나지 않아 文은 가마를 두 기 더 건설해야 했고 일꾼들은 갑절로 늘어났다. 이번엔 일할 사람이 모자라 가려뽑고 자시고 할 여유도 없었다. 금복도 밤낮없이 밥을 해대느라 일하는 여자를 몇 명 더 고용해야 했다. 그들은 금복처럼 치마 대신 몸뻬바지를 해입고 일을 했는데 그것은 곧 유행처럼 마을로 퍼져나가 얼마 지나지 않아 온 동리의 여자들까지 모두 몸뻬바지를 입게 되었다. 그렇게 하루종일 진흙을 이겨대는 벽돌공들의 노동요와 벽돌을 실어나르기 위해 줄을 선 트럭의 거친 엔진 소리, 그리고 서로 먼저 벽돌을 받아가겠다는 업자들의 악다구니로 남발안이 가으내 시끄러웠다.

결국 겨울이 오기 전에 금복은 인부들의 밀린 품삯을 모두 지불하고도 웃돈까지 후하게 얹어줄 수 있게 된 한편, 쌍둥이자매에게 빌린 돈을 모두 갚고도 남아 그동안 공장에 무한정 쏟아부은 비용까지도 어느 정도 벌충할 수 있게 되었다. 서리가 내리고 기온이 급격히 떨어지며 밀려들던 주문이 다소 뜸해지자, 금복은 날을 잡아 인부들을 위해 한바탕 잔치를 베풀었다. 돼지를 일곱 마리나 잡왔고 읍내에서 술을 한 트럭 가득히 실어왔다. 이때는 쌍둥이자매와 생선장수도 모두 공장으로 초대되었다. 이날 벽돌공들은 모처럼의 달콤한 휴식과 잘 익은 막걸리에 대취해 다들 목청껏 노래를 불렀고 아무하고나 어깨를 걸고 돌아가며 춤을 추었다. 그간의 고생을 모두 보상받고도 남을 만큼의 큰 성공에 감격해 서로 부둥켜안고 우는 자들도 있었다. 금복도 그날만큼은 주인의 신분을 떠나 일꾼들과 함께 어울렸다. 모두가 더없이 만족스럽고 행복한 축제였다. 다들 기분좋게 술에 취해 곯아떨어진 그날 새벽, 남밭안에 첫눈이 내렸다.

통뼈

눈이 내리고 기온이 더 떨어지자 계곡의 물이 얼어붙었다. 마침내 가마의 불이 꺼지고 가으내 쉼없이 돌아갔던 공장도 가동을 멈췄다. 바야흐로 세상만물이 긴 겨울의 휴식에 들어갈 참이었다. 그동안 밀린 품삯을 받아쥔 벽돌공들은 하나둘씩 고향으로 떠났다. 그들은 다들 이듬해 봄을 기약하며 흐뭇한 마음으로 밤기차에 몸을 실었다. 공장엔 고향이 있어도 갈 수 없는 자, 돌아가도 반겨줄 이 하나 없는 자들만 몇몇이 남아 화투패를 떼며 긴 겨울밤의 지루함을 달래고 있었다.

이즈음 금복과 文도 평대로 돌아가 휴식을 취하고 있었다. 그런데 누군가 저 높은 곳에서 그들의 지나친 성공을 질투했을까? 평대에선 뜻밖의 불행한 사고가 일어났다. 그것은 일찍이 생선장수가 처음 평대에 들어왔을 때부터 쌍둥이자매를 내내 불안하게 만들고 춘희와 점보로 하여금 동아줄로 차를 묶어 낭떠러지로 끌고 가게 했던, 저 강렬한 예감으로부터 비롯된 것이었다.

그날, 생선장수는 낡은 차에 사람들을 태우고 구불구불 산길을 돌아 평대로 들어오고 있었다. 눈이 내린 지 며칠 지나지 않아 길 위엔 소복이 쌓인 눈이 아직 녹지 않고 남아 있었다. 차는 시장통을 돌아 기차역을 향해 달려가고 있었다. 그런데 이때, 갑자기 어디서 나타났는지 생선장수의 눈앞에 한 노파의 모습이 불쑥 나타났다. 머리가 허옇게 센 노파는 지팡이를 짚고 막 길을 건너려던 참이었다. 귀가 어두웠는지 그녀는 생선장수가 급히 울린 경적소리도 듣지 못하고 바닥에 코를 박은 채 천천히 걸음을 떼고 있었다. 생선장수는 기겁을 하고 놀라 급히 브레이크를 밟았다. 그러나 눈길에 바퀴가 미끄러지며 차는 길옆으로 돌진했다. 차 안에 탄 승객들은 한쪽으로 쏠리며 일제히 비명을 질렀다.

그런데 불행하게도 이때는 점보가 춘희를 등에 태우고 시장 어귀를 막 지나고 있을 때였다. 생선장수는 코끼리와 그 위에 타고 있는 춘희를 발견하고 발목이 아프도록 힘껏 브레이크를 밟았다. 하지만 한번 미끄러지기 시작한 차는 멈추지 않았다. 결국 평대운수의 1호차는 달려오는 속도 그대로 점보의 옆구리를 쿵 들이받고 말았다. 점보는 그 자리에 쓰러졌고 코끼리의 등에 타고 있던 춘희는 허공으로 날아갔다. 불과 몇 초 사이에 일어난 끔찍한 사고였다.

코끼리와 부딪치는 충격에 잠시 정신을 잃었던 생선장수가 눈을 떴을 때 그는 길 한복판에 서 있는 노파를 발견했다. 노파는 그제야 사고가 난 것을 알아챘는지 차가 있는 쪽으로 고개를 돌렸다. 그리고 이때, 생선장수는 이제껏 한 번도 본적이 없는 추한 얼굴을 목격했다. 주름이 자글자글한 얼굴에 옴폭 들어간 쥐눈, 뭉툭한 주먹코와 이빨이 모두 빠져 홀쭉 들어간 뺨, 듬성듬성 빠진 머리카락…… 그렇다! 그녀는 바로 그 불쌍한 노처녀, 아니, 국밥집 노파였다. 그런 추한 얼굴을 가진 노파가 그녀가 아니라면 또 누구겠는가?

생선장수와 눈이 마주치자 그녀는 홀쭉 들어간 뺨을 찌그러뜨리며 비시시 웃어보였다. 소름이 끼치는 음산한 웃음이었다. 생선장수가 급히 차에서 내려 바닥에 쓰러진 점보에게 달려갔을 땐 점보는 이미 숨이 끊어져 있었다. 호스처럼 긴 코에선 검붉은 피가 쿨렁쿨렁 쉬지 않고 쏟아져나와 하얀 눈으로 뒤덮인 길바닥을 붉게 물들였다. 삽시간에 군중들이 모여들었다. 차도 앞이 찌그러져 연기를 내뿜었고, 다친 승객도 여럿 되었다. 점보의 등에 타고 있던 춘희는 어디로 날아갔는지 보이지 않았다. 그것은 평대에서 일어난 최초의 교통사고였다. 그러다보니 아무도 현장을 어떻게 수

습해야 하는지 몰라 우왕좌왕하느라 소란은 더욱 커졌다. 그런 아수라장 속에서 생선장수는 방금 전에 보았던 노파의 모습을 찾았지만 그녀는 이미 어디론가 사라지고 보이지 않았다.

춘희가 발견된 건 사고 소식을 들은 쌍둥이자매와 금복이 놀라 달려온 뒤였다. 쌍둥이자매는 나란히 점보 위에 엎어져 큰 소리로 울음을 터뜨리며 동시에 혼절을 했다가, 다시 깨어나면 마치 코끼리가 죽은 걸 처음 발견한 것처럼 자지러질 듯 울음을 터뜨리다가 다시 혼절하기를 몇 번이고 거듭했다. 그러는 동안, 누군가 시장통 옆 느티나무 위에서 춘희를 발견했다. 아마도 그녀는 차에 부딪히는 통에 그 높은 곳까지 날아간 듯했는데 언제 깨어났는지 나무 위에 앉아 죽은 코끼리와 주변을 둘러싼 군중들, 그리고 그 위에 엎어져 우는 쌍둥이자매를 물끄러미 바라보고 있었다. 겉보기엔 아무데도 다친 데 없이 말짱해 보였다. 그날, 코끼리를 넘어뜨릴 만큼 강력한 충격을 받았는데도 불구하고 어떻게 춘희는 목숨을 잃지 않았을까? 곧 그 비밀이 밝혀졌다.

춘희는 금복과 文의 손에 이끌려 병원을 찾았다. 겉보기엔 말짱했지만 오히려 그게 더 문제라며 빨리 병원에 데려가보라는 사람들의 조언에 따른 것이었다. 이즈음에는 평대에도 이미 현대식 의료장비를 갖춘 병원이 들어서 있었다. 하얀 가운을 입은 의사는 이런저런 방법으로 춘희의 몸에 이상이 없는지 검사를 해보았는데 그중의 하나가 엑스선 사진을 찍어보는 거였다. 춘희는 옷을 벗고 커다란 기계 앞에서 몇 장의 엑스레이를 찍었다. 그리고 잠시 후, 의사는 사진이 찍힌 필름을 몇 장 가지고 다시 나타났는데, 그는 한참이나 필름을 들여다보며 도통 이해할 수 없다는 표정으로 고개만 갸우뚱거렸다. 답답해진 文이 채근을 했다.

—고개만 흔들지 말고 말을 좀 해보시오. 우리 애가 뭐가 잘못된 거요?

—글쎄요, 잘못된 거라면 잘못된 거지만, 또 잘된 거라면 잘된 걸 수도 있지요.

의사가 여전히 고개를 갸우뚱거리며 대답했다.

—도대체 그게 말이오, 막걸리요? 잘된 거면 잘된 거고, 잘못된 거면 잘못된 거지……

참다못한 금복이 끼어들었다. 그러자 의사가 필름을 앞으로 내놓으며 말했다.

—혹시 통뼈라는 말을 들어봤나요?

—들어봤지요. 호랑이 앞발이 통뼈라고 하던데……

文이 대답했다.

—그렇지요. 그래서 그 앞발에 한번 채면 살아날 장사가 없지요. 그런데 얘가 바로 통뼈예요. 보통 사람들은 아래팔에 뼈가 두 가닥씩 있는데 이애는 뼈가 통으로 되어 있거든요.

의사는 사진을 가리키며 말했다.

—보세요, 이렇게 하나밖에 안 보이잖아요. 그러니까 차에 치이고도 말짱한 건 바로 이애의 몸이 통뼈로 되어 있기 때문이에요.

의사의 말을 들으며 금복은 걱정의 얼굴이 떠올랐다. 춘희가 그의 씨임을 다시 한번 확신하게 되는 순간이었다.

—그럼, 통뼈라서 무슨 문제가 될 건 없나요?

신중한 文이 다시 조심스럽게 물었다.

—글쎄요, 혹시 이애한테 피아노나 타자를 가르치실 생각이 있나요?

—피아노고 타자고 우린 관심 없어요. 앞으로 이애는 우리처럼 벽돌 굽는 법을 배우게 될 거예요.

금복이 거침없이 대답하자 文이 뜻밖이라는 듯 금복을 쳐다보았다. 그녀가 이전부터 내심 춘희를 벽돌공으로 키울 생각을 하고 있었는지, 아니면 의사의 질문에 그냥 즉흥적으로 나온 대답이었는지는 알 수 없는 노릇이다. 다만 이때 금복이 내뱉은 말로 춘희의 미래는 단숨에 결정되고 말았다.

—그렇다면 뭐, 별문제는 없겠군요.

의사가 어깨를 으쓱해 보였다. 그것으로 끝이었다.

그런데, 그날 금복은 엉뚱하게도 사람의 몸을 투과하는 엑스레이에 마음을 사로잡히고 말았다. 그녀는 엑스레이의 원리를 전혀 이해하지 못했지만 사람의 몸안을 들여다볼 수 있다는 사실에 신기해하며 의사에게 자신의 몸을 엑스레이로 찍어달라고 부탁했다. 文이 기분 나쁘게 뼈다귀만 나오는 사진을 찍어서 뭐에 쓸 거냐며 퉁을 주었지만 금복의 맹렬한 호기심을 제지할 수는 없었다. 그녀는 기어코 몸뻬까지 모두 벗고 커다란 기계 앞에 서고 말았다.

잠시 후, 금복의 몸 구석구석을 찍은 엑스레이 사진이 나오자 그녀는 마치 진기한 보물지도를 들여다보듯 사진을 유심히 들여다보았다. 거기엔 탐스러운 머리카락과 풍만한 엉덩이, 뜨거운 눈빛과 발그레한 뺨은 모두 사라지고 죽은 나무 삭정이 같은 앙상한 뼈만 하얗게 남아 있었다. 금복은 사진을 집으로 가져와 전등불에 비춰보며 홀린 듯 며칠 동안 관찰하다, 마침내 큰 깨달음을 얻은 듯 고개를 끄덕이며 우울한 목소리로 말했다.

—그러니까 다 껍데기뿐이란 말이군. 육신이란 게 결국은 이렇게 하얗게 뼈만 남는 거야.

그녀가 엑스레이 사진을 통해 발견한 것은 바로 죽음 뒤에 남게 될 자신의 모습이었다. 그날 이후, 그녀는 언제나 입버릇처럼 '죽어지면 썩어질 몸'이란 말을 자주 되뇌었다. 그리고 곧 내키는 대로 아무 사내하고나 살을 섞는 자유분방한 바람기가 시작되는데, 그것은 어쩌면 평생을 죽음과 벗하며 살아온 그녀가 곧 스러질 육신의 한계와 죽음의 공포로부터 벗어나기 위한 덧없는 몸부림이었는지도 모른다.

한편, 점보의 죽음은 어릴 때부터 점보를 한식구처럼 보살펴온 쌍둥이자매에게 말할 수 없이 큰 슬픔을 안겨주었다. 그들은 다방 문도 걸어잠근 채 식음을 전폐하고 방에 틀어박혀 울기만 했다. 금복이 며칠을 옆에 붙어앉아 달랬지만 소용이 없었다. 그들은 금복이 다방을 홍보한답시고 하루에 두 번씩 마을을 돌게 해서 점보가 죽었다며 금복을 원망하는 한편, 점보를 죽인 끔찍한 도살자와 한 집에서 살 수 없다고 뻗대는 통에 할 수 없이 생선장수는 옆집에 세를 얻어 따로 나가 살 수밖에 없었다. 그리고 며칠 뒤, 다시 다방 문을 열었지만 쌍둥이자매는 이전의 명랑하고 쾌활한 모습을 되찾지 못했다. 그들은 자주 창가에 앉아 점보가 휘장을 두르고 느릿느릿 걸어가던 시장통을 바라보며 하염없이 눈물을 지었다. 그러니 다방이 제대로 운영될 리 없었다. 이에 금복이 묘안을 하나 생각해냈는데, 그것은 죽은 나자로가 무덤의 돌을 열고 나온 기적만큼이나 신기하고 놀라운 거였다.

　어느 날 아침, 다방으로 걸어오던 쌍둥이자매는 도저히 믿기지 않는 광경을 목격하고 놀라 그 자리에 멈춰 섰다. 바로 코끼리 점보가 다방 앞에 코를 높이 치켜든 채 우뚝 서 있었던 것이다. 다시 살아난 코끼리를 보고 기절할 듯 놀란 그들은 반가움과 기쁨에 비명을 지르며 점보에게 달려갔다. 그리고 점보를 부둥켜안았을 때, 그들은 곧 그것이 죽은 코끼리를 박제한 것이라는 걸 깨달았다.

　며칠 전, 금복은 쌍둥이자매들 몰래 사람을 시켜 죽은 코끼리를 무덤에서 파냈다. 몸통은 이미 썩어들어가고 있었지만 다행히 두꺼운 가죽은 원형을 그대로 유지하고 있었다. 이전부터 온갖 날짐승과 들짐승의 박제품이 평대 사람들의 주요한 생계수단이다보니 그만큼 박제 솜씨가 뛰어난 자들도 많았다. 그들은 코끼리의 가죽을 조심스럽게 벗겨내고 대팻밥으로 속을 채웠는데, 워낙 덩치가 커 대팻밥만으로는 어림도 없었다. 결국 짚이 수십 단 들어가고서야 속이 모두 채워졌다. 이미 썩어버린 눈알을 빼내고 특별히 제작한 큰 구슬을 양쪽 눈에 하나씩 박아넣자 점보는 비로소 생전의 모습을 되찾았다.

점보가 박제되었다는 것을 안 쌍둥이자매는 실망감에 다시 울음을 터뜨렸지만 금복의 의도가 실패로 끝난 것만은 아니었다. 비록 박제된 코끼리이긴 하지만 그것은 점보가 살아 있을 때의 위용을 그대로 보여주어 쌍둥이자매에게 큰 위안을 주었다. 또한 사람들이 박제된 코끼리를 보기 위해 다방 앞에 모여들어 홍보효과 역시 이전대로 유지할 수 있었다. 다만 다방을 홍보하는 휘장만큼은 그 때문에 점보가 죽었다고 생각하는 쌍둥이자매의 반대로 제거할 수밖에 없었다. 대신 쌍둥이자매는 아이디어를 하나 더 보탰다. 그것은 커다란 구유를 하나 만들어 코끼리 앞에 놓아두는 것이었다. 그리고 틈이 날 때마다 콩을 삶아 구유에 가득히 채워주기를 게을리하지 않았는데, 그 코끼리 구유엔 다음과 같은 글씨가 새겨져 있었다.

점보에게, 사랑을 담아.

박제된 코끼리는 훗날 불에 타 잿더미로 사라질 때까지 오랫동안 그렇게 다방 앞을 지키고 서서 평대의 명물로 자리잡게 되었다.

점보의 죽음으로 슬픔에 잠긴 사람은 비단 쌍둥이자매만이 아니었다. 처음엔 점보가 죽었다는 사실을 잘 이해할 수 없었던 춘희도 차츰 점보가 자신으로부터 영원히 떠나가버렸다는 사실을 깨달았다. 비록 엄마가 박제를 해서 그 원형을 되살려놓긴 했지만 춘희는 그것이 이전의 점보가 아니라는 것을 금방 알아챘다. 그녀를 행복한 기분에 젖게 했던 특유의 냄새도 없어지고 무엇보다도 그들만의 방식대로 나누던 대화가 사라졌기 때문이었다. 춘희는 비로소 생전의 점보가 말하던 죽는다는 것의 의미를 깨달았다. 그것은 영원히 움직이지 않는 거였다. 파리가 눈에 앉아도 눈을 깜박여 쫓지 못하는 거였고 차가운 비가 내려도 피하지 못하는 거였으며 다리가 아파도 앉아서 쉴 수 없는 거였다. 춘희에게 있어서 박제된 점보는 더이상 점보가 아니었다. 그것은 그저 점보의 형상을 닮은 짚단과 가죽에 불과했다. 춘희가 느낀 슬픔은 쌍둥이자매만큼 강렬한 것은 아니었으나 그 상실감은 그네들보다 훨씬 더 오랫동안, 훗날 그녀가 공장에서 홀로 쓸쓸한 죽음을 맞이하는 순간까지도 그녀를 떠나지 않았다.

스캔들

이듬해 봄이 되자, 공장은 더욱 바빠졌다. 주문은 끝도 없이 밀려들었고 인부들은 똥 누고 밑 닦을 새도 없어 하루라도 허리를 펴기 위해 비가 오기만을 손꼽아 기다려야 했다. 금복은 찾아오는 건축업자를 상대로 주문을 받고 벽돌 값을 흥정하느라 바쁜 한편, 자주 대처에 나가 며칠씩 묵어오기도 했다. 새로운 판로를 찾고 기존의 구매자들을 관리하기 위해서라는 것이 그 이유였다.

바쁘기로 치면 文도 금복 못지않았다. 금복이 영업을 담당했다면 그는 관리와 생산을 담당했다. 그는 벽돌의 품질이 떨어질까 염려하여 혹독하게 일꾼들을 독려하는 한편, 들고나는 인원을 점검하고 보충하느라 정신이 없었다. 기실, 공장을 일으켜세우는 데에는 누구보다도 文의 공이 가장 크다고 할 수 있으나 그는 결코 자신을 내세우지 않았다. 말없이 금복의 뒤에서 필요한 일들을 꼼꼼히 챙기고 자신이 결정할 수 있는 일에도 반드시 금복의 지시를 기다렸다. 그가 늘 금복을 앞세우다보니 속내를 잘 모르는 사람들은 행색도 보잘것없고 나이도 많은 文이 금복의 남자라는 사실에 놀라곤 했다. 하지만 文은 그런 점에 대해 조금도 섭섭해하지 않았다. 그는 그런 남자였다.

이즈음 근대의 물결은 더욱 거세게 밀어닥쳐 평대는 급속도로 팽창해갔다. 집집마다 전기가 들어오고 마을에 전화가 개통되었다. 당시 장군은 인류 역사상 유례가 없는 기상천외한 정책을 한 가지 시행했는데, 그것은 아침마다 동시에 온 국민을 깨우는 일이었다. 이때 그가 사용한 방법은 마을 한복판에 커다란 스피커를 설치해 자신이 직접 만든 노래를 크게 틀어대는 거였다. 그 시간은 평생 군인으로 살아온 장군이 매일 아침 점호를 위해 일어나는 시간이었다. 깊은 산속에 있던 평대라고 해서 예외는 아니었다. 노래의 내용은 별로 귀담아들을 게 없었지만 그 방법은 매우 효과적이었다. 새벽마다 어김없이 흘러나오는 노랫소리에 사람들은 투덜대면서도 달콤한 이불 속에서 기어나오지 않을 도리가 없었다. 스피커에서 울려나오는 소리가 너무 컸기 때문이었다. 그렇게 장군은 사람들의 잠을 빼앗아갔고 세상은 더욱 피곤해졌다.

문명을 깊은 산속까지 끌고 오는 데에는 마을 앞을 가로지른 철도에 뒤이어 금복의 공이 누구보다도 크다 할 수 있었다. 그녀는 차 한 대로 운영하던 운수회사에 더 많은 돈을 투자해 운행하는 차를 모두 열 대로 늘렸다. 일자리가 늘어나면서 평대로 유입되는 인구도 급속도로 늘어났기 때문이었다. 사람들은 하는 일이 없어도 괜히 마음이 바빠 허둥거렸고 아무리 밥을 많이 먹어도 이유 없이 속이 헛헛해 다방을 찾아가 독한 커피라도 한 잔 들이부어야 겨우 속이 차는 듯싶었다. 또한 다방에 앉아 하릴없이 이 말 저 말 옮기 다보니 사람들 간의 관계는 더욱 번잡스러워졌고 시비는 늘어났으며 오해를 풀고 화해를 하느라 술값이, 혹은 커피 값이 더 많이 들어가 소비가 더욱 촉진될 수밖에 없었다. 사람들 마음속엔 어느 덧 공허가 가득 들어찼고 금복은 이를 차곡차곡 돈으로 바꾸어나 갔다. 그것은 자본주의의 법칙이었다.

어느 날, 벽돌공장으로 한 젊은 목사가 금복을 찾아왔다. 그는 하느님의 복음이 미치지 못하는 깊은 오지에 복음을 전하겠다는 사명감으로 자청해서 평대에까지 들어와 전도를 하는 중이었다. 그가 찾아온 것은 금복에게 성전을 건축하기 위한 벽돌을 기부해 달라고 부탁하기 위해서였다.

—도대체 누굴 위해서 기부를 하라는 거죠?

파이프에 담배를 끼워문 금복이 의자에 비스듬히 기대앉아 목 사를 내려다보며 물었다. 언제부턴가 금복은 늘 파이프를 입에 물 고 살았는데, 그녀가 담배를 배운 건 업자들을 만나느라 대처에 나 다닐 때부터였다.

—세상의 시작과 끝, 세상만물의 생멸과 이루어짐의 주관자, 우 리들의 주인이신 하느님 아버지죠.

목사가 대답했다.

—그렇다면 나도 그게 누군지 대충 알 것 같군요. 언젠가 나도

그 귀신한테 기도를 한 적이 있거든요. 그런데 그자는 내 기도를 비웃더군요.

금복이 말한 이때의 기도라 함은 아마도 오래전 걱정이 다쳤을 때의 일을 가리킨 듯싶다.

— 기도가 부족했겠지요.

목사가 대답했다.

— 그래요? 그것도 부족했다면 그자는 욕심이 꽤나 많은가보군요. 그런데, 성전을 지어서 뭘 하겠다는 거죠?

— 하느님께 예배를 드리기 위해서죠.

— 아무데고 십자가만 걸어놓으면 되지 예배를 드리는 데 따로 공간이 필요한 가요? 당신네들이 믿는 그 귀신은 아마도 예배당 안에만 숨어 있는 모양이군요.

— 하느님은 이 벽돌공장에도 계십니다. 그리고 저희 하느님에게 헌금을 하시면 그 몇 배로 갚아주실 겁니다.

— 나는 지금으로도 충분해요. 더 많은 돈은 필요 없어요.

— 지상에 쌓아놓는 재물은 아무리 많아도 소용이 없습니다. 그 것은 모래 위에 세운 누각처럼 곧 사라질 것입니다.

— 그럼, 어디에다 쌓아둬야 안전한가요?

— 바로 하느님이 계신 곳, 그리고 당신이 이다음에 죽어서 갈 하늘나라에 쌓아두어야죠.

— 이 무거운 벽돌을 그렇게 높은 데다 쌓아두려면 힘깨나 들 텐

데, 이럴 줄 알았으면 차라리 솜사탕 장사나 할걸 그랬군요. 그건 그렇고 결혼은 했나요?

금복이 눈웃음을 흘리며 그의 얼굴에 담배연기를 살짝 내뿜었다. 그러자 총각이었던 순진한 목사는 얼굴이 빨개지며 고개를 가로저었다.

—당신네 하느님은 참 매정한 분이군요. 이렇게 잘생긴 총각을 아직 짝도 안 지어주시는 걸 보니.

금복은 총각의 발개진 뺨을 손으로 어루만지다 그의 사타구니에 슬며시 손을 얹으며 말했다.

—좋아요, 우선 당신이 믿는다는 그 하느님의 능력이 어떤지 나에게 보여주세요. 벽돌 얘기는 그다음에 하기로 하죠.

이후, 젊은 목사는 수시로 벽돌공장을 드나들었고 그가 다녀갈 때마다 마을로 벽돌이 한 트럭씩 실려나갔다. 목사는 금복과 정사를 나눌 때마다 눈을 질끈 감고 그의 하느님에게 기도를 했다.

—주여, 제 뜻대로 하지 마시고 무조건 당신 뜻대로만 하소서. 뭐가 됐든.

금복의 바람기는 그렇게 아이러니하게도 하느님의 복음을 전파하는 목사와의 관계로 시작되었고, 그 이듬해 목사는 소원대로 평대 한복판에 번듯한 예배당을 세울 수 있었다. 그것은 헌금의 법칙이었다.

한편, 금복에 대해 절대적인 신뢰와 충성심을 보이던 文은 언젠가 우연히 듣게 된 불쾌한 소문으로 인해 신경이 잔뜩 날카로워져 있었다. 공장에선 금복이 대처에 나가 며칠씩 묵어오는 이유가 단지 공장일 때문만이 아니라 은밀히 샛서방을 만나기 위해서라는 소문이 떠돌았는데 언젠가부터 금복의 일거수일투족은 공장 사람들뿐만 아니라 평대 사람 모두에게도 가장 흥미 있는 관심사가 되어버려, 그 수상한 소문은 곧 공장을 돌아 마을에까지 일파만파 번져나갔다. 금복이 남자를 끼고 여관으로 들어가는 걸 직접 보았다는 얘기가 등장하고, 그녀가 또 양산을 받쳐들고 또다른 사내와 시시덕대며 물놀이를 하고 오는 것을 보았다는 소문도 뒤를 이었다. 금복이 샛서방을 만나고 다닌다는 소문이 기정사실로 굳어지자 곧이어 사람들의 관심사는 과연 금복이 만나고 다니는 샛서방이 누구냐 하는 것으로 옮겨갔고 뒤이어 금복의 샛서방이 실은 한둘이 아니라 열 손가락을 다 꼽아도 모자랄 만큼 여러 명이라는 소문이 떠돌았다. 文의 귀에까지 소문이 전해진 것은 그녀가 대처에 여러 명의 샛서방을 거느리고 있을 뿐만 아니라 심지어는 마을의 목사나 공장에서 일하는 인부들하고까지도 붙어먹는다는 새로운 소문이 추가되었을 즈음에서였다.

　文에게 소문을 전해준 사람은, 선대로부터 물려받은 전답 수백 마지기를 노름으로 몽땅 날리고 마누라까지 잡힌 끝에 결국 오갈 데 없는 뜨내기 신세가 된 한 나이든 인부였다. 그는 한껏 조심스럽고 완곡하게, 언제나 소문과 함께 장식처럼 따라다니는 변명들을 장황하게 섞어, 예컨대, 자신은 결코 입이 싼 사람이 아니며, 본시 떠도는 소문을 믿지도 않을뿐더러, 쓸데없이 이 말 저 말 옮기는 것을 세상에서 제일 싫어하며, 그런 짓은 앉아서 오줌누는 계집이라면 모를까 불알 달린 사내로선 차마 할 짓이 못 된다고 생각하지만, 과연 못 들은 걸로 하고 끝까지 입을 다물고 있는 게 당사자를 위하는 것이냐, 아니면 들은 대로 정직하게 알려주는 게 올바른 것이냐 하는 문제로 오랫동안 고민하다, 그래도 혹시 천에 하나 만에 하나 소문이 사실일까 염려되어, 만일 그렇다면 혼자만 모르고 있는 文이 사람들로부터 웃음거리나 되지 않을까 걱정되어, 다시금 얘기하지만 자신은 그저 오로지 文을 생각하는 마음에 털어놓기는 털어놓되, 소문이란 건 어디까지나 믿을 게 못 되는데다 나중에 알고 보면 결국 뜬소문으로 그치는 경우가 많아, 그럴 땐 그저 한 귀로 듣고 한 귀로 흘려버리는 게 상책이니, 구태여 진실을 캐고자 하면 못 캘 것도 없지만, 꼭 그렇게 해서 사달을 일으켜야만 속이 풀리는 건 아니더라도, 이왕지사 말이 나온 김에 한번 확인을 하는 게 어떨까 싶기도 한데, 한편 생각하면 그저 술 한잔 먹고 잊어버리는 게 현명한 처신이 아닐까 싶기도 한 게 아닌 게 아니냐며, 병을 주는 동시에 약을 주는 요사스런 화법으로 그 수상한 소문을 전했을 때, 文은 그 자리에서 소문을 전한 인부를 당장에 해

고해버리고 말았다. 그는 말을 전한 인부 앞에서 욕을 하며 세 번 침을 뱉은 후 흐르는 계곡물에 귀를 씻었다.

그러나 한번 들은 얘기를 무를 수는 없는 노릇, 한쪽 귀로 들어온 소리가 다른쪽 귀로 빠져나갈 리 없으니 마음 한구석에 슬그머니 자리잡은 의심은 암세포처럼 점점 자라나 어느덧 그의 마음을 가득 채워버리고 말았다. 그는 언젠가부터 밤마다 괴로움에 잠 못 이루고 공장 마당을 서성거렸다. 그러나 금복이나 다른 인부들은 다들 정신없이 바빠 아무도 이를 눈치채지 못했다.

그러다 마침내 文은, 차마 상상하는 것조차 두렵지만 잊고자 할수록 더욱 선명하게 되살아나고 털어내고자 할수록 더욱 뚜렷하게 떠오르는 불길한 이미지, 그로 하여금 미칠 듯한 질투심과 분노에 치를 떨게 하다 곧이어 한없는 무력감과 절망 속으로 추락하게 만들었다가 끝내는 헤어날 수 없는 깊은 슬픔에 빠져들게 만드는, 그 고통스런 장면과 마주치고 말았다.

그날 밤도 文은 잠을 이루지 못하고 공장 마당을 서성이고 있었다. 쌀쌀한 밤공기가 뜨겁게 달아오른 그의 목덜미에 와 닿았다. 그는 공연히 마당을 서성일 게 아니라 가마의 불이 이상 없이 타고 있는지나 한번 돌아봐야겠다고 생각했다. 가마를 모두 둘러보고 맨 구석진 곳에 위치한 마지막 가마를 둘러보기 위해 건물 모퉁이를 돌았을 때, 그는 행여나 마주칠까 두려워했던 바로 그 장면을 목격하고 말았다. 가마 모퉁이에서 그가 목격한 것은 금복과 한 인부가 벽에 기대어 선 채로 정사를 벌이고 있는 장면이었다. 그 인부는 도시에서 건달 노릇을 했다고 알려진 사내로, 체격도 제법 당당하고 몸에 문신도 여러 개 있는 자였다. 웃통을 벗어젖힌 사내는 가마에 등을 기댄 채 엉거주춤 서 있었고 몸뻬를 아예 벗어던진 금복은 그의 목을 끌어안고 고개를 뒤로 젖힌 채 신음소리를 내고 있었다. 가마에서 흘러나오는 불빛으로 사내의 굵은 목과 금복의 풀어헤친 젖가슴에서 흘러내리는 굵은 땀방울이 더욱 강조돼 보였다.

두 사람을 목격한 순간, 文은 불길이 이는 듯 눈이 화끈거렸으며 피가 거꾸로 솟아오르며 얼굴은 찬물을 끼얹은 듯 창백해지고 온몸의 털이 일시에 곤두서며 분노와 긴장으로 근육이 팽팽하게 당겨졌다. 금복은 한쪽 다리를 올린 채 엉덩이를 사내의 아랫도리에 한 치의 틈도 없이 밀어붙여 하얀 허벅지가 꿈틀거렸다.

文은 주위를 두리번거리다 곧 가마에 기대 있는 곡괭이를 찾아냈다. 공장 터를 일굴 때 쓰던 거였다. 그는 망설임 없이 곡괭이를 움켜쥐고 천천히 두 사람을 향해 다가갔다. 사내는 때마침 절정을 향해 치닫느라 얼굴을 잔뜩 우그러뜨린 채 눈을 질끈 감고 있었고 금복 또한 온몸이 뒤흔들리는 요분질에 주변에서 무슨 일이 일어나는지 알지 못했다. 금복의 뒤로 바짝 다가간 文이 번쩍 곡괭이를 쳐들었을 때, 문득 사내가 文을 발견했다. 그는 놀라 입을 딱 벌린 채 文의 눈에 어린 살기와 번쩍 치켜든 곡괭이를 동시에 쳐다보았다. 그 순간은 찰나에 불과했지만 文의 머릿속에선 무수히 많은 생각들이 빠른 속도로 부딪쳤으며 사내의 머릿속에서도 비슷한 현상이 일어났다. 이때까지도 금복은 아무것도 모른 채 엉덩이를 더욱 강하게 밀어붙이고 있었다. 그런데 이때 갑자기 무슨 생각이 들었는지 文은 허탈한 표정으로 곡괭이를 내려놓았다. 그러고는 돌아서서 조용히 어둠 속으로 사라졌다.

훗날, 금복의 난잡한 남자관계가 세상에 모두 알려져 이를 남세스럽게 생각한 쌍둥이자매가 文에게 자기 계집 하나 간수 못해서 어떻게 사내라고 할 수 있겠느냐며 은근히 文의 조처를 촉구했을 때 그는 다음과 같이 대답했다.

―저 여자는 내가 혼자 가질 수 있는 여자가 아닙니다.

―혼자가 아니라면 춘희네가 무슨 시정잡배들고 나눠갖는 창기라도 된단 말인가?

쌍둥이자매는 비록 文보다 몇 살 아래였지만 그를 마치 조카사위라도 되는 양 하게체로 대했고 文도 이를 자연스럽게 받아들였다.

―저 여자는 자기가 하고 싶은 대로 내버려둬야지, 안 그러면 제 성질에 미쳐버리고 말 겁니다. 물론 지금도 제정신은 아니지만 그래도 아예 미쳐버리는 것보다야 지금이 낫지요.

어쩌면 이때의 결론은 그가 금복의 머리통을 겨누었던 곡괭이를 차마 어쩌지 못하고 그냥 내려놓았을 때 모두 내려진 것인지도 모른다. 그날 밤, 그는 자신이 모든 고통을 감수하더라도 금복의 바람기를 그대로 인정하고 함께 살 것인지, 아니면 비록 사랑하는 사람을 잃는다 할지라도 단 한 번의 내리침으로 그 모든 비극적 관계를 청산하든지, 둘 중의 하나를 선택할 수밖에 없다는 걸 깨달았다. 물론, 그가 선택한 것은 전자 쪽이었다.

한편, 그날 밤 금복과 정사를 벌였던 사내는 매우 겁이 많은 사내였던 모양이다. 그는 곡괭이를 치켜든 文을 보고 너무 놀란 나머지 그만 금복의 몸안에 오줌을 지리고 말았다. 그러니 건달생활을 했다는 것도 모두 그 자신이 지어낸 허풍이 아닐까 싶은데 재미있는 건 이때 보인 금복의 반응이었다. 그녀는 사내가 오줌을 싼 거라고는 생각지도 못하고 그가 절정에 다다라 파정을 한 것이라 여겼는지 곱게 눈을 흘기며 다음과 같이 말했다.

—아이, 뜨거워. 자기, 그동안 어떻게 참았어? 이렇게 많이 싸는 걸 보니 진짜 오래 굶었나보네.

이것은 한 자 어긋남 없는 금복의 말이다. 그러니 독자 여러분, 표현이 다소 상스럽더라도 부디 이해하시길. 그녀는 교양 있는 여염집 규수가 아니었으며 그날의 정사는 우아한 침실에서 이루어진 격조 높은 사랑이 아니었다. 그것은 그저 짐승처럼 거친 수컷과 타고난 화냥기로 뜨겁게 달아오른 암컷이 들판에서 치른 한판의 들끓는 욕정이요, 주체할 수 없는 음욕이었을 뿐이다.

금복의 바람기가 엑스레이 사진과 관련한 갑작스런 사유의 전환으로 촉발된 것인지, 아니면 애초에 잠재해 있던 바람기가 여러 조건이 맞아들어가며 자연스럽게 드러난 것인지는 알 수 없다. 다만 공장의 번창과 더불어 금복의 남자관계는 더욱 난잡해졌고 이에 따라 文의 고독은 점점 더 깊어갔다. 하지만 그는 더이상 소문 따위에는 관심이 없다는 듯 오로지 좋은 벽돌을 만드는 데에만 몰두해 하루종일 가마 안에 틀어박혀 지냈다. 이즈음 그에게 단 하나의 위안이 있었다면 그것은 바로 금복의 딸, 춘희였다.

춘희는 점보가 죽고 난 이후 공장에 들어와 살았다. 그녀는 처음에는 점보와도 헤어진 마당에 자신을 아껴주던 쌍둥이자매와도 떨어져 살게 되어 마음이 매우 혼란스러웠으나 아침저녁으로 변하는 바람의 변화와 남발안의 하늘에 떠 있는 각기 다른 구름의 모양, 조금씩 자라나는 개망초의 빛깔을 살펴보느라 얼마 지나지 않아 곧 평대에서의 일은 까맣게 잊어버렸다. 그녀는 공장생활에 금방 적응이 되어 남발안이 자신의 오래된 고향인 듯 편안하게 느껴졌다. 그리고 과거에 대장간을 드나들 때 그랬듯이 그녀의 호기심은 진흙을 이겨 틀에 넣어 다지고 가마에 불을 때 벽돌을 구워내는 공장 일에 단숨에 사로잡히고 말았다.

그녀는 일꾼들 옆에서 하루종일 벽돌 만드는 과정을 지켜보다 마침내 자신도 진흙을 조심스럽게 만져보기에 이르렀다. 진흙을 만지는 순간, 그녀는 그 축축한 물질에서 이유를 알 수 없는 운명적인 일체감을 느꼈으며 알싸한 듯 구수한 흙냄새와 손에 와 닿는 차지고 끈끈한 진흙의 촉감에 마음이 차분하게 가라앉았다. 그리고 다시금 그것은 그 옛날 자신이 태어났던 순간의 마구간 풍경을 떠올리게 했다.

며칠 뒤, 춘희가 되는대로 이겨놓은 진흙을 본 文은 그녀에게 남다른 재능이 있다는 것을 알아보았다. 그는 춘희가 비록 말은 못하지만 물상에 대한 이해의 깊이가 가늠할 수 없을 만큼 깊고 독특하다는 것을 알아채고는 그녀에게 벽돌 만드는 방법을 가르치기 시작했다. 당시 춘희의 나이 열두 살이었다. 여느 아이들 같았으면 조금씩 여자 태를 드러내기 시작할 나이였건만 춘희에겐 그런 조짐이 전혀 없어 인부들은 이미 성인 남자를 능가하는 큰 덩치를 가진 춘희가 여자라는 사실을 알고 새삼 놀라곤 했다.

文도 처음에는 춘희와 어떤 방식으로 대화를 해야 할지 몰라 한동안 어려움을 겪어야 했다. 그녀가 말도 못할뿐더러 사람들이 하는 말을 거의 알아듣지 못했기 때문이었다. 하지만 곧 그녀가 여느 사람들보다 훨씬 더 섬세한 감정을 가지고 있으며 구태여 언어가 아니더라도 서로 주고받는 미묘한 느낌과 감정을 통해 대화가 가능하다는 것을 깨닫게 되었다. 그것은 文에게도 분명 새로운 경험이었다.

한편, 춘희는 곧 文이 한없이 고독하고 슬픈 감정에 빠져 있다는 것을 알아채고는 이를 의아하게 여겼다. 그녀는 끝내 文의 슬픔이 어디에서 연유하는지 알지 못했지만 이 때문에 文에게 연민을 느끼게 되었다. 그것은 점보와 함께 공유했던 일종의 연대감과 같은 것이었다. 두 사람 사이에선 말이 없는 가운데 그렇게 차츰 독특한 부녀관계가 형성되었다.

꿀벌

한 해가 지나고 다시 이듬해 봄이 되었다. 때는 바야흐로 근대화, 산업화, 도시화가 이루어지던 시기라, 도시 이곳저곳에서 건물을 지어댔다. 벽돌은 아무리 구워대도 모자랐고 공장은 지칠 줄 모르고 번창해갔다. 그간, 춘희는 文에게 벽돌 만드는 법을 배우느라 공장에 틀어박혀 지냈다. 한 인부가 쌓아놓은 벽돌더미를 잘못 건드려 무너지는 바람에 그 밑에서 놀던 춘희가 벽돌더미에 깔렸다가, 그녀가 벽돌에 깔려 죽었을 거라는 인부들의 짐작에도 불구하고, 손가락 하나 다치지 않고 무사히 벽돌을 헤치고 나온 이후, 공장 사람들은 비로소 그녀의 존재에 주목하게 되었다. 당시 춘희는 이미 누구라도 그녀가 만든 벽돌이 어떤 건지 한눈에 알아볼 만큼 뛰어난 손재주를 보이고 있었다. 그러자 금복이 文에게 한마디했다.

―그것 보세요. 진즉에 그애를 공장에 들여보내길 잘했잖아요.

금복은 그간 자신이 필생의 꿈으로 삼고 있던 계획을 실행하기 위해 공장에 붙어 있는 시간이 거의 없었다. 그것은 바로 극장을 짓는 일이었다. 오래전, 칼자국의 손에 이끌려들어가 단숨에 눈과 귀를 사로잡혔던, 울음이 날 만큼 두려웠지만 차마 헤어나고 싶지 않았던 날카로운 흥분, 너무나 자극적이어서 그것을 보고 있다는 죄책감에 온몸이 오그라들었지만 한편으론 영원히 멈추지 않고 언제까지나 계속되기를 바랐던 희열, 어둠 속에서 울려나오는 그 웅장한 소리와 생생한 화면을 그녀는 평대 사람들에게 보여주고 싶었다. 文은 그녀의 무모한 모험이 또다른 재앙을 불러오지 않을까 염려했다. 그는 평대 같은 외진 산골에 무슨 극장이냐며 반대를 표시했지만 금복은 들은 체도 안 했다.

─두고보세요. 사람들은 다들 극장 앞에 줄을 서고 우린 곧 더 많은 돈을 벌게 될 거예요.

극장을 짓는 건 벽돌공장을 짓는 것보다 훨씬 더 많은 돈이 들고 훨씬 더 복잡한 일이었다. 금복은 극장사업에 돈을 댈 투자자를 모으는 한편, 극장을 짓는 데 얼마나 많은 인력이 필요하고 또 어떤 기술이 필요한지 알아보러 다녔다. 이 때문에 그녀는 승용차를 새로 구입하고 운전사까지 따로 고용했다. 文은 금복이 또다시 자신이 닿을 수 없는 낯선 세계로 달아나고 있다는 것을 알았지만 달리 멈추게 할 방법이 없었다. 그리고 이때쯤 그는 자신의 먼 조상으로부터 시작된 불행의 그림자가 자신에게도 서서히 다가오고 있음을 깨달았다.

　가마 옆에 지어놓은 변소에서 볼일을 보던 한 인부는 어디선가
날아온 꿀벌에게 눈을 한 방 쏘이고 말았다. 그는 재수없게 벌에
쏘였다며 밥해주는 여자에게 부탁해 퉁퉁 부은 눈에 된장을 바르
고 지나갔는데, 그 다음날엔 벌에 쏘인 사람이 일곱 명이나 더 나
왔다. 그리고 다시 그 다음날엔 벌에 쏘인 사람이 여덟 명으로 늘
어나 이러다간 국 끓일 된장조차 남아나지 않겠다며 여자들이 투
덜댔다. 그런데 그 다음날엔 벌에 쏘인 사람이 다시 수십 명으로
늘어나 다들 뭔가 심상치 않은 일이 생긴 거라며 겁을 먹었다. 누
군가 평대에 가 있는 금복에게 이 소식을 전하자, 금복은 코웃음을
치며 말했다.
　―멀쩡한 사내들이 겨우 벌 몇 마리 때문에 겁을 먹었단 말예
요? 가서 다들 밑에 달고 있는 걸 떼버리라고 해야겠군요.
　금복이 된장을 한 동이 퍼서 인부와 함께 공장으로 돌아왔을
때, 그녀는 자신의 눈을 의심했다. 어디서 나타났는지 수백만, 아
니 수천만 마리의 벌떼가 남발안의 하늘을 새까맣게 뒤덮어 거대
한 먹장구름이 짙게 드리운 듯 사방이 어두웠고, 귀신이 울어대는
것처럼 벌들이 붕붕대며 날갯짓하는 소리에 머리가 다 어지러울
지경이었다. 장관으로 치면 실로 보기 드문 장관이었지만 이 때문
에 인부들은 밖에 나가 일할 엄두도 못 내고 숙소에 들어가 문틈으

로 사태만 지켜보고 있었다. 금복도 벌에 쏘이지 않게 눈만 빠끔히 내놓은 채 온몸을 두꺼운 옷으로 감싸고서야 겨우 공장에 들어갈 수 있었다. 인부들은 때아닌 벌떼로 인해 일을 모두 놓아버린 상태였지만 금복이라고 달리 뾰족한 수가 있을 리 없었다. 날이 어두워졌지만 벌들은 여전히 사라지지 않고 공장 주변을 맴돌았다.

다음날 아침, 공장 사람들은 들판 멀리 검은 물체가 움직이는 것을 보았다. 그것은 공장을 향해 점점 다가왔다. 용기를 내어 밖으로 나갔을 때 그들은 검은 바위처럼 생긴 커다란 물체가 바로 벌떼라는 것을 알아볼 수 있었으며, 검은 덩어리가 좀더 가까이 다가왔을 때에는 그 물체가 다름아닌 사람이라는 것을 알아챌 수 있었다. 사람이 검은 덩어리로 보인 이유는 온몸에 새까맣게 달라붙어 있는 벌들 때문이었다. 걸음을 옮길 때마다 벌들은 우수수 덩어리를 지어 바닥에 떨어졌지만 곧바로 주변에서 날아온 벌들이 달라붙어 다시 떨어진 자리를 메우곤 했다. 마치 벌떼로 두터운 외투를 해입은 듯한 그 괴이한 자에게 사람들은 모두 두려움을 느꼈다. 이윽고 그가 입으로 짧게 휘파람을 불자 몸에 달라붙었던 벌들이 거짓말처럼 일제히 하늘을 향해 날아올랐다. 그리고 드디어 그의 정체가 드러났다.

산발을 해서 늘어뜨린 긴 백발에 백옥같이 깨끗하지만 어딘가 음산한 기운이 감도는 갸름한 얼굴, 쌍꺼풀이 진 커다란 눈, 허무

한 듯 순진하고 미련한 듯 무심해 보이지만 애석하게도 한쪽 눈이
빠져 달아난 애꾸…… 여러분, 그녀가 영영 사라졌다고 믿은 건
아니시겠지? 그렇다. 그녀는 바로 죽은 노파의 딸이었다. 이전과
달리 그녀는 애꾸가 된 눈에 검은 안대를 하고 있었으며 어찌된 일
인지 한쪽 팔이 잘려나가고 없어 빈 소매만 바람에 너풀거렸다. 오
랜 시간 햇빛과 바람에 노출되어 색이 바래고 푸석해진 옷은 여기
저기 찢어져 속살이 드러나 보이고 그녀의 영혼이 깃들어 있는 듯
한 긴 백발은 발끝까지 흘러내려 바닥에 끌렸다. 애꾸 여자를 알아
본 사람들은 더욱 괴이해진 그녀의 용모에 다들 겁을 먹고 뒤로 물
러섰다. 애꾸는 한쪽 눈으로 사람들을 천천히 둘러보다 금복을 발
견하고는 입을 열었다.

　—그대가 여기 주인인가?

　—그러는 당신은 누구요?

　금복도 이번에는 제법 간담이 서늘했던지 차마 말을 놓지 못하
고 떨리는 목소리로 되물었다.

　—나는 그대가 훔쳐간 이 땅의 원래 주인이지.

　애꾸의 입에서 거침없는 대답이 흘러나왔다.

　—내가 이 땅을 훔치다니요? 내게 땅문서가 있는데 어째서 당
신이 여기 주인이란 말이오?

　—그건 그대가 더 잘 알 텐데.

　사람들은 애꾸의 말이 도대체 무슨 귀신 씨나락 까먹는 소리인

가 싶어 의아했지만 이때쯤 금복은 뭔가 짚이는 게 있는지 한 걸음 물러섰다.

—좋아요. 당신이 그렇게 주장하는 데에는 뭔가 연유가 있을 터이니 여기서 이럴 게 아니라 안으로 들어가 요기라도 하면서 얘기를 나눠보기로 하죠.

그러자 애꾸는 비시시 웃으며 금복을 쳐다보았다. 금복도 피하지 않고 마주보아 두 사람 사이에 팽팽한 긴장감이 흘렀다. 얼마나 흘렀을까, 인부들 사이에서 침 넘어가는 소리가 연이어 흘러나왔고 벌들은 여전히 애꾸의 근처를 돌며 더욱 극성스럽게 붕붕거렸다. 그러다 이윽고 애꾸는 발걸음을 떼며 말했다.

—그것도 나쁘지 않겠군. 마침 시장하던 참이었으니.

금복이 뒤따르며 말했다.

—저 벌들을 좀 거두어주시오. 사람들이 겁을 먹어 며칠째 일을 못하고 있단 말이오.

그러자 애꾸는 안으로 걸어가며 가볍게 한번 휘파람소리를 냈다. 그 순간, 하늘을 새까맣게 뒤덮었던 벌들이 순식간에 계곡을 향해 일제히 몰려갔는데, 그 모습이 마치 거대한 물기둥이 움직이는 것 같아 다시 한번 장관을 연출했다. 사람들은 엄청난 수의 벌들을 자유자재로 부리는 애꾸의 능력에 놀라움을 금치 못하는 한편, 그녀가 왜 금복을 찾아왔는지 궁금하게 여겼다.

애꾸는 과연 몹시도 시장했던지 국에 밥을 말아 순식간에 뚝딱 해치웠다. 게걸스럽게 밥을 먹는 그녀의 모습엔, 오랜 시간 야생에서 살아오느라 더욱 애절해지고 탐욕스러워진, 따뜻한 밥에 대한 간절함이 엿보였다. 금복은 그녀가 물을 마시기를 기다려 도대체 왜 그녀가 원래 주인이라고 주장하는지 연유를 물었다. 그러자 애꾸는 자신은 원래 죽은 국밥집 노파의 딸인데, 노파에게 받을 빚이 있다고 했다. 금복이 노파에게 받을 빚을 왜 자신에게 받으려고 하냐고 묻자 그녀는 공장 터가 된 땅은 바로 노파의 땅이며 공장을 일으켜세운 그 돈 또한 노파가 운영하던 국밥집에서 나왔다는 것을 이미 알고 있다고 했다. 애꾸가 어떻게 그 사실을 알게 되었는지는 알 수 없으나 그 자리에서 그녀는 금복에게 가진 재산의 절반을 달라고 했다. 금복은 자신이 가진 돈은 순전히 커피를 팔아 어렵게 모은 것이니 나눠줄 이유가 없으나 그래도 노파의 딸이라는 인연과 그간 홀로 외롭게 벌을 치며 떠돈 대가로 집 한 채 값 정도는 내줄 수 있다고 타협안을 내놓았다. 애꾸는 타협안을 받아들이지 않았고, 협상은 결렬되었다.

애꾸가 밖으로 나가면서 휘파람을 불자 계곡에서 벌떼가 몰려와 다시 공장 일대를 새카맣게 뒤덮었다. 그녀는 공장이 내려다보이는 언덕에 자리잡고 앉아 벌들을 마음대로 부리며 농성에 들어갔다. 일꾼들이 다시 일손을 놓고 숙소로 도망가 금복과 文은 속이 탔지만 애꾸 여자의 요구를 받아들이는 것 말고는 달리 방법이 없었다. 일꾼들 가운데 벌침에 민감한 자들이나 겁이 많은 자들은 이미 보따리를 싸 공장을 떠난 뒤라 분위기는 더욱 뒤숭숭했다. 다만 한 가지 신기한 것은 벌떼가 음산하게 붕붕거리는 와중에도 춘희는 마당에 나가 태연하게 벽돌을 빚었는데, 그녀는 벌에게 단 한 방도 쏘이지 않았다는 사실이다. 사람들은 춘희의 독특한 능력에 다들 놀랐지만 그렇다고 해서 문제가 해결된 건 아니었다. 결국 다음날까지도 벌들이 사라지지 않자, 금복은 뭔가 방법을 찾아보겠다며 인부 한 명과 함께 트럭을 타고 공장을 떠났다.

다음날도 애꾸는 꼼짝 않고 언덕을 지켰고 벌들은 공장을 떠나지 않았다. 그날 밤, 다시 일꾼들 몇이 달아났다. 금복이 공장으로 돌아온 것은 사흘 뒤였다. 그런데 그녀가 타고 온 트럭 뒤에는 무언가가 잔뜩 실려 있었다. 휘장을 걷자 드러난 것은 수십 개의 벌통이었다. 인부들은 그것을 무엇에 쓰려는지 몰라 의아하게 여기면서도 금복의 지시에 따라 벌통을 마당에 내려놓았다. 그러자 곧 놀라운 일이 벌어졌다. 근처에 있던 벌 몇 마리가 벌통으로 들어가는 것을 시작으로 하늘을 새까맣게 뒤덮은 벌들이 일제히 벌통을 향해 낙하하기 시작한 것이다. 마치 검은 장대비가 내리듯 하늘에서 쏟아져내리는 벌떼에 인부들은 모두 놀라 뒤로 물러섰다.

이때, 멀리 언덕에 앉아 있던 애꾸도 뭔가 심상치 않은 분위기를 감지했는지 입으로 연신 휘파람을 불어대며 황급히 공장을 향해 뛰어왔다. 그러나 벌들은 그녀의 휘파람소리에도 아랑곳 않고 꾸역꾸역 벌통으로만 기어들었다. 수십 개의 벌통이 순식간에 벌들로 가득 들어차고도 모자라, 그 위를 뒤덮은 무수한 벌떼로 인해 마치 집채만한 바위가 땅에서 솟아오른 듯했다. 그러자 금복이 미리 준비해놓은 기름을 그 위에 끼얹고 성냥을 칙 그었다. 순간, 사색이 된 애꾸는 길게 비명을 질렀다.

　─안 돼!

　그러나 불붙은 성냥은 금복의 손을 떠나 허공을 향해 날아갔으며 벌들이 만든 덩어리 위에 떨어지는 순간, 퍽 하는 소리와 함께 거대한 불기둥이 치솟았다. 순식간에 검은 연기가 하늘을 뒤덮고 벌들이 익어 터지는 소리가 폭죽을 터뜨리듯 요란했다. 애꾸는 마치 자신이 불길 속에 내던져진 듯 고통스럽게 온몸을 뒤틀며 머리카락을 쥐어뜯었다.

　마침내 벌들이 새카만 재만 남기고 모두 타죽자 매캐하고 역겨운 냄새가 계곡을 뒤덮어 다들 코를 감싸쥐었다. 그동안 애꾸 여자는 입에 거품을 문 채 몸부림치다 결국 눈을 하얗게 뒤집고 혼절하고 말았다. 그녀가 보여준 그간의 괴기한 영성으로 보자면 참으로 허망하고도 어이없는 참패였다.

　금복은 밥하는 여자들을 시켜 애꾸를 방으로 데려가 눕히는 한편, 인부들에게는 그동안 주문이 밀려 있는 벽돌을 빨리 생산하라고 재촉했다. 사람들이 모두 신기한 듯 금복에게 도대체 무슨 수를 썼기에 벌들이 벌통으로 몰려들었냐고 물었지만 금복은 피식 웃으며 다음과 같이 대답할 뿐이었다.

—벌이 벌통으로 가지 않으면 어디로 가겠어요?

사실, 금복이 벌들을 물리친 데에는 한 가지 비밀이 있었다. 그녀는 마을로 내려가 오래전부터 벌을 치는 한 늙은 벌치기를 찾아갔다. 그에게 벌을 물리칠 수 있는 방법을 물은즉, 그가 내려준 처방은 바로 여왕벌이 꿀벌들을 유인할 때 분비하는 페로몬이었다. 그녀가 트럭에 싣고 온 벌통에는 이미 여왕벌의 페로몬이 잔뜩 발라져 있었던 것이다. 그러니 벌들이 벌통으로 모여든 것은 당연한 이치, 금복이 남들도 모르는 특별한 신통력을 발휘한 것은 아니었다. 하지만 이 때문에 일꾼들은 금복에게 남다른 능력이 있다고 믿게 된 한편, 다들 은근히 그녀를 두려워하는 마음을 갖게 되었다.

얼마 후 애꾸 여자가 깨어났을 때, 그녀는 이미 전의를 모두 상실한 듯 멍한 표정으로 허공을 응시했다. 금복이 옆에서 가만히 살펴본즉 평생을 벌들과 더불어 야생에서 살아온 때문인지 그녀의 괴이한 용모 어딘가에 거칠고 날카로운 외로움이 짙게 배어 있었다. 한때 자신도 거지 신세가 되어 구르는 낙엽처럼 세상을 떠돈 적이 있던 금복은 그녀가 측은하게 여겨졌다. 그녀는 애꾸에게 벌들을 죽여 미안하다고 사죄하는 한편, 본인이 원하기만 한다면 마을에 집을 한 채 사줄 수도 있으나 팔도 한 짝 없는데다 애꾸인 여자를 마을 사람들이 꺼려할 것이 자명할 터인즉, 가능하면 공장에서 자신과 같이 지내는 게 어떠냐고 넌지시 제안을 했다. 그제야 애꾸는 달밤의 승냥이처럼 슬피 울며 그간 자신이 살아온 내력, 즉 애비 없는 자식으로 태어나 노파에게 구박을 받다 끝내 한쪽 눈까지 잃게 된 일과 노파의 정부였던 곰보에게 처녀를 잃고 벌치기에게 꿀 두 통에 팔려간 사연 등을 모두 털어놓았다. 그리고 뒤이어 그녀가 금복에게 털어놓은, 한쪽 팔이 잘리게 된 사연은 다음과 같다.

오래전, 평대를 떠난 애꾸는 노파에게 물린 팔의 상처 때문에 오랫동안 고통에 시달렸다. 팔뚝에 박힌 노파의 이를 뽑아내 다행히 상처가 깊어지지는 않았으나 노파의 저주가 깃들었는지 어쨌는지, 고통이 점점 심해져 종국에는 잠도 못 이룰 지경이 되었다. 그녀는 바닥을 뒹굴며 죽은 노파에게 빌었다.

—아이고, 엄마. 내가 잘못했어요. 그러니 제발 그만 용서해주세요.

하지만, 고통은 그치지 않았다. 그녀는 울기도 하고, 빌기도 하다 그래도 정 낫지를 않자 누가 이기나 보자며 이를 갈며 노파를 향해 상스러운 욕을 퍼붓기도 했다. 그러다 결국 그녀는 시퍼렇게 날이 선 작두에 팔을 올려놓고 허공을 향해 외쳤다.

—흥, 눈 한쪽을 빼놓더니 이젠 팔도 한 짝 달라는군요. 그래요, 당신이 정 원한다면 이깟 팔 한 짝, 기꺼이 내드리지요.

그러고는 싹둑, 단숨에 팔을 잘라버리고 말았다. 그렇게 팔을 한쪽 잃는 대가로 그녀는 비로소 노파의 저주에서 벗어날 수 있었다.

무당

금복은 애꾸가 나타난 것을 계기로 천장에서 발견한 그 어마어마한 돈의 원주인이 바로 죽은 노파라는 확신을 갖게 되었다. 또한 하필이면 점보가 지나가는 시간에 맞춰 차 앞에 나타나 점보를 죽게 한 것 역시 바로 노파의 짓이라는 생각이 드는 한편, 더 거슬러 올라가 공장 터에서 한정없이 물이 나온 것이나 일꾼이 뱀에 물려 죽은 게 모두 노파의 원한과 저주가 담긴 돈 때문이라는 생각에 마음이 영 께름칙했다. 금복이 쌍둥이자매에게 고민을 털어놓자 그네들은 당장 굿을 해서 노파의 원혼이 더이상 해코지를 못하게 달래는 게 상책이라고 했다.

결국 쌍둥이자매의 조언에 따라 금복은 인근에서 제일 영검하다는 무당을 불러 노파의 넋을 위로하는 굿을 벌이게 되었다. 애초에 노파가 국밥집을 운영하던 다방 앞에서였다. 이날 열린 굿은 평대에서 처음 보는 큰 굿이라 마을 사람들은 물론, 소문을 듣고 몰려온 인근의 뜨내기와 거지들만 해도 수십 명에 이르렀고, 차려낸 전물상엔 소머리와 돼지머리는 물론, 떡과 과일 등 온갖 음식을 어린애 키만큼이나 높이 고여 그야말로 상다리가 부러질 지경이었으며, 방울과 부채, 깃발과 장대는 물론, 보기만 해도 오금이 저리는 커다란 삼지창과 신칼, 언월도, 작두 등 온갖 무구들만 해도 큰 구경거리인데다, 장구재비를 포함한 삼재비는 물론, 삼현육각이 총동원되어 그들이 불어대고 뜯어대고 두들겨대는 온갖 악기 소리에 공연히 흥분한 구경꾼들은 굿이 시작되기도 전부터 절로 엉덩이를 추썩거렸다.

한 가지 특이한 것은, 굿을 맡은 무당이 몸주로 모신다는 장군신이었다. 무신도에 나타난 그의 모습은 갑옷과 투구에 말을 탄 여느 장군신들과는 달리 유달리 큰 코 위에 선글라스를 걸친 서양인의 얼굴이었다. 그는 파이프를 입에 물고 탱크 위에 올라서서 거만하게 아래를 굽어보고 있었다. 신격이 다소 특이하고 생소했지만 뒷배를 맡은 조무助巫들의 말에 따르면, 그 장군은 남쪽의 군대를 지원하기 위해 멀리 바다 건너에서 배를 타고 왔는데 그 신력이 실로 대단해 군화에 흙 한번 안 묻히고도 북쪽의 군대를 모두 물리쳤다는 거였다. 특히나 그가 가지고 있는 대포는 최영 장군이나 남이 장군은 물론 관운장조차 겁을 집어먹고 달아날 정도로 그 영능이 엄청나다고 조무들은 숨가쁘게 자랑을 늘어놓았다.

그런데 그런 높은 신력을 가진 장군신이 무색하게도 그날의 굿은 시작부터 낌새가 수상했다. 무무巫舞를 추던 만신은 저도 모르게 자신이 왼쪽으로 맴을 돌고 있다는 것을 깨닫고 이를 불길하게 여겼는데, 그도 그럴 것이 평소의 그녀는 언제나 오른쪽으로만 맴을 돌았던 것이다. 더욱 해괴한 일이 일어난 것은 혼령을 불러 모시는 청배가 시작되면서부터였다. 바람 한 점 없는 맑은 날이었는데도 서낭대에 매달린 깃발은 찢어질 듯 펄럭였고 당방울은 제 혼자서 미친듯이 울어댔다. 구경꾼들은 드디어 선글라스를 쓴 그 장군신이 임하는 모양이라며 다들 수군거렸는데, 제금을 치던 한 여자 무당이 갑자기 미쳐서 자신의 머리를 제금으로 마구 두드려대기 시작했다. 머리통이 깨져 피가 흘렀지만 그녀는 아픈 것도 모르고 계속 시끄럽게 머리를 두드려댔으며 옆에서 징을 치던 다른 여자 무당은 깔깔대고 웃으며 치마를 홀렁 뒤집어 자신의 아랫도리를 구경꾼들에게 아낌없이 드러내 보였다. 구경꾼들 입장에서야 달리 유감이 있을 리 없었지만 굿을 하는 재가齋家의 입장에선 황당한 일이 아닐 수 없었다.

다시 엉뚱한 일이 벌어진 건 양중이들이 달려들어 미친 무당들을 끌어내 상황을 겨우 수습한 뒤였다. 청배를 읊던 만신의 입에서 느닷없이 보도 듣도 못한 소리가 쏟아져나오기 시작한 거였다. 구경꾼은 물론, 만신 자신도 처음 들어보는 소리였다. 구경꾼 가운데 누군가 그 소리는 선글라스를 쓴 장군의 나라에서 쓰는 말이라고 했는데, 그날 만신의 입에서 쏟아져나온 말을 소리나는 대로 대충 옮겨적자면, '깟뎀' '빽큐' '선 오브 비치' '마더 퍽커!' '콕 서커' '오우 쉬트!' 등등이었다. 훗날, 만신의 입에서 쏟아져나온 소리가 모두 입에 담을 수 없을 만큼 상스러운 욕이라는 것이 밝혀졌지만 그 자리에서 이를 알아챈 사람은 아무도 없었다.

굿판은 이때부터 점점 더 개판이 되어가기 시작했다. 삼재비들의 연주가 제각기 뒤엉켜 음악인지 뭔지도 모를 시끄러운 소리가 흘러나와 구경꾼들이 귀를 틀어막았으며, 무당들의 춤사위 또한 제각기 뒤엉키며 발에 밟혀 치마가 찢어지고 한 무당이 전물상 위에 엎어져 음식이 모두 바닥에 쏟아지는 가운데, 그 모든 상황을 수습하고 서둘러 귀신을 쫓아내고자 만신이 급히 작두를 타기 위해 올라갔다가 그만 시퍼런 작두날에 발이 싹둑 잘려버리고 만 것이다. 발에서 피를 뿜어내며 비명을 지르던 만신은 그 자리에서 그만 혼절을 하고 말았다. 무격들이 놀라 갈팡질팡하는 동안 갑자기 바람이 불고 맑은 하늘에서 비가 뿌려대기 시작해 구경꾼들도 겁을 집어먹고 주춤주춤 뒤로 물러섰다.

이때, 혼절해 있던 만신이 갑자기 용수철처럼 튀어올라 작두 위에 올라가 앉았다. 이번에는 작두날에 베이지 않았지만 어느새 그녀의 얼굴은 딴사람처럼 감쪽같이 변해 있었다. 옴폭 들어간 쥐눈에 주먹코, 바로 그들이 굿을 해 달래고자 했던 원혼의 주인공, 노파의 얼굴이었다. 구경꾼 가운데 노파의 얼굴을 알아본 사람들은 두려움에 비명을 질렀다. 그녀는 머리를 풀어헤치고 고개를 떨어뜨린 채 가래가 끓는 듯한 귀곡성을 냈다. 등골이 오싹해지는 으스스한 울음소리였다. 구경꾼들 가운데 놀라 기절을 하는 자도 여럿이었다. 만신, 아니 노파는 문득 울음을 그치고 고개를 들어 구경

꾼들을 노려보았다. 그리고 그녀의 입에서 드디어 공수가 흘러나
왔다.

큰 물고기가 산속에 떨어지면 불기둥이 치솟아 하늘에 닿고
남쪽에서 온 사내가 술에 취하면 너희의 자손은 검불처럼 쓰
러지리라.

노파의 음산한 목소리에 사람들은 그 말이 도대체 무슨 소리일
까 싶어 수군댔지만 노파가 한 말은 단지 그뿐이었다. 뒤이어 그녀
는 일그러진 입으로 괴이한 웃음을 흘리며 구경꾼들을 굽어보았
다. 구경꾼들은 두려움에 주춤거리며 뒤로 물러섰다. 이때, 사태를
수습한 건 역시나 우리의 여장부 금복이었다. 그녀는 노파 앞에 썩
나서며 날카롭게 외쳤다.
—당신의 원혼을 달래 극락으로 보내주려고 애써 비싼 돈을 들
여가며 굿판을 벌였거늘 이 무슨 귀신으로서 가당치도 않은 훼사
란 말이오! 얌전히 있다 사잣밥이나 먹고 물러가든지 그도 저도
싫다면 지금이라도 당장에 썩 꺼지시오!
금복의 강기가 통했던 걸까? 어느덧 비가 그치고 바람이 잦아들
었다. 그리고 당방울 소리가 멈추며 만신의 얼굴이 본래의 모습으
로 돌아왔다. 구경꾼들은 모두 금복의 배짱에 놀라는 한편, 역시
배포가 그 정도 되니까 여자임에도 불구하고 그런 큰 사업을 해내

는 거라며 다들 혀를 내둘렀다.

그날의 사태는 금복이 대충 집 안팎에 고수레를 하는 것으로 마무리가 되었지만 사람들의 호기심은 당장에 무당의 입에서 흘러나온 큰 물고기란 게 과연 무엇이냐, 그리고 재앙을 불러온다는 사내가 과연 누구냐 하는 것에 집중되었다. 이에 대해 온갖 추측과 견해, 짐작과 해석, 주장과 설이 난무했다. 이른바 그 유명한 공수논쟁의 시작이었다. 그 논쟁에는 당시 평대의 내로라하는 학자들이 모두 뛰어들어 서로 편을 갈라 물고 뜯고 할퀴다, 대개의 논쟁이 그렇듯이 결국 서로간에 깊은 상처만을 남기고 말았는데, 이에 대해 대강 살펴보는 것도 전혀 의미가 없지는 않을 듯싶다.

그들은 우선 학자답게 공수의 밀의와는 상관없이 만신의 공수가 두 개의 다른 구절로 이루어졌다는 형식적 측면에 주목했다. 즉, '큰 물고기가 산속에 떨어지면 불기둥이 치솟아 하늘에 닿는다'는 것과 '남쪽에서 온 사내가 술에 취하면 너희의 자손은 검불처럼 쓰러지리라'가 그것이었다. 이에 대해, 두 구절이 모두 각기 다른 사건의 원인과 결과를 가정법으로 서술하고 있지만 실은 하나의 사건을 다르게 표현한, 즉 단일한 사건에 대한 예언이란 설과, 두 개의 문장이니 당연히 독립된 두 개의 사건으로 봐야 한다는 견해가 팽팽히 맞섰다. 이에 따라 하나의 사건으로 보는 일사학파一事學派와 두 개의 독립된 사건으로 보는 이사학파二事學派로 나뉘어 한동안 치열한 논쟁이 전개되었다.

그들은 '산속'이 평대를 가리키고 있다는 견해에 대해서는 의견을 같이했지만 산속에 떨어진다는 '큰 물고기'의 해석을 두고 다시 의견이 엇갈렸다. 일사학파는 불기둥이 치솟아 하늘에 닿는다는 따져볼 것 없이 남성의 발기된 성기를 가리키며, 이로 미루어 큰 물고기는 여성의 성기를 의미한다는 해석을 내놓았다. 따라서 노파의 공수는 저주가 아니라 생전의 노파를 사로잡았던 반편이의 거대한 성기를 찬양하는 동시에, 남녀 간의 운우지정을 은유적으로 표현하고 있다는 주장이었다. 그러자 이사학파에선 불기둥을 지나치게 도식적으로 해석하고 이를 모든 범주에 기계적으로 무리하게 적용함으로써 해석상의 전반적인 오류를 범하고 있다는 지적과 함께 큰 물고기에 대해 새로운 해석을 내놓았다. 그것은 지난 전쟁에서 등장한 신무기, 즉 미사일을 가리킨다는 거였다. 미사일이 마치 물고기처럼 유선형으로 생긴데다 뒤에 나오는 불기둥이란 말과 정확하게 호응하고 있다는 것이 그 이유였다.

곧 미사일론에 대한 반박이 뒤따랐다. 전쟁을 겪어보지도 않은 노파가 어떻게 미사일을 아느냐는 거였다. 귀신이기 때문에 모르는 게 없다는 해명에 대해 귀신 씨나락 까먹는 소리 하지 말라는 반박이 나왔으며, 뒤이어 어따 대고 선배 앞에서 그따위 개소리를 하느냐는 성명이 발표되자, 너 대학 어디 나왔냐는 질문이 나왔고, 이 씹쌔야, 어딜 나온 게 무슨 상관이냐는 반론이 제기되자, 저

새끼, 싸가지 없는 건 학교 다닐 때부터 알아봤다는 인물평과, 저 새끼는 학계에서 완전히 매장시켜버려야 된다는 매장론이 뒤따랐으며, 선배 무시하다 돼지게 맞고 피똥 싼 놈 많다는 협박과, 누군 씹할, 고스톱 쳐서 학위 딴지 아냐는 고스톱 학위론, 그럼 씹쌕꺄, 미사일이 아니면 도대체 뭐냐, 뭐긴 뭐야, 쌕꺄, 니 애비 좆이라니까, 라는 식으로 반박이 줄줄이 이어지며 논쟁은 점점 진흙탕 싸움으로 변질되어갔다. 이후에도 불기둥 논쟁, 남쪽 논쟁, 검불 논쟁 등 논쟁의 범위가 점차 확대되며 공수논쟁은 그해가 다 가도록 끝도 없이 지루하게 이어졌다.

한때 그들이 벌인 논쟁의 불똥은 엉뚱하게도 생선장수에게까지 튀어 곤욕을 치러야 했는데, 그것은 이사학파가 열세를 만회하기 위해 '남쪽에서 온 사내'가 다름아닌 금복의 집에서 운전을 하는 생선장수를 가리킨다는 이른바 생선장수론을 들고 나왔을 때였다. 그러지 않아도 마을 사람들은 그의 몸에서 나는 독한 비린내를 기이하게 여기고 있던 터였기에 그 주장은 꽤나 설득력을 얻었다. 금복은 생선장수를 쫓아내려고 몰려온 마을 사람들로부터 그를 옹호해주느라 진땀깨나 빼야 했는데 실인즉슨, 생선장수가 남쪽에서 온 사내라는 힌트를 이사학파 쪽에 흘린 사람은 다름아닌 쌍둥이자매였다. 그네들은 그때까지도 생선장수가 사고로 점보를 죽인 데에 대한 감정의 앙금이 남아 있었던 것이다. 어쨌거나 그날의 굿은 학계에 분열과 증오만을 남기고 오랫동안 사람들의 입길에 오르내리며 수많은 얘깃거리를 남겼다.

　여기서 또다시 후일담 하나. 발이 잘린 무당은 노파의 저주가 단지 저주로 끝나지 않으리라는 것을 예감했다. 사람들 귀에선 사라졌으나 그녀의 귀엔 한동안 육신을 떠난 노파의 목소리가 맴돌았던 것이다. 그것은 한번 열린 판도라의 상자처럼 다시는 주워담을 수 없는 거였다.

　그날 이후, 만신은 죽은 노파의 귀신이 선글라스의 장군신보다 훨씬 더 신력이 강하다는 것을 알고 새로 강신을 받아 몸주로 삼기를 청해, 결국 그녀의 몸에 노파의 귀신이 들러붙었다. 하지만 그녀는 곧 노파의 신령이 분노와 심술만이 가득한 복수의 신이라는 것을 깨달았다. 신령은 이따금씩 영험한 능력을 보여주기도 했으나 만신에게 굿을 한 사람들 가운데 급살을 맞아 죽거나 귀신에 들려 미쳐버리는 사람이 늘어나자 결국 그녀는 사악한 흑무당으로 낙인이 찍혀 무업을 중단할 수밖에 없었다. 그녀는 자신에게 들러붙은 노파의 신령을 떼어내기 위해 갖은 방법으로 애를 쓰다 어느 비 오는 저녁, 집 앞 우물에 홀연히 몸을 던져 목숨을 끊고 말았다. 자신의 육신을 버리는 한이 있더라도 노파의 귀신을 떼어내 더이상 사람들을 해코지하지 못하게 하기 위해서였다. 그제야 세인들은 비록 작두 위에서 발이 잘리기는 했으나 그녀가 흔해빠진 엉터리 선무당이 아니라 진정한 큰무당이라고 모두들 알아주었다.

백내장

어느 날, 춘희는 文의 눈동자가 평소와 달리 회백색으로 뿌옇게 흐려져 있는 것을 발견했다. 춘희가 의아한 표정으로 그의 눈동자를 들여다보자 文이 씁쓸하게 웃으며 말했다.

—놀랄 거 없단다, 춘희야. 나의 아버지는 마흔 살이 되기도 전에 완전히 소경이 되셨어. 그래도 다행이지. 지금까지 나는 두 눈 멀쩡히 뜨고 살았으니. 하지만 이제 그 몹쓸 병이 나에게도 찾아온 것 같구나.

백내장.

그것은 文의 가족력이었다. 그의 친척들 가운데 백내장으로 시력을 잃은 사람은 그가 아는 것만 해도 모두 열 명이 넘었다. 그것은 유전의 법칙이었다. 그는 자신에게 찾아올 불운을 미리 알고 있었다. 그는 걱정스러운 듯 쳐다보는 춘희의 어깨에 손을 얹으며 말했다.

—하지만 걱정할 건 없단다. 내일 당장 소경이 되는 건 아니니까. 눈은 아주 조금씩 멀기 때문에 그동안 나는 많은 것을 볼 수가 있고, 그것을 머릿속에 차곡차곡 저장할 시간이 남아 있거든. 그러면 나중에 아무것도 볼 수 없게 되었을 때 그것을 하나씩 끄집어내서 볼 수가 있지. 그러니까 그게 꼭 슬픈 것만은 아니란다.

文은 마치 춘희가 말귀를 모두 알아듣기라도 하는 것처럼 중얼거렸다. 이즈음 그는 점점 더 말이 없어져 하루종일 한 마디도 하지 않는 날이 많았는데 춘희에게만은 예외였다. 춘희는 文이 하는 말을 정확하게 알아들을 수는 없었지만 그의 슬픔에 마음이 무거워졌다.

그해 가을, 평대의 다방에선 작은 경사가 하나 있었다. 쌍둥이 자매 가운데 동생이 결혼을 하게 된 것이다. 그녀의 신랑이 될 남자는 평대에 처음 전기를 끌어오기 위해 전봇대를 세우러 온 젊은 기술자였는데, 그는 쌍둥이자매보다 무려 스무 살이나 어린 나이였다. 전봇대를 세우는 동안 그는 우연히 다방을 찾았다가 그곳에서 자신이 찾던 운명의 연인을 발견하고 풀방구리에 쥐 드나들듯 다방을 드나들기 시작했다. 당시의 그녀는 이미 살짝 건드리기만 해도 바스러져내릴 정도로 물기가 다 말라버린 나이였지만 한복을 입고 창가에 앉아 있는 그녀의 단아한 모습에 기술자는 그만 마음을 빼앗기고 말았다. 따지고 보면 쌍둥이자매는 기술자의 엄마뻘이 되는 나이였는데, 바로 그 점이 그가 마음을 사로잡힌 이유이기도 했다.

그것은 오래전, 나이든 한 과부가 술에 취해 막 사춘기에 접어든 그의 앞에서 거리낌없이 옷을 갈아입고 그가 누워 있는 이불 속으로 기어든 이후, 어둠 속에서 그의 뺨과 코를 간질이는 뜨거운 입김에 뒤섞인 독한 술냄새와 진한 살냄새에 어지럼증을 느낀 이후, 우리 새끼, 고추가 얼마나 컸나 보자며 그녀가 별생각 없이 킥킥대며 그의 바지춤으로 손을 집어넣은 이후, 순간 머릿속이 하얗게 비워지며 곧 숨이 막혀 죽을 것 같은 답답함과 아랫배에서 꼬물거리는 간지러움 속에서 금방이라도 울음이 터져나올 것 같은 오싹한 쾌락에 깜짝 놀라 부르르 몸을 떨며 자신도 모르게 과부의 뜨거운 가슴을 와락 껴안은 이후, 그다음에 자신이 무슨 짓을 하고 있는지도 정확히 알지 못한 채 그저 엉덩이를 바싹 밀어붙여 살이 짓무르도록 사타구니를 마구 비벼댄 이후, 죽음만큼이나 커다란 두려움과 다시금 그 순간을 영원히 반복하고 싶다는 간절한 욕망 사이에서 시달리느라 자신이, 또는 그의 엄마가, 또는 이 세상 전체가 우주 속의 먼지로 변해 차갑고 광대한 성간星間에서 영원히 떠돌기만을 꿈꾸게 된 이후부터 그가 줄곧 바라온 모든 것이었다. 때문에 금복의 덕에 예배당을 짓게 된 답례로 평대에서 처음 결혼식을 주관한 목사가 다 함께 기도를 하자며 눈을 감으라고 재촉해 할 수 없이 하객들이 모두 눈을 감기는 감았으나 아무런 죄책감도 안 들뿐더러 괜히 좀이 쑤시고 머리가 아파오는 한편, 아랫배가 부글거리며 방귀가 나오려고 해 이를 참느라 엉덩이를 비틀어대고 억지로 눈을 감다보니 저절로 눈꺼풀이 떨려 곤혹스러워할 때도, 그는 가늘게 눈을 뜬 채 하얀 드레스를 입고 눈앞에 서 있는 신부의 몸을 훑어보며 한시라도 빨리 그녀의 품에 안겨 자신의 간지러운 아랫배를 미친듯이 비벼대야겠다는 조급함에 연신 헛기침을 해대다 끝내 사레가 들려 캑캑대는 바람에, 결혼식장의 엄숙함은 삽시간에 사라지고 하객들은 모두 예배당이란 매우 우스꽝스럽고 불편한 곳이라는 생각을 가지게 되었다.

―그치는 사내 구실을 못하더군.

다음날, 신혼 첫날밤을 치르고 잠깐 다방에 들른 동생이 금복과 그녀의 언니가 있는 자리에서 말했다.

―힘도 없는 물렁뼈를 발정난 강아지처럼 밤새도록 비벼대는 통에 허벅지만 짓물렀지 뭐유.

동생의 말에 모두 박장대소를 터뜨렸다. 이후, 기술자는 남자를 다루는 데 이골이 난 동생의 도움으로 차츰 남자로서의 능력을 회복해 결혼생활을 하는 데에는 별문제가 없었다. 한 가지 가슴 아픈 일은 그가 오래전에 공사를 마치고 다른 공사현장으로 이동한 동료 기술자들을 찾아 평대를 떠나게 되어 쌍둥이자매도 어쩔 수 없이 이별을 하게 된 거였다. 그네들은 태어나서 한 번도 떨어져 살아본 적이 없었기에 헤어지는 아픔은 팔을 한 짝 잘라내는 것보다 더 깊고도 쓰렸다. 전기 기술자와 동생이 떠나던 날, 금복은 짐을 실을 차를 한 대 내주어 이웃도시에까지 데려다주었다. 그들은 눈물로 이별을 고하며 전기 기술자가 공사를 모두 마치면 다시 돌아와 같이 살자고 약속했지만 불행하게도 그 약속은 끝내 지켜지지 않았다.

한편, 결혼식에 참석하기 위해 금복을 따라 평대에 온 춘희는 점보와 함께 하루에 두 바퀴씩 돌았던 마을길을 따라 거닐었다. 그러다 이윽고 다방 앞에 이르러 박제가 되어 서 있는 코끼리를 발견했다. 점보는 이전과 다름없이 거대한 몸집을 자랑하며 코를 높이 치켜들고 서 있었다. 그동안 점보는 뜨거운 햇볕과 바람에 노출되어 색이 바랬고, 눈비에 젖었다가 다시 마르기를 반복해 탄력을 잃은 거죽이 쭈글쭈글하게 변해 있었다. 춘희는 지푸라기와 가죽만 남은 점보의 모습을 보며 그와 함께 지냈던 기억이 떠올라 서글픈 마음에 가슴이 먹먹해졌다. 이때, 어디선가 문득 그녀에게 신호가 전해졌다.

　꼬마 아가씨, 안녕.

　점보였다. 춘희는 놀라움과 반가움에 왈칵 눈물이 쏟아질 것 같았지만 애써 참으며 이전처럼 그에게 인사를 건넸다.

　너도, 안녕.

　그래, 그동안 많이 큰 걸 보니 얼마 안 있으면 너도 곧 여자가 되겠구나.

　그런데, 너는 그동안 어디에 있었지?

　이곳저곳 떠돌아다녔지. 얼마 전엔 내가 태어난 아프리카에도 다녀왔단다.

　아프리카가 어디지?

아주 먼 곳이야. 거기엔 끝도 없이 넓은 사막이 있고 사자나 하이에나 같은 무서운 짐승들도 있어.

그래, 언젠가 네가 얘기한 적이 있었던 것 같아.

그리고 실은, 네가 있는 벽돌공장에도 다녀왔어.

그런데 왜 나를 찾지 않았지?

그때는 다들 곤히 잠들어 있는 한밤중이라 차마 너를 깨울 수가 없었단다. 그곳에서 지내는 건 어때, 꼬마 아가씨?

그런대로 괜찮아. 난 의붓아버지한테서 벽돌 만드는 법을 배우고 있어.

그렇군. 그 사람은 너에게 잘해주니?

응, 하지만 그는 눈이 멀어가고 있어. 얼마 안 있으면 앞을 볼 수가 없을 거래.

좋은 소식은 아니군.

점보는 우울한 목소리로 말했다.

그런데 너는 왜 사라지지 않는 거지? 언젠가 네가 말했잖아. 죽는다는 건 영원히 사라지는 거라고.

춘희가 물었다.

똑똑하군, 꼬마 아가씨. 그걸 기억하고 있다니.

점보가 웃으며 말했다.

그랬지. 그런데 너희 엄마가 이렇게 박제로 만들어놓는 바람에 나는 사라지고 싶어도 사라질 수가 없어. 그러니 네가 나를 좀 도와줘야겠어.

내가 너를 어떻게 도와주지?

나는 이제 그만 쉬고 싶어. 낮이고 밤이고 이렇게 서 있는 건 너무 힘들어. 그리고 사람들이 쳐다보는 것도 창피하고. 그러니 네가 나를 없애줘.

너를 어떻게 없애지? 없애기엔 넌 너무나 크잖아.

꼬마 아가씨, 안 된다고만 하지 말고 생각을 좀 해보라고. 이 속은 짚으로 가득 채워져 있고 물기 하나 없이 바싹 말라 있어. 게다가 지금은 적당히 바람까지 불고 있잖아.

그제야 춘희는 점보가 말하는 게 무엇인지 깨달았다.

그날, 금복과 쌍둥이자매는 전날 있었던 결혼식에 대해 수다를 떠느라 춘희가 다방에 들어와 슬며시 성냥을 집어들고 나가는 것을 보지 못했다. 그들은 잠시 후, 밖에서 사람들이 큰 소리로 불이 났다고 외치는 소리를 듣고 창가로 달려가 박제된 점보의 몸에 불이 붙어 검은 연기가 나는 것을 보고 기겁을 하고 놀라 달려내려갔다가, 어느 순간 뜨거워진 공기로 풍선처럼 부풀어오른 점보의 가죽이 뺑, 하는 소리와 함께 터지며 삽시간에 불길이 치솟고 그 불길이 다방건물에까지 옮겨붙어 건물이 반 넘어 탈 때까지 속수무책으로 발을 동동 구르며 지켜보다, 얼마 전 새로 생긴 소방서에서 보낸 커다란 불자동차가 삐뽀삐뽀 요란한 소리를 내며 달려와 소방차를 처음 보는 사람들이 다들 감탄하며 지켜보는 가운데 멋진 소방복을 입고 소방모를 쓴 소방수가 차에서 내려 소방호스로 폭포수처럼 거센 물대포를 쏘아 삽시간에 불길을 잡으며 소방차의 능력을 유감없이 발휘해 구경꾼들로부터 박수갈채를 받은 소방수가 다시 소방차 위에 올라가 멋진 미소와 함께 소방모를 벗어 인사를 하고 난 뒤에야 비로소 소방차 옆에 물을 흠뻑 맞고 서 있는 춘희를 발견했다.

금복은 춘희가 불을 냈다는 사실을 사람들로부터 들어 알고 있었지만 이번에는 그녀를 야단치지 않았다. 춘희에게 노파의 귀신이 잠깐 들러붙었다고 생각했던 것이다. 금복은 사람들에게 불이 난 것은 바로 노파의 저주로 인한 것이며 노파가 말한 불기둥이란 다방에 불이 난 것을 두고 이른 말이니 그로써 노파의 저주는 모두 끝이 났다고 선언했다. 불이 난 다방을 보수하느라 돈이 꽤나 들어갔지만 금복은 그 정도 피해만 입고 노파의 저주에서 벗어날 수 있어서 다행이라는 생각에 이를 조금도 아까워하지 않았다.

금복은 불이 난 다방을 보수하는 한편 극장을 짓는 계획을 추진하기 위해 평대에 남아, 춘희만 혼자 공장으로 돌아왔다. 벽돌공장은 여전히 바쁘고 활기가 넘쳤다. 文은 눈이 점점 멀어져 이때쯤엔 겨우 서너 발짝 앞에 떨어져 있는 물체만 식별할 수 있을 정도였다. 대신, 그의 눈앞엔 오래전 그가 고향마을에서 보았던 구름이 걸린 앞산의 풍경과 햇빛에 반짝이던 강물, 언젠가 그가 아버지를 따라 산에 나무를 하러 갔다가 굴속에서 발견한 승냥이의 새끼, 또한 오래전 헤어진 가족의 얼굴과 고향 친지들의 얼굴이 또렷하게 떠오르기 시작했다. 文은 점점 더 말을 잃어가 하루종일 사람들 틈에서 일을 하면서도 단 한 마디도 하지 않는 날이 많아졌다. 그렇게 그는 현재로부터 과거로, 현실로부터 꿈으로, 존재하는 것으로부터 이미 사라진 것으로, 사람들 간의 대화와 교통으로부터 혼자만의 고독한 침묵 속으로 빠져들고 있었다.

춘희 또한 여전히 자신만의 세계 안에 머물러 있었다. 이즈음 그녀가 새로 흥미를 가진 놀이는 죽은 곤충이나 동물 들을 외진 벽돌더미 아래 모아놓는 일이었다. 그것은 점보의 죽음으로 인해 그녀가 새로 인지하게 된 낯선 세계에 대한 그녀 나름의 호기심 때문이었다. 그녀는 죽은 족제비나 햇볕에 바싹 말라 나뭇가지처럼 딱딱해진 개구리의 사체 등을 벽돌더미 아래 숨겨놓고 틈이 날 때마다 찾아가 살펴보곤 했다. 그녀는 활발하게 움직이던 곤충이나 동물 들이 왜 갑자기 아무런 움직임도 없이 멈춰 있다 부패되어 사라지는지 궁금했다. 그녀는 그 신비를 캐기 위해 죽은 곤충이나 동물을 찾아 하루종일 들판을 헤매곤 했다.

그렇게 조용히 죽음의 세계를 탐험하던 춘희는 어느 날, 사람들의 주목을 한눈에 받게 되는 작은 소동을 겪게 되는데 그것은 바로 그녀의 놀라운 완력 때문이었다. 인부들은 종종 쉬는 동안의 무료함을 달래느라 마당 한구석에서 팔씨름을 벌이곤 했다. 그들은 대부분 혈기를 주체할 수 없는 젊은 인부들이었다. 그날 맞붙은 두 사내가 각기 공장에서 가장 굵은 팔뚝과 가장 두꺼운 어깨를 자랑하던 자들이라 제법 볼 만한 구경거리였던지, 나이든 인부들과 밥하는 여자들까지도 모두 나와 구경을 하고 있었다. 햇볕에 그을리고 오랜 노동으로 단련된 그들의 팔뚝은 참나무처럼 굳세고 강인해 보였다. 두 사람이 손을 맞잡고 힘을 주자 얇은 피부 아래 팽팽하게 불거진 근육이 꿈틀거렸다. 그날의 승자는 선원으로 일한 적이 있다는 사내였다. 승자가 결정되었을 때, 한 장난기 많은 사내가 옆에서 구경하던 춘희를 보고 말했다.

─네가 통뼈라며? 그렇다면 나랑 팔씨름 한번 해보지 않으련? 대신, 너는 여자고 또 아직 어리니까 내가 팔목을 잡아주지. 어때, 그럼 공평하지 않겠니?

사내의 말에 사람들은 모두 웃음을 터뜨렸지만 그들의 웃음은 곧 놀라움과 찬탄으로 바뀌었다. 그날, 춘희는 모든 사내들을 부끄럽게 만들었으며 결국 선원으로 일한 적이 있다는 그날의 승자와 맞붙게 되었다. 그는 다른 사내들보다 조금 더 오래 버텼으나 끝내 그날의 승리를 지키지 못했다. 사람들은 아직 어린 계집에 불과한 춘희의 힘에 감탄을 금치 못하는 한편, 통뼈의 위력은 과연 대단하다며 다들 혀를 내둘렀다.

그런데 얼마 지나지 않아, 공장 안에선 더이상 상대가 없던 춘희에게도 드디어 맞수가 나타났다. 그는 공장의 벽돌을 실어나르던 한 트럭 운전사의 아들이었다. 춘희가 팔씨름으로 공장의 모든 사내들을 이겼다는 얘기를 전해들은 트럭 운전사는 히죽 웃으며 말했다.

ㅡ그렇다면 마침 좋은 상대가 있지요.

사람들은 그가 직접 춘희를 상대할 거라고 생각했지만 그는 뒤에 숨어 있던 자신의 아들을 앞으로 내보냈다. 춘희와 비슷한 또래로 보이는 소년은 수줍은 듯 아버지의 다리에 매달려 있었는데 그역시 통뼈라고 알려진 소년이었다.

두 사람은 곧 팔씨름을 하기 위해 마당 한복판에 마주앉았다. 춘희의 손을 맞잡는 순간, 소년은 알 수 없는 강렬한 느낌에 사로잡혔다. 그것은 마주앉은 소녀가 언젠가 자신의 운명과 관련이 있을 거라는 수컷으로서의 본능적인 예감이었다. 팔씨름이 시작되자 과연 트럭 운전사의 장담대로 그의 아들 또한 예사롭지 않은 장사라는 것이 드러났다. 두 어린 통뼈들은 온 힘을 다해 상대를 쓰러뜨리려고 했지만 한식경이 흘러도 승부가 나지 않았다. 두 사람이 손을 맞잡고 버티는 동안 서로의 손등에 파고든 손톱 때문에 피가 흘렀고 한복판에 걸려 있던 해는 어느덧 서쪽 하늘로 넘어가고 있었다. 그러나 사람들은 모두 감탄과 놀라움에 꼼짝 않고 서서 자리를 떠나지 않았다. 그러다 마침내 평상이 우지끈 부서져내리며 그날의 경기는 무승부로 끝이 나고 말았다. 춘희와 소년은 숨을 몰아쉬며 서로의 얼굴을 마주보았다. 그제야 춘희도 뭔가 느낌이 있었는지 소년의 눈길을 피하며 굴뚝 뒤로 뛰어 달아났다.

그뒤에도 두 사람의 시합은 트럭 운전사가 공장에 들를 때마다 재개되었고 언제나 무승부로 끝이 났다. 여러 번 시합을 하는 동안, 낯을 익힌 춘희는 시합이 끝난 뒤 소년과 어울려 놀았다. 그녀는 소년에게 벽돌더미 뒤에 숨겨놓은 온갖 곤충과 동물 들의 사체를 보여주기도 하고 새로 발견한 너구리굴을 보여주기도 했다. 성정이 순했던 소년도 별 까탈을 부리지 않고 춘희가 이끄는 대로 공장 주변을 따라다니며 함께 어울렸다. 그는 춘희의 어린 시절을 통틀어 유일한 친구가 되었으며 그 우정은 이듬해 소년의 아버지가 멀리 남쪽 바닷가로 원목을 실어나르기 위해 평대를 떠날 때까지 계속되었다. 두 사람은 훗날 다시 만나 한번 더 특별한 인연을 만들지만 그것은 훨씬 더 많은 시간이 흐른 뒤의 일이다.

그해 겨울, 금복은 극장을 짓기 위해 한 건축가를 만났다. 그는 큰 도시에서 이미 여러 개의 극장과 호텔을 지어본 적이 있는 경험 많은 건축가였다. 빵모자를 쓰고 귀에 연필을 꽂은 그는 조수와 함께 다방에서 금복과 마주앉았다. 그는 은근히 금복을 깔보는 듯한 거만한 태도로 그동안 자신이 설계한 큰 건축물들의 이름과 전문

적인 건축용어들을 주워섬겼다. 그러자 금복이 그의 입을 막으며
말했다.

　―좋아요. 그 정도 실력이면 극장 하나 짓는 건 식은 죽 먹기겠
군요. 대신, 극장은 내가 원하는 모양대로 지어야 해요. 내가 건물
주이니 당연히 그렇게 할 권리가 있는 거겠죠?

　그러자 건축가가 어깨를 으쓱하며 대답했다.

　―그거야 좋으실 대로.

　금복이 빙그레 웃으며 대답했다.

　―좋아요. 그렇다면 내가 전부터 생각해둔 게 있어요.

　그녀는 자신이 직접 그린 거라며 하얀 종이를 한 장 내밀었다.
건축가가 종이를 펴보자, 그 위엔 다음과 같은 그림이 그려져 있
었다.

창부

소녀는 잠결에 축축하고 매캐한 안개의 냄새를 맡았다. 그녀는 슬그머니 자리에서 빠져나와 밖으로 나갔다. 교교한 달빛이 내리비치는 가운데 세상만물이 고요히 잠들어 있었다. 한낮의 뜨거웠던 열기는 모두 식어 있었다. 그녀는 공장 마당을 벗어나 풀숲으로 천천히 걸어갔다. 누군가 그녀를 부르기라도 한 것처럼 발걸음은 조금의 머뭇거림도 없이 자연스러웠다. 소녀는 풀숲을 기어다니는 곤충들의 싸르락거리는 발소리를 들었다. 그리고 곧 온갖 생물들이 뿜어내는 은밀한 소리와 향기에 흠뻑 취했다. 그녀는 옷을 모두 벗어던졌다. 그리고 양손을 한껏 옆으로 벌렸다. 조금이라도 더 많은 향기와 소리, 묵직하게 흘러다니는 안개를 취하기 위해서였다. 달빛 아래 소녀의 알몸이 드러났다. 보통 장정들만큼이나 큰 몸집이었다. 그녀는 풀밭 위를 거닐며 식물들의 비밀스런 생장이 이루어지는 밤의 냄새를 맡았다. 그녀는 곤히 잠들어 있는 너구리의 숨소리와 들쥐를 물고 나무를 기어오르는 구렁이의 차가운 비린내, 굴을 파는 땅강아지의 부지런한 발놀림, 그리고 자신의 몸속에서 이루어지는 은밀한 변화를 감지했다. 드디어 그녀에게도 사춘기가 시작된 것이다. 그녀의 몸속 어딘가에서 분비되기 시작한 강력한 호르몬은 그녀를 이제 여자로 바꾸어놓을 참이었다. 그것은 생명의 축복이자, 자연의 법칙이었다.

며칠 뒤, 춘희는 생리를 시작했다. 아침에 일어나 이불과 속옷에 묻어 있는 피를 보고 놀란 그녀는 文의 손을 잡아끌어 생리 혈이 묻은 이부자리를 보여주었다. 文은 곧 평대에 머물고 있는 금복에게 춘희가 달거리를 시작했다는 소식을 전했다.

　—그러니까 결국 그애도 여자란 게 증명이 된 셈이군요.

　금복은 별 관심 없다는 듯 시큰둥하게 대꾸하며 그날 벽돌을 싣고 나간 트럭 편에 생리대를 한 차 가득 실어 보내며 말했다.

　—그 정도면 그애가 여자 구실을 못할 때까지 쓸 수 있을 거예요.

　근대의 물결은 여자들의 사생활에도 큰 변화를 가져와 이즈음에는 무명천을 빨아 쓰던 개짐에서 일회용 생리대로 바뀌어 있었던 것이다. 이후, 춘희는 자신의 몸속에서 일어나는 변화를 무엇보다도 예민하게 감지했지만 생리대를 어떻게 사용하는지 아무도 가르쳐주는 사람이 없어 달거리를 할 때마다 치마에 벌겋게 피를 묻힌 채 돌아다니곤 했다. 게다가 춘희의 방에 가득 쌓여 있는 생리대는 공장에서 일하는 여자들이 몰래 한두 개씩 훔쳐가 채 두 달도 지나기 전에 모두 없어지고 말았다.

　오래전, 부둣가 도시에서 보았던 대왕고래의 거대한 이미지에 흠뻑 매료된 금복은 이십여 년이 흐른 뒤에도 그 황홀한 매력을 잊지 않았다. 금복의 주장에 따라 고래의 모양을 본떠 설계가 이루어진 극장은 당시의 건축기술이 총동원된 첨단의 건축물이었다. 본격적으로 공사가 시작되자, 남발안에서 만들어진 벽돌은 몽땅 극장을 짓는 공사장으로 실려갔고, 다시 수많은 인부들이 동원되었다. 평대역 앞에 터를 잡은 공사장엔 온갖 건축자재들을 실어나르는 트럭이 뒤엉켜 북새통을 이루었다. 금복은 자신의 트레이드마크가 된 몸뻬를 다시 꺼내입고 공사판을 바쁘게 오가며 현장을 떠나지 않았다.

이즈음 금복에게 한 가지 커다란 변화가 생겼는데, 그것은 바로 아무데서고 치마를 걷어붙이고 건축업자가 됐든 목사가 됐든 공장의 인부가 됐든 가리지 않고 이불 속으로 끌어들여 마을 사람들의 입방아에 오르내렸던 바로 그 바람기가 사라졌다는 것이다. 그녀 자신도 언젠가부터 남자에 대한 욕정이 거짓말처럼 사라진 것을 깨닫고 의아하게 여겼지만 곧 극장 일에 지나치게 신경을 써서 그런가보다 하고 가볍게 넘어갔다. 하지만 그것은 그녀의 몸속에서 분비되는 호르몬의 변화로 인한 것이었다. 그리고 그 수상한 변화는 머지않은 장래에 그녀의 인생을 완전히 새로운 것으로 뒤바꿔놓게 되는데, 그 시작은 기차역 근처 유곽에서 몸을 파는 한 어린 창부의 등장으로 비롯되었다.

어느 날 아침, 일찌감치 공사장에 나온 인부 하나가 이슬을 피하기 위해 목재 위에 덮어놓은 포장 밑에서 부스럭거리는 소리를 들었다. 도둑고양이일 거라고 짐작한 그가 포장을 들쳤을 때 그는 산발한 머리에 피딱지가 앉은 얼굴을 한 계집 하나가 몸을 웅크린 채 떨고 있는 것을 발견했다. 인부가 달려가 사실을 고하자 금복은 곧 그 계집이 간밤에 달아난 창부라는 것을 알아챘다. 그러지 않아도 전날 밤에 한 창부가 손님으로 찾아온 어느 엿장수에게 실수를 저질러 포주에게 두들겨맞다가 그가 자리를 비운 새에 몰래 달아나 유곽에 붙어 기부妓夫 노릇을 하는 건달들이 밤새도록 마을을 뒤지고 다닌 사실을 쌍둥이언니로부터 들어서 알고 있던 터였다. 금복이 창부의 일이라면 자신에게 물어볼 게 아니라 포주에게 가서 물어보라며 인부에게 이르자, 쌍둥이언니는 집안에 날아든 꿩은 잡지 않는 법이고 개도 나갈 구멍을 보고 쫓는 법인데 어떻게 사람을 그렇게 박절하게 내칠 수 있냐며 데려다 사연이나 들어보자고 그녀 특유의 인정을 내보였다.

잠시 후, 인부는 사람들의 눈을 피해 몰래 집으로 창부를 데려왔다. 금복은 그녀가 비록 포주에게 두들겨맞은데다 한데서 밤을 새운 터라 옷이 지저분하고 얼굴이 멍투성이지만 인근에서 보기 드문 미인이라는 것을 한눈에 알아봤다. 금복은 인부에게 돈을 몇 푼 쥐여주며 계집을 보았다는 얘기를 절대로 발설하지 말라고 일러 보낸 후, 창부에게 요기나 하라며 조촐한 밥상을 차려냈다. 소녀티를 갓 벗은 창부는 수저도 들지 않은 채 그저 슬피 울기만 해, 금복은 자신이 오래전 부두에 처음 도착했을 때의 막막했던 처지가 떠올라 측은한 생각이 들었다. 한참 울던 계집은 잠시 후, 겨우 말문을 열어 자신의 사연을 털어놓았는데, 가난한 집의 딸로 태어나 아비가 무능하고 노름을 좋아해 덜컥 빚을 지자, 할 수 없이 술집으로 팔려가 팔도를 떠돌다 결국은 평대에까지 흘러들어와 몸을 팔던 중 간밤엔 한 손님을 맞았는데, 엿장수인 그는 자신의 몸에 있는 정상적인 구멍에는 관심도 없고 엉뚱한 구멍에만 호기심을 보여 잔뜩 화가 나 그의 성기를 물어뜯었고, 이 때문에 문제가 생겨 포주에게 두들겨맞다가 결국 못 견디고 도망쳤다는, 그렇고 그런 사연이었다. 쌍둥이언니는 외지로 나가는 차편에 몰래 계집을 태워 달아나게 하자는 의견을 내놓았으나 금복은 무슨 생각이 들었는지 계집을 쌍둥이언니에게 맡겨놓고 집을 나섰다.

그녀가 찾아간 곳은 바로 역 앞에 있는 유곽이었다. 갑작스럽게 불어난 사내들의 고달픈 욕정을 감당하느라 그 역시 고달픈 인생이긴 매한가지인 창부들이 요란한 화장에 속살을 허옇게 드러낸 야한 옷차림으로 껌을 질겅질겅 씹으며 거리에 나와, '아저씨, 쉬다 가세요'나 '오빠, 놀다가. 잘해줄게' 혹은 '학생은 삼십 프로 할인이야' 또는, '씹할, 재수없게 어딜 만져? 돈도 없는 주제에' 따위의 대사를 내뱉으며 사내들의 옷자락을 잡아끌고 있었다. 금복은 핑크빛 조명이 비치는 방안에서 포주와 마주앉았다.

—어쩐 일이시오, 강사장 같은 분이 이런 천한 데를 다 찾아오

시고.

염소처럼 턱수염을 기른 포주는 뱀처럼 차갑고 너구리처럼 교활한 자였다.

—당신은 나하고 한 번도 거래를 해본 적이 없지요, 아마?

—나같이 구멍가게나 하는 놈이 사장님처럼 큰 사업 하시는 분하고 거래할 일이 뭐가 있겠습니까?

—그럼, 오늘 나랑 거래나 한번 터볼까요?

금복이 파이프에 담배를 끼워물며 말하자 포주는 무슨 뜻이냐는 듯 의아한 표정으로 쳐다보았다. 금복이 담배연기를 길게 내뿜으며 지나가는 얘기처럼 포주에게 물었다.

—간밤에 여기서 달아난 계집이 하나 있다는 얘기를 들었는데, 그게 사실인가요?

그제야 포주는 무슨 뜻인지 알아듣고 야비한 표정으로 비죽 웃었다.

—사장님이 그애한테 관심이 있는지는 몰랐군요. 난 그애를 잡아오면 다시는 달아나지 못하게 발목을 잘라버릴 생각이었읍죠. 어차피 그짓을 하는 데 발목은 필요가 없거든요.

—좋아요, 그럼 그애가 당신에게 얼마나 빚을 졌는지 그것부터 얘기해보죠.

—그애가 나에게 얼마나 빚을 졌는지는 문제가 아닙니다. 중요한 건 그애가 앞으로 나에게 돈을 얼마나 벌어다주느냐 하는 거

지요.

포주가 느물거리며 대답했다. 그 역시 금복 못지않은 장사꾼인지라 만만치가 않았다. 그러나 금복 역시 눈 하나 깜짝하지 않고 물었다.

—당신은 내가 이 앞에서 극장을 짓고 있다는 건 알고 있지요?

—그걸 모르면 평대 사람이 아니지요.

—그래서 지난번에 나랏일 보는 높은 분들이 찾아왔는데, 걱정을 많이 하더군요. 장차 여기에 극장이 들어설 텐데 이 앞에 사창가가 있어서 외지 사람들 보기에도 그렇고 또 아이들 교육환경에도 문제가 있을 것 같다고. 그래서 제가 그랬지요. 누군 뭐 그짓 안하고 사는 사람 있냐고. 양지가 있으면 그늘이 있듯이 누군가 나서서 그런 궂은일을 맡아 하는 사람이 있으니까 또 누군가는 깨끗한 척 목에 힘도 주고 폼도 잡을 수 있는 거 아니냐고.

금복이 웃으면서 말은 하고 있었지만 거의 노골적인 협박이었다. 그제야 포주의 얼굴이 굳어졌다. 잠시 침묵을 지키던 그가 입을 열었다.

—그럼, 사장님은 그애의 몸값을 얼마나 생각하고 계시지요?

금복은 빙그레 웃으며 말했다.

—이제야 말이 좀 통하는군요.

이날, 금복은 포주와 마주앉아 달아난 창부의 몸값을 흥정했는데, 그 기준이 인명 피해에 대한 배상액을 산정하는 데에 기준이 되는 호프만식 계산법에 의거하다보니 계산이 매우 복잡했다. 그것은 달아난 창녀가 벌어들일 것으로 예상되는 금액을 한꺼번에 지급하되 중간 이식利息을 공제하는 방식이어서, 창녀가 과연 몇 살이 될 때까지 손님을 받을 수 있느냐 하는 정년에 대한 쟁점에서부터 창녀의 생활비를 제하되 그네들이 자주 사먹는 떡볶이 값이나 생리대 값 같은 사소한 비용까지를 생활비에 포함할 것인지의 여부, 결국 군것질 값은 제외하고 생리대 값은 포함하는 것으로 정리가 되었지만, 또한 그네들을 정규직으로 볼 것이냐, 아니면 비정규직으로 볼 것이냐 하는 논란과 이에 따라 한 달 근무일 수를 며칠로 계산할 것이냐에 대한 공방, 또한 공정이율을 어떤 기준에 따라 적용할 것이냐 하는 문제 등을 집중적으로 토론하느라 금복과 포주는 거의 한나절이나 실랑이를 계속해야 했다. 최종적으로 금복은 거의 집 한 채 값과 맞먹는 비용을 지불하고 나서야 겨우 달아난 창녀에 대한 포기각서를 받아낼 수 있었다. 이 때문에 쌍둥이 언니는 한동안 달아난 창녀의 원래 이름인 수련睡蓮 대신에 '비싼 년'이라고 부르며 놀리기도 했다.

그날 금복이 포주 앞에서 '나랏일 보는 높은 분들' 운운한 것은 단지 협박만은 아니었다. 금복은 이미 평대에서 가장 유력한 재력가로 소문이 나, 그녀와 거래를 트고 싶어하는 지방의 유지들과 보나마나 뭔가 더러운 속셈을 가지고 온 게 분명한 정치가들, 성금을 기탁받으려는 온갖 자선단체와 복지단체 들, 고향에서 소문을 듣고 찾아온 먼 일가붙이들, 접시 한번 잘 돌려서 한몫 잡아보려는 사기꾼, 금복이 아무 놈한테나 잘 준다니까 그냥 한번 달래보러 온 난봉꾼, 안 주면 그만이고, 어떻게 생겼는지 궁금해서 그저 얼굴이나 보러 온 호기심 많은 백수, 썹할 종교 차별하냐? 예배당은 지어주면서 왜 절은 안 지어주냐며 따지러 온 땡추중 등, 그녀를 만나기 위해 찾아온 인사들이 줄을 이을 정도였다.

언젠가 한 정치가가 찾아온 적이 있었다. 그는 평대에서 공산주의자를 완전히 몰아내야 된다며 입에 게거품을 물었다. 금복은 파이프를 물고 의자에 비스듬히 기대 정치가의 말을 듣고 있다 문득 생각이 난 듯 물었다.

—그런데 그 공산주의라는 게 대체 무엇에 쓰는 물건이죠?

그러자 정치가가 대답했다.

—그것은 물건이 아니라 생각의 이름이죠.

—생각에도 이름이 있나요?

—당연히 있죠. 세상에 이름이 없는 건 없어요. 사회주의, 자본주의, 민주주의, 실용주의, 고전주의, 신고전주의, 낭만주의, 실존주의, 표현주의, 물신주의, 개인주의, 사실주의, 초현실주의, 배금주의, 물질만능주의, 한탕주의, 맹견주의……

그러자, 금복이 지루한 듯 하품을 길게 하며 말했다.

—그만, 됐어요. 비 맞은 중처럼 염불만 외지 말고 그 공산주의

가 도대체 무슨 생각인지나 말해봐요.

─그건 당신처럼 돈이 많은 사람의 재산을 모두 빼앗아 골고루 나눠 갖자는 생각이죠.

─그것 참, 도둑놈 심보군요. 그자들은 도대체 머릿속에 뭐가 들었기에 그런 해괴한 생각을 할 수가 있는 거죠?

─그러니까 그런 놈들은 몰아내야 된다는 거죠.

금복이 잠시 생각을 하다 말했다.

─좋아요. 그렇다면 내 생각은 그런 생각을 하는 자들을 모두 잡아다 허리에 돌을 매달아 바다에 처넣어야 된다는 거예요. 어때 요. 이런 생각에도 이름을 붙일 수 있나요?

─그건 이미 이름이 있어요.

─그게 뭔가요?

─바로 멸공주의죠. 그건 빨갱이들의 씨를 말리자는 생각입니다.

이때 그가 말한 빨갱이란 바로 공산주의자를 가리키는 말이었 다. 이데올로기에 대한 금복의 이해는 매우 단순했지만 대부분의 사람들이 그렇듯이 그 신념만큼은 확고했다. 그것은 이념의 법칙 이었다. 그녀는 훗날 자신의 선택에 대해 다음과 같이 변명했다.

─나는 오른쪽을 택했어요. 왜냐하면 오른쪽은 옳은 쪽이란 뜻 이니까.

또 언젠가 다른 정치가가 찾아온 적이 있었다. 그 역시 공산주 의자를 몰아내야 된다고 게거품을 물었는데, 그의 주장은 좀더 과

격했다.

　—빨갱이는 반드시 죽여야 돼요.

　—꼭 죽일 필요까지 있나요?

　—반드시 그럴 필요가 있어요. 왜냐하면, 빨갱이 하나를 살려두면 그 빨갱이는 열 명을 죽이거든요. 그러니까 빨갱이를 하나 죽이면 아홉 명을 살리는 것과 마찬가지예요.

　—그런데 왜 열 명이 아니라 아홉 명이죠?

　—어쨌든 그 빨갱이 하나는 죽었잖아요.

　대개 이런 식이었다. 정치가들은 한결같이 입만 열면 공산주의자를 몰아내야 한다고 주장했지만, 기실 평대는 외지로부터 완전히 고립된 덕에 전쟁의 소용돌이를 피해갔을뿐더러 이데올로기의 태풍으로부터도 비껴가 사람들은 공산주의가 무슨 뜻인지조차 제대로 모르고 있었다.

　어쨌거나 그날 정치가가 다녀간 이후, 금복은 멸공주의자가 되었으며 평대반공연맹 여성분과 위원장이란 감투를 하나 얻어쓰게 되었는데, 그런 식으로 이런저런 정치단체, 경제단체, 환경단체, 종교단체, 학술단체, 체육단체, 지역단체 등에서 떠맡긴 감투를 대충만 꼽아봐도, 로터리클럽 평대지회 부회장, 라이온스클럽 평대지부 간사, 부정방지대책위원회 이사, 바르게살기 국민운동본부 상임위원, 새마을운동본부 평대지부장, 평대 4H구락부 여성회장, 전국다방연합회 평대지부장, 전국 벽와협회 고문, 평대경제발전

위원회 간사, 전국운수협회 평대지부장, 맨손체조보급센터 실장, 주목 서식지 보호를 위한 시민들의 모임 대표, 야생녀구리 보호협회 이사, 평대참숯조합 이사장, 평대경제연구소 소장, 전국 건어물 협회 평대지회장 등 수십여 개에 달했다.

금복이 많은 돈을 지불하고 어린 창부를 유곽에서 빼내자 쌍둥이언니는 곧 그녀를 다방에라도 내보내 일을 시킬 거라고 생각했다. 그러나 금복은 무슨 생각에서였는지 수련을 집에 머물게 하며 빨래나 청소 같은 허드렛일을 돕게 했다. 집에서 머무는 동안, 그녀는 나이에 걸맞게 표정도 밝아지고 상처도 아물기 시작해 그 미색이 더욱 빛을 발했다.

어느 날, 밤늦게 집에 돌아온 금복은 부엌에서 나는 물소리를 듣고 무심코 부엌문을 열고 들어서다 수련이 목욕을 하고 있는 것을 발견했다. 뿌옇게 김이 서린 가운데 알몸으로 서 있는 수련의 모습은 마치 하늘에서 선녀가 방금 뚝 떨어진 듯 그 자태가 눈부셨다. 물에 젖어 더욱 검어진 머리카락은 사슴처럼 긴 허리까지 치렁치렁 흘러내렸고 그 아래 크지도 작지도 않은 동그란 엉덩이가 마치 옥을 깎아놓은 것처럼 부드러운 곡선을 이루어 남자든 여자든 누구나 보는 사람으로 하여금 숨이 멎게 할 정도였다. 금복이 들어온 것을 보고 살짝 돌아서며 웃는 입매는 조금의 어색함도 없이 자연스러웠으며 마치 붉은 이슬이 매달린 듯 도톰한 입술은 금방이

라도 흘러내릴 듯 아슬아슬한 유혹을 간직하고 있어 천하일색이
란 바로 그녀를 두고 이른 말인 듯했다.

　금복이 등을 밀어주겠다고 하자 수련이 수줍은 듯 돌아서는데
그녀의 선연娟妍한 자태 어디에도 사내들의 손을 탄 흔적은 찾아
볼 수 없었다. 그녀의 허리에 손을 대자 마치 살이 묻어날 것처럼
피부가 부드러워 금복은 자신도 모르게 손이 떨렸다. 등을 밀어주
는 동안, 금복은 마침내 자신이 잃어버린 게 무엇인지를 깨닫고는
가슴이 무너져내렸다. 끝없이 상실해가는 게 인생이라면 그녀는
이미 많은 것을 상실한 셈이었다. 유년을 상실하고, 고향을 상실하
고, 첫사랑을 상실하고, 그리고 무엇보다도 이제는 젊음을 상실해
버려 그녀에게 남아 있는 것은 모두가 빈껍데기뿐이라는 것을 그
녀는 싱그러운 수련의 육체 앞에서 뼈저리게 확인해야 했다. 그녀
의 등을 밀어주던 금복이 문득 한숨을 길게 내쉬며 말했다.

　—세상에 너 같은 아이가 존재한다는 걸 믿을 수가 없구나.

　수련이 수줍은 듯 돌아보며 물었다.

　—제가 그렇게 예쁜가요?

　—아무렴, 예쁘고말고. 젊었을 때는 나도 사내들이 제법 따랐
지. 하지만 내가 아무리 젊었어도 네 발끝도 못 쫓아갔을 거야.

　그러고는 그녀의 등에 물을 끼얹으며 말을 이었다.

　—너 같은 절색은 세상에 흔한 게 아니란다. 아마도 너를 만들
때는 하느님이 특별히 신경을 쓰신 모양이다.

그동안 목사의 영향을 받았는지 어쨌는지 금복이 하느님을 들먹이자 수련이 장난스럽게 물었다.

—그럼, 다른 사람들은 어떻게 만드는데요?

—그냥 대충 만들지. 진흙으로 벽돌을 찍어내는 것처럼.

금복의 얘기를 들었으면 틀림없이 버럭 화를 냈을 文은, 어느 날 아침 자리에서 일어나 자신의 눈앞에 드넓은 강이 펼쳐져 있는 것을 보고 의아한 생각이 들었다. 강기슭엔 커다란 미루나무가 줄지어 늘어섰고 멀리 사람들이 모여 있는 나루엔 작은 돛배가 몇 척 떠 있었다. 잔잔한 물결은 햇빛에 반짝여 눈이 부셨고 그 위에서 퍼덕대며 뛰노는 잉어들은 한결같이 크고 통통하게 살이 올라 있었다. 그것은 文이 어릴 때 보았던 고향마을의 풍경이었다. 文은 비로소 자신의 눈이 완전히 멀어버렸으며 그의 눈앞에 펼쳐진 장면은 바로 그의 기억 속에 남아 있던 풍경이라는 것을 깨달았다.

그날 이후, 완전히 앞을 볼 수 없게 된 대신 그의 눈앞엔 기억 속에 담겨 있는 풍경들이 아무때고, 순서도 없이 불규칙하게 파노라마처럼 펼쳐졌다. 눈앞에 펼쳐지는 파노라마는 그가 기억할 수 있는 먼 과거에서부터 눈이 멀기 전까지의 긴 시간에 걸쳐 그의 인생을 모두 기록한 사진첩과도 같은 것이었다. 그 속엔 아름답고 평화로운 유년의 풍경과 전쟁터에서 목격한 온갖 끔찍한 장면 들, 그리고 중국으로 건너가 벽돌공장을 다닐 때 보았던 낯선 이국의 풍경들, 그리고 떠오를 때마다 언제나 가슴이 미어지는 가족들의 얼굴, 또한 버드나무 아래에서 벌이던 금복과의 정사와 혼자 남발안에 남아 벽돌을 굽고 있을 때의 한없이 쓸쓸했던 겨울의 풍경 등, 그의 전 생애에 걸친 희로애락이 모두 담겨 있었다. 누군가 그 장면을 필름에 담아둘 수 있었다면 한 평범한 사람의 생애에 그토록 많은 사건이 일어난 것에 대해, 또한 한 사람의 기억 속에 그토록 많은 이미지가 저장되어 있다는 사실에 다들 놀라는 한편, 인류학과 사회학, 역사학과 심리학 등 여러 인문학 분야에서 더할 수 없이 귀한 자료가 되었을 터인데, 불행하게도 그것은 애초부터 불가능한 일이었으며 그 모든 장면들은 몇 년 뒤, 그가 버드나무 아래 개울가에서 죽음을 맞는 순간 연기처럼 사라지고 말았다.

언젠가부터 금복의 머릿속엔 사내들에 대한 욕정이 모두 사라진 대신, 온통 수련의 젊고 아름다운 육체가 가득 들어차게 되었다. 금복은 그녀를 위해 비싼 옷과 화장품을 사들였다. 수련은 집에 들어앉아 자신의 몸을 가꾸는 일 말고는 아무 하는 일이 없어, 어딘가 미숙하고 불안해 보이던 소녀티를 말짱하게 벗어던지고부터는 그 아름다움이 한층 더 완숙해졌다. 그녀는 금복을 친언니처럼 믿고 따랐으며 잠을 잘 때도 한방에 누워 도란도란 사이좋게 얘기를 나누다 잠이 들곤 했다.

그러는 동안, 금복의 몸에서는 변화가 일어나기 시작했다. 담배를 많이 피워서인지 목소리가 굵어졌으며 원래 무성했던 체모는 더욱 억세어지고 입 주변의 잔털이 조금씩 꺼뭇해지기 시작했다. 그리고 알 수 없는 이상한 활력에 휩싸여 태도는 더욱 당당해졌다. 그것은 여자라면 누구나 나이가 들면서 그 분비가 더욱 활발해지는 테스토스테론이란 남성호르몬이 불러일으킨 자연스러운 현상이었으나 금복의 경우엔 그 변화가 좀더 심했다.

그해 여름, 밤늦게 건축업자들과 술을 마시고 들어온 금복은 수련이 모기장 안에서 혼자 잠들어 있는 것을 보았다. 날이 더워서인지 아슬아슬한 속곳 하나만 걸친 채였는데, 모기장 사이로 희미하게 보이는 그녀의 속살은 더없이 고혹적이었으며 밤공기에 실려 희미하게 풍겨나오는 살냄새엔 수컷을 유혹하는, 십 리 밖에서 잠을 자던 사내라도 당장에 뛰어오게 할 만큼, 강력한 물질이 섞여 있었다. 그것은 한때 주변에 있던 뭇 사내들을 안달나게 했으나 금복에게선 이미 오래전에 사라진 바로 그 냄새였다.

금복은 옷을 모두 벗고 알몸으로 수련이 잠들어 있는 모기장으로 기어들었다. 그리고 자신도 모르게 그녀의 잘록한 허리 위에 떨리는 손을 가만히 얹어놓았다. 땀에 젖은 살결은 더없이 부드러워 마치 따뜻한 물속에 손을 담근 것 같았다. 언젠가 걱정의 배 위에 손을 올려놓았을 때만큼이나 가슴 떨리고 흥분되는 순간이었다. 이때, 수련이 눈을 떴다. 옷을 모두 벗은 채 어둠 속에서 자신을 내려다보고 있는 금복을 본 그녀는 부끄러운 듯 배시시 웃으며 베개에 얼굴을 묻었다. 더이상 참을 수 없게 된 금복은 거친 숨을 몰아쉬며 그녀의 탐스러운 젖가슴을 와락 끌어안았다.

고래

마침내 극장이 개관하던 날, 구경꾼들은 다시 도시락을 싸들고 평대로 모여들었다. 그간 평대의 인구는 급속도로 불어나 코끼리 점보가 도착할 때보다 몇 배나 많은 군중이 모여들어 극장 광장은 아침부터 발 디딜 틈이 없었다. 입장권은 하루 전에 이미 모두 매진되어 그날 영화를 볼 수 있는 사람들은 극히 일부였지만 그들은 단지 극장을 구경할 수 있다는 기대만으로도 먼길을 달려오는 수고를 아끼지 않았던 것이다. 국회의원을 비롯한 정치인들은 물론, 경찰서와 소방서, 우체국과 보건소 등 각 관공서의 장長들과 방귀깨나 뀌고 똥깨나 싼다는 소위 지역의 유지들도 모두 초대되어 대리석 층계 위에 자리를 잡았다. 영화가 시작되기 전 개관행사를 치르기 위해서였다.

초대된 귀빈들이 테이프를 끊는 절차를 마치고 줄을 잡아당기자 마침내 휘장이 걷히며 베일에 가려졌던 극장의 전모가 드러났다. 거대한 고래가 막 물에서 뛰쳐나온 듯 꼬리를 한껏 치켜든 극장의 모습은 군중들이 상상했던 이상의 놀라움을 안겨주어 그들은 일제히 자리에서 일어나 환호성을 질렀다. 고래의 꼬리 부분에는 영사실이 있고 머리 쪽에는 영사막이 있어 관객들은 고래 뱃속에 해당하는 중간부분에 앉아 영화를 볼 수 있는 구조였다. 또한 극장 앞엔 구불구불한 대리석 층계를 만들었는데, 그 무늬가 마치 파도가 치는 것처럼 보여 고래가 바다 위에 떠 있는 것 같은 효과를 주었고 층계에서부터 극장 로비에는 붉은색 주단을 깔아 건물의 위용을 한껏 강조해 보였다.

멀리서도 한눈에 보이는 커다란 극장 간판엔 영화 포스터가 그려져 있었다. 그날 개관 기념으로 처음 상영한 영화는 역시나 멋진 총잡이들이 활약하는 서부극이었다. 그러나 이번 영화의 주인공은 존 웨인 대신에 망토를 두르고 시가를 질겅질겅 씹는 불한당 같은 인상의 총잡이였다. 구경꾼들은 정면에서 그들을 내려다보고 있는 총잡이의 아무렇게나 기른 수염, 짙은 우수와 야성이 담긴 눈빛에 매료되어 당장이라도 극장으로 뛰어들고 싶은 마음에 목이 탈 지경이었다.

이날, 군중들의 눈길을 끈 것은 그뿐만이 아니었다. 그들은 고운 양장을 차려입고 귀빈석에 앉아 있는 한 아름다운 여자에게서 눈길을 뗄 수가 없었다. 그녀는 바로 유곽에서 몸을 팔던 수련이었으나 이를 알아보는 사람은 아무도 없었다. 햇볕에 얼굴이 탈까 부채로 얼굴을 가리고 있는 그녀는 수십 명의 귀빈들 가운데서도 단연 그 자태가 돋보여 군중들은 그녀가 도대체 누구의 여자일까 싶었는데 곧 그 궁금증이 풀렸다.

잠시 후, 국회의원 등 초대된 인사들이 대리석 층계 위에 마련된 연단에 올라가 차례로 축사를 했다. 다들 하고 싶은 말이 많은 사람들인지라 언제나 그렇듯이 축사에 많은 시간이 소요되어 군중들이 지루해할 즈음, 드디어 극장주가 마지막으로 인사말을 하기 위해 단 위에 올라섰다. 그리고 군중들은 단 위에 올라온 금복을 다들 의아한 표정으로 쳐다보았다. 왜냐하면 그들이 소문에 들은 바로는 극장을 지은 사람이 여자라고 알고 있었는데, 막상 단 위에 올라온 사람은 양복을 입은 남자였기 때문이었다.

　그랬다! 그날 금복은 중절모에 나비넥타이를 맨 양복 차림으로 등장함으로써 자신이 남자가 되었음을 세상에 당당하게 선언했던 것이다. 그날 그녀는 삼십 분이 넘는 긴 연설을 통해 앞으로 지역의 발전과 문화예술의 부흥을 위해서 남은 힘을 모두 쏟겠다는 각오를 밝혔는데, 언사가 어찌나 화려하고 감동적이었던지 단 위에 앉아 연설을 듣고 있던 인사들은 앞선 자신들의 초라한 연설이 부끄러워 빨리 자리를 뜨고 싶을 지경이었다.

　그날의 연설문을 기초한 사람은 다름아닌 그녀의 고향친구, 약장수였다. 금복은 극장을 맡아 운영할 사람을 구하다 오래전 쌍둥이자매와 그녀를 울리고 웃겼던 약장수의 뛰어난 구변을 떠올리고 수소문 끝에 먼 도시에서 약포를 하고 있던 그를 찾아내 극장의 지배인 자리를 맡겼던 것이다. 하지만 군중들은 금복이 왜 갑자기 남자 옷을 입었는지 궁금해하는 한편, 과연 소문에 들던 대로 금복이 남녀의 생식기를 모두 가지고 태어난 어지자지인지 아닌지, 또한 역전의 창녀와 밴대질을 치는 사이인지 어떤지에 대해 웅성거리느라 그녀의 화려한 연설은 귀에 들어오지도 않았다. 그런데 금복이 연설을 끝내는 순간, 옥상에서 갑자기 물이 쏟아져 밑에 있던 군중들은 모두 물을 흠뻑 뒤집어썼다. 그것은 건물 옥상에 설치해놓은 분수에서 뿜어져나온 물로, 고래가 분기하는 모습을 보여주기 위해 금복이 마지막으로 추가한 아이디어였다. 이 때문에 극장은 처음부터 평대극장이란 정식 명칭 대신에 고래극장이란 이름으로 널리 알려지게 되었다.

그날, 개관식이 열리던 자리엔 생선장수도 있었다. 그는 간밤에 마신 술 때문에 행사가 거의 끝날 무렵에야 겨우 극장에 도착했다. 극장 광장엔 구름 같은 군중들이 모여 있었고 연단에선 금복이 한창 연설을 하고 있었다. 그는 눈앞에 서 있는 극장을 술이 덜 깬 눈으로 멍하게 올려다보다 문득 혼잣말처럼 중얼거렸다.

—내 평생에 저렇게 큰 물고기는 처음 보는군.

소녀의 엄마는 아이를 낳는 중이었다. 난산이었다. 어른들은 초조한 표정으로 연신 방안을 들락거렸다. 그날 밤, 소녀는 봉당에 쭈그리고 앉아 밤새도록 방안에서 흘러나오는 엄마의 고통스런 비명소리를 들었다. 그녀는 가슴을 졸이며 한시라도 빨리 엄마 뱃속에서 동생이 나와 그 고통이 끝나기를 바라는 한편, 누군가 빨리 자신을 따뜻한 방안으로 불러들이기를 바랐다. 하지만 엄마의 신음소리는 점점 더 커지기만 했다. 그녀는 눈을 질끈 감고 양손으로 귀를 틀어막았다. 그리고 행복하고 즐거웠던 순간을 떠올리려 애를 썼다. 그러나 머릿속에선 무서운 귀신들의 모습만 어른거렸고 숲에서 나는 바람소리는 마치 귀신이 흐느끼는 듯했다. 그녀는 두려움에 사로잡혀 얼굴에 와 닿는 칼바람조차 차갑게 느껴지지 않았다. 소녀는 무릎에 얼굴을 파묻고 울먹이다 자신도 모르게 깜박 잠이 들고 말았다.

얼마나 잤을까. 누군가 그녀의 어깨를 두드렸다. 소녀는 눈을 떴다. 눈앞엔 엄마가 서 있었다. 창백한 얼굴은 땀으로 젖어 있었고 힘이 다 빠진 듯 지친 표정이었다. 그녀의 팔엔 핏덩이인 갓난아이가 안겨 있었는데, 어찌된 일인지 팔다리가 축 처져 있었다.

엄마⋯⋯

소녀는 울먹이며 엄마를 불렀다. 그러자 엄마의 입에서 한없이 슬픈 목소리가 흘러나왔다.

금복아, 엄마와 네 동생은 죽었단다.

그녀는 엄마를 껴안으려 달려갔지만 그녀의 엄마는 문득 눈앞에서 사라져버리고 말았다. 순간, 소스라치게 놀라 잠에서 깨어난 소녀는 방으로 뛰어들었다. 어둑한 호롱불 아래, 어른들은 납빛처럼 굳은 표정으로 앉아 있었고 엄마의 얼굴엔 이불이 덮여 있었다.

그날 이후, 소녀를 지배한 건 죽음에 대한 공포였다. 그리고 인생의 절대 목표는 바로 그 죽음으로부터 도망치는 거였다. 그녀가 좁은 산골마을을 떠난 것도, 부둣가 도시를 떠나 낙엽처럼 전국을 유랑했던 것도, 그리고 마침내 고래를 닮은 거대한 극장을 지은 것도, 모두가 어릴 때 겪은 엄마의 죽음과 무관하지 않았다. 그녀가 고래에게 매료된 것은 단지 그 크기 때문만은 아니었다. 언젠가 바닷가에서 물을 뿜는 푸른 고래를 만났을 때 그녀는 죽음을 이긴 영원한 생명의 이미지를 보았던 것이다. 이때부터 두려움 많았던 산골의 한 소녀는 끝없이 거대함에 매료되었으며, 큰 것을 빌려 작은 것을 이기려 했고, 빛나는 것을 통해 누추함을 극복하려 했으며, 광대한 바다에 뛰어듦으로써 답답한 산골마을을 잊고자 했다. 그리고 마침내 그녀가 바라던 궁극, 즉 스스로 남자가 됨으로써 여자를 넘어서고자 했던 것이다.

금복이 어느 날 갑자기 성의 경계를 훌쩍 뛰어넘어 남자가 된 이유를 우리는 다 알 수 없다. 다만, 그녀는 남자로서의 역할에 충실했으며 그 어떤 남자보다도 더 남자다웠다는 것만은 틀림없는 사실이다. 이즈음 그녀는 여러 개의 사업체를 운영하느라 눈코 뜰 새 없이 바쁜 와중에도 수련과의 사랑은 더욱 깊어져 일이 끝나기 무섭게 집으로 달려갔다. 금복은 그녀를 위해 좋은 옷과 비싼 화장품을 아끼지 않고 사들였으며 그녀의 가족을 위해 고향마을에 땅을 사주기도 했다. 수련의 입장에서 달리 불만이 있을 까닭이 없었다.

어쩔 수 없이 이 대목에서 궁금해질 수밖에 없는 선정적인 호기심 하나, 바로 그들의 잠자리가 어떠했을까 하는 점이다. 과연 그들은 어떤 식으로 사랑을 나눴을까? 그리고 수련은 금복과의 잠자리에 만족했을까? 대답은 그렇다는 것이다. 자신이 유곽에서 상대한 거칠고 성급한 사내들에 비해 금복의 애무는 더없이 부드럽고 섬세해 수련은 자신도 미처 깨닫지 못한 쾌락의 장소를 정확히 짚어내는 금복의 마술 같은 손놀림에 탄복하는 한편, 여자인 금복이 어떻게 자신에게 그토록 달콤한 쾌락을 안겨주는지 궁금했는데, 그 비밀이 곧 밝혀졌다.

어느 폭풍우 치던 밤, 금복이 막 목욕을 마치고 방으로 들어섰을 때, 때마침 번개가 쳐 방안이 대낮처럼 환해졌다. 이때, 수련은 금복의 사타구니에 무언가 달려 있는 것을 보고 자신의 눈을 의심했다. 무성한 음모 사이에 뚜렷하게 솟아올라 있는 것은 놀랍게도 남자의 생식기였던 것이다. 비록 그 크기가 새끼손가락 정도에 불과했지만 모양만큼은 틀림없는 음경이었다. 그녀는 비로소 금복이 자신에게 가져다준 쾌락의 비밀을 알게 되었다. 어느덧 금복은 단지 옷만 남자 것으로 바꿔입은 게 아니라 육체까지도 진짜 남자가 되어 있었던 것이다.

금복이 남자가 되었다는 소문은 삽시간에 퍼져나가 文의 귀에
까지 들어갔다. 보통 사람 같으면 기함을 하고 놀랄 일이겠지만 그
는 뜻밖에도 담담한 반응을 보였다.

─너희 엄마가 이젠 남자가 되었다더구나.

그는 춘희에게 말했다.

─하지만 그게 이상한 일은 아니지. 그 여잔 진즉에 그렇게 됐
어야 할 사람이야.

그는 눈이 완전히 멀어 남발안 밖에는 한 발짝도 나가지 않고
일 년 내내 공장 안에만 틀어박혀 지냈다. 그의 눈앞엔 여전히 머
릿속에 저장해둔 이미지들이 불규칙하게 떠올랐으나 그 장면은
점점 더 희미해져 얼마 안 있으면 그마저도 완전히 사라질 거라는
것을 그는 알고 있었다. 하지만 그는 여전히 만져보고 두드려보는
것만으로도 그 벽돌이 제대로 만든 벽돌인지 아닌지 알아내 공장
책임자의 역할을 충실히 해내고 있었다. 이 때문에 인부들 사이에
선 귀신은 속여도 文은 못 속인다는 말이 나돌았다.

춘희는 이 시기에 사람들로부터 완전히 잊혀졌다. 그녀는 뒤늦
게 찾아온 성징으로 인해 몸이 조금 더 성숙해졌을 뿐 별다른 변화
가 없었다. 그녀는 어느새 누구보다도 솜씨 좋은 벽돌공이 되어 있
었지만, 처음부터 있는 듯 없는 듯 조용한 그녀에게 신경을 쓰는
사람은 아무도 없었다. 하지만 그녀 자신은 공장생활에 아무런 불

만이 없었다. 그녀는 내키는 대로 벽돌을 만들다 싫증이 나면 혼자 계곡으로 벌판으로 돌아다니며 온갖 사물들과 그 변화를 관찰하며 하루를 보냈다.

사람들로부터 잊혀진 사람은 춘희만이 아니었다. 금복은 애꾸를 위해 공장 옆에 거처할 집을 따로 마련해주었지만 평생을 야생에서 살아온 그녀는 차츰 단조로운 공장생활에 싫증을 내기 시작했다. 그녀는 공장의 여자들과 함께 일을 하면서도 그들과 말을 섞지 않았고 여자들도 음산한 분위기를 가진 그녀에게 아무도 말을 건네지 않았다. 그녀는 언제나 싸리꽃이 흐드러지게 핀 골짜기와 그 속을 날던 꿀벌들의 붕붕대는 소리를 그리워했다. 그녀는 이미 세상 사람들과 섞여 살 수 없는 여자였다.

어느 날, 애꾸는 발길 닿는 대로 공장 근처를 거닐다 남발안의 깊숙한 계곡 안까지 들어가게 되었다. 그녀가 평생을 들었던 계곡의 물소리와 싱그러운 물봉숭아 냄새가 그녀를 반겼다. 그리고 어디선가 몇 마리의 벌들이 그녀를 향해 몰려들기 시작하더니 곧 수십 마리의 벌들이 그녀의 주변에서 날아다녔다. 그날, 금복에 의해 벌들이 모두 불에 타 죽고 나서 살아남은 벌들이었다. 얼마 후, 계곡을 뒤지던 그녀는 한 커다란 바위 밑에서 벌집을 발견했다. 묵직하게 꿀이 찬 벌집을 들추자 그 안엔 하얀 왕유와 함께 여왕벌 한 마리가 들어 있었다. 다음날부터 그녀는 아무도 모르게 공장을 빠져나가 하루종일 계곡을 누비다 돌아오곤 했다. 여왕벌 한 마리를 데리고 양봉을 시작한 것이었다. 그녀는 아예 골짜기 안에 움막을 지어놓고 그곳에서 기거하며 가끔씩 공장에 나타나 식량을 얻어가곤 했으나 얼마 뒤엔 그마저도 뜸해졌다. 그러다 마침내 그해 가을, 그녀는 세상에서 완전히 자취를 감추고 말았다.

한편, 약장수는 금복의 기대대로 극장 지배인의 역할을 잘 수행했다. 그는 뛰어난 구변으로 간판장이와 매표원, 영사기사 등 이미 십여 명으로 늘어난 극장 직원들을 능숙하게 부리며 극장을 무리 없이 운영해나갔다.

난생처음 영화를 본 관객들은 부둣가 극장에서 처음 영화를 접한 금복과 마찬가지로 단숨에 그 환상의 세계에 사로잡혔다. 그들은 새로운 영화가 들어올 때마다 앞다투어 매표소 앞으로 달려가 줄을 섰으며 며칠에 한 번씩이라도 영화를 보지 않으면 도저히 허전해서 견딜 수가 없었다. 그들은 어느덧 어둠 속에 웅크리고 앉아 타인의 세계를 훔쳐보는 그 음험한 쾌락에 흠뻑 빠져버리고 말았던 것이다.

그들은 영화를 통해 인생을 이해했으며 영화는 부조리한 실존에 질서를 부여해주었다. 그들은 인생이 아름다운 모험과 달콤한 로맨스로 가득차 있다는 사실에 행복해했고, 불가해하다고 믿었던 세상이 엄격한 시적 정의의 질서 아래 작동한다는 사실에 안심했다. 당시에 그들이 본 영화는 대부분 미국이란 나라에서 건너온 것이었는데 관객들은 영화에 등장하는 사람들과 그들의 인생이 너무나 멋져 보여 언제부턴가 그들을 따라 하기 시작했는가 하면 아예 그들이 사는 나라를 찾아 떠나는 사람들도 생겨났다. 그리고 이때부터 사람들의 머릿속엔 단 하나의 명제만이 자리잡게 되었다. 그것은 너무나 강렬하고 매혹적이어서 모든 것을 건너뛰는 동시에 모든 것을 단절시키는 한편, 모든 것에 우선하고 모든 것을 포섭해서 기어이 모든 것을 이기는 것이었다. 이후, 사람들의 모든 삶의 양식을 결정짓게 만든 그 명제는 다음과 같은 것이었다.

모든 미국적인 것은 아름답다.

그, 혹은 그녀

언젠가 한 경제잡지에서 금복을 인터뷰한 적이 있었다. 건축가들이 뽑은 그해의 건축물로 고래극장이 선정되었기 때문이었다. 이때 금복을 만난 젊은 여기자가 사업가로서의 철학이 뭐냐고 묻자 금복은 멋진 은제 담뱃갑에서 담배를 꺼내물며 다음과 같이 대답했다.

―글쎄요, 내가 가진 생각은 언제나 한 가지뿐예요.
―그게 뭐죠?

―작고 누추한 것은 부끄러운 일이다.

그것은 언젠가 文에게 말한, '썩은 조기든 금간 벽돌이든 팔 수 있기만 하면 된다'는 모토와 함께 금복의 사업가로서의 모든 태도가 담긴 말이었다. 금복은 담배연기를 길게 뿜으며 계속 말을 이었다.

―사람들은 돈이 죄악의 근원이라고 말하죠. 하지만 천만에요. 모든 죄악의 근원은 가난입니다.

금복의 이런 생각은 다행히 장군의 생각과 일치하는 부분이 있었다. 때문에 그녀는 나중에 장군을 직접 만나기 전까지만 해도 그에 대해 호의를 갖고 있었다. 인터뷰가 모두 끝난 뒤 젊은 기자가 오프 더 레코드로 그에게, 이제부턴 금복을 '그'라고 지칭하기로 하자, 호적의 성별도 바꿔주는 마당에 한낱 세상에 떠도는 이야기를 전달하는 입장에서 그리 못할 바 뭐 있겠는가, 남자가 되니까 어떠냐는 질문을 하자 금복이 대답했다.

―편리한 게 많더군요. 한 달에 한 번씩 기저귀 찰 일도 없고, 아침마다 얼굴에 분 바를 일도 없고. 무엇보다도 더이상 치근대는 남자가 없어서 좋더군요.

금복은 커피와 담뱃진으로 싯누레진 이를 드러내며 웃었다. 물론 기껏 그런 이유들 때문에 남자가 되지는 않았을 터이지만 금복은 자신이 남자가 된 사실이 더없이 만족스러웠다. 그는 여느 남자들처럼 기생집을 드나들었고 담배를 피웠으며 때로는 여느 남자들처럼 거친 모습도 보여주었다.

언젠가 술집에서 시비가 일어난 적이 있었다. 상대는 인근의 도시에서 평대로 노름빚을 받으러 온 건달이었다. 그는 해사한 얼굴에 말끔한 양복을 입은 신사가 그 도시 최고의 거부라는 사실을 알지 못했다. 바텐더 앞에 혼자 앉아 술을 마시는 금복의 어깨에 손을 얹고 그는 자신의 무용담을 줄줄이 늘어놓았는데, 차마 듣기에 민망할 정도로 과장되고 앞뒤가 맞지 않는 얘기들뿐이었다. 금복이 도저히 못 들어주겠던지 술잔을 내려놓으며 말했다.

—이봐, 어디서 그런 재미없는 영화를 본 거지? 그따위 거짓말은 다른 동네에서나 통하지 여기선 안 통해. 그러니 당장에 꺼져버려.

건달은 금복을 노려보다 자리에서 일어나 그를 내리치기 위해 주먹을 번쩍 추켜올렸다. 하지만, 그는 내리칠 수가 없었다. 어느새 자신의 목에 시퍼렇게 날이 선 잭나이프가 들어와 있었던 것이다. 금복은 그의 귀에 대고 속삭였다.

—어이, 친구. 좁은 술집에서 이럴 게 아니라 우리 남자답게 밖에 나가서 한판 붙어보는 게 어때?

그러자 건달은 얼굴이 하얗게 질려 조용히 술집을 나갔다, 는 이야기가 전하지만 아무래도 이는 신빙성이 떨어지는 이야기 같다. 당시 평대엔 바텐더가 있는 술집이 있지도 않았을뿐더러 이야기의 스타일이 서부영화에 흔히 등장하는 장면과 너무 유사해 누

군가 영화를 보고 지어낸 이야기가 아닌가 하는 의심을 갖게 만든
다. 위의 이야기는 아마도 사람들이 금복을 당당한 남자로 인정했
다는 사실을 뒷받침하기 위한 에피소드 정도가 아닐까 싶다.

　여기서 남자들이 반드시 알아야 할 중요한 사실 한 가지, 과연
여자가 남자로 변한다는 게 가능한 일까? 물론 그것은 불가능
하다. 그렇다면 금복은 어떻게 남자의 생식기를 갖게 된 것일까?
여기에는 수련도 모르는 호르몬의 비밀이 숨어 있다. 사실, 그날
수련이 금복의 사타구니에서 본 것은 남자의 생식기가 아니라 바
로 금복의 음핵이었다. 그곳이 여성이 느끼는 오르가슴의 원천이
라는 것을 처음으로 밝혀낸 사람은 미국의 한 평범한 의사 부부였
다. 그들은 '인간의 성적인 반응'이란 책을 통해 여성의 오르가슴
을 소개하고 음핵을 재해석함으로써 엄청난 논란을 불러일으켰는
데, 그 책의 내용을 한 줄로 요약하면 다음과 같다.

　반드시 거시기가 필요한 것은 아니다.

　이는 여성의 오르가슴은 반드시 질을 통해 도달할 수 있으며 따
라서 성기의 삽입을 통해서만 쾌락을 얻는다는 기존의 통념을 완
전히 뒤집었으며 성기 중심의 섹스, 삽입 중심의 섹스, 남성 중심
의 섹스를 부정함으로써 침대에서의 남성의 역할을 축소시키는

결과를 낳았다. 그것은 성의 역사에 있어서 가장 혁명적인 사건이었다. 한편, 의사 부부가 음핵을 뜻하는 클리토리스란 말을 유행시키기 이전, 사람들은 클리토리스란 말 대신에 '남성의 기관'이란 말을 사용했는데, 그 이유는 음핵이 마치 남성의 생식기를 축소시켜놓은 것처럼 그 모양이 닮아 있었기 때문이었다. 따라서 남성호르몬의 영향으로 비대하게 커져버린 금복의 음핵을 보고 수련이 이를 남성의 음경이라고 생각한 것도 전혀 무리는 아니었다.

그런데, 겨우 어린애 손가락만한 그걸로 뭘 할 수 있냐고? 남성 독자 여러분, 의사 부부가 우리에게 가르쳐준 교훈을 명심하시라.

반드시 큰 거시기가 필요한 것은 아니다.

그 옛날 칼자국이 그랬듯 금복은 영화를 볼 때마다 수련을 자신의 옆에 앉히고 손을 잡아주었다. 하지만 수련은 영화를 좋아하지 않았다. 그런 허황된 이야기를 사람들이 왜 좋아하는지 이해할 수 없다는 것이었다. 그녀는 영화를 보는 것보다 인근의 도시에 나가 보석이나 옷을 사는 것을 더 좋아했다. 그래서 금복은 언젠가 쌍둥이언니에게 수련에 대해 다음과 같이 평가했다.

―그애는 예쁘고 매력적이고 돈이 많이 들지.

금복은 수련이 필요하다면 언제나 흔쾌히 돈을 내주었다. 수련의 방엔 곧 귀한 보석들과 액세서리, 값비싼 화장품과 온갖 디자인의 옷들로 가득 들어차 백화점을 그대로 옮겨다놓은 것 같았다. 한 번도 입지 않은 옷들과 한 번도 바르지 않고 버리는 화장품들도 허다했다. 한번은 수련이 개를 한 마리 사들인 적이 있었다. 머리가 좋아 양떼를 돌보는 데 이용했다고 알려진 그 애완견은 멀리 외국에서 수입한 순종으로 족보까지 갖추고 있어 사람으로 치자면 귀족 중의 귀족에 해당하는 명견이었다. 금복은 개값을 받으러 수련을 따라온 개 주인에게 조금도 망설이지 않고 돈을 내주었는데, 그 가격이 무려 소 두 마리 값에 해당했다.

한동안 수련은 애지중지 개를 돌보며 방에까지 데려와 밥을 먹이고 잠을 잘 때도 옆에 끌어안고 자 금복의 질투심을 불러일으키더니, 불과 서너 달도 지나기 전에 싫증이 났는지 개에게는 조금도 신경을 쓰지 않고 밥 주는 것조차 잊어버리기 일쑤여서 불쌍한 양치기 개는 굶기를 예사로 했다. 할 수 없이 금복이 개를 극장 앞에 묶어두고 직원들에게 돌보게 해 족보까지 있는 명견은 가엾게도 매표소 앞에 묶인 채 오가는 사람들이 심심풀이로 걷어차는 천덕꾸러기로 전락하고 말았다. 그러나 금복의 눈엔 수련이 하는 짓 모두가 애교요, 재치요, 매력이었다. 그것은 사랑의 법칙이었다.

어느 날, 극장의 직원이 들어와 금복에게 소경이 한 명 찾아왔다고 알려주었다. 금복이 수련과 방에서 노닥거리고 있을 때였다. 잠시 후, 지팡이를 짚고 들어온 사람은 다름아닌 文이었다. 이때 춘희도 함께 동행을 했는데, 그녀는 남자 옷을 입고 있는 자신의 엄마를 어리둥절한 표정으로 쳐다보았다. 두 사람은 온종일 공장에서 일을 하느라 새카맣게 그을린 얼굴에 입성마저 초라해 그들을 처음 보는 수련은 웬 거지가 찾아왔나 싶어 인상을 찌푸렸다. 금복은 수련을 잠시 옆방으로 물리고 두 사람을 맞았다. 그간 약장수를 보내 가끔 소식이나 듣는 정도로 벽돌공장엔 신경도 쓰지 않던 금복은 그들을 보고도 반가워하는 기색도 없이 멀뚱하게 쳐다보다 커다란 덩치의 춘희를 가리키며 물었다.

─저 뚱뚱한 청년은 누구죠?

그동안 춘희는 급격하게 몸무게가 늘어 금복은 자신의 딸을 알아보지 못했다. 文이 대답했다.

─저애는 당신 뱃속에서 나온 아이요.

금복은 어이가 없다는 듯 피식 웃으며 말했다.

─당신, 눈이 멀더니 이젠 미치기까지 했군요. 저렇게 뚱뚱한 애가 내 뱃속에서 나왔다니. 그나저나 여긴 어쩐 일로 온 거예요?

文은 품속에서 벽돌을 한 장 꺼내 금복의 앞에 내려놓았다.

─이게 뭐예요?

─그게 뭐 같소?

금복의 물음에 오히려 文이 반문했다.

─이건 벽돌이군요.

─그건 벽돌이 아니오.

356

—이게 벽돌이 아니라면 도대체 뭐라는 거죠?

—그건 사기요. 그것도 내가 본 것 중에서 제일 악랄한.

그제야 금복은 벽돌을 집어들고 살펴보았다. 그것은 시멘트로 찍어낸 벽돌이었다.

—이건 시멘트 벽돌인데 왜 사기라는 거죠?

—그건 집을 지을 수가 없기 때문에 사기라는 거요. 그런데도 사람들은 그게 싸다는 이유로 모두 그걸로 집을 짓고 있소.

—다들 멀쩡하게 이걸로 집을 짓는데 왜 당신만 문제라는 거죠?

—남이야 벽돌로 집을 짓든 나무로 집을 짓든 상관할 바 아니지만 문제는 바로 그 벽돌 때문에 우리가 만든 벽돌이 안 팔리고 있다는 거요.

—그렇다면 우리도 앞으론 시멘트 벽돌을 만들어서 팔면 되겠군요.

금복이 간단하게 결론을 내렸다. 그러자 文이 버럭 소리를 질렀다.

—그럼, 나보고 사기꾼이 되란 말이오?

—벽돌을 찍으라고 했지, 누가 당신더러 사기꾼이 되라고 했나요?

—그 벽돌로 지은 집은 한 해도 못 가서 무너지고 말 거요. 그러니 나한테 그런 소릴랑은 아예 하지도 마시오. 그리고 벽돌공장이 문을 닫기 전에 빨리 대책이나 마련하시오.

말을 마치고 文은 춘희와 함께 문을 꽝 닫고 나가 그길로 다시 남발안으로 들어가버렸다. 잠시 후, 수련이 들어와 냉큼 금복의 무룻에 앉으며 방금 전에 나간 계집애가 누구냐고 물었다. 그러자 금복이 대답했다.

—공장에서 일하는 아이야. 전쟁통에 부모 없이 떠도는 걸 내가 데려다 키웠지. 지금은 공장에서 벽돌을 굽는데 일은 제법 잘해. 계집애치고는 힘이 아주 세거든. 그러니 제 밥값은 하는 셈이지.

금복은 왜 그토록 철저하게 춘희를 외면했을까? 단지 그녀가 걱정의 씨이기 때문에? 아니면, 춘희가 여느 계집아이처럼 귀염성이 없어서? 그도 아니면, 자신을 매어둔 과거로부터 달아나고 싶어서? 여기에 한 가지 이유를 더해, 남자가 된 시점에서 어찌할 수 없이 그 자체가 오류이며 모순일 수밖에 없었던 여성으로서의 지난 삶? 그 삶의 유일한 흔적을 자신의 인생에서 지우고 싶어서? 위에 나열한 이유들이 모두 틀릴 수도, 혹은 다 맞을 수도 있다. 다만, 안타깝게도 금복은 그날의 만남이 한때 여성으로서의 연인이었던 文과, 또한 자신의 유일한 피붙이인 춘희와의 마지막 만남이 될 거라고는 꿈에도 생각지 못했다. 소리없이 땅거미가 내리듯 저주의 시간은 그렇게 천천히 다가오고 있었다.

쌍둥이동생이 기술자를 따라 떠난 뒤 두 자매는 편지를 주고받으며 서로에 대한 그리움을 달랬다. 쌍둥이언니는 극장을 개관한 일이나 금복이 남자가 되었다는 사연에서부터 다방 안에서 일어난 시시콜콜한 일들까지 모두 편지에 적어 동생에게 보냈다. 그동안 전기 기술자는 전봇대를 세우며 이곳저곳 옮겨다니느라 동생은 매번 다른 장소에서 답장을 보냈다. 어느 해 봄엔 동쪽 바닷가 외진 어촌에서 편지를 보내왔고 이듬해 겨울엔 이름도 알 수 없는 깊은 산골마을에서, 또 얼마 후엔 평대보다 수십 배 큰 도시에서 편지를 보내오기도 했다.

동생이 떠난 지 이태가 되던 해 가을, 쌍둥이언니는 내장이 모두 쏟아져내린 듯한 상실감과 감당할 수 없는 커다란 슬픔에 휩싸인 채 잠에서 깨어났다. 그녀는 저절로 흘러내리는 눈물을 닦으며 영문도 모른 채 앉아 있다. 문득 그 슬픔이 멀리 떨어져 있는 동생 때문이라는 것을 깨달았다. 한밤중의 때아닌 대성통곡에 놀라 달려온 금복이 어찌된 일이냐고 묻자 쌍둥이언니는 바닥에 엎드려 울며 동생이 죽었다고 대답했다. 금복은 자매의 남다른 정신감응을 믿고 있었지만 그래도 혹시 모르니 연락을 기다려보자며 그녀를 달랬는데, 아니나 다를까 그날 오후 동생이 죽었다는 소식이 전해졌다. 전봇대를 설치하던 전기 기술자가 줄을 잘못 만져 전기에 감전된 것을, 때마침 밥을 날라온 동생이 발견하고 그를 전깃줄에서 떼어내려다 그만 함께 감전이 되어 나란히 불귀의 객이 되고 말았다는 거였다. 쌍둥이언니는 몇 번이고 혼절을 거듭하며 통곡을 하다 저녁때가 되어서야 겨우 정신을 차렸다. 그리고 자신이 직접 가서 동생의 장례를 치르겠다며 일어나 옷 보따리를 쌌다. 그러자 옆에서 지켜보던 생선장수가 선뜻 따라가겠다고 나서 금복은 자신이 타고 다니던 승용차와 장례비를 내주었다.

쌍둥이언니와 생선장수가 장례를 치르기 위해 평대를 떠나 있던 어느 날, 금복은 일을 끝내고 밤늦게 집으로 돌아왔다. 그런데 마당에서 누군가 다정하게 도란도란 얘기를 나누는 소리가 들려왔다. 혹시 장례식에 갔던 사람들이 돌아왔나 싶어 안으로 들어섰는데, 그게 아니었다. 수련이 약장수와 함께 마루에 나란히 걸터앉아 뭔가 즐겁게 이야기를 나누고 있었던 것이다. 수련은 약장수의 말솜씨에 홀려 연신 웃음을 터뜨리며 그의 어깨를 가볍게 두드리기도 했다. 두 사람의 다정한 모습을 본 순간, 금복은 질투심이 일었다. 문 뒤에 숨어 잠시 더 지켜보니 과연 두 사람의 사이가 이미 보통이 아닌 듯 둘은 낯뜨거운 얘기까지도 예사로 주고받았다. 오래전 아내가 호떡장수와 눈이 맞아 도망간 이후 십수 년을 홀아비로만 지낸 약장수가 뛰어난 미색을 가진 수련에게 마음이 끌리는 것은 당연한 이치. 하지만 금복은 그 상대가 하필이면 자신의 여자라는 사실에 괘씸한 생각이 들었다.

잠시 후 금복이 인기척을 내며 마당으로 들어서자, 두 사람은 마치 못된 장난을 하다 들킨 어린애들처럼 당황한 기색이 역력했다. 약장수가 황급히 인사를 하고 돌아가자 수련은 금복의 기분을 눈치챘는지 여느때보다 더 다정스럽게 금복의 팔에 매달리며 애교를 부렸다. 금복은 수련이 어쩔 수 없는 화냥년이란 생각이 드는 한편, 약장수에게 경계의 마음을 품게 되었다.

쌍둥이언니와 생선장수가 장례를 모두 마치고 평대로 돌아온 것은 보름이 지난 후였다. 이때부터 쌍둥이언니는 언제나 몸의 한쪽이 떨어져나간 듯한 상실감에 끼니도 잊은 채 온종일 방안에만 틀어박혀 지내 지켜보는 사람들을 안타깝게 만들었다.

그런데 얼마 뒤, 새벽에 뒷간에서 나오던 금복은 우연히 쌍둥이언니의 방에서 몰래 나오는 생선장수를 목격했다. 금복은 아마도 그들이 쌍둥이동생의 장례식을 치르러 갔다 오던 도중에 뭔가 연분이 난 거라고 짐작했다. 쌍둥이언니의 입장에서 보면 그동안 생선장수를 죽도록 미워했지만 동생마저 죽어 슬픔에 잠겨 있던 마당에 옆에 따라다니며 함께 장례를 치러주고 위로하던 그에게 뒤늦게나마 마음을 주었음직도 했다. 금복은 생선장수를 음해해 마을에서 쫓아내려던 쌍둥이언니가 바로 그 당사자와 눈이 맞았다는 역설적 사실에 실소를 금치 못하는 한편, 이왕지사 그렇게 된 마당에 둘이 정식으로 혼례를 올려 살림이라도 차리게 하는 게 어떨까 싶어 이를 넌지시 쌍둥이언니에게 물은즉, 그녀는 아직도 점보를 죽인 생선장수를 용서해줄 마음이 추호도 없으며 더구나 한때 금복의 남자였던 그와 혼례까지 올린다는 건 도저히 있을 수 없는 일이라며 불같이 화를 냈다. 금복이 하는 수 없이 생선장수가 그녀의 방에서 나오는 것을 보았다고 실토하며 둘 다 인생의 고비를 다 넘긴 마당에 눈치볼 게 뭐 있느냐고 설득을 했지만 쌍둥이언니는 그 자리에서 펄쩍 뛰며 뭘 보고 그런 얼토당토않은 소리를 하는지 모르지만 만일 그게 사실이라면 자신은 당장에 칼을 물고 엎어져도 할말이 없다며 생선장수와의 관계를 극구 부인했다.

그런데 며칠 뒤, 금복은 다시 쌍둥이언니의 방에서 이상한 소리를 들었다. 남녀가 살을 섞을 때 내는 감창소리임에 틀림없었다. 그리고 잠시 후엔 어김없이 생선장수가 밖으로 나왔고, 이후에도 몇 번이나 더 비슷한 상황이 반복되었다. 금복은 피붙이나 다름없는 자신에게까지 한사코 오리발을 내미는 쌍둥이언니를 괘씸하게 여겼는데, 얼마 뒤 생선장수를 통해 그 연유를 알게 되었다.

생선장수가 쌍둥이언니와 함께 장례를 치르러 떠나 있는 동안 두 사람 사이에 일이 있기는 있었으되 정작 문제가 생긴 건 장례를 마치고 평대로 돌아온 뒤였다. 언제부턴가 언니는 동생을 잃은 크나큰 상실감에 사로잡혀 어느 땐 제 스스로 동생이 되기도 하고 또 어느 땐 다시 언니로 돌아오기도 하는 등 이상한 증상이 나타나기 시작했다는 거였다. 말하자면, 금복이 쌍둥이언니를 만났을 때는 동생이 되어 있을 때였고, 자신이 밤에 찾아갔을 때는 다시 언니로 돌아와 있었다는 얘기였다. 이 때문에 생선장수는 그녀를 만나기 전에 언제나 자신을 미워하던 동생의 상태에 있는지 아니면 언니의 상태에 있는지를 먼저 조심스럽게 확인해야 했는데, 얼마 뒤엔 그마저도 여의치 않게 되었다. 왜냐하면 곧 두 사람이 한몸 안에 들어와버려, 그녀는 두 사람이 대화를 나누는 것처럼 말을 주고받기도 하고 서로 다투기도 하는 등 마치 두 명이 동시에 존재하는 것처럼 행동했기 때문이었다.

결국 생선장수는 더이상 쌍둥이언니에게 접근도 못하고 혼자 애를 태워야 했다. 하지만 쌍둥이자매가 간직하고 있던 비밀은 그뿐이 아니었다. 쌍둥이언니가 혼자 나누는 대화를 통해 밝혀진 바에 따르면 전기 기술자를 따라갔다 죽은 사람은 동생이 아니라 바로 언니라는 사실이었다. 즉, 동생은 허리를 다쳐 평생 여자 구실을 못하고 살았던 언니를 위해 젊은 남자를 양보했던 거였다. 결국 전기 기술자는 자신이 사랑했던 사람이 아닌 엉뚱한 사람과 결혼을 했던 셈인데, 얼마 뒤엔 그런 사실마저 다시 뒤바뀌고 말았다. 왜냐하면 오래전 허리를 다친 사람은 언니가 아니라 동생이었으며, 목재상의 첩으로 들어간 사람은 동생이 아니라 언니였지만 막상 그와 잠자리를 함께한 사람은 다시 언니가 아니라 동생인 식으로, 어릴 때부터 그네들은 그때그때의 편의에 따라 역할을 달리했고 그러다보니 정작 본인들조차도 누가 위고 누가 아래인지를 잊어버려 결국 전기 기술자를 따라갔다가 죽은 사람이 언니인지, 아니면 남은 사람이 언니인지는 영원한 미스터리로 남게 되었다.

유령

　—장군은 볼품이 없더군. 키도 작고 얼굴도 새카만 게 도무지
큰일을 할 사람처럼 보이지가 않았어. 만일 그랬다면 틀림없이 거
기엔 뭔가 야로가 있을 거야.

　이듬해 봄, 금복이 장군을 만나고 온 이후에 내린 인물평이었
다. 장군은 평대에서 반나절 떨어진 한 지역을 시찰하러 왔다가 그
지방의 기업인들을 모두 초청해 파티를 열었다. 그 자리엔 평대의
정치가들과 지주들을 포함한 기업인들도 모두 참석했다. 금복은
장군과 악수를 나누었고 함께 사진도 찍었다. 그는 장군에 대해 그
다지 후한 평을 내리진 않았지만 장군을 가운데 두고 그 지방의 여
러 기업인들과 함께 찍은 사진을 사무실 벽에 걸어두었다. 장군은
군복 차림에 선글라스를 끼고 있었고, 금복은 키가 작아 장군과 같
이 맨 앞줄에 서 있어 금방 눈에 띄었다. 사진 속에 담긴 금복의 얼
굴엔 부자에게서 흔히 볼 수 있는 배타적인 아집과 거만, 자신 안
에 있는 여성을 채 다 지우지 못한 당혹스런 혼돈과 퇴폐적인 분위
기가 뚜렷하게 드러나 있었다. 그것은 그가 마지막으로 세상에 남
긴 모습이었다.

　이듬해 봄, 벽돌공장의 인부들이 파업을 일으켰다. 사람들이 값
싼 시멘트 벽돌로 집을 짓기 시작하면서 점토벽돌에 대한 수요가

감소하자 금복이 가마를 폐쇄하고 시멘트벽돌을 생산하고자 했기 때문이었다. 그것은 특별한 기술이나 복잡한 공정이 필요 없이 그저 모래와 양회를 섞어 틀에 넣고 찍어낸 뒤 햇볕에 말리기만 하면 되는 일이었다. 이에 따라 금복은 젊은 인부들을 새로 뽑고 나이든 기술자를 모두 해고한 뒤 임금을 대폭 삭감해버렸다. 그것은 경영의 법칙이었다.

공장을 처음 세웠을 때부터 묵묵히 일해오던 인부들은 금복에게 심한 배신감을 느꼈다. 그들은 모두 극장 앞으로 몰려가 광장을 차지하고 농성에 들어갔다. 파업을 주도한 사람은 다름아닌 장님이 된 文이었다. 극장엔 손님이 뚝 끊겼고 금복은 약장수를 보내 협상을 시도했다. 하지만 인부들은 협상을 하러 간 약장수를 십자가에 매달아 광장 한복판에 세워두었다. 잔뜩 겁을 먹은 약장수는 살려달라고 울며 애원했다. 금복은 극장 문을 굳게 닫아건 채 이층에 있는 사무실에서 인부들을 내려다보며 창문을 열고 소리쳤다.

―다들 돌아가시오! 안 그러면 공장 문을 닫아버리겠소!

인부들은 금복의 위협에 굴복하지 않았다. 그들은 더욱 크게 구호를 외쳤다.

―노동생존권 말살하는 악덕 기업주는 물러가라! 물러가라! 물러가라!

그들은 공성전을 치르는 병사들처럼 트럭으로 벽돌을 실어와 금복이 있는 이층 높이만큼 단을 쌓았다. 그리고 그 위에 올라가 금복과 마주보며 대치했다. 금복은 친분이 있는 정치가들과 정부 기관에 도움을 요청했다. 그는 공장에 불순세력들이 잠입해 있으며 그들이 파업을 주도했다고 주장했다. 그가 지칭한 불순세력이란 바로 빨갱이, 즉 공산주의자를 의미하는 거였다.

곧 경찰병력이 투입되었다. 그들은 공장 노동자들을 에워쌌다. 농성을 풀고 공장으로 돌아가라는 경고에도 불구하고 벽돌공들은 단 위에서 벽돌을 던지며 격렬하게 저항했다. 결국, 최루탄이 날아들었고 무자비한 진압이 시작되었다. 인부들은 제대로 조직된 자들이 아니었기에 오합지졸처럼 흩어졌다. 벽돌로 쌓은 단이 무너지며 여러 명이 다쳤고 경찰의 곤봉에 맞아 머리가 깨진 자들도 부지기수였다.

붙잡힌 인부들은 모두 경찰에 연행되어 조사를 받았다. 경찰은 그들 가운데 빨갱이를 가려내기 위해 조사과정에서 혹독한 고문을 자행했다. 고문 끝에 병신이 된 자도 여럿이었다. 일꾼들은 혹독한 고문을 받고 난 뒤, 수십 장이나 되는 조서의 말미에 자신이 빨갱이라는 것을 인정하는 서명을 해야 했다.

일꾼들 틈에 섞여 있다 잘못 잡혀온 약장수도 조사를 받았다. 그는 자신은 파업에 참여하지 않았으며 오히려 파업을 중단시키기 위해 회사측을 대표해 협상을 하러 갔다가 불순분자들에게 억류가 되는 바람에 실수로 잡혀왔지만, 자신을 당장 풀어주기만 하면 경찰이 자신을 잘못 연행한 데에 대해 문제를 삼거나 손해배상 따위를 청구할 생각은 전혀 없으며 나중에라도 혹시 자신의 증언이 필요하다면 언제든 경찰에 출두해서 현장을 가장 가까이 지켜본 목격자로서 빨갱이들의 불법적인 파업행위를 증언해줄 수도 있다며 특유의 언변으로 장황한 변명을 늘어놓았다. 그런데 어찌 된 일인지 그의 뛰어난 말솜씨는 그곳에서 전혀 통하지 않았을뿐더러 오히려 더욱 불리하게 작용했는데, 그 이유는 다음과 같이 종결어미조차 생략된 짧고 무시무시한 경구 한마디 때문이었다.

말 많으면 공산당.

당황한 약장수는 금복에게 물어보면 당장에 자신이 빨갱이가 아니란 것이 밝혀질 거라며 금복을 불러달라고 애원했다. 그런데 이때 뜻밖에도 금복은 그를 찾아간 경찰관 앞에서 고개를 갸우뚱하며 다음과 같이 말했다.

—글쎄요. 난 그자가 왜 그 불순분자들과 같이 있었는지 모르겠군요. 전에는 그 사람이 꽤나 신실하다고 생각했는데, 역시나 열 길 물속은 알아도 한 길 사람 속은 모른다더니 옛말이 그르지 않은가보군요.

금복은 약장수를 부정했다. 그것은 오래전 약장수가 수련과 다정하게 앉아 있던 모습을 본 이후, 그의 마음속에 남아 있던 감정의 앙금 때문이었다. 이전의 그 같았으면 그저 한번 웃고 넘길 일이었겠지만 이미 그는 이전의 금복이 아니었다. 이즈음 그에겐 이전의 당당하고 인정 많은 여장부의 모습은 간데없고 이기심과 치졸한 복수심으로 가득찬 속 좁은 사내의 모습만이 남아 있었다.

어쨌든 이 때문에 약장수는 한동안 혹독한 고문을 당해야 했고 다행히 양심적인 벽돌공들이 그가 파업에 참여하지 않았다는 증언을 해준 덕에 겨우 풀려날 수 있었다. 그가 상한 몸을 이끌고 간신히 극장으로 돌아왔을 때 금복은 그를 차가운 눈으로 바라보다 한마디했다.

—빨갱이들 때문에 극장이 난리가 났었는데 당신은 도대체 그동안 어디 가 숨어 있었던 거죠?

약장수는 곧 지배인 자리를 다시 맡긴 했으나 이때의 일로 인해 마음속에 금복에 대한 깊은 원한을 품게 되었다.

사태가 모두 수습되었을 때, 공장은 대부분 새로운 사람들로 채워졌다. 파업의 주동자들은 모두 빨갱이로 분류되어 사형을 당하거나 교도소로 보내졌다. 文도 혹독한 고문을 당해 다리가 상했으나 다행히 나이가 많고 장님이라는 이유로 곧 풀려나 공장으로 돌아왔다. 하지만, 그가 할 일은 아무것도 없었다. 이미 가마는 폐쇄되었고 공장에선 시멘트벽돌을 생산하고 있었다. 그는 하루종일 가마 옆에 쭈그리고 앉아 간간이 지나가는 기차 소리를 들었다. 젊은 인부들은 아무도 늙은 소경에게 관심을 보이지 않았다. 이즈음 그는 눈앞에서 떠오르던 이미지들조차 거의 사라져 마음이 더없이 쓸쓸하고 허전했다.

그나마 그에게 관심을 가져주는 사람은 춘희밖에 없었다. 춘희는 그에게 먹을 것을 가져다주기도 하고 그의 손을 잡고 공장 바깥으로 나들이를 가기도 했다. 하지만 그는 다리가 상해 오래 걸을 수가 없었다. 그러자 춘희는 文을 자신의 등에 업었다. 그녀는 文을 업고도 조금도 숨차지 않고 가볍게 들판을 걸어다녔다. 그녀는 文을 업은 채 기찻길 근처까지 가기도 하고 때론 반대편에 있는 계곡까지 다녀오기도 했다. 文은 남자처럼 넓은 춘희의 등에서 오래전 금복과 처음 남발안을 찾았을 때의 기억을 떠올렸다. 당시엔 그가 금복을 업었지만 이젠 거꾸로 자신이 그녀의 딸인 춘희의 등에 업혀 있다는 사실에 그는 헛웃음이 나왔다. 그는 자신의 등에 와 닿았던 금복의 물컹한 젖가슴의 감촉과 아찔했던 살냄새를 기억해내려고 애를 썼지만, 그해 뜨거웠던 여름날의 기억은 아득히 멀게만 느껴졌다. 그는 세상이 많이 변했다고 생각했다.

쌍둥이언니가, 혹은 동생이 대들보에 목을 맨 것은 파업이 있던 해 가을, 새벽닭이 울 무렵이었다. 장례식은 극장 앞에서 치러졌다. 장례식에 참석한 사람들은 동생이 혹은 언니가, 죽은 슬픔을 끝내 못 견디고 언니가 혹은 동생이, 동생을 혹은 언니를 따라간 것이라며 그들의 남다른 우애에 모두 눈물을 흘렸다. 하지만 금복은 울지 않았다. 그는 자신이 울지 않는 이유에 대해 다음과 같이 변명했다.

—남자는 태어나서 모두 세 번 울지. 하지만 지금은 울 때가 아냐.

사람들은 죽은 언니의 혹은 동생의 시신을, 먼저 죽은 동생의 혹은 언니의 무덤 옆에 나란히 묻어주어 그들의 특별한 자매애를 기렸다.

바야흐로 죽음과 이별의 계절이었다. 쌍둥이자매가 죽은 지 얼마 지나지 않아 기찻길 옆 버드나무 아래 개울가에서 文의 시신이 발견되었다. 물빛이 어두워지고 버드나무 잎이 다 떨어져가던 깊은 가을이었다. 사람이 빠져 죽을 정도로 깊은 물은 아니었지만 한 치 앞도 볼 수 없었던 그에겐 깊은 저수지만큼이나 치명적인 장소였다. 그곳은 그가 금복과 처음 정사를 나눈 곳이었다. 그의 죽음이 단순한 사고였는지, 아니면 자살이었는지는 끝내 밝혀지지 않았다. 그리고 다리도 성치 않은 그가 왜 먼 개울가까지 찾아가 죽었는지 그 연유도 밝혀지지 않았다.

장례식은 벽돌공장에서 조촐하게 치러졌다. 처음 공장을 세웠을 때부터 같이 일했고, 파업에 함께 참여했던 몇몇 인부들만이 조용히 눈물을 훔쳤다. 장례식에 참석한 사람들 가운데는 춘희도 끼어 있었다. 하지만 그녀는 울지 않았다. 그녀는 애꾸가 사라졌듯이 文도 어디론가 사라진 거라고 생각했다. 금복은 장례식에 참석하지 않았다. 때마침 새로운 영화가 개봉하는 날이었기 때문이었다. 文의 장례식이 치러지던 날, 그는 사람들 앞에서 文에 대해 한마디 인물평을 했다.

─그는 정말이지, 까다로운 사람이었어.

文의 시신은 가마 안에서 화장되었고 뼛가루는 남발안의 계곡에 뿌려졌다. 금복을 도와 공장을 세웠으며 벽돌을 만드는 일에 모든 것을 바쳤으나 그의 마지막 길은 쓸쓸하기 그지없었다.

한편, 생전에 금복의 앞에서 시멘트벽돌로 지은 집은 일 년도 못 가서 무너질 거라고 한 그의 예언은 들어맞지 않았다. 그는 장차 세상이 시멘트벽돌로 지은 건물로 가득 들어차게 될 거라는 것은 꿈에도 생각지 못했던 것이다. 혹, 그가 저 높은 곳에서 빌딩이 가득 들어찬 도시를 내려다본다면 틀림없이 다음과 같이 말했을 것이다.

─이건 내가 본 것 중에서 제일 거대하고 악랄한 사기야.

큰 물고기는 이미 산속에 떨어졌다. 종말은 가까이 다가오고 있었으며 저주는 그 실현을 목전에 두고 있었다. 하지만 이를 눈치챈 사람은 아무도 없었다. 그 전조는 남쪽에서 온 사내, 금복에게 먼저 찾아왔다. 금복은 두 사람의 죽음에 대해 아무렇지도 않게 여기는 것 같았으나 곧 그것이 그에게 어떤 영향을 미쳤는지 드러났다.

그해 겨울, 밤늦게 집으로 돌아온 금복은 문득 툇마루에 걸터앉아 있는 한 남자를 발견했다. 그는 발에 수초가 칭칭 감긴 채 온몸이 물에 젖어 바들바들 떨고 있었다. 바로 오래전, 저수지에 빠져 죽은 자신의 아버지였다. 그는 추운 듯 입술이 파랗게 질려 있었고 물에 젖은 머리에선 움직일 때마다 얼음조각이 부서져내렸다. 그는 애절한 눈으로 금복을 잠시 바라보다 일어서서 어둠 속으로 사라졌다.

다음날, 금복은 약장수를 고향으로 보내 아버지가 빠져 죽은 저수지를 메워버리라고 시켰다. 큰돈이 드는 일이었지만 그가 아직 이승을 떠도는 이유가 그 저수지 때문이라고 생각했던 것이다. 하지만 그것은 시작에 불과했다. 며칠 뒤, 마지막 회의 영화상영이 끝나고 밤늦게 금복이 극장에서 나올 때였다. 극장 계단 위에 눈처럼 하얀 양복을 입은 한 사내가 서 있었다. 그는 처음 금복을 만났을 때처럼 앞을 막아서며 말했다.

—나오꼬, 극장 구경 시켜줄까?

그를 발견한 금복은 심장이 멎을 것처럼 놀랐지만 애써 태연한 척하며 고개를 가로저었다. 그는 바로 희대의 사기꾼이자 악명 높은 밀수꾼에 부둣가 도시에서 상대가 없는 칼잡이인 동시에 호가 난 난봉꾼이며 모든 부둣가 창녀들의 기둥서방에 염량 빠른 거간꾼인 칼자국이었다. 그는 여전히 온몸이 젖어 있어 바닥에 물이 뚝

뚝 떨어졌으나 웬일인지 배에 난 상처는 사라지고 보이지 않았다. 그는 네 개밖에 남지 않은 손가락으로 담배에 불을 붙이기 위해 성냥을 계속 켜대고 있었다. 그러나 물에 젖은 성냥은 좀처럼 불이 붙지 않았다. 금복은 주머니에서 은제 라이터를 꺼내 그에게 건네주었다. 그제야 라이터를 켜 불을 붙인 그는 만족스런 표정으로 폐 깊숙이 담배연기를 빨아들였다. 그는 불을 붙인 후에도 은제 라이터가 탐이 나는 듯 손으로 계속 만지작거렸다.

─갖고 싶으면 가져도 좋아요. 그런 거라면 나한테 얼마든지 있으니까.

금복이 말하자, 칼자국은 재빨리 라이터를 주머니에 집어넣었다. 그리고 금복에게 윙크를 하며 말했다.

─영화를 보고 싶으면 언제든 나를 찾아오라고. 난 항상 이 자리에 있을 테니까.

금복이 도망치듯 극장을 떠나며 뒤를 돌아보니 칼자국은 그 옛날 부둣가 도시의 극장 앞에 서 있을 때처럼 담배를 피워물고 계단 위를 서성거리고 있었다. 어딘가 한없이 외롭고 쓸쓸한 모습이었다.

*

그날부터 금복의 주위엔 언제나 죽은 자들이 서성거렸다. 자고 일어나면 걱정이 옆에 앉아 슬픈 눈으로 자신을 내려다보고 있기도 하고 영화를 보다 문득 뒤를 돌아보면 하얀 양복을 입은 칼자국이 은제 라이터를 만지작거리며 뒷자리에 앉아 있기도 했다. 때로 는 그녀가 어릴 때 죽은 엄마가 축 늘어진 핏덩이를 안고 마당에 서 있기도 했다. 끝없이 달아나고자 했던 과거는 다시 고스란히 그 에게 되돌아오고 있었다. 그러나 이번엔 금복도 달아나지 않았다. 대신 술을 마시기 시작했다. 술에 취하면 그는 죽은 자들을 향해 소리쳤다.

—다들 꺼져버려요! 나는 이제 당신들이 알던 옛날의 내가 아니 란 말예요.

무당이 죽은 지 몇 년이 흘러 사람들은 모두 노파의 저주를 까 맣게 잊고 있었지만 육신을 떠난 목소리는 여전히 평대의 허공을 맴돌고 있었다. 생선장수는 술에 취해 집으로 돌아오는 길에 문득 저주의 목소리를 들었다. 굿판에서 들었던 것처럼 음산하고 또렷 한 목소리였다. 다음날, 그는 평대를 떠났다. 그는 금복에게 자신 이 사랑하던 쌍둥이자매마저 죽은 마당에 더이상 평대에 머물고 싶지 않다고 했다. 운수회사는 이미 젊은 운전사들로 채워져 있었 다. 금복은 그를 붙잡지 않았다. 배웅을 나간 사람도 없었고 이별 을 아쉬워하는 사람도 없었다. 생선장수는 평대에 처음 도착할 때 타고 온 낡은 사륜차를, 본성은 삼륜차, 몰고 고갯길을 넘어 평대 를 떠났다.

며칠 후, 금복은 낯선 자들의 방문을 받았다. 선글라스를 쓰고 검은 양복을 입은 자들로 정부의 한 비밀기관에서 일하는 요원들이었다. 금복은 눈을 가린 채 그들에게 연행되었다. 납치나 다름이 없었지만 저항할 아무런 수단이 없었다. 창문이 모두 가려진 지하실에서 그는 조사를 받았다. 비밀기관의 요원들은 이미 금복에 대해 금복 자신보다도 더 많은 것을 알고 있었다. 부둣가 도시에서 있었던 일들도 소상히 알고 있어 칼자국과 걱정의 이름이 다시 등장했다. 그가 운영하는 사업체의 모든 장부는 이미 압수되었고 그는 해부실의 개구리처럼 사지를 활짝 벌린 채 자신의 모든 치부를 드러내야 했다. 그들은 위에서 모든 것을 내려다보는 신처럼 금복의 일을 낱낱이 알고 있었지만 똑같은 질문을 수도 없이 반복했고 금복은 그들이 만족할 때까지 똑같은 대답을 되풀이해야 했다. 그것은 치욕스런 일이었다. 분위기가 어찌나 살벌했던지 언제나 금복의 주변을 맴돌던 유령들도 그곳엔 나타나지 않았다. 그들은 잠도 재우지 않았으며 먹을 것도 주지 않았다. 금복이 가장 견디기 힘든 건 담배를 피울 수 없는 것이었다.

며칠이 지나는 동안, 금복은 비로소 자신이 조사를 받게 된 이유를 알게 되었다. 그것은 그가 장군을 만나고 온 뒤, 어느 술자리에서 내뱉은 장군에 대한 인물평 때문이었다. 당시 그는 장군이 큰일을 할 사람처럼 보이지는 않는다고, 만일 그랬다면 틀림없이 거기엔 뭔가 야로가 있을 거라고 했는데, 그 자리에 있던 누군가가 금복의 얘기를 기관에 밀고한 것이었다. 기관원들은 그가 말한

'야로'가 무슨 뜻인지를 집요하게 캐물었다. 조사가 모두 끝나고 집으로 돌아왔을 때 금복은 완전히 탈진했다. 그는 그들이 원하는 모든 것을 시인했고, 수천 페이지에 달하는 조서에 서명을 해야만 했다. 그동안 알고 지내던 정치가들이 적극적으로 구명을 해준 덕분에 풀려날 수 있었지만 이때의 사건은 그의 자존심에 치유할 수 없는 깊은 상처를 남겼다.

이후, 금복은 언제나 술에 취해 살았다. 눈을 뜨면 술부터 찾았고 술에 취해야 비로소 잠들 수 있었다. 그는 죽은 자들의 쓸쓸함이 자신에게 밀려드는 것을 술의 힘에 의지해 막아내고 있었다. 그러다 보니 사업을 돌보는 것은 모두 약장수에게 맡길 수밖에 없었다.

약장수는 자신에게 기회가 왔음을 깨달았다. 그것은 금복에 대한 원한을 갚을 기회인 동시에 자신의 팔자를 바꿀 수 있는 절호의 찬스였다. 그는 이미 금복이 고향의 저수지를 메우라며 준 돈을 빼돌려 자신의 명의로 몰래 땅을 사두었으며 장부를 조작했고 직원을 매수하는 한편, 착복을 일삼고 비리를 저질렀다. 그는 자신에게 주어진 상황을 재주껏 이용했다.

그는 또한 마음속 깊숙이 감춰두었던 은밀한 연정을 드러냈다. 금복이 자리를 비울 때마다 수련에게 접근해 특유의 구변으로 그녀의 마음을 얻으려 한 것이다. 뛰어난 미모에 비해 생각이 깊지 못했던 수련은 결국 약장수의 집요한 꼬드김에 넘어가고 말았다.

약장수의 첨단이 몸속 깊은 곳을 관통하는 순간, 그것은 그녀가 오랫동안 잊고 있던, 남자에게 길들여진 쾌락을 다시 일깨워주었다. 그것은 결코 금복이 대신할 수 없는 거였다.

이미 적지 않은 돈을 빼돌린데다 금복의 여자까지 품에 넣게 되자, 약장수는 점점 더 방약무인해졌다. 그는 직원들 앞에서 공공연히 금복의 약점을 들춰내고 그를 비난했으며 대낮에도 태연히 수련을 옆에 끼고 여관을 드나들었다. 직원들이 무심코 사무실 문을 열어보면 발가벗은 수련이 약장수의 무릎에 앉아 있거나 약장수가 수련의 치마를 들치고 사타구니에 얼굴을 박고 있는 등의 낯뜨거운 장면을 연출하기도 했다. 그들은 약장수의 방자한 태도에 다들 속이 불편했지만 이미 얼마간이라도 그에게 부정한 돈을 받은 터라 입을 다물고 있을 수밖에 없었다. 평소의 금복이었다면 뭔가 일이 잘못돼도 한참 잘못됐다는 것을 벌써 눈치챘겠지만 그는 언제나 술에 절어 있어 주변에서 어떤 음모가 진행중인지 알지 못했다. 그것은 알코올의 법칙이었다.

금복의 육신과 정신은 점점 더 쇠약해졌다. 조그만 소리에도 깜짝깜짝 놀랐고 좀처럼 잠을 이루지 못해 눈 아랜 언제나 검은 그늘이 드리워져 있었다. 그는 술에 취해 수련의 아름다운 육체를 찾았지만 그녀는 언제나 집에 없었다. 금복의 인생엔 이미 여기저기 구멍이 뚫려 물이 줄줄 새고 있었으며 운명은 서둘러 그 끝을 향해 질주하고 있었다.

전야 前夜

이듬해 봄이었다. 수련과 약장수가 사라졌다. 사흘이 지나서야 금복은 두 사람이 함께 달아난 걸 눈치챘다. 간지에 능한 약장수는 이미 모든 곳에 손을 써놓은 상태였다. 금복의 재산은 그가 할 수 있는 한 모두 빼돌려 재정상태는 엉망이었다. 임금은 밀려 있었고 결제는 미뤄졌으며 자산은 대부분 담보로 설정되어 있었다. 얼굴도 모르는 채권자들이 줄줄이 몰려왔고 모든 사업체는 파산 직전이었다. 도무지 어디서부터 손을 써야 할지 알 수가 없었다. 금복은 수련이 떠나간 데에 대한 슬픔을 감당하지 못해 매일 밤 눈물을 흘렸다. 남자가 되고부터 한 번도 보이지 않던 눈물이었다. 그는 비로소 자신의 주위에 아무도 없다는 것을 깨달았다. 죽은 자들은 더욱 극성스럽게 금복의 주위를 서성거렸다. 얼마 전 죽은 文과 쌍둥이자매도 수시로 나타났다. 쌍둥이자매는 점보의 등에 올라타고 그를 향해 웃으며 손을 흔들어 보였다.

그리고 어느 날 생선장수가 머리에서 피를 흘리며 나타나자, 금복은 비로소 그도 이미 이 세상 사람이 아니라는 것을 알게 되었다. 낡은 사륜차를 본성은 삼륜차, 타고 도망치듯 평대를 떠났던 그는 이웃마을로 넘어가는 경계를 끝내 넘지 못했다. 고개를 내려가던 중 브레이크가 파열되고 만 것이었다. 그는 죽어서도 여전히 비린내를 풍겼다. 그는 생선장수를 향해 말했다.

—당신은 죽어서도 냄새가 나는군요.

　—그러게 말이야. 이놈의 비린내는 나도 어쩔 수가 없어. 이건
아마도 내 본성인가봐.

　생선장수가 웃으며 대답했다. 생선장수는 머리에서 흘러내리
는 피를 한 손으로 막고 어둠 속으로 사라졌다. 그는 자신의 인생
이 어디서부터 잘못된 건지 생각해보려고 했지만 도무지 그 대답
을 찾을 수가 없었다. 어쩌면 그것은 휘영청 보름달이 떠 있던 그
날 밤, 생선장수의 용달차를 얻어타고 고향을 떠나던 그 순간부터
시작된 건지도 몰랐다. 그는 다시는 돌아갈 수 없는 지난 시간들이
한없이 그리웠다. 그리고 마침내 저주의 날이 다가왔다.

불기둥

　그날, 춘희는 어째서 공장을 나와 혼자 평대까지 찾아온 것일
까? 비극을 감지한 특별한 예감이 그녀의 발길을 극장으로 이끌
었을까? 혹은 오랫동안 만나지 못했던 엄마가 보고 싶어서였을
까? 그날은 주말이었고 때마침 새로운 영화가 개봉되는 날이라 극
장 앞엔 사람들이 하얗게 광장을 메우고 있었다. 극장엔 이미 집달
관이 붙인 차압딱지가 곳곳에 붙어 있었지만 관객들은 영화가 상
영되기만 한다면 극장주가 바뀌든 말든 아무런 관심이 없었다. 춘
희가 극장 안으로 들어간 것은 이미 영화가 한창 상영중인 시간이

었다. 때마침 검표원이 자리를 비워 아무도 그녀를 제지하지 않았다. 관객들은 모두 안으로 들어가 복도엔 아무도 없었다. 그녀는 극장 복도를 서성거렸다. 안에선 영화의 진행에 따라 관객들의 경탄과 환호, 한숨과 비명이 번갈아가며 터져나왔다. 그것은 더러운 상업주의와 영합한 플롯의 법칙이었다.

극장 안에선 한창 영화가 상영중이었다. 관객은 좌석을 모두 채우고도 모자라 좌우 통로까지 빼곡히 들어차 있었다. 그야말로 극장이 미어터질 듯했다. 극장 안은 관객이 뿜어내는 열기로 후끈 달아올라 어디선가 불씨라도 하나 떨어지면 곧 폭발이라도 할 것처럼 위태로워 보였다. 그들 가운데 금복도 끼어 있었다. 이즈음 그는 괴로움을 잊기 위해 언제나 극장 안에서 살았다. 영화를 보는 것만이 유일한 낙이었다. 그는 이미 아침부터 마신 술로 불그레, 얼굴이 달아올라 있었다. 몸이 나른해지며 졸음이 밀려왔다. 그는 졸음을 쫓기 위해 담배를 꺼내물었다. 그런데 주머니 안에 라이터가 없었다. 이때, 누군가 하얀 은제 라이터를 내밀었다. 돌아보니 칼자국이었다. 어둠 속에서도 그의 뺨에 난 칼자국은 또렷하게 드러나 보였다. 금복은 희미하게 웃으며 말했다.

—역시, 당신이었군요.

그러자, 칼자국이 말했다.

—당신은 이제 남자가 되었군, 나오꼬.

—그래요, 나도 이젠 당신처럼 남자가 되었어요.

칼자국은 침울한 표정으로 말했다.

—걱정은 내가 죽이지 않았어. 그는 제 스스로 목숨을 끊은 거야.

그제야 금복도 고개를 끄덕이며 그에게 사과했다.

—알아요, 미안해요. 난 당신에게 몹쓸 짓을 했어요. 그러니 이제 그만 당신도 돌아가 쉬세요.

같은 시각, 복도를 서성이던 춘희는 복도 끝에서 걸어오는 한 노파를 발견했다. 허리가 구부정한 그녀는 복도를 걸어오며 비상구를 하나씩 차례로 밖에서 걸어잠그고 있었다. 춘희는 어딘가 낯설지 않게 느껴지는 그녀의 모습을 지켜보았다. 노파는 마침내 춘희의 앞에 있던 출입구를 마지막으로 문을 모두 걸어잠갔다. 그리고 춘희와 눈길이 마주쳤다. 세상에 다시없는 추한 얼굴, 바로 국밥집을 운영하던 그 노파였다. 노파는 춘희를 향해 까맣게 썩은 이를 드러내며 비시시 웃어 보였다. 소름이 끼치도록 음산한 웃음이었다. 춘희가 잠긴 비상구 쪽으로 눈길을 돌렸다 다시 돌아보았을 때 노파는 이미 어디론가 사라지고 없었다.

영화가 시작되기 전, 금복의 주변에 있던 관객들은 어디선가 희미한 휘발유 냄새를 맡은 듯했다. 그것은 바로 전날 밤, 극장에서 잠을 자던 영사기사가 영사실에서 쓸 난로에 넣기 위해 기름통을 들고 가다 그만 의자에 걸려 넘어지면서 바닥에 쏟은 것이었다. 하지만 관객들은 이를 대수롭지 않게 생각했고, 불이 꺼지고 영화가 시작되자 곧 휘발유 냄새 따위는 까맣게 잊고 말았다.

금복은 칼자국이 건네준 라이터를 켜며 옆을 돌아보았다. 칼자국은 이미 사라지고 보이지 않았다. 그런데 담배에 불을 붙이려는 순간, 그만 손에서 라이터를 떨어뜨리고 말았다. 술에 취해 손에 힘이 없는 탓이었다. 라이터가 앞자리에 떨어지며 휘발유가 묻어 있던 의자에 불이 붙었다. 주변에 있던 사람들 몇몇이 이를 발견하고 옷을 덮어 불을 끄려 했지만, 불은 곧 옆에 있는 의자에까지 옮겨붙었다. '불이야!'라고 누군가 외치기 전까지도 관객들은 모두 영화에 흠뻑 빠져 불이 난 것조차 몰랐다. 불길이 점점 커지고 매캐한 연기가 극장 안으로 퍼져나가기 시작하자 관객들은 비로소 불이 난 것을 알아챘다. 사람들은 비명을 지르며 비상구를 향해 몰려갔다. 그런데 어찌된 일인지 문은 밖에서 굳게 잠겨 있었다. 불길이 점점 커지며 치명적인 연기가 극장을 가득 메웠다. 극장 안은 곧 아비규환으로 변했다. 관객들은 질식할 것 같은 고통에 울부짖으며 출입문을 찾아 우왕좌왕했고 이리 밀리고 저리 쓰러지며 서로의 이름을 부르는 소리와 살려달라는 비명이 뒤섞였다. 몸에 불이 붙어 미친듯이 바닥을 뒹구는 자들과 그를 피해 달아나는 자들로 뒤엉켜 그야말로 여덟 개의 지옥을 모두 모아놓은 듯 세상에 다시없는 참혹한 광경이 연출되었다.

금복은 일렁이는 불꽃 속에서 취한 눈으로 스크린을 응시하고 있었다. 불길이 치솟는 가운데서도 영사기는 멈추지 않고 돌아가 스크린에선 계속 영화가 상영되고 있었다. 평생을 죽음의 공포로부터 도망치던 금복은 마침내 자신에게도 죽음이 찾아왔다는 것을 깨달았다. 죽은 자들의 모습이 스크린 위에 겹쳐져 빠르게 지나갔다. 그리고 본능처럼 문득 자신의 딸, 춘희의 얼굴이 떠올랐다. 그는 춘희가 아직도 공장에서 벽돌을 만들고 있는지 궁금했다. 자신이 한 번도 제대로 보듬어주지 않았던 딸에 대해 걷잡을 수 없는 회한이 밀려왔다. 하지만 곧 모든 게 너무 늦었다는 것을 깨달았다. 그의 눈에선 어느새 눈물이 흘러내리고 있었다.

　마침내 스크린에까지 불길이 옮겨붙었다. 한때 보잘것없던 산골의 한 소녀였던 그는 자신의 손으로 이룩한 거대한 영화가 눈앞에서 모두 사라지는 것을 지켜보고 있었다. 몸이 점점 따뜻해졌다. 그의 눈앞엔 오래전 그가 고향의 언덕에서 맞이하던 적막한 노을이 지고 있었다. 붉게 물든 낙조 속에서 마을은 한없이 평화로워 보였다. 언덕엔 바람 한 점 불지 않았으며 세상은 이상하리만치 고요했다. 참으로 아름다운 풍경이었다.

　무모한 열정과 정념, 어리석은 미혹과 무지, 믿기지 않는 행운과 오해, 끔찍한 살인과 유랑, 비천한 욕망과 증오, 기이한 변신과 모순, 숨가쁘게 굴곡졌던 영욕과 성쇠는 스크린이 불에 타 없어지

는 순간, 설명할 수 없는 복잡함과 아이러니로 가득찬, 그 혹은 그
녀의 거대한 삶과 함께 비눗방울처럼 삽시간에 사라지고 말았다.

3부

·

공장

방화범

숨이 막힌다. 눈이 맵다. 뜨거운 불길이 넘실댄다. 독한 연기가
코를 찌른다. 소름끼치는 비명소리가 들린다. 시커먼 연기가 눈앞
을 가린다. 기둥이 쓰러진다. 불꽃이 날아오른다. 앞이 보이지 않
는다. 불기둥이 치솟는다. 천장이 무너져내린다. 불길이 덮친다.
순간, 눈을 뜬다. 온몸이 차갑게 식어 있다. 쇠창살의 그림자가 튼
튼한 그물처럼 벽에 드리워져 있다. 어둠 속에서 누군가 숨죽여 운
다. 멀리 간수의 구둣발 소리가 들린다. 우는 이에게 누군가 윽박
지르는 소리도 들린다. 몸을 잔뜩 웅크린다. 울음소리가 잦아든
다. 눈을 감는다. 발소리가 멀어진다. 무덤 같은 정적이 찾아온다.
잠시 후, 춘희는 다시 까무룩 잠이 든다.

화마가 할퀴고 간 자리는 실로 처참했다. 그날, 극장에서 영화를 보다 불에 타 죽은 사람들은 모두 팔백여 명에 달했다. 극장에서 발생한 불은 시장건물에까지 옮겨붙어 그 피해액만도 천문학적인 숫자에 달했다. 평대의 반이 불에 타 날아갔다고 해도 과언이 아니었다. 그것은 전쟁 이후 발생한 최대의 참사였다.

화재가 난 지 며칠 후, 정부에서 파견한 조사단이 도착했다. 도시 전체가 불에 타 없어져 그들은 전쟁이 끝난 직후의 참혹한 광경을 다시 한번 머릿속에 떠올려야 했다. 한때 번성했던 평대는 죽음의 도시로 변해 있었다. 폐허가 된 건물더미 속에선 그때까지도 연기가 피어오르고, 비록 완전히 무너지진 않았지만 시커멓게 불에 그슬린 극장의 외관은 그날 있었던 화재가 얼마나 끔찍했는지를 말해주고 있었다. 매캐한 연기가 마을을 뒤덮고 죽은 시체에서 풍겨나오는 썩은내가 거리에 진동했다. 집집마다 곡소리가 흘러나왔으며 여기저기 불에 타 죽은 시체가 나뒹굴어 파리떼가 들끓었다. 난생처음 보는 끔찍한 참상에 조사원들은 눈을 가리고 귀를 막아야 했다.

춘희가 남발안으로 돌아왔을 때 공장은 이미 텅 비어 있었다. 몇 달 치 임금도 받지 못한데다 화재 소식까지 들은 터라 인부들이 모두 공장을 떠났던 것이다. 그녀는 아무도 없는 공장에 홀로 남겨졌다. 골짜기의 밤은 적막했다. 비록 자신만의 세계 안에 갇혀 살

긴 했지만 언제나 북적대는 사람들에 익숙해 있던 춘희는 난생처음 겪는 고립을 견디기가 힘들었다. 그리고 배가 고팠다. 쌀독에는 한 톨의 쌀도 남아 있지 않았다. 언제나 그랬듯이 그녀는 자신의 주변에서 일어난 상황을 잘 이해하지 못했다. 그녀는 사라진 사람들을 하나씩 머릿속에 떠올렸다. 금복과 文, 점보와 쌍둥이자매, 생선장수와 애꾸, 그리고 공장에서 일하던 인부들……

춘희는 비로소 자기 혼자만 남았다는 것을 깨달았다. 그러다 문득 멀리 덜커덩거리며 지나가는 기차의 경적소리를 들었다. 그것은 그녀를 처음 평대로 데려다준 것이었다. 그제야 그녀는 평대 밖에 다른 세계가 존재한다는 사실을 떠올렸다. 자신이 태어난 마구간이 있고 쌍둥이자매가 운영하던 술집이 있던 곳. 어쩌면 사라진 쌍둥이자매가 그곳에서 계속 술집을 하고 있을지도 몰랐다. 그녀는 기차가 다시 자신을 어디론가 데려다줄 거라고 생각했다.

경찰은 화재사건의 용의자로 춘희를 지목했다. 춘희는 대화재에서 살아남은 단 한 명의 생존자였다. 그날 그녀가 불길이 치솟는 가운데 빠져나오는 것을 본 목격자들이 여럿 있었다. 동기는 충분했다. 외딴 공장에 유기된 채 부모로부터 버림받은 그녀가 복수심에 방화를 저질렀다는 게 경찰의 추측이었다. 그들은 춘희를 체포하기 위해 벽돌공장으로 경찰을 급파했다. 하지만 공장에 춘희는 없었다. 벽돌공장은 이미 문을 닫아 찍다 만 벽돌만이 여기저기 흩어져 있었다.

그 시각, 춘희는 기차역에 나와 있었다. 하지만 주머니엔 한푼도 없었고, 설사 돈이 있었다 하더라도 어떻게 기차표를 끊어야 하는지도 몰랐다. 그녀가 망설이는 동안 기차가 도착했다. 승객들이 개찰구로 몰려갔다. 춘희도 따라 들어갔다. 춘희를 발견한 역무원은 그녀를 제지했다. 춘희가 역무원의 제지에 어리둥절한 표정으로 서 있는 동안 기차가 경적을 울리며 출발하려고 했다. 춘희는 앞을 막아서는 역무원을 밀치고 기차를 향해 달려갔다. 그녀가 개찰구를 지났을 때, 기차는 이미 저만치 달려가고 있었다. 그녀는 뛰어갔다. 그러나 곧 돌부리에 채어 넘어지고 말았다. 기차는 멀리 골짜기를 돌아 사라지고 있었다. 그녀가 자리에서 일어섰을 때, 주위엔 이미 십여 명의 경찰들이 총을 겨눈 채 그녀를 에워싸고 있었다.

경찰은 춘희가 극장 주인 금복의 딸이라는 사실에 놀랐고, 또 그 딸이 엄마와는 달리 엄청나게 뚱뚱하고 못생겼다는 사실에 놀랐으며 마지막으론 방화범이 말도 못할뿐더러 아무런 사리분별도 없는, 일종의 반편이라는 사실에 난감해했다. 용의자가 말을 못한다는 것은 수사를 어렵게 만들었다. 심문을 하는 과정에서 경찰들이 아무리 닦달을 하고 위협을 해도 유력한 용의자는 언제나 멍하게 허공만 쳐다볼 뿐 아무런 응대가 없었다.

그들은 한때, 춘희에게 말을 가르쳐보는 것에 대해 검토를 했다. 하지만 당시엔 뭐가 됐든 시간이 오래 걸리는 일은 무조건 바보 같은 짓이라고 생각했기 때문에 곧 그 시도를 포기했다. 하지만 확신범이 말을 못한다고 해서 그냥 풀어줄 수는 없었다. 그들은 포기하지 않고 춘희를 유치장에 가둔 채 집요하게 심문을 계속했다. 그 끔찍한 참사에 대해 누군가는 반드시 죗값을 치러야 했던 것이다. 그런 와중에 몇 해 전, 춘희가 다방에 불을 질렀다는 새로운 사실이 밝혀졌다. 춘희가 방화범이라는 확증은 더욱 굳어졌다. 결국, 경찰은 춘희를 기소했다.

심문이 모두 끝났을 때, 경찰은 수백 장의 조서를 작성해 춘희에게 서명을 요구했다. 그러나 그녀가 연필 쥐는 법조차 몰라 경찰은 한참 애를 쓴 끝에야 겨우 손에 연필을 쥐여줄 수 있었다. 그들은 서명란을 가리키며 그곳에 뭐가 됐든 원하는 대로 써보라고 했다. 그들이 마지막 인내심을 가지고 기다리는 동안 춘희는 연필과 흰 종이를 번갈아 쳐다보다 이윽고 종이 위에 뭔가를 그려넣기 시작했다. 그녀는 경찰이 지켜보는 가운데 매우 정성스럽고 꼼꼼하게 뭔가를 열심히 그렸다. 그리고 잠시 후 경찰 앞에 조서를 내밀었는데, 그 위엔 다음과 같은 그림이 그려져 있었다.

그림을 받아든 경찰은 한동안 진지하게 그림을 들여다보다 고개를 갸우뚱하며 말했다.

―참, 이상하군. 이렇게 흉측한 살인범이 이런 예쁜 그림을 그리다니.

그러자 옆에 있던 경찰관이 그림을 들여다보며 말했다.

―그거 모르세요? 원래 살인범들이 심성은 더 고운 법이라고요.

―그런데 이게 무슨 꽃이지?

―글쎄요, 해바라기 아닐까요?

―해바라기치고는 너무 작은 거 아냐?

―하긴, 그렇군요.

그것은 해바라기가 아니었다. 그날 춘희가 종이 위에 정성스럽게 그려넣은 것은 바로 공장 주변에 지천으로 피어 있던 개망초였다. 춘희가 서명란에 왜 개망초를 그려넣었는지 그 이유는 알 수 없지만 그녀가 기차를 타고 평대에 처음 도착할 때부터 단숨에 그녀의 눈길을 사로잡은 이후, 개망초는 언제나 그녀에게 가장 친근한 이미지로 각인되어 있던 터라 그녀가 조서에 개망초를 그려넣었다고 해서 이상할 건 하나도 없었다. 경찰 또한 서명의 모양이야 어찌됐든 피의자에게 직접 서명을 받았다는 사실에 매우 흡족해하며 마침내 긴 심문과정을 모두 끝냈다.

경찰은 춘희를 기차에 태워 큰 도시로 이송했다. 그곳에 있는 법원에서 재판을 받게 하기 위해서였다. 춘희는 차창 밖을 내다보며 그 옛날, 자신의 엄마인 금복과 함께 기차를 타고 평대에 올 때의 기억을 떠올렸다. 당시 기차 안에서 보았던 광활한 하늘과 황토색의 밭고랑, 그리고 기찻길 옆에 피어 있는 개망초는 여전히 그대로였다. 그녀는 그때의 풍경을 하나도 빠짐없이 또렷하게 기억하고 있었다. 춘희는 금복의 손을 잡고 처음 도착한 이후, 한 번도 떠나본 적이 없는 평대를 그렇게 오랏줄에 묶인 채 떠났다.

춘희는 자신의 인생을 둘러싼 비극을 얼마나 정확하게 인식하고 있었을까? 그녀의 육체는 영원히 벗어던질 수 없는 천형의 유니폼처럼 단지 고통의 뿌리에 지나지 않았을까? 그 거대한 육체 안에 갇힌 그녀의 영혼은 어떤 것이었을까? 사람들이 그녀에게 보여줬던 불평등과 무관심, 적대감과 혐오를 그녀는 얼마만큼 이해하고 있었을까? 혹, 이런 점들에 대해 궁금증을 가진 독자들이 있다면 그들은 모두 이야기꾼이 될 충분한 자질이 있다. 왜냐하면 이야기란 바로 부조리한 인생에 대한 탐구이기 때문이다. 따라서 그것을 설명한다는 것은 간단한 일이 아니다. 뭔가 불순한 의도를 가진 자들만이 세상을 쉽게 설명하려고 한다. 그들은 한 줄 또는 두 줄로 세상을 정의하고자 한다. 예컨대, 다음과 같은 명제가 그런 것이다.

법 앞에서 만인은 평등하다.

춘희는 평등하게 다뤄지지 않았다. 최초의 여성 법관들 가운데 한 사람이었던 담당판사는 춘희를 보자마자 단숨에 결론을 내렸다.

— 세상에 저런 형상을 가진 여자는 없어. 저건 사람이 아니라 괴물이야.

춘희를 처음 본 순간 그녀는 같은 인간으로서의 수치심과 같은 여성으로서의 모멸감, 그리고 이유를 알 수 없는 강한 적대감을 느꼈다. 그녀는 결국 춘희가 어떤 죄목으로 기소가 되었는지도 알지 못한 채 자신은 괴물을 재판할 수 없다며 자리를 박차고 일어나 재판정을 나가버렸다.

일찍이 대부호의 딸로 태어나 일본에 유학을 다녀온 뒤 법관이 되어 수많은 여성들의 부러움을 샀지만 정작 그 자신은 남편의 바람기로 인해 평생 속을 끓이고 살았던 그녀의 분노와 복수심은 종종 엉뚱하게도 법정에 선 피의자들을 향해 표출되기도 했는데, 대화재사건의 재판이 바로 그런 케이스였다. 비록 머리는 총명했지만 강가의 돌멩이처럼 아무런 성적 매력이 없었던 그녀는 근엄한 법복 아래 아무도 모르는 비밀을 하나 감추고 있었다. 그것은 젊고 관능적인 남편의 여자들에 대한 미칠 듯한 질투심으로 밤새 자신의 시들어가는 육체를 칼로 자해한 끔찍한 상처들이었다. 그 상처는 남편과 여자들에 대한 그녀의 심판이자 그들이 저지른 죄악에 대한 대속의 흔적이었다. 그 대신에 피의자들에 대한 그녀의 판결

은 더없이 가혹했다. 특히 피의자가 젊은 여자일수록 그 가혹함은
더했다. 백화점에서 머플러 한 개를 훔친 여자에게 무기징역을 선
고하는가 하면 간통을 저지른 여자에겐 예외 없이 사형을 선고했
다. 어떻게 그런 불합리한 판결이 가능했냐고? 춘희가 재판도 받
지 못한 채 십여 년을 미결감방에 수용된 예처럼 당시로선 그런 판
결이 그다지 드문 일도 아니었다. 재판정은 그저 피고의 운을 시험
하는 무대였을 뿐 정의와는 애초에 아무런 상관도 없었던 것이다.
장군의 시대는 대개 그런 식이었다.

교도소

　그곳은 다른 세계였다. 붉은 담장과 날카로운 철조망, 열성 유
전자들의 집합소, 근육을 단련하고 칼 쓰는 법을 배우는 곳, 범죄
의 학교, 겁 많은 소년을 야수로 길러내고 싱그러운 청년을 양처럼
순한 늙은이로 만들어 내보내는 곳, 담배 한 개비에 살인이 저질러
지는 곳, 뻥끼통에 똥을 누고 비역질을 배우는 곳, 시간이 멈춘 사
각의 땅, 그곳은 바로 교도소였다. 춘희가 다른 죄수들과 함께 호
송차에서 내렸을 때, 교도소 건물 정면엔 다음과 같은 글귀가 씌어
있었다.

　　나는 너를 벌하려는 것이 아니고

너를 선으로 인도하려는 것이다.

　처음에 그녀는 자신이 또다른 벽돌공장으로 왔다고 생각했다. 사방으로 둘러싸인 붉은 벽돌이 낯설지 않았기 때문이었다. 당연히 그녀는 교도소에 대한 개념이 전혀 없었다. 때문에 벽돌을 굽는 가마가 보이지 않는 것을 의아하게 여겼는데, 이상한 점은 또 있었다. 언제나 거친 사내들로 들끓던 공장이 어찌된 일인지 여자들로만 가득 채워진 것이었다. 춘희는 여덟 명의 여죄수들이 있는 한 수용실에 수감되고 나서야 그곳이 벽돌공장과는 다르다는 것을 알았다. 수감자들은 남자인지 여자인지 구분하기 힘든 춘희의 커다란 덩치와 험악한 인상을 보고 단번에 주눅이 들었다. 그들은 춘희를 위해 슬금슬금 자리를 피해주었다. 그러나 포주 출신의 방장은 달랐다. 역전의 창녀로 출발해 훗날 포주가 되어 창녀들을 데리고 일을 하던 중 술 취한 손님과 다투다 그를 잘못 밀어 넘어뜨려 벽에 머리가 부딪쳐 숨지게 한 죄목으로 수감된 그녀는, 순전히 깡다구 하나로 버텨온 역전의 포주답게 춘희를 보자마자 기선을 제압하기 위해 소리를 버럭 질렀다.

　―야, 이년아. 신참이 들어왔으면 신고식을 해야지, 뭘 그렇게 뻣뻣하게 서 있어?

　당연히 춘희에게선 아무런 대답이 없었다. 그러자 포주는 약간 겁을 먹었다. 그간의 경험에 의하면 언제나 말이 많은 자들보다 과묵한 자들이 더 무서웠기 때문이었다. 하지만 다른 수감자들이 지켜보는 마당에 그냥 물러설 수는 없었다.

—이년이 귓구멍에다 좆방망이를 박아났나, 사람 말이 말 같지 않아?

그녀는 남자 건달처럼 걸쭉한 욕설과 함께 기세 좋게 춘희의 귀싸대기를 올려붙였다. 그러나 춘희 몸무게의 반밖에 안 나가는 그녀가 때린 귀빰이 기별이 있을 리 없었다. 춘희는 도대체 왜 자신을 때리는지 영문을 몰라 그저 어리둥절한 표정으로 쳐다볼 뿐이었다. 하지만 춘희에 입장에서나 어리둥절한 표정이었지, 다른 사람들이 보기엔 부리부리한 눈을 부릅뜨고 무섭게 노려보는 식이었다. 포주는 다리가 떨릴 수밖에 없었다. 여느 여자들 같았으면 빰을 감싸쥐고 울음이라도 터뜨리게 마련이건만 춘희는 아무렇지도 않은 표정으로 노려보고 있었으니 보통 왈짜가 아닌 것만은 틀림없었다. 포주는 먼저 꼬리를 내렸다.

—좋아, 오늘은 첫날이니까 이쯤 해두지. 대신, 앞으로 개기면 국물도 없을 줄 알아.

그리고 다른 수감자들을 향해 말했다.

—앞으로 얘는 내 다음이니까 다들 그런 줄 알아.

다른 수감자들이 재빨리 움직여 포주 옆에 넓게 자리를 마련해주었다. 춘희는 어리둥절하게 서 있다 비로소 그곳이 자신의 자리임을 깨닫고 포주 옆으로 걸어가 털썩 주저앉았다. 그렇게 춘희는 단번에 감방의 이인자가 되었다.

춘희가 수감된 감방에는 수술용 메스로 변심한 애인의 경동맥을 잘라 살해한 간호사와 화장실에서 아이를 낳아 변기에 흘려버린 어린 미혼모, 두 딸과 남편에게 청산가리가 든 음식을 먹여 독살한 주부, 이십 년 동안 두 집 살림을 하며 정부의 아이를 여덟 명이나 낳은 파렴치한 간통녀, 외로운 홀아비만을 골라 돈을 뜯어낸 꽃뱀 등 온갖 부류의 범죄자들이 수감되어 있었다. 때문에 비록 서너 평에 불과한 좁은 공간임에도 불구하고 감방 안은 조용할 날이 없었다. 미혼모는 기분 나쁘게도 밤마다 이불을 뒤집어쓰고 흐느껴 울어 죄수들의 잠을 깨웠다. 그럴 때마다 간호사는 한 번만 더 시끄럽게 울면 다들 잠들었을 때 모가지를 따버리겠다고 윽박질렀다.

—나는 아무런 도구가 없이도 사람을 죽일 수 있는 방법을 수십 가지나 알고 있어. 간호사로 일하는 동안 난 전문적인 의학지식을 많이 배웠거든.

이 때문에 어린 미혼모는 간호사가 언제 자신을 죽일지 몰라 겁을 먹었다. 간호사는 인간은 너무나 연약해서 의학적 견지에서 보면 커다란 물풍선에 피를 가득 채워놓은 것과 똑같다고 했다. 그녀는 미혼모의 부드러운 목을 어루만지며 속삭였다.

—그러니까 풍선을 터뜨리는 건 손톱만 조금 길러도 충분한 일

이야. 무슨 말인지 알겠어, 이 울보야?

그럴 때마다 미혼모를 싸고도는 것은 바로 포주였던 깡다구였다. 그녀는 틈틈이 여죄수들을 상대로 출감 후에 데리고 일할 창녀들을 모집하고 있었는데, 미혼모도 바로 그중의 하나였다. 그녀는 창녀라는 직업이 돈도 많이 벌고 인생을 실컷 즐길 수도 있는 멋진 직업이라며 죄수들을 꼬여 인생의 막장에 다다른 불쌍한 여죄수들의 귀를 솔깃하게 만들었다.

—계집이란 건 어차피 창녀야. 사내에게 가랑이를 벌려주는 대가로 밥을 얻어먹고 사는 존재지. 창녀가 남들과 다른 것은 구멍을 대주는 게 여러 놈이라는 것뿐이야. 그 대신 창녀가 되면 한 놈에게 얽매이지 않고 인생을 자유롭게 즐길 수가 있어.

그녀는 자유를 얻는 건 언제든 생각만 바꾸면 가능한 일이라고 주장했다. 하지만 정작 그녀 자신은 수많은 남자들을 상대하느라 얻은 성병 때문에 음부에 곰팡이가 피어 언제나 지독한 냄새를 풍겼다. 그녀가 가지고 있는 비밀수첩에는 장차 창녀가 되기로 약조한 여자들의 명단이 빼곡히 적혀 있었는데 그 숫자가 무려 교도소 전체 인원의 절반에 해당했다. 만일 그녀가 출감해서 유곽을 열었더라면 틀림없이 크게 성공을 했을 테지만 인생은 그렇게 뜻대로 풀리지가 않았다. 그해 가을, 그녀는 비밀수첩을 한 번도 써먹어보지도 못한 채 사형대에 목이 달리고 말았다. 그녀는 마지막으로 할 말이 없냐는 사형집행인의 말에 다음과 같이 중얼거렸다.

─개새끼들, 이제 네깟놈들이 박을 구멍은 아무데도 없어.

한편, 청산가리는 언제나 감방 안을 쉴새없이 쓸고 닦았다. 그
리고 입버릇처럼 '인생을 살아간다는 건 끊임없이 쌓이는 먼지를
닦아내는 거나 다름이 없다'는 철학적인 말로 단순한 죄수들의 머
리를 복잡하게 만들었다. 그녀는 왜 두 딸과 남편을 독살했는지에
대해서는 한 번도 입을 열지 않았다. 그러다 사라지기 며칠 전, 문
득 혼잣말처럼 중얼거렸다.

─그 일이 그들에게 꼭 나쁜 것만은 아니었어.

꽃뱀과 간통녀는 누가 더 죄질이 나쁜지를 놓고 언쟁을 벌이다
툭하면 서로가 죽일 년이라며 머리끄덩이를 잡아당기고 싸웠는
데, 둘 다 남자를 이용한 건 마찬가지지만 자신은 아이까지는 낳
지 않았다며 꽃뱀은 간통녀를 비난했고, 간통녀는 자신이 아이를
낳은 건 상대 남자를 진심으로 사랑했기 때문이며 꽃뱀처럼 돈을
뜯어내기 위해서가 아니라고 반박했다. 두 사람이 서로 잡아먹을
듯이 싸울 때마다 나서서 상황을 수습하는 건 역시 방장인 포주였
다. 그녀의 결론은 '둘 다 나쁜 년'이라는 거였다. 그런 와중에 죄
수들은 곧 춘희가 지능이 떨어지는 벙어리라는 것을 알게 되었고
얼마 지나지 않아 결국 춘희는 맨 끝자리로 밀려나게 되었다. 그것
은 감방의 법칙이었다.

─우리들 가운데 제일 먼저 목을 매달아야 할 년이 있다면 바로 저 벙어리년이야. 왜냐하면 저년이 진짜 끔찍한 살인마거든.

어느 날, 간호사는 여죄수들에게 춘희를 가리키며 말했다. 그녀는 어디서 들었는지 춘희가 죽인 사람들의 숫자가 무려 천 명에 달한다고 말했다. 간호사가 그 사실을 알게 된 것은 그녀의 먼 친척 가운데 한 명이 평대의 극장에서 타 죽었기 때문이었다. 그러던 중 춘희가 자리에 앉다 잘못해서 간호사의 가다밥을 엉덩이로 깔아 뭉개는 실수를 저지르고 말았다. 춘희가 미안한 듯 바닥에 눌어붙은 가다밥을 떼어내려고 애를 썼지만 간호사는 손가락을 저으며 말했다.

─흥, 그래봤자 이미 늦었어. 넌 이제 내 손에 죽은 거야.

이때부터 간호사의 이상한 적대감은 미혼모 대신에 춘희에게로 향했다. 그녀는 동료들 앞에서 언젠가 반드시 자신의 손으로 춘희를 죽이겠다고 선언했다. 그리고 춘희를 죽일 때는 자신이 알고 있는 수십 가지 방법 가운데 가장 악독한 방법을 쓰겠다고 했는데, 그것이 무엇인지는 끝내 밝히지 않았다. 다만, 다른 죄수들에게 혹시 아침에 일어났을 때 춘희가 죽어 나자빠져 있더라도 놀라지 말라고 늘 경고하곤 했다.

비록 감방 안에서 맨 끝자리로 밀려나긴 했으나 춘희로서는 교도소 생활이 과히 나쁘지 않았다. 일정한 시간에 맞춰 기상하고 정해진 시간에 식사하고 하루도 빠짐없이 노역을 하는 규칙적인 생활에 익숙해지자 그녀는 곧 누구보다도 모범적인 죄수가 되었다. 처음에는 커다란 덩치 때문에 잠시 다른 죄수들의 흥미를 끌기도 했지만 곧 그들의 관심 밖으로 밀려났다. 그녀가 벙어리라 재밌는 얘기도 할 줄 모를뿐더러 남달리 뚱뚱한 것 말고는 별 특징이 없었기 때문이었다. 그러던 그녀가 다시 사람들의 주목을 끈 것은 다름 아닌 그 놀라운 괴력 때문이었다.

며칠 뒤, 춘희는 다른 죄수들과 함께 트럭을 타고 교도소 밖으로 노역을 나갔다. 본래 춘희 같은 미결수는 노역에서 제외되어 있었지만 '일하지 않는 자, 먹이지도 말라'는 교도소장의 명령에 따라 그들은 모두 도로를 확장하는 일에 투입되었다. 여죄수들로선 감당하기 힘든 일이었지만 역시나 '남자와 여자는 신체적으로도 평등하다'는 교도소장의 신념에 따른 것이었다. 그들은 노역장에 부려져 삽과 곡괭이 등을 지급받고 일을 시작했다. 생전 삽이라곤 잡아본 적이 없는 여죄수들은 한여름의 뙤약볕 아래에서 비 오듯 땀을 흘렸다. 일을 하는 작업장 주변에는 남자 간수들이 총을 메고 둘러서서 여죄수들을 감시했다. 그들은 땀에 젖어 드러난 여죄수들의 몸매를 감상하며 한가로이 농담을 주고받았다.

그러던 중 공사가 난관에 봉착했다. 도로 한복판에 커다란 돌멩이가 삐죽 튀어나와 제거를 하려고 주변을 파들어가기 시작했는데, 그것이 곧 엄청나게 큰 바위라는 사실이 드러난 것이다. 죄수

들 열댓 명이 달라붙어 바위를 길옆으로 밀어내리려고 했지만 바위
는 마치 땅에 붙박인 듯 꿈쩍도 하지 않았다. 길을 옆으로 낼 수도
없고 그렇다고 아무 장비 없이 바위를 발파할 수도 없어 다들 난감
해했다.

이때, 옆에서 물끄러미 지켜보던 춘희가 무슨 생각에선지 바위
밑에 어깨를 들이밀었다. 무엇을 하려는지 몰라 다들 궁금하게 쳐
다보고만 있는데 춘희가 어깨를 꿈틀하며 힘을 한번 쓰자 꿈쩍도
않던 바위가 기우뚱, 움직이기 시작했다. 죄수들 사이에서 탄성이
흘러나왔다. 춘희는 다리에 더욱 힘을 주고 바위를 밀었다. 그러자
믿기지 않게도 바위는 길옆으로 굴러떨어졌다. 다들 춘희의 괴력
에 놀라 입을 딱 벌렸는데, 춘희의 활약은 여기서 그치지 않았다.

죄수들이 춘희를 둘러싸고 박수를 치며 치하하는 순간, 언덕 위
에 세워져 있던 트럭이 사이드브레이크가 풀리며 밑으로 굴러내
려오기 시작한 것이다. 트럭은 춘희와 죄수들이 서 있는 곳을 향해
미친듯이 돌진했다. 죄수들이 일제히 비명을 지르며 길옆으로 흩
어졌다. 그런데 춘희는 무슨 생각에서인지, 그 옛날 그녀의 아버지
가 굴러떨어지는 통나무 앞에 섰을 때처럼 다리에 불끈 힘을 주고
그 자리에 버티고 섰다. 트럭이 무서운 소리를 내며 춘희의 코앞에
다가왔을 때, 여자들은 끔찍한 참상을 떠올리곤 모두 비명을 지르
며 고개를 돌렸다. 그런데 믿을 수 없는 광경이 연출되었다. 트럭
이 춘희와 부딪치는 순간 쿵, 하는 소리와 함께 그 자리에 멈춰 선

것이다. 그녀는 다친 데 하나 없이 멀쩡했다. 머릿속에 끔찍한 광
경을 떠올렸던 죄수들은 그녀의 괴력에 다시 한번 일제히 환호성
을 올렸다. 그날의 사건으로 춘희는 일약 여감의 영웅으로 떠올랐
다. 하지만 그로 인해 곧 감옥생활이 지옥으로 변할 줄은 아무도
생각지 못했다.

　교도소장은 매우 복잡한 인물이었다. 행형학의 선구자이자 교
정의학의 권위자이며 수많은 교정 프로그램의 창안자인 한편, 뛰
어난 형질인류학자이자 위험한 변태성욕자인 동시에 독실한 믿음
을 가진 기독교 장로였던 그는 무엇보다도 우생학의 신봉자였다.
그의 굳은 믿음 가운데 하나는 범죄자에겐 반드시 범죄를 유발시
키는 특별한 형질의 유전자가 있다는 거였다. 때문에 죄수들이 범
죄를 저지르는 이유는 그들이 범죄를 일으킬 만한 환경에 처해서
가 아니라 이미 태어날 때부터 범죄의 씨앗을 품고 태어났기 때문
이라고 믿었다. 교도소장은 그런 범죄의 씨앗을 품고 태어난 사람
들을 '쓰레기'라고 불렀다. 그에게 범죄자를 잡아들이는 일은 더
러운 쓰레기를 '청소' 내지 '분리'하는 일이었으며 그들을 수거해
놓은 교도소는 바로 '쓰레기하치장'이었다. 장군의 밑에서 오랫동
안 군대생활을 했던 그는 자신이 사회로부터 배출된 쓰레기를 담
당하게 된 것을 하느님과 장군이 자신에게 준 특별한 소명으로 생
각했다.

그는 언제나 사형대 아래 커튼이 쳐진 은밀한 자리에 앉아 쓰레기가 '소각'되는 과정, 즉 사형이 집행되는 과정을 직접 참관했다. 그 순간은 그에게 매우 짜릿한 쾌락의 순간이기도 했다. 사형수의 목에 밧줄이 걸리면 그는 이미 걷잡을 수 없는 흥분에 휩싸여 성기가 당장이라도 바지를 뚫고 나올 것처럼 빳빳해졌다. 사형수가 사형대에 올라설 때부터 그는 바지를 내리고 성기를 주무르며 수음을 시작하다 발판이 밑으로 떨어지며 사형수가 밧줄에 목이 매달린 채 버둥대는 동안 절정을 향해 달아올랐다. 그는 고통에 일그러진 사형수의 얼굴을 똑똑히 보기 위해 집행인에게 사형수의 얼굴에 흰 자루를 못 씌우게 했다. 성기를 쥔 손의 마찰이 더욱 빨라지다 마침내 사형수의 숨이 끊어지는 순간, 그는 온몸이 떨리는 희열과 함께 과정에 도달했다. 교도소장이 쓰레기가 소각되어 재가 되는 과정을 지켜보며 변태적이고도 위험한 쾌락을 즐긴다는 사실을 아는 사람은 교도소 내에서 사형집행인 말고는 아무도 없었다.

한편, 그는 하느님이 주신 특별한 소명을 실천하고 인류의 유전적 소질을 향상시키기 위해 자신의 영지에서 주어진 권한 이상의 업무를 수행했다. 그것은 수감자들을 상대로 단종수술斷種手術을 시행한 것이었다. 그는 강제로 남자 죄수들의 정관을 잘라내고 여죄수들의 나팔관을 묶어 생식능력을 제거함으로써 그들이 더이상 세상에 범죄의 씨앗을 퍼뜨리지 못하도록 조처했다. 그것을 그는

'매립'이라고 불렀다. 물론 그의 인종 개량학적인 우생수술은 죄수들의 인권을 무시한 불법적인 시술이었지만 교도소 내에선 이미 공공연한 비밀이 되어 있었다. 수술은 매달 마지막 주 일요일 예배가 끝난 후에 그달에 새로 수감된 죄수들을 상대로 이루어졌다. 미결수라고 해서 예외는 아니었다. 훗날, 한 인권단체의 조사에 따르면 시술 대상자들 가운데에는 미성년자들도 다수 포함되어 있는 것으로 보고되었다. 하지만 그는 오히려 어릴 때부터 미리 범죄의 싹을 잘라야 한다는 굳은 소명의식 때문에 아무런 죄의식도 느끼지 못했다. 그것은 신념의 법칙이었다.

춘희가 교도소에 온 지 한 달 뒤, 단종수술이 있었다. 운동장 한복판에서 예배가 끝난 후 그달에 수감된 죄수들만 따로 남아 수술실로 쓰이는 창고로 이동했다. 단종수술을 할 거라는 정보를 미리 알고 있는 죄수들이 안 들어가겠다고 버텨 소동을 일으키기도 했지만 그들에게 돌아간 건 곤봉세례밖에 없었다. 춘희는 영문도 모른 채 간수의 인솔에 따라 창고 안으로 들어갔다. 시술대가 있는 창고 안은 매우 더럽고 비위생적이어서 수술을 받은 죄수들은 대부분 염증으로 고생을 하거나 더러 목숨을 잃는 자도 있었다. 춘희는 다른 여죄수들과 함께 옷을 벗고 복도에 서서 순서를 기다렸다. 안에선 마취도 없이 수술을 받느라 고통스런 비명소리가 흘러나와 밖에서 기다리는 죄수들의 심장을 얼어붙게 만들었다.

이윽고 춘희의 차례가 되었다. 거대한 몸집의 춘희가 알몸으로 들어서자 시술을 담당한 간수들은 다들 탄성을 질렀다. 그들은 춘희를 단종대 위에 눕혔다. 그녀는 그 과정이 무엇을 의미하는지 이해하지 못했지만 본능적인 두려움과 거부감을 느꼈다. 수술을 담당한 간수가 다른 여죄수의 피가 묻은 더러운 메스를 들어 춘희의 복부를 막 절개하려는 순간, 때마침 교도소장이 시찰을 위해 창고 안으로 들어섰다. 그는 단종대 위에 누워 있는 춘희를 발견했다. 이때, 그는 무슨 까닭에선지 수술을 중단시켰다. 그리고 춘희를 자리에서 일어서게 했다. 그는 알몸으로 서 있는 춘희의 거대한 몸집과 골격을 흥미롭게 살펴보았다.

—참으로 신기한 일도 다 있군. 이 계집애는 수백 년간 진화를 한 흔적이 전혀 없어. 이 턱을 보라고. 이렇게 큰 턱뼈를 가진 형질은 이미 삼백 년 전에 사라진 거야. 게다가 이 두개골의 형태는 미라에서나 찾아볼 수 있는 거지.

그는 뭔가 대단히 신기한 것을 발견했다는 듯 연신 입맛을 다시며 말했다.

—이 계집애를 통째로 알코올에 담가서 보관하면 딱 좋겠구먼. 이런 표본은 흔하지가 않거든. 이애는 말하자면, 아주 값비싼 골동품과 같은 거야.

소장은 춘희의 거대한 알몸을 훑어보며 계속 말을 이었다.

—그러려면 큰 유리병이 있어야겠어. 그것도 아주 큰 걸로.

춘희는 교도소장의 날카로운 체질 인류학적 안목 덕분에 단종

수술을 모면했다. 골동품에 흠집을 낼 수 없다는 교도소장의 생각에 따라 수술이 보류된 것이다. 그러나 그것이 춘희에게 어떤 의미가 있었는지는 알 수 없다. 훗날, 춘희는 끝내 세상에 자신의 골동품적인 유전형질을 남기지 못한 채 생을 마감했던 것이다. 교도소장은 돌아가기 전 마지막으로 춘희를 보며 한마디 더 했다.

—그런데 이 계집애는 꼭 바크셔같이 생겼구먼.

그것은 영국에 있는 한 지방의 이름이며 그 지방에 기원을 둔 돼지 품종의 이름이기도 했다. 이때부터 춘희는 교도소 안에서 바크셔라고 불려졌다. 몇 년 뒤, 한 인권단체의 폭로에 의해 교도소장의 과도한 인권침해 사례가 세상에 알려지자 그 사실이 장군에게 보고된 적이 있었다. 이때, 장군은 껄껄 웃으며 다음과 같은 말로 그를 옹호했다.

—그 친군 뭐든지 너무 열심히 하는 게 문제야. 하지만 그래서 나쁠 건 없지. 지금은 뭐가 됐든 넘치는 게 좋거든.

교도소장은 정년퇴임을 할 때까지 꾸준히 소각과 매립을 계속했고 여든두 살의 나이로 세상을 뜰 때까지 국가에서 연금이 지급되었다.

바크셔

여죄수들이 수용된 감방은 남감男監과 담장 하나를 사이에 두고

408

서로 분리되어 있었다. 여감의 간수들이 여자들의 알몸을 질리도록 구경할 수 있고 또 필요하면 아무때고 마음에 드는 여죄수를 골라 적당히 재미도 볼 수 있었던 데에 비해, 거친 사내들이 모여 있는 남감의 분위기는 삭막하기 그지없었다. 그런 삭막한 남감에서도 간수들은 그들만의 특별한 재미를 하나 만들어냈다. 그것은 바로 매주 토요일 밤에 열리는 격투기 시합이었다.

저녁식사가 끝나고 나면 간수들은 운동장 옆 창고 안에 특별히 마련된 경기장으로 모여들었다. 시합에 참여할 선수들은 물론 남자 죄수들이었으며 그들 가운데서도 특별히 더 거칠고 억센 자들만을 골라 뽑은 것이었다. '선수'라고 불리는 그들에겐 각자의 주인이 따로 있었다. 처음에 그들을 뽑아 훈련시킨 간수가 바로 그들의 주인이었는데, 일단 주인의 눈에 들어 선수로 뽑히면 그들에겐 곧 특별 대우가 뒤따랐다. 모든 노역에서 제외되는 것은 물론 식사 때도 다른 죄수들보다 훨씬 질 좋은 특별식이 제공되었다. 그들의 체력과 투지를 북돋우기 위해 값비싼 보약을 먹이거나 돼지에게 쓰는 발정제를 먹이는 주인도 있었다.

그들이 선수들에게 그렇게 정성을 쏟는 이유는 바로 내기에 걸린 막대한 상금 때문이었다. 격투기 시합에는 남감에 있는 간수들뿐만 아니라 여감에 있는 간수들까지 모두 참여해, 시합에 걸린 판돈은 실로 엄청난 액수였다. 따라서 선수 하나만 잘 키우면 몇 년 치 봉급에 해당하는 거금을 단번에 움켜쥘 수도 있어 간수들은 쓸

만한 죄수가 새로 수감되면 서로 먼저 그 죄수를 차지하려고 다투
곤 했다.

　시합의 유일한 규칙은 무규칙이었으며 경기시간은 무제한이었
다. 무기만 쓰지 않는다면 상대의 목을 물어뜯든 손가락으로 눈알
을 파내든, 혹은 팔을 부러뜨려 병신을 만들든 아니면 아예 목을
졸라 숨통을 끊어놓든 상관이 없었다. 오히려 시합이 격렬하고 잔
인할수록 관중들은 더 열광했다. 실제로 매 시합마다 피가 튀고 뼈
가 부러지고 살점이 찢겨나갔다. 시합을 하다 목숨을 잃거나 병신
이 된 자도 여럿이었다. 하지만 남자 죄수들 가운데 많은 자들은
자신이 선수로 뽑히기를 바랐다. 경기에서 이기기만 하면 다른 죄
수들은 꿈도 꾸지 못할 포상이 주어지기 때문이었다. 사식을 차입
받는 것은 물론, 다음 시합이 있을 때까지 감방 안에서 늘어지게
낮잠도 자고 담배도 피울 수 있었지만, 무엇보다도 그들이 가장 원
하는 포상은 바로 젊고 예쁜 여죄수였다.

　시합 전, 간수는 자신의 선수를 여감과 분리된 담장으로 데리고
가 운동장에서 산책을 하고 있는 여죄수들을 보여준다. 수년간 여
자라고는 그림자도 만져본 적이 없는 죄수들은 멀리 바람에 실려
오는 암내에 잔뜩 흥분해 거칠게 콧김을 뿜어낸다. 간수는 그가 원
하는 여자를 하나 골라보라며 선수를 부추긴다. 그러면 대부분의
선수들은 단 한 번만이라도 젊은 여자를 안아보기 위해 목숨이라
도 내걸겠다며 위험한 투지를 불태운다…… 그런 식이었다.

그것은 불법적이고 매우 비인간적인 게임이었지만 토요일 밤의 짜릿한 도박을 제지하는 사람은 아무도 없었다. 교도소장도 그런 시합이 있다는 것을 알고 있었으나 간수들의 사기를 위해 모르는 척 눈감아주었다. 그렇게 해서 특별한 일이 없는 한 토요일마다 죽음과 광기의 시합은 계속되었다.

그날, 춘희가 바위를 길옆으로 밀어내고 트럭을 멈춰 세웠을 때 노역장엔 무당벌레라는 별명을 가진 간수도 함께 있었다. 그의 별명이 무당벌레인 까닭은 얼굴에 난 여러 개의 큰 점과 작은 체구 때문이었다. 보잘것없는 외모와 혐오감을 주는 지저분한 인상은 그의 소년기를 어둠의 그림자로 물들였으며, 증오와 혼란으로 가득찬 사춘기를 보낸 이후 그는 드라이아이스처럼 차갑고 메마른 남자로 변해갔다. 그는 보호색을 띤 무당벌레처럼 사람들 눈에 잘 띄지 않는 소극적인 성격의 소유자였다. 이 때문에 간수들 사이에선 별 주목을 못 받는 인물이었지만 그의 내면엔 난폭한 권력에 대한 강렬한 욕망과 상대방의 고통을 자신의 즐거움으로 삼을 줄 아는 잔인한 습성이 숨어 있었다.

샌님처럼 얌전해 보이기만 하던 그가 어느 날, 식당에서 소란을 피우던 소매치기 출신의 한 여죄수에게 가혹한 린치를 가한 이후, 죄수들은 모두 그의 숨겨진 잔인성을 깨닫게 되었다. 그에게 구타를 당한 여죄수는 이빨이 두 개만 남고 모두 부러졌으며 코뼈가 주저앉고 턱뼈가 모두 부서져 손상된 신경이 머릿속을 후벼파는 끔찍한 고통에 시달리다 구타를 당한 지 나흘 만에 쇠창살에 목을 매 자살하고 말았다. 교도소 내의 구타사건이 늘 그렇듯이 그 사건도 아무런 조사나 징계 없이 묻혀졌다. 무당벌레는 가까운 동료 간수에게 말하곤 했다.

─나는 사람들이 나를 두려워하는 게 좋아. 그건 왠지 내가 중요한 사람이라는 기분이 들게 해주거든.

그날, 무당벌레는 춘희의 놀라운 괴력을 지켜보며 머릿속에 한 가지 아이디어를 떠올렸다. 그것은 바로 춘희를 그 위험한 격투기 시합에 출전시키는 거였다. 남감의 간수들은 여감의 간수들이 누리는 특별한 재미를 부러워하면서도 은근히 깔보는 투로 대하곤 했다. 말하자면 갈보들 밑구멍이나 닦아주는 기생오라비 같은 놈들이라는 거였다. 무당벌레는 그런 남감의 간수들에게 뜨거운 맛을 보여주고 싶었다. 그가 간수들과 점심을 먹는 자리에서 여죄수 한 명을 격투기 시합에 출전시키겠다고 선언했을 때, 남감의 간수들은 어이가 없다는 듯 쳐다보다 일제히 웃음을 터뜨렸다. 그러면서 밑구멍 냄새를 너무 오래 맡다보니까 머리가 돈 게 아니냐며 무당벌레를 놀려댔다. 하지만 그는 태연했다.

─좋아, 마음껏 비웃으라고! 대신 내가 미친 걸 증명하려면 너희들도 반드시 돈을 걸어야 될 거야.

춘희가 격투기 시합에 출전한다는 소문은 간수들의 입을 통해 삽시간에 교도소 안으로 퍼져나갔다. 소문을 들은 포주 출신의 깡다구는 뭔가 신나는 일이 생겼다는 듯 주먹을 불끈 쥐고 말했다.

—좋아, 가서 사내놈들의 사타구니를 물어뜯으라고. 이번 기회에 본때를 보여주는 거야.

그러나 춘희를 죽이겠다고 벼르던 간호사는 반응이 달랐다.

—차라리 시합장에서 맞아 죽는 게 나을 거야. 살아 돌아와도 넌 어차피 내 손에 죽을 테니까. 그리고 그건 그 자리에서 맞아 죽는 것보다 훨씬 더 고통스럽지.

춘희는 자신이 위험한 격투기 시합에 참가한다는 사실도 모른 채 토요일을 맞았다. 그날 아침, 무당벌레는 춘희를 조용히 화장실로 데리고 가서 말했다.

—난 그동안 네년들 밑구멍을 닦아주면서 모은 돈을 몽땅 걸었어. 만약에 네가 패한다면 난 전 재산을 몽땅 날리고 넌 내 손에 죽는 거야. 하지만 그건 우리 둘 다 원하는 결과가 아냐. 그러니까 넌 무슨 수를 쓰든 반드시 이겨야 돼. 무슨 말인지 알겠어?

물론, 춘희가 무당벌레의 말을 알아들었을 리 없었다. 춘희의 지능이 떨어진다는 사실이 불안했던 무당벌레는 그녀에게 기술을 한 가지 가르쳐주었다.

—잘 들어, 바크셔. 넌 대가리도 나쁘고 코끼리처럼 느리지만 대신 힘은 누구 못지않게 세. 만일 상대방을 한 번만 붙잡을 수 있

다면 넌 그놈을 때려눕힐 수 있을 거야. 그러니까 기회를 잡으면 반드시 그 자리에서 요절을 내야 돼.

그 자리에서 그는 춘희에게 그가 작은 체구로 큰 덩치들을 상대하면서 익힌 잔혹한 기술을 한 가지 가르쳐주었다.

─자, 나를 똑똑히 봐. 일단 상대를 잡으면 머리를 옆으로 비틀어서 관자놀이를 주먹으로 내리치는 거야. 그러면 아무리 장사라도 잠깐 정신을 잃게 돼 있어. 그다음엔 그놈이 정신을 차리기 전에 머리를 잡고 사정없이 얼굴을 물어뜯는 거야. 왜냐하면 사람들은 얼굴을 가장 중요하게 생각하거든. 그놈이 정신을 차리더라도 코가 없어진 걸 알고 나면 그 충격 때문에 대개는 싸움이고 뭐고 전의를 상실하게 마련이지. 무슨 말인지 알겠어, 바크셔?

무당벌레는 진지하게 직접 시범까지 보이며 기술을 가르쳐주었다. 그런데 이때 어찌된 일인지 춘희는 그의 말을 다 알아들었다는 듯 고개를 끄덕이며 히죽 웃었다. 그제야 흡족한 표정으로 무당벌레는 춘희의 어깨를 두드려주었다.

─좋아, 바크셔. 넌 틀림없이 나한테 많은 돈을 벌어줄 거야. 만일 그렇게만 해준다면 네년의 밑구멍이 녹아날 때까지 사내놈들하고 마음껏 즐기게 해주지.

흥행은 대성공이었다. 격투기 시합 최초로 성대결을 펼친다는 소문을 들은 간수들은 일찌감치 창고 안으로 모여들었다. 그날 시합엔 이미 수백 명의 간수들이 참여해 내기에 걸린 돈만 해도 실로 어마어마한 액수였다. 춘희가 트럭을 멈춰 세우는 현장을 지켜본 몇몇 간수들을 제외하고는 모두 남자 선수에게 돈을 걸어, 만일 운이 좋아서 춘희가 시합에서 이기기만 한다면 틀림없이 무당벌레는 큰돈을 벌게 될 터였다. 대부분의 간수들은 성대결이 싱겁게 끝날 거라고 생각했지만 경기가 시작되기 전부터 창고 안은 뜨겁게 달아올랐다. 왜냐하면 춘희의 상대가 바로 그 무시무시한 살인마, '미장이'였기 때문이었다.

한때, 연쇄살인범으로 세상을 공포에 몰아넣었던 그가 미장이란 별명을 얻은 것은 살해한 사람을 벽장에 넣고 콘크리트로 발라버리는 엽기적인 행각 때문이었다. 그가 체포되었을 때 경찰이 그의 집 벽을 뜯어내고 찾아낸 시체는 어린아이와 여자를 포함해 모두 스물다섯 구에 달했다. 언제나 피에 굶주려 있는 살인마는 거대한 장골에 곰처럼 무시무시한 힘 때문에 가까운 거리를 이동시키는 데에도 입에는 방성구防聲具를 물리고 굵은 쇠사슬로 양팔을 묶는 등 갖가지 계구들로 온몸을 결박해야 했다. 미장이가 총을 든 경비대와 함께 경기장에 모습을 드러내자 관중들은 환호성을 질렀다. 그는 이미 여러 번 경기에서 그 잔혹성을 유감없이 발휘해 한 번도 관중들을 실망시킨 적이 없었던 것이다. 그러다보니 그와 상대하려는 선수가 아무도 없어 그는 몇 달째 시합에 참여하지 못하고 있었다. 하지만 무당벌레는 배짱 좋게도 춘희의 상대로 미장이를 지목했다. 관중들은 당연히 미장이의 일방적인 승리로 끝날 거라고 예상하며 그가 상대인 여죄수를 어떻게 잔인하게 유린할 것인지에 대한 기대와 가학성에 휩싸여 잔뜩 흥분해 있었다. 그들의 머릿속엔 온갖 잔혹한 장면들과 에로틱한 영상이 번갈아 펼쳐졌다.

마침내 무당벌레와 함께 춘희도 경기장에 모습을 드러냈다. 그녀는 격투기 시합장에 들어온 최초의 여죄수였다. 관중들은 춘희가 그들이 기대했던 여죄수의 모습과는 거리가 너무 멀다는 데에 잔뜩 실망했지만, 그녀의 남다른 덩치에 탄성이 흘러나오기도 했고 어쩌면 볼 만한 시합이 될지도 모른다는 기대를 갖기도 했다. 두 선수는 경기장 좌우에 마련된 의자에 앉아 서로를 쳐다보았다. 그제야 비로소 미장이는 자신의 상대가 여자라는 것을 알았다. 그는 어이가 없다는 듯 주인을 향해 볼멘소리로 말했다.

—시팔, 나보고 지금 저년하고 싸우라는 거요? 아니면, 빠구리를 하라는 거요?

관중들 사이에서 일제히 웃음이 터졌다. 웃지 않는 사람은 춘희와 무당벌레 두 사람뿐이었다. 무당벌레는 춘희의 귀에 대고 속삭였다.

—저놈의 코를 잘 봐, 바크서. 저게 바로 네가 물어뜯을 자리야.

이윽고 경기 시작을 알리는 신호가 떨어지자, 미장이는 연어를 발견한 불곰처럼 춘희를 향해 무섭게 돌진했다.

—좋아, 일단은 저년을 먼저 죽이는 걸로 하죠. 빠구리는 그다음에 해도 되니까.

갑자기 눈앞에 등장한 수많은 남자들 때문에 춘희는 그때까지도 어리둥절한 표정으로 서 있었다. 미장이는 짐승처럼 소리를 지르며 달려와 춘희를 덮쳤다. 춘희는 미장이에게 밀려 뒤로 넘어지고 말았다. 미장이는 그녀의 배 위에 올라타고 앉아 얼굴을 향해 바위처럼 단단한 주먹을 힘껏 내리쬤었다. 단 한 방에 능히 두개골이 으깨져 죽을 만큼 무서운 힘이었다. 춘희는 가까스로 주먹을 피했다. 미장이의 주먹은 콘크리트 바닥을 내리쬤었고, 그 통에 콘크리트가 깨지며 바닥이 움푹 패었다. 그녀는 도대체 미장이가 왜 자신을 공격하는지 혼란스러웠다. 그리고 미장이의 살의에 찬 눈빛이 무서웠다. 미장이는 약이 바짝 올라 다시 주먹을 휘둘렀다. 춘희는 얼떨결에 그의 팔을 잡았다. 미장이가 팔을 빼내려 했지만 어찌된 일인지 꼼짝할 수가 없었다. 춘희는 그의 팔을 잡고 일어섰다. 춘희의 괴력에 관중들 사이에서 믿을 수 없다는 듯 탄성이 흘러나왔다. 그러나 문제는 그다음이었다. 미장이를 제압하고는 있었지만 한 번도 다른 사람과 싸워본 적이 없는 춘희는 그다음에 어떻게 행동해야 할지를 알지 못했다. 미장이는 얼굴이 시뻘겋게 달아올라 팔을 빼내려 용을 썼고, 그럴수록 춘희는 더욱 겁이 났다. 그녀는 그가 팔을 움직이지 못하도록 더욱 힘껏 붙잡았다. 그렇게 하는 것만이 그녀가 할 수 있는 전부였다. 옆에서 지켜보던 무당벌레는 빨리 물어뜯으라고 큰 소리로 외쳤고, 관중들도 싸움을 독려하며 함성을 질러댔다. 하지만 잔뜩 겁을 먹은 그녀의 귀엔 아무소리도 들어오지 않았다. 그녀는 미장이의 팔을 힘껏 움켜쥐며 마음속으로 외쳤다.

제발 그만 멈춰! 무서워 죽겠단 말이야!

그 순간, 춘희가 잡고 있던 미장이의 아래팔이 나뭇가지가 꺾이듯 우지직 소리를 내며 부러지고 말았다. 부러진 뼈가 살을 찢어피가 솟구치자 미장이는 끔찍한 고통에 비명을 내질렀다. 관중들은 춘희의 괴력에 놀라 환호성을 질렀고, 피를 본 춘희는 너무 무서운 나머지 미장이의 팔을 놓고는 돌아서서 곧장 창고 밖으로 뛰어나갔다. 몇 명의 교도관들이 입구를 막고 있었지만 춘희는 그들을 밀치고 도망갔다. 무당벌레는 큰 소리로 바크셔를 불렀다. 그녀는 멈추지 않았다.

그녀는 어둠 속을 달렸다. 숨이 차올랐다. 사내들이 질러대는 함성소리가 뒤에서 따라왔다. 그녀의 마음속은 두려움과 혼란으로 가득찼다. 그녀는 사내들의 거친 함성소리가 두려웠다. 미장이의 무서운 얼굴도 떠올랐다. 그래서 더욱 힘껏 달렸다. 그곳은 자신이 생각하던 벽돌공장이 아니었다. 도대체 자신이 왜 그런 낯설고 끔찍한 장소에 와 있는지 이해할 수 없었다. 그래서 멀리 달아나고 싶었다. 순간, 그녀는 돌부리에 걸려 넘어지고 말았다. 그녀가 자리에서 일어섰을 때 바로 코앞엔 높은 담장이 그녀를 가로막고 서 있었다. 붉은 벽돌로 이루어진 거대한 담장은 좌우로 끝도 없이 이어져 있었다. 그녀는 비로소 자신이 갇혀 있다는 사실을 깨달았다. 그녀는 담장을 향해 천천히 걸어갔다. 그리고 붉은 벽돌을 손으로 만져보았다.

벽돌에 손을 대는 순간, 그녀의 영민한 감각은 그것이 그냥 벽돌이 아니라 바로 그녀가 공장에 있을 때 文과 함께 만든 벽돌이라는 것을 알아챘다. 비록 오랜 세월 비바람을 맞아 그 흔적이 희미해지긴 했으나 그것은 분명 남발안의 공장에서 만든 벽돌이었다. 그녀는 文의 얼굴과 남발안의 공장 풍경이 떠올랐다. 금복과 점보, 쌍둥이자매의 얼굴도 떠올랐다. 벽돌을 만지는 동안 그녀는 그 모든 것이 사라졌으며 영원히 돌아오지 않을 거라는 사실을 깨달았다. 한없는 상실감과 안타까움에 가슴이 먹먹해졌다. 그녀의 눈에선 눈물이 흘러내렸다. 교도소에 들어온 이후, 처음으로 흘린 눈물이었다.

그러다 문득 춘희는 담장 밑에 피어 있는 개망초를 발견했다. 그것은 벽돌공장 주위에 무수히 피어 있었을 뿐 아니라 그녀가 처음 금복의 손을 잡고 평대에 들어올 때 기찻길을 따라 줄지어 피어 있던 꽃이었다. 그녀는 반가움에 꽃을 만지려고 손을 내밀었다. 순간, 주위가 대낮처럼 환해졌다. 멀리 감시탑 위에서 서치라이트가 그녀를 향해 쏟아지고 있었다.

철가면

춘희는 패배자가 되었다. 비록 그녀가 미장이의 팔을 부러뜨리기는 했으나 경기장에서 도망을 가버렸으니 승리는 당연히 미장이의 것이었다. 무당벌레는 가진 돈을 몽땅 날리고 말았다. 시합이 있던 그날 밤, 춘희는 간수실로 끌려갔다. 그 안엔 무당벌레와 다른 간수들이 있었다. 무당벌레는 금방이라도 울음을 터뜨릴 것 같은 표정이었다.

—잘 들어둬, 바크셔. 세상에서 제일 나쁜 짓이 남의 꿈을 빼앗는 거야. 그건 상대방의 목숨을 빼앗는 것보다 더 나쁜 짓이야. 그런데 바크셔, 넌 내 모든 희망을 물거품으로 만들었어. 아마도 네 년은 처음부터 내 인생을 망치려고 작정한 게 틀림없어. 그러니까 너같이 나쁜 년은 죽어야 돼.

그는 끝내 분을 참지 못하고 벌떡 일어서서 구둣발로 춘희의 온몸을 짓이기기 시작했다.

—돼지 같은 년! 여기 있는 동안에 나쁜 년들을 많이 봤지만 너처럼 악질은 처음이야. 어떻게 사람의 탈을 쓰고 그렇게 나쁜 짓을 할 수가 있지, 응? 죽어라, 죽어!

사정없이 쏟아지는 발길질 세례에 춘희는 몸을 웅크렸다. 그러자 무당벌레는 곤봉을 빼들고 머리고 엉덩이고 가리지 않고 사정없이 휘두르기 시작했다. 옆에서 포커를 치던 간수들은 재밌는 구

420

경거리가 생겼다는 듯 시시덕거리며 춘희가 맞는 것을 지켜보았다. 가혹한 매질은 한 시간이 넘도록 계속되었다. 손가락이 부러지고 머리가 깨져 피가 흘러내렸다. 그러는 동안 춘희의 마음속엔 서서히 분노가 자라나기 시작했다. 코가 깨지고 이빨이 부러졌다. 머리에서 흘러내린 피가 그녀의 입으로 흘러들었다. 찝찔한 피맛이 혀끝에 느껴지는 순간, 마침내 그녀의 순정한 분노가 폭발하고 말았다. 그녀는 휘두르는 곤봉을 손으로 잡았다. 무당벌레의 시뻘게진 얼굴을 바라보며 그녀의 머릿속엔 어떤 장면이 떠올랐다. 그녀는 무당벌레의 관자놀이를 주먹으로 내리쳤다. 휘청하며 무당벌레가 뒤로 넘어졌다. 순간, 춘희는 그에게 달려들어 머리를 붙잡았다. 그리고 짐승처럼 사정없이 얼굴을 물어뜯기 시작했다. 춘희의 강철 같은 이빨에 코가 잘려나가며 피가 솟구쳤다. 그것은 시합전에 무당벌레가 가르쳐준 치명적인 싸움기술이었다. 무당벌레의 비명소리에 다른 간수들이 달려와 춘희를 떼어내려 했다. 하지만, 교도소 최고의 역사ヵ士인 춘희를 제압하는 건 쉬운 일이 아니었다. 간수들이 가지고 있던 곤봉을 빼들어 춘희를 마구 두들겨댔지만 춘희는 멈추지 않았다. 무당벌레의 얼굴은 곧 피범벅이 되었고 귀도 뜯겨나갔다. 그리고 부드러운 뺨이 물어뜯기는 순간, 그는 그 자리에서 혼절하고 말았다. 춘희의 얼굴도 이미 피로 범벅이 되어 있었다. 그녀는 자신을 저지하는 간수들을 뿌리치며 짐승처럼 큰 소리로 울부짖었다. 잔인한 복수와 야만의 밤이었다.

춘희는 교도관들에 의해 초죽음이 될 정도로 가혹한 린치를 당했다. 그리고 계구들로 온몸을 결박당한 채 징벌방에 갇혔다. 빛도 한 점 들어오지 않는 칠흑 같은 방이었다. 그녀는 무서웠다. 몸을 움직이려 했지만 손 하나 까딱할 수가 없었다. 어둠 속에서 바닥을 기어다니는 벌레들의 발소리만 들렸다. 그녀의 눈앞엔 오래전 극장에 불이 났을 때의 풍경이 떠올랐다. 불길이 치솟고 사람들의 비명소리가 들렸다. 연기가 눈앞을 가려 사방이 온통 캄캄해졌다. 그리고 다시 장면이 바뀌어 그 옛날 낯선 사내들이 그녀의 엄마인 금복을 강간하던 비 오는 밤의 풍경이 떠올랐다. 번쩍, 번개가 치는 순간 금복의 허연 허벅지가 드러났다. 장면은 갑자기 바뀌어 이번엔 살을 찢고 뼈가 튀어나온 미장이의 부러진 팔이 코앞에 불쑥 나타났다. 온몸이 축축해졌다. 춘희는 모든 땀구멍에서 피가 솟아나는 환상에 시달렸다. 하지만 그것은 땀이었다. 숨이 막혀왔다. 그녀는 두려움에 소리를 지르고 싶었지만 목에선 겨우 가르랑거리는 소리만 흘러나왔다. 이때, 철커덩 하는 소리와 함께 빛이 쏟아져들어왔다. 춘희는 가까스로 눈을 떴다. 가다밥 한 덩어리가 바닥에 던져졌다. 그리고 문이 닫히며 사방은 다시 캄캄한 어둠 속에 잠겼다.

무당벌레는 죽지 않았다. 그는 병원으로 실려가 열 시간이 넘는 긴 수술 끝에 겨우 목숨을 건졌다. 하지만 그의 얼굴은 만신창이가 되었다. 떨어진 살점이 걸레처럼 너덜거렸으며 날카로운 이빨에 물어뜯긴 부위가 흉측하게 벌어져 뼈가 드러났다. 코와 귀는 떨어져나갔고 볼의 살이 뭉텅 잘려나가 어금니가 훤히 들여다보였다. 의사들은 깨진 바가지를 꿰매듯 그의 망가진 얼굴을 철사로 얼기설기 꿰어맞추느라 밤을 새웠다.

한 달 뒤, 그는 얼굴을 감싼 붕대를 풀었다. 그리고 거울을 통해 자신의 얼굴을 바라보았다. 거울 속엔 흉측한 괴물의 모습이 담겨 있었다. 한쪽 뺨의 살이 떨어져나가 어금니가 밖으로 드러나 있었고, 코가 잘려나가 콧구멍이 바로 눈 아래에 위치한 채 정면을 향해 뚫려 있었다. 비록 가까스로 상처가 아물기는 했지만 얼기설기 꿰맨 자국들이 선명하게 남아 있어 도저히 사람의 형상이라고는 믿을 수 없는 끔찍한 모습이었다. 그는 주먹으로 거울을 내리치며 울부짖었다. 식음을 전폐한 채 이불을 뒤집어쓰고 며칠을 보냈다. 뜨거운 분노가 불길처럼 타올라 마음은 황폐할 대로 황폐해졌다.

얼마 후, 의사들은 흉측한 얼굴을 가릴 수 있도록 그에게 알루미늄으로 가면을 만들어주었다. 그는 다시 거울을 보았다. 그런데 가면을 쓴 얼굴을 보는 순간, 이상하리만치 마음이 편안해졌다. 어릴 때부터 언제나 뒤로 숨고 싶었던 수치심과 두려움이 가면으로 인해 모두 가려진 것을 깨달았다. 무당벌레라는 별명의 계기가 된 검은 반점도 단단하고 차가운 가면에 가려 더이상 보이지 않았다.

그는 가면을 쓰고 흡족한 듯 거울을 보며 고개를 끄덕였다.

　—그래, 이것도 나쁘지 않아.

　천천히 고개를 끄덕이는 그의 눈앞에 한 사람의 얼굴이 떠올랐다. 그것은 바로 바크서, 춘희의 얼굴이었다.

　무당벌레가 병원에서 퇴원해 다시 교도소로 돌아왔을 때, 춘희와 같은 감방에 있던 동료들의 생각은 다들 한가지였다. 그것은 '이제 벙어리년은 꼼짝없이 죽었다'였다. 그날, 춘희는 꿈을 꾸고 있었다. 그곳은 벽돌공장 근처의 관목들이 우거진 풀숲이었다. 교교한 달빛이 천지를 감싸고 있었다. 그녀는 알몸으로 천천히 풀밭을 걸어다녔다. 따뜻한 여름밤의 공기가 그녀의 맨살에 와 닿았다. 그녀는 싱그러운 여름의 향기에 취해 눈을 감았다. 그런데 갑자기 달빛이 대낮처럼 밝아졌다. 순간 온 세상이 하얗게 표백되었고, 백열의 빛에 눈이 찌르는 듯 아파왔다. 눈을 질끈 감았지만 날카로운 빛은 눈꺼풀을 뚫고 들어와 칼날처럼 그녀의 망막을 쑤셔댔다. 그녀는 손으로 눈을 가리고 비명을 질렀다. 눈을 감싸쥐고 바닥을 뒹구는 동안 고통은 서서히 사라져갔다. 그녀는 가까스로 눈에서 손을 뗐다. 여전히 빛은 날카로웠지만 처음보단 그래도 견딜 만했다. 천천히 눈을 뜨자 환한 빛 한가운데에 꿈인 듯 현실인 듯 한 사내가 우뚝 서 있었다. 그녀는 눈을 가늘게 뜨고 사내를 올려다보았다. 사내는 얼굴에 은빛이 나는 철가면을 쓰고 있었다. 그의 표정은 가면에 가려져 보이지 않았다. 눈 부위에 뚫린 구멍 속에서 두 눈동자만 날카롭게 빛났다. 그는 가면 뒤에 숨겨진 얼굴을 춘희에게 바짝 들이댔다. 그리고 어두운 동굴 속에서 울려나오듯 음습한 목소리가 가면 뒤에서 흘러나왔다.

—아직 살아 있었구나, 바크셔.

춘희는 목소리의 임자가 누군지 깨달았다. 그는 바로 무당벌레였다. 그는 감격한 듯 춘희를 힘껏 끌어안았다. 그리고 떨리는 목소리로 말했다.

—병원에 누워 있는 동안 난 네가 죽었을까봐 얼마나 걱정했는지 몰라. 그런데 이번엔 나를 실망시키지 않았구나, 바크셔. 그래, 정말 다행이야. 네가 그렇게 쉽게 죽으면 안 되지. 암, 안 되고말고.

무당벌레는 춘희의 앞에서 알루미늄으로 만든 가면을 벗었다. 이윽고 가면 뒤에 감춰졌던 그의 얼굴이 드러났다. 그것은 세상에 다시없는 끔찍한 괴물의 모습이었다.

—잘 봐둬, 바크셔. 이게 바로 네가 창조한 얼굴이야. 이래가지고는 사람의 얼굴이라고 할 수가 없지.

춘희는 흉측한 얼굴에 겁을 먹고 고개를 옆으로 돌렸다. 무당벌레는 다시 얼굴에 가면을 쓰고 말했다.

—걱정하지 마, 바크셔. 난 널 죽이지 않겠다. 그리고 다른 누구도 너를 죽이지 못하게 하겠어. 왜냐하면 그건 너에게 너무나 행복한 일일 테니까.

혼란과 무질서로 가득찼던 철가면의 인생은 하나의 선명한 목표로 깨끗이 정리되었다. 그것은 바로 복수였다. 모든 것을 잃어버린 그에겐 복수만이 유일한 삶의 이유가 되었으며 그 복수의 대상인 춘희만이 그의 인생에서 의미 있는 존재였다. 그는 병원에서 퇴원하면서부터 무당벌레 대신에 철가면이란 별명을 새로 얻었다.

철가면의 집요한 복수가 시작된 이후, 그가 춘희에게 저지른 짓은 차마 같은 인간으로서 할 수 없는 끔찍한 것들이었다. 처음에 춘희는 완전히 발가벗겨진 채 더 좁은 징벌방으로 옮겨졌다. 여전히 빛도 한 점 들어오지 않는 칠흑 같은 방이었다. 그녀는 한 평도 안 되는 좁은 공간에서 대소변을 해결하고 똥을 눈 그 자리에서 밥을 먹고 그 위에서 잠을 자야 했다. 간수들은 이따금씩 문을 열고 그녀가 죽었는지 어떤지 확인하기 위해 막대기로 그녀의 몸을 쿡쿡 찔러보곤 했다. 그들은 춘희의 몸에서 나는 지독한 냄새에 한결같이 인상을 찡그리며 수건으로 코를 가렸다. 그녀는 완전히 짐승처럼 다뤄졌으며 그녀의 뚱뚱한 몸은 자신이 눈 똥으로 버무려졌다.

언젠가부터 빛 한 점 들어오지 않는 좁은 징벌방 안에 구더기가 들끓기 시작했다. 천장이고 벽이고 가리지 않고 사방천지가 온통 구더기로 뒤덮여, 자고 일어나면 얼굴에 구더기가 새까맣게 달라붙어 입술과 눈꺼풀 위를 기어다니곤 했다.

하지만 그것은 시작에 불과했다. 철가면은 곧 본격적으로 고문을 가하기 시작했는데, 독자 여러분, 그것은 춘희가 여자로서 겪기에는 너무나 모질고 끔찍한 것들이어서 차마 글로 옮길 수 없다는 점을 이해해주시길. 다만, 철가면은 춘희가 모진 고통에 비명을 지를 때마다 옆에서 속삭이곤 했다.

—바크셔, 너는 아직 진짜 고통이 뭔지 몰라. 진짜는 아직 시작도 안 했어. 그러니까 제발 나를 실망시키지 마, 이 엄살쟁이야.

그는 춘희에게 자신의 계획을 들려주며 혼자 즐거워하기도 했다.

—내 계획을 한 가지 얘기해줄까? 언젠가 난 네년의 가죽을 모두 벗겨버리고 말겠어. 그러나 절대로 죽이지는 않아. 너는 두 눈을 똑똑히 뜨고 가죽이 벗겨진 자신의 몸을 내려다보는 거야. 어때, 바크셔? 재밌지 않겠어?

그는 해부학자처럼 냉정하고 침착하게 춘희의 가장 예민한 신경을 찾아내 자극했고 징벌방에선 언제나 춘희의 끔찍한 비명소리가 그치지 않았다. 멀리 춘희가 있던 감방에서 그 소리를 들은 간호사는 창살을 붙잡고 혼자 중얼거렸다.

—개 같은 놈, 이러다간 내가 벙어리년을 죽이기 전에 저 새끼가 먼저 죽이고 말겠어.

그러나 춘희가 죽을 일은 없었다. 철가면은 춘희가 정신을 잃지 않도록 각성제를 먹이기도 하고 혹시라도 그녀가 갑작스럽게 죽을까봐 온갖 구급약들을 준비해두었다. 건강을 유지시키기 위해 영양제가 든 주사를 놓기도 했다. 춘희는 희귀한 임상 동물처럼 철

저하게 관리가 되었다. 그리고 동물이 느낄 수 있는 모든 종류의
고통이 주어졌다.

고문은 하루도 빠짐없이 계속되었다. 철가면은 고통이 면역되
지 않도록 언제나 싱싱하게 살아 있는 신경을 찾아냈다. 모진 고
통 속에서 춘희는 자신의 육체가 점점 지워져가는 것을 느꼈다. 대
신, 남달리 예민한 감각만이 살아남아 어둠 속을 더듬거리고 있었
다. 시간은 완전히 정지했으며 좁은 징벌방 안의 어둠은 점점 더
넓게 확장되어 무한한 우주를 향해 퍼져나갔다. 그러다 마침내 온
세상이 어둠으로 가득찼다. 그리고 어둠 속에 문득 새로운 빛과 이
미지가 나타나기 시작했다. 춘희로서는 처음 겪는 새로운 경험이
었다. 그녀는 점점 더 많은 환상을 보았다. 과거의 장면들은 아무
때나 꺼내볼 수 있는 도서관의 책들처럼 바로 앞에 나란히 진열되
어 있었다. 그 책들은 그녀를 과거로 안내할 타임머신이었다.
　그 옛날 앞을 볼 수 없었던 文이 그랬던 것처럼 그녀는 자유롭
게 과거를 넘나들었다. 그리고 이미 그녀의 주변에서 사라진 것들
을 다시 만났다. 금복과 文, 쌍둥이자매와 생선장수…… 그리고
멀리 어둠 속에서 코끼리 점보가 그녀를 향해 걸어왔다. 점보는 이
전보다 훨씬 더 덩치가 커져 산처럼 거대했으며 신비로운 광채로
휩싸여 있었다. 춘희는 점보로부터 쏟아져나오는 빛에 눈이 부셔
손으로 눈을 가렸다.

넌 지금 어디에 있는 거지?

춘희는 점보에게 물었다.

난 어디에도 없어. 이미 난 오래전에 사라졌으니까.

점보는 환한 표정으로 대답했다.

그럼, 지금 내 앞에 보이는 건 뭐지?

후후, 꼬마 아가씨, 그건 바로 너의 기억 속에 있는 거야.

어떻게 그게 가능하지? 넌 이미 사라졌는데……

그러니까 기억이란 신비로운 것이지.

그런데 왜 난 사라지지 않지?

당연하지. 넌 아직 죽지 않았으니까.

나도 빨리 사라지고 싶어. 여긴 너무 힘들거든. 그리고 너무 외
롭고……

꼬마 아가씨, 너무 엄살 부리지 말라고. 그래도 살아 있다는 건
행복한 일이야.

다른 사람들도 나처럼 이렇게 고통스러울까?

글쎄, 그건 잘 모르겠지만 나에게도 힘든 시절이 있었지. 하지
만 죽음보다 못한 삶은 없어.

춘희와 점보의 문답은 끝이 없었다. 그리고 광막한 어둠 속에서
한줄기 빛을 찾아냈다. 그녀는 기억 속으로 여행을 떠남으로써 끔
찍한 고통과 두려움에서 벗어날 수 있었으며 칠흑같이 어둡고 좁
은 징벌방 안에서 마침내 자유를 찾아냈던 것이다.

왕족

철가면의 복수는 그의 갑작스런 죽음으로 끝을 맺고 말았다. 그는 감방을 순찰하던 도중 갑자기 복도에서 쓰러져 자신의 목을 잡고 캑캑대다 온몸에서 피를 뿜어내며 숨이 끊어지고 말았다. 뜻밖의 사건이었다. 비록 춘희에게 물어뜯겨 얼굴이 망가지기는 했어도 건강에는 아무 이상이 없던 그였기에 간수들은 그의 죽음을 기이하게 여겼다. 교도소장의 지시에 따라 자체적으로 조사가 있었지만 아무런 타살의 증거를 찾아내지 못했다. 결국 조사요원들은 철가면의 죽음을 단순한 괴사怪死로 처리할 수밖에 없었다.

바크서, 춘희는 다시 동료들이 있는 감방으로 돌아왔다. 그동안 포주와 청산가리는 이미 사형을 당했고 나머지는 모두 이감을 가거나 출소를 해 감방 안은 간호사를 제외하고는 모두 새로운 죄수들로 채워져 있었다. 그들 가운데 눈에 띄게 아름다운 한 여자가 있었다. 비록 푸른 수의에 화장기 하나 없는 얼굴이었지만 그녀의 눈부신 자색은 굵은 쇠창살 뒤에서도 가려지지 않았다. 언제나 슬픈 눈으로 창살 너머 푸른 하늘을 쳐다보는 그녀의 자태는 더없이 고혹적이어서 보는 사람으로 하여금 숭고한 감동에 젖게까지 만들었다. 금복이 한때, 하느님이 특별히 신경을 써서 만들었다고 평했던 아름다움, 그녀는 바로 수련이었다.

수련은 춘희를 보고 한눈에 그녀가 한때 자신의 연인이었던 금

복의 딸임을 알아보았다. 비록 얼굴은 한 번밖에 마주친 적이 없으
나 그녀는 춘희의 남다른 외모를 잊지 않고 있었던 것이다. 그러나
춘희는 오랜 고문과 독방생활에 심신이 지쳐 있어 미처 그녀를 알
아볼 정신이 없었다. 그런데 약장수와 함께 달아났던 수련은 어떻
게 춘희가 수감된 감방에까지 오게 된 걸까? 거기엔 자신의 과거
를 모두 지우고 신분을 바꾸려다 실패한 한 고리대금업자에 대한
이야기가 숨어 있다.

  수련과 함께 달아난 약장수는 평대에서 멀리 떨어진 도시로 가
서 정식으로 혼인을 했다. 그곳에다 이미 금복으로부터 빼돌린 돈
으로 집을 마련해두었을 뿐 아니라 목이 좋은 곳에 세를 놓을 건물
과 땅을 사두는 등 미리부터 이주할 준비를 해두었던 것이다. 약장
수는 그 도시에 정착을 하자 곧 건물을 빌려주고 모은 돈으로 가까
운 장사치들에게 조심스럽게 고리대를 놓기 시작했다. 돈은 돈을
낳았고 곧 근처 상인들 가운데 그의 고리대를 안 쓰는 사람이 없
을 정도여서 재산은 급속도로 불어났다. 하지만 그 일이 그다지 깨
끗한 일은 아니었다. 여기저기 고리대를 놓다보니 돈을 떼이는 경
우도 있었고 이자를 제때에 안 내는 자들도 많았다. 그러다보니 주
먹을 쓸 줄 아는 사내들도 필요했고 셈에 밝은 자도 필요해 어느새
그는 밑에서 일하는 자들을 여러 명 거느리게 되었다. 그들은 온
갖 방법으로 떼인 돈과 이자를 받아냈으며 집과 세간을 차압해 경

매에 넘기기도 했다. 그렇게 번 돈으로 그는 다시 건물을 사들였고 그곳에서 받은 세는 다시 고리대를 놓는 식으로, 재산은 아메바처럼 스스로 증식을 거듭해 그는 곧 그 도시에서 소문난 알부자가 되었다. 그것은 자본의 법칙이었다.

하지만 약장수는 차가운 기계처럼 꾸역꾸역 돈이나 모으는 미련한 부자는 아니었다. 비록 남부럽지 않게 돈을 모았고 세상에 드문 절색을 아내로 얻었지만 그는 한낱 약장수와 창녀에 지나지 않았던 자신들의 과거를 부끄럽게 여겼다. 금복은 후에 크게 돈을 번 뒤에도 자신이 한때 부둣가에서 허드렛일을 하고 심지어는 거지 생활을 한 적도 있다는 사실을 숨기지 않았다. 그녀는 그것을 부끄러워하기는커녕 오히려 자랑삼아 떠들기까지 했는데, 같은 산골 마을에서 자란 약장수는 그렇지 않았다. 그것이 금복과 약장수의 차이였다. 그가 평대에서 멀리 떨어진 도시로 몸을 숨긴 것도 바로 자신들의 근본을 숨기기 위해서였다.

그는 단지 부끄러운 전력을 숨기는 것으로 그치지 않고 점차 새로운 과거를 만들어내기 시작했는데, 그가 제일 먼저 한 일은 가짜 족보를 만드는 일이었다. 그 일은 매우 은밀하게 이루어졌으며 족보를 만드는 데 참여한 사람들의 입을 막기 위해 원래 비용보다 훨씬 더 많은 돈이 들어갔다. 족보에 의하면 그의 아버지는 자신의 전 재산을 털어 외국으로 건너가 독립운동에 투신했고 그의 할아버지는 삼정승을 두루 지낸 당대 최고의 문장가였으며 그 윗대로 올라가면 임금과 친척지간이요, 몇 대를 더 올라가면 촌수를 따져볼 것도 없이 그의 조상 자신이 바로 임금이었으니 약장수도 곧 왕족이 되는 셈이었는데, 족보가 어찌나 치밀하고 정확했던지 아무도 그가 왕족이라는 걸 의심하는 사람이 없었다.

족보를 만들고 나자 그는 이번엔 자신의 지워진 과거 대신에 새로운 스토리를 채워넣기 시작했다. 그 각색본에 따르면, 비록 왕족이긴 하나 자신은 뚜렷한 신념을 가진 공화주의자이며 시대의 흐름에 맞춰 일찍이 서양에 유학을 다녀와 새로운 문명을 두루 섭렵했지만 군인들이 모든 것을 결정하는 세상에선 자신이 할 일이 없다고 판단해 때를 기다리며 조용히 은둔하며 산다는 거였다. 물론 정부에서 몇 번이고 그에게 중요한 외교업무를 맡기려고 찾아온 적이 있었지만, 말로만 공화국의 대표이지 실은 전제군주나 다름없는 장군이 정권을 장악하고 있는 한 자신은 결코 함께 일을 할 수 없다며 단호하게 거절을 했다는 얘기도 뒤따라 다녔다. 그의 뛰어난 언변이 그의 위장술에 한몫했음은 물론이었다. 시대를 잘못 만난 탓에 속세에 묻혀 사는 불운한 왕족. 그것이 바로 뒤에서 가난한 상인들의 피를 빨아먹는 고리대금업자가 위장한 겉모습이었다.

한편, 약장수는 단지 자신의 이야기를 각색하는 데 그치지 않고 그 사실을 뒷받침하기 위해 시내 중심가에 있는 카페를 자주 찾아가 그 지역의 예술가들과 직접 교분을 나누기도 했다. 기실 언변이 뛰어나긴 했으나, 제대로 된 교육을 받아본 적이 없는 그로서는 배타적이고 콧대 높은 예술가들과 어울린다는 게 쉬운 일은 아니었다. 그러나 험악한 장바닥을 떠돌며 눈치껏 살아온 덕분에 약장수는 그들과 어울리는 요령을 한 가지 터득하게 되었는데, 그것은 가능한 한 말을 적게 하는 거였다. 그것은 무지를 숨겨주었을 뿐만 아니라 뛰어난 지식과 예민한 예술적 안목 그리고 높은 인격을 드러내는 가장 효과적인 방식이었으며, 상대방의 말을 충분히 이해하고 있다는 듯한 표정 연출과 적당히 예의바른 미소, 그리고 상대방의 의견에 대한 짧고 인상적인 멘트 하나면, 물론 그것도 반드시 필요한 경우에 한해서만, 충분히 가능한 일이었다. 그것을 익히는 데에는 어려움이 없지 않았으나 약장수는 특유의 언어감각과 뛰어난 모방능력으로 곧 그들과 무리없이 대화를 나눌 수 있게 되었다.

그는 여러 카페를 전전하며 다양한 부류의 예술가들과 교류했는데, 카페마다 각기 모이는 부류가 달랐다. 말하자면, 문인들이 주로 모이는 카페가 따로 있었고 화가들이 모이는 카페, 또는 음악가나 평론가 들이 모이는 카페가 각기 달랐다. 그 이유는 그들이 서로 얼굴을 마주치고 싶어하지 않았기 때문이었다. 약장수는 한 카페에서 주워들은 얘기를 다른 카페에서 써먹는 식으로 대화에 끼어들었고, 그 효과는 놀랄 만큼 좋았다. 예컨대, 다음과 같은 멘트들이 바로 그런 것들이었다.

—형식주의는 모방론에 대한 강력한 도전이죠.

—보르헤스는 프랑스 영화에 대해 지리함에 대한 열광이라고 언급한 적이 있어요. 그렇다면 할리우드 영화는 무엇에 대한 열광일까요?

—요즘 소설은 점점 더 미니멀해지는 경향이 있는데 그건 아마도 세상이 갈수록 복잡해진다는 증거가 아닐까요?

그런 식의 짧은 말 한마디면 사람들은 대개 그의 통찰력에 놀라며 의심없이 그를 자신들과 같은 부족으로 인정해주었다. 혹 누군가가 그의 언급에 대해 좀더 깊이 대화를 나누려고 하면 그는 신중하고 부드러운 미소를 지으며 다음과 같이 물러서곤 했다.

—글쎄요, 그냥 제 짧은 소견이 그렇다는 것뿐이죠.

그러곤, 커피를 한 모금 찔끔 마시며 다음과 같은 말로 화제를 돌렸다.

—그런데 이번 문학상은 심사위원들이 너무 보수적인 선택을 한 게 아닐까요? 물론, 그 작가가 훌륭하다는 건 나도 인정하지만.

그 정도면 언제나 충분했다. 그가 한마디 던져놓으면 나머지는 다른 사람들이 알아서 떠들어주었기 때문에 그는 적당히 미소를 머금고 앉아 듣고 있기만 하면 되었다. 그것은 토론의 법칙이었다. 지식인이란 부류는 대개 음험한 속셈을 감추고 있어 좀처럼 자신의 속내를 드러내지 않았는데, 그것은 한편으론 자신의 약점이 드러날까봐 두려워했기 때문이고 다른 한편으론 아무하고도 적이 되고 싶지 않았기 때문이었다. 그러다보니 대화는 언제나 수박 겉 핥기식일 수밖에 없었으며 약장수는 그 점을 누구보다도 정확하게 간파하고 있었던 것이다.

그런데 문제는 수련이었다. 그녀의 집안 또한 조상 대대로 벼슬을 산 명문가에 수련도 제대로 교육을 받은 양갓집 규수로 행세를 했으나 창녀 출신인 그녀의 타고난 천기賤氣까지 속일 수는 없었다. 게다가 사내들이 한번 보기만 하면 영원히 머릿속에서 지워버릴 수 없는 미모까지 갖추고 있었으니 약장수가 늘 불안해한 것도 당연한 노릇이었다.

그런데 아니나 다를까, 결국 약장수가 우려하던 사태가 벌어지고 말았다. 어느 날 수련이 시장에 나가 장을 보는데 한 사내가 그녀를 알아본 거였다. 그는 전국의 장을 찾아 떠도는 엿장수로, 수년 전 평대의 유곽에서 만났던 수련의 뛰어난 미모를 잊지 않고 있었다. 주변이 환해질 만큼 아름다운 수련의 모습은 누구라도 좀처럼 잊기가 어려웠지만, 그가 특별히 수련을 기억하는 것은 오래전 수련이 포주에게 두들겨맞다 달아나 금복에 의해 구출됐던 그날 밤, 그녀와 사달을 일으켰던 손님이 바로 그였던 까닭이었다. 이미 오랜 시간이 흘렀지만 수련의 청초한 아름다움은 조금도 빛이 바래지 않았으며 오히려 한층 더 완숙해진 자태로 뭇 사내들의 시선을 끌고 있었다. 그는 수련에게 다가가 덥석 허리를 껴안았다.

—요년, 그동안 안 보이기에 어디 갔나 했더니 이렇게 먼 데까지 굴러왔구나. 우리 그날 일은 다 잊고 어디 가서 회포나 풀자꾸나. 단골이라고 공연히 바가지 씌울 생각은 말고.

수련은 그의 얼굴을 알아보고 기겁을 했다.

—이보시오! 사람을 잘못 보아도 유분수지, 멀쩡한 아녀자에게 이 무슨 난데없는 행짜요?

그녀는 영문을 모르고 벙벙히 서 있는 엿장수에게 짐짓 호통을 치고 자리를 떠났으나 다리가 후들거려 금방이라도 주저앉을 것 같았다. 수련이 집으로 돌아가 엿장수를 만난 얘기를 하자, 약장수는 뭔가 불길한 예감에 밥이 넘어가지 않았다. 아니나 다를까, 며칠 뒤 한 사내가 은밀히 약장수를 찾아왔다. 바로 그 엿장수였다. 그는 며칠 동안 수소문을 해 수련과 약장수가 감쪽같이 신분을 속인 채 그 도시에서 행세를 하며 살고 있다는 것을 알아냈다. 엿장수는 담배를 피워물며 약장수에게 말했다.

—살다보면 누구나 자신이 원치 않은 일을 할 때가 있죠. 저도 장바닥에서 엿이나 팔고 다니는 신세지만 뭐 형편에 따라서는 약을 팔 수도 있고, 또 정 급하면 몸을 팔 수도 있고…… 그렇지 않나요? 물론 저는 직업에 귀천이 없다고 생각합니다만, 세상 사람들은 대부분 그렇게 생각하지 않는 것 같더군요.

말을 빙빙 돌리는 엿장수를 노려보고 있던 약장수가 물었다.

—나한테 하고 싶은 얘기가 뭐요?

—글쎄요, 딱히 하고 싶은 얘기가 있다기보다는 그냥 문득 이런 생각이 들더군요. 내가 어떤 사실을 하나 알고 있는데, 그게 누군가에게는 꽤나 불편한 일이 될 수도 있겠구나, 하는 뭐 그런 생각 말입니다.

그러자 약장수가 단도직입적으로 물었다.

—원하는 게 얼마요?

—글쎄요, 그건 사장님이 비밀을 얼마나 지키고 싶어하느냐에 따라 달라지겠죠.

—말 돌리지 말고 원하는 게 얼만지나 얘기하쇼.

—정 그렇다면 얘기를 하지요. 평생 시골장으로만 떠돌다보니 저는 이제 목도 아프고 무릎도 다 망가졌어요. 그래서 이젠 그저 어디 조용한 시골에서 엿도가나 하면서 살고 싶은데, 모아놓은 돈도 없다보니 그것도 쉽지가 않더군요.

약장수는 엿장수에게 엿도가를 열 만한 돈을 내주었다. 제법 큰 돈이었지만 어쩔 수가 없었다. 대신, 엿도가를 열되 가능한 한 그 도시에서 멀리 떨어진 곳에 열 것이며 다시는 그들이 사는 도시에 얼씬도 하지 말라는 것이 조건이었다. 뜻밖의 횡재를 하게 된 엿장수는 입이 죽 찢어져 그리 하겠노라고 몇 번이고 다짐을 하며 돈을 받아쥐고 그 도시를 떠났다. 그런데 본시 만족을 모르는 게 사람의

마음이라 했던가, 불과 몇 달 지나지 않아 엿장수는 다시 약장수를
찾아왔다.

　—그것 참 이상한 일이죠. 나도 그 생각을 가능하면 잊어버리려
고 애를 쓰는데, 그러면 그럴수록 더 생각이 나더란 말입니다. 그
비밀을 간직하고 있는게 너무 힘들어서 어떤 땐 차라리 그냥 속시
원히 다 말해버리고 받은 돈을 돌려주는 게 나을 것 같기도 하고요.

　약장수는 다시 돈을 내줄 수밖에 없었고, 엿장수는 다음엔 더
많은 돈을 요구했다.

　—이러다간 답답해서 제명대로 못 살 것 같습니다.

　그러나 약장수는 한갓 엿장수의 농간에 끌려다니는 나약한 사
내가 아니었다. 그는 엿장수가 자신의 전 재산을 다 털어주기 전에
는 절대로 포기할 자가 아니란 걸 깨달았다. 그에겐 한 가지 선택
밖에 없었다. 그것은 바로 엿장수의 입을 영원히 봉해버리는 것이
었다. 그 도시에서 이미 자리를 잡은 마당에 구태여 위험을 무릅쓰
고 싶진 않았지만 그의 입을 막을 방도가 없는 한 그도 어쩔 수 없
는 일이었다. 그날 밤, 잠자리에서 약장수가 수련에게 넌지시 자신
의 계획을 털어놓자 가뜩이나 엿장수에게 감정이 많았던 수련도
쾌히 동의를 했다.

　며칠 후 엿장수가 다시 집으로 찾아왔을 때, 집엔 수련만 혼자
툇마루에 앉아 수를 놓고 있었다. 그녀는 엿장수에게 약장수는 급
한 볼일이 있어 잠깐 나갔으니 그동안 목이나 축이라며 술상을 내

왔다. 엿장수는 앞에서 술을 따라주는 수련의 고혹적인 자태에 홀려, 자신도 모르게 넙죽넙죽 그녀가 따라주는 대로 한정없이 술을 받아마셨다. 그리고 곧 대자로 길게 뻗어버렸다. 이때, 병풍 뒤에 숨어 있던 약장수가 나타났다. 그는 수련과 함께 뻗어버린 엿장수를 꽁꽁 묶어 뒤란으로 끌고 갔다. 그러곤 엿장수를 이미 파둔 구덩이에 산 채로 묻었다. 이제 모든 비밀은 땅속에 묻혀 영원히 지워진 것 같았다. 그렇게 이태가 흘렀다.

그런데 문제는 다시 수련이었다. 그녀는 한동안 약장수와 금슬 좋게 잘 지냈으나 나이도 많고 별 매력도 없는 약장수에게 점점 싫증을 내기 시작했다. 그러곤 곧 다른 사내와 사랑에 빠지고 말았다. 그것은 권태의 법칙이었다. 그녀의 새로운 연인은 약장수가 카페에서 만나 교류하던 한 시인이었다. 비록 중앙 문단에 이름을 올리진 못했으나 그는 그 도시의 향토 문인들로부터 율에 제법 격이 있다는 평을 듣고 있었다. 그는 우수에 찬 깊은 눈매와 부드럽고 긴 머리카락, 그리고 달콤한 목소리를 가진 사내였다. 두 사람은 약장수의 눈을 피해 밤낮으로 사랑을 나눴다. 그러던 어느 날, 시인을 지나치게 믿은 수련은 그만 자신이 가진 모든 비밀을 털어놓고 말았다. 그것은 사랑의 법칙이었다. 시인은 자신이 사랑한 여자가 실은 과거에 창녀였으며 심지어는 남편과 공모해 사람을 죽이기까지 한 무서운 여자라는 사실에 심한 충격을 받았다. 그런 끔찍한 비밀을 혼자서 간직하고 있기에는 너무 여린 감성이 문제였다.

이즈음 약장수에게도 안 좋은 일이 생겼다. 한 평론가 그룹과 카페에서 대화를 나누던 중 큰 실수를 한 것이었다. 여러 복잡한 일로 정신이 없었던 통에, 그는 바로 얼마 전 그 카페에서 주워들은 얘기를 다른 자리로 착각하고 그만 그 자리에서 앵무새처럼 되풀이하고 말았다. 상대가 자신의 부족인지 아닌지를 다른 어떤 부류보다도 더 예민하게 감지하는 그들은 마침 얼마 전부터 약장수의 수상쩍은 언동을 주의해 지켜보고 있던 참이었다. 누군가 약장수에게 그 사실을 지적했다.

—선생, 그건 이미 지난주에 최선생이 한 말 아니오?

그러자 비로소 약장수는 자신의 실수를 깨달았다. 그는 당황해서 횡설수설했다.

—하하하, 그러게 말이오. 그러니까 내 말은 최선생의 생각이 내 생각이고 내 생각이 바로 최선생의 생각이니 우리 두 사람의 생각이 결국은 한생각이다 이 말이오. 그런데 이번 연주회는 별반 새로운 게 없었던 것 같은데 여러분들 생각은 어떤가요?

그는 이번에도 애써 화제를 돌리려고 했지만 아무도 호응을 해주는 사람이 없었다. 그들은 차가운 눈길로 약장수를 쳐다보았다. 어색하고 무거운 침묵이 흘렀다. 아무도 물리적인 폭력을 쓰진 않았지만, 그들은 마치 이리 무리에 잘못 끼어든 승냥이를 쫓아낼 때

처럼 냉담하고 잔인해져 있었다. 그것은 지식인의 법칙이었다. 약
장수는 모든 것이 끝장났으며 자신이 떠날 때가 왔다는 것을 깨달
았다. 그는 힘없이 어깨를 늘어뜨리며 자리에서 일어섰다. 그는 카
페를 떠나기 전 좌중을 둘러보며 마지막으로 한마디했다.

　—이보시오들, 이제 심판은 그만두고 링 위에 한번 올라가보는
게 어떻겠소?

　약장수가 집으로 돌아왔을 땐, 이미 형사들이 그를 기다리고 있
었다. 그는 결국 세상에는 비밀을 함께 나눌 사람이 아무도 없으며
비밀은 오직 혼자만이 간직하고 있을 때에라야 비로소 비밀이라
는 것을 뒤늦게 깨달았다. 그는 모든 것을 순순히 자백했다. 경찰
은 그의 집 뒤뜰에서 이미 심하게 부패한 엿장수의 시체를 찾아냈
다. 수련도 약장수와 함께 범죄를 공모한 죄목으로 체포되었다. 그
것이 그녀가 춘희가 있는 감방으로 오게 된 사건의 전말이었다.

　한때 왕족으로 잘못 알려졌던 약장수는 얼마 뒤 사형대에 목이
달리고 말았다. 하지만 수련은 뛰어난 미모로 교도소장의 눈에 띠
어 사형이 연기되었다. 교도소장은 자신의 사무실 옆에 있는 특별
감방에 수련을 가둬놓고 수시로 드나들며 욕정을 해결했다. 그곳
은 그에게 있어서 정확하게 화장실과 같은 곳이었다. 하지만 퇴임
을 하면서 그는 자신의 지저분한 과거가 드러날 것을 염려해 오랫
동안 변기와 같은 역할을 한 수련을 서둘러 사형대로 보내고 말았

다. 그렇게 해서 약장수와 창녀였던 두 사람의 파란 많은 인생은 모두 형장에서 마감하고 말았다.

출옥

　—네년이 아직 살아 있다고 해서 운이 좋다고 생각하면 그건 큰 오산이야. 난 밖에 나가서도 얼마든지 벙어리, 네년을 죽일 수가 있으니까. 다른 죄수들을 시켜서 죽일 수도 있고 네가 처먹는 밥에 몰래 독약을 넣을 수도 있지.

　간호사는 출감 명령을 받고 짐을 정리하는 중이었다. 춘희가 수감된 지 오 년째 되던 해였다. 그녀는 멀뚱하게 쳐다보는 춘희를 바라보다 문득 한숨을 내쉬며 말했다.

　—솔직히 난 네가 죽일 만큼 가치가 있는 년인지 아닌지 아직도 모르겠어. 그럴 만한 가치도 없는 년을 죽인다는 건 의미가 없거든. 그렇다고 안심하진 마. 생각은 언제라도 바뀔 수 있는 거니까.

　그리고 나가기 전에 춘희에게 마지막으로 한마디 더 속삭였다.

　—넌 말을 못하는 벙어리니까 내가 한 가지 비밀을 말해주지. 철가면, 그 새끼를 죽인 건 바로 나야. 그러니까 난 네년에게 생명의 은인인 셈이기도 하지. 하지만 고마워할 필요는 없어. 난 그 새끼가 내 대신에 너를 죽이는 게 기분 나빴을 뿐이니까.

　교도소 역사상 최대의 미스터리였던 철가면의 죽음에 대한 비밀이 풀리는 순간이었다. 하지만 간호사는 어떤 방법으로 철가면을 죽였는지는 끝내 밝히지 않았다. 가면에 몰래 비소를 뿌려놓았다는 소문도 있었고 음식에 독약을 탔다는 소문도 있었지만 결국 모든 건 그녀 혼자만이 아는 비밀이 되었다.

간호사는 교도소에서 출감한 뒤 곧 유곽을 열고 매춘업을 시작했다. 그것은 앞서 사형당한 포주가 남긴 비밀수첩을 우연히 습득했기 때문에 가능한 일이었다. 수첩에는 창녀가 되기로 약조한 여자들의 명단이 빼곡히 적혀 있었고 그녀는 수첩에 작성된 명단을 근거로 자신에게 돈을 벌어줄 창녀들을 어렵지 않게 확보할 수 있었다. 사업은 번창했고 그녀는 외로움을 달래러 찾아온 사내들에게 말하곤 했다.

─제발이지, 살살 좀 다뤄주세요. 이애들은 물풍선처럼 터지기가 쉽거든요.

간호사가 출감하고 다시 몇 해가 흘렀다. 그러는 동안 춘희도 나이를 먹어 이미 한창때가 지나 있었다. 온전히 교도소에서 젊음을 모두 보내버린 셈이었다. 그동안 죄수들도 바뀌고 간수들도 바뀌어 교도소는 새로운 사람들로 채워졌다. 철가면과 미장이, 간호사와 포주에 대한 이야기는 이미 잊혀진 지 오래였다. 춘희의 괴력과 그가 철가면의 얼굴을 물어뜯은 사건도 잊혀졌다. 감방 안은 새로운 죄수들의 새로운 이야기로 채워졌다. 그것은 감방의 법칙이었다. 바크셔는 감방 안에서 가장 오래된 수감자가 되었지만, 아무도 그녀에게 신경을 쓰지 않았다. 한때 형질 인류학적 차원에서 그녀에게 깊은 관심을 보였던 교도소장도 이미 그녀를 까마득히 잊고 있었다. 여죄수 하나에 신경을 쓰기에는 너무 바빴기 때문이었다.

그간 춘희의 수형생활은 침묵과 망각의 시간으로 채워졌다. 그녀는 사람들이 두려웠다. 그래서 언제나 사람들을 피해 구석자리를 찾아다녔다. 그동안 새순처럼 여리고 무구한 춘희의 감성은 깊은 상처를 입었다. 그러나 춘희는 자신의 상처를 어떤 뒤틀린 증오나 교묘한 복수심으로 바꿔내는 술책을 알지 못했다. 고통은 그저 고통일 뿐 다른 어떤 것으로도 환치되지 않았다. 상처는 지워지지 않았고 그녀의 가슴 한가운데엔 고통이 화석처럼 굳게 자리를 잡았다. 그것이 춘희의 방식이었다.

춘희는 자리에 누울 때마다 다른 사람들처럼 감쪽같이 사라지는 꿈을 꾸었다. 그러나 눈을 뜨면 언제나 사방이 가로막힌 교도소일 뿐이었다. 그래서 그녀는 과거의 기억 속으로 여행을 떠났다. 그것은 일찍이 철가면으로부터 혹독한 고문을 당하면서 터득한 방법이었다. 그녀는 여행을 통해 과거의 즐거운 시간들을 반복해서 살았다. 코끼리 점보도 만나고 쌍둥이자매도 만났다. 그들은 언제나 한결같이 환하게 빛나는 얼굴이었다. 개망초가 무성히 피어 있는 벽돌공장도 그녀가 여행중에 자주 머무는 곳이었다. 그러나 그녀가 가장 좋아하는 순간은 바로 엄마의 품속에 있을 때였다. 그 것은 그녀가 가장 원하는 것이었으되 끝내 얻지 못한 것이었다. 그 녀가 그렇게 환상에 머물러 있는 동안 교도소의 시간은 천천히 흘 러가 새로운 상황을 준비하고 있었다.

장군은 정치적으로 위기를 맞고 있었다. 선거가 다가오면서 그 는 자신이 다시 선출되리라는 확신을 가질 수 없었다. 정적들은 더 욱 거세게 그를 압박해왔고 민심은 그를 떠난 지 오래였다. 그는 마지막으로 승부수를 던졌다. 자신이 죽을 때까지 영원히 집권하 겠다는 내용을 담은 새로운 법률을 공포한 것이었다. 그것은 독재 의 법칙이었다. 반대파들은 극렬하게 저항을 했지만, 법률에 따르 면 그 법률에 반대하는 것조차도 불법이었다. 대신 그는 민심을 수 습하기 위해 여러 가지 조치를 단행했는데, 그 가운데 하나가 죄수 들을 상대로 사면령을 내린 것이었다. 그것은 국가가 독립한 이후 가장 큰 규모였으며 그 안엔 미결수도 다수 포함되었다. 그리고 사 면 대상이 될 죄수들 명단에는 바크셔, 춘희의 이름도 포함되어 있 었다. 그녀가 교도소에 수감된 지 만 십 년째 되던 해 여름의 일이 었다.

춘희는 다른 죄수들과 함께 아침 일찍 교도소 문을 나섰다. 다 른 죄수들은 수감 당시에 맡겨놓거나 가족이 가져다준 사복으로 갈아입었지만 춘희는 옷이 없었기 때문에 푸른 수의를 입은 채 밖으로 나왔다. 교도소 입구에는 사면된 죄수들을 마중나온 가족들이 하얗게 몰려나와 있었다. 환호성을 지르는 자들도 있었고 더러 우는 자들도 있었다. 함지를 인 아낙들이 돌아다니며 출소한 죄수들에게 먹일 두부를 팔고 있었다. 정치범으로 구속되었다 풀려난 자들은 함께 모여 구호를 외치기도 했다. 출소한 죄수들은 가족이 건네주는 두부를 베어먹으며 한결같이 목이 메었다.

춘희를 마중나온 사람은 아무도 없었다. 춘희는 갑자기 사방으로 열린 드넓은 공간이 낯설어 어지럼증을 느꼈다. 사람들의 시끄러운 소리가 사라지고 출소자들이 하나둘 떠날 때까지도 그녀는 그 자리에 멍하게 서 있었다. 머리가 깨질 듯이 아팠지만 아무런 생각도 떠오르지 않았다. 마침내 사람들이 모두 떠나고 넓은 공터엔 춘희만 혼자 남게 되었다. 그러는 동안 해는 점점 높이 떠올라 따가운 뙤약볕이 그녀의 머리 위에 쏟아지기 시작했다. 그녀는 햇볕을 피해 교도소 담장 아래에 가서 쪼그리고 앉았다.

이때, 커다란 함지를 인 한 늙은 여자가 그녀를 향해 걸어왔다. 교도소 앞에서 두부를 팔던 노파였다. 그녀는 팔다 남은 두부 한 모를 춘희 앞에 불쑥 내밀었다. 춘희는 그녀를 올려다보았다. 까맣게 썩은 이와 옴폭 들어간 쥐눈! 무당의 입을 빌려 으스스한 공수를 쏟아내던 저주의 신령! 수백 명의 목숨을 화마의 구덩이로 밀어넣은 복수의 화신! 바로 국밥집 노파였다. 춘희는 노파의 얼굴이 낯이 익다고 생각하다 문득 그 옛날 고래극장에서 비상구를 걸어잠그던 그녀의 모습이 떠올랐다. 그리고 그 소름끼치는 웃음도 생각났다. 그러나 노파는 당시의 그 무서운 얼굴이 아니었다. 그녀는 어딘가 지치고 외로운 표정이었다.

노파는 겁에 질려 쳐다보는 춘희를 보고 썩은 이를 드러내며 희미하게 웃어 보였다. 그리고 어서 두부를 받으라는 듯 눈짓을 했다. 춘희는 조심스럽게 손으로 두부를 받아들었다. 그리고 천천히 두부를 베어먹었다. 비릿한 콩냄새가 그다지 나쁘지 않았다. 노파는 마치 무거운 짐을 내려놓은 듯 홀가분한 표정으로 옆에서 춘희가 먹는 양을 지켜보다 어느샌가 함지를 이고 어디론가 사라졌다. 그것이 일찍이 남의 집 부엌살이로 떠돌다 딸에게 연인을 빼앗기고 버려지처럼 땅바닥을 기어다니며 지독하게 돈을 모았지만 끝내 한푼도 못 써보고 결국 그 돈 때문에 목숨까지 잃어 한 많은 생을 마감했지만 수많은 사람들을 불에 타 죽게 함으로써 스스로 복수를 완성한 노파의 마지막 모습이었다. 노파가 사라진 뒤에도 춘희는 그 자리에 앉아 두부 한 모를 남김없이 꾸역꾸역 목 안으로 밀어넣었다.

잠시 후, 그녀는 자리에서 일어나 담장에 기대어 사방을 둘러보았다. 눈 안에 들어온 풍경은 한없이 낯설기만 했다. 뭔가를 망설이듯 잠시 멈칫하던 춘희는 마침내 남쪽을 향해 천천히 걸음을 옮겨놓기 시작했다.

귀환

　화산재에 파묻힌 고대도시처럼 평대는 세상에서 완전히 자취를 감추었다. 그날의 대화재로 가족을 잃은 사람들은 슬픔을 잊기 위해 저주가 내린 땅을 서둘러 떠났고, 사람들이 떠나 파리만 날리던 장사꾼들이 좌판을 접었고, 건물을 지을 일이 없어진 막일꾼들이 새로운 희망을 찾아 떠나자 그들을 상대하던 여자들도 짐을 쌌고, 여자들이 떠나면서 옷가게와 화장품가게가 문을 닫았고, 그러자 할 일이 없어진 간판집 주인과 복덕방 늙은이도 간판을 내렸고, 뜨내기들이 모두 떠나자 딱히 떠날 이유가 없는 토박이들까지도 친구 따라 강남 간다는 식으로 썰물처럼 빠져나가, 더이상 할 일이 없어진 관공서들도 뒤늦게 철수를 했고, 더이상 전도할 대상이 없어진 목사도 마지막으로 교회 문을 닫아, 평대는 마치 전염병이 휩쓸고 간 도시처럼 대낮에도 사람의 그림자라고는 찾아볼 수가 없었다.

　춘희는 기차역 앞을 걸어가고 있었다. 그녀가 벽돌공장으로 돌아온 후 열흘 뒤의 일이었다. 공장 밖을 나서는 게 두려웠지만 끝내 배고픔을 견디지 못하고 먹을 것을 찾아나선 길이었다. 한때 흥성거리던 기차역은 불이 난 이듬해에 이미 폐쇄되어 기차는 더이상 평대에 멈추지 않았다. 사람들이 모두 떠난 평대는 타다 남은 건물의 잔해만 남아 마치 유령의 도시처럼 쓸쓸하고 적막해 보였다. 한동안 주인을 잃은 개들만이 먹을 것을 찾아 거리의 쓰레기통을 뒤지고 다녔지만 그나마도 얼마 지나지 않아 모두 벌판으로 흩어졌다.

춘희는 거리를 따라 천천히 걷고 있었다. 그 옛날 자신이 모루를 훔쳤던 대장간과 쌍둥이자매가 춘희를 데리고 자주 들렀던 화장품가게는 불에 탄 채 골조만 남아 있었다. 또한 목사가 금복의 욕정을 해결해주고 그 대가로 벽돌을 얻어다 지은 교회건물도 불에 타, 반쯤 꺾인 십자가만 건물 꼭대기에 매달려 바람에 흔들리고 있었다. 창문 틈으로 흘러나오던 간절한 기도 소리도 끊기고 찬송가 소리도 사라져 교회엔 괴이한 적막감만이 감돌 뿐이었다.

잠시 후, 춘희는 자리를 옮겨 다방건물 앞에 서 있었다. 그곳은 한때 죽은 점보를 박제해서 세워놓은 자리였다. 다방건물은 요행히 유리창이 깨지지 않은 채 남아 있었고 그 위에 씌어 있는 다방의 상호도 비교적 선명했다. 춘희의 귀엔 어디선가 그 옛날 전축에서 흘러나오던 구슬픈 노랫소리가 들리는 듯했다. 춘희는 쌍둥이자매와 점보를 떠올리며 울컥 목이 메었다. 그녀는 하루에 두 번씩 점보의 등을 타고 지나갔던 큰길을 굽어보았다. 길 한복판엔 사람들이 이룩해놓은 문명의 흔적을 비웃기라도 하듯 한 길이 넘는 수크령이 당당하게 우뚝 솟아나 있었다. 자연은 그렇게 서둘러 사람

450

의 자취를 지워가고 있던 참이었다.

그녀는 불에 탄 건물들 사이를 걸어가다 문득 눈앞을 가로막고 있는 거대한 극장과 마주쳤다. 그곳은 춘희가 자신의 엄마인 금복을 마지막으로 만난 곳이었다. 모든 비극의 시발점이자 종착점이었던 고래극장은 특히나 눈에 거슬리는 흉물로 남아 지난날의 덧없는 영화를 말해주고 있는 듯했다. 표를 사기 위해 몰려든 관객들로 복작거렸던 매표소 앞엔 그때까지도 용케 살아남은 늙은 개 한 마리가 기둥에 묶인 채 외로움과 배고픔에 지친 표정으로 엎드려 있었다. 오랫동안 제대로 먹지를 못해 바싹 여윈 개는 마치 걸레를 뭉쳐놓은 것처럼 지저분해 보였다. 그 개는 바로 오래전 금복이 수련을 위해 사들였다가 그녀가 싫증을 내는 통에 극장 앞에 묶어두었던 바로 그 양치기 개였다. 그 개가 어떻게 불길 속에서 죽지 않고 살아남았는지, 그리고 어떻게 기둥에 묶인 채 그렇게 오랜 세월 자리를 지키고 있는지는 알 수 없는 노릇이었다. 가엾은 양치기 개는 사람을 보고도 짖을 힘조차 없는지 진물이 흘러내리는 눈으로 무심하게 춘희의 움직임을 좇을 뿐이었다.

불에 탄 극장을 둘러보던 춘희는 문득 무너진 건물 사이로 뭔가 햇빛에 반짝이는 물체를 발견했다. 그녀는 벽돌을 헤치고 그 반짝이는 물건을 집어들었다. 그것은 바로 라이터였다. 금복이 평소에 가지고 다니다 끝내 수많은 사람들의 목숨을 앗아갔던 하얀 은제 라이터는 십 년이 지난 그때까지도 조금도 녹이 슬지 않아 마치 공

장에서 방금 나온 듯 영롱하게 반짝였다. 춘희는 뚜껑을 열고 조심
스럽게 라이터를 켜보았다. 그러자 놀랍게도 심지에 불이 붙었다.
이미 휘발 성분이 남아 있을 리 없었고 누군가 새로 기름을 넣었을
리도 없을 텐데 라이터는 십 년 전 그대로 단아한 불꽃을 피워올렸
다. 신기한 일이었다. 본능적으로 그것이 자신의 생존에 필요한 물
건임을 깨달은 춘희는 라이터를 수의 윗주머니에 집어넣었다.

그날 춘희는 하루종일 마을을 뒤지고 다녔지만 생활에 필요한
도구들만 몇 가지 챙겨왔을 뿐, 끝내 먹을 것을 찾지 못한 채 공장
으로 되돌아왔다. 춘희는 그렇게 마지막으로 평대를 다녀간 사람
이 되었고, 불과 몇 년 뒤, 폐허만 남은 평대는 지도상에서조차 이
름이 지워져 그 존재가 영영 사라지고 말았다.

춘희가 공장으로 돌아온 뒤의 일은 그다지 알려진 바가 많지 않
다. 왜냐하면 그녀는 혼자 고립된 채 죽을 때까지 공장을 떠나지
않아 아무도 그녀의 이야기를 전해줄 사람이 없었기 때문이다. 그
럼에도 불구하고 이렇게 그녀의 이야기를 이어갈 수 있는 것은 바
로 한 숭고한 생명체가 남겨놓은 치열한 생존의 흔적 때문이다. 수
십 년이 지나 공장을 찾은 건축가는 근처에 널려 있는 수많은 짐승
들의 뼈와 짐승을 잡는 데 쓰인 것으로 보이는 몇 가지 사냥도구,
그리고 빈 벌통을 몇 개 발견했다. 춘희는 또한 자신이 만든 벽돌
에 그림을 그려넣음으로써 희미하게나마 그녀의 남은 생이 어떠

했는지를 세상에 전했다. 따라서 이후의 이야기는 모두 그 흔적에 근거해 구성된 것임을 미리 밝히는 바이다. 이야기는 계속된다.

공장에 들어간 춘희는 죽을 때까지 단 한 번도 세상에 나오지 않았다. 그녀에게 있어서 세상은 이해할 수 없는 무질서와 부조리로 가득찬 낯선 세계였으며 끔찍한 증오와 광포함이 넘치는 야만의 세계였다. 사람이 과연 세상으로부터 완전하게 고립되어 산다는 게 가능한 걸까? 춘희는 자신의 남은 생을 통해 그 한 예를 보여주었다. 그녀가 공장에 돌아온 뒤 제일 먼저 부딪친 문제는 바로 배고픔이었다. 그것은 가장 엄정하고 치열한 생존의 문제였으며 그 고통은 일찍이 에덴을 떠난 아담과 이브에게 내려진 형벌처럼 죽을 때까지 그녀의 뒤를 따라다녔다.

처음 몇 해 동안 그녀는 단지 생존하기 위해서 살아가는 한 마리의 짐승과도 같았다. 그녀는 계곡을 뒤져 가재와 수달을 잡아먹었고 산속에 올무를 놓아 노루와 고라니, 너구리와 오소리 등을 닥치는 대로 잡아먹었다. 개구리나 도롱뇽 같은 양서류는 물론이고 매미나 메뚜기, 방아깨비 같은 곤충들도 좋은 먹잇감이었다. 그러는 동안 그녀의 육체는 사냥을 하기에 알맞도록 진화를 거듭했다. 특유의 오감은 더욱 예민해졌고 움직임은 놀랄 만큼 날래져 그녀는 곧 뛰어난 사냥꾼이 되었다. 교도소 안에서 미장이의 팔을 단숨에 부러뜨렸던 그 무시무시한 힘과 그 어떤 곤충보다도 뛰어난 오감이 그녀를 단숨에 훌륭한 사냥꾼으로 만들었던 것이다. 그녀는 늑대처럼 예민하게 냄새를 맡았고 곰처럼 억센 팔로 먹이를 낚아 챘다. 얼마 지나지 않아 그녀는 야생동물뿐만 아니라 계곡을 따라 늘어진 으름덩굴에서 속살이 하얀 열매를 따먹기도 했고 비가 오고 난 뒤 누군가 산 전체에 흩뿌려놓기라도 한 것처럼 지천으로 솟아난 버섯을 채취해 먹기도 하는 등, 점차 채집에도 눈을 뜨게 되었다.

야생에서 먹이를 구하는 것은 위험한 일이기도 했다. 가시덤불과 엉겅퀴는 그녀의 살갗을 찢어놓았고 뱀은 그녀의 뒤꿈치를 물었다. 살쾡이와 승냥이처럼 보다 큰 짐승을 잡기 위해서 그녀는 온몸에 상처를 입는 위험을 무릅써야 했고 독버섯을 잘못 먹고 며칠간 고열에 시달리기도 했다. 어느 해 가을엔 겨울잠을 자기 위해 몸집을 한껏 불린 반달곰을 만나 자신의 목숨까지 내걸어야 했다. 곰의 위험성을 미처 깨닫지 못한 그녀는 어설프게 달려들었다가 그만 곰의 앞발에 가슴을 채고 말았던 거였다. 젖가슴이 찢어져 갈비뼈가 허옇게 드러날 만큼 깊은 상처를 입었지만 그녀는 물러서지 않았다. 그녀는 곰의 목을 물어뜯고 주먹으로 머리를 내리쳤다. 결국 두 시간이 넘는 사투 끝에 그녀는 한동안 배불리 먹을 수 있는 고기와 겨울에 입을 가죽을 얻을 수 있었지만 가슴에 입은 상처로 며칠간 죽음의 문턱을 넘나들어야 했다.

야생에서 얻을 수 있는 먹이는 대부분 거칠고 그 양이 턱없이 부족하게 마련이었다. 더구나 겨울이 오면 먹이를 구하는 것이 더욱 힘들어져 그녀는 주린 배를 움켜쥐고 며칠 동안 눈 덮인 벌판을 헤맬 때도 많았다.

하지만 그녀는 행복했다. 더이상 바크셔라고 부르는 간수도 없었고 굵은 쇠창살과 드높은 담장도 없었기 때문이었다. 곤봉으로 때리는 사람도 없었고 고함을 치며 죽이겠다고 위협하는 사람도 없었다. 더이상 칠흑같이 어둡고 좁은 징벌방에 갇힐 일도 없었다. 추위와 배고픔, 외로움과 무료함은 그에 비하면 그래도 견딜 만한 것이었다. 그녀는 점점 더 민첩해졌고 곧 남발안의 계곡 안에서 그 어떤 포식동물보다도 위협적인 존재가 되었다.

한 해, 혹은 두 해가 흘렀다. 어쩌면 더 많은 시간이 흘렀는지도 모른다. 그녀는 누구보다도 더 예민하게 계절이 바뀌는 것을 감지했지만 날짜를 세는 법을 배우지 못했기 때문에 몇 년이 흘렀는지 알 수 없었다. 교도소에서 나올 때 입고 나왔던 수의는 이제 다 떨어져 더이상 옷으로서의 기능을 하지 못했다. 거친 들판과 계곡을 헤매느라 수의는 닳을 대로 닳았고 사나운 짐승들의 발톱에 찢겨 걸레처럼 너덜너덜해졌으며 잎맥만 남은 겨울의 나뭇잎처럼 더이상 부끄러운 속살을 감춰주지도, 추위를 막아주지도 못했다. 그래서 겨울에는 그녀의 먼 조상이 그랬듯이 자신이 포획한 짐승의 가죽을 걸쳤다. 그녀는 무두질하는 법을 몰랐기 때문에 참나무 껍질처럼 딱딱한 가죽은 살갗을 쓸어 피부를 짓무르게 했다. 공장 마당 한쪽엔 먹고 남은 짐승의 뼈들이 쌓여갔고 그녀의 삶은 점점 더 원시와 야만의 상태로 돌아갔다.

어느 봄날 오후, 그녀는 벽돌가마에 기대 한가로이 햇볕을 쬐고 있었다. 유난히 춥고 눈이 많이 내린 겨울을 나느라 따뜻한 햇볕이 더없이 그리웠던 것이다. 그날 아침엔 운좋게도 멧돼지 새끼 한 마리가 올무에 걸려 모처럼 포식을 한 뒤였다. 가죽을 벗기고 남은 고기는 깨끗이 손질을 해두어 당분간 식량 걱정을 할 필요도 없었다. 마침내 길고도 혹독한 겨울이 끝나 그녀는 마음이 한껏 편안했다. 살금살금 졸음이 밀려오기도 했다. 기실, 겨울만 아니라면 온갖 야생동물뿐만 아니라 머루와 다래, 으름과 개복숭아 등 갖가지 열매들과 버섯이 풍부한 남발안의 계곡은 한 생명을 품어주기에 조금도 모자람이 없었다.

춘희는 일꾼들과 함께 벽돌을 찍어내고 있었다. 진흙을 틀에 넣고 다져 새끼줄로 싹 긁어낸 후 틀을 빼내면 다섯 장씩 나란히 벽돌이 찍혀나왔다. 처음에 춘희는 벽돌이 찍혀나오는 것이 신기해 놀이 삼아 끼어들었지만 어린 마음에도 점차 그 행위에 놀이 이상의 의미가 있다는 것을 깨닫게 되었다. 文은 언제나 말하곤 했다.

춘희야, 둥글다고 다 시루가 아니듯 네모나다고 해서 다 벽돌은 아니란다.

그녀는 그 말의 의미를 몰랐지만 구워놓은 벽돌을 만져보는 文의 반응을 보고 어떤 벽돌이 제대로 만들어진 벽돌인지를 알게 되었다. 공장 마당엔 이곳저곳에서 진흙을 찍어내고 불을 때느라 수많은 일꾼들이 가득 들어차 있었다. 일정한 리듬에 맞춰 작업을 하는 일꾼들은 고된 일에도 아랑곳 않고 한결같이 환한 미소를 띠고 있었다. 진흙을 다지는 일꾼들은 발을 구르며 흥겨운 노동요를 흥얼거렸다. 文은 바쁘게 일꾼들 사이를 비집고 다니며 이것저것 참견을 했다. 공장은 사내들이 뿜어내는 떠들썩한 열기와 순정한 노동의 기쁨에 휩싸여 명절 즈음의 장터처럼 흥성거렸다. 춘희도 저절로 신이 나 부지런히 벽돌을 찍어댔다. 그러다 어느 순간, 춘희는 문득 文과 일꾼들이 모두 사라졌다는 것을 깨달았다. 텅 빈 마당은 한없이 넓어 보였고 주변은 괴이하리만치 적막했다. 춘희는 갑작스런 상실감에 가슴이 무너져내리는 듯했다.

꿈이었다. 짧은 낮잠에서 깨어난 춘희의 눈앞엔 무너진 가마와 굴뚝의 밑동만 남아 있는 쇠락한 풍경이 쓸쓸하게 펼쳐져 있었다. 춘희는 한동안 허탈감에 잠겨 멍하게 앉아 있었다. 그러다 문득 마당에 나뒹굴던 벽돌이 한 장 눈에 들어왔다. 춘희는 벽돌을 집어들었다. 벽돌은 깨진 데 없이 멀쩡했다. 햇볕에 데워져 따뜻해진 벽돌을 만지작거리는 동안 그녀의 머릿속엔 어떤 생각이 안개처럼 희미하게 피어올랐다. 춘희는 그 애매한 생각을 붙잡으려는 듯 눈을 가늘게 떴다. 막연하던 생각은 시간이 지날수록 점점 더 분명해졌고, 마침내 한 생각이 그녀의 머릿속에 불꽃처럼 솟아올랐다.

골짜기

그녀는 부서진 가마를 손보고 굴뚝을 다시 일으켜세웠다. 그리고 진흙을 이기기 시작했다. 진흙을 다시 만지는 순간, 춘희는 처음 그것을 만졌을 때 느꼈던 운명적인 일체감을 단숨에 회복했다. 알싸한 흙냄새와 손에 와 닿는 진흙의 촉감은 여전히 그녀의 마음을 차분하게 가라앉혔으며 그 옛날 자신이 태어나던 순간의 마구간 풍경을 떠올리게 했다. 진흙을 이겨 틀에 넣고 밟아 벽돌을 찍어내고 나무를 베어 가마에 채우는 일까지, 그녀는 그 모든 과정을 혼자만의 힘으로 해냈다. 그것은 전문적인 기술자와 여러 명의 장정이 달라붙어도 쉽지 않은 일이었다. 또한 그녀가 비록 文의 옆에서 벽돌 굽는 기술을 배웠다고는 하나, 복잡한 공정과정을 모두 이해한 것은 아니었다. 그러나 그녀는 마침내 벽돌을 만들어 가마에 가득 채우고 라이터를 꺼내 불을 붙였다. 잘 마른 장작이 타오르며 가마 안으로 불길이 빨려들기 시작했다. 그것은 한 외로운 영혼의 희원이 담긴 불길이었다.

얼마 전 춘희가 꿈에서 깨어나 벽돌을 만지작거리고 있을 때, 그녀의 머릿속엔 한 가지 생각이 떠올랐다. 그것은 자신이 벽돌을

458

만들고 있으면 언젠가 사람들이 다시 돌아오리라는 것이었다. 비록 사람들을 피해 공장으로 들어오긴 했지만 그녀는 떠나간 사람들을 그리워했으며 평화로웠던 지난 시절로 돌아가기를 간절히 소망했다. 그녀는 사람들이 공장을 떠난 이유가 가마가 부서지고 굴뚝이 무너져 더이상 벽돌을 만들 수가 없기 때문이라고 생각했다. 그래서 자신이 다시 굴뚝을 세워 벽돌을 구워낸다면 일꾼들이 돌아올 거라고 믿었다. 그러면 文도 돌아올 테고, 그녀의 엄마 금복도 낯설고 차가운 사내의 모습이 아니라 이전의 다정하고 활달했던 여장부의 모습으로 돌아올 거라고 믿었다. 그래서 어쩌면 쌍둥이자매와 생선장수, 그리고 점보도 다시 돌아와 공장은 꿈속에서처럼 떠들썩한 열기로 넘칠 거라고 생각했다.

그녀는 여러 번의 실패를 거듭했다. 생각대로 벽돌이 구워지지 않은 것이다. 벽돌은 손안에서 힘없이 부서져내렸다. 그녀는 쉽게 절망하지 않았다. 다시 진흙을 이겨 벽돌을 찍어내고 굽는 과정을 반복했다. 실패를 반복하는 동안 그녀는 이전의 감각을 조금씩 회복해갔다. 그녀의 예민한 촉각은 벽돌을 한번 만져보기만 해도 진흙의 차진 정도와 머금은 물기의 양을 가늠할 수 있었으며 얼굴에 와 닿는 열기를 통해 불길을 조절할 수 있었다. 춘희는 꼭 필요한 만큼만 먹이를 구하고 나머지 시간은 모두 벽돌을 만드는 데 쏟았다.

뜨거운 여름이 지나는 동안, 기술은 갈수록 정교해졌고 벽돌은 점점 더 단단해졌다. 그리고 마침내 그해 가을, 춘희는 文과 함께 있을 때처럼 품질이 뛰어난 벽돌을 구워낼 수 있게 되었다. 춘희는 벽돌을 집어들고 文의 칭찬을 기대하며 옆을 돌아보았다. 하지만 거기엔 아무도 없었다. 그녀는 사람들이 멀리서도 볼 수 있도록 공장 한쪽에 차곡차곡 벽돌을 쌓기 시작했다. 모든 일을 혼자서 하다보니 작업은 더뎠고 하루에 구워낼 수 있는 벽돌의 양은 불과 수십 장에 지나지 않았다. 그러나 춘희는 조금씩 쉬지 않고 벽돌을 쌓아나갔다. 흙과 불과 물로 빚어낸 벽돌은 공간을 가르고 비바람을 막아줄 뿐만 아니라 온기를 보존하고 공기를 정화해주는 훌륭한 건축자재였지만 그런 실용적인 쓰임새는 춘희에겐 아무런 의미가 없었다. 그녀에게 벽돌은 떠나간 사람들을 향한 비밀스런 신호이자 잃어버린 과거를 불러오는 영험한 주술이었던 것이다.

가혹한 야생에서 혼자 생활하는 동안 춘희는 여러 번 죽음과 직면해야 했다. 거대한 곰을 만났을 때나 독버섯을 잘못 먹었을 때도 그랬지만, 가장 치명적인 것은 사나운 곰이나 표범이 아니라 실처럼 가는 한 마리의 작은 벌레였다.

사충蛇蟲.

그것은 일찍이 춘희가 뱀과 개구리를 날로 먹는 바람에 감염된 기생충의 일종이었다 스파르가눔이라고도 불리는 그 실벌레는 피하조직에 기생하며 마치 악성종양처럼 몸 이곳저곳에 둥근 모양의 종괴腫塊를 만들었다. 춘희의 예민한 감각은 자신의 몸속에 낯설고 치명적인 생명체가 틈입해들어왔다는 것을 알아챘지만 인적이 없는 깊은 계곡에서 달리 치료할 방법이 없었다. 춘희는 참을 수 없는 가려움증에 온몸을 긁어댔지만 그러는 동안에도 사충은 그녀의 몸을 숙주로 무섭게 번식해갔다.

만일 춘희가 남달리 강인한 몸을 가지고 있지 않았다면 그녀의 육체는 이미 파괴되어 죽음을 맞았을지도 모를 일이었다. 하지만 춘희는 꾸준히 벽돌을 구워내며 버텼다. 실벌레는 춘희의 몸속에 알을 슬어 그녀의 몸 곳곳에 퍼져나갔다. 급기야 그것은 눈과 뇌에까지 파고들었다. 춘희는 점차 시력을 잃어갔으며 고열과 두통에 시달렸다. 그러는 동안, 그녀는 악몽을 꾸었다. 미장이의 무서운 얼굴도 나타나고 철가면을 쓴 무당벌레도 나타났다. 그들은 춘희를 위협하고 소리를 질렀다. 그럴 때마다 춘희는 공포에 질려 온몸이 오그라들었다.

그러던 어느 날, 춘희는 먹을 것을 구하기 위해 계곡으로 들어갔다. 그날따라 그녀는 자신도 모르게 평소에 다니던 익숙한 길을 놔두고 낯선 골짜기로 접어들었다. 거대한 교목이 하늘을 뒤덮어 음습한 느낌이 드는 계곡은, 춘희로선 처음 와보는 장소였다. 그녀는 잠시 두려운 생각이 들었지만 누군가 자신의 발걸음을 인도하기라도 하듯 천천히 계곡을 따라 올라갔다. 발걸음은 한없이 무거왔다. 산모롱이로 접어들 때쯤 어디선가 꿀벌들이 나타나 머리 위에서 붕붕대며 날았다. 그리고 하늘을 찌를 듯 높은 교목 아래에서 춘희는 오래전 공장을 나간 애꾸 여자를 발견했다. 긴 백발로 똬리를 틀어 그 위에 앉아 있는 애꾸의 머리와 눈썹에는 녹색의 이끼가 끼고 옷에는 하얀 버섯이 피어 있었다. 마치 수천 년을 산 숲속의 정령처럼 그 분위기가 괴이하기 이를 데 없었다. 주변엔 나무로 만든 여러 개의 벌통이 놓여 있어 수만 마리의 벌들이 붕붕대며 그녀를 감싸고 있었다. 애꾸는 하나뿐인 눈을 번쩍 뜨고 춘희를 노려보았다. 오랫동안 고립되어 살아온 두 사람 사이엔 팽팽한 긴장감이 흘렀다. 두 사람 모두 실로 오랜만에 마주친 인간 존재였다. 춘희를 천천히 훑어보던 애꾸는 이윽고 입을 열었다.

—난 네년이 이 골짜기에 들어왔을 때부터 알아봤지. 그 걸레 같은 옷을 보니 이제 짐승새끼가 다 되었구먼.

미동도 없이 입술만 움직여 내는 애꾸의 목소리는 계곡을 흐르는 물소리처럼 음산했지만 어딘가 희미하게 반가운 기색도 있었다. 애꾸는 천천히 자리에서 일어섰다. 주변에 몰려 있던 벌들이 일제히 흩어져 나무 위로 날아올랐다. 그녀는 춘희에게 한 걸음 다가와 그녀의 몸을 훑어보다 픽 웃었다.

—처음엔 네년을 쫓아낼까 하다가 네년 인생도 나만큼이나 불쌍한 것 같아서 그냥 두고보았지. 그런데 그 몸뚱이를 보니 네년의 몸속에도 반갑지 않은 벌레가 돌아다니는 모양이구나.

그러고는 춘희의 팔을 덥석 잡았다. 춘희는 두려운 생각에 몸을 빼내려 했지만 뭔가 거역할 수 없는 힘에 몸이 움직여지지 않았다. 애꾸는 자신의 옷에 달라붙어 있는 벌을 한 마리 떼어내 꽁무니를 잡고 춘희의 팔에 벌침을 놓았다. 불에 덴 듯 따끔한 통증에 놀라 뒤로 물러서자 애꾸가 버럭 소리를 질렀다.

─미련한 년! 죽이려는 게 아니니까 지레 겁먹을 것 없어.

애꾸는 춘희의 온몸 구석구석에 차례로 벌침을 놓았다. 춘희는 본능적으로 침을 놓는 애꾸의 행위가 치료행위라는 것을 깨닫고 통증을 참았다. 이윽고 애꾸는 침을 다 놓고 나서 춘희의 팔을 풀어주었다.

─이제 내가 네년의 목숨을 구해주었으니 다시는 이 계곡에 얼씬도 말거라. 한 번만 더 이 계곡을 시끄럽게 한다면 내 벌들이 그냥 놔두지 않을 것이야.

그날 집으로 돌아온 춘희는 평소와 달리 깊은 잠 속에 빠졌다. 그리고 다음날 아침 놀랍게도 종괴가 모두 사라진 것을 발견했다. 통증도 감쪽같이 사라졌다. 애꾸의 벌이 어떤 작용을 했는지는 알 수 없지만 춘희는 자신의 몸속에 있던 벌레들이 모두 죽었다는 것을 알 수 있었다. 그리고 며칠 뒤, 아침에 일어난 춘희는 공장 마당 한쪽에 나무로 만든 벌통이 두 개 놓여 있는 것을 발견했다. 벌통을 놓고 간 건 말할 것도 없이 숲에 사는 애꾸 여자였다. 안을 들여다보자 수천 마리의 벌과 꿀이 가득차 있었다. 춘희는 허겁지겁 손으로 꿀을 퍼먹었다. 이후에도 벌들은 산속에서 계속 꿀을 날라왔고 춘희는 그 덕분에 달콤한 꿀을 계속 먹을 수 있었다. 병이 깨끗이 난 뒤, 춘희는 애꾸를 다시 만나기 위해 여러 번 계곡을 찾았지만 어찌된 영문인지 애꾸를 만났던 계곡은 끝내 찾을 수가 없었다.

여기서 오랜만에 여담 한 가지. 훗날 한 대학의 건축학과와 사학과, 인류학과 등의 학생들이 주축이 되어 탐사대가 꾸려진 적이 있었다. 그 탐사대의 이름은 '여왕을 찾아서'였으며 그들의 목적은 수많은 비밀과 미스터리로 둘러싸인 춘희의 일생을 추적하는 것이었다. 그들은 여름방학 내내 춘희가 태어난 쌍둥이자매의 마구간에서부터 사라진 도시 평대, 그리고 그녀가 혹독한 시간을 보냈던 교도소까지 두루 탐사를 다녔다. 그러나 춘희를 알던 사람들이 대부분 세상을 떠나 성과가 그다지 크지는 않았다.

다만, 중간에 그들은 운좋게도 춘희가 수감되었던 당시의 교도소장을 만나볼 수 있었다. 하지만 그는 이미 너무 늙은데다 치매까지 걸려 있어 아무런 대답도 들을 수가 없었다. 그의 며느리는 바지에 수시로 똥을 싸는 그에게 비닐로 싼 기저귀를 채워놓았는데, 교도소장은 똥을 쌀 때마다 고추를 다 내놓은 채 며느리에게 손바닥으로 엉덩이를 맞아야 했다. 그녀가 시아버지를 모시는 이유는 순전히 그의 앞으로 꼬박꼬박 나오는 연금을 타내기 위해서였다.

탐사대원들이 방으로 들어섰을 때 교도소장은 그 나이에 놀랍게도 벽을 보며 자위행위에 열중하고 있었다. 이때, 그 벽에는 자신이 싼 똥으로 그림을 그려놓았는데, 그것은 바로 사형대에 목이 매달려 죽어가는 죄수의 모습이었다.

탐사대는 또한 춘희와 같은 교도소에 있었던 간호사도 만나볼 수 있었다. 이빨이 다 빠져 노파가 된 그녀는 그때까지도 오갈 데 없는 늙은 창녀 두 명을 데리고 유곽을 경영하고 있었다. 창녀 중의 한 명은 바로 춘희가 수감되었을 당시 같은 방에 있던 미혼모였다. 간호사는 찾아온 탐사대원들을 보고 반색을 하며 말했다.

—단체로 하면 이십 프로 할인이우. 하지만 절대로 거칠게 다루면 안 돼. 이애들은 물풍선처럼 터지기가 쉽거든.

탐사대원들이 그녀에게 춘희에 대해 묻자 그녀는 용케도 오래전 감방 동료였던 춘희를 기억해냈다.

—아, 그 벙어리년 말이군. 그년은 내가 진즉에 죽었어야 하는 건데…… 혹시 그년을 만나면 내 말을 똑똑히 전해주시우. 내가 아직까지 잊지 않고 있으니 안심하지 말라고.

탐사대는 이어 잃어버린 도시 평대를 거쳐 남발안의 공장까지 돌아보았는데, 무너진 가마 틈에서 문제의 은제 라이터를 발견하는 개가를 올리기도 했다. 대원들은 잔뜩 흥분해 축제 분위기에 휩싸였지만 라이터는 이미 녹이 슬고 불도 켜지지 않았다. 때문에 라이터의 진위여부를 두고 학계에서는 또다시 논쟁이 불거졌다.

탐사대는 공장에서 하루를 머문 뒤 애꾸 여자가 살았을 것으로 짐작되는 계곡을 뒤졌지만 끝내 그녀를 찾지는 못했다. 다만 벌들이 유난히 많은 한 계곡에서 벌통으로 쓰인 듯한 썩은 나무등치와 애꾸의 지팡이로 보이는 막대기를 발견했다. 그러나 벌에 대해 알레르기가 있는 한 대원이 벌에 쏘여 죽는 바람에 탐사는 그쯤에서 중단할 수밖에 없었다. 돌아오는 길에 누군가 숲속으로 볼일을 보러 들어갔다가 나무 사이로 얼핏 머리가 하얗게 센 애꾸 노파를 보았다는 소문도 있었으나 아무래도 이는 지레 겁을 먹은 대원의 환각이 아니었을까 싶다.

트럭

여러 해가 흘렀다. 오 년, 혹은 육 년째 되던 그해, 짓궂은 운명은 세상 밖으로 완전히 사라진 춘희의 인생을 바꿔놓을 새로운 인물을 준비하고 있었다. 공장 마당엔 이미 춘희가 구운 벽돌들이 가득 들어차 빈자리가 보이지 않았다. 하지만 춘희는 멈추지 않았다. 그녀는 노동의 유전자만을 갖고 태어난 일개미처럼 쉬지 않고 벽돌을 만들어냈다.

춘희의 나이는 어느덧 삼십대 중반에 이르렀다. 그동안 야성은 무뎌지고 젊음은 모두 지나가버려 젖가슴은 늘어지고 상처투성이인 피부엔 주름이 잡혔다. 그것은 다시 중력의 법칙이었다. 또한 오랜 노동으로 온몸은 검게 그을리고 손발엔 나무껍질처럼 딱딱한 군은살이 박혔다. 당시 춘희의 모습은 차마 암컷이라고 말할 수 없을 정도로 거칠고 투박했지만, 그녀의 마음속엔 여전히 깊은 고독과 사라진 사람들에 대한 그리움이 가득차 있었다. 그녀는 밤마다 반딧불이 떠다니는 공장 마당에 서서 멀리 지나가는 기차의 불빛을 바라보았다. 그리고 언젠가 사람들이 그 기차를 타고 다시 계곡으로 돌아올 거라고 믿었다.

어느 초여름 오후였다. 춘희는 마당에서 진흙을 이기고 있었다. 이즈음 춘희는 새로운 아이디어를 한 가지 생각해냈는데, 그것은 이미 옷으로서의 기능을 모두 잃은 수의 위에 진흙을 덧바르는 것이었다. 진흙은 따가운 햇볕으로부터 피부를 보호해주고 더위도 막아줄 뿐만 아니라 모기나 등에 같은 해충을 막아주어 더없이 실용적이었다. 춘희는 아무도 가르쳐준 적이 없는 코끼리의 습성을 야생에서 살아가는 동안 스스로 터득했던 것이다. 진흙을 이기던 춘희가 지친 허리를 펴기 위해 고개를 들었을 때, 그녀는 멀리 기찻길 아래에서 뿌옇게 먼지가 이는 것을 발견했다. 공장으로 들어오는 진입로는 춘희가 마지막으로 통과한 이래 몇 년간 아무도 지나온 적이 없었다. 춘희는 두려움과 놀라움, 그리고 설렘으로 가슴이 쿵쾅거렸다. 이윽고 먼지는 모퉁이를 돌아 진입로로 접어들었다. 그것은 한 대의 트럭이었다.

춘희는 반가움에 가슴이 터질 듯했다. 누군가 멀리서 자신이 만든 벽돌을 발견한 것이다! 그래서 드디어 사람들이 돌아오고 있는 것이다! 춘희는 와락 눈물이 솟아날 것 같았다. 트럭은 공장을 향해 점점 더 가까워졌다. 그녀는 한달음에 공장 입구로 달려나갔다. 트럭은 춘희 앞에 멈춰 섰다. 그런데 마땅히 화물칸에 타고 있어야 할 일꾼들이 보이지 않았다. 곧 운전석의 문이 열리며 한 사내가 트럭에서 내렸다. 낯선 사내였다. 그는 춘희를 보고 놀란 듯 눈을 크게 떴다. 시뻘건 진흙을 뒤집어쓴 여자가 찢어진 옷 사이로 젖가슴을 다 드러낸 채 서 있었으니 그럴 법도 했다. 춘희는 뭔가 자신이 생각한 것과 다른 상황이 벌어진 것을 깨달았다. 교도소를 떠난 이후 처음으로 만난 남자였다. 그제야 그녀는 두려움에 놀라 후다닥 가마 뒤로 도망을 갔다. 그리고 멀리 숨어서 사내가 하는 양을 지켜보았다.

기골이 장대한 사내는 공장 마당에 가득 들어찬 벽돌을 둘러보았다. 그리고 벽돌을 하나 집어들어 살펴보며 혼자 고개를 끄덕였다. 그리고 가마 뒤에 숨어 있는 춘희를 향해 가까이 오라는 듯 손짓을 했다. 춘희는 겁을 먹고 더 멀리 도망가 이번엔 아예 풀숲에 몸을 숨겼다. 그리고 여차하면 사내의 목을 비틀어 물어뜯을 생각에 온몸의 근육이 팽팽하게 당겨졌다. 사내는 펌프에서 물을 끌어올려 세수를 했다. 그리고 미루나무 둥치에 기대앉아 춘희가 나타나기를 기다렸다. 하지만 어디로 숨었는지 춘희는 보이지 않고 매미 소리만 시끄러웠다. 그는 늘어지게 하품을 하더니 아예 나무그늘에 누워버렸다. 그리고 곧 코를 골며 낮잠을 자기 시작했다. 춘희는 여전히 풀숲에 숨어 낯선 침입자를 노려보았다.

얼마나 잤을까. 이윽고 사내는 기지개를 켜며 자리에서 일어났다. 그리고 다시 춘희를 찾는 듯 주위를 두리번거렸다. 여전히 춘희는 나타나지 않았다. 잠시 기다리던 그는 할 수 없다는 듯 벽돌을 집어들어 트럭에 싣기 시작했다. 풀숲에 숨어서 지켜보던 춘희는 그제야 깨달았다. 사내가 바로 자신의 적이라는 것을. 벽돌을 모두 가져가면 사람들은 돌아오지 않을 것이다. 순간, 그녀의 야성이 불길처럼 살아났다. 그녀는 사내의 등뒤로 살금살금 다가갔다. 사내는 벽돌을 싣느라 미처 그녀를 발견하지 못했다. 그녀는 사내의 목을 노렸다. 그리고 맹수처럼 빠르게 달려들어 한 팔로 사내의 몸을 휘감았다. 나이는 들었지만 여전히 무시무시한 힘이었다. 여느 짐승 같았으면 이미 목이 부러지고도 남을 힘이었다. 그러나 사내의 목은 한 팔로 감기도 버거울 정도로 두꺼웠다. 갑작스런 공격에 사내는 놀랐지만 곧 어렵지 않게 춘희의 팔을 풀어냈다. 그리고 두 사람은 팔을 맞잡은 채 서로의 얼굴을 쳐다보았다. 순간, 춘희는 사내가 누구인지를 알아보았다. 그는 바로 어릴 때 공장 마당에서 팔씨름을 벌였던 바로 그 소년이었다. 춘희는 팔을 놓았다. 전혀 뜻밖의 인물과 마주친 그녀는 어리둥절한 표정으로 사내를 쳐다보았다. 사내도 춘희가 자신을 알아보았다는 걸 깨닫고는 빙그레 웃었다. 그리고 우렁우렁한 목소리로 말했다.

─이제야 나를 알아보는군. 그런데, 여기서 혼자 진흙을 뒤집어 쓰고 뭘 하고 있는 거지?

사내는 반가운 듯 웃으며 물었지만 춘희는 여전히 경계심을 풀지 않고 그를 노려보았다.

─그런데 사람들은 다 어딜 가고 너 혼자 남아 있는 거지? 도대체 넌 여기서 무얼 먹고 사는 거야? 벽돌은 만들어서 어디에 파는 거지? 차 한 대 들어온 흔적이 없는 걸 보니 아무도 벽돌을 사러 오는 사람이 없는 모양인데 그렇다면 무엇하러 벽돌을 만들고 있는 거야? 그동안 도대체 공장에 무슨 일이 있었던 거지? 맙소사, 산더미처럼 쌓여 있는 저 뼈들은 다 뭐야? 설마 저게 다 사람뼈는 아니겠지? 그동안 결혼은 했나? 그런데 남편하고 아이는 왜 안 보이는 거지? 이 느타리버섯은 맛있는데 왜 안 따먹고 놔둔 거야? 담배도 안 피우면서 그 라이터는 왜 들고 서 있어? 그건 꽤나 비싸 보이는데 혹시 훔친 건 아니겠지? 그리고 징그럽게 몸에 진흙을 바르고 있는 이유는 뭐야? 그게 바로 머드팩이라는 건가?

사내는 궁금한 게 많았는지 연신 질문을 퍼부어댔지만 춘희는 한마디도 대답할 수가 없었다. 그제야 사내는 쑥스러운 듯 웃으며 말했다.

─아 참, 그렇지. 네가 말을 못한다는 걸 깜빡했군.

일찍이 사내는 트럭 운전사였던 아버지를 따라 전국을 떠돌았다. 그도 춘희처럼 통뼈였기 때문에 어릴 때부터 그 힘이 대단해 아버지의 일을 한몫 거드는 데 부족함이 없었다. 일찍이 그에게 운전을 가르쳐주고 길을 가르쳐준 그의 아버지는 그가 열일곱 살이 되던 해에 운전대를 놓았다. 관절염이 도져 더이상 운전을 계속할 수 없던 거였다. 그때부터 그는 트럭 운전사가 되어 홀로 차를 몰고 다녔다. 전국 아무데고 짐이 있기만 하면 그는 트럭을 몰고 달려가 배추고 자갈이고 원목이고 벽돌이고 이삿짐이고 물고기고 사람이고 가리지 않고 실어날랐다.

　그렇게 젊은 시절을 길에서 모두 흘려보내고 서른이 넘어 트럭 운전사는 어느 광산회사에서 경리로 일하던 여자와 만나 뒤늦게 결혼을 했다. 그녀의 결혼조건은 그가 운전을 그만두고 어디든 한군데 정착해서 사는 거였다. 그는 그동안 모은 돈으로 광산 근처에 구멍가게를 차렸다. 구멍가게는 그런대로 벌이가 괜찮았고 경리는 아이도 하나 낳았다. 그녀는 행복했지만 트럭 운전사는 그렇지 않았다. 아이를 보는 순간, 그는 아이가 자신의 발목을 비끄러매 소나 돼지처럼 평생 우리에 갇혀 살게 할 거라는 두려움에 사로잡혔다. 어느 땅거미가 지는 저녁 무렵, 하루종일 동구 너머 신작로를 바라보던 그는 문득 구멍가게 앞에 세워둔 트럭을 몰고 광산을 떠났다. 그리고 다시는 집으로 돌아가지 않았다. 이후에도 그는 서너 번 여자를 만나 살림을 차린 적이 있었지만 그럴 때마다 어김없이 잊고 있던 방랑벽이 되살아나곤 했다. 평생 전국을 자유롭게 떠돌던 방랑기는 어느덧 그의 운명이 되어버린 것이다.

그런 트럭 운전사에게도 잊혀지지 않는 한 여자가 있었다. 어릴 때 자신과 힘을 겨루던 벽돌공장의 벙어리 계집애였다. 사내애처럼 덩치가 큰데다 예쁜 데라고는 한 군데도 없었지만 트럭을 몰고 낯선 도시를 지날 때마다, 트럭의 불빛만을 의지해 밤새도록 좁은 산길을 꾸불꾸불 하염없이 넘어갈 때마다, 퀴퀴한 곰팡내가 나는 여관방에 고단한 몸을 누일 때마다 그의 머릿속엔 문득문득 자신과 팔씨름을 하던 벙어리의 얼굴이 떠올랐다.

십여 년 전, 실제로 그는 벙어리를 만나기 위해 벽돌공장을 찾아온 적이 있었다. 하지만 공장은 이미 사람들이 모두 떠나고 텅 비어 있었다. 이후, 여자를 만나 살림을 차리고 떠나기를 반복하는 동안 그는 벙어리를 완전히 잊고 지냈다. 그러다 문득 그녀가 다시 생각난 것은 이틀 전 평대 근처에 있는 도시를 지날 때였다. 그는 벙어리의 순박한 듯 무심한 눈매가 보고 싶었다. 혹시 그녀가 공장에 돌아와 있을지도 모른다는 생각도 불현듯 떠올랐다. 그래서 그는 아무런 기대도 없이 무작정 남발안으로 운전대를 돌렸던 것이다.

두 사람은 얼굴을 마주보고 서 있었다. 사내가 자신을 해치지 않을 거라는 생각은 들었지만 춘희는 여전히 긴장을 풀지 않고 있었다.

―좋아. 그동안 무슨 사연이 있었는지는 모르지만 네 입으로 듣기는 틀린 것 같군. 하지만 이 벽돌들은 여기에 있으면 안 돼. 벽돌은 집을 지으라고 있는 거지, 쌓아두라고 있는 게 아니니까. 보니까 벙어리, 너도 마침 돈이 필요한 것 같은데, 내가 건축업자를 하나 알고 있으니 벽돌을 가지고 가서 한번 팔아보지. 물론, 공짜로 해주는 일은 아냐. 나도 뭔가 국물이 있어야 할 거 아냐. 대신, 너는 어릴 때 친구니까 특별히 운임을 싸게 해주지. 뭐, 기름값하고 밥값 정도면 될 거야.

트럭 운전사는 다시 벽돌을 차에 싣기 시작했다. 그러자 다시 춘희가 단호한 표정으로 앞을 막아섰다.

―이봐 벙어리, 난 널 도와주려는 거야. 이 정도 벽돌이면 꽤 좋은 값을 받을 수가 있다구.

트럭 운전사가 이해할 수 없다는 듯 쳐다보았지만 춘희는 벽돌 앞에서 몸을 비키지 않았다.

―젠장, 손님 대접이 말이 아니군.

트럭 운전사가 졌다는 듯 두 손을 번쩍 치켜올리며 말했다.

―좋아, 오늘은 때를 잘못 맞춰온 것 같으니까 내가 이해하지. 하지만 다음번에도 이런 식이면 곤란해. 겪어보면 알겠지만 난 여자한테 그다지 미련이 많은 사람이 아냐. 그리고 한 가지 부탁이 있는데, 다음에 왔을 땐 옷 좀 제대로 걸치고 있으라고. 솔직히 난 그렇게 자극적인 건 별로야. 아무리 산속이라도 승냥이 새끼가 아

닌 다음에야 남자 앞에서 그렇게 젖가슴을 내놓고 있는 건 예의가
아니지.

트럭 운전사가 이런저런 말로 너스레를 떨었지만 춘희는 여전
히 미동도 않고 벽돌을 막아선 채 서 있었다.

—좋아, 벙어리. 할 얘기가 없다면 난 이만 가보겠어. 잘 있으라고.

트럭 운전사는 미련 없이 운전석에 올라타 시동을 걸었다. 그리
고 차를 돌리며 말했다.

—어쨌든 살아 있는 걸 보니 반가워. 가끔 놀러와도 되겠지? 하
지만 언제 오겠다는 약속은 못해. 내가 세상에서 제일 싫어하는 게
바로 약속이거든.

트럭 운전사는 씩 웃고는 차를 돌려 진입로를 따라 공장을 떠났
다. 그때까지도 춘희는 벽돌더미를 양손으로 막은 채 서 있었다.
그런데 트럭이 뿌연 먼지를 일으키며 굴다리를 지나는 순간, 춘희
의 머릿속엔 퍼뜩 오래된 장면 하나가 떠올랐다. 그것은 벽돌을 가
득 싣고 어디론가 줄지어 가는 트럭의 모습이었다. 그런데 사내의
차엔 아무것도 실려 있지 않았다. 그렇다! 뭔가 잘못된 것이다. 벽
돌은 만들어서 쌓아놓는 것이 아니라 트럭이나 기차에 실려 어디
론가 멀리 팔려나가야 한다. 그래야 사람들이 그것을 보고 돌아올
것이다.

춘희는 깜짝 놀라 트럭이 멀어져간 진입로를 따라 미친듯이 달

려갔다. 트럭을 부르기 위해 목구멍 깊은 곳에서부터 악을 쓰듯 소리를 끌어올렸지만 안타깝게도 그것은 입 밖으로까지 나가지 않고 목 안에서 사라지고 말았다. 그녀는 잡초를 헤치고 트럭을 쫓아갔다. 그러다 어느 순간, 그령에 발이 엉키며 춘희는 바닥을 나뒹굴었다. 고개를 들었을 때, 트럭은 어느새 굴다리 너머로 사라지고 그 모습이 보이지 않았다. 한없는 후회와 절망감에 춘희는 넘어진 채 일어서지 못했다. 가슴이 미어지고 울음이 터져나올 것 같았다. 그녀는 바닥에 엎드려 수도 없이 자신을 자책했다. 그러면서 저도 모르게 마음속으로 교도소에 있을 때 철가면이 구둣발로 짓이기며 내뱉던 욕설을 자신을 향해 반복하고 있었다.

바보 같은 년! 돼지 같은 년! 바크셔! 미친 벙어리년! 어떻게 사람의 탈을 쓰고 그렇게 나쁜 짓을 할 수가 있지, 응? 너같이 나쁜 년은 죽어야 돼! 죽어라! 죽어!

트럭은 떠나갔고 다시는 돌아오지 않을 것이다. 사람들도 영원히 돌아오지 않을 것이다. 춘희는 누군가 자신을 구둣발로 짓이기기라도 하듯 몸을 잔뜩 웅크린 채 바닥에 엎어져 울고 있었다.

트럭 운전사가 떠난 뒤 춘희는 괴로움에 지쳐 일손도 놓고 사냥도 나가지 않았다. 온몸에 힘이 빠져 손도 하나 까딱할 수 없는 나날이 계속되었다. 그러던 어느 날, 그녀의 눈앞에 꿈인 듯 환상인 듯 점보가 나타났다. 그의 모습에선 여전히 광채가 났으나 그 형상이 다소 희미해져 있었다.

이봐, 꼬마 아가씨. 왜 그러고 있는 거지?

점보는 환한 표정으로 물었다. 춘희는 힘없이 대답했다.

난 이제 꼬마가 아냐. 이 몸을 보라고. 난 늙고 지쳤어.

후후, 나한테 너는 언제나 꼬마야. 우린 죽기 전에 보았던 모습만 기억하니까.

그런데 그 모습은 뭐지? 왜 그렇게 흐려진 거야?

당연하지. 난 너의 기억 속에서 점점 지워지고 있으니까.

점보의 대답에 춘희는 더욱 시무룩해져 입을 다물었다. 그러자 점보가 말했다.

이봐, 꼬마 아가씨. 정신 차리라고. 그 남자는 다시 돌아올 거야.

트럭 운전사가 다시 돌아올 거라는 말에 춘희는 깜짝 놀라 몸을 일으켰다.

그걸 네가 어떻게 알지?

그걸 어떻게 아냐고? 바보! 한번 생각해보라고. 그 남자가 뭐하러 이렇게 아무도 없는 공장엘 찾아왔겠어?

그게 무슨 뜻이야?

무슨 말인지 아직도 모르겠어? 그 남자는 너를 사랑하고 있단 말이야. 이 순진한 아가씨야.

춘희는 점보의 말을 이해할 수 없다는 듯 어리둥절한 표정으로 쳐다보았다.

나나 쌍둥이자매처럼 그 남자는 너를 아끼고 있어. 이제 알겠어?

글쎄, 그렇게 나쁜 사람 같아 보이진 않았지만…… 그 사람이 정말 다시 돌아올까?

두고보라고. 틀림없이 다시 돌아올 테니까.

점보는 비록 트럭 운전사가 다시 돌아올 거라고 위로했지만 춘희의 마음은 여전히 어둡고 무거웠다. 사라진 사람들이 다시 돌아오는 경우는 좀처럼 없었기 때문이었다. 며칠이 지나 그녀는 간신히 몸을 일으켜 계곡에 놓아둔 올무를 확인하러 나섰다. 불행히도 올무엔 걸려든 짐승이 한 마리도 없었다. 그녀는 계곡에서 겨우 가재를 몇 마리 잡아들고 공장으로 돌아왔다. 공장이 보이는 언덕에 올라섰을 때, 공장 마당엔 놀랍게도 트럭이 세워져 있었다. 그녀는 반가움에 한달음에 언덕을 달려내려갔다. 펌프 옆에 서서 담배를 피우고 있다 춘희를 발견한 트럭 운전사는 넉살 좋은 웃음을 지으며 말했다.

—떠난 줄 알았더니 아직 있었구먼. 조금만 더 기다려보고 안 오면 그냥 가려고 했는데……

춘희는 반가움을 어떻게 표시할지 몰라 엉거주춤 서 있다 손에 들고 있던 가재를 사내에게 불쑥 내밀었다.

—오, 이런! 이건 구워먹으면 맛있겠군.

그는 가재를 받아들고 빙긋 웃었다.

―좋아, 선물을 받았으니 나도 답례를 해야지.

그러고는 차에서 보따리를 하나 꺼내 춘희 앞에 던져놓았다.

―자, 걱정하지 말고 한번 풀어보라고.

춘희가 조심스럽게 보따리를 풀자 안에선 노란 원피스 한 벌이 나왔다. 트럭 운전사는 쑥스러운 듯 말했다.

―그 옷도 나쁘진 않지만 그걸 입고 있으면 내가 눈을 어디다 둬야 할지 몰라서 말이야. 그런데 사이즈가 맞을지 모르겠어. 무조건 제일 큰 걸로 달라고 하긴 했는데……

이어 트럭 운전사는 짐칸에서 쌀 한 가마와 돼지 반마리를 내려놓았다. 그는 눈이 휘둥그레진 춘희에게 어깨를 으쓱해 보이며 말했다.

―부담주려는 건 아니니까 그냥 편하게 받아두라고. 난 그냥 너를 도와주고 싶었을 뿐이야. 다른 뜻은 없어.

그는 여전히 엉거주춤 서 있는 춘희를 남겨두고 다시 운전석에 올랐다.

―좋아, 벙어리. 나한테 더이상 할말이 없으면 이만 가보겠어. 잘 있으라고.

그가 시동을 걸고 떠나려 하자, 그제야 정신을 차린 춘희가 황급히 트럭 앞을 막아섰다. 그리고 마당에 가득 쌓인 벽돌과 트럭의 짐칸을 번갈아 가리켰다. 그래도 트럭 운전사가 무슨 뜻인지 몰라 의아한 듯 쳐다보자 트럭이 떠날세라 다급하게 자신이 직접 트럭

478

에 벽돌을 싣기 시작했다. 그제야 트럭 운전사는 차에서 내려 빙그레 웃었다.

—이제야 내가 전에 한 말을 이해한 모양이군.

그는 팔을 걷어붙이고 앞으로 나서며 말했다.

—이건 나한테 맡겨두라고. 연약한 여자한테 이런 일을 시킬 수는 없지.

트럭 운전사는 춘희는 제쳐두고 혼자 벽돌을 날랐는데, 어찌나 힘이 좋은지 벽돌을 마치 장난감 블록을 다루듯 한꺼번에 수십 장씩 날랐다. 그리고 마침내 트럭에 벽돌이 가득차자 그는 밧줄로 벽돌이 떨어지지 않게 단단히 묶으며 말했다.

—이봐, 벙어리. 이 벽돌을 다 팔아올 때까지 기다리고 있으라고. 하지만 언제 오겠다는 약속은 못해. 내가 세상에서 제일 싫어하는 게 바로 약속이거든.

트럭 운전사는 벽돌을 가득 실은 트럭을 몰고 떠났다. 춘희는 뿌듯한 마음으로 공장 입구에 서서 트럭이 떠나는 걸 배웅했다. 그녀는 벽돌이 멀리까지 팔려나가 다시 사람들을 불러올 거라는 희망에 부풀었다. 이미 벽돌은 착하고 힘센 사내를 불러오지 않았던가!

트럭 운전사가 빈 트럭을 몰고 다시 나타난 것은 일주일쯤 지난 어느 오후였다. 그동안 춘희는 이전처럼 다시 희망에 들떠 벽돌을 굽고 있었다. 트럭 운전사는 차에서 내리자마자 얼굴 가득 미소를 띤 채 저고리 윗주머니에서 자랑스럽게 지폐 한 다발을 꺼내들었다.

—자, 보라고. 내가 말했지? 이 정도 벽돌이면 좋은 값을 받을 수 있을 거라고.

하지만 춘희는 사람들이 돌아오지 않은 것에 대해 잔뜩 실망한 표정이었다. 트럭 운전사는 너스레를 떨어가며 춘희에게 돈다발을 내밀었다.

—자, 받아줘. 얼마 안 있으면 넌 곧 큰 부자가 될 거야. 그때가 되면 나를 잊지 말라고. 알겠지?

그러나 춘희는 돈을 안 받겠다는 듯 고개를 가로저었다.

—이봐, 벙어리. 네가 사람을 잘못 본 모양인데 난 세상물정도 잘 모르는 순진한 여자한테 사기나 치는 놈은 아냐. 이런 식으로 나를 나쁜 놈으로 만들지 말라고.

트럭 운전사는 다시 춘희에게 돈을 내밀었지만 그녀는 한사코 고개를 가로저었다. 할 수 없다는 듯 그는 돈다발을 도로 넣으며 말했다.

—좋아, 그럼 일단은 내가 맡아두기로 하지. 난 셈이 흐린 사람은 아니니까 걱정할 건 없어. 내 지갑은 은행보다도 더 신용이 확실하거든.

트럭 운전사는 춘희가 여전히 다 찢어진 수의를 입고 있는 것을 보고 물었다.

―그런데 왜 내가 사다준 옷은 안 입는 거지? 색깔이 마음에 안 드는 거야? 물론, 비싼 옷은 아니지만 그렇다고 시장판에서 아무렇게나 산 건 아니라고. 젠장, 아무리 자존심이 세도 선물한 사람의 성의 정도는 생각해줘야 되는 거 아냐?

춘희는 그동안 트럭 운전사가 사다준 옷을 살림집 안에 넣어둔 채 한 번도 입지 않았다. 작은 변화조차 두려웠던 그녀로서는 십년 넘게 입어온 수의를 벗고 새옷을 입는다는 게 도저히 엄두가 나지 않았던 것이다.

―오라, 그러고 보니 아끼느라고 안 입은 모양인데, 그럴 필요 없어. 그 옷은 고이 모셔두라고 사준 게 아니라 입으라고 사준 거야. 다 떨어지면 다시 사다줄 테니까 걱정 말고 입어.

그날, 트럭 운전사는 다시 벽돌을 트럭 가득 싣고 떠났다. 그렇게 두 사람의 거래는 시작되었다. 트럭 운전사는 벽돌을 실어가는 대신 쌀과 고기 등 먹을거리와 냄비나 담요 등 생활에 필요한 가재도구를 사다주었다. 그는 아무때고 불쑥 나타나 쌀가마 따위를 내려놓고 벽돌을 실어갈 뿐 춘희에겐 그 이상의 어떤 접근도 하지 않았다. 그는 매우 거친 사내였으며 춘희의 섬세한 감정을 이해하지는 못했지만 그녀가 보통의 다른 여자들과는 다르다는 것을 어느 정도 눈치채고 있었다.

춘희는 이전보다 더욱 열심히 벽돌을 만들었다. 벽돌을 만드는 중에 그녀는 문득문득 공장으로 들어오는 진입로 쪽을 쳐다보았다. 그리고 언제부턴가 그녀는 자신이 기다리는 것이 공장을 떠나간 일꾼들이 아니라 바로 그 트럭 운전사라는 것을 깨달았다. 그동안 세상에 대해 굳게 문을 걸어잠갔던 춘희로서는 스스로 이해할 수 없는 일이었다. 그것은 쌍둥이자매나 文을 그리워하는 것과는 사뭇 다른 감정이었다. 굳게 닫아걸었던 문에 일단 틈이 벌어지자 거대한 파도처럼 걷잡을 수 없는 감정이 밀려들었다. 처음엔 진흙을 이기다, 혹은 혼자 밥을 먹다가, 또는 방에 누워 갈라진 천장 틈으로 둥근 달을 바라보다가 문득문득 떠오르던 트럭 운전사의 얼굴은 어느샌가 그녀의 머릿속을 가득 메우고 말았다. 그녀는 난생처음 느껴보는 야릇한 감정에 혼란스러웠다. 그리고 사내가 한 번씩 다녀갈 때마다 그 혼란은 더욱 깊어졌다. 그녀는 점점 더 잠을 이룰 수가 없었다. 자리에 누우면 머릿속에서 온갖 생각들이 뒤섞여 구더기처럼 바글거렸고 새벽이 올 무렵이면 밤새 뒤척이느라 돌아눕지도 못할 정도로 지쳐버렸다. 하지만 해가 솟아오를 때쯤이면 언제 그랬냐 싶게 자리에서 벌떡 일어나 사내가 올지도 모른다는 기대에 밖으로 달려나가곤 했다. 그것은, 오랜만에, 사랑의 법칙이었다.

어느 날, 춘희는 文이 빠져 죽은 개울에 나가 빨래를 하다 문득 맑은 물속에 비친 자신의 모습을 보았다. 아무렇게나 솟아나 잡초처럼 사방으로 뻗친 머리카락과 걸레처럼 찢어진 수의, 그리고 거대한 몸뚱이 위에 난 흉측한 상처들…… 춘희의 머릿속엔 오래전 그녀의 엄마, 금복이 사랑했던 한 여자의 모습이 떠올랐다. 상아처럼 하얀 목덜미와 만지면 그대로 손에 묻어날 것 같은 부드러운 뺨, 가늘고 긴 허리…… 춘희는 엄마가 왜 그녀를 좋아했는지 희미하게나마 이해할 것 같았다. 그날 집으로 돌아온 춘희는 마침내 걸레가 된 수의를 벗고 사내가 사다준 노란 원피스를 입어보았다. 다행히 맞춘 것처럼 몸에 꼭 맞았다. 며칠 후, 노란 원피스를 입고 있는 춘희를 본 트럭 운전사는 신기하다는 듯 벙글거리며 말했다.

─역시 그걸로 선택하길 잘했어. 그걸 입으니 뭐랄까…… 마치 귀여운 병아리 같군.

이후에도 그는 여러 옷가지들을 사다주었으나 춘희는 언제나 노란 원피스 한 가지만을 고집해 입었다. 사내의 환하게 웃는 모습을 보고 싶었기 때문이었다. 그리고 마침내 춘희의 인생에서 가장 극적이고 놀라운 사건이 일어난 건, 트럭 운전사가 처음 공장을 찾아온 지 서너 달이 지난 그해 가을이었다.

그날, 춘희는 펌프 옆에서 목욕을 하고 있었다. 목욕을 하는 동안, 그녀는 자신의 몸에 난 흉터를 보았다. 이전에는 느끼지 못했으나 그날은 자신의 흉터들이 몹시 흉하게 느껴졌다. 특히나 곰과 싸울 때 입은 가슴의 상처는 유독 크고 징그러웠다. 그녀는 그 흉터들을 지우고 싶었다. 그러나 아무리 세게 문질러도 흉터는 지워지지 않았다. 그녀는 안타까웠다. 교도소에서 만난 여자처럼 자신도 하얀 피부를 갖고 싶었다. 할 수만 있다면 그 여자의 육체를 자신의 것으로 만들고도 싶었다.

춘희는 문득 사내가 옆에 서 있는 걸 발견했다. 언제 왔는지 트럭이 옆에 세워져 있었고, 사내는 자신의 알몸을 바라보고 있었다. 그런데 사내의 얼굴엔 환한 미소가 사라지고 눈빛은 이상한 열기로 번들거리고 있었다. 평소와는 다른 낯선 표정이었다. 자신이 발가벗고 있다는 것도 잊은 채 그녀는 의아한 듯 사내를 쳐다보았다. 그러고 보니 사내의 낯선 눈빛을 어디선가 본 듯도 했다. 그 눈빛은 오래전 천둥이 치던 밤, 발가벗긴 엄마를 깔아뭉개던 사내들의 눈빛과 비슷했다. 뭔가 좋지 않은 징조였다.

사내는 춘희에게 다가왔다. 그녀는 경계심을 갖고 주춤거리며 물러서다 나뭇가지에 발뒤꿈치가 걸려 뒤로 넘어지고 말았다. 순간, 벌건 사타구니가 햇빛 아래 드러났다. 사내의 눈빛이 불길처럼 타올랐다. 그리고 와락, 넘어진 그녀의 몸 위를 덮쳤다. 사내의 몸은 떨리고 있었다. 그녀는 갑작스런 공포심에 몸이 얼어붙었다. 사내는 바지를 끌어내렸다. 그리고 뭔가 뜨거운 것을 그녀의 사타구니에 대고 비벼댔다. 뜨거운 입김이 얼굴에 와 닿았고 두툼한 가슴은 그녀를 짓눌러댔다. 가슴이 답답하고 숨이 막혔다. 그녀는 사내를 떼어내려고 했다. 그러나 사내의 어깨를 밀쳐내려는 순간, 무언가 뜨거운 것이 자신의 다리 사이를 비집고 들어왔다. 날카로운 통증이 정수리를 꿰뚫고 지나가며 온몸에 힘이 풀렸다. 그곳은 오래 전 교도소에 있을 때 철가면이 곤봉으로 사정없이 쑤셔대던 곳이었다. 곤봉으로 쑤셔대 피가 흘러내리자 철가면은 말했다.

　—흥, 그래도 꼴에 처녀란 말이지. 하긴 어떤 미친놈이 너 같은 괴물하고 붙어먹고 싶겠어? 너처럼 나쁜 년은 개나 말하고나 하는 게 어울릴 거야, 안 그래?

　그녀는 철가면처럼 사내가 자신을 괴롭히는 거라고 생각했다. 결국 그는 나쁜 사람이었던 것이다. 그녀는 사내를 밀쳐내려고 버둥댔다. 그럴수록 사내는 필사적으로 엉덩이를 밀어붙였다. 그녀의 힘도 어지간했으나 사내의 힘을 당해낼 순 없었다. 그러던 어느 순간, 사내의 온몸이 뻣뻣하게 굳어졌다. 그리고 곧 통나무가 구르 듯 그녀의 몸에서 떨어져나갔다. 그녀의 마음속엔 분노가 솟아올랐다. 사내는 옆에 누워 가쁜 숨을 몰아쉬고 있었다. 그는 자신을 괴롭히는 나쁜 남자였다. 그녀는 사내의 얼굴을 물어뜯기 위해 자리에서 일어섰다. 그런데 어느새 사내의 표정이 변해 있었다. 방금 전의 낯선 열기는 온데간데없고 평소의 그처럼 부드러운 표정으로 돌아와 있었다. 그의 얼굴엔 미안함과 부끄러움도 섞여 있었다. 그녀는 혼란스러웠다. 사내의 코를 물어뜯어야 할지 말아야 할지 알 수가 없었다. 잠시 후, 사내는 숨을 고르며 말했다.

　—미안해, 병아리. 처음부터 나도 이런 식으로 일을 치르고 싶지는 않았어. 하지만 참을 수가 있어야 말이지.

이후, 비슷한 일은 사내가 찾아올 때마다 반복되었다. 그럴 때마다 온몸이 뻣뻣하게 굳어지며 고통이 되살아났지만 차마 사내의 얼굴을 물어뜯지는 못했다. 사내가 멀쩡하다가도 왜 갑자기 나쁜 사람처럼 구는지 이해할 수가 없었다. 그녀는 그것이 자신의 몸 안에 들어온 벌레가 일으킨 질병처럼 어떤 나쁜 병인지도 모른다고 생각했다. 그리고 그 병은 바로 사내의 사타구니에 있는 괴상한 물건 때문이라고 생각했다. 그녀는 애꾸가 자신의 병을 치료해주었듯이 사내의 병을 치료해주고 싶었다. 어느 날, 그녀는 칼을 들고 잠든 사내의 물건을 잘라 없애려 했다. 칼을 물건에 대는 순간, 사내는 화들짝 놀라 일어나 그녀의 손에서 칼을 빼앗아 멀리 던져버렸다. 그는 황당하다는 듯 그녀를 쳐다보며 말했다.

─미쳤어, 병아리? 나를 고자로 만들 참이야? 그러면 결국 손해 보는 건 너 자신이라는 걸 알아야지, 이 바보야.

불행하게도 춘희는 죽을 때까지 끝내 성의 기쁨을 알지 못했다. 그녀는 얼마 지나지 않아 트럭 운전사의 행동이 철가면처럼 자신을 괴롭히려는 게 아니라 여느 동물들이 하는 것처럼 자연스런 생식행위라는 것을 깨달았지만, 그 행위는 언제나 낯설고 무섭게 느껴졌다. 또한 정수리를 꿰뚫는 통증이 사라진 뒤에도 여전히 그의 눈빛이 이상한 열기로 번뜩일 때면 이미 온몸이 뻣뻣하게 굳어지곤 했다. 그녀는 사내가 자신의 배 위에서 헐떡일 때마다 빨리 일이 끝나 그가 평소의 부드러운 얼굴로 돌아오기만을 바랐다. 그래서 자신을 안고 누워 우렁우렁한 목소리로 세상을 떠돌아다니며 겪은 일들을 들려주기를 바랐다. 비록 사내가 하는 말을 잘 알아듣진 못했지만 그의 몸에서 나는 구수한 냄새와 울림이 좋은 목소리는 그녀의 마음을 한없이 편안하게 해주었다. 그리고 어느덧 깊은 잠 속으로 빠져들게 만들곤 했다.

춘희는 언젠가부터 사내가 오면 밥을 지어주었다. 그녀는 오래전 공장에서 여자들이 가마솥에 밥을 하던 장면을 기억해내 밥을 짓고 찬을 만들었다. 비록 밥은 설고 찬은 간이 안 맞았지만 사내는 언제나 달게 그릇을 비웠다. 사내는 밥을 한 그릇 다 먹고 나면 염치가 없다는 표정으로 그릇을 다시 내밀곤 했다.

─밥 좀 더 줘, 병아리. 오늘은 여간 배가 고팠어야 말이지. 게다가 음식 솜씨가 이렇게 좋으니 배탈이 나더라도 할 수 없지, 뭐.

여느 지아비와 지어미처럼 두 사람은 툇마루에 나란히 앉아 밥을 먹고 함께 잠자리에 들었다. 유난히도 단풍이 고왔던 그해, 한없이 쓸쓸하기만 했던 남발안의 가을은 그렇게 한 낯선 사내의 출현으로 풍성하게 깊어가고 있었다.

춘희의 삶은 새로운 국면으로 접어들었다. 십 년간의 혹독한 교도소 생활을 마친 후 다시 수년간 세상으로부터 고립되어 살아온 그녀에게 트럭 운전사와 함께 지낸 몇 달간은 놀라운 축복의 시간이라 아니할 수 없었다. 두 사람이 그렇게 더불어 한생을 보냈더라면 그녀가 겪은 고통을 모두 보상받고도 남음이 있었을지도 모른다. 그러나 여왕의 인생은 그리 간단하게 끝나지 않았다. 가혹한 운명은 아직도 그녀 앞에 더욱 모질고 혹독한 시련을 남겨두고 있었다.

첫 서리가 내린 지 며칠 뒤, 트럭 운전사가 다시 공장을 찾아왔다. 그는 다가오는 겨울에 대비해 춘희가 입을 두터운 잠바를 사왔다. 그는 여느때처럼 춘희를 보자마자 대뜸 치마부터 걷어올리고 일을 치르려 했다. 그런데 이때, 그는 춘희의 배가 평소보다 더 불러 있다는 것을 알아차렸다. 춘희가 본래 다른 여자들보다 뚱뚱하긴 했으나, 그는 곧 그것이 임신이라는 사실을 깨달았다. 그러곤 갑자기 표정이 어두워졌다. 그는 춘희의 배 위에서 내려와 조용히 치마를 내려주었다. 춘희는 사내의 표정이 심상치 않음을 눈치챘다. 사내는 애써 밝은 표정을 지어 보이려 했지만 눈빛은 이미 딱딱하게 굳어 있었다. 그날 그는 밥 한 그릇도 채 비우지 않았고 잠자리에 들어서도 좀처럼 눈을 붙이지 못했다. 그리고 이따금씩 옆에서 잠든 춘희의 머리카락을 쓸어올리며 깊은 한숨을 내쉬기도 했다.

다음날 아침, 춘희가 눈을 떴을 때 트럭 운전사는 보이지 않았다. 마당에 세워져 있던 트럭도 보이지 않았다. 그녀는 사내가 평소의 긴 너스레 섞인 작별인사도 없이 떠난 것이 의아하게 생각되었다. 그렇게 인사도 없이 사라진 건 이전엔 한 번도 없던 일이었다. 그녀는 하루종일 불길한 예감에 사로잡혀 일을 하면서도 연신 굴다리 쪽을 힐끔거렸다.

그 시각, 트럭 운전사는 공장을 멀리 벗어나 좁은 산길을 넘어가고 있었다. 새로운 생명을 만들어내는 일이 여느 연인들에게는 의당 축복일 터이지만 그에게는 그렇지 않았다. 오래전, 그가 광산회사의 경리를 떠날 때 그랬듯이 그는 아이가 자신의 발목을 비끄러매 소나 돼지처럼 평생 우리에 갇혀 살게 할까봐 두려웠다. 구불구불 고개를 넘어가며 그는 춘희와 헤어지는 것이 가슴 아픈 일이지만 방랑벽이 자신의 운명인 바에야 어쩔 수 없는 일이라고 생각했다. 그리고 다음 고개를 넘을 때쯤엔 홀가분한 생각까지 들었다. 따지고 보면 춘희가 그렇게 매력적인 여자는 아니었다. 한 고개를 더 넘어가며 그는 생각했다. 길은 어디에나 뻗어 있고 그 길가엔 언제나 여자들이 널려 있다. 여자란 그저 사내가 세상으로부터 얻어야 할 여러 대상들 가운데 하나일 뿐이다. 그리고 마지막 고개를 넘을 때쯤 그는 낯선 도시에 가서 새로운 여자를 만나 멋진 인생을 꾸려보겠다는 희망에 부풀었다. 마침내 트럭이 환하게 트인 길로 들어서자 그는 가속페달을 힘껏 밟았다. 그렇게 트럭 운전사는 공장을 떠나갔고, 그것이 그의 마지막 길이었다.

첫눈이 내릴 때까지도 트럭 운전사는 돌아오지 않았다. 춘희의 배는 점점 불러왔다. 교미가 끝나면 배가 불러오고 그뒤에 새끼를 낳는다는 것은 야생동물들의 생태를 통해 그녀도 이미 알고 있었다. 그녀는 언제나 진입로 쪽을 쳐다보며 트럭 운전사가 돌아오기를 기다렸다. 춘희의 귀엔 사내가 떠날 때마다 하던 작별인사가 맴돌았다.

—좋아, 병아리. 또 만나자고. 하지만 언제 오겠다는 약속은 못해. 내가 세상에서 제일 싫어하는 게 바로 약속이거든.

트럭 운전사는 자신의 말대로 약속도 없이 떠나갔고, 공장엔 다시 적막이 찾아왔다. 그는 겨울이 깊도록 돌아오지 않았다. 뱃속에서 아이가 발길질을 하는 게 느껴졌다. 춘희는 자신의 몸속에서 자라는 소중한 생명체에 대한 두려움과 함께 가슴이 벅차오르는 뿌듯함을 느꼈다. 알을 품은 둥우리 안의 암탉처럼 그녀는 홀로 어두운 방에서 조용히 겨울을 났다.

이듬해 봄이 되자, 춘희는 만삭이 되어 자리에서 일어서기조차 힘이 들게 되었다. 배는 끝도 없이 부풀어올라 살이 트고 핏줄이 터졌다. 춘희는 배가 터져버리는 게 아닌가 싶어 겁이 나기도 했다. 그리고 이때쯤 공교롭게도 양식이 모두 떨어지고 말았다. 춘희는 근 일 년 만에 다시 먹을 것을 찾아 야생으로 나설 수밖에 없었다. 하지만 때는 이른봄이라 들판과 계곡에는 먹을거리가 남아 있지 않았다. 이후, 그녀가 아이를 낳기까지 겪은 혹독한 굶주림은 차마 글로 옮길 수 없을 만큼 처절하고 눈물겨운 것이었다. 그녀는 자신의 굶주림으로 인해 아이까지 고통받는다는 것을 본능적으로 이해했으며 그 때문에 더욱 애가 탔다. 사내를 기다리는 그녀의 마음은 더욱 간절해졌으나 아이를 낳을 때까지 트럭 운전사는 돌아오지 않았다.

그해 늦은 봄, 춘희는 혼자 계집아이를 출산했다. 아이는 작고 힘이 없었으며 울지도 않았다. 그 옛날, 자신이 쌍둥이자매의 마구간에서 태어날 때처럼 지독한 상황이었다. 춘희는 탯줄을 이빨로 물어 끊어내고 태반을 삶아 먹었다. 그것은 한 어미 된 자의 준엄한 본능이었다. 그녀는 아이에게 젖을 물렸다. 겨우 묽은 젖이 나와 아이는 가까스로 숨이 트였다. 자신이 만들어낸 한 생명체가 젖을 빠는 모습을 보며 춘희는 가슴이 벅차올랐다. 아무도 가르쳐준 적이 없는 어미의 기쁨이었다.

그러나 기쁨도 잠시, 춘희는 다음날부터 다시 먹이를 구하기 위해 벌판과 계곡을 헤매고 다녀야 했다. 새끼를 먹여야 한다는 본능이 가엾은 어미를 메마른 자연으로 내몰았던 것이다. 미친듯이 계곡을 헤맸으나 나뭇잎을 틔우고 꽃을 피우는 요사스런 봄은 새끼를 갓 낳은 어미에겐 가혹한 굶주림의 계절일 뿐이었다. 젖이 부족해 아이는 빈 젖을 빨며 힘없이 울었다. 산모가 먹은 게 없으니 젖이 나올 리 없었다. 춘희는 새순을 따먹고 나무뿌리를 캐 씹고 들쥐를 잡아먹었다. 그녀는 연약한 아이의 생명을 지키기 위해 필사적으로 자연과 맞서 싸웠다. 더없이 단순하고 더없이 잔인한 싸움이었다.

계절이 여름으로 넘어가면서 다행히 계곡은 부족한 대로 젖이 나올 만큼 먹을거리를 제공해주었다. 대신, 춘희는 더욱 바빠졌다. 먹이를 구하러 다니고 아이를 돌보는 한편, 이전처럼 다시 벽돌을 찍기 시작했다. 사내가 떠나간 게 자신이 벽돌 만드는 일을 게을리했기 때문이라고 생각했던 것이다. 그녀는 사내가 보고 싶었다. 그의 우렁우렁한 목소리와 구수한 몸냄새, 심지어는 그토록 싫어했던 그와의 잠자리마저 그리웠다. 그녀는 사내에게 아이를 낳았다는 걸 알려주고 싶었다. 그리고 두 사람이 함께 무엇을 만들어냈는지도 보여주고 싶었다. 그 간절한 바람은 가을이 지나고 다시 잔인한 겨울이 올 때까지 계속되었다.

폭설

그해 겨울은 정부에서 기상관측을 시작한 이래, 가장 눈이 많이 내린 해였다. 당시를 기억하는 늙은이들은 눈이 내릴 때마다 기록적인 폭설이 내렸던 그해 겨울을 떠올리며 다음과 같이 말하곤 했다.

—지금 이건 그때에 비하면 아무것도 아냐. 그해에는 정말이지,

눈이 엄청나게 많이 내렸지. 난 빙하기가 다시 오는 줄 알았다니까.

　춘희는 아이를 안고 눈보라 속을 헤매고 있었다. 그곳은 언젠가 그녀가 애꾸를 만난 적이 있던 계곡 근처였다. 아이의 몸은 불같이 뜨거웠다. 윙윙대며 귓전을 스치는 차가운 칼바람 속에서 아이의 울음소리가 희미하게 들렸다. 그녀는 애꾸를 찾고 있었다. 자신의 병을 고쳐준 것처럼 애꾸가 아이를 도와줄 거라고 생각해서였다. 그것은 아픈 아이를 위해 그녀가 할 수 있는 유일한 방법이었다.

　아이가 울고 있는 것을 발견한 것은 그날 아침 산속에 놓아둔 올무를 돌아보고 집으로 돌아왔을 때였다. 다행히 올무엔 작은 산토끼 한 마리가 걸려 있었다. 토끼를 삶아 죽을 끓일 생각에 집으로 급하게 들어선 그녀는 아이의 몸이 좁쌀 같은 발진으로 새빨갛게 변해 있는 것을 발견했다. 달아오른 얼굴은 곧 터질 듯 뜨거웠고 작은 입으론 연신 기침을 해댔다. 그녀는 황급히 젖을 물리고 얼러댔지만 아이는 울음을 그치지 않았다. 숨이 넘어갈 것처럼 고통스럽게 기침을 해대는 아이를 보며 그녀는 어쩔 줄 모르고 허둥거렸다. 겨우 정신을 차려 토끼를 잡아 삶은 국물을 아이의 입에 넘겨주었지만 곧 토해내고 말았다.

　오후가 되자 열은 더욱 높아졌다. 아이는 기력을 모두 잃어 울음소리조차 제대로 내지 못했다. 그녀는 아이를 안고 눈밭을 헤쳐 계곡을 향해 달려갔다. 하지만 수십 갈래로 뻗어내린 계곡은 한결같이 비슷한 모양새여서 애꾸를 만난 계곡이 어디인지 알 수 없었다. 눈발은 더욱 거세져 무릎까지 눈이 잠겼다. 어느덧 아이의 울음소리도 잦아들었다. 그녀는 필사적으로 눈길을 헤쳐나갔지만 곧 길을 잃고 말았다. 더럭 겁이 났다. 날이 어두워지기 전에 집으로라도 돌아가야겠다는 생각이 들었다. 그녀는 발길을 돌렸으나 폭설로 길이 끊어진데다 거센 눈보라가 눈앞을 가로막았다. 귀신이 울어대듯 거센 바람소리가 귓전을 때렸다. 어디가 어딘지 분간이 안 되는 가운데 날은 어두워졌고 산속의 어둠은 삽시간에 천지를 덮어버렸다. 눈은 그치지 않았다. 가도 가도 끝없는 눈밭뿐, 그녀는 서서히 지쳐갔다. 발걸음도 점차 느려졌다. 사방은 어둠 속에 잠겨 있었다. 그러던 어느 순간, 그녀는 허벅지까지 잠기는 깊은 눈밭에 아이를 안은 채 넘어지고 말았다. 눈 속은 생각보다 따스했다. 귓전을 때리던 바람소리가 아득하게 멀어졌다. 빨리 일어나야겠다고 생각했지만 몸이 움직여지지 않았다. 아이의 상태가 걱정됐지만 고개조차 들 수 없었다. 그녀의 머릿속엔 죽음이 떠올랐다. 그리고 어디선가 희미하게 그녀가 태어났을 때 맡았던 마구간의 냄새가 나는 듯했다. 그러는 동안 고운 눈가루는 두 모녀의 지친 몸뚱이를 서서히 덮어주었다.

춘희가 아이를 안고 눈밭을 헤매던 그 시각, 트럭 운전사는 산길을 넘고 있었다. 그는 벽돌공장으로 돌아가는 길이었다. 오후부터 시작된 눈보라는 밤이 깊도록 그치지 않았다. 아니, 오히려 갈수록 더 거세졌다. 그는 지쳐 있었다. 유치장에서 막 나온 길이었다.

춘희를 떠난 후 그에겐 좋지 않은 일만 생겼다. 그는 멀리 지방에 있는 과수원에서 도시로 과일을 실어날랐다. 돈벌이가 나쁘지 않았다. 여자도 만났다. 여자는 청과물시장에서 과일장사를 하는 여자였다. 그녀의 몸에선 언제나 향긋한 포도 냄새가 났다. 처음 몇 달간 두 사람은 달콤한 사랑에 빠져 있었다. 두 사람은 방을 얻어 살림을 차렸다. 그러나 과일장사는 만족을 모르는 여자였다. 그녀는 끊임없이 바가지를 긁어댔다. 여자는 사내가 게으르다고 트집을 잡았다. 돈을 헤프게 쓴다고 잔소리를 했고 왜 남들처럼 못하느냐고 무시했다. 그가 만난 여자들 가운데 최악이었다. 그래서 그는 떠났다.

여자를 떠나 이웃도시로 가던 도중, 그는 술을 마시고 운전을 하다 가벼운 교통사고를 일으켰다. 아무도 다친 사람은 없었으나 상대와 말다툼을 벌이다 홧김에 주먹을 휘둘렀다. 그는 경찰서로 연행되어 유치장에서 며칠을 보냈다. 경찰서에 있는 동안, 불현듯 벙어리의 얼굴이 떠올랐다. 그녀가 애를 낳았는지도 궁금했다. 그는 자신이 늙어가고 있다는 것을 깨달았다. 힘도 이전 같지 않았으며 피로는 더 자주 찾아왔다. 이젠 긴 방랑을 끝내야 할 때가 왔다는 생각도 들었다. 자신도 남들처럼 아이를 키우며 안정되게 살고 싶다는 욕망이 강렬하게 일었다.

그날 아침, 그는 유치장에서 나오는 길에 시장에 들러 쌀과 고기를 샀다. 양털로 짠 노란 스웨터도 샀다. 그것은 벙어리에게 줄 선물이었다. 한시바삐 벙어리의 얼굴을 보고 싶었다. 그녀와 자신이 만들어낸 아이의 얼굴도 보고 싶었다. 평대가 가까워질수록 눈발은 점점 더 굵어졌다. 고개만 하나 넘으면 멀리 공장이 눈에 들어올 터였다. 그는 춘희가 아직도 노란 원피스를 입고 있는지 궁금했다. 그는 춘희를 만나면 해둘 말을 이미 준비해두고 있었다.

—미안해, 벙어리. 너한테 싫증이 나서 떠났던 건 아냐. 난 그냥 자유롭고 싶었을 뿐이야. 하지만 이젠 다 끝났어. 난 지금까지 아무에게도 약속을 하지 않았지만 너에겐 처음으로 한 가지 약속을 하겠어. 앞으로는 무슨 일이 있어도 네 곁을 떠나지 않겠다고.

눈보라는 더욱 거세졌다. 앞이 보이지 않아 앞유리에 얼굴을 바짝 들이댄 채 운전을 해야 했다. 그는 아이가 귀여운 계집아이였으면 좋겠다고 생각했다. 고개를 내려가며 아이에게 줄 선물을 미처 준비하지 못했다는 걸 깨달은 그는 거기까지 생각이 미치지 못한 자신을 자책했다.

바보 같은 놈!

그는 운전대를 주먹으로 꽝 내리쳤다. 순간, 운전대가 돌며 트럭이 길을 벗어났다. 가파른 내리막길이었다. 그는 놀라 황급히 운전대를 틀었다. 차가 눈길에 미끄러지며 길옆 난간을 들이받았다. 트럭은 계곡 아래로 낙하하기 시작했다. 비탈길을 굴러내리는 동안 그는 생각했다.

젠장, 도대체 어디까지 떨어지는 거야? 난 그냥 길 위에서 죽고 싶은데.

트럭은 계곡 아래에 있는 바위를 들이받고 산산이 부서졌다. 그리고 곧 세차게 몰아치는 눈보라에 뒤덮이고 말았다. 평생 길 위를 떠돌며 살아온 그는 눈 덮인 계곡에서 생을 마감했다. 한 등산객이 부서진 차 안에서 그의 시신을 발견한 것은 눈이 모두 녹은 이듬해 봄, 오월이었다. 그 장소는 벽돌공장에서 불과 시오리밖에 떨어지지 않은 곳이었다.

춘희는 눈을 떴다. 찌를 듯이 눈이 아팠다. 천지를 하얗게 뒤덮은 눈밭 위에 태양이 솟아오르고 있었다. 언제 눈보라가 쳤나 싶게 사방은 고요했고 바람 한 점 불지 않았다. 그녀는 천천히 몸을 일으켰다. 몸이 천근이나 되는 듯 무거웠다. 그러다 문득 자신의 팔을 내려다보았다. 아이가 보이지 않았다. 그녀는 깜짝 놀라 미친 듯이 눈 속을 파헤쳤다. 곧 눈 속에서 아이를 발견하고 급히 안아 올렸다. 아이의 몸은 얼음장처럼 차가왔다. 얼굴은 창백했으며 팔다리는 이미 축 늘어져 있었다. 아이가 죽었다는 것을 깨닫는 순간 돌이킬 수 없는 충격이 그녀를 뒤흔들었다. 그녀는 아이의 차가운 얼굴에 자신의 뺨을 비벼댔다. 죽음은 되돌릴 수 없었다. 그녀는 그 사실을 잘 알고 있었다. 그녀는 총 맞은 노루처럼 비틀거리다 무릎이 꺾였다. 그녀는 아이를 눈 위에 가만히 내려놓았다. 아이는 너무나 작고 연약했다. 그리고 죽어 있었다. 아이를 내려다보던 그녀에게 문득 해일처럼 거대한 슬픔이 밀려왔다. 그것은 한꺼번에 목울대를 밀고 터져나왔다. 춘희는 울었다. 절망적으로 슬프게, 숨이 막힐 만큼 필사적으로 울었다. 태양은 점점 더 높이 솟아올랐다. 하얀 눈밭에 춘희는 하나의 점으로 남아 울었다. 그간의 기나긴 외로움과 고통을 모두 담아내 울었다. 온몸을 떨며 격렬하게 울었다. 가슴이 터질 만큼 우렁차게, 목이 찢어질 만큼 처절하게…… 울었다.

대극장

이제 이야기는 기나긴 시간의 바다를 훌쩍 건너뛰어 이십 년 뒤의 한 건축가에게로 우리를 안내한다. 그는 방금 전 누군가와 전화 통화를 끝내고 수화기를 내려놓는 중이었다. 그는 뭔가 잔뜩 실망한 표정으로 길게 한숨을 내쉬었다. 그리고 피곤한 듯 얼굴을 손바닥으로 비비며 중얼거렸다.

─그렇겠지. 그게 지금까지 남아 있을 리 없겠지. 그럼, 이제 다 틀린 건가?

그는 자리에서 일어서서 위스키를 한 잔 따라들고 도시의 불빛이 반짝이는 창가로 걸어갔다. 그는 큰 좌절감에 사로잡힌 듯 한동

498

안 창밖에서 눈길을 돌리지 못했다. 그러다 단숨에 위스키를 들이 켰다. 그리고 혼잣말로 중얼거렸다.

—그래도 한번 가봐야겠어. 내 눈으로 직접 확인한 다음에 공사 를 시작해도 늦진 않을 거야.

잠시 후, 그는 서둘러 여행을 떠날 짐을 꾸리고 있었다.

건축가는 매우 조용한 사람이었지만 자신의 목표가 뭔지 정확 하게 알고 있는 사람이었다. 일찍이 해외에서 유학을 하고 돌아 온 그는 건축계에 일대 혁명을 일으켰다. 그는 건축의 개념을 새롭 게 정립했으며, 건축을 단순한 공학의 차원에서 예술의 경지로 끌 어올렸다는 평가를 받았다. 자연스럽되 거칠지 않고 아름답되 요 란스럽지 않으며 실용적이되 천박하지 않고 조화롭되 인공적이지 않은 건물을 짓는 것이 바로 그의 건축학의 모토였다. 그것은 매우 엄격한 통제력과 뛰어난 예술적 영감이 필요한 일이었다. 그가 건 물을 하나씩 지을 때마다 사람들은 열광했고 그에겐 많은 일거리 가 밀려들었다. 하지만 그는 신중하게 일을 선택했다. 그는 관습적 인 것을 두려워했으며 자신의 재능이 부자들에게 이용당하는 것 을 경계했다.

그에게 검은 양복을 입고 선글라스를 쓴 두 명의 사내가 은밀히 찾아온 것은 일 년 전의 일이었다. 그들은 국가의 보위와 관련된 비밀정보를 다루는 자들이었다. 그들은 그에게 장군의 지시, 아니

명령이라며 하나의 문건을 전달했다. 문서엔 새로운 건물을 짓는 데에 필요한 제반사항이 꼼꼼하게 적혀 있었다. 그 새로운 건물이란 바로 대극장이었다. 그는 단번에 흥분했다. 건축가로서 한번 도전해볼 만한 일이었던 것이다. 그러지 않아도 심신이 지쳐 있던 그에게는 뭔가 새로운 돌파구가 필요한 시기이기도 했다. 그는 정치적으로 아무런 입장이 없었기 때문에 그 자리에서 장군의 제안을 받아들였다. 혹, 거절했더라도 결국은 그가 설계를 맡을 수밖에 없었겠지만 지하실에 끌려가는 불상사를 모면한 건 어쨌든 다행스런 일이었다.

설계에는 많은 시간이 걸렸다. 극장을 짓는 일은 일반 건축물과는 달리 음향시설과 조명시설, 좌석배치 등 수많은 사항을 고려해야 하는 매우 복잡한 일이었다. 기관원들은 수시로 그에게 전화를 걸어 독촉을 했다. 어찌된 일인지 그들은 몹시 서두르고 있는 인상이었다. 거기에는 그럴 만한 이유가 있었다.

장군은 북쪽과 평화조약을 추진했다. 실제 속내야 알 수 없지만 장군이 보낸 특사들은 바쁘게 북쪽을 오가며 회담을 열었다. 회담의 성과는 매우 만족할 만했으며 획기적인 평화방안을 도출해낼 희망도 보였다. 그런데 남쪽의 특사들이 북쪽으로 회담을 하러 갔을 때 그들은 놀라운 건축물을 하나 보았다. 그것은 거대하고 호화로운 대극장이었다. 북쪽의 장군은 그 건축물을 매우 자랑스럽게 여겼다. 그 사실은 곧 장군의 귀에 들어갔다. 장군은 긴장했다. 자신들이 북쪽에 비해 뒤져 있는 게 아닌가 하는 불안감에 그는 신경이 잔뜩 곤두섰다. 그리고 회담은 급진전해 북쪽의 특사들이 남쪽에 내려와서 회담을 하기로 일정이 잡혔다. 장군은 다급했다. 그는 북쪽의 특사들이 내려오기 전에 그들이 묵을 호텔에서 내려다보이는 장소에 북쪽의 극장 못지않은 대극장을 짓기로 결심했다. 그것은 아무도 모르게 은밀히 추진되어야 했다. 그 일이 북쪽과 관련이 있었기 때문이었다. 당시엔 무슨 일이든 북쪽과 관련이 있는 것은 무조건 기밀로 취급되었다. 건축가에게 일을 의뢰한 것이 공식적인 정부기관이 아니라 비밀기관인 까닭도 바로 거기에 있었다.

건축가는 다행히 계획한 기간 안에 설계를 마쳤다. 그런데 문제는 시공이었다. 그는 특별한 건축물이 될 대극장의 자재를 고르는 데 더없이 신중했다. 시멘트는 천박해 보였고 대리석은 위압적이었으며 나무는 실용적이지 못했다. 대극장은 모든 사람들이 이용할 수 있는 장소로서, 그것을 이루고 있는 자재는 대중적인 친근감과 예술적인 무게감을 동시에 갖춘 것이라야 했다. 그가 오랜 고민 끝에 선택한 것은 바로 점토벽돌이었다. 단지 흙과 물, 그리고 불로만 이루어진 그것은 다른 무엇보다도 가장 오래된 건축자재였으며 문명과 자연의 가장 이상적인 조합물이었다. 하지만 그는 점토벽돌이 붉은색이라는 이유로 기관원들과 한동안 마찰을 빚어야 했다. 붉은색이 빨갱이를 연상케 한다는 거였다. 그것은 다시, 이념의 법칙이었다.

결국 공사기간을 맞추기 위해 어쩔 수 없이 기관에서 양보를 할 수밖에 없었다. 그러나 다시 문제가 생겼다. 세상에 널린 게 붉은 벽돌이고 흔해빠진 게 벽돌공장이었지만 그가 원한 건 대극장의 위상에 걸맞은 특별한 벽돌이었다. 그의 기준은 너무 엄격하고 까다로워서 샘플을 들고 온 벽돌제조업자들은 번번이 퇴짜를 맞아야 했다. 그는 퇴짜를 놓을 때마다 제조업자들에게 말하곤 했다.

—이보시오, 둥글다고 다 바퀴가 아니듯 네모나다고 해서 다 벽돌이 아니란 말이오. 무슨 말인지 알겠소?

결국 그는 자신이 원하는 벽돌을 구하기 위해 직접 나섰다. 설계까지 다 마쳐놓고 자재를 선택하는 데 마냥 뜸을 들이고 있는 그에게 기관에서는 연신 독촉을 해댔다. 그는 전국에 있는 벽돌공장이란 벽돌공장은 모두 찾아다녔다. 하지만 자신이 원하는 벽돌은 끝내 찾을 수가 없었다. 뛰어난 품질의 벽돌도 간혹 있었으나 그가 원하는 기준은 늘 그보다도 더 높은 것이었다.

그는 지방의 한 도시를 지나고 있었다. 그 도시에 있는 한 벽돌공장에 들렀다 잔뜩 실망만 하고 돌아가는 길이었다. 이젠 그가 둘러본 가운데 비교적 품질이 나은 벽돌을 선택할 수밖에 없었다. 마음이 무거웠다. 그는 한숨을 내쉬며 무심코 창밖으로 고개를 돌렸다. 이때 그의 눈에 낡은 건물이 들어왔다. 순간, 그는 눈이 번쩍 뜨이는 느낌이었다. 그는 운전사에게 차를 세우게 했다. 그리고 차에서 내려 건물을 향해 다가갔다.

당구장과 다방이 있는 이층 건물은 지은 지 오래되어 너무 낡고 군데군데 금이 간 채 방치되어 있었다. 하지만 그는 그 건물을 이루고 있는 벽돌이 그가 본 것 가운데 가장 뛰어난 것임을 단번에 알아보았다. 아니, 다른 벽돌들과는 비교조차 할 수 없을 만큼 훌륭해 보였다. 그는 자신도 모르게 벽돌을 쓰다듬어보았다. 벽돌은 한눈에 봐도 단단한 품격이 엿보였고 밝음의 정도가 과하지도 모자라지도 않았다. 또한 위엄이 있어 보이되 결코 겁주지 않는 무게감을 유지하고 있었으며 무질서하지도 그렇다고 정형적이지도 않았다. 그것은 정확하게 그가 몇 달 동안 애타게 찾던 바로 그 벽돌, 아니 그 이상이었다. 그것은 흙으로 만든 보석과 다름이 없었다.

그는 벽돌에 손을 댄 채 가슴이 벅차올라 그 자리에 꼼짝 않고 서 있었다. 그리고 벽돌을 만든 사람에 대한 무한한 경외심에 머리가 숙여졌다. 그에 비하면 자신의 능력은 한낱 잔재주에 지나지 않는다는 생각도 들었다. 한동안 깊은 감동에 잠겨 있던 그는 이윽고 벽돌에서 손을 떼며 중얼거렸다.

─만일 하느님이 있어서 벽돌을 빚었다면 이게 바로 그 벽돌일 거야.

그런데, 이때 다방 문이 빠끔히 열리며 여종업원이 고개를 내밀었다.

—아저씨, 거기 그렇게 서 있지 말고 들어와 커피 한잔 하세요.

껌을 질겅질겅 씹고 있던 여종업원은 채 소녀티를 벗지 못한 앳된 얼굴에 팬티가 보일 만큼 짧은 치마를 입고 있었다. 건축가는 감동에 빠진 나머지 여종업원의 손을 덥석 잡고 물었다.

—얘야, 너는 세상에 하느님이 있다고 생각하니?

—글쎄요. 만일 그딴 게 있었다면 내가 열두 살 때부터 커피를 나르게 놔뒀겠어요?

여종업원이 당돌하게 말을 받았다.

—그래, 나도 방금 전까지는 그렇게 생각했단다. 그런데 넌 잘 모르겠지만 지금 넌 하느님이 지은 집에서 일을 하고 있는 거야. 그건 매우 근사한 일이지.

—저도 알아요.

여종업원이 껌을 씹으며 시큰둥하게 대답했다.

—너도 안다고?

건축가가 놀라서 물었다.

—네, 여긴 하느님이 지은 집이고 난 성처녀 마리아잖아요. 그리고 이제 당신은 내가 아직도 처녀인지 아닌지 검사해볼 거죠? 그래서 처녀가 아니면 팬티를 내리고 내 엉덩이를 때려줄 거잖아요.

—얘, 얘야, 내 말은 그런 뜻이 아니고……

이때, 여종업원이 팔을 탁 뿌리치고 그의 앞에 껌을 퉤 뱉더니 안으로 들어가며 말했다.

　—변태 같은 새끼. 먹고 싶으면 차라리 그냥 달라고 그럴 것이
지, 웬 개수작야. 난 저런 식으로 달라는 새끼들이 캡 재섭더라.

　시공은 끝도 없이 연기되었다. 기관에선 건축가를 들들 볶아댔
지만 그는 눈도 하나 깜짝하지 않았다. 건축가의 신념은 너무나 단
호해서 그의 머리에 총을 들이댄다 한들 작업을 진행할 것 같지 않
았다. 그래서 그들은 건축가를 지하실로 데려가는 대신, 자신들을
살려주는 셈 치고 제발 빨리 공사를 시작하라고 사정하기 시작했
다. 하지만 그는 자신이 원하는 벽돌을 찾지 못하면 단 한 장의 벽
돌도 쌓을 수가 없다고 버텼다. 할 수 없이 벽돌을 찾기 위해 요원
들이 파견되었고, 기관의 모든 정보망이 총동원되었다.
　건축가를 감동시킨 것과 똑같은 벽돌로 지은 건물이 추가로 몇
군데에서 발견되었다. 요원들은 건물주나 건축업자를 상대로 벽
돌을 찍어낸 곳을 은밀히 조사했다. 그래서 시간이 더 오래 걸렸
다. 기실, 벽돌을 찾는 데에 은밀히 조사를 할 필요까지는 없었으
나 그것이 그들의 오랜 습관이다보니 어쩔 수 없었다. 또한 건물을
지은 때로부터 시간이 너무 오래 흘러 건물과 관계가 있는 자들은
대부분 이미 죽었거나 살아 있더라도 기억을 하지 못했다. 그러다
비교적 정신이 맑은 한 늙은 건축업자에게서 오래전 트럭에 벽돌
을 싣고 다니던 한 괴력의 사내에 대한 정보를 얻어낼 수 있었다.

그 사내는 벽돌 수십 장을 한 번에 들어올릴 만큼 장사였는데, 건축업자는 오랜 세월이 흘렀음에도 그의 독특한 작별인사를 비교적 또렷하게 기억하고 있었다.

—다음번엔 벽돌을 더 많이 실어오지요. 하지만 언제 오겠다는 약속은 못해요. 내가 세상에서 제일 싫어하는 게 바로 약속이거든요.

그것이 괴력의 사내가 벽돌을 내려놓고 가면서 한 작별인사였다.

기관에서는 벽돌이 발견된 지역을 중심으로 벽돌을 제조한 공장을 샅샅이 수색했다. 그러나 아무런 성과도 올리지 못했다. 그것은 마치 미스터리에 둘러싸인 무림비급처럼 세상에서 완전히 사라진 것처럼 보였다. 그러던 도중, 건축가는 이미 건물이 철거된 한 건물 터에서 새로운 종류의 벽돌을 한 가지 더 발견했다. 그것은 비록 자신이 찾던 벽돌보다는 못했지만 그가 본 어떤 벽돌보다도 품질이 뛰어났으며 제조공법이나 재료 면에 있어서 그가 처음 발견했던 벽돌과 서로 일치하는 점이 많았다. 그는 두 종류의 벽돌이 모두 같은 공장에서 제조되었다는 확신을 갖게 되었다. 한 대학 연구소에 조사를 의뢰한 결과 건물 터에서 발견된 벽돌은 건축가가 찾던 원래의 벽돌보다 이십여 년 이상 앞서서 제조되었다는 사실이 밝혀졌다. 그 벽돌이 중요한 단서가 된 이유는 바로 벽돌 옆에 찍힌 인장 때문이었다. 그가 새로 발견한 벽돌에는 한결같이

'坪垈甓瓦'라고 쓴 인장이 선명하게 남아 있었다.

이제 조사는 평대벽와란 공장을 찾는 것으로 집중되었다. 요원들은 곧 벽돌이 집중적으로 발견된 한 도시에서 평대에 관한 많은 정보를 수집할 수 있었다. 그것은 이미 수십 년 전에 사라진 도시였다. 그들은 오래된 철도연감에서 평대라는 지명을 어렵게 찾아내 어렴풋하게나마 그 위치를 짐작할 수 있게 되었다. 또한 당시에 살았던 늙은이들로부터 오래전 인근에 있는 한 도시에 큰불이 나 사람들이 모두 타 죽었다는 소문을 들었다는 증언도 얻어낼 수 있었다. 그리고 마침내 그들은 어릴 때 평대에서 살다 대화재 이후에 도시를 떠났다는 한 늙은이의 희미한 기억에 의지해 비극 속에 묻혀버린 도시, 평대를 찾아낼 수 있었다. 건축가가 처음 벽돌을 발견한 때로부터 육 개월이 지난 뒤의 일이었다.

기관의 요원들이 평대에 도착했을 때, 도시는 이미 수십 년 된 나무와 잡초 들로 뒤덮여 있어 마치 숲의 정령이 거대한 도시를 자신의 품 안에 은밀히 숨겨놓은 것처럼 보였다. 도시는 그들이 생각했던 것보다 규모가 훨씬 컸으며 그 융성함을 짐작게 할 수 있는 건물 터의 넓이는 그들을 놀라게 하고도 남음이 있었다. 또한 건물마다 불에 그슬린 자국이 선명하게 남아 있어 당시의 화재가 얼마나 참혹했었는지를 말해주고 있었다. 그들은 대화재의 진원지인 극장 터도 찾아냈다. 고래 모양을 한 건물은 이미 무너진 지 오래였지만 치마폭처럼 펼쳐진 대리석 계단과 드넓은 광장은 그 원형을 그대로 유지하고 있어 당시 극장건물이 얼마나 호화로웠는지를 짐작게 해주었다.

조사요원들이 극장 앞을 지날 때, 매표소가 있었을 것으로 추정되는 자리엔 한 늙은 개가 기둥에 묶인 채 외로움과 배고픔에 지친 표정으로 엎드려 있었다. 제대로 먹지를 못해 바싹 여윈 개는 마치 걸레를 뭉쳐놓은 것처럼 지저분해 보였다. 요원들은 사람이 떠난 지 수십 년이 지난 그때까지도 개가 살아 있다는 것을 도저히 믿을 수가 없었다. 그들은 혹 인근마을의 누군가가 최근에 개를 묶어놓지 않았나 의심했지만 개의 목을 옥죄고 있는 쇠사슬은 오랜 세월 비바람을 맞은 듯 두꺼운 녹으로 뒤덮여 있었다. 한 요원이 줄을 풀어주기 위해 손을 대자 쇠사슬은 힘없이 바스러져내렸다. 하지만 그 가엾은 명견은 쇠사슬이 풀린 뒤에도 그 자리에 엎드린 채 진물이 흘러내리는 눈을 끔뻑이며 매표소 앞을 떠나지 않았다.

그로부터 나흘 뒤, 건축가는 기관으로부터 전화를 받았다. 그날 오후 마침내 요원들이 평대벽와로 알려진 공장 터를 찾아냈다는 거였다. 벽돌공장을 찾아내는 데 나흘이나 걸린 이유는 공장이 있던 자리가 평대에서 멀리 떨어져 있는데다 그 일대가 온갖 잡초와 가시덤불로 우거져 진입로를 찾는 데 이틀을 소비했기 때문이었다. 힘겹게 진입로를 헤치고 공장 입구까지 들어가본 결과, 공장은 이미 수십 년 전에 폐쇄되어 수풀만 무성한 벌판이 되어 있었다. 요원들은 건축가에게 공장이 이미 오래전에 문을 닫았다는 말과 함께 자신들은 더이상은 기다려줄 수 없으니 빨리 시공을 하라는 명령을 전했다. 만일 더이상 고집을 피운다면 그를 배제하고 공사를 진행할 수밖에 없다는 말도 덧붙였다. 건축가는 잔뜩 실망했다. 그는 알았다고 짧게 대답하고 전화를 끊었다. 하지만 그는 자신의 눈으로 직접 공장을 확인하고 싶었다. 이미 오래전에 공장이 폐쇄되었다는 말은 들었지만 벽돌을 만든 장소에 직접 가보고 싶은 생각이 들었다. 더이상 미련을 가져봐야 소용없다는 것을 확인하고 싶었다. 그래야 비로소 몇 달 동안 자신을 사로잡은 벽돌에 대한 집착에서 벗어날 것 같았다. 전화를 받은 지 삼십 분 뒤, 그는 조용히 혼자 차를 몰고 공장을 향해 밤길을 떠났다.

그가 공장 진입로에 도착한 것은 다음날 저녁, 해 질 무렵이었다. 그는 기찻길 아래 굴다리를 지나 요원들이 낸 길을 따라 공장을 향해 걸어갔다. 요원들은 하루 전날 이미 모두 철수를 한 뒤였다. 어찌된 일인지 진입로는 사람의 발길을 허락하지 않으려는 듯 한 길이 넘는 온갖 독풀들과 가시덤불이 촘촘하게 엉켜 있어 쥐새끼 한 마리 드나들기도 힘들 정도였다. 이 때문에 요원들은 낫과 톱 등을 동원해 빽빽하게 뒤엉킨 초목을 베어내며 조금씩 힘겹게 전진해야 했다. 덕분에 건축가는 어렵지 않게 공장에 접근할 수 있었으나 길은 공장 입구에서 끊겨 있었다. 입구엔 나무로 만들어 세운 푯말이 반쯤 썩은 채 서 있었고 그 푯말엔 '坪垈甓瓦'란 글씨가 희미하게 남아 있었다.

건축가는 푯말 앞에서 자신의 좌절을 확인했다. 푯말 너머 공장 뜰은 부서진 가마 사이로 개망초만이 무성해 사람의 자취가 끊어진 지 오래임을 말해주고 있었다. 건축가는 길게 한숨을 내쉬며 담배를 피워물었다. 실낱같은 기대는 무너지고 모든 건 불을 보듯 명확해졌다. 하지만 선뜻 발길을 돌릴 수가 없었다. 그는 가시덤불 너머에 있는 공장 안으로 직접 들어가보고 싶었다. 들어가서 도대체 어떤 방식으로 벽돌을 구웠는지 그 단서라도 한번 찾아보고 싶었다.

건축가는 바짓단을 양말 사이에 말아넣고 길을 헤치며 앞으로 나아가기 시작했다. 아무런 장비도 없이 독풀과 가시덤불이 빽빽하게 엉켜 있는 풀숲을 헤치고 나가는 건 쉬운 일이 아니었다. 더구나 발밑은 발이 푹푹 빠지는 늪지대라 걸음을 떼는 것조차 쉽지 않았다. 그는 포기하지 않고 앞으로 조금씩 나아갔다. 가시덤불은 마치 어떤 의지라도 가지고 있는 것처럼 그를 안으로 들어오지 못하게 밀어내며 완강하게 저항했다. 입구에서 공장 마당까지는 불과 삼십여 미터에 불과했지만 그는 무려 한 시간이 넘게 가시덤불과 싸워야 했다. 그리고 어느 순간, 마침내 그는 아이가 엄마의 자궁에서 쑥 빠져나오듯 가시덤불을 벗어나 공장 마당으로 들어섰다.

마당엔 다른 잡초는 눈에 띄지 않고 오로지 개망초만이 하얗게 꽃밭을 이루고 있었다. 신기한 일이었다. 마당 한쪽엔 짐승의 뼈로 보이는 뼈들이 여기저기 흩어져 있었으며 벌통으로 보이는 썩은 나무통이 몇 개 나뒹굴었다. 살림집으로 쓰인 듯한 건물은 이미 폭삭 주저앉아 그 위에도 개망초가 무성했다. 건축가는 공장을 천천히 둘러보다 부서진 가마를 향해 다가갔다. 가마는 이미 오래되어 반쯤 부서져 있었다. 그는 뭔가 풀리지 않는 수수께끼의 해답을 얻으려는 듯 가마를 손으로 쓰다듬어보았다. 가마에 손을 얹고 있는 동안 그는 이상한 설렘에 가슴이 두근거렸다. 이윽고 그는 가마에서 손을 떼고 고개를 들었다.

그리고…… 그는 보았다! 공장 뒤편, 드넓은 벌판에 가득히 쌓여 있는 붉은 벽돌을! 그는 자신의 눈을 믿을 수가 없었다. 가슴은 쿵쾅거리며 뛰어대고 입에선 비명이 터져나올 것 같았다. 오랜 세월 잡초에 묻혀 있던 벽돌이 마침내 세상에 모습을 드러내는 순간이었다. 건축가는 다리에 힘이 풀려 가마를 손으로 짚은 채 눈앞에 펼쳐져 있는 벽돌을 바라보았다. 벽돌은 너른 벌판을 모두 뒤덮고도 모자라 멀리 계곡 아래에까지 쌓여 있었다. 한눈에 봐도 그 양이 엄청나, 대극장을 여러 개 짓고도 충분히 남을 정도였다. 그 모든 게 한 인간이 이룩한 것으로 치자면 참으로 놀랍고도 감동적인 결과물이었다. 전날, 요원들이 입구까지 와서도 벽돌을 발견하지 못한 것은 한 길이 넘게 눈앞을 가로막고 있는 잡초와 공장 마당에 길게 늘어선 가마들 때문이었다. 수십만 장, 아니 수백만 장의 벽돌들은 제각기 생명을 가진 듯 저녁노을 아래 거대한 파도처럼 꿈틀거렸다. 벽돌을 바라보고 있던 건축가는 숭고한 감동에 자신도 모르게 눈시울이 뜨거워졌다. 그리고 곧 눈물이 주르르 흘러내렸다. 그는 떨리는 목소리로 혼자 중얼거렸다.

—이건 정말이지, 믿을 수 없는 기적이야!

때마침 벌판 너머 서쪽 하늘엔 노을이 지고 있었다. 붉은 벽돌은 노을빛과 어우러져 거대한 들불처럼 활활 타오르고 있었다. 참으로 장엄한 광경이었다.

춘희, 혹은 여왕

독자 여러분, 밀려오는 졸음을 쫓고 조금만 더 들어보시라. 우리는 이제 드디어 기나긴 여정의 끝에 도달해 있다. 공장 일대를 탐사하던 요원들이 가마 옆에서 사람의 것으로 보이는 유골을 한 구 발견한 것은 건축가가 가시덤불을 헤치고 들어가 벽돌을 발견한 지 이틀이 지난 뒤였다. 마당엔 온갖 짐승들의 뼈가 널려 있어 그들은 처음에 그것이 사람의 것임을 알아채지 못했다. 연구소에 보내 검사를 의뢰한 결과 유골의 주인공은 여자로 밝혀졌으며 죽은 지 십 년쯤 지난 것으로 판명되었다. 그들은 여자치고는 유난히 골격이 큰 유골에서 이상한 점을 한 가지 더 밝혀냈는데, 그것은 아래팔의 뼈가 두 갈래가 아니라 하나였다는 것이었다. 검시를 담당한 연구원은 말했다.

―다른 건 몰라도 이 여자는 틀림없이 엄청나게 힘이 셌을 거야.

여러 가지 정황으로 미루어 그 많은 벽돌을 찍어낸 것이 바로 그 유골의 주인공이라는 사실이 밝혀지자, 건축가는 그 통뼈의 주인공에게 존경의 마음을 담아 '붉은 벽돌의 여왕'이란 칭호를 붙여주었다.

그리고 드디어 대극장의 공사가 시작되면서 문제의 벽돌이 한 신문을 통해 소개되자, 곧이어 벽돌을 둘러싼 수많은 이야깃거리가 매스컴을 장식했다. 당시 벽돌공장을 다녔다는 사람의 증언에서부터 사실은 벽돌을 만든 진짜 주인공이 따로 있다는 주장에 이르기까지, 온갖 보도들이 난무해 나중에는 어떤 게 진실이고 어떤 게 거짓인지조차 판단하기 어려울 지경이었다. 거의 매일이다시피 새로운 사실이 추가되었고 거의 매일이다시피 정정보도가 뒤따랐다. 그렇게 요란하고도 떠들썩하게 한 여자 벽돌공은, 그 아름다운 이름을 세상에 전했다.

춘희.

그것이 바로 대극장을 지은 벽돌을 구워낸 주인공의 이름이었다.

이제 이야기는 다시 우리가 한동안 잊고 있던 가엾은 우리의 주인공, 춘희에게로 돌아간다. 그날 아침, 차가운 눈밭에서 싸늘한 아이의 주검을 끌어안고 울부짖던 춘희는 아이를 골짜기 아래 작은 언덕에 묻고 공장으로 돌아왔다. 아이의 무덤 앞에는 아무런 표식도 없었으며 더이상의 통곡도 없었다. 그리고 이듬해 봄까지 그녀는 어두운 방안에 누워 곡기를 끊은 채 죽음을 기다렸다. 자신에게 주어진 가혹한 형벌을 더이상 감당할 힘이 없었기 때문이었다. 하지만 그녀는 죽지 않았다. 세 달이 넘도록 물 한 모금 마시지 않았지만 그녀의 지독한 생명력은 스스로에게 죽음을 허락하지 않았다.

따뜻한 봄이 되자, 그녀는 죽음을 포기하고 다시 먹이를 구하러 나섰다. 그녀는 더이상 트럭 운전사를 기다리지 않았다. 그 역시 자신을 떠나간 사람들 가운데 하나일 뿐이었다. 그를 원망하지도 않았다. 아니, 그녀는 자신을 임신시켜놓고 떠난 사내의 무책임과 자신의 고통을 연관지어 생각할 줄 몰랐다. 그녀에게 있어서 고통은 자신의 내부에서 일어나는 현상일 뿐, 그 누구의 탓도 아니었다.

어느 정도 체력이 회복되자 춘희는 다시 벽돌을 찍기 시작했다. 벽돌을 찍어내는 동안 그녀는 죽은 아이를 생각했다. 아이의 부드러운 뺨과 애벌레처럼 연약한 손가락, 그리고 자신의 젖을 힘없이 빨던 작은 입을 생각했다. 아이를 생각할 때마다 그녀는 눈물을 흘렸다. 그래서 다시는 아이를 생각하지 않겠다고 생각했다. 하지만 아이를 생각하지 않겠다고 마음먹으면 마음먹을수록 오히려 더 자주 아이의 얼굴이 떠올랐다. 그래서 아이 생각이 날 때마다 다시는 생각을 않겠다고 결심하고, 또 결심을 하다보면 어쩔 수 없이 다시 아이 생각이 나는 식으로, 하루종일 죽은 아이만을 생각하게 되었다.

그녀는 벽돌을 틀에 넣고 찍어낸 후 아직 구워내기 전의 부드러운 진흙 위에 나뭇가지로 아이의 얼굴을 그리기 시작했다. 그림은 단순하고 서툴렀지만 그녀는 쉬지 않고 아이의 얼굴을 그려댔다. 그리고 언젠가부터 그녀는 아이뿐만 아니라 그녀가 알고 있던 사람들, 그녀가 겪은 일들, 언젠가 눈앞을 스쳐간 풍경들을 그림에 담아내기 시작했다. 그림은 그녀에게 커다란 위안이 되었다. 그녀는 벽돌 위에 그림을 그려 구워낸 다음 나란히 늘어놓고 앉아 하염없이 바라보는 것을 좋아했다. 그림을 보는 동안만큼은 고통과 외로움을 잊을 수 있었다. 그녀는 벽돌 위에 점점 더 많은 기억들을 담아내기 시작했다. 개망초와 뱀, 메뚜기와 잠자리, 고라니 등 주변에서 쉽게 만날 수 있는 대상에서부터 대장간의 모루, 벽돌을 실어나르던 트럭 등 그녀의 인생을 스쳐간 온갖 물상들, 다방의 풍경과 평대역에서 날뛰던 점보의 모습 등 수많은 장면들이 그 대상이 되었다.

몇 년이 흘렀다. 트럭 운전사를 마지막으로 공장을 찾아온 사람은 아무도 없었다. 춘희는 여전히 벽돌을 찍어내고 있었다. 세월이 흐르는 동안, 그녀의 기억은 점점 더 희미해졌다. 죽은 아이와 트럭 운전사의 얼굴도 거의 지워져 그녀의 머릿속엔 희미한 형상만이 남아 있었다. 처음에는 공장을 떠나간 사람들이 돌아올 거라는 기대 때문에, 후에는 트럭 운전사를 기다리느라 벽돌을 만들었지만 이즈음의 그녀는 더이상 트럭 운전사를 기다리지도 않았고 떠나간 사람들이 돌아올 거라는 기대도 버린 지 오래였다. 그럼에도 불구하고 그녀는 왜 계속 벽돌을 만들었을까?

누군가는 고립된 생활 속에서 단지 무료함을 달래기 위해서였을 거라고도 하고, 또는 인간 본연의 유희적 욕구 때문일 거라고도 하고, 또 누군가는 과거의 평화로웠던 공장생활에 대한 그리움 때문이라고 그래서 다시 그 시절로 돌아가고 싶은 희원 때문이라고도 하지만, 그 어떤 해석도 충분한 설명은 아닐 것이다. 왜냐하면 그녀의 노동이 단지 무료함을 견디기 위해서라고 하기엔 너무 필사적이었으며 단지 유희라고 하기엔 너무나 고된 일이었으며, 또 단지 그리움 때문이라고 하기엔 지나치게 반복적인 일이었기 때문이다. 어떤 이는 춘희의 행동을 두고 절벽에 고래 그림을 새겨넣은 신석기인들의 종교적 태도와 관련지어 설명하는 사람도 있지만 우리는 남발안의 계곡을 가득 채운 육면체의 단순성 안에 어떤 종교적 의미가 있는지도 설명할 길이 없다.

그렇다면 왜 그녀는 벽돌을 굽는 일에 그토록 필사적으로 매달렸을까? 그녀는 그 단조로운 작업을 수도 없이 반복하면서 무슨 생각을 한 걸까? 그 작업 안에 어떤 종교적 희원이 담겨 있었다면 그 바람은 과연 어떤 것이었을까? 감동적이리만치 순정하고 치열했던 그 열정의 근원은 어디에서 비롯된 걸까? 진실이란 본시 손 안에 쥐는 순간 녹아 없어지는 얼음처럼 사라지기 쉬운 법이다. 그래서 어쩌면 혹, 그 모든 설명과 해석을 유예하는 것만이 진실에 가까워지는 길이 아닐까? 그럼으로써 그녀를 단순하고 정태적인 진술 안에 가둬두지 않고 자유롭게 풀어주는 것만이, 또 그럼으로써 그 옛날 남발안의 계곡을 스쳐가던 바람처럼 가볍게 흩어지도록 놓아주는 것만이 진실에 다가가는 길은 아닐까? 독자 여러분, 이야기는 계속된다.

　벽돌을 만들어내는 그녀의 기술은 시간이 지날수록 발전하고 숙련되어갔다. 그녀는, 진흙을 이길 때 하룻밤을 숙성시켜 이슬을 맞힌 후 구워내면 균일한 수분분포로 인해 벽돌의 질감을 높일 수 있다는 사실을 알아냈으며, 건조를 하는 동안에는 그때그때의 날씨가 벽돌의 단단함에 영향을 미친다는 것을 발견했고, 소성과정에서의 시간조절을 통해 벽돌의 색깔을 마음대로 조절할 수 있게 되었다. 그녀는 구워낸 벽돌을 공장 뒤편의 벌판에 쌓아놓기 시작했다. 공장 마당엔 이미 구워낸 벽돌들이 가득 들어찼기 때문이다. 이때부터 그녀의 몸무게는 점점 줄기 시작했다. 고된 노동을 하는데다 먹는 게 형편없었으니 당연할 법도 했지만 그동안 굶기를 예사로 했어도 꾸준히 백 킬로그램 이상을 유지해왔던 그녀에겐 놀라운 변화였다. 그리고 어느덧 머리가 세기 시작했다. 단단하던 근육은 탄력을 잃고 이마엔 굵은 주름이 잡혔다. 혼자 벽돌을 굽는 동안 그녀는 점점 더 고독해졌으며 고독해질수록 벽돌은 더욱 훌륭해졌다. 공장 뒤편의 너른 벌판은 점점 더 많은 벽돌들로 채워져갔다.

몇 년이 흘렀다. 그녀는 홀로 벽돌을 굽고 있었다.

다시 몇 년이 흘렀다. 그녀는 홀로 벽돌을 굽고 있었다.

몇 년이 흘렀다. 그녀는 홀로 벽돌을 굽고 있었다.
공장을 찾아온 사람은 아무도 없었다.

에필로그 하나

이후의 이야기는 우리가 모두 알고 있는 바와 같다. 대극장의 개관과 개관 기념으로 열렸던 그날의 공연. 정작 공연보다도 극장을 보기 위해 몰려든 수많은 취재기자와 공연에 초대된 문화예술인, 정치가, 연예인 등 유명인사들의 짧은 인터뷰. 기적의 건축술이라는 등 금세기 최고의 건축물이라는 등 우리 건축학의 수준에 세계가 놀랐다는 등 언론의 유난스런 호들갑과 모든 공을 이름 없는 한 벽돌공에게 돌린 건축가의 겸손. 그녀가 죽은 지 이미 오래되었지만 이쯤 되면 뭔가 훈장이라도 하나 추서해야 되는 게 아닌가 하는 관리들의 관습적인 반응, 훈장을 주긴 주되 산업훈장을 줄 것이냐, 아니면 문화훈장을 줄 것이냐를 두고 벌인 부처 간의 논쟁. 뒤이어 쏟아진 벽돌을 주제로 한 수많은 학술회의와 연구논문. 앞서 언급한 '여왕을 찾아서'란 탐사대의 조직과 벌에 쏘여 급하게 병원으로 후송을 했지만 끝내 목숨을 잃은 한 탐사대원. 그의 어머니의 울부짖음. 이윽고 대극장을 지은 모든 원인을 제공한 남북회담. 그러나 호텔 직원이 방을 잘못 배치하는 바람에 극장이 보이는 반대편에 투숙하게 된 북쪽의 특사들. 그래서 실은 아무것도 못 보았다는 믿을 수 없는 후일담. 호텔 직원의 해고와 의전 담당자의 문책. 춘희와 벽돌에 관련된, 봇물처럼 쏟아져나온 서적과 드라마의 제작. 원래는 주인공의 몸무게가 백 킬로그램이 넘지만 스타를 캐스팅하기 위해 어쩔 수 없이 사십팔 킬로그램으로 줄여야 했던 방송작가의 고민. 여주인공을 맡은 배우가 벽돌보다는 도자기가 더 예쁘지 않느냐고 해서 할 수 없이 춘희를 도자기를 굽는 주인공으로 바꿔야 했던 대대적인 윤색작업. 다시 이름이 촌스럽게 춘희가 뭐냐고 해서 마지못해 주인공의 이름을 애니로 바꿔야 했던 대대적인 수정작업. 남자 주인공을 맡은 배우가, 직업이 씨팔, 가오 상하게 트럭 운전사가 뭐냐고 해서 어쩔 수 없이 다시 재벌 2세 사업가로 바꾼 대대적인 밤샘작업. 그렇게 해서 결정된 사십팔 킬로그램의 가난한 도예과 여대생과 재벌 2세의 신분의 벽을 뛰어넘는 슬픈 로맨스. 시청률과 대중성의 법칙. 이미 예정된 드라마의 대히트와 대중들의 무의미한 눈물……

이쯤 해두자. 진실은 모두 사라졌다. 이제 그 모든 호들갑은 우리의 주인공 춘희의 인생과는 아무런 상관도 없어졌다. 그녀는 영웅도 아니었고 희생자도 아니었다. 그녀는 뚜렷한 목표를 가진 장인도 아니었으며 숭고한 예술가는 더더욱 아니었다. 우린 그녀가 무슨 생각을 하며 살았는지 어떤 삶을 원했는지 알 수 없다. 그녀는 우리와 달랐으며 다르다는 이유로 평생 고독 속에서 살았다. 춘희를 둘러싼 하많은 얘기들은 제 스스로 생명을 얻은 아메바처럼 무한히 확장해가고 있지만 정작 진실은 그 옛날 지상에서 사라진 무림비급처럼 세상 어디에도 존재하지 않는다.

　단지 그녀는 세상에 벽돌을 남겼을 뿐이다. 그리고 그 벽돌 속에 영원히 지워지지 않는 그림을 남겼을 뿐이다. 벽돌에 담긴 그림 속엔 장차 벽돌이 세상에 나가 자신의 마음을 전해주기를 바라는 춘희의 간절한 바람이 고스란히 새겨져 있다. 그녀는 수많은 소재를 대상으로 그림을 그렸지만 특히나 대극장의 한 귀퉁이에 있는 벽돌에 새겨진 그림은 한때 그녀의 바람이 어떤 것이었는지, 그리고 그 바람이 얼마나 간절한 것이었는지를 잘 보여주고 있다. 그 벽돌에 담긴 그림은 다음과 같다.

　훗날, 대극장을 찾은 한 시인이 있어 지나는 길에 벽돌 속에 담긴 그림을 보고 깊은 감명을 받았다. 그는 평생 말을 하지 못했던 춘희를 위해 자신의 언어를 빌려주었다. 즉, 그림 속에 담긴 춘희의 안타까운 마음을 시 한 수로 남긴 것이다. 그 시는 다음과 같았다.

　그대, 돌아오세요.
　나는 당신을 기다리고 있어요.
　해가 지고 달이 뜨고
　수많은 날들이 흘러도
　나는 변함없이 당신을 기다리고 있답니다.
　한 쌍의 족제비가 사랑을 나누듯

한 쌍의 잠자리가 사랑을 나누듯
우리 다시 만나
예전처럼 함께 사랑을 나누어요.
그대, 어서 돌아오세요.
나는 언제나 당신을 기다리고 있답니다.

에필로그 둘

따뜻한 봄날 오후였다. 춘희는 벽돌가마에 기대어앉아 있었다. 바야흐로 죽음은 이제 그녀의 코앞에 다가와 있었다. 그녀의 모습은 어느덧 백발이 성성한 노파의 모습이었다. 몸은 참혹하게 야위었고 천형처럼 평생 그녀를 따라다녔던 살은 단 한 점도 남아 있질 않아 당시 그녀의 몸무게는 삼십 킬로그램도 채 안 될 정도였다. 따뜻한 봄햇살은 그녀의 메마른 육체 위에 쏟아지고 있었다. 그녀는 눈을 감은 채 어서 일어나 벽돌을 만들어야지, 생각했다. 하지만 몸은 천근만근 무거웠고 손가락 하나 까딱할 수 없었다. 그녀가 힘겹게 눈을 떴을 때, 눈앞엔 꿈인 듯 생시인 듯 코끼리 점보가 서 있었다. 그의 주변에선 여전히 하얀 광채가 뿜어져나왔으며 그의 몸뚱이는 빛에 가려져 그저 둥근 원형의 빛만 느껴질 뿐이었다. 점보는 그녀 앞에 다가와 어서 타라는 듯 등을 내밀었다. 그녀가 힘없이 고개를 가로저으며 말했다.

난 이제 일어설 힘조차 남아 있질 않아.

꼬마 아가씨, 이제 다 끝났어. 조금만 더 힘을 내라고.

둥근 빛 속에서 점보는 춘희를 향해 긴 코를 내밀었다. 그녀는 가까스로 손을 내밀어 코를 잡았다. 점보는 그녀의 가벼운 몸을 들어올려 자신의 등 위에 사뿐히 올려놓았다. 그녀가 코끼리의 등 위에 앉는 순간, 점보의 몸은 둥실 떠올랐다. 그리고 하늘을 향해 직선으로 날아오르기 시작했다. 춘희는 무서운 듯 점보의 등을 꼭 잡고 밑을 내려다보았다. 그녀의 눈 아랜 벽돌공장의 가마와 살림집 지붕이 눈에 들어왔다. 그리고 공장 뒤편, 벌판 가득 쌓아놓은 벽돌이 보였다. 그 순간, 억센 가시덤불과 독풀 들이 무서운 속도로 자라나 진입로를 뒤덮었다. 점보는 점점 더 높이 날아올랐다. 그녀가 먹을 것을 찾아 헤매던 계곡과 아이를 묻은 언덕, 그리고 멀리 文이 빠져 죽은 개울과 길게 이어진 기찻길이 보였다.

점보가 더 높이 날아오르자 이번엔 풀숲에 파묻힌 평대의 쇠락한 풍경이 눈에 들어왔다. 그 가운데서도 고래극장은 유독 눈에 띄는 건물이었다. 극장 앞에선 여전히 늙은 개가 쭈그리고 앉아 둥근 빛을 타고 날아가는 춘희를 한없이 부러운 눈길로 좇고 있었다. 그리고 평대로 들어서는 고갯길 아래엔 녹슨 트럭이 한 대 처박혀 있었다. 춘희는 그제야 트럭 운전사가 오래전에 사고로 죽었다는 것을 깨달았다. 하지만 어찌된 일인지 슬픈 감정은 일어나지 않았다. 아니, 슬픈 감정뿐만 아니라 그토록 섬세했던 그녀의 모든 감각과 감정은 모두 사라진 듯 아무런 느낌도 없었다. 그저 텅 빈 듯한 공허만이 그녀의 앙상한 몸을 가득 채우고 있었다. 점보는 더 높이 날아올랐다. 산길을 돌아가던 기찻길이 사라지고 드디어 멀리 푸른 바다가 눈에 들어왔다. 그곳은 춘희의 엄마 금복이 젊은 시절을 보낸 곳이었지만 춘희는 난생처음 보는 곳이었다. 그녀는 아득히 펼쳐진 푸른 바다를 굽어보며 점보의 등을 꼭 붙잡고 있었다.

마침내 점보가 대기권을 벗어나자 둥근 지구가 한눈에 들어왔다. 그것은 마치 커다란 구슬처럼 보였다. 춘희는 신기하다는 듯 눈을 크게 뜨고 푸른 구슬을 바라보았다.

난 세상이 둥근지 미처 몰랐어.

바보, 세상에 존재하는 건 모두가 둥글어.

벽돌은 네모잖아.

그렇긴 하지. 하지만 그걸로 둥근 집을 지으면 결국은 둥근 거지.

네모난 집을 지을 수도 있잖아.

그래, 하지만 네모난 집이 모이면 둥근 마을이 되잖아.

그렇군. 그런데, 우리는 어디로 가는 거지?

아무것도 존재하지 않는 곳, 아주 먼 데.

점보가 대답했다. 춘희는 그냥 무심하게 어딘지 알겠다는 듯 고개를 끄덕였다. 그러는 동안 푸른 구슬은 점점 작아져 손톱만큼 작아져 있었다. 하늘엔 무수히 많은 별들이 떠 있었다. 이윽고 점보는 광대한 성간의 바다에 도달했다. 실제로 점보가 날아가고 있는 속도는 상상할 수 없을 만큼 무시무시하게 빠른 속도였지만 성간에는 아무런 저항도 없었기 때문에 마치 깊은 바닷속을 헤엄치듯 한없이 고요하기만 했다. 그리고 어느 순간 춘희는 문득 자신의 몸이 점보처럼 광채에 휩싸여 있는 것을 발견했다. 그녀는 빛에 둘러싸여 점점 투명해지는 자신의 몸을 내려다보며 말했다.

여기는 아주 고요해.

그런데 이때, 문득 춘희는 자신의 입에서 실제로 목소리가 흘러나오는 것을 듣고 깜짝 놀랐다. 그것은 틀림없이 지상에서 한마디도 한 적이 없는 그녀 자신의 목소리였다. 목소리는 마치 나뭇잎을 스치는 바람처럼 부드럽고 희미했다. 점보는 그녀가 자신의 목소리에 놀라는 것을 알고 빙그레 웃었다.

점보는 계속 날아갔다. 얼마나 빠른 속도인지 알 수 없었다. 그들은 곧 안드로메다 성운 근처 어디쯤을 날고 있었다. 하지만 움직임이 전혀 느껴지지 않아 마치 그 자리에 멈춰 있는 것처럼 보였다. 어느 순간, 춘희와 점보의 몸은 투명해지는 동시에 빛이 떨어져나가듯 점점 지워지고 있었다. 그것은 마치 물속에서 설탕이 녹는 것과 같았다. 춘희가 놀라 물었다.

우린 어떻게 되는 거지?

우린 사라지는 거야, 영원히. 하지만 두려워하지 마. 네가 나를 기억했듯이 누군가 너를 기억한다면 그것은 존재하는 것과 마찬가지니까.

춘희는 뭔가 더 질문을 하려고 했지만 미처 입을 뗄 사이도 없이 둘의 모습은 순식간에 사라져 광대한 성간에는 희미한 목소리만 남게 되었다.

꼬마 아가씨, 안녕.

코끼리, 너도 안녕. ✿

달변과 무언無言

조형래(문학평론가)

1. 가장 소설적이지 않은 소설

이것은 허풍[1]이며 또한 "소설이 아니다".[2] 2004년 『고래』가 혜성처럼 등장했을 때 기존의 논자들은 이렇게 반응했다. 하지만 으레 당대의 통념에 비추어 소설적이지 않은 스타일의 출현이 오히려 소설 형식에 관한 가장 치열한 의문을 제기하는 법이다. 역사적으로 이러한 물음과 답변의 반복이 소설 형식의 진화를 가능케 했다. 물론 『고래』 한 편이 당시 한국소설의 결정적인 전환을 가

---

1) 서영채, 「상상력과 허풍의 미래—천명관 장편소설 『고래』와 조하형 장편소설 『키메라의 아침』에 대하여」, 『문학동네』 2005년 봄호.

2) 김영찬, 「서사의 위기와 소설의 계몽—한국소설의 미성숙, 혹은 천명관의 『고래』를 읽기 위한 전제들」, 『비평극장의 유령들』, 창비, 2006, 124~127쪽.

져왔다고는 할 수 없을 터다. 하지만 적어도 가장 소설답지 않은 스타일을 통해 소설이 무엇인가라는 문제에 대해 가장 도발적인 질문을 던지는 텍스트 가운데 하나였다는 사실만큼은 부정될 수 없을 것이다. 실제로 『고래』는 서구 근대 장편소설이 제시한 리얼리즘과 그럴듯함verisimilitude의 형식과 기율에 상당 부분 부합하지 않으면서, 동시에 동서양 고금의 다양한 서사 텍스트의 스타일에 빚진 바가 많은, 역설과 혼합의 산물이다.[3] 하지만 그 정체를 짐작하기 어려움에도 불구하고 『고래』는 기이한 매력을 환기하는 장구한 규모의 이야기임에 틀림없다. 허풍이며 소설이 아니라면 이 거대한 스케일의 매혹은 무엇이며 또한 어떻게 가능한가. 『고래』는 소설 또는 이야기란 무엇인가라는 오래된 질문의 핵심을 건드린다. 무엇으로도 간단히 규정되기 어려운 이 역설과 복합의 연쇄에 의해 이 거대한 스케일에 대한 매혹이 환기·지속될 수 있는 것이라고 생각된다. 『고래』의 형식은 그 자체로 소설 혹은 이야기란 무엇인가라는 질문에 관한 가장 흥미로운 답변 가운데 하나다.

---

3) 앞서 제시한 서영채와 김영찬 글 외에 제10회 문학동네소설상 심사평에서도 공통적으로 지적되고 있는 사항이다.

2. 리비도라는 죄의 회귀

그러나 소설이 아니라는 단언이 무색하게도 『고래』의 주요 인물 국밥집 노파와 금복은 그 정도의 차이는 있을지언정 자기 본위적 인간이다. 노파의 경우 오로지 돈을 모으는 데만 열중한다. 눈앞의 호구糊口나 무뢰배의 위협에도 그녀가 모은 돈은 세상 밖으로 나오지 아니하며 생전에 사용된 적조차 거의 없다. 그것은 어떤 다른 가치로도 교환되지 않는다. 즉 경제적·사회적 의미를 갖는 것이 아니다. 그녀 자신이 밝히고 있는 것처럼 이것은 자신을 둘러싼 일체의 운명 내지는 "세상에 복수를 하기 위해서"라는 개인적 동기에 의해 축적된다.

원한은 알다시피 그녀의 불우한 삶의 역정에서 비롯된 것이다. 그러나 그 시초에는 반편과의 관계로 인한 일가의 폭행 및 축출이 있었다. 그것은 다른 무엇도 아닌 그녀 내부에 잠복해 있던 욕정의 각성에 의한 것이었다. 그런데 그녀는 자신의 욕망을 촉발한 물건의 당사자에게 책임을 전가한다. 실질적으로는 무구한 반편을 살해하는 것으로 주인집 일가에 복수하는 한편, 이 모든 사태의 원인이 자기에게 있다는 진실을 회피하고자 하는 것이다. 그러나 이러한 시도는 바로 자신의 행위의 결과, 즉 반편의 눈을 닮은 딸을 낳게 되는 것으로 실패하게 된다. 그럼에도 불구하고 세월이 흘러 다시금 반편의 죽음을 연상시키는 바로 그 상황과 언어에 직면하자 그녀는 딸의 눈을 찔러 애꾸로 만든다. 뿐만 아니라 자신이 한동안 연을 맺었던 곰보가 딸을 간음하자 그를 살해하고, 이를 계기로 딸을 뒷산 벌치기 노인에게 팔아넘긴다. 이와 같은 일련의 행동은 자신의 행위의 결과 및 죄를 부단히 환기하는 거울과도 같은 딸의 눈빛 그리고 존재 자체로부터 필사적으로 도망치기 위한 시도라고 해도 좋다. 돈에 대한 맹목적인 집착 역시 다시금 이러한 사태에 직면하지 않기 위해 남성에 대한 욕정을 근절하고자 하는 일종의 대체물처럼 보인다. 돈은 다른 무엇도 아닌 바로 그녀 자신의 죄의식과 교환되며 실제로 그녀는 자신의 죄를 망각하는 데 일시적으로나마 성공을 거두기도 한다.

그러나 그녀의 필사적인 회피는 실로 무망한 시도에 불과했다. 자신의 죄를 정면으로 바라보지 않기 위한 모든 행동의 이력이 누적되고 또한 상호작용하여 결국 치명적인 결과로 회귀한다. 즉 반편과의 관계의 결과인 동시에 자신의 죄를 연상시키는 존재인 딸이 돌아온다. 과거에 자신을 애꾸로 만들고 또한 팔아넘겼다는 것, 즉 노파가 그녀의 죄를 회피하기 위한 일련의 행동에 대한 대가로 정확히 (딸을 팔아넘긴 이후에 비로소 고착하게 된 대상인) 돈을 요구하다가 예기치 않게 노파를 살해하게 되는 것이다. 결국 노파의 죽음은 일정 부분 그녀 자신이 자초한 것이다. 그녀의 죄는 결코 사라지지 않았다. 그것을 회피하려는 일련의 필사적인 행위가 오히려 치명적인 형태로 돌아오게 된다. 돈을 모아서 세상에 복수하게 되는 것이 아니라 그녀의 죄가 자신에게 복수하고 있다. 그녀는 섬뜩하도록 엄정한 인과응보의 섭리에 의해 처벌된 것이다. 노파의 모든 불운과 파멸은 결국 스스로를 원인으로 하고 있다.

3. 영화映畫/榮華와 죄의식

노파는 그녀의 돈을 매개로 "세상에 복수"한다. 다름아닌 노파의 유산을 손에 넣게 된 금복에 대해 그렇게 하고 있다. 사실 평대로 흘러온 금복은 장맛비라는 천재지변 즉 전적으로 우연에 의해 노파가 지붕 천장에 숨겨놓았던 돈을 발견하게 된다. 금복은 노파의 죽음과는 무관함에도 불구하고 노파의 원령 또한 생전에 그토록 집착했던 돈 자체에 들러붙어 상속된다. 이것을 밑천으로 삼아 금복은 후일 자신의 왕국과 거대한 위용을 자랑하는 고래극장을 건설하는 등의 세속적 성공을 구가하게 된다. 하지만 노파의 원령 또한 이 과정에 항상 따라붙는다. 그저 노파의 숨겨진 재산을 찾아냈다는 것 외에 어떤 필연적인 관계도 없이 결정적인 순간에 그 모습을 드러내 보이는 것뿐이다. 하지만 노파의 원령은 금복의 주변에 이런저런 불행을 가져다주는 식으로 영향을 미친다. 이에 그치지 않고 결정적으로 무당의 입을 빌려 금복의 운명을 예언하고 결정짓는다.

그런데 이런저런 목격담에도 불구하고 정작 금복은 크게 동요하지 않는다. 그것은 이미 과거 자신이 죽인 것이나 다름없는 남자들의 망령을 꿈속에서 목도한 적이 있었던 연유이기도 하지만 동시에 그녀 역시 철저히 자기 본위적 인간이기 때문이다. 실제로 일찍이 고향 바깥의 세계에 눈을 뜨게 된 금복은 출분 이후 누구보다도 자신의 감과 욕망이 이끄는 바대로 대상을 바꾸면서 살아왔다. 예컨 대 동경해마지않던 외부로 그녀를 인도하고 남편·아버지·투자자의 역할을 수행한 생선장수를 통해 은원恩怨, 남녀관계, 재리財利 등의 세상의 법칙과 처음으로 조우했다. 걱정의 원초적인 생명력에 본능적으로 매혹된 나머지 앞뒤 없이 살림을 차리고 심신을 다하여 몰입한 적도 있다. 칼자국을 통해 영화가 선사하는 환영의 세계에 매혹되고, 그가 제공하는 권력과 재화와 문화의 후광하에서 일신(과 걱정)의 보호를 구하는 대가로 칼자국의 일생을 건 판타지를 충족하는 대체물로서 자신을 제공하는 식으로, 그와 그녀 사이에 형성된 욕망의 상호모방의 관계에 스스로 편입되기도 했다. 그러나 그녀가 연을 맺었던 그때그때의 욕망의 대상—아버지, 생선장수, 걱정, 칼자국 등—은 대개 비참한 파멸을 맞이했으며 그 관계는 결코 영속되지 않았다. 분명한 것은 그녀가 당시에 몰입하고 있었던 남성으로는 충족시키지 못하는 또다른 욕망의 대상에 눈을 돌리는, 즉 타자를 발견하는 순간 파국은 이미 예정되어 있었다는 사실이다. 실제로 아버지는 그녀가 생선장수를 따라 고향을 떠났다는 바로 그 이유 때문에 죽음을 맞이한다. 걱정과의 운명적인 만남 이후 생선장수는 금복과 함께 쌓아왔던 모든 것을 잃게 된다. 칼자국의 호의로 영화의 세계를 알게 된 바로 그날 걱정은 불구가 된다. 그 반작용으로 인한 걱정에 대한 애착과 죄의식이 불러온 환영이 그녀의 손으로 칼자국을 살해하게 되는 결정적인 계기로 작용한다. 그녀가 새로운 대상에 눈을 뜨면 과거의 남자는 예외 없이 파멸하는 것이다.

물론 금복이 살해한 것은 칼자국 한 사람뿐이다. 비록 그녀가 자초한 상황이기는 하지만 운명의 장난이 작용한 측면도 있다. 더욱이 걱정과 칼자국의 죽음 이후 자신의 운명을 저주하고 통절하게 자책하며 스스로를 끝없는 자기 학대와 방기의 상태로 내몬다. 자신과 관계한 모든 남성을 파멸로 이끈 죄를 어디에도 전가하지 않고 스스로를 처벌하려 하고 있다는 점에서 그녀는 노파와 결정적으로 구별된다. 하지만 반편·곰보와의 일대일 관계 속에서 몰입의 대상이 제한되어 있었던 노파와 달리 금복이 훨씬 복잡한 인간관계 속에 놓여 있었다는 사실 또한 부인할 수 없다. 걱정의 무너진 육신과 눈빛 같은 실체에 여전히 고착되어 있으면서 동시에 칼자국에게 구애되지 않을 수 없는 괴리가 그녀 자신의 죄의식을 각성시킨다. 이것은 노파가 결코 경험할 수 없었던 종류의 상황이다.

하지만 이후 소극적으로나마 끝까지 살아남고자 할 뿐만 아니라 죄의식에 시달리면서도 끝내 그것으로부터 도망치려 한다는 점에서나 (생물학적으로는 도무지 불가능한 일임에도 불구하고) 불가불 걱정을 연상시키는 춘희의 존재를 불편하게 여기고 있다는 점에서 금복은 노파의 생애를 고스란히 반복한다. 뿐만 아니라 평대에 와서 노파의 숨겨진 재산을 발견한 후 (본래 이재에 밝았지만) 남성을 대신할 재산의 증식에 본격적으로 나서게 되면서 자신의 죄를 망각하게 되는 과정 또한 노파를 일정 부분 답습하는 측면이 있다고 해도 과언이 아니다. 그녀는 '평대의 이차 빅뱅'을 이룩한 다방, 벽돌공장, 운수업 등 다방면에 걸친 세속적 성공에 힘입어 과거의 악몽을 망각하고 다시금 자신의 죄 그리고 노파의 저주로부터 도망칠 수 있다는 믿음에 사로잡힌다. 또한 일생 동안 동경해왔던 고래와 같은 거대한 대상을 찾아 부단히 그 내용을 바꾸는 기존의 삶의 태도 역시 버리지 않고 실제로 그때그때 원하는 것을 손에 넣는 성취에 도취된다. 특히 엑스레이 사진을 통해 죽음이 뼈로 남는 것 외에 아무것도 아니라는 유물론적 확신은 그녀로 하여금 노파의 저주나 스스로의 죄의식을 직접적으로 환기시키는 망령 따위를 망각할 수 있도록 하는 실질적인 근거가 된다. 그녀는 이제 주저하지 않고 죽음 이외 즉 (뼈가 아닌) 신체의 욕구가 지시하는 바에 따르는 삶의 형식을 영위하고자 한다. 그때그때 주저 없이 남자를 갈아치울 뿐만 아니라 심지어 수련의 미에 매혹된 것을 계기로, 정확히 칼자국의 방식대로 수련을 사랑하고 마침내 남성이 되기까지 하는 등, 한편으로 과거 걱정의 원초적인 육체성 자체로 표상되었던 리비도의 중핵으로서의 고래 즉 남근에 대한 선망을 감추지 않는 것이다. 이와 동시에 금복은 고래극장 건설에 매달리게 되는데, 그것은 그/그녀의 전부를 기울인다는 말이 무색하지 않게 금복 자신의 과거와 현재가 총합된 산물이다. 노파의 유산을 한껏 증식시킨 재산을 밑천으로 삼아, 文의 장인적 정신을 통해 견고하게 구워진 벽돌로 지어진 그것은 과거 생선장수와의 생활을 통해 확인한 이재의 재능과, 걱정의 육체를 통해 매개된 바 있었던 거대한 남성의 생명력(남근)에 대한 원초적 동경과, 칼자국이 환시했던 영화라는 환영의 세계 및 사회적 부와 권력에 대한 매혹 일체가 압축되어 있는 결정체라고 해도 지나친 말이 아니다. "고래+극장"이라는 이름은 그래서 더욱 상징적이다. 말할 것도 없이 그것은 금복이 평생에 걸쳐 매혹된 두 가지 대상이 집약되어 있는 구체적 결과물이다.

그런데 바로 이 고래극장의 완공을 정점으로 최고의 세속적 성공을 구가하고 있던 바로 그 시점부터 금복의 운은 기운다. 그리고 그 운이 다름아닌 금복의 주변 사람들의 존재에 상당 부분 힘입은 것이었다는 진실이 문과 쌍둥이자매의 죽음, 생선장수의 부재를 통해 역설적으로 증명된다. 벽돌공장의 파업에 대한 가혹한 탄압 또한 가까운 사람들이 금복으로부터 등을 돌리게 되는 계기가 된다. 이미 딸 춘희의 존재도 망각한 것은 물론이거니와 과거의 동료들이 등을 돌리거나 죽음을 맞이한 바로 그 직후에 금복은 다시

금 사자死者들의 망령을 보기 시작한다. 그도 그럴 것이 금복은 자신의 믿음과는 무관하게 그때그때 동경했으나 손에 넣지 못했던 모든 대상 및 완전히 극복했다고 여겼던 죄의식의 원인 일체가 물질적으로 집약·구현된 고래극장을 건설하고 그것을 자랑으로 여길,만큼 부지불식간 자신의 과거에 구애되고 있었다. 그만큼 과거의 망령은 결코 사라지지 아니하며 금복이 고립을 자초한 바로 그 순간에 찾아온다. 결국 금복이 아무리 자신이 달라졌다고 강변한들 아버지와, 걱정과, 칼자국과, 文과, 생선장수의 죽음에 책임이 있다는 과거의 사실로부터 결코 도망칠 수 없다. 오히려 그것을 완벽히 망각할 수 있는 권능을 소유한 다른 존재, 즉 남성이 되었다는 교만이 금복 자신을 고립시키고 장군에 대한 품평으로 말미암은 결정적인 몰락을 자초한다.

반복해보자. 마침내 노파의 저주는 실현되었다. 그러나 어디까지나 과거의 죄와 그것을 잊거나 극복했다는 교만으로 말미암은 일체의 행적이 금복 자신을 겨냥하는 과정이다. 적어도 모든 파멸의 단초를 스스로 제공했다는 부분에 있어서만큼은 노파를 고스란히, 그러나 그가 경유했던 다채로운 과정만큼이나 보다 거대한 규모로 답습한다. 그러나 걱정과 칼자국의 목숨을 대가로 자각했던 죄의식 또한 회귀한다. 주변 사람이 모두 떠나고 남은 고립의 빈자리에 과거의 망령이 오랜 친구처럼 들어찬다. 금복을 자기기만에 빠지게 했던 부귀영화의 덧없는 소멸, 망령의 환영으로 나타나는 죄의식이 그녀 자신을 자포자기하도록 만든다. 한없이 과거로 소급하는 회한이 마침내 금복으로 하여금 고래극장을 비롯한 자신이 이룩한 모든 것을 불태우도록 한다. 전날 영사기사가 기름통을 엎었고, 노파의 망령이 참화의 규모를 확대했을지라도 불을 붙인 것은 결국 금복 자신이었다. "무모한 열정과 정념, 어리석은 미혹과 무지, 믿기지 않는 행운과 오해, 끔찍한 살인과 유랑, 비천한 욕망과 증오, 기이한 변신과 모순, 숨가쁘게 굴곡졌던 영욕과 성쇠" 등 금복의 전 생애가 집약된 고래극장이 소멸되는 최후의 순간 맹렬하게 타오르는 불길 속에서 금복은 비로소 자신이 돌보지 않았던 춘희에 대한 후회, 결코 상기한 적이 없었던 고향의 언덕과 석양을 떠올리며 마침내 마음의 평화를 얻는다. 일찍이 한없이 큰 것만을 추구하면서 칼자국이 열어 보여준 영화映畫/榮華의 환영을 따라 부단히 유위변전한 삶 전체가 한낱 허상에 불과한 것임을 깨닫는 바로 이 순간, 노파의 저주나 망령이 개입할 자리란 없다. 즉 금복의 일대기란 결코 하나의 대상에만 고착되지 않는 내부의 무한한 불꽃이 자신을 포함한 주변의 일체를 태워버리는 이야기다.

좀처럼 외부에 눈을 돌리지 않는다는 점에서 노파와 금복은 공통적이다. "그것이 ~의 법칙이었다"라는 문장이 남발되고 있음에도 정작 그녀들은 세상의 법칙에 관심을 두지 않는다. 자신들 내부에 생성한 환상 바깥으로 걸어나온 적도 없다. 그 욕망과 대상

사이에 형성되어 있는 환상이야말로 그녀들 자신이 일생을 유영한 장소였다고 해도 틀리지 않는다. 그녀들은 바로 그 속에서 살아가고자 하는 폐쇄적인 태도를 견지한다. 또한 다른 무엇도 아닌 자신이 고착되어 있는 그 무엇으로 인해 죽음을 맞이하게 된다. 특히 노파도 금복도 스스로의 욕망으로부터 비롯된 죄를 회피하고자 했다. 이를 위한 일련의 행위가 집적되어 파멸을 야기하는 치명적인 결과와 직면하게 된다는 점에서도 둘은 같다. 그러나 노파에게 스스로의 불운과 죄책감에 대한 자의식은 결여되어 있으며 그야말로 행위의 결과가 누적된 운명의 장난이라는 타자에 의해 그녀는 엉겁결에 압살당하고 만다. 반면 금복은 걱정과 칼자국을 동시에 남편으로 두고자 했던 선택이 어떤 결과를 불러왔는지를 자각하고 있으며, 그로 인해 각성하게 된 죄의식을 비록 한때는 망각했을지언정 동반하고 있다. 특히 칼자국은 금복에게 그야말로 동경하지 않을 수 없는 영화의 환영과 그로 인해 하나의 대상에 만족하지 못하는 데 따른 무한한 죄의식을 동시에 알게 한 존재다. 특히 근본적으로 자신을 비추는 거울이라는 점에서 동질적인 영화와 망령은 이후 평대에서의 금복의 삶 대부분을 차지한다. 즉 쌍둥이 자매의 도움으로 삶을 추스르고 춘희를 낳은 후 평대에 정착하기 전까지 금복은 망령을 동반하며 한없는 죄의식에 시달린다. 이후 영화를 꿈꾸며 고래극장을 건설하기까지 한 세속적 성공이 쇠락의 기미를 보이는 순간, 칼자국의 망령이라는 후자의 형상과 대면하게 되는 것이다. 그러므로 평대의 금복에게 있어서 지상의 영화와 저승의 망령은 사실상 서로를 거울처럼 비추면서 자리를 맞바꾸는 명암明暗과 같은 것이라고 해도 좋다. 그러므로 금복은 자신의 기대와 달리 결코 망령으로부터 도망칠 수 없다. 그것은 금복이 욕망의 대상으로 삼았던 것은 예외 없이 파멸하며 형해화될 수밖에 없다는 자각에 재차 직면하게 한다. 이 사실을 어렴풋이 직감한 이후부터 금복은 사실상 자포자기한다. 자신의 삶 일체가 허상에 불과했다는 사실을 자각하게 된 금복이 다시금 그것으로부터 벗어날 유일무이한 방도는 죽음뿐이다. 그러므로 노파와 달리 금복은 자기를 다시금 방기하게 되고, 그 환영의 결정체였던 고래극장에 불을 붙인 이가 다른 누구도 아닌 자기 자신이었다는 사실을 통해 알 수 있는 것처럼, 스스로 죽음을 선택한다. 죽음의 순간 "죽은 자들의 모습이 스크린 위에 겹쳐져 빠르게 지나"간다. 이것은 금복의 일생을 지배한 영화와 망령이 일체화된 형상으로, 본능처럼 떠오른 "자신의 딸, 춘희의 얼굴"과 대비되어 거리를 두게 되는 유일무이한 순간이다. 금복이 이러한 환영에 대한 거리두기를 바탕으로 자신의 삶 전체를 부정하는 것, 다시 말해 죽음을 스스로 선택하는 것을 대가로 최종적으로 얻은 것은 진정으로 원하는 것이 무엇인지 알지 못했던 자기 자신에 대한 인식이다. 이와 같은 금복의 일대기를 (소설이 아니라) 비극적이라고 할 수 있다면 그것은 그녀가 비범한 자질을 타고났으며 남다른 성공을 구가한 주인공으로서 오로지 자기의 실책으로 말미암은 운명의 장난으로 인해 파멸을 맞이했기 때문이다. 그러나 그것은 어디까지나 금복 내부의, 스스로를 불태우고 만 낭만주의적 열정에서 비롯된 것이다. 동시에 금복이 자신의 삶 대부분을 지배한 환영에 이끌려 변신을 거듭한 끝에 스스로의 삶을 부정하고 죽음을 선택하기에 이른 것은 누차 강조했다시피 영화라는 환영과 죄의식 간의 부단한 상호작용에 의한 것이다. 이 점에서 오이디푸스보다 차라리 줄리앙 소렐이나 라스콜리니코프를 닮은 금복이라는 자기 정향적 개인의 형상을 과연 소설의 주인공이 아니라고 섣불리 단언할 수 있겠는가.

4. 답변과 무언無言

그러나 『고래』를 소설이 아니라고도 말할 수 있다. 부단히 타자를 향하는 리비도가 결코 사라지지 않고 삶과 죽음의 경계까지도 초월하여 결국 자기 자신에게로 회귀하는 노파와 금복의 이야기는 다분히 초역사적이며 차라리 알레고리에 가깝다. 수십 년에 걸친 그녀들의 삶과 죽음의 이야기를 자유자재로 서술하는 달변 역시 다분히 구술적이다. 뿐만 아니라 텍스트 내부의 모든 사건을 전지전능한 입장에서 장악하고 있으면서 그때그때 선택된 대상에 어떤 제약이나 장벽도 없이 초점을 맞추고 있는 무소불위의 시점과 언술은, 역설적인 의미에서 라스 폰 트리에의 〈도그빌Dogville〉(2003)

같은 영화의 내레이션을 닮았다. 서술자의 초점과의 일치를 당연한 것으로 전제하고 때로는 작중 사건에 대해 직접적으로 시시비비를 가리는 논평이나 도덕적 판단, 사전적·사후적 해석까지도 마다하지 않으면서 궁극적으로는 해당 형식에 관한 자기 성찰적 구성self-reflexive construct을 수행하고 있다는 점에서 특히 그렇다. 두 텍스트 공히 여성의 수난사를 다룬다는 공통점은 이에 비겨 부수적이다. 물론 『고래』쪽이 보다 능청스러울뿐더러 다분히 재기 넘치는 어조를 채택하고 있기는 하지만. 더욱이 그 일원적인 목소리는 기존의 논자들이 지적했듯이 동서고금의 다양한 텍스트에서 빌려온 "어디선가 들어봤음직한 이야기, 신파적으로 과장되거나 너절하고 허풍스런 이야기들"[4]을 천연덕스럽게 통합하고 있으며 "라블레F. Rabelais와 마르케스G. G. Márquez에서 시작해 무협기담, 성인만화, 영화 같은 키치적 대중문화가 빚어낸 현대의 인공적 가설항담街說巷談의 이미지 조각들"을 하나로 묶는 "현대의 브리콜라주bricolage"[5]의 형식을 가능하도록 하는 것임에 틀림없다.[6] 그리고 그러한 달변의 형식은 심지어 춘희라는 자폐아의 내면까지도 투명하

---

4) 서영채, 같은 글, 358쪽.

5) 김영찬, 같은 글, 126~127쪽. 이외에도 손정수, 「이야기를 분출하는 고래의 꿈은 무엇인가─천명관, 『고래』」(『실천문학』 2005년 봄호) 참조.

6) 그리고 이와 같은 기상천외한 이야기를 수집하여 단일한 목소리 안에 하나로 묶는 서사 형식의 근대적 기원은 명백히 독일 낭만주의 민속학의 전통에 있다.

게 재현·구술할 수 있는 원동력이 된다.

비단 서사적 형식에 그치는 문제만이 아니다. 앞서 누차 언급했다시피 노파와 금복의 삶에 다소간 운명의 장난이 개입되는 것은 긍정된다. 특히 금복은 전화위복의 우연으로 인해 노파의 유산과 저주를 아울러 상속한다. 반면 정작 노파의 딸이 상속받는 것은 애꾸나 외팔 같은 장애 그리고 공교롭게도 그녀가 벌치기에게 유기되지 않았다면 결코 습득할 수 없었을 벌치는 기술이다. 이와 같은 뜻하지 않은 상속은 춘희에게도 이루어진다. 실제로 금복의 막대한 유산은 약장수가 횡령하는데 그는 정확히 금복의 전철을 밟아 유사한 형태로 파멸한다. 춘희가 계승한 것은 금복이 실질적으로 조성했으되 고래극장의 건설에 매달린 이후부터는 관심을 두지 않았던 벽돌공장의 가마였다. 물론 文의 오랜 세월에 걸친 유형무형의 가르침에 힘입어 후에 춘희 역시 벽돌 굽는 기술에 통달하기는 한다. 하지만 엄밀히 말해 딸의 존재로부터 죽은 남자의 모습을 보는 모친이 그녀를 사실상 방기한 장소에서 후에 그 자신의 전부가 된 유산을 뜻하지 않게 상속받게 된다는 점에서 애꾸와 같다. 금복이 노파를 반복했다면 이 점에서 춘희는 애꾸를 반복한다. 하지만 알다시피 그녀들 각각은 이런 것들을 특별히 딸들에게 물려주려고 했던 것도 아니었고 딸들 역시도 마찬가지였다. 그저 노파와 금복이 자신의 죄를 회피하려 한 것이 예기치 않은 결과를 불러온 것이며, 애꾸와 춘희 역시 우연찮게 몰입할 수 있는 일이 그것밖에 없게 되었기 때문에 각자 운명처럼 받아들인 것뿐이다. 이 과정에 개인들의 의도는 개입되지 않으며 이에 따른 특정한 인과관계 역시 설정되지 않는다. 그러나 그녀들은 자신이 상속한 바로 이 일에만 구애되고 각각 꿀벌과 벽돌이라는 사물에 즉(卽)하면서 스스로 세속과 교유하지 않게 된다.

그러나 춘희가 상속받은 것은 비단 벽돌가마뿐만이 아니다. 아버지가 확실할뿐더러 출생 당시에는 멀쩡했으나 어머니에 의해 한쪽 눈을 잃게 된 애꾸에 비해, 춘희는 걱정을 닮았지만 정작 생물학적 아버지조차 누구인지 불분명하고 애초부터 벙어리이자 자폐아로 태어났으며 남다른 거구의 여성으로 성장했다. 애꾸는 노파의 죽음에 일정 부분 책임이 있으며 팔 한쪽을 내주는 것으로 그 대가를 치른 데 반해, 춘희는 금복뿐 아니라 그 누구의 죽음에 대해서도 전적으로 결백·무고하지만, 고래극장에 불을 붙인 어머니와 모든 비상구를 걸어 잠가 다수의 희생자를 야기한 노파의 원령 양쪽 모두의 죄를 뒤집어쓴다. 위협적이고 비정상적인 것으로 간주되는 거구의 자폐아로서 어떤 항변도 불가능한 자신의 천형(天刑) 또한 부수적으로 작용하여 누명을 쓰고 교도소에 투옥되어 그녀 삶 전반을 통틀어 최악의 시기를 보내게 되는 것이다.

그러나 알다시피 춘희는 이러한 상황을 이해할 지적 능력을 갖고 있지 않다. 단지 거구의 신체만이 두드러진 결과 "바크셔"라는 모욕적인 별명으로 불리며, 주어지는 대부분의 수난을 묵묵히 감수하지 않을 수 없다. 그것은 무고한 그녀를 방화범으로 낙인찍고 교도소에 수감한 각종 국가장치의 조직적인 억압과 규제 및 무당벌레나 교도소관들 같은 개인이 자행하는 사적인 린치 및 가혹한 고문에 의한 것이다. 이처럼 적대적인 "벽"에 사방이 가로막혀 유년의 친밀한 세계로부터 격리당한 채 도무지 이해 불가능한 고통만을 감당해야 하는 춘희가 상상 속에서나마 끝없이 과거의 평대로 소구할 수밖에 없는 것은 불가피한 일일지 모른다. 그녀는 비록 평생 그리워한 어머니 금복의 애정 어린 보살핌을 받지는 못했으되, 쌍둥이자매, 그리고 특히 文의 과묵하지만 사려 깊은 배려 속에서 성장해왔다. 알다시피 날 때부터 벙어리이자 자폐아였던 그녀는 언어나 사회와 같은 외부세계로부터 차단당한 대신 점보를 비롯한 사물 일체와 친밀하게 교감하면서 형성한 고유한 세계를 내부에 간직하고 있다. 그것은 조직과 개인의 악의에 의해 참혹한 고통만이 끝없이 가해지는 "벽"의 세계 속에서 그녀가 자유를 구가할 수 있는 유일무이한 빛이자 버팀목이다. 출옥 이후 노파의 망령이 내미는 두부를 받아들어 먹는 행위를 통해 알 수 있는 것처럼 더이상 금복과 노파의 죄를 대속하지 않아도 됨에도 불구하고 벽돌공장으로 돌아가 다시금 스스로를 불가해한 고통의 세상으로부터 고립시킨 채 단지 생존에 필요한 일체의 행위를 제외하고는 오로지 자신의 풍요로웠던 과거를 소환하는 데만 천착하는 것도 이 때문이다. 그러나 그녀로서는 과거 금복의 영화가 이룩한 흥성거리는 벽돌공장에서의 어린 시절을 다시 불러올 현실적인 방법을 알지 못한다. 그래서 그녀는 자기 손으로 벽돌을 굽는다. 더할 나위 없이 간절한 주술적 기원을 담아.

그리고 이후 그야말로 많은 일이 있었다. 실제로 유년 시절 힘을 겨루었던 소년이 트럭운전사로 성장하여 찾아와 드나들다가 부부의 연을 맺고 훌쩍 떠나가기도 했고 아이를 낳아 어미의 기쁨을 누리기도 했다. 그러나 떠나간 트럭운전사는 다시 찾아오지 않게 되었고 아이는 병으로 잃었다. 춘희의 고통은 실로 끝나지 않았고 어느 정도 회복되어 다시금 벽돌을 굽게 된 그녀는 이제 자신의 유일한 창조물에 자신이 그리워하는 기억에 관한 그림을 새기기 시작한다. 그리고 마침내『고래』전체를 통틀어 가장 인상적인 장면 가운데 하나에 도달한다.

몇 년이 흘렀다. 그녀는 홀로 벽돌을 굽고 있었다.

다시 몇 년이 흘렀다. 그녀는 홀로 벽돌을 굽고 있었다.

몇 년이 흘렀다. 그녀는 홀로 벽돌을 굽고 있었다.
공장을 찾아온 사람은 아무도 없었다.(519~523쪽)

그것은 한두 줄의 문장들 외에는 텅 비어 있는 바로 그 지면이다.

그렇다고 해서 이러한 문장 외에 아무것도 쓰여 있지 않은가 하면 그렇지는 않다. 바로 앞쪽, 즉『고래』를 덮어보면 이 문장들과 정확히 맞닿는, 겹치는 자리에 춘희 자신의 유일무이한 서명, 개망초의 그림 또한 조그맣게 자리해 있다. 이 인장과 벽돌 굽기. 즉 말하지 못하는 숙명을 타고난 춘희 자신의 몇 안 되는 일생의 자기표현만이 부각되고 있는 것이다. 벽돌에 새겨진 그림을 통해 하나의 형상으로 집약되는 이 인장과 문장 들은 그녀의 과거와 현재와 미래를 온전히 함축하고 있다고 해도 좋다. 개망초꽃이 흐드러지게 피고 친숙한 사람들로 북적거렸던 벽돌공장의 전성기, 언젠가 그때 그 사람들이 돌아오기를 바라는 간절한 열망, 그리고 이 모든 그리움과 열망을 담아 외롭게 벽돌을 구우면서 기나긴 세월을 견디며 흘려보내고 있는 지금. 이 소략한 인장과 문장의 반복은 춘희의 삶 전체에 관한 그 어떤 구구절절한 수사보다 압도적인 표현이다. 하지만 이렇게 인용하거나 췌언하는 것으로는 이 지면이 환기하는 느낌을 전하기에 충분치 않다. 확실히 언외의 공백은 표현을 압도하고 있다. 오히려『고래』전반의 통상적인, 페이지를 빼곡히 채우고 있는 달변의 문장에 비겨 더 많은 의미를 환기하는 것처럼 보인다. 개망초꽃이 피고 지는 몇 년이 세 번 반복되는 동안 단지 홀로 그림을 새긴 벽돌을 굽고 있을 뿐인 춘희 자신의 마지막 생애가 그렇게 흘러간다. 이 여백은 그녀의 세월과 시각적인 대비를 이루며 또한 그것을 고립시킨다. 더욱이 그녀 자신의 그리움으로부터 비롯된 아득한 열망이 이루어질 수 없다는 것은 확실하다. 하여 그녀가 묵묵히, 홀로, 거듭하여 벽돌을 굽고 있는 행위는 그 지면의 대부분을 차지하고 있는 공백의 넓이만큼이나 막막한 페이소스를 환기한다. 실제로도 그녀는 일생을 무언으로 일관해오지 않았는가.

문장이나 인장으로 말해진 것보다 아무것도 말하고 있지 않은 부분이 더 크다. 이 대목에 이르러 독자는 실로 망연자실해지지 않을 수 없다. 앞서 언급했다시피 춘희는 벽돌공장 터에 머물며 철저히 홀로 살아갔고 사랑을 하고 아이를 낳았지만 모두 상실한 후 스스로의 생명력을 소진하여 막대한 양의 벽돌을 남겼다. 그렇지만 단지 그뿐이다. 춘희의 고독은 그녀의 생애 전체가 그랬던 것처럼 누구에게도 제대로 전달되거나 결코 이해될 리 없는 성질의 것이다. 그러므로 아무리 세인들이 제멋대로 추측하여 떠들어댄다 해도 특별한 이야기나 교훈을 남길 리 없는 사적인 세계에 국한되어 있다. 그럼에도 불구하고 그녀가 일생 동안 구운 벽돌의 양만큼이나 또는 숨을 거둔 후 그녀의 영혼이 우주 저편으로 향하고 있는 것처럼, 어쩐지 시공을 초월한 거대한 스케일을 연상시키는 측면이 있다. 누구에게도 말하거나 이해될 수 없었던, 그녀만의 간절한 염원을 담아낸 벽돌과 그림이라는 유이唯二한 무언의 자기표현은 그녀의 의도나 생각과는 전혀 무관하게 (마치 노파의 유산이 금복에게 상속되고 벌치기 및 벽돌굽기 기술이 애꾸와 춘희에게 전수된 것과 정확히 유사한 방식으로) 어떤 필연도 없이 세계 각지의 건물을 구성하는 구체적인 일부로 계승된다. 춘희에 대한 세간의 요란하고 왜곡된 풍문과 관계없이 그녀의 일생을 압축한 그 흔적을 알아보는 사람이 아주 간혹, 존재한다. 무엇보다도 춘희 자신이 나날이 왜소해지는 육체의 생명력을 대가로 스스로의 간절한 소망을 담아 내면에 키워온 세계 일체는 마침내 그녀의 죽음과 함께 우주적 규모로 확장된다. 그것은 단 한 번도 외부로 발설된 적이 없었던 춘희 개인의 고독한 그리움이 어머니 금복이 일생 동안 집착·발산해온 큰 것 즉 고래의 환영을 압도하는 규모로 커진 것이다. 이 점에서 생사生死의 초입에 점보Jumbo라는 거대한 이름의 코끼리를 누구보다도 가깝게 여겼던 춘희는 확실히 금복의 소망을 역설적인 형태로 반복하고 있는 셈이다. 그것은 자의에 의해서든 타의에 의해서든 인간의 언어 및 세계와 소통한 적이 없었던 춘희의 자기 본위적 세계가 일생에 걸쳐 교감해온 자연과 사물 전체와 일치되고 또 관철되는 순간이다. 『고래』 전체를 통틀어 춘희 이상으로 내부의 세계를 풍성하게 구축한 개인은 사실상 존재하지 않는다. 낭만주의적 전통에서 연원한, 이와 같이 철저히 내부의 세계에만 구애되고 있는 자기 정향적 개인의 형상을 또한 어찌 소설의 주인공이 아니라고 단언할 수 있겠는가.

문학을 둘러싼 환경은 호의적이지 않았다. 새삼스럽지만, 문
의 죽음은 언제나 현재진행형이다. 그래서 문학의 황금기는
존재한다. 시간의 주름을 펼치고 그 속에서 불멸의 성좌를 찾
거를 지금-여기로 호출하지 않고서는 현재에 대한 의미부
상상은 불가능하다. 한 선각이 말했듯이, 미래 전망은 기억
화하는 일이다. 과거를 재발견, 재정의하지 않고서는 더 나은
없다. 문학동네가 한국문학전집을 새로 엮어내는 이유가 여

몇 가지 특징을 갖는다. 먼저, 한글세대가 펴내는 한국문학
이다. 문학동네는 전후 한글세대를 중심으로 1990년대 이후
생태계를 형성해왔다. 이번 전집은 지난 20년간 문학동
와 만나온 한국문학의 빛나는 성취를 우선적으로 선정했다.
세대와 장르 등 범위를 확대하면서 21세기 한국문학의 정
고자 한다.

국문학전집의 두번째 특징은 이번 문학전집이 1990년대 이후
학 환경에 적극 대응해온 결과물이라는 것이다. 문학동네는
의 풍성한 지면과 작가상, 소설상, 신인상, 대학소설상, 청소
이문학상 등 다양한 발굴 채널을 통해 새로운 문학적 징후와
대로 포착하면서 문학의 영토를 확장하는 데 기여해왔다.
집을 21세기 한국문학의 집대성을 위한 의미 있는 출발이라
이다.

집에는 듬직한 동반자가 있다는 것이다. 김승옥, 박완서, 최
작가별 문학전(선)집과 세계문학전집, 그리고 한국고전문

5. 그리고

철저히 파편화된 세계 속에서 살고 있는 오늘날의 '개인'이라
면 누구나 이와 같은 거대한 이야기를 마음속에 품고 싶어하는
법이다.

한국문학의

문학동네가 창립 20주년을
1993년 12월 출판사 간판을
동네』와 함께 지난 20년간
이념이나 편협한 논리를 넘어
린 공간이고자 했다. 특히 서
열정을 폭넓게 수용해 한국문

돌아보면 세기말은 안팎의
지털 기반 정보화와 신자유
복잡성은 광범위하고 급격히
니 도처에 새로운 차이와 경
으로 묶어내기 힘든 형국이
명멸했다. 과잉과 결핍이 톨
화했다.

지난 20년간
학의 위기, 문학
언제나 과거에
아내야 한다. 과
여, 미래에 대한
을 예언으로 승
세상을 꿈꿀 수
기에 있다.

이번 전집은
전집이라는 것
한국문학의 주
네를 통해 독자
하지만 앞으로
전을 완성해나가

문학동네 한
크게 달라진 문
계간 『문학동네
년문학상, 어린
가능성을 실시
그래서 이번 전
고 해도 좋을 것

셋째, 이번 전
인호, 김소진 등

학전집이 그것이다. 문학동네는 창립 초기부터 한국문학의 해외 진출을 위해 지속적인 노력을 기울여왔다. 문학동네 한국문학전집은 통상적으로 펴내는 작품집과 작가별 전(선)집과 함께 한국문학의 특수성을 세계문학의 보편성과 접목시키는 매개 역할을 수행해나갈 것이다.

새로운 한국문학전집을 펴내면서 '문학동네 20년'이 문학동네 자신의 역량만으로 이루어졌다고 자부하려는 것은 아니다. 문인, 문단, 출판계, 독서계의 성원과 격려가 없었다면 문학동네의 오늘은 불가능했을 것이다. 그러므로 오늘, 문학동네 성년식의 진정한 주인공은 문학인과 독자 여러분이어야 한다. 이 자리를 빌려 거듭 감사드린다. 창립 20주년을 맞아, 문학동네는 한국문학의 더 나은 미래를 위해 한국문학전집 1차분 20권을 선보인다. 문학동네는 해를 거듭할수록 그 가치를 더해갈 한국문학전집과 함께, 그리고 문학인과 독자 여러분과 함께 '새로운 20년'을 향해 한 걸음 한 걸음 나아가고자 한다. 많은 관심과 성원을 부탁드린다.

문학동네 한국문학전집 편집위원
권희철 김홍중 남진우 류보선 서영채 신수정 신형철 이문재 차미령 황종연

천명관

2003년 문학동네신인상에 소설 「프랭크와 나」가 당선되며 작품활동을 시작했다. 장편소설 『고래』로 2004년 제10회 문학동네소설상을 수상했다. 소설집 『유쾌한 하녀 마리사』 『칠면조와 달리는 육체노동자』, 장편소설 『고령화 가족』 『나의 삼촌 브루스 리』 『이것이 남자의 세상이다』가 있다.

문학동네 한국문학전집 019
고래
ⓒ 천명관 2014

1판 1쇄 2014년 1월 15일
1판 15쇄 2024년 6월 14일

지은이 천명관

펴낸곳 (주)문학동네 | 펴낸이 김소영
출판등록 1993년 10월 22일 제2003-000045호
주소 10881 경기도 파주시 회동길 210
전자우편 editor@munhak.com | 대표전화 031) 955-8888 | 팩스 031) 955-8855
문의전화 031) 955-2696(마케팅) 031) 955-8864(편집)
문학동네카페 http://cafe.naver.com/mhdn
인스타그램 @munhakdongne | 트위터 @munhakdongne
북클럽문학동네 http://bookclubmunhak.com

ISBN 978-89-546-2341-4 04810
     978-89-546-2322-3 (세트)

잘못된 책은 구입하신 서점에서 교환해드립니다.
기타 교환 문의 031) 955-2661, 3580

www.munhak.com